윤미회상록 1

윤미 회상록 1

김원우 장편소설

芸楯

글항아리

차례

차례 (2권)

제1장
자기 변명

실로 오래전부터 이 숙제거리를 어디서부터 착수하여 어떻게 꾸려낼까 하는 여러 궁리를 수없이 자아올렸다가 내팽개치느라고 날밤을 새웠는가 하면 생가슴을 뜯어왔다. 언젠가 한밤중에는 전전반측하다 어느 순간 화의畫意처럼 선명한 어떤 대목이 퍼뜩 눈앞에 떠올랐다. 서둘러 연상 곁으로 다가갔더니 이내 내 옷깃을 거머쥐는 핑곗거리가 흡사 무슨 곡두처럼 한달음에 줄줄이 나타나서 어리둥절해버린 적도 있었다. 그동안 도슬러온 심지가 그처럼 순식간에 봄눈 녹듯 스러지는 낭패를 빤히 어르면서 나는, 아직 덜 여물었다는 게지, 무르익을 때까지 잘 간수하고 무던히 참아내는 수밖에 없겠네, 앞으로도 서너 해는 더 살 수 있을 테니 말이야 하고는 무르춤히 주저앉았다. 뿐만이 아니다. 이를테면 다음과 같은 경우를 보더라도 이 해묵은 사삿일과 마주하면 평소의 내 두름성과는 딴판으로 왜 이토록 세월없이 몸을 사리고 있는지가 웬만큼 드러나지 않을까 싶기도 하다.

벌써 10여 년의 세월이 까무룩히 멀어져갔지만, 그즈음의 나는 어느 고관대작에게 어떤 종류의 훈장, 기장, 상여賞與 따위를 포상해야 하는지를 밑에서 올리는 대로 위에다 품하는, 명색 버슬아치라면 누구라도 자나 깨나 그쪽에다 오만 촉각을 곤두세우느라고 소화력도 떨어진다는 요직 표훈원 총재에다 관아 내부의 일등 칙임관까지 겸임하다가 막 그 중책의 사슬에서 벗어났던 참이다. (따로 언급할 자리가 나서겠지만, 내게 관직, 금전, 행불행 따위는 그처럼 뜬금없이 닥쳤다가 불시에 황황히 꼬리를 사리곤 했다.) 아무튼 그 탈관이 나로서는 절호의 기회라서 곧장 여기 대국 땅 한복판의 바닷가 대도회지 상해에 우거를 마련하고서는 이제부터 벼르기만 했던 그 숙원의 사사私事에 매달려보자고 마음먹었다. 그러나 며칠 동안 밥맛을 잃을 정도로 머리를 썩이는 한편 연방 종주먹으로 무릎을 치면서, 망할 것, 그럴 리가, 섶을 지고 불길로 뛰어들었던 게지 같은 헛소리를 내지르다가 종내에는 오지랖의 서판을 물리쳤다. 후에 곰곰이 따져보니 그러는 중에도 '신절臣節'이란 말이 정수리에 달라붙어서 아예 둥지를 틀고 꼼짝도 하지 않았기 때문이었다.

다들 알고 있는 대로 높든 낮든 한때 관록을 먹고 누렸던 양반이라면 벼슬을 살면서 닦은 지조와 도리를 지킬 줄 알아야 한다. 절개는 세속계와 다소 겉도는 지조를 떳떳이 지키고, 사람으로서 마땅히 걸어가야 할 바른길로서의 그 도리 따르기가 아니고 무엇이겠는가. 오랜 기간 나와 함께 조정의 말석을 더럽혔던 여러 권신이, 이미 저승사자가 데려갔다면 그 후손들이 이 나의 사삿일을 입초시에 올리면서 온갖 험담과 저주와 질시를 퍼붓든 말든 나야 귀 먹은 중 마 캐는 시늉이나 해버리면 그뿐이지만, 희대의 괴변이자 천인공노할 모살

극으로 내전을 잃고 난 후부터는 비록 허울뿐이긴 할망정 여전히 보중한 상上의 옥체와 당신의 얼마 남지 않은 치세에 누가 되는 발설만은 삼가야 했다. 내게 신절의 요체는 그럴 수밖에 없었고, 그것은 지켜야 했다. 그 일이 어렵지는 않았다. 당분간 연상을 저만큼 멀찍이 밀쳐두면 그뿐이었으니까.

그런 맞춤한 구실이 덩두렷하게 나서자 이번에는 연병硯屛 뒤에 묻어두었던 서화 취미가 발동했다. 한시라도 빨리 화선지 위에 내 필력, 화의를 꼬느고, 그 기량을 성큼성큼 불려가자는 용심이 불같이 떠들고 일어난 것이었다. 거의 중증인 몰입벽, 도회벽, 수집벽 등은 내 불치의 개성이자 하잘것없는 자기표현이거나 자아실현의 한 수단쯤 되는 것이지만, 붓에다 먹물을 찍어 글을 쓰고 그림을 그리는 이른바 필경연전의 순간은 언제라도 내 전신을 곧장 깊은 열락의 세계로 인도한다. 그 몰입은 비록 한나절 단위의 유한한 즐거움, 여유로움, 흐뭇함, 진지함의 만끽에 불과해도 그 가뿐하고 조촐한 안정에서 나는 삶의 궁극적 보람을 느낀다. 물론 그런 나날의 삶이 대번에 바깥세상의 변화무쌍과 두터운 벽을 쌓는 데 지나지 않으며, 그 칩잔 나아가서 은일의 생활이 결국 안일, 타성의 다른 말인 줄이야 알고 있다. 하지만 그런 자기표현도 나름대로 어떤 반속反俗의 생활 방편이라면 만부득이 용납해야 하지 않을까 싶다.

아무래도 자가당착 같지만, 필묵이 오히려 내 그 벅찬 과업을 차일피일 훗날로 내물리도록 닦달한 장본인인 듯하고, 그 사적 구실이 내게는 워낙 만만했고 또 제격이었다. 이처럼 공적으로나 사적으로나 더없이 알량한 핑곗거리를 양쪽 무릎에 하나씩 얹어두고 있었으니 내 일상은 만판으로 홀가분해졌다. 내 서화의 수준을 알아보는 중국인 서예가나 화우들의 감언이설 같은 격려와 상찬도 그동안 빳빳하게 굳어 있던 내 심장을 부드럽게 풀어주었다. 꼭 대국인이라서 그렇지는 않겠으나, 그들에게는 반도인이나 도국인 특유의 견제 심리가 없다기보다 '선서불택지필'명필은 종이나 붓을 가리지 않음 같은 엉뚱한 과장법으로 상대방의 환심을 사면서 자기 속내를 철저히 호도하는 진지한 엉너리 기술이 있고, 그 임기응변을 자연스럽게 풀어낸다. 하기야 대국인들의 그런 환심 사기에 또 속는다면서도 나 스스로 즐긴 적인 어디 한두 번이었던가. 그런 교환交驩은 누릴 만한 것이었고, 내 탐닉벽도, 그게 재능이라면, 결코 부족하지는 않았다. 게다가 내게는 다른 도락거리와 여유도 금상첨화로 구비되어 있었다. 그중 하나는 아주 젊은 나이에 벼슬길에 오르자마자 덩달아 배운 못난 버릇으로, 오죽烏竹 담뱃대를 양손으로 번갈아 쥐며 물부리를 연신 뻑뻑 빨아대는 통에 골초, 용고뚜리, 곰방대 대감, 장죽 영감 같은 별호를 달고 산 폭연가인 데다, 한번 마셨다 하면 두주불사는 물론이고 몸을 가누지 못해 제 자리에서 폭싹 스러질 때까지 마셔야 성이 차는 폭주 습벽이 그것이다. 그런데도 그럭저럭 일상을 꾸려내는 체질인데 '보신保身'에는 태무심하면서 닥치는 대로 살며, '보신補身'에는 제 몸이 시키는 대로 따르면 적어도 인수人壽 사람의 평균 수명와 천명은 누리지 않을까 하는 것이 내 식의 건강장수법이긴 하다. 다른 하나는 어느새 여남은 명으로 불어난 이곳의 군식구가 드넓은 대밭, 텃밭 모서리에서 가꾸는 난초, 그 너머의 기암괴석 등으로 두루 풍치를 돋우는 이 별장을 건사하며 아쉬운 것 없이 살아갈 만한 예치금까지 내 수중에, 아니 두세 군데 이상의 은행에다 쟁여두고 있는 풍요로움이다.

그런저런 내 안일은 끝없이 이어졌다. '소인한거위불선'소인은 한가하면 저절로 좋지 못한 일을 함이란 말도 있지만, 나는 서화에의 몰입만으로도 하루 해가 어떻게 지나가는지 모를 지경이었으니, 아무리 겸사를 부린다 하더라도 범인의 경지에서는 한 단계쯤 올라서 있다고 자부해도 좋을 성싶다. 그러나 마냐 예의 그 사삿일을 논란거리로 삼자면 덧없는 세월이 살같이 흘러가는데도 나는 내일이 어제 같은 나날 속에서 우두망찰로 일관했다. 때로는 족자 속의 내 글씨가 와병 중인 노인네의 풍신처럼 와들와들 떨어대서 언짢았고, 이제 막 기다랗게 친 난엽 한 줄기가 너무 둥글게 휘어져서 보기 싫었다.

그럴 때면 당장 붓을 놓고 창밖으로 먼 눈길을 던졌다. 여기서는 흔히 장강이라고 불러버릇하는 양자강에서 피어나는 짙은 운무가 먹구름처럼 덮쳐와서 내 심사를 어지럽혔다. 즉각 술상을 차려오라고 일렀다. 독작은 언제라도 내 심신을 달갑게 흩뜨려놓으면서도 한편으로 내 가슴을 갈가리 찢어놓았다. 첫 잔부터 그토록 뜨겁게 달아올랐던 내 심장은 이내 싸늘하게 식어갔다. 매사에 예민한 성정을 타고난 데다 밥상 위의 수저가 삐딱하게 걸쳐져 있어도 얼굴부터 찡그리며 불뚝성을 터뜨리는 내 후천적 기질상 육신의 병이 무거워지고 있음을 모르지는 않았다. 대국의 독주는 그런 번민을 따돌리는 데 즉효였다. 아편을 만들어놓고 그것을 담배처럼 상용하는 사대부를 나무라기는커녕 좋아라 하는 민족이 명주銘酒 제조에 등한하겠는가. 술잔을 입속에 털어넣자마자 재채기처럼 터지는 실소와 미치광이처럼 자꾸만 입가로 흘렸다가 이내 사려무는 조소로 눈앞이 그렁그렁해지면 내 일신이 출렁거렸다. 한때는 내 앞에서 그렇게나 아첨질에 능했던 동배간이었음에도 불구하고 어느 순간부터 개화를 팔아대는 찬탈 도당으로 똘똘 뭉치더니, 그들이 부리는 하수인으로 하여금 내 얼굴과 팔다리를 마구 베고 찔러서 갈라놓고 찢어놓음으로써 끔찍하게 남은 흉터가 덩달아 꿈틀거렸다. 술잔을 내려놓은 내 손길은 저절로 그 우툴두툴한 뺨과 귓바퀴와 팔다리의 자상 흔적을 더듬고 문질렀다.

어느새 내 의식은 증기선에 몸을 실었다. 꼬박 하루만 만경창파의 햇살과 바닷바람에 살갗을 그슬리고 옷깃을 부풀리면 취기 중에도 오매불망 그리운 고국의 갯내를 맡을 수 있었다. 왕년의 연행사들이 제가끔 의젓하게 뚫어놓았던 육로를 굳이 마다하고 짙푸르거나 묽은 먹빛으로 제 몸을 뒤척이던 황해의 뱃길을 파발꾼처럼 뒤로 물린 것이다. 한시도 지체할 수 없는 나랏일을 나름껏 바래놓기 위해 그처럼 허둥거리기만 한 내 도항 여로는 헤아릴 수도 없이 많았다. 매번 다사다난에 호사다마를 몰고 다니던 내 인생 역정이 이제는 이 널찍한 대밭 속에 꼼짝없이 파묻혀서 운신조차 여의롭지 않다.

국운이 그런 것처럼 내 울분과 통한과 비감은 그 골이 유달리 깊고 사나웠다. 작금에 불어닥친 내 신변의 두 가지 횡액만 보더라도 비분강개로 몸서리친 그런 정황이 웬만큼 드러나지 않을까 싶다.

순서대로 첫 번째 횡액부터 더듬어보면, 느닷없는 부음으로 나보다 한 살 아래인 동생뻘이지만 우리 민문의 같은 항렬 일가붙이 중에서는 나와 가장 자별했던 계정桂庭 민영환閔泳煥의 호, 을사조약에 반대하다 뜻을 이루지 못하자 그해 1905년에 자결이 배를 가르고 자결했다는 청천벽력 같은 기별이었다. 외세에 치여 밤낮없이 골골거리는 조선 땅에 과연 그만큼 강직한 충신이 몇이나 있을 것인가. 자기 소신을 그처럼 꿋꿋하게 밀고 나간 현신賢臣으로 그 말고 달리 누구를 거명하겠는가. 다들 앞다투어 근신近臣, 양신良臣, 신신信臣이라고 침 발린 말을 입에 달고 살지만 그토록 신심여수臣心如水 마음의 결백이 물처럼 한결같다는 비유로 일관한 중신重臣으로 또 누가 있겠는가.

그때부터 나는 무슨 일을 해야 할지 걷잡을 수 없는 심정에 휩싸였다. 가슴이 쿵쿵 펄럭이다가 손발이 저려왔고, 온몸이 후들거렸다. 그렇게 한참이나 우두망찰해 있다 뒷짐을 지고 들창 앞에서 바장였다. 이윽고 나는 술상을 차고 앉았다. 그는 누구보다도 내 분망, 내 필세, 내 누명, 내 실의, 내 불찰, 내 의심, 내 억울, 내 묵언, 내 변해, 내 칩거를 반듯하게 이해하고 손윗사람처럼 느긋이 다독거려주던 종제로서, 우리 민문이, 아니 우리나라 사대부라면 누구라도 옷깃을 여미고 자랑할 만한 일등 권신이자 총신이었다. 그의 고절苦節을 영영 잃어버린 상의 허희탄식이 얼마나 길고 애달팠을까.

북받치는 설움을 주체하지 못해 나는 술상 앞에서 오래도록 흐느꼈다. 그 한 몸이 죽는다고 이미 다 스러져버린 사직이 바로 일어설 것인가. 어떻게든 살아남아서 들판의 풀이라도 베어 바치는 거조라야 옳은 백성의 도리가 아닌가. 한낱 기려지신羈旅之臣 객지에 머무르고 있는 신하에 불과한 나를 버려두고 앞서 자결해버린 그는 얼마나 무정한 직신인가. 신하는 상감의 명이 떨어지기를 매양 기다려야 하는 일개 졸장부에 지나지 않지만, 때로는 영을 어서 내립시라고 재촉할 용기도 있어야 하고, 그것을 이 눈치 저 눈치 봐가며 미루다가는 용군 밑에 용신이라는 소리를 면치 못하리라고 정색하더니, 제 소매를 걷어붙이며 '형님께서는 걱정하지 마시오, 제가 그 역을 도맡고 말리다'라면서 내 소심을 홀가분하게 덜어주던 영수領袖도 바로 그였다. 내가 얼빠진 눈매로 그의 딴딴한 눈동자를 찾으며, 이 사람아, 그걸 누가 모르나, 어떤 말로 진언하느냐로 입술이 차마 안 떨어져서 그렇지 하는 눈짓 물음을 던지자 그는 즉각, 간단합니다, 그게 뭣이 어렵습니까, 앞뒤 따지지 말고 성큼 나서서 그렇지 않습니다, 그럴 수는 없습니다, 그래서는 아니 됩니다, 달리 통촉하셔야 옳습니다라고 분질러 아뢰고 나면 그뿐이고, 그다음은 말이 말을 몰아가게 되어 있습니다라며 허리를 곧추세웠다.

이제는 그 좀 껄센 듯한 계정의 목소리를 다시는 못 듣게 되었으니 이 얼마나 원통한가. 글을 좋고, 글이 아직 어리다는 자네의 자字 문약文若은 또 얼마나 아담하고 겸손한가. 자네처럼 방정한 필체에 필치 또한 섬세한 문장가가 문약이라면 그것은 역설이고, 글 앞에서 교만한 대개의 사대부에게 훌륭한 본보기가 아닌가. 그렇거나 말거나 이제 와서 뒤늦게 충정공이란 시호를 얻기 위해 할복을 서슴지 않았다면 자네야말로 귀한 목숨으로 빛 좋은 개살구 같은 유훈遺勳을 남 먼저 사버린 망신亡臣이 아니고 무엇이란 말인가. 술잔 속으로 방울방울 떨어지는 눈물을 감추느라고 나는 사약 들이켜듯이 눈꺼풀을 질끈 감고 배갈을 단숨에 삼켰다. 그가 친러파이고 내가 친청파라면서 우리 민문을 사대事大의 원조라고 폄훼한 무리들이야 어떤 주장도 없는 한낱 고신孤臣 임금의 신임을 못 받는 신하에 불과하지만 그런 우리의 임시 정략도 토왜와 항일을 위한 것일 뿐 궁극적인 목적이 아님을 그들이 알기나 했을까.

주독이 좀 우선해지자 그의 죽음이 예의 내 그 사삿일을 '이제는 서둘러라'라면서, 흡사 빚쟁이가 살림을 줄이라고 쾌치듯이 간섭하기 시작했다. 그렇게 죽을 수는 없다, 볼만한 것이든 아니든 글씨와 그림 따위를 남겨서 무슨 소용인가, 그것은 기껏 추상에 지나지 않을 뿐인 버린 것, 곧 사상捨象이 지나치게 많아서 감상자들이 아무리 샅샅이 훑어봐도 요령부득의 구석이 자욱한 낡은 유품일 뿐이잖은가. 흐릿한 정경이 더러 멋스러울 때도 없지 않으나, 우리의 역사, 사람마다 살아온 내력, 내 삶의 어제와 오늘은 양지처럼 밝고, 그래서 명정한 것을 지향한다. 광 속처럼 어둡고 칙칙하며 테두리마저 희미해져가는 유품은 어떤 것이라도 수년 내에 처치 곤란한 애물단지로 퇴색하고 망가져버리는 것을 늘 보고 있지 않은가. 이제는 그런 붓장난에도 신물이 날 대로 난 판이다.

그래도 그렇게 덧없이 죽고 싶지 않다는 이 구차한 연명이 내 여생에 과연 어떤 의의를 지닐까. 어떻게 살아내든 어차피 허송세월이기는 마찬가지일 테니 말일세. 자네의 그 장렬한 분사와 내 이 너절한 연명을 자꾸만 똑같은 곡자로 재보는 이 비루한 심사는 욕가마리가 아니고 무엇이겠나. 자네야말로 나를 단죄하면서 『논어』에서 말한 그 정명正名, 불민하기 짝이 없는 내 전모를 한마디로 정의하여 이름 지어주게나.

그 통곡의 몸살을 제대로 추스르기도 전에 나는 난데없이 들이닥친 송사로 시난고난할 수밖에 없었다. 찬찬히 더듬어가며 가지치기를 해봤더니 그런 시비는 오래전부터 예비되었던 듯하고, 그 일부는 자업자득에 자승자박의 면면도 없지는 않았다. 실은 오래전부터 내 신변을 옥죄어오는 숱한 호의가 위계 술책이 아닌가 하고 의심하는 기색을 나는 한시라도 늦춘 적이 없었다. 그 연원까지 따지면 구차스럽기도 하려니와 앞으로 마땅한 자리에서 밝힐 말을 미리 해버리는 꼴이라서 망설여지지만, 구우, 동지, 청지기, 친지 등에 대한 내 불신감은 워낙 깊은데, 그렇게 되고 만 것은, 그들이 내게 노골적으로 드러낸 시기심, 적대감, 교만, 무모성 등등의 인간적 결함이야 그렇다 치더라도, 한마디라도 진실, 진정, 성의를 보이지 않고 위장, 위선, 가식을 보기 싫게 내두르면서 내뱉는 그 모든 거짓말과 거짓스러운 작태 때문이지 나의 이기심, 자만감, 내 위주로 헤아리는 사고 행태 때문은 아니었다. 그들의 상스러운 공갈, 사나운 위협, 무모한 살의 따위를 온몸으로 체감하면서 그 혹독한 미수극 속에서도 나는 이렇게 살아남았잖아라고 되뇌는 내 소심증, 불안감이 육신의 결함이나 탈보다 더 견디기 힘든 심인성 질병임을 나는 잘 알고 있다. 내 혼자 힘으로는, 또 돈으로는 그 원수를 갚을 수 없어서 머리로만 하루에도 수십 번씩 모살극을 그려가는 나를 비겁한이라고 해도 어쩔 수 없긴 하다. 그래서 나는 몸을 사린다. 자연스럽게도 내 모든 의심증, 자만심, 소심근신벽은 오로지 다시 한번 남의 손에 의해 죽음을 맞지 않으려는 발악 같은 궁여지책일 뿐이다.

송사를 걸어왔으니 피고로서 대책을 세워야 했다. 송사의 앞잡이 곧 원고는 한때 내 죽동 사랑채의 겸인으로, 그것도 자청하여 헐숙청의 한 귀퉁이를 차지한 위인이었다. 그의 수완이야 능히 짐작이 가고, 그는 이름만 앞세운 꼭두각시에 불과한 줄이야 즉각 알아챘으나, 그 배후의 규모, 형편, 수세隨勢 따위가 워낙 거대했으므로 그 세목은 내 짐작의 범위 밖에 있었다. 아무튼 재판이 나의 답답증과 궁색을 풀어줄 리 만무했고, 어떤 수단을 강구하더라도 내 재산을 지켜야 했으며, 이 대국 땅에서의 내 삶을 강탈하려는 고국의 친일 부화 세력이, 특히나 우리 조정의 실권을 강탈해간 왜적이 이제는 상의 시측지신이었던 내 명줄과 재물까지 끊고 빼앗아가겠다고 덤비니 내 힘으로 그들을 무찌를 수는 없으므로 골탕을, 망신살을, 혼꾸멍을 내줘야 했다. 나는 모질게 버텼다.

그동안 수시로 이 대국에서의 내 동정을 염탐하려고 들락거린 뭇 식객의 원성, 통사정, 비방 따위를 나는 예의 그 의심의 눈길로 따지며 엿보고 듣다가, 원래 세작細作 간첩의 옛말은 젊은 것일수록 한 번 이상 만나서는 신상에 해롭다는 통설을 좇아 얼른 행방을 감추곤 했다. 유학생이랍시고 이곳 상해에 기거하는 새파란 협객 윤치호 따위가 한때의 구면을 앞세우며 문안 인사를 자청해왔으나 그것이 두 번 이상으로 잦아질 낌새가 비치길래 나는 두말없이 노자로 쓰라고 손수 쓴 '심의心意' 봉투를 건네며 손짓으로 물리쳤다. 예비 갈취범이나 다름없는 그런 유의 염탐꾼들에게 나의 쌀쌀맞은 응대는 지탄의 대상이 되고도 남았을 터이다. 아무리 곱게 봐준다 해도 그들은 구걸할 처지가 아니면서도 돈에 걸신들린 비렁뱅이에 불과했고, 모든 걸립패거리는 동냥 손을 내밀기 전에 무능한 샘바리이자 수다스러운 용심꾸러기에다 실없는 굴퉁이인 제 정체를 가끔씩 잊어버리고 짐짓 지워버린다. 그래서 내 재물이 축나는 것보다 내 동선이 알려지는 것부터가 몸서리 나도록 거슬렸다. 황금 같은 내 여유 시간을 왜 그들이 빼앗는단 말인가. 외출 중이라고, 작취미성이라고, 홍콩으로 여행을 떠난 것 같은데 당분간 그곳의 투숙처는 알 수 없다고, 아마도 숙박지를 옮긴 모양이라고 따돌리는 내 처신을 못된 소행이라며 앙심을 품는다면 그들은 눈치도 없는 째마리이거나 제 분수를 두 배쯤 과장해서 으스대는 건공잡이라고 해야 바른말이었다. 행객이야 그렇게 대접한다 하더라도 친인척 간인 숙객은 그야말로 처치 곤란이었다. 아무리 대궐 같은 집이라도 하루에 한 번 이상의 대면은 불가피한데 내 집에서 내 서실의 문을 닫아걸고 있어야 하며, 등 뒤로 남의 눈총을 받으면서 필묵을 멈추라니, 그런 정경은 내게 곡경이 아니라 불구덩이라는 가상의 그 연옥이나 마찬가지였다. 개나 고양이 같은 집짐승도 주인의 내색을 알아보는데 하물며 그들이라고 해서 내 격의를 눈치채지 못하겠는가.

한때는 삼남의 한 관찰사로 족히 이태쯤은 떵떵거린 민모 대감이, 영감, 이쯤에서 고신은 하직 인사를 올려야 될 듯싶소. 국내 사정도 여의치 않은데 여기서 소일하자니 민폐가 우심하기 짝이 없소. 그러니 위에 아뢸 말씀이라도 내려주셔야 다리 품값이라도 한 봉명사신이 될 성싶소 하며 제 조촐한 거조를 한층 더 옹동거리면서 나섰다. 항렬이야 같다 해도 연치가 한참이나 윗길인 그 종형께 나는 근엄한 낯색으로 일갈했다.

"위든 아래든 사뢸 말씀이 생기면 일간 소신이 들어가리다. 아시는 대로 상감의 영단에 따라 연전에 해외 각국과 통상 협약을 속속 맺은 덕분에 선편이 아주 용이해져서 여간만 다행이 아니오. 사흘 말미만 내면 여기 상해에서 제물포까지 내왕하며 하루 온종일 우리 도읍지 한양에서 소관도 볼 수 있게 되었지 않소."

우신愚臣들은 흔히 남의 말을 즉석에서 매미처럼 되뇌면서 그것을 자기 소신으로 삼는다.

"일간 환국하신다고 하셨소. 꼭 그렇게 하셔야지요."

그의 낯빛이 일순 환해졌다. 다리 품값을 챙긴 것이었다.

그들이 퍼뜨린 과장스러운 와전이 눈덩이처럼 아무렇게나 뭉쳐졌을 게 틀림없었다. 내가 내뱉은 '일간 환국한다'는 말이 거짓일 리야 만무하지만, 말전주꾼의 그 전언을 곧이곧대로 믿는 사람들은 참말을 그 뜻대로 알아듣는 귀가 없거나 말꼬리를 잡고 시비를 가리자는 건성꾼이 아니고 무엇이겠는가. 그런 건성꾼들은 대체로 남의 재물,

명성에 찌그렁이를 부리는 글겅이이게 마련인데, 그렇게 무위도식하는 사대부가 예로부터 우리 초야에 무더기로 흔해빠진 것은 익히 봐오는 바와 같다. 물론 그들의 그 태평스러운 무능, 말귀 어두움을 무시할 수는 없다. 나에 대한 온갖 비방, 폄훼, 힐난의 진원지가 바로 그들일 테니 말이다. 그런 비난이 물길처럼 한군데로 모아져서 급기야는 내탕금의 횡령을 자복하는 한편, 홍삼 전매 대금의 착복도 변상하라는 신문의 보도 경쟁을 사주하고, 그 여론 조작을 황실에 대한 민심 이반으로 획책하려는 친일파의 한 지류가 나를 민사재판의 피고로 지목한 것이었다. 설마 상께서 이 세신世臣을 공금 유용자로, 또 내탕금의 장기 취득 혐의자로 몰아댈 리야 만무했다. 그러니 일본의 '힘'을 제 조상 섬기듯 하는 무뢰배들이 집권의 여세를 몰아 상의 위세와 나의 해외 칩거가 눈엣가시라서 이차판에 한쪽은 치세에 무능한 암군으로, 다른 쪽은 나랏돈을 닥치는 대로 들어먹은 파렴치한으로 돌려세우려는 수작이었다.

이 재판의 전말에 대해서는 장차 장章을 달리하여 상세히 기술할 테지만, 내 과부한 호의호식, 때이른 성명盛名, 넘치는 상감의 은총 등을 시기하여 차마 입에 올리기도 남세스러운 험담, 조롱을 마구 지어내는 망종들은 늘 떼 지어 있어왔고, 주구나 다름없는 그들의 표적물이 내 수중의 금전에 한하며, 그것을 이번에는 그들이 손도 안 대고 코풀기 짝으로 후무리겠다는 꿍꿍이 수작임을 나는 경험상 잘 알고 있었다. 하기야 탐관오리들의 공금 유용, 착복, 탈취는 워낙 해묵은 비리라서 여기서 더 이상 논란할 사안도 아닌데, 유학 학비를 빙자하여 국고금을 무단으로 인출해갔는가 하면 그 사취액을 추쇄하러 보낸 세리稅吏 맞잡이가 이번에는 그 부정 인출금을 반 이상 발라

먹은 사례도 있었다. 그뿐인가. 심지어 일행의 공동 여비 중 일부를 야금야금 빼먹다가 들키는 통에 외국인들 앞에서 서로 삿대질하며 망신을 산 경우도 있으니 더 말해 무엇 하겠는가.

그런 도둑질을 목격하고 그 경위를 추달할 때마다 내 속마음 한쪽에서는, 이 모든 치부가 결국 가난이 빚은 죄다, 그렇지 않고서야 바른 정신으로 어떻게 남의 재물을 탐해서 훔칠 마음을 가지겠는가. 우리 조선인이 양반이든 상놈이든 원래 정직하고 순박하며 거짓말을 할 줄 몰랐는데 문물이 풍성해지고 글을 아는 선비가 많아지자 이토록 영악해지고 말았으니 이것도 거짓을 진실로 호도하는 궤변술에서 나왔다고 봐야 할까. 긴말을 주워섬길 것도 없이 사람의 본마음 곧 양심을 저버리도록 들쑤신 동기가 오로지 돈 앞에서 환장하는 그 물욕 때문이라면 먹이 다툼으로 대가리부터 들이미는 가축과 다를 게 무엇인가, 저게 무슨 괴물인가, 저 버러지 같은 인성은 얼마나 보기 흉한 추물인가와 같은 생각으로 들끓다가 머리통을 절레절레 흔들면서 나는 더 이상 보기도 싫다며 돌아앉아버리곤 했다. 양심을 등져버리고도 부끄러운 줄 모르는 그런 몰풍경과 맞닥뜨리면 공연히 나 자신이 억울해지고, 그들과 같은 하늘을 머리 위에 이고 서로 능히 알아들을 수 있는 말을 나누며 살아간다는 것이 비참해지다가 어느 순간에는 눈만 요령 도둑놈처럼 멀뚱거리며 잔머리 굴림으로 앞뒤 말을 맞춰대는 그 거짓말쟁이의 사지를 파지처럼 단숨에 구겨놓고 싶었다. 아직도 그런 광기의 불씨가 내 속에서 사그라지지 않고 있다면 나를 오해하는 무리들에게 내 심사를, 나만의 저회취미를, 위에서 시키는 대로 집행하고 또 내 스스로 개입한 국사의 내막을, 불시에 사지로 내몰렸다가 몇 번이나 죽을 고비를 넘겼던 그 혹독한 신고를 소상히, 또 간곡한 절규로 풀어놓아서 바르게 알려야 하지 않을까. 그토록 나를 믿고 국사를 일임했던 상감까지도 이제는 나를 도신盜臣으로 의심하는 눈길을 그치지 않는다니 얼마나 억울한가. 내 억울이야 속으로 삭일 수밖에 없다 하더라도 사실을 곧이곧대로 알려서 정사正史를 바로 세워야 옳지 않겠는가. 예의 그 신절을 앞세우며 내 사삿일을 포기하거나 후일로 미뤄버린다면 맡은 국사를 등개다가 요리조리 핑곗거리를 주절대는 한낱 축신逐臣 쫓겨 귀양 간 신하이 아니고 무엇이겠는가.

역시나 사사에다 개인사라서 그런지 붓을 다잡기조차 망설여지고 한편으로 두렵기도 하다. 지레 눈앞부터 몽몽하게 흐려지니 안개 긴 태산 앞에 선 나그네 신세 같다. 근자에는 도둑의 누명을 벗기 위해서가 아니라 내 재물을 매국노들에게 빼앗기지 않으려고 그 보기도 싫은 변호사들과 대면하면서 말을 맞추느라고 호되게 시달린 뒤끝이라 만사가 귀찮아지는 염세증에다 염인증도 가뜩이나 우심해졌다. 입맛도 밥맛도 간곳없어졌고, 곡기도 사나흘씩 끊으면서 해삼·전복·굴 같은 해미 안주로 술만 들이켜기도 했다. 그런 자학으로 붓을 내동이친 지도 오래돼서 그 탓도 있을 것이다. 앞으로도 목숨이 붙어 있는 한 명색 망국대부亡國大夫로서의 북받치는 설움을 삭여내자면 술이야 마다할 수 없겠으나, 연지硯池와 벼루 바닥의 먹물조차 예전 같지 않게 기름처럼 번들거리니 이 역정을 어떻게 감당하란 말인가.

점점 더 침침해지는 눈을 껌뻑이며 눈씨를 모을 때마다 온갖 상념이 이 먹물의 더께처럼 자발없이 희번덕거린다. 이 날뛰는 뭇 상념을 어떻게 갈래지어 무슨 말로 맞춤하게 옮겨놓는단 말인가. 아무런들 잡다한 말을 함부로 주워섬기면서 제 구변의 앞뒤를 간신히 둘러 맞쥐가던 여러 권신보다야 못할까. 하물며 혼잔한 머리를 마구 굴리며 어깃장이 점점 더 드세지던 민머리들의 그 엉성한 조리를 닮아간다면 얼마나 창피한 노릇인가.

글이 세상의 형편과 사람의 속내를 웬만큼 밝혀낸다는 것을 알고 나서부터 이때껏 한시라도 손에서 책을 놓아본 적이 없었던 만큼 언제라도 내 심중에 고이 쟁여둔 반듯한 문자, 옳은 문장, 의젓한 문맥 정도는 적기적소에 부려놓을 수 있다고 자부해왔다. 수시로 불쑥불쑥 떠들고 나서던 그 잡다한 문구, 그 구태의연한 문의, 그 상투적인 문격만큼은 요령 좋게 피해가며 내 문장을 적바림해야 한다는 소회를 얼마나 자주 뒤적여왔던가. 그때마다 방정한 필체로 슬하의 일가권속과 후학 및 친지에게 언간옛날에 한글 편지를 속되게 부르던 말을 수십 통이나 썼던 신필 추사秋史의 경지를 떠올리며, 그 본을 흉내는 내야지라면서 속을 얼마나 태웠던가. 그런 본보기는 나의 이 적록摘錄을 도와주기는커녕 걸림돌이 될 게 분명하지만, 그런 옹이가 마디마디에 엉켜붙어야 나무가 쭉쭉 자라나지 않겠는가.

하기야 서도에서도 문리가 웬만큼 트이기 시작하면 우선 필의부터 가다듬을 줄 알아야 한다는 말이 예로부터 있어왔다. 거의 유례가 없지 싶을 나의 다사다난했던 인생 역정을 굽이굽이 되돌아보려는 이 기록문에도 글씨의 그 필의 같은 문맥의 작의를 먼저 갖춰야겠다 싶어서 나름껏 다듬는 데 적잖이 부심하며 세월을 삭여낸 것도 사실이다. 그러니 형상이 빛깔을 채우고 바루며, 그 실속은 겉모양에 따라 제 속살을 부풀려간다는 그 작의가, 너무 표나게 드러나서도 흉하지만 앞뒤를 샅샅이 훑어봐도 그것이 비치지 않으면 맹해서 싱겁다는 글쓴이의 곡진한 그 의중이 내게 왜 없겠는가.

먹길에 봉망鋒鋩 벼루 바닥에 먹이 잘 갈리도록 새겨둔 미세한 잔금이 제 요철을 천연스레 닳게 하듯이, 또는 먹물이 고여들수록 제 몸의 진액을 더 걸게 풀어내는 먹처럼 내 회포야 써갈수록 절절히 엮이련만, 붓을 잡기도 전에 그 당차던 작의가 휘움하게 스러지고 있으니 장차 이 낭패를 어떻게 수습한단 말인가. 국사라면 아무리 벅차도 그토록 발밭게 선후를 챙기느라고 부지런을 떨었건만 사삿일에는 이처럼 늑장을 부리고 있으니, 이 무슨 망조인지 난해하기 그지없다.

어느덧 까마득히 흘러가버린 한 시절의 정경이기는 하지만, 연상 앞으로 다가앉으면 언제라도 조만히 괴어오르던 그 필의, 그 사의寫意가 내게는 워낙 넉넉했다. 묵향을 맡자마자 가슴에 차곡차곡 서려 있던 뜨거운 기운이 한꺼번에 용솟음치던 그 발심의 진정한 정체는 무엇이었을까. 내 눈에 차는 글씨와 후세 사람들에게 부끄럽지 않은 사군자화를 남기겠다는 그 집필의 심사를 꼭 들어맞는 말로 옮겨보려고 무척이나 고심했으며, 그처럼 답답할 때마다 선각들의 한마디 조언을 책에서 찾아내려고 부단히 책장을 넘기곤 했다. 시방도 그런 암중모색의 고삐를 늦추지 않고 있지만 그 사의辭意의 곧자는, 이제부터 쓰고 그리려는 글과 그림의 형용이 저번 것과는 어디가 달라도 달라져 있어야 한다는 것이었다. 새로운 기운도 안 보이고, 나아진 구석도 찾기 어려운 글과 그림이야 매번 나오게 마련이지만, 그 구태를 당사자가 모르는 한 그런 붓치기는 완물상지玩物喪志의 심심파적거리일 뿐이잖겠는가. 남의 사정이야 어떻든, 또 그들의 안목이 어느 경지에 있든 내 마음을 조금이라도 들뜨게 하는 흔적이 시전지 위의 여백에라도 묻어나야 한다는 나만의 고집이자 다짐은 좀 유별난 것이긴 했다. 일찍이 진외가아버지의 외가의 당숙 추사에게서 글씨를 배운 가

엄으로부터, 또 괴팍하기 짝이 없었으나 자타가 웅필임을 자랑했던 숙부 황사黃史로부터 내 필봉의 싹수를 인정받았던 만큼 한때는 젊은 기운에 휘둘려서 그 가문의 위세를 보람시고 과시하는 데도 재미를 일구곤 했다. 자연스럽게도 그런 자만이 남들에게는 방자하게 비쳐서, 저 반미치광이 좀 보게들. 지 애비 글도 시큰둥하니 얕잡아보는 무엄이 아주 중증이라네. 지 위에 아무런 스승도 없으니 저런 천둥벌거숭이가 장차 무엇이 되려냐와 같은 지탄이 자자했다. 제 운필은 잠재워두고 남의 재필才筆을 헐뜯느라고 해지는 줄도 모르는 그런 단필短筆들의 험담에 나는 조금도 개의치 않았다.

생래의 내 기질대로 서화에 관한 한 외곬의 그런 골몰, 집요한 천착은 차츰 안하무인의 경지로 치달았다. 스스로 체득한 분별과 골력骨力을 선뜻 알아보는 대중도 없이 붓을 나날이 잡아본들 무슨 쓸모가 있겠으며, 그런 공연한 헛일에 용을 쓰는 한낱 윤필가들과 경쟁하다니. 내 채신을 그렇게 굴린다면 창피한 일일 테고, 그들과 나를 견주어본다는 것조차 아주 거슬렸다. 마찬가지 이치로 남들과 다를 바 없는 필력으로, 나름대로 소신껏 살아왔다는 조로 일기 적듯이 소략하게 얽어 맞춘 문맥의 진가가 오죽하겠는가. 내 구상, 내 저작, 내 문리文章의 調理는 통음 중에도 쉼 없이 나름의 조촐한 서실을 늘려갔다.

그러나 마나 먹은 늙은이의 힘 빠진 손길로 은근히 쥐고 연당硯塘의 품을 어루더듬듯이 갈며, 붓은 장부의 억센 악력으로 바로잡아라라는 옛말이 무색하게 벌써 먹물이 탁하고 죽처럼 걸쭉해지고 말았는데도 필로筆路 조바심으로 손이 오그라드는 이 곤경을 언제까지 감수하란 말인가. 이래서 남의 보행법을 배우려다가 제 걸음걸이도

24

잊어버렸다는 옛말이한단학보邯鄲學步, 설마 걷기야 못 했을까만, 과히 빈 말은 아닌 듯하다. 그러나 마나 여태 조마조마하니 붓을 못 잡고 있는 이 주저벽을 성큼 돌려세워줄 자극제로 무엇이 있을까. 그동안 내 팽개친 필흥筆興이 부끄러워서라도 영감 따위가 떠오르길 마냥 기다릴 주제도 못 되지만, 궁여지책으로 한때 그렇게나 즐기다가 어느 날 문득, 중독기가 완연하다, 이렇게 나른하니 죽어간다면 너무 비참하고 그런 인생은 언짢고 역겹다는 생각이 들어 과감히 끊어버린 아편 연이라도 한 모금 빨면 이 곡경에서 벗어나려나.

초장부터 너더분한 자기 자랑으로 아까운 세월을 희롱할 생각은 추호도 없지만 식자층에는, 특히나 나날이 불어나는 우리 조선의 해외 유학생들에게는 웬만큼 알려져 있다시피 나는 조선인으로서는 역사상 최초로 세계 일주를 온전히 마친 명실상부한 사대부이자, 그것도 공무의 일환으로 외국의 여러 색다른 사정을 눈여겨 둘러본 벼슬아치였다. 거의 1년에 걸쳐 두루두루 살핀 그 여러 나라의 풍속, 제도, 문물, 인종들의 견문기를 언젠가는 착실하고 솔직하게, 가능하다면 필세筆勢처럼 내 성에 차는 문체로 과장 없이 그려보겠다고 다짐했다. 물론 식자 나부랭이는 대개 다 그런 허울 좋은 다짐을, 당시의 울컥하는 심정이 시키는 대로 그 거짓 맹세를 흩뿌리는 데 능하다. 좋고 나쁘다 할 것도 없이 죽을 임시까지 그 실천에 미련을 버리지 못하는 추물이 식자다. 그러므로 시시때때로 발설한 그 자기 허언을 뒤적이며 사는 것이 그들의 생리이자 또한 본업이다. 그러느라고 살같이 내빼는 세월의 바짓가랑이에 매달려 허둥거리다보면 어느 순간, 내게도 그런 다짐을 되뇌던 시절이 있었네라고 중얼거리면서 그 벼르던 과업의 사슬을 슬그머니 놓아버린다. 대체로 식자란 글을 알고 말

제1장 자기 변명

을 즐긴답시고 세상과 남을 속이기 전에 온갖 감언이설로 자기 자신부터 꼬드기는 이력을 쌓느라고 하등에 쓸데없는 부지런을 떨어대는 것이다. 그런 무사분주를 즐길 줄 알아야 식자의 위상에 그나마 어울린다는 말도 그래서 일리가 있다.

그러나 자기감정의 그런 요란한 분식과 수시로 변덕을 부리는 곡언 행각이 당장에는 그럴듯하고, 작취 후의 수정과처럼 입에 착착 감기지만, 돌아앉아서 음미해보면 이내 그 끈적끈적한 단맛이 비위를 상하게 한다. 앞뒤 말이 엇물린 톱니바퀴처럼 삐걱거려서 당최 그 소음이 거슬리는 것이다. 그것을 알아보고 그 후에라도 삼가는 식자는 당연히 윗길에 속하며, 그를 머드러기로 대접해야 함은 말할 나위도 없다. 그러나 늘, 아니 평생토록 고만고만할뿐더러 남들과도 한본인 그 자기기만, 자기 변해, 자기 모방에 지치지 않는 소인배 근성이 식자층의 본색이라면 과히 틀린 말은 아니고, 그들의 그 파적거리는 일생의 애완물이어서 더 이상 가타부타할 것도 없다. 여태껏 나도 그런 부류라 입이 열둘이라도 할 말을 못 찾겠어서 이런 자기변명 조의 궤변을 앞세우고 있긴 하다. 그러니 이제부터는 오로지 용기백배하여 '내 비천한 문자 속으로는 이 정도밖에 못 봤다'면서 되잖은 글줄이나마 일사천리로 풀어가는 일 말고 달리 더 중덜거릴 말도 없을 듯하다.

백악관의 초상화

　막상 붓을 들고 보니 내 안전에는 견문기를 꼭 남기라고 강권하던 어떤 장면 하나가 흐릿한 채로나마, 그 전후 사정은 어젯밤 꿈처럼 맥락이 잘 닿지 않는 채로나마 생생하게 펼쳐진다.

　후에 가다듬어보니 그날은 오전 중에 미국 대통령과의 면담이, 그러니까 공식적인 고별인사를 치르기로 예정되어 있어서 나는 여느 날보다 더 일찍 일어났다. 미국 정부가 우리 일행을 국빈으로 대접하여 묵도록 한 숙소는 앨링턴 호텔이었다. 좀 선득한 느낌이 들었으나 실내는 쾌적했다. 나는 보빙사를 대표하는 전권대신이었으므로 특실에 혼자 묵고 있었고, 따라서 누구의 눈치 따위를 볼 것도 없이 룸의 한쪽 유리창 커튼을 활짝 열어젖혔다. 여담이지만 그즈음 나의 통어 수준은, 한문 필담에는 대국인보다 능하다는 것이 청국인들의 솔직한 품평이었고, 일본말도 대강 알아듣기는 해서 통역의 신세를 마다했으며, 영어 단어도 귀에 설지 않은 것들이 속속 불어나던 터라 빈객을 재우고 먹이는 '객사' 속의 그 많은 '방'의 구색이 우리 것과는 사뭇 다른 '호텔'과 '룸'을, 또한 병풍과는 그 외형에서 차이가 심하지만 기능은 얼추 비슷한 '커튼'을 자연스럽게 상용하고 있었다.

아무려나 내 눈앞에는 곧장 미국의 권부 워싱턴의 도심지 가로수가 바야흐로 붉고 누렇게 물들기 시작하는 장관이 펼쳐졌다. 바로 지척거리의 포토맥 강은 옅은 안개로 뒤덮여 있었다. 막 새벽이 밝아오던 터라 행인은 보이지 않았다. 역시 네모반듯한 편석을 가지런히 이어 맞춘 포도를 끝없이 펼쳐놓은 대로의 규모, 그 도로에 도열한 벽돌 건물들의 위용, 그 너머로 우람한 고목 속에 파묻힌 이층짜리 여염집 등등을 내 시선이 미치는 한 느긋이 조망하면서, 속으로는 '문명'이란 바로 이런 풍경을 뜻하는 게지라는 감상을 이어가고 있었다. 그때 내 나이는 불과 스물네 살로 색다른 것만 보면 즉각 호기심을 일구고, 그 감정을 호연지기로 부풀려서 으레 나와 남을, 우리 것과 남의 나라 것을 비교하는 한편, 열등감과 고양감을 번갈아 되새기느라고 여념 없던 터였다. 그런 몰입에 관한 한 나도 나름대로의 일가견을 가지고 있었다. 가령 살담배를 꾹꾹 눌러 담아 피우는 우리의 곰방대가 아무리 구수하다 하더라도 엽궐련葉卷煙이라고 걸맞게 번역한 '시가'가 훨씬 더 뛰어난 풍미를 지녔으며, 우리 한복이 생활에는 불편할지 모르나 사람살이에서 격식 차리기에는 품위가 우러난다는 지론을 갖고 있기도 했다. 물론 제대로 갖춰 입기가 어렵긴 해도 두루마기 밑자락으로 떨어지는 선과 대님의 매듭에는 분명히 어떤 소박미, 단정한 틀이 점잖게 배어 있었다. 그래서 나는 이국땅에 발을 내딛고부터 한복 예찬론을 공식 석상에서도 여러 번이나 폈고, 여러모로 편리하며 오래도록 그 맛을 음미할 수 있는 시가의 애용자가 되었다.

이제 그 맛있는 시가까지 한 손에 들고 훤히 날이 밝아오는 워싱턴의 가경을 바라보고 있으려니 감개가 저절로 무량해졌다. 한동안 시가 연기만 굴뚝처럼 내뿜으며 시선을 창밖의 그 환한 가을 풍경에 못 박고 있는데 문득, 사방을, 이 넓은 대지를 사통팔달로 열어놓는 것이 개화 아닌가, 소위 그 문명의 요체는 새로운 문물을 거침없이 받아들이면서 낡아빠진 제도는 깡그리 경정更正하는 것이겠는데, 우리나라 형편이 아직 미개 상태라서 좀 어둠침침한 건 사실이지, 환해져야지, 툭 트이니 좀 보기 좋아, 개화가 결국은 변개, 개선, 교화지 별건가, 하기야 말로야 쉽지, 저 편석 하나하나를 일일이 쪼고 다듬어서 이어 맞추려면 숱한 인력, 금력, 수고, 인내심이 있어야 할 테지, 길을 내기가 얼마나 어려운데와 같은 생각을 산만하게 이어가고 있었을 것이다. 그럴 수밖에 없는 것이 수년 전부터 우리 집 사랑채에서 고균古筠 김옥균金玉均의 호을 비롯한 세칭 팔학사김옥균·홍영식·심상훈 등 여덟 사람의 개화파 신진 사류士類가 사흘이 멀다 하고 둘러앉아서 저마다 길고 짧은 담뱃대를 물고 타시락거린 화두가 바로 그것이었기 때문이다.

'나 혼자 저 사통팔달한 거리 속을 한나절이라도 거닐면서 이러저런 화두를 정리해보고 싶건만, 비록 소국일망정 내 신분이 한 나라와 한 임금을 섬기고 대표하는 전권대신이라 여의치 않네. 당최 답답하기 짝이 없는 판이구면, 언제쯤 꼼짝도 못하고 매인 이 신세를 면하려나, 평생토록 벼슬아치로서 이렇게 질질 끌려다녀야 한다면, 또 머릿속으로 골백번씩이나 우려먹는 생각만 이어 맞추다 늙어버리면 내 인생이야말로 얼마나 보잘것없을 것인가.'

그런 골몰의 뒤끝이 늘 그렇듯이 그날도 좀 허망해지는 기운을 어떻게 수습했는지 역시 아슴푸레하다. 아마도 평소보다 더 과묵한 언동으로 일행을 대했을 테고, 그들이 나의 그 근엄 앞에서는 흔히 서로들 맹한 눈길만 주고받으면서 경원감을 드러내느라고 각자의 소임이나 챙기는 체했을 것이며, 내 심기를 맞추는 말들도 건넸을 것이다. 그러나 마나 나의 그 골몰은 내처 이어졌던 듯하다. 왜냐하면 귀국 후에도 가끔씩 그 전후 맥락을 떠올려보면 그날 아침 끼니는 무엇으로 때웠는지, 아무리 지척 간이라고 해도 포토맥 강 건너 쪽에 있었으니 백악관까지 걸어가기에는 국빈의 체면상 또 그들의 예우상 이만저만한 결례가 아니므로 탐스러운 엉덩이에 윤기가 자르르 흐르는 절따말이든, 그 순박한 눈길에는 어딘가 이 짓이 탐탁잖다는 기색과 함께 메떨어지는 고갯짓으로 히잉거리던 부루말이든 그 '말하는 짐승'이 끌던 쌍두마차를 타고 가지 않았나 싶은데, 그때 마부가 우리 갓보다 테두리만 훨씬 더 좁직한 그 '실크해트'를 쓰고 있었는지 어쨌는지조차 까맣게 생각이 안 났기 때문이다.

신임장을 제정할 때는 마침 대통령께서 뉴욕에 출장 중이었으므로 그곳의 한 호텔에서 숙배 후 상견했던 터라 백악관은 그때가 첫걸음이었지만, 그 경내도 온통 추색이 완연해서 드넓은 잔디밭 또한 누런색으로 바뀌어 있었다. 똑같이 청명한 가을 날씨이고 저런 아름드리 고목도 우리나라 방방곡곡에 흔하건만 어째 여기 나무는 우리 것하고 다르다라는 느낌이 여실했다. 물론 그것이 어떻게 다른지, 그 나무들이 느릅나무거나 은행나무든가 벚나무인지, 그토록 판이하다는 느낌의 근원이 예의 그 개화론으로 말미암은 내 처신의 옹색 때문이었는지 따위로 생각이 이어지지 않았던 것은 분명하다. 사람이란 누구라도 큰일, 곧 대역사大役事나 국사에 임할 때라든지, 정변이나 비명횡사 따위를 느닷없이 당할 때라도 결국은 제 일신 앞에 떨어진 임무만 원만히 처리하느라고 허둥거리니 말이다. 그날도 내게 그런 임무가 많았고, 그게 이상한 골로 연거푸 빠지는 통에 어리둥절해졌던 장면만 생생히 남아 있다. 후에 생각해보니 무슨 일이든 감당해야 할 때면 그런대로 융통성을 발휘해서 웬만큼 대과 없이 처리해내는, 내식의 표현으로는 '처변 수완'에서 내가 어린 나이에도 그렇게 둔한 쪽은 아니었던 듯하다.

수많은 세사細事는 다 건너뛰기로 하고 바로 본론으로 접어들면 우리 일행은 미국인 통역관 로웰을 앞세우고 이미 대기 중이던 백악관의 접빈관들인 국무장관 서리와 해군장관 같은 요직 인사 서너 명의 안내로 한 대접견실 속으로 들어섰다. 얼룩덜룩한 융단 깔개가 모서리까지 빈틈없이 깔린 실내에서는 높다란 천장 때문인지 쾌적한 기운이 감돌았다. 한쪽에는 벽난로를 등진 상석과 그 양쪽 둘레에 곡선으로 빚어놓은 등받이와 팔걸이가 달린 3인용, 1인용 의자들이 줄느런했고, 나머지 공간은 훤히 비워두었는데, 당장 내 눈길을 휘둥그렇게 사로잡은 것은 그 드넓은 홀의 사방 벽을 빼곡히 채우고 있던 그림 액자들이었다. 이내 내 눈길에는 경이와 선망과 황홀이 어렸다.

아마 그때까지 나는, 이번에도 첫 대면 때처럼 대통령께 큰절부터 올려야 하는지를 생각하고 있었을 것이다. 그런데 그 숙제거리를 그림들이 단숨에 채어가버렸다. 내 관심을 눈치 챈 로웰이 내 곁에 따라붙었고, 그의 그림 설명을 대강 우리말로 옮겨주는, 우리 일행의 서열상 세 번째인 종서관 서광범徐光範이 내 앞선 걸음을 뒤따랐다. 나머지 일행은 실내의 집기, 장식 같은 것을 구경하느라 삼삼오오 무리지어 바장이고 있었을 것이다. 내 걸음은 크고 작은 장방형의 그림 액자 앞에서 한동안씩 머물다가 미련 많게 다음 자리로 옮겨지곤 했다. 그때마다 로웰이 알아들을 수 없는 영어로 주저리주저리 설명을 엮어놓았고, 그것을 떠듬떠듬 옮기는 우리말을 나는 귀 밖으로 흘려듣고 있었다. 그림 감상에 굳이 무슨 해설 따위가 필요하며, 그 말들을 내가 정확하게 알아들었던들 내 감상과는 다를 그것이 무슨 소용이란 말인가.

요컨대 그 그림들은 역대 미국 대통령의 공적, 사적 일상의 한 장면을 화려한 채색으로 치밀하게, 거의 실물을 방불케 하는 수준으로 그린 초상화였다. 과연 대가들의 솜씨가 빼어나서 방금이라도 그림 속 인물들이 실내로 걸어나와 말이라도 걸어올 기세였다. 우리의 어진御眞이 정색한 정면의 좌상으로 고정되어 있는 데 비해 그 유채화 속 인물들은 제가끔 특이한 자세를 취하고 있는 게 예사로 보이지 않았다. 이를테면 옆모습과 상체의 어깨선을 두드러지게 강조한 한 초상화 속의 그 우뚝한 코에는 야심과 긴장이, 숲을 배경으로 삼은 전장에서 승전보를 받은 정복 차림의 대통령 얼굴에는 감격과 안도가, 한쪽 어깨에서 허리까지 굵다란 옥색 띠를 두른 예복 차림의 전신상에는 자부와 관후와 호사가 어룽져 있는 식이었다. 관자觀者라면 누구라도 초상화 속 인물들이 얼마나 어질고 후덕하며, 한편으로 지혜롭고 통솔력과 영단력 면에서 뛰어난지를 한눈에 알아보며 그 실물이 살아 있다는 듯 일정한 존경심을 표하도록 충동였으므로 나는 솔직하니 그 그림들의 상대적 가치마다에 승복, 감탄사를 발하는 데 인색하지 않았다. 내 그런 반응에 부응이라도 하듯 연방 손짓으로 그림을 가리키며 설명을 이어가는 키다리 로웰의 얼굴에도 자랑스러운 기색이 떠나지 않았다. 걸음을 떼놓을 때마다 내 감상은 짙어졌고, 그림 앞에 서서 벽면을 우러러볼 때마다 내 도취경은 그 화려한 채색만큼이나, 아니 그 이상으로 다채롭게 펄떡거렸다. 내 신분을 잃어버렸다면 과장이겠으나, 잠시나마 발등에 떨어진 내 소임을 깜빡 잊어버린 채 벽 앞에서 어정거렸던 게 사실이다. 황홀했다. 잠시 시공간 감각도 까맣게 잊어버렸을 것이다.

이윽고 한 군중화 앞에 서서 그림의 규모를 음미한 뒤 나는 벽면으로 바싹 다가갔다. 아무래도 두 번째로 돋보이는 인물, 틀림없이 대통령을 최측근에서 보좌하고 있는 듯한 그 각료의 전신상을 톺아보기 위해서였다. 나는 엉겁결에 낮은 탄성을 내질렀다.

'아, 희한하네. 많이도 닮았다. 움푹 꺼진 눈매 하며.'

머리털 손질과 수염수세야 우리 풍습과는 아주 판이하지만, 그 기름한 말상은 내가 출국하기 전까지 조회 석상에서 더러 맞닥뜨리기도 했던 한 노신의 존안을 떠올리기에 충분했다.

'동양인이나 서양인이나 연세가 지긋하면 이목구비가 흐트러지면서 비슷해지는가, 모를 일일세.'

내가 뒤로 두어 발자국 물러서자 로웰의 자랑스러운 설명이 뚝 멎었다. 곧장 실내에 뻣뻣한 긴장이 감돌면서 저벅거리는 한 무리의 구두 소리를 앞세운 거구의 아서 대통령이 시종과 함께 들어선 것이었다. 기다렸다는 듯이 그동안 나와 멀리 떨어져서 무리지어 얼쩡거리던 일행 중 미국인 한 명이 대통령께 빠른 걸음으로 다가가 방금까지의 내 동선을 설명했다. 전권 부대신 금석琴石 홍영식洪英植의 호을 위시한 나머지 우리 일행은 출입문 쪽에서 열을 맞춰 꼿꼿하게 서서는 옷깃을 여미고 옷자락을 바루었다. 통역관의 말에 한동안 귀를 맡기던 아서 대통령은 이내 알았다는 눈짓에 이어 내 쪽을 향해 그림 감상을 계속하라는 손짓을 지어 보이며 성큼성큼 걸음을 떼놓았다.

제2장 백악관의 초상화

순식간에 내 초상화 감상 걸음이 실내의 모든 눈길을 집중시킨 꼴이었다. 무안하기 짝이 없었으나 나는 내 신분에 따라 양손을 아랫배께에서 모아 잡고, 숙배 후 사방의 벽을 한 손으로 가리키며 아뢰었다.

"대통령 각하, 여기서 아주 훌륭한 그림들을 감상할 수 있게 해주셔서 더없이 생광입니다. 난생처음으로 눈 호사를 하게 되니 눈앞이 시원합니다. 이런 기회가 장차 다시없을 듯하므로 정말 고맙기 짝이 없습니다."

서광범 종사관이 내 말을 영어로 통역하기도 전에 아서 대통령은 내 진의를 알아들었다. 내친김이라 나는 백악관 주인의 그 득의에 부응하느라고 벽면을 따라 걸으면서 품었던 궁금증을 털어놓았다.

"우리나라에는 도화서라는 관아가 대궐 안에 따로 있고, 솜씨 좋은 화원이 제 밑에다 제자를 10여 명씩 거느리면서 가르치기도 하는데 미국에도 그런 제도가 있습니까."

영어 통역이 내 말을 더듬거리자 저만치 떨어진 곳에서 줄느런히 있던 우리 일행이 어수선해졌다. 그 무리에는 우리 정부가 고용한 중국인 영어 통역관 오예당吳禮堂, 로웰이 개인 비서로 채용한 일본인 청년 궁강항차랑宮岡恒次郎도 끼어 있었다. 그들이 내 쪽으로 다가왔고, 이제 모두 네 사람이 4개 국어로 설왕설래한 끝에 내 의문이 백악관 주인에게 전해졌다.

아서 대통령의 즉답은 다소 호들갑스러운 어조로 길게 이어졌으나, 그 대의가 여러 나라 말의 난무 속에서 한동안 자맥질하느라고 시끄러웠다. 나는 단숨에 호기심이 왕성한 귀공자로, 그림을 볼 줄 아는 조선 정부의 소장파 실권자로 부상한 터이므로 뭇 시선을 차분히 받아내면서 한동안 통역에 애로를 겪는 네 사람의 난색을 너그러운 눈길로 어루만지며 기다렸다. 그동안에도 숱 많은 콧수염이 무슨 덤불처럼 수북한 구레나룻까지 이어지고, 그 바탕에는 풍요로운 혈색의 뺨 위로 꿈틀거리는 송충이 같은 눈썹이 관자놀이로 뻗친 아서 대통령은, 그 호인다운 자상함이 어룽거리는 파란 눈동자로 나를 천연스럽게 주시하고 있었다. 미국인치고도 생김새가 단연 이색적인 이 양반이 전 국민의 다수결에 의해 대통령으로 선출되었다니 그야말로 가관이 아닐 수 없었다.

틀림없이 그는, 이 눈이 동그라니 큰 젊은 친구가 꽤 재미있군, 그림을 잘 그린다니 왕비의 친척치고는 이색적이네. 신문 기사대로라면 가는 곳마다 우리 시민들이 이 친구 일행의 일거일동과 복장을 서커스 단원인 양 주목하면서 이들의 시찰, 견학 자세를 칭찬했다니까 과연 빈말이 아니겠군, 향학열이랄까 지식욕이야 좋은 거지. 인기가 있었다니 다행이야와 같은 느낌을 간추리고 있는 게 분명했다.

이윽고 아서 대통령의 긴 대답이 간추려져서 우리말로 옮겨졌다.

'물론 백악관에도 전속 화가가 있다. 전속 화가는 대통령과 그 가족만 필요에 따라 그린다. 민간에는 기량이 빼어난 화가가 많으니 그중에서 한 사람을 우리 정부가 골라서 고용한다고 할까. 전속 사진사도 있다. 사진을 찍어두었다가 그림 그릴 때 참고하므로 이제는 대통령이나 그 가족이 굳이 모델 노릇을 하느라고 장시간 볼일을 못 보는 불편은 없어진 셈이다. 저쪽 그림처럼 영부인 단독의 초상화는 대통령이 자기 개인 돈을 주며 특청으로 그렸을지 모른다. (복도 쪽 벽 상단에 걸려 있는 그 초상화 속의 은발 노부인은 선한 눈길이 아주 기다랗게 이어졌음에도 불구하고 가느다랗고 긴 콧날과 꼭 그만큼 얄

따란 입술이 고집스럽게 생겨서 자기주장이 자심했을 것 같은 인상이었다.) 저 그림도 유족들이 기증한 것이라고 들었는데, 관심이 있으면 정확한 사실은 추후에 알려주겠다. 물론 이 실내에 있는 모든 그림은 국가 재산이고, 매매할 수도 없게 되어 있다.'

아까 아서 대통령이 자기 바지 주머니를 토닥였는데 그 시늉은 아마 사비를 의미했던 듯하다. 내 의문이 제대로 풀린 것 같지는 않았으나, 나는 '잘 알았다는 듯이' 머리를 끄덕이며 실내의 모든 배석자가 흔쾌히 받아들이도록 큰 소리로 '땡큐 베리 머치'를 연거푸 되뇌었다.

뒤이어 나는 벽면에 나붙은 칙칙한 초상화 한 점을 손짓하며, 아마도 그이가 흑인 노예를 해방시켰을 뿐만 아니라 미국이 반으로 갈라질 뻔한 남북전쟁을 승리로 이끌었으나 웬 미치광이 암살범의 권총 저격으로 순직했다는 링컨 대통령이었을 텐데, 우리의 어진 도사법圖寫法에는 용안과 관모, 어복과 신발, 그 주위의 어좌와 배경을 그리는 어용화사御用畫師가 각각 따로 있다고, 손가락 셋을 펴 보이며 말했다. 임금의 얼굴을 그리는 선화자善畫者가 물론 으뜸이고, 그 밑의 수종隨從 화원은 일종의 보조자로서 묘사를 배운다고 덧붙였다. 그림 속의 그 불세출의 걸물을 무엄하게 손짓으로 찌르고 쓰다듬기도 하면서 손가락까지 세 개를 꼽아가며 설명하는 내가 귀엽다는 듯이 열심히 경청하더니, 아서 대통령은 즉각, 재미있다, 조선의 임금 초상화 제작 과정을 알게 되어서 기쁘다, 우리 화가들도 물론 조수를 부린다면서 반색이었다.

아서 대통령은 발을 떼놓을 때마다 두 손을 흔들며 흥감스럽게 내 감사 인사에 응하고 나서, 벽난로 쪽으로 돌아서며 좌정해서 대화를 이어가자고 손짓했다. 주인과 손님이 앞장섰고, 좌우의 두 나라 관리들이 길을 터주었다. 주인이 벽난로 앞의 자기 의자 곁에 서서 우리에게 자리를 권하자, 나는 서열대로 금석과 위산緯山 서광범의 호에게 내 오른쪽 곁에 서라고, 뉴욕의 한 호텔에서 국서 제정식을 할 때처럼 큰절을 올리자고 눈짓으로 지시했다. 나의 그런 예절 갖추기를 아서 대통령은 이내 알아채면서, 됐다고, 그럴 필요 없다고, 어깨를 들어올리며 멋쩍은 기색까지 지어 보였다. 상석 앞에는 의자가 다섯 개씩 나란히 마주 보고 놓여 있었기에 우리 세 사람은 한쪽에 몰아 앉았고, 미국 쪽 관리들도 세 사람만 맞은편에 착석했다. 나머지 일행은 저만큼 물러나서 두 손을 모아 잡은 채로 줄느런히 있었지만, 로웰과 예의 그 중국인, 일본인은 통역하기 위해 내 등 뒤에 붙어 섰다.

그다음 순서는 판에 박은 의례적인 인사 나누기와 화답이었다. 그동안 미국 정부의 친절한 안내와 대접과 지도, 대통령께서 베푸신 심심한 호의와 자별한 관심에 우리 일행은 감동해 오로지 감사할 뿐이며, 이제 미국을 떠나려니 아쉽기 짝이 없을뿐더러 혹시라도 폐를 끼쳤을까봐 두렵기만 하다 운운하는 그것이었다. 그날은 좀 특별해서 우리 보빙사 일행은 미국의 탁월한 정치 제도, 진보 사상의 민주적인 개진, 농상공업의 활발한 생산과 그 소비 현황 등에 대해서 많이 배우고 가니 장차 조선의 개화운동이 힘을 얻을 것이라고, 여러 분야에서 반드시 성과를 내도록 노력하겠다는 요지의 내 말이 덧붙여져야 했다. 아무리 20대의 연소배라 해도 내가 그 정도 격식을 차리는 데 무지하지도 않을뿐더러 자리마다의 분위기에 따라 할 말과 줄일 말에 대한 내 분별력에 자부심이 강했던 만큼 조선의 첫 외교 사절로서의 체면을 유감없이 세웠다고 할 만했다.

그 점은 이미 아서 대통령의 호의적인 시선에 역력히 드러나기도 했으며, 배석한 미국 쪽 관리들의 그 낮이 난 표정이 말하고 있기도 했다.

무슨 말이든 자꾸 건네고 싶지만 이 자리가 좀 비편해서 유감일세라고 방 주인은 눈짓으로 달랬고, 나는 초상화라면 우리에게도 상당한 실적이 있는 만큼 방금 눈에 익힌 미국의 그것과 어떻게 다른지에 대한 내 감흥을 들려주고 싶건만 당최 그 통역의 어눌함 때문에 함구하고 있으니 양해해주소서라는 무언의 화답을 던졌다. 벌써 주객은 이심전심으로 서로의 속내를, 곧 아량·호의·관후·배려 등을 제 손발처럼 토닥이며 나누고 있는 판이었다. 내가 잘못 보지 않았다면 그 부집父執뻘의 미국 대통령은 내 일거일동이 귀여워 죽겠다고, 내 사모관대와 두루마기 차림도 아주 잘 어울려서 혹할 만하다고 그 새파란 시선으로 내 전신을 어루만지던 터라 민망할 정도였다. 좌중의 그 온기는 워낙 완연해서 굳이 외국어로 옮길 것도 없었다.

서로가 몽따는 시선만 나누느라고 위산과 로웰의 통역을 귀담아듣지도 않던 아서 대통령이 맞은편 국무장관에게 빠른 말로 무언가를 지시했다. 잠시 후에야 그 즉흥적인 지시의 윤곽이 대략 우리 일행에게 알려졌지만, 그것은 실로 뜻밖의 과분한 배려였다. 곧 우리 일행에게, 이번 방미 성과를 더 확고히 다지기 위해 구라파 쪽을 경유하여 귀국하라고, 영국, 불국 등지도 둘러보면 틀림없이 도움이 되고 참고할 게 많을 테니 꼭 그러라고, 그 호송에 따르는 경비와 편의 일체는 미국 정부가 부담하며, 해군 장군이 이 조선 보빙사 일행의 신변 안전은 물론이고 선편과 순방 중의 숙식 일체도 전담하라는 것이었다.

그 지엄한 하명에 놀란 쪽은 우리보다 그들의 모국어를 즉시에 알아들은 맞은편의 국무장관 프릴링하이젠과 그 옆의 동석자였다. 그들은 경이감을 적이 감추느라고 짐짓 환한 얼굴로 대통령의 특명을 받들고 있었으나, 나와 내 옆의 두 동지와 뒤쪽의 통역관 일행을 차례로 둘러보는 시선에는, 이런 호의가 얼마나 대단한 것인지 알기나 하느냐는 물음이 깃들어 있었다.

어느새 나도 그 특별한 예우의 진의를 파악하고, 그에 소요되는 인적·물적 과외 비용 따위가 저절로 떠올라서 충심으로 감사하는 마음이 솟구쳤다. 한동안 나는 넋을 놓고 아서 대통령의 넉넉한 풍채, 두툼한 하관으로 인해 복스러운 안면, 눈짓과 손짓에도 한 아름씩 매달려 있는 너그러운 포용력을 느긋이 바라보았다.

도대체 저 두터운 호의, 그 너머의 풍요로운 재원, 당장의 이 불요불급한 분부를 선선히 받들게 하는 무소부지한 권병權柄의 정체는 무엇일까, 그 권위는 어디서 나오는 것일까, 결국 국부國富가 말한다고 봐야겠지라는 내 상념은 벅찬 것이었다.

시방 내 눈앞에서 벌어지고 있는 이 인정스러운 답소에는 이때껏 우리나라에서 매일같이 보아온, 조회 석상에서의 여러 권신이 온몸에 두르고 있던 그 아담한 소심증, 조촐한 근신벽, 내 집의 사랑채가 미어터질 듯이 둘러앉은 재기 발랄한 개화파 동지들의 매캐한 열기와 재바른 눈치놀음 따위가 싹 가신, 말하자면 탁 트인 문명세계 본연의 인간적 풍모가 스스럼없이 펼쳐져 있다. 이 장면은 반드시 기억해두고, 언젠가는 이 본을 받아서 우리도, 아니 나부터라도 실천해야 사람으로서의 위의가 제대로 서지 않을까.

나의 경의, 당황, 감사, 상념을 상석자는 재깍 알아챘고, 이어 그

지복에 대한 내 감동을 보자 자신의 선의가 제대로 전해진 것에 만족한다는 듯이, 이제 고별식이 훌륭하게 끝났으니 서로가 얼마나 홀가분하냐면서 두 손을 활짝 펴고 어깨도 두어 번 으쓱거렸다. 그이의 즉흥적인 그 생색에 나도 임기응변의 화답을 당연히 표해야겠기에 그 자리에서 선뜻 일어나 내 곁의 동석자 두 사람이야 따르든 말든 나 혼자서 융단 깔개 위에 무릎을 꿇고 납작 엎드리며 머리를 조아렸다. 그 총중에도 '땡큐' 운운하는 미국 식 인사법보다는 우리 것인 '황공무지로소이다'라는 그 관용어가 어울리고, 또 입에도 익어서 나는 그 말을 크게, 점잖게 두 번 되뇌었다. 내 음성은 즉각 여러 사람의 웃음소리 속에 파묻혔고, 누군가의 입을 통해 영어로 옮겨졌다. 머리를 들자 자리에서 일어나 큰절을 받은 아서 대통령이 내 손을 잡아 일으켜 세웠다. 이어서 자식을 품에 안듯이, 양복 안에 회중시계 줄이 드리운 조끼를 받쳐 입은 그 두툼한 자신의 가슴에다 나를 끌어안으면서 어깨를 몇 번씩이나 다독거렸다.

그게 다였다. 어느덧 꼬박 30년 저쪽의 지나간 돌발사여서 곳곳에 희끗희끗 퇴색한 자국도 보이고, 어떤 대목은 긴가민가한 채로 어른거리기도 한다. 가령 그때 내 맞은편의 그 국무장관 얼굴은 도무지 떠오르지 않고, 그 옆의 동석자가 몇 명이었는지도 아슴푸레하다. 그렇긴 해도 보다시피 구지레한 일상사는 일부러 빼버렸고, 의도적으로 생략한 부분은 앞으로 밝힐 자리가 있을 듯해서 따로 갈무리해두었지만, 내 기술에 조금이라도 과장은 없다고 장담할 수 있다. 내 필력이 못 따라가서, 또 뜻대로 풀려나오지 않아서 안타까울 뿐 공연히 멋 부리느라고 허풍스럽게 말을 덧댄 데는 없다. 그럴 자리도 아니었으며, 내 성정상 그만한 여유를 누릴 짬이 그때도 없었고, 지금 내 나이가 말하는 대로 그럴 염치는 손톱만큼도 없다.

보빙사는 말 그대로 양국의 국교 수립으로 미국의 공사가 우리나라에 사무소를 차렸으니 그 답례차 상대국을 방문하는 길에 개화한 문물을 견학, 숙지하는 사명을 띠고 있으므로 하루하루의 일정이 빈틈없이 꽉 짜여 돌아갔다. 그래서 사절단답게 우리 일행은 시찰지마다 긴장한 모습으로, 진지한 자세로 머리에다 '관찰 일지'를 새기느라고 몸이 두 개라도 모자랄 지경이었고, 시간도 쪼개 쓰는 편이었다. 더욱이나 앞서 말한 외국인 세 명을 논외로 친다면 우리 조선인 일행 여덟 사람 중에서는 내가 제일 어린 나이임에도 불구하고 인솔 책임자 노릇을 해야 했으니 내 처신은 방정하고, 언행도 예의와 범절을 앞세우는 데 깔축없어야 했다. 그런 사명감에 관한 한 내게도 웬만큼 추슬러내는 능력이 있었다.

그런데 '복가마 탄다'는 옛말이 그대로 들어맞는 그 뜻밖의 행운이, 그것도 대국 미국의 대통령께서 내린 지상명령으로서 귀국 편의를 위한 세계 일주 여행길이 우리 일행을 뿔뿔이 흩어놓았다. 당장 나외 그 봉명을 못미땅히더고, 당연히 즉석에서 사양해야 옳았다고 나무라며 나선 사람은 홍판이었다. '홍판'은 물론 나 혼자서만 부르는 부대신 금석의 별호로, 그는 나보다 다섯 살 연상으로 출국 전까지 協判교섭통상사무로서 나와 함께 국제간의 교섭을 관장하는 총신이었다. 승계陞階 벼슬의 서열이 오르는 것에서도 앞서거니 뒤서거니 하면서 서로 밀어주는 동배이자 국력의 약진을 위한 관제의 개혁에서도 뜻을 같이하는 막역한 동지 사이였다.

'홍판'의 뛰어난 총명은 가령 영어 대소문자 52개를 한나절 만에 분별·암기했다고 하며, 일본 체류 이주일 만에 '일본 말귀가 반쯤 뚫리더라'라는 소탈한 실토가 대변하고 있었다. 그가 18세 소년으로 장원급제한 이력은 실로 자랑할 만했지만, 그것을 여러 사람 앞에서 은근히 과시하는 데도 남달랐다. 가령 정색한 얼굴과 정확무비의 언변으로 좌중을 압도하는 식인데, 이를테면 '주권국가의 위세는 엄연하오, 타국이 그 위신을 한 치라도 업신여기면 그것은 무력을 앞세운 야만의 과시일 뿐이오, 오로지 결사보국의 일념으로 우리의 체신을 사리면서 은인자중 후일을 도모하는 게 상책이오' 같은 모범 답안 식 원칙론을 웃지도 않고 터뜨려서 상대방으로 하여금 경원을 불러일으켰다. 그런 그의 지론을 들을 때마다 나는 속으로, '허 참, 이 답답한 양반아, 그걸 누가 모르나, 그 소리는 누구나 할 수 있어, 자네만의 음색이 있듯이 남과 다른 말을 할 줄 알아야지, 자네 총기야 뛰어난 줄 익히 알지만, 나머지 머리 반 이상은 바보 같다고, 이게 자네의 그 잘난 실력에 대한 나의 한결같은 소신이야'라면서 시쁜 표정을 감추었다. 홍판이 이 타국 땅에서 또 그 원칙론을 들고나온 터라 우리 사이에 냉전이, 곧 다른 일행과는 말을 나누면서도 그와 나는 서로 함구불언하는 기류가 감돌았다.

전권대신이라서가 아니라 미국 관변과 언론계에 '조선 보빙사 일행의 내분, 불화설' 같은 소문이 나돌까봐 지레 조마조마해져서 내가 먼저 금석에게 말을 걸었다. 앨링턴 호텔로 돌아와서 각자의 룸으로 가기 전에 그 '로비'라는 널찍한 공간에 우리 일행을 불러 세웠던 것이다.

"홍 영감, 내가 큰절을 올린 게 사대라면 미국의 앞선 문물을 배우려는 우리의 걸음걸음이가 죄다 사대가 아니고 무엇이겠소. 또 홍 영감 눈에는 내 일거일동이 아첨으로 비쳤나본데, 일국의 대통령이 베푼 호의를 말로만 땡큐 서니 뭐니 해서야 어딘가 부족할 듯해 즉흥적으로 그랬을 뿐이오. 아무튼 이제부터 서로 담대하니 도량을 펴서 이 나라 집권자의 하명을 차질 없이 잘 받들도록 하십시다. 얼마나 좋은 기회요, 그야말로 우물 안 개구리의 좁은 안목을 바꿀 절호의 '찬스'가 아닌가 싶소."

대강 그런 요지의 말을 건네면서 나는 단단히 삐뚤어진 금석의 속내를 풀어보려고, '내가 져야지, 이 고집불통의 원칙론자가 그래도 연장자 아닌가, 머리가 반은 수재요 나머지 반은 먹통인 걸 어쩌겠나'라며 내 심사를 다독였다. 말투도 더 이상 그의 심기를 덧들이지 않으려고 최대한 고분고분했음은 물론이다. 다들 나를 지나치게 교만하다고, 안하무인으로 방자하기 짝이 없다고, 심지어는 이해타산을 따질 때는 간악하기 이를 데 없다고 손가락질하지만, 실제로는 일을 잘 수습하기 위해서라면 언제라도 체면 불구하고 나를 낮출 줄 아는 일개 졸장부일 뿐이다. 그야말로 오해가 오해를 불러일으켜서 나를 사갈시하는데 그 밑바닥에는 질시, 견제 심리, 몰이해 따위가 깔려 있다는 게 내 생각이다.

"내가 언제 사대주의라고, 아첨한다고 그랬소. 여기 서 종사관을 비롯해 여러 수원도 귀를 열어놓고 있었으니 이제 증인으로 나서보시오. 내 말은 이쪽 대통령이 그 하해 같은 은총을, 구라파 경유 귀국 편의를 내렸으니 일단 고마운 말씀이나 우리 상감께 보한 후 승낙을 받아야겠다고 즉석에서 말했더라면 우리 체면도 서고, 또 의당 그게 옳은 도리이고 처신이란 말씀이오. 아무튼 이 나라 대통령의 지엄하신 하명을 따르겠다는 사람은 그 자리에서 정해졌소. 아까 얼핏 듣기로는 민 영감이 조선 국왕의 조카에다, 아서 대통령이 잘못 알고 있어서 국방장관이 왕비의 조카라고 정정도 합디다만 그게 그거 아니요. 어찌 됐든 이렇게 스마트하고 그림도 잘 그린다니 정말 출중하다, 훌륭하다 운운했던 듯하오. 민 영감의 인품과 재질을 제대로 본 것은 틀림없소. 그러니 민 영감은 세계 일주 길에 오르시오. 나는 곧장 귀국 채비를 서두를 테고, 도착 즉시 규정대로 우리 상감께 귀국 복명에 임하리다."

머리 좋은 원칙론자들이 대체로 그렇지만, 그들은 자기 생각이 옳다는 신념에서는 한 치도 물러서려들지 않고, 그 뜻을 바꾸기는커녕 토씨 하나도 고치라면 펄펄 뛰고 생난리다. '생각의 종' '고집의 괴뢰'는 내가 그들에게 붙인 별명인데, 그들과의 담론에 워낙 시달려서 '평생토록 남의 생각을 짓밟고 못살게 굴다가 죽을 망종'이라고 폄훼하고 싶을 정도였다. 무엇이든 많이 알고 그에 대한 자기 생각이 남다른 것도 그쯤 되면 중병임에 틀림없지만, 짐승처럼 사고의 단벌옷으로 치장한 채, 초식동물처럼 평생토록 고기 한 점도 못 먹어보고 살아간다는 점에서 그들은 멋도 없고 따분한 위인인 게 사실이다. 금석도 그 점에서는 예외가 아니었으며, 또 하나의 닮은꼴로는 역시 장원급제한 고균_{그는 금석보다 네 살 손위였다}이 있었다. 고균과 금석의 첫 경력인 그 장원급제가, 첫 관문에 대한 그 평가가 반 이상은 일진과 무관하지 않을 텐데도 그들은 그 우월감을 드러내는 데 지치는 법이 없었다. 아니다, '장원급제'는 무슨 혈통처럼 온몸에서 저절로 우러나오는 것이었다. 병과로 간신히 급제한 열등감 때문에 나는 언제라도 그들의 선명한 주의주장을 경청하는 입장이면서도 저 쌍벽의 기고만장한 속단, 안하무인의 자만이 장차 그들의 명운은 물론이고 우리나라의 장래에까지 큰 재앙을 불러오지 않을까 하는 조마증을 한시도 늦출 수 없었던 터이다. 그러면서도 그들이 아무쪼록 격의 없는 정책 토론의 교환으로 의가 상하지나 말기를 내심 바랄 수밖에 없었다. 하기야 내 그 좀 방정맞은 예감이 그 후 1년여 만에 사필귀정으로 드러났을 때에도 나는 미국의 한 호텔 로비에서 몸소 겪었던 금석의 그 불같은 시기심, 고지식한 신념, 융통성 없는 아집, 남의 재능이나 근심, 처세술 따위를 노골적으로 깔보던 교만 따위를 떠올렸으니 더 말해 무슨 소용이겠는가.

나의 초상화 감상은 그 대기 시간에 평소 내 장기가 스스럼없이 발휘된 것일 뿐인데 그게 아첨으로 비쳤다니, 그것은 '장원급제자'의 '너는 머리가 나빠'라는 월권적 발언이 아니고 무엇인가. 내 그 관심사를 곱게 본 미국 대통령이 내게만 호의를 베푼 게 그토록 보기 싫었다는 것도 전적으로 쓸데없는 '갑과 제1인 급제자'_{이른바 홍패. 곧 합격증에 쓰던 장원급제자의 순위에 대한 공식 명칭}의 강새암의 반사일 뿐이잖은가.

자랑으로 비칠까봐 좀 민망하지만, 국내에서도 내 언행을 윗사람들이 대체로 곱게 보는 것은 사실이다. 그런 두둔과 칭찬을 몇 차례 받고 나면 내 행동거지에 따르는 위의 지지가 나의 그러저러 처신을 좀더 아담하게 가꾸려는 고의적인 궁심을 일구도록 부추기는데, 이번 백악관 초상화 감상에는 그런 과시벽도 없지 않나. 이번의 칭송이야말로 좋은 일진이 저절로 불러온 복일 따름이고, 더 이상의 의미 부여는 공연한 까탈 부리기 아닌가. 또 그런 자세가 사대주의로 비친다는 게 어불성설일뿐더러 사대 운운하기에는 아직 우리가 미국을 너무 모르고 있기도 하며, 한동안까지는 이 땅의 문명, 문화가 우리와는 너무 멀리 떨어져 있을 수밖에 없지 않나. 미국 대통령이 국가 간의 외교적 관례를 무시하고 내게만 베푼 이번 특대가 사대주의를

심으려는 원모사려의 실례인지 어떤지는 알 수 없다. 설혹 그렇다 하더라도 그것은 나중에 걱정해도 될 일이고, 그 특대에는, 동석자들의 여러 눈이 증명하듯이, 신기하네, 묘하다, 꽤 재미있는 청년이군 같은 호기심을 남발하면서 이 미지의 왕국의 왕족에게 뭔가 강한 인상을 심어줄 만한 선물이 없을까 하는, 그런 즉흥적인 배려가 무르녹아 있지 않았나. 상대방의 그 호의를 즉석에서 뿌리치는 게 주권국가의 자주적 행보라고? 얼어 죽을 사대주의를 아무 데서나 적용시키려는 사고방식이야말로 제 실력이 보잘것없다는 약자의 옹고집일 텐데, '장원급제자'의 교만은 늘 자신의 한계를 모르며 그것을 인정하려들지 않으니 천하에 이런 반풍수가 어디 있겠는가.

아무리 따져봐도 내가 딱히 잘못한 대목은 없는 듯했다. 하기야 병과 급제자로서 잘 봐준다면 11등으로 등용문을 간신히 걸터 넘었으니 감히 1등 급제자의 대국관과 비교해봐야 망신살이 뻗치지 않을까 싶기도 했다. 그러나 마나 저 갑갑한 '장원급제자' 출신이 저토록 저녁 굶은 시어미 상으로 제 '룸'에서 이쪽의 동정만을 호시탐탐 노리고 있으니 얼마나 딱한 일인가. 내가 부대신이고 금석이 전권대신이라면 하등에 시비를 가릴 만한 문제도 아니었을 테고, 그와 나 사이의 버성김 따위도 쉽게 풀릴 실마리를 찾을 수 있으련만. 그거야 어쨌든 그렇게나 똑 부러지게 두 패로 갈라서 각각 귀국길을 줄여가자니 당장 그 인선이라도 상의해야 하지 않나. 우리 일행 열한 명 중 외국인 통역관이 세 명이니 그 비율대로라면 통역의 반의반은 의사소통에 꼭 필요하지만, 나머지는 이미 눈짓으로 다 알고 있어서 거치적거리기만 하고, 따라서 경비만 낭비한다는 게 그때까지의 내 생각이라서, 이제는 그들을 요긴하게 써먹을 수밖에 없었다. 그래서 그들을 내 '룸'으로 불렀다.

'미국 대통령의 진의가 알 듯 말 듯해서 감히 물어볼 수 없는 게 한스럽지만, 그이의 호의가 지상명령인 줄은 알므로 나는 따를 수밖에 없겠다. 그러니 우리 일행 중 몇 명이나 나를 수행할 수 있나. 경비를 감안하면 나를 포함한 수행원은 세 명 안팎이라야 그나마 체면이 설 수 있지 않나 싶다. 미국 국무부와 해군의 복안은 최소한 몇 명까지 생각하고 있나 알아보라. 나를 구라파 각국의 미국 공사관으로, 또 그 나라 정부의 관리에게 안내해줄 미국인을 별도로 동행시킬 것인지도 물어보라.'

그 외에도 나는 이런저런 의문을 많이 들먹였고, 로웰은 내 그런 소심증을 놀리듯이 한참이나 시선을 내두르더니, 걱정하지 마라, 미국 대통령이 내린 명령이다, 그대를 세계 일주 여행에 초청한 것이다, 가만히 하자는 대로 따르면 되고, 차제에 많은 경험을 쌓으면 조선의 발전에 얼마나 좋은 일인가라고 다독이는 것이었다. 일본의 풍광과 인정이라면 사족을 못 쓰고, 이것저것 알고 싶은 호기심도 별나며, 세계 각지 기행이라면 자다가도 벌떡 일어날 기세인 ㅎ남아 ㄹ웰두 미국의 사립 명문 하버드 대학을 수석으로 졸업했다니까 내 주위에는 이래저래 '1등 귀신'들이 꾀고, 그들이 매사를 그 좋은 머리로 따지고 드는 통에 나만 골탕 먹는 형국이었다.

앞서 이미 밝힌 대로 그때 나는 미국 해군 함정 트랜턴호를 전용하면서 두 명의 수행원과 함께 구라파를 경유, 애급이집트을 관광하고 난 뒤 수에즈 운하를 빠져나와 홍해와 인도양을 거쳐 세계 일주를 무사히 마쳤다. 그때 선편과 여비까지미국 해군으로부터 민영익은 800달러의 여비를 수령했다고 한다 마련해주고, 출국에 따르는 자질구레한 여러 수속을

47

돌봐준 미국 정부의 관리들, 그중에서도 국무부와 해군 소속의 장관 이하 그 부하들에게는 일일이 입에 익은 '땡큐 서'를 남발했지만, 여기서까지 로웰에게 진정으로 고마웠다는 말을 꼭 새겨두는 것은 그가 미국 정부에는 물론이고 금석과 우리 일행에게도 내 뜻을 '곱게' 통역해준 그 덕을 톡톡히 입었음을 밝혀놓기 위해서다.

나중에 풍문으로만 듣고 미처 구해볼 기회는 없었지만, 로웰은 우리 정부로부터 상당한 은사금도 받고 조선 견문기를 책으로 발간했다니부대신 금석 이하 나머지 수원들을 수행, 귀국한 로웰은 그때 4개월쯤 조선에 체류했으며, 은사금 3000원을 받았다는 기록이 남아 있다. 그가 『조선, 고요한 아침의 나라』라는 견문기를 펴낸 때는 1886 년이다, 이래저래 나로서는 그의 그 착한 외모와 호기심 가득한 눈매를 떠올리지 않을 수 없다.

비로소 내가 이 회상록을 꼭 써야겠다고 별러온 사단이 대략 드러난 셈이다. 백악관에서의 그날 내 동선과 우리 일행으로부터 유독 오해를 불러일으킨 그 전말을 내 식의 '주변 풍경 소묘'로 그려놓았으니 말이다. 다시 한번 강조하건대 그때 역대 백악관 주인들의 초상화 감상이 불러온 세계 일주 건은 내게 어떤 '징후'처럼 읽힌다. 그 우연, 저절로 굴러온 호기, 그 후 내 신상의 부침, 매번 번갈아 덮치던 관운의 영욕 따위를 바로 그 그림 감상의 파문이 대변하고 있는 것처럼 보이니까. 따라서 그동안 나의 언행 일체에 대해 섣부른 곡해를 일삼고, 그 와전에 제멋대로 살을 붙여서 '흉물'을 만들어온 세론에 바른 선을 그어야 했다. 무엇보다도 그날의 내 처신이 더 이상 부당하게 해석되어서는 안 된다는 오랫동안의 골몰과 저작이 이렇게 먹물을 찍도록 충동인 것이다.

서두가 다소 길어졌지만, 회상록을 빙자하여 길게 사설을 늘어놓을 생각은 추호도 없다. 내 기질상 언어를 희롱하면서 능청을 부리기도 싫지만, 내게 그럴 시간적 여유도 없을뿐더러 집필을 감당해낼 신체적 여력이 어느 정도로 남아 있을지도 걱정이 되어서다. 이곳의 식구들과 서화로 맺은 중국인 친구들이 틈틈이 건네는 따뜻한 충고와 근심 어린 배려를 뭉뚱그려보면 최근의 내 심신 상태는 아주 침중해서 조심 제일주의로 살아야 하는 모양이다. 나 스스로도 그 중증을 매일같이 심각하게 체감하고 있기도 하다. 오래전부터 앓아온 심인성 장애인 불안신경증, 소심증, 의심증, 염인증, 강박증 등은 아무리 우심하다 해도 참고 자제하기 나름이지만, 과음, 폭연, 과식 따위로 다친 간과 폐의 질환이 안색에 검누렇게 드러나고 있으니 더 말해서 무엇 하겠는가.

이제는 말이 나온 김에 그동안 내 머릿속으로만 굴려온 이 회상록의 골격을 털어놓아야 할 차례인 듯하다. 골격 없이 어떻게 살이 붙겠는가. 우선 무엇보다도 내가 본 대로, 느낀 대로, 겪은 대로 솔직하게 쓸 작정이다. 따라서 직설적인 표현도 서슴지 않으려 하며, 극비 문서로 덮어놓아야 할 국사까지 내가 알고 있는 한 숨김없이 털어놓을 생각이다. 근자에는 그토록 꼼을 베풀던 상감께서도 이 시신侍臣의 한때 소행을 의심한다는 풍문이 들리니 그 오해만큼은 소상히 풀어놓아야 하지 않겠는가. 또한 여러 사대부가 기다렸다는 듯 내게 퍼붓던 그 손가락질, 막말, 모욕 등을 바꿔놓고 그들의 그 단선적인 식견과 일방적인 '무지'를 고쳐놓기 위해서라도 참말을 써야 하지 않겠는가. 그러니 되도록이면 일필휘지로 쓸 셈속인데, 그것이 거짓말, 과장, 위증을 막거나 줄이는 첩경일 성싶다. 난을 칠 때도 그런 경지에서 의외로 괜찮은 가작을 얻는 경우가 없지 않은 만큼 내 글의 건강과 여생의 연장을 위해서도 참된 기록으로서 탈고의 기약이야말로 다소나마 부조가 될 게 틀림없다.

두 번째는 어떤 언어로 무엇을 쓸 것인가에 대한 자문자답이다. 앞에서도 잠시 시빗거리로 떠올린 예의 그 통역의 공과는 익히 짐작할 수 있는 바 그대로다. 다른 어떤 나라말이라도 즉석에서 우리말로 옮겨질 수는 있고 또 그 대의를 곧장 파악할 수야 있겠지만, 말이 바뀌는 그 순간에 벌써 그 진의의 반 이상이 침처럼 공중에서 흩어지던 광경을 나는 일찍이 두 눈으로 또 피부로 생생하게 목격한 바 있다. 말이 그럴진대 하물며 문장이야 더 말해서 무엇 하겠는가.

그래서 이 기록을 우리말 곧 한글로 작성하기로 단안을 내렸다. 물론 이런 단안을 내리기란 무척이나 망설여지는 과제라서 그 양단간의 선택이 이처럼 집필 자체를 늦추도록 몰아갔다. 물론 미련을 버리지 못한 언어는 한문이다. 그렇긴 해도 언문은 석봉체 『천자문』을 떼면서 그 곁다리로 익힌 문자라 내 감정을 그대로 받아쓰기할 수 있는 이점이 워낙 크다. 그러나 말을 과감하게 생략할 수 있는 간결체에 박력과 기품을 덮어씌우는 한문의 매력은 아무리 칭송해도 지나치지 않는다. 나는 한창나이에 노대신들에게 한문 서신을 자주 썼는데, 그중에서도 무슨 불상처럼 표정이 늘 굳어 있던 운양雲養 _{개화파} _{의 문신 김윤식金允植의 호} 영감조차 내 앞에서는 환히 웃어 보이며, 민공, 그대의 달필, 달문은 매양 내 눈을 즐겁게 해, 서찰의 내용이야 내게는 무척 벅차지만, 부디 잘 간수해서 가보로 물릴 심사요라고 할 정도였다. 나름의 문장가이면서 내 가친과 함께 유신환兪莘煥 밑에서 동문수학한 그이가 빈말을 했을 리는 만무하다. 아무튼 그 재미를 불려가느라고 언찰, 곧 우리말로 편지 쓰기를 즐기는 버릇도 내 도락 중 하나로서 내 언문 글씨를 보지 못한 사람은 내 우인이랄 수 없다는 말도 있었다. 언간 작성은 그 내용이야 어찌 됐든 그 단조로운 글꼴의 배열을 뜯어보노라면 어느새 눈독이 시름없이 풀어진다. 잠시나마 눈 호사를 누릴 수 있는 이 장점은 필경 필한여류筆翰如流 문장을 거침없이 쭉 계속해서 써나감를 쫴칠 게 틀림없다. 선 눈으로도 점·부수·가로획·삐침의 조화를 한 자 한 자 따져야 하는 한문으로의 글쓰기는 품이 지나치게 많이 들고 내 기록의 진행에 일정한 정도로 거치적거릴 듯싶은데, 그렇다면 그것은 매개물이 아니라 장해물이 되고 마는 것이다. 그것을 피하려니 자연스레 편지체 문장도 고사해야 한다는 또 다른 결정이 불거져서 이석이조였다.

이제 골격을 어떻게 짤 것인가가 결정되었으니 자연스럽게 '무엇'으로 살을 붙여 사람 형상을 만들어낼 것인가 하는 난문제에 부딪혔다. 사대부라면, 소위 음풍농월하는 시가를 논외로 칠 때 구체적인 생활상의 '기록'으로 『승정원일기』를 최상으로 꼽는 데 주저하지 않는다. 사실이다. 한 나라의 임금님이기 이전에 한 공적 인간의 일상사를 그처럼 소상하게 적바림해둔 기록문이 동서고금에 있었던가. 과문한 탓일지 모르나 나는 아직 그 유례는커녕 그것의 반이라도 따라간 '공적 생활사'가 있다는 말을 들어본 적이 없다. 물론 나는 그 일기의 내용을 잘 알고, 그 기록자들의 면면도 훤히 떠올릴 수 있다. 개중에는 나와 함께 과장科場의 말석을 더럽힌 방목의 동석자도 있었다. 그는 그렇게 쓰도록 되어 있는 '제도'에 충실했을 뿐이다. 그 틀의 사수는 그의 목숨과 바꿀 만한 명분 그 자체였고, 그것을 고수함으로써 그는 영생복락을 누릴 수 있었다. 한문으로 적바림한 그 기록은 임금의 환후를 묻고, 세자의 재롱을 염탐함으로써 중전의 심기를 읽어내는데, 그런 절차가 인사人事의 낙점을 좌우했다고 일러준다. 인사는 대정大政이고 만사의 근본이지만 임금이라 한들 그 낙점 앞에서 켕기는 심기는 어쩔 수 없다. 그 비편을 토해낼 수 없어서 난감해진 때가 어디 한두 번이겠는가. 그래서 대개의 수찬관修撰官은 상감의 난감한 기색과 '가可 하다'라는 윤음綸音의 진의 및 그 곡절 등을 알고서도 일부러 빼버린다. 그처럼 '건너뛰는 것'이 기록자의 고유한 능력이자 직무이기도 하다. 이것은 글의 종류와 그 각각의 성격이 불러들인 모순일 수 있다. 그래서 일기는 정확무비임에도 그만큼 가식이 있게 마련이고, 전반적으로 부실하기 이를 데 없는 터라 상당한 해설을 강요하는 것이기도 하다.

내 글은 물론 그런 공적인 기록물이 아니므로 정확하지도 않지만, 소위 '역사'가 의도적으로 빠뜨리는 그 내밀한 구석과 특유의 분위기들에 대한 내 나름의 그 당시 시각을 상기하면서 한편으로 이즈막의 달라진 내 생각도 더듬어볼 작정이다. 감히 비유컨대 대개의 우리 사대부는 사군자를 묘사하는 데 능하지만, 그것에 필의를, 더 쉽게는 자기만의 '표현'을 덧대지 못하는 까닭에 지나치게 단조롭고, 초목 없는 민둥산처럼 공허하며 무의미하기 짝이 없는 그림을 내놓고 만다. 어딘가 텅 빈 가짜 소묘는 즉석에서 눈살을 찌푸리게 만드는 것이다. 보는 재미를 그림이 야금야금 빼앗아간다고 해야 옳은 말일지 모른다. 붓을 잡을 때마다 그런 우행을 나 스스로도 수십 차례씩 겪어온 터라 이 회상록에서만큼은 그것을 피해볼 생각인데, 과연 성과가 있을지는 의문이다.

따라서 이 기록물의 허실은, 쓰기도 전에, 이미 분명해졌다. 이쯤 되면 그동안 집필을 미루며 머리를 쥐어짠 내 고심참담이 얼마나 깊었던가를 짐작할 수 있을 터이다. 모쪼록 쓸 만한 말이 반쯤이라도 나오길 바랄 따름이다. 나머지 반은 허룹숭이의 빈말처럼 다가올 테지만, 그 대목도 딴에는 하고 머리를 끄덕이는 독지가獨知家가 나온다면 그런 다행이 없겠다. 모쪼록 묵화에 제화題畵를 적어넣듯이 그 불비에 주석을 달아주고, 내 착각은 가필로 뜯어고쳐주며, 껄끄러운 문맥은 부드럽게 이어줄 만한, 한때 나도 그 직을 살았던 홍문관 한림 출신의 한사寒士 가난하거나 권력이 없는 선비가 한두 명 나서주면 좋으련만, 이런 내 욕심은 이 글의 탈고 후에 교열비를 봉투에 따로 챙겨놓고 나서 예의 그 눈 밝은 인물들을 물색해봐도 늦지 않을 터이다. 하지만 이런저런 사실史實과 자잘한 사건만 나열하는 재미없는 역사가 아니라 내가 몸소 겪은 현실과 그때그때마다 내 머릿속에 출몰한 환상만을 자아올려 나름의 좀 삐딱한 시각으로 그려갈 터이므로 그것에는 제발 손을 대지 말기를 바랄 뿐이다.

자, 사설이 길어졌다. 이제부터 평생토록 놀고 먹는 양반이 죽을 때까지 뼈 빠지게 일하면서도 천대 받는 만백성 위에서 기름처럼 둥둥 떠다니고, 아버지는 같은데 어머니가 다르다고 괄시하는 적서 치별이 막심한 저 불평등하고 불가해한 조선이라는 '고을'로, 초가집 추녀 밑에는 사시장철 가축의 배설물이 나뒹굴고 있는 불결한 저자거리로, 물이 귀해서 흰옷을 자주 빨아 입지도 못할뿐더러 머리터럭마저 세 달에 한 번이라도 감을까 말까 해서 쿰쿰한 냄새가 배어 있는 우리네 정든 겨레붙이 곁으로 바싹 다가서보자.

제3장
사대부의 나라

일설에 따르면 우리 민문의 시조는 공자의 열 제자 중 한 분으로 특히나 효孝의 사표로 일러오는 자건子騫 민손閔損을 시조로 삼는데, 그 후손이 전조高麗 중엽 때 사신 중 한 사람으로 왔다가 무슨 사유에서인지 원元나라로의 귀국을 차일피일 미루더니만 경기도 땅 여흥驪興 지경에 세거지를 잡았다고 한다. 내가 어릴 때 귀에 못이 박히도록 들어온 이 유서 깊은 민문의 내력은 우리 겨레붙이가 일찌기 글을 숭상하고 그 본대로 충효를 실천하는 조상의 후예이며, 대국에서 귀화한 자손이라는 어연번듯한 자부심을 심어주기에 족한 일화였다. 그 후 민문에도 부침이야 당연히 심했겠으나, 지금처럼 겨레붙이가 번성해진 기틀에는 귀화족으로서 악착같이 뿌리를 내리려는 심지가 제법 약동하고 있지 않았나 싶다. 그럴 수밖에 없는 것이 사신은 그 출중한 글재주나 말솜씨보다 한 걸음 앞서 움직이는 눈치로 제 직분을 오로지 감당하는 관원인 만큼, 이상하게도 한문을 아는 선비를 유별나게 모시는 이웃 나라의 풍습이 말끝마다에 훤히 비치고, 글을 알아야만 사람 행세를 제대로 할 수 있는 데다 출세하려면 그 첩경은 어떻게든 벼슬길에 오르는 것인데 아무래도 그것이 대국보다는 다소 쉬울 듯한 실경을 보았을 테니 말이다.

모름지기 글을 알아야 타고난 수명조차 제 힘으로 건사하기가 한결 쉽고, 글이 짧고 긴 것도 당사자의 총명이 학습에 매진하는 근면까지 부추긴 덕분이라면 벼슬을 미처 누리지 못한 서인庶人이 자신에게 태부족인 그것을 미리 지닌 사士와 대부大夫의 경지를 두루 공경해 마지않는 것은 세상의 마땅한 이치 아니겠는가. 좀 이상하게 들릴지 모르나, 벼슬이 벽제辟除 소리를 앞세우듯이 글의 유무가 본인보다 먼저 나서서 행세의 경중을 바루고, 상대방의 대접에도 층하를 두게 하니 얼마나 요상한 철리인가.

조상의 내력을 더듬고, 벌족끼리의 연혼連婚이 어떻게 이어져서 갑족의 명맥을 유지해왔는가를 알아보는 보학 타령은 아조의 오래된 폐습 중 하나다. 양반들은 앉자마자 본관을 묻고, 항렬을 따지며, 친족과 외척 가운데 환로에 오른 사람이 있는지 샅샅이 캐보느라 하루해도 모자라는 형편이다. 친척 간의 유대를 공고히 하는 한편 신분의 상대적 차등에 나름대로 선을 그어놓아야 서로 대하기가 편하다는 게 벼슬아치들의 교제술인 것이다. 상대방의 자질이나 품성보다는 혈통을 먼저 가리려드는 이 관행에는 묘하게도 글을 숭상하는 미풍이 스며 있고, 부모를 잘 받드는 그런 효행이 벼슬아치와 그 서열까지 섬기게 함으로써 결국 나라에 공적을 세우는 경지에 이른다는 천리가 깔려 있다. 누구도 꼼짝 못하게 길들이는 이 치세의 원리를 만들어내기야 어렵지 않겠으나 만천하에 그것을 깔아놓기는 힘들기 짝이 없는데, 그것을 이뤄낸 것만으로도 조선은 혁혁한 나라임에 틀림없다. 따라서 우리나라야말로 사대부의 무릉도원임을 자임하기에 족하며, 동방의 예의지국이란 말도 아조를 일컫는 데 근거 없는 소리가 아님이 비로소 드러났다고 하겠다.

알려진 대로 우리 민문은 그 벌열閥閱이 워낙 넓고 오래되어서 정이품 대감 이상의 벼슬을 산 선조들의 행적만 감히 살핀다 해도 두툼한 책자 한 권으로도 태부족일 지경이다. 그것도 제대로 간추리자면 그이들이 남긴 서책, 문집, 유적遺籍을 일일이 뒤적여야 할 텐데, 내 처지가 이처럼 대국 땅 상해에 매인 몸이라 참고할 자료가 전무하다. 그러니 유감스럽게도 오로지 내 가물거리는 기억에 의존할 수밖에 없어서 그야말로 주마간산에 그치지 않을까 저어되고, 조상의 음덕에 누가 될까봐 두려울 뿐이다.

우선 내 선친의 6대조인 둔촌屯村 민유중閔維重 공을 먼저 거론하는 것은 그이야말로 우리 사대부의 명실상부한 사표로서 손색없는 분이기 때문이다. 흔히 귀감으로 삼을 만한 선조들의 행장, 비명, 신도비 등을 훔쳐보면 그이들의 다채로운 경력과 행적, 자품에 경탄을 금할 수 없어 저절로 어떻게 이처럼 방정한 완인일 수 있을까 하며 무릎을 치든지, 우리는 본받기도 힘들겠네, 부디 이 양반의 신발 벗은 데라도 미치면 다행이랄까 하고 지레 오그라드는데, 그런 선례에서 문정文貞 공민유중의 시호도 예외는 아니다. 그이의 짧은 생애에서 불가사의한 대목은 무엇보다 당신께서 거친 그 수많은 직첩이다. 스물한 살 되던 해 증광 문과에 급제한 후 예문관 검열, 사헌부 감찰, 대교예문관의 정8품 벼슬, 성균관 전적정6품 벼슬, 병조 좌랑, 호조 정랑, 대사성정삼품으로 성균관의 으뜸 벼슬, 공조판서 등등이 그이가 누린 직위이니 말이다. 내가 얼핏 떠올린 위의 직첩은 거의 틀림없을 테지만, 그 밖에도 세 달이 멀다 하고 또 다른 소명을 받고 겸대겸임에 임하며, 개차改差 벼슬아치를 바꾸는 것로 나아간 것이 아무리 줄여 잡아도 50여 회에 이를 테니 이 이력보다 더 뚜렷한 대부의 진면목으로 달리 무엇이 있겠는가. 뿐만이 아니다. 세자시강원겸설서정7품 벼슬, 사학四學 교수를 역임했는가 하면 평안도, 충청도, 전라도의 관찰사로 각각 부임하여 선정을 베풀었으므로 어느 지방에서는 그이의 송덕비가 자그마치 일곱 개나 세워졌다고 한다. 쉰두 살 때는 따님이 인현왕후로숙종의 계비로서 궁녀 장희빈의 농간 때문에 폐위되었다가 훗날 복위되었음 간택되자 숙종의 국구임금의 장인로서 돈녕부영사에 보해지고, 당신께서 손수 금위영禁衛營 서울을 지키던 군영을 창설했으니 조정의 병권을 관장하기까지 했다.

이런 직첩의 나열을 타고난 관운으로 허술히 치부해버리면 대부로서 문정공의 자질과 인품을 반밖에 모르는 것이 되고 만다. 왜냐하면 신명新命이나 제수除授 천거를 물리치고 임금이 직접 임명하던 일가 떨어질 때마다 간신들의 비방이 그치지 않았고, 그이는 기다렸다는 듯이 해면解免과 체직遞職을 호소하는가 하면 입대入待 후 사직을 상소했기 때문이다. 이쯤 되면 벼슬살이야말로 종자는커녕 지팡이도 없이 한겨울에 살얼음판을 걸어가는 형국이라 그이도 이런저런 모함에 얽혀들어 동해안의 벽지 흥해興海를 비롯해 유배령을 두어 차례나 수굿이 받들었는가 하면, 문출서울의 성문 밖으로 내쫓는 가벼운 형벌과 색출벼슬을 떼고 내쫓음을 당한 적도 한두 번이 아니었다. 임금이 두진痘疹 천연두의 겉 증세으로 앓아눕자 직숙直宿을 맡은 총신조차 이럴진대 대부의 반열에 오르지 못한 당하관들의 환로야 오죽했겠는가. 어느 날 문득 삭탈관직에 내몰리면 죽을 때까지 고향의 한 산자락에서 망궐례를 올리는 고을 원님을 먼 산 바라기 하듯 우러러봐야 하는 것이다. 그것이 환로다.

문정공의 봉공 자세 또한 눈이 번쩍 뜨일 만큼 이채롭기 짝이 없어서 웬만한 사인士人 벼슬을 하지 못한 선비들로 하여금 혀를 내두르게 할 정도였다. 가령 다음과 같은 일화를 내가 아직도 기억하는 것은 그이의 비명에서 '한문'으로 읽은 적이 있기 때문이다.

문정공은 차자箚子 간단한 서식으로 임금에게 올리는 상소문와 직소에도 이력이 많아서 한번은 아주 작정한 듯 임금 앞에서 단정하니, '고사로는 옥당홍문관의 부제학·교리 같은 여러 벼슬아치에 대한 통칭에 대한 비답상소에 대한 임금의 하답이 하룻밤을 넘긴 적이 없다고 하는데, 여드레가 지나도 여태 지휘가 없으니 정녕 그 내용이 듣기 싫어서 그러시는 것입니까'라고 물었다 한다. 임금도 그이의 직소에는 언제나 선부善否가 선명한 줄 잘 알고 있었으므로 '근자에 과인의 숙병이 또 도져 미처 열람하지 못해서 그러는데, 그토록 인정에 벗어나는 말을 들으니 부끄럽고 두려워 몸 둘 바를 모르겠네'라며 물렸다는 것이다.

사대부의 진정한 경지는 다음의 여러 행적에서 더 빛나고, 과연 전인全人 지知·정情·의意가 모두 갖춰진 원만한 인격자의 전신상을 정면에서 목격, 경배하기에 이른다. 이를테면 그이가 형조판서를 살 때, 송사의 심리가 추상같고 그 판결 또한 신속하기가 귀신같아서 전옥이 거의 비어 있었다는 일화는 인구에 회자했던 만큼 믿어도 좋을 것이다. 또한 그이에게는 형님이 두 분 계셨는데, 백씨는 대사헌을 지냈고, 중씨는 좌의정에까지 올랐던 분으로 세 형제가 잠시 벼슬살이에서 물러나 고향 광주廣州에 은거할 때면 언제라도 점심을 함께 자셨다고 한다. 뿐만 아니라 가엄께서 병이 위중하자 손가락을 베어 피를 바친 분도 문정공이었다. 효도하기와 어른 섬기기는 『동몽선습』에서부터 배우고 익히도록 죄어치는 우리의 고유한 의례이지만, 신분이 귀해지고 나서도

59　　　　　　　제3장 사대부의 나라

그것을 진정으로 실천하기는 어려운 법인데, 문정공은 관복을 입을 때나 미복을 걸칠 때나 그 소행素行이 한결같았다고 한다.

그이는 아내를 세 분 두었다고 하는데, 첫 부인은 소생 없이 일찍 돌아가시고, 둘째 부인에게서는 두 아들과 세 딸을, 그이와 사별한 뒤 맞은 셋째 부인에게서는 한 아들과 두 딸을, 측실에게서는 두 아들과 두 딸을 각각 낳았다고 하므로 슬하에 열두 남매를 거느린 셈이 된다. 그 많은 관직을 올곧게 수습한 것만도 장한 일인데, 그처럼 다산한 소생의 훈육에도 빈틈이 없어서 아침저녁으로 반드시 나란히 벌여 서서 부모에게 배례하도록 하고, 일찍이 학문에 부지런할 것이며, 처신을 조심하고, 뜻을 세워서 구차히 세월을 허송하지 말라는 경계를 한시도 늦추지 않았다고 한다. 실로 그 기상은 장중하고, 외모는 응원凝遠 풍채·심성이 엄정하기 이를 데 없음하다는 옛말의 현시가 아니고 무엇이겠는가. 이런 대부였으니 민이民彝 사람이 지켜야 할 떳떳한 도리와 세교世敎 세상의 가르침를 굳건하게 지키며 시범을 보이는 데 만전을 기하지 않았겠는가. 그리하여 그이는 만년에 '나는 총명함에 있어 남보다 낫지 못한 자이니 오직 일에 임하여 감히 정성을 다하지 않을 수 없었으므로 저절로 과실이 없게 되었다'라며 자랑했다고 하니 누가 무슨 허물을 잡을 수 있었으랴.

문정공이야말로 진신가縉紳家 벼슬아치로 지위가 높고 처신이 점잖은 사람의 모범에 합당하며, 경서에 통달한 노론의 주장이고, 시문집을 10권 10책이나 남긴 사림의 영수였다고 해도 과언일 리는 만무하다. 설혹 우리 민문과 누대에 걸쳐 척진 사대부라 할지라도 그이의 신위가 우암尤庵 노론의 영수 송시열宋時烈의 호과 함께 효종의 묘정에, 뒤이어 장흥長興의 연곡서원과 벽동碧潼의 구봉서원에 각각 배향되었다면 옷깃을 여미고 예를 차려야 하지 않겠는가.

다소 장황하니 에두른 감이 없지 않으나, 조상 자랑으로 이 미천한 소인이 늙마에 무슨 덕을 보자는 게 아니라 조선은 머리꼭지서부터 발끝까지 그 일거수일투족을 사대부가 마음대로 조종하는, 먹물처럼 단일한 색깔의 특별한 공동체라는 사실을 강조해두기 위해서다. 늘 봐오고 겪으면서도 이 골간을 흔히 까먹거나 알면서도 모른 체하거나, 사대부라는 동아리 전체를 싸잡아 헐뜯느라고 영일이 없다. 역시 폐풍의 하나로서, 혹자는 그들이야말로 전후 세 차례에 걸친 외환, 곧 임진왜란·정유재란·병자호란 같은 참혹한 인명의 살상을 불러오고, 사직을 결딴냈다며 몰아붙인다. 변명의 여지가 없는 사실이다. 그들이 네 가지 색깔로 편을 갈라 길흉사조차 저희 액내끼리만 치를 정도였으니 그 편벽된 사풍邪風을 더 말해 무엇 하리.

실제로 내가 석갈釋褐 문과에 급제해 처음으로 벼슬하는 것하자마자 목격한 바로는 사소한 체례体例 관원 사이에 지켜야 하는 예절의 절차를 가름한답시고 한나절 내내 쟁집爭執 이의異議를 서로 제창, 받아들이지 못하겠다며 한사코 고집스럽게 다투는 것의 고삐를 늦추지 않아서 실소를 금할 수 없었다. 그것도 여러 번당하니 공연히 화가 나고 평소에 좋게 본 동년배 관원도 허접쓰레기 같고, 그런 논란 자리가 참으로 침이라도 뱉고 싶은 몰풍경이었다. 그때 나는 끼리끼리 뭉쳐서 트집거리를 찾는 짓이야 저 혼자 똑똑해서 더 이상 책은 읽지 않는 교만한 사대부들의 장기라 할지라도, 그 붕당의 풍조는 근본적으로 무식의 소치이기도 하며, 실은 무작정 무리지어 편 가르기라는 재미에 놀아남으로써 서로가 서로를 따돌리고 물리치자는 비뚤어진 심보에 신들렸기 때문이 아닐까 하고 머리를 주억거리고 말았다. 그런 언쟁을 통해 우리는 손쉽게 말이 씨가 되고, 그러려니 하면서 무시해버리는 못된 버릇을 고치지 않은 채 내버려두면 그것이 성격으로 굳어지며, 한평생을 그르치는 팔자로 정착할 뿐 아니라, 흉보면서 닮는다는 말대로 풍속으로 번지다가 마침내 당대의 옹이에 마디 같은 제도가 되어 나라 전체를 괴물들의 일대 소굴로 뒤바꿔버린다는 이치까지 이끌어낼 수 있다. 요컨대 사대부들의 그런 작태는 임금과 나라는 안중에도 없고, 제 잘난 멋에 도취된 미치광이의 볼품없는 거드름이 아닐 수 없다. 글이, 식자가, 관원이 본말을 전도시킨 형국이라고 해야 옳지 않을까 싶기도 하다.

거론하기로 들면 사대부의 병폐는 그런 망조뿐만이 아니다. 이런저런 책을 제 딴에는 좀 낫게 읽었답시고 온갖 사례를 주워섬기는 통에 어진 임금이 그 자리에서 바로 용군庸君으로 돌변하는 경우도 숱하다. 실은 인내력이 뛰어나서 이 교만한 학사學士 홍문관 등에 임금이 칙명으로 임명하는 벼슬의 말재주와 학식의 정도를 알아보느라고 무르춤해 있는 영주英主인데, 어떤 책자 속의 그 별것도 아닌 인용문을 미처 모른다는 게 무슨 큰 결함이 되겠는가. 금상今上은 차라리 전례를 몰라도 되고, 입찬 신하들을 멀리 물리칠수록 영단에 위엄이 서린다. 그런데 제 학식에 취해 있는 오만한 것들은 항용 그 잘난 성현의 말씀만을 팔아대느라고 상의 영을 귀 밖으로 흘려들으며, 백성을 업신여기는 데 스스럼없다.

다들 알다시피 모든 성현의 말씀은 일일이 옳다. 들을수록 귀가 솔깃해지는 것도 사실이다. 그러나 그것을 외우는 데 급급해서 그런 주장이 나온 배경, 그 당시의 문물과 풍속과 인심이 지금과는 아주 동떨어진 것에 대한 유추력을 멀리 내물려놓고 있다. 그러니 그대로 실천했다가는 반이라도 옳게 이룰지 의심스러운 판이다. 이것이야말로 언어의 희롱이 아니고 달리 무엇이라 이름 붙여야 하겠는가. 대체로 그처럼 말장난을 제 본업으로 삼는 사대부들은 남의 말로 가득 찬 그 머리의 비좁은 용적 때문에 제 학설이나 주장은 내놓을 게 아예 없고, 당연하게도 제 말다운 말이 있을 리도 만무해 평생토록 남의 말씀만 좇는 앵무새가 되고 마는데, 세상이 그들을 좇는다기보다도 워낙 시끄러워서 마지못해 귀를 빌려주다가 성사의 호기를 놓치는 것이다. 이러니 남의 학식을 허구한 날 제 것처럼 팔아대는 사대부의 행패가 무서운 게 아니라 그들의 머리도, 세상 형편도 나아지지 않는다는 게 얼마나 불쌍하고 한심한가. 대적 상대는 언제라도 '남'이 아니라 자기 자신의 돌덩이 같은 아집과 고루하기 짝이 없는 '머리'인 것이다.

남의 말씀만 붙좇는 무리들은 필시 그 출중한 총기 때문에 그렇지 않나 싶은데 시기심이 자심하다. 또한 변덕을 잘 부리고 경망스럽기 짝이 없다. 남의 것, 옛날 것만 섬기느라고 제 밑천을 장만할 줄 모르는 그 영악이 벌써 동료나 동배나 동지, 심지어는 형제와 친지와 부형뻘의 조신들 일동과 자기는 다르며, 그러니 그들의 어리석은 주장을 따를 수 없고, 그들의 견식이 열등하므로 지위 또한 자기보다 나아서는 안 된다는 해괴한 발상을 체현하고 있다. 그런 심성은 결국 남을 폄훼, 기휘忌諱, 모함, 고자告者, 간계하는 습성을 여투게 하며, 그 치졸한 잔머리 쓰기가 반이라도 효험을 드러내면 그때부터는 아예 그 재미 일구기가 제2의 생업이 된다. 붕당의 시초가 이처럼 남의 말씀 찾아내기와 외우기, 되살리기, 그로 인해 머리에 박인 오만이 남을 무시, 견제, 배척하는 데서 비롯되었음이 이로써 분명해진다.

그 밖에도 사대부의 병폐는 이루 다 헤아릴 수도 없거니와 언급하기도 민망스럽다. 다행인지 불행인지 나는 근민관近民官으로 살아보지 못해서 지방 수령들의 온갖 비리·부정·탐정貪政 따위는 잘 모르므로 여기서는 일단 접어두지만, 조정의 관록지기들은 대개 다 고만고만한 통통증으로 늘 시난고난한다고 해도 과언이 아니다. 이를테면 대의명분을 지주로 삼느라고 국익과 백성과 사의事意 일의 내용를 등한시하는 거조, 청렴과 절검에 충실한답시고 안빈낙도를 권장하는 풍조, 정기正己 자기 자신을 바르게 세움와 근신謹愼으로 명성 쌓기에만 눈이 어두워서 걸핏하면 득병이다 거상居喪이다라며 체차遞差와 해관解官과 탈품頉禀 일시적인 책임의 면제를 짓조름을 앙청하는 망조, 물화의 생산과 소통에는 무심, 무능하면서도 세도世道의 인심을 바로잡는 것이 급선무라는 조의 엉뚱한 공론을 상습적으로 내지르는 허언증 등은 사대부가 마땅히 자성해야 할 누습이다.

반복을 무릅쓰고 강조하건대 모든 '누습'은 사람살이의 훼방꾼으로서 제도화의 길을 끈기 좋게 밟아간다. '제도'로 뿌리내리면 누구도 그것을 뜯어고칠 엄두를 내기는커녕 그 선악, 시비, 곡직에 대한 일체의 거론조차 말이 또 엉뚱한 말만 부풀려가는 '피로'를 자아내 사갈시하는 지경에 이른다. 그냥 살아온 대로 살아가는 게 좋다는 편의성에 길들여지면서 그것에의 집착이 발동하는 것이다. 우리의 의식주 관행과 그것의 생산 및 교환에서 거쳐야 하는 모든 수고, 수단, 비용 등을 찬찬히 따져보면 어떤 제도들에 묶여서 꼼짝 못하는 그런 편의성을 보게 되는데, 그것의 개선자여야 할 사대부들도 결국은 그 희생자로 자족하며, 이런 굴레가 무능한 생활과 무력한 사고 및 불량한 처신까지 양산한다.

한편으로 사대부는 결코 용렬하지 않다. 그 위엄은 어느 자리에서

나 쨍쨍하기 이를 데 없다. 우선 벼슬살이를 하든 말든 모든 선비는 사람살이의 근본인 유도儒道를 그의 동선마다에 실천함으로써 주위 사람의 모범이 되고, 그처럼 온 생애를 빳빳하게 살려고 기를 씀으로써 초인간적인 탈을 뒤집어쓰려 한다. 그 실천 강령으로는 상감과 사직에의 충성, 조상과 부모에의 효도, 지아비를 섬기는 정렬貞烈 등을 무던히 기리고, 무용武勇을 장려함으로써 자신의 장수를 기약하며, 상제喪制에 충실하느라고 3년 동안의 시묘살이를 마다하지 않음으로써 자아실현을 도모하기 위한 모든 사사私事와 개인 시간을 볼모로 잡히며, 학식의 유무와 행태의 조야를 따지지 않고 모든 이에게 금도襟度를 펴는 데 당당할 뿐 아니라 근검절약의 기풍을 진작시킴으로써 노동과 생산의 종요로움을 선양하는 데 앞장선다.

이것만으로도 그의 일상과 일생은 한가할 짬이 없으려니와 남에게 언구럭을 부릴 엄두가 가당찮을 게 틀림없다. 실제로 내 주변에도 그런 사대부가 드물지 않았다. 여러 점에서 부족한 면면이 더러 없지는 않았으나 한때나마 고양高陽 군수와 홍주洪州 목사와 황해 감사를 살았던 가엄만 하더라도 그런저런 선정을 베풀기에 어념 없었으며, 또 당신께서 들려준 다른 사대부의 전례前例도 하루 내내, 나아가서 전 생애를 한결같이 분주살스럽게 사느라고, 또 그렇게 살아야 한다는 신념에 철저한 까닭에, 보기에 따라서는 천리마나 한혈마汗血馬로서의 하루살이를 거르는 법이 없었다. 곧 어떤 목민지관이라도 사진仕進 하자마자 동헌의 섬돌에 진흙이 묻었다며 이방을 나무라고, 좌정하자마자 개가改嫁라는 말만 나와도 손사래를 치며 들무새질로 얻은 겉보리 한 말로 두 달씩이나 애옥살이한다는 전임前任 주자廚子 과부짜리에게 반년 치 관곡을 내주라던 지시가 어떻게 시행되었는지 알아보며, 서까래가 내려앉고 기둥의 붉은 칠이 벗겨진 향교와 객사를 수선하는 현장을 둘러보러 가서는 목수의 다부진 일솜씨를 두량하고, 수시로 서당과 병영과 고장庫藏을 돌라보면서 하루해를 빈틈없이 쪼개 써버릇한다. 그 일상에 조금이라도 지치고 말 한마디에라도 싫증을 묻혀서는 옳은 소임을 다하지 않은 셈이 된다. 그는 전조田租와 공납貢納의 문란을 호조에 아뢰는 고변자가 되어야 하고, 호적의 부정과 환상還上의 폐단 및 부역赴役의 불공정을 일일이 기록해두었다가 시정책을 분별하며, 군안軍案을 정비하면서 군졸을 훈련시키는 연병장에 임석하고, 청송聽訟에 만전을 기하면서 형옥에 억울함이 없는지 신중한 장고를 거듭하며, 비자備資의 출입에 과실이 있는지를 알아보느라고 고지기의 말밑을 추문推問한다.

목민관의 외근이 이처럼 분주한 만큼 내근도 번다하게 마련이다. 3년이 멀다 하고 꼬박꼬박 닥치는 흉년에는 진궁振窮에 솔선수범하느라고 자신이 먼저 곡기를 끊으며, 고을을 구석구석 순방하면서 재력가들의 권분勸分을 앙청하고, 한여름의 파리 떼처럼 들이닥치는 노유老儒, 고령의 원임 판서나 참판, 교목세가의 지자支者 맏아들 이외의 아들들을 접대하기에도 바빠서 이마의 땀을 훔치며 허리를 한 차례 펼 짬도 없다. 그 모든 할 일이 백성을 자식처럼 사랑하기, 효제孝悌와 충신忠信의 기풍을 아비처럼 가르치기, 재용財用을 제 몸처럼 아껴 쓰기, 민심을 산처럼 두텁게 펼쳐놓기, 풍속의 교화에 만전을 기하기에 빠뜨릴 수 없는 일과의 얼거리들이다.

그의 사적 과업도 만만히 봐서 하루 이틀 내물렸다가는 윗사람은 물론이려니와 아랫것들에게 어떤 위엄을 조만히 드러낼 수 없어 장차 낭패를 보게 마련이다. 곧 관우館宇로 퇴청하자마자 그는 안석 앞에 단정히 앉아서 책상 위에 펼쳐놓은 경서를 음독해야 한다. 그 나직한 책읽기 소리가 뜰 아래채에까지 울려 퍼져야 비로소 사대부의 틀거지가 진중해진다. 책읽기가 물리고 눈이 침침해오면 문득 연상을 끌어와서 난을 치거나 서찰 쓰기에 몰입하는 것도 사대부의 중요한 일과 중 하나다. 언찰로든 한문으로든 소식을 전하고 안부를 물어야 할 자리는 한두 곳이 아니다. 환갑 진갑 다 지난 양친이 구존하시는 것만도 천행이지만, 그이들의 숙병이 좀 우선한지는 철철이 물어야 한다. 더불어 일가붙이에게 맡긴 도지賭地 논밭과 선산발치의 별저別邸와 과원과 다랑논들의 관리 및 소출을 알아둬야 한다. 또한 아직 서당 도령에 불과한 막냇동생을 양자로 들이겠다는 셋째 숙부의 성화가 좀 뜸해졌는지도 챙겨야 한다. 시무時務는 시도 때도 없이 들이닥치게 마련이어서 그때마다 원임 세신世臣이나 현임 병신柄臣에게 하교를 여쭙고, 필로筆券를 걱정하며 심신의 안녕을 빌어야 한다. 친인척의 길사야 의관을 갖춰 입고 나서든가 미곡 몇 섬을 부조로 내놓으면 그뿐이지만, 흉사 기별이라면 받자마자 하던 일을 그만둔 채 온몸으로 때울 채비로 불원천리하고 길을 나서야 한다. 어떤 고을의 수령 하나는 부임하자마자 관내의 현업 파악으로 동분서주하던 차 상감의 하세 기별을 받고서는 한양으로 허둥지둥 종종걸음을 떼놓다가 입경 전에 객사했다는 풍문이 들려오기도 한다. 공무의 과로로 인한 그 순직이야말로 모든 국록거사가 귀감으로 삼아야 할 귀태貴態임에 틀림없지만, '대신은 모름지기 도道로써 임금을 섬기다가 여의치 않으면 그만둔다'는 위정爲政의 자세와 '자기 자신이 바르면 백성에게 굳이 명령하지 않아도 따른다'는 사대부의 처신을 그가 설마 몸소 보이려고 죽음까지 불사했겠는가.

글을 아는 사람일수록 자신의 신분이 귀해지고 더불어 재물이 풍요로울수록 칙정飭正 몸을 닦아 삼가고 바르게 처신함에 힘쓰며, 근검절약으로 궁화躬化 몸소 모범을 보임에 주력함으로써 풍속의 교화에 만전을 기해야 하는데, 사대부야말로 그것을 앞장서서 시현해야 하는 지위임을 만천하가 알고 있다. 자기완성도 중요하지만 세상 풍파에 동요하기 쉬운 어린 백성을 보살피는 일은 언제라도 급선무이자 본무인 것이다. 그중에서도 입성이 없어 헐벗고 주린 배를 물로 채우며 사는 무리와, 못 배워서 남의 동정을 사거나 홀로되어 외롭거나 연이은 불행으로 박복을 한탄하는 이웃과, 못난 버릇을 고치지 못해서 죄를 짓고 사는 수인囚人들을 반드시 좋은 말로 타이르고 가르치며, 진휼하듯이 그들의 굶주림을 위로해줘야 하는 이가 누구이겠는가. 남을 따르게 하고, 그 딱한 처지를 달래주려면 아무래도 사람의 도리와 세상의 문리를 웬만큼 꿰뚫고 있는 사대부일 수밖에 없지 않은가.

그런 이바지에 관한 한 조선의 사대부는 제 몫을 다했다고 한다면 어폐가 있을 터이나, 자나 깨나 그 도리를 염두에 두면서 자기 신칙을 어기지는 않았다. 물론 개중에는 개차반 같은 무리가 반 이상이어서 여린 백성의 재화를 함부로 토색하고, 그에 불응하면 없는 구실까지 급조해 사매질을 퍼부으며, 과거 급제자랍시고 사인士人이나 처사處士라면 죄다 업신여길뿐더러 환로에 오르면서부터 거드럭거리기에 바빠서 책을 멀리한 죄로 무식하고 뻔뻔스러움이 흡사 무수승無羞僧 계戒를 지키지 못하고 타락한 중 같은 인간도 부지기수임은 어쩔 수 없다. 그럼에도 불구하고 그들마저 그 미미한 힘이나마 보태서 조선이라는 지극히 엄전한 양반의 마을을, 작고 무능무력하지만 염치와 의리를 알고 실천하는 나라를 만든 것은 엄연한 사실이다. 사대부가 이처럼 반듯하게 또 누백 년에 걸쳐 짓물러터진 채로나마 나름대로 영위하는 나라가 지구상에 조선 말고 달리 있는가. 거꾸로 생각해보면 사람이 나라와 임금 그리고 사대부를 만든 것이 아니라 글이 만물의 제조와 만사의 관계를 도와서 '제도'를 만들어냈고, 글을 알아야 사람살이와 세상살이가 편해짐을 깨달은 것이다.

제3장 사대부의 나라

그처럼 숱한 벼슬을 갈마들면서도 번번이 진퇴가 분명했으며, 유배와 은거 중에도 경서 탐독과 그것의 홍포弘布에 진력했던 문정공이 사대부의 화신이었음은 틀림없지만, 58세를 일기로 돌아가신 그이의 그런 딴딴한 실상도 당신의 무릎 아래 엎드려진 업어온 중 같은 애물을 대하면 난감하다. 앞서 잠시 운을 뗴다 만 그것은 이 세상 사람이라면 누구도 괄시 못 할 '제도'다 아마도 그이처럼 출중한 능력자 열 분쯤이 3세대, 곧 100년 안팎을 장수하면서 그것의 개선점을 찾고, 절대다수의 호응을 받아 사람살이와 세상살이를 여의롭게 꾸려간다 해도 사대부나 서민이나, 심지어는 임금조차 그 '제도'에 치이기는 마찬가지다. 사람도 요상하지만 시절은 더 사풍스러운 법이어서 늘 흠과 미비가 불거지게 되어 있는 그것에다 임시 변통책을 덧대어놓아도 그 완력 앞에서는 누구라도, 특히나 '제도'를 좌지우지해온 사대부마저 우두커니 둥갤 수밖에 없는 것이다.

그런 애물로는 양자 들이기라는 바위 같은 제도가 있는데, 이 가문 잇기가 조선 땅에서는 좀 특이하다. 나도 그것의 피해자이면서 동시에 최대 수혜자이기도 했으므로 이 자리를 빌려서 내 회포를 피력하기가 여간 어설픈 게 아니지만, 차제에 다른 나라의 그 제도 또한 참조하면서 취사取捨를 가려내면 좋을 듯싶다.

따져보면 남의 집 귀한 자식을 고이 받아들여서 내 새끼로 보란 듯이 잘 키우는 세사世事이자 예삿일에 불과한데, 실은 여러 갈래로 얽힌 사단과 그 추이가 말썽을 부려서 이것은 복잡다단하기 이를 데 없어진다. 손쉬운 대로 우리 가문의 중시조 맞잡이인 문정공의 사례를 들먹이는 게 이해를 도울 수 있을 듯싶다. 하기야 내 처지도 바로 그이의 직계 후손들이 점지해둔 양손의 양손쯤 되니 말이다.

앞서 말한 대로 공사가 그처럼 다망한 가운데도 문정공은 슬하에 5남7녀를 생산했는데, 그중에서 그나마 사대부로서 두각을 드러냈을 뿐 아니라 선조의 호학 기질과 유풍을 제대로 이은 아들은 세 분으로, 송씨 부인 소생의 장자 지제趾齊 진후鎭厚공과 차자 단암丹巖 진원鎭遠공이며, 나머지는 조씨 부인 소생의 진영鎭永공이다. 지제공은 예조판서와 홍문관 대제학을 지냈고, 단암공은 여러 벼슬을 거쳐 우의정에까지 올랐으니 두 형제는 선친의 관록을 후광으로 삼아 더 영달한 셈이다. 뒤이어 지제공은 세 아들을 두고, 단암공도 두 아들을 낳았으니 그중 장자가 바로 선친의 뒤를 이어 우의정을 지내다가 사도세자의 광기를 미리 막지 못했다고 자결한 백상百祥공이며, 그 아우가 예조판서를 지낸 백흥百興공이다. 이분이 내 고조부인데, 그 장자는 당연히 후사야 어찌 됐든 자결로 생을 마친 백부 댁으로 출계하여 대를 이어야 했다.

그런데 공교롭게도 큰집에 양자로 들어간 홍弘자 섭燮자 쓰시던 그

72

이도 대를 이을 자식을 못 두어서 역시 계씨인 상相자 섭자 쓰는 동생의 장자를 양아들로 받아들일 수밖에 없었는데, 그이마저 또 자식 생산이 여의치 않아 그 아우의 맏아들인 내 엄친의 출계를 앙청해야 했다. 3대가 내리 양자로만 가문을 이어가게 한 것이다. 이 논란거리를 잠시 뒤로 미루고 앞서의 그 혈통을 되돌아보면 나는 문정공의 차자에서 뻗어나온 혈족이 되며, 그이의 장자 가문도 그럭저럭 대를 이어가기에만 급급해서 금상今上 여기서는 고종의 내전內殿이셨던 명성황후의 부친 여성驪城부원군께서도 후사가 없어 예의 그 세 번째 후취 조씨 부인 소생인 진자 영자 쓰시던 분의 가계로부터 복경復卿 민승호閔升鎬의 호공을 양사자養嗣子로 불러와야 했다. 그러니 민 중전께서는 같은 6대조의 자손인 12촌 오빠를 친정 가문의 봉사손으로 삼은 것이다. 알다시피 5대조를 같이 둔 10촌뻘 형제자매를 사종四從이라 하며, 그 이후는 당시의 풍속대로 각 후손의 생산이 저마다 정상적이었다면 혈족의 가지가 워낙 무성해져버려서 불계촌이라며 방계로서의 항렬만 따지는 것이 통상 관례다. 요컨대 할아버지의 할아버지 곧 고조가 같은 삼종형제까지만 종친으로서 일가붙이로 싶는 것이다.

말이 나온 김에 보학 타령을 한두 마디 더 보태면 예의 그 문정공의 중형인 노봉老峰 가문은 3대가 내리 우의정을 살았는데, 그 직계 비속들도 한두 차례 방계 존속을 입양해 명맥을 이어갔으며, 흥선대원군興宣大院君 석파石坡공의 친부 남연군南延君께서도 3대째 우의정 진鎭자 장長자 쓰시던 분의 직계 존속 댁에 장가를 든 사위이시다. 또한 신필 추사께서도 내 가친의 진외가 쪽으로 당숙이 되시므로 내게 증조모이신 그분은 금석학의 대가인 김정희공께는 고모가 되신다. 추사도 대사헌을 지내신 김이주金頤柱공의 막내아들의 장자였으나 역시 백부의 직계를 잇기 위해 출계했으며, 정헌靖憲 김이주의 시호공도 영조 임금의 제1부마 월성위月城尉 김한신金漢藎 공에게 입양했다.

이쯤 되면 보학에 일자무식인 나무꾼조차 대뜸 거참, 이상한 가문이네, 어쩌자고 그렇게나 극성스럽게 남의 자식을 들여와서 맥을 이으려 했을까, 할아버지부터 손자까지 내리 입양자로 가계를 이었다면 그거야 사돈의 팔촌 이상으로 성씨만 같을까 이미 혈통이랄 수도 없는 것 아닌가라고 중얼거릴 게 틀림없다. 얼핏 맞는 말같이 들릴지 모르나, 반 이상은 그쪽 내막을 몰라서 내놓는 헛소리에 지나지 않는다.

상장제례喪葬祭禮를 중시해서 꼭 지키려는 양반 가문에서는 혈통의 상대적 우위를 유지하면서 친족과 인척의 운명 공동체적 유대를 강화하기 위해 보학은 꼭 따르기로 되어 있는, 그것을 지키기 위해서라면 죽음까지도 한낱 지푸라기처럼 여기는 선대의 유업이다. 그러니 죽기 전에 봉제사奉祭祀할 후손 하나만큼은 먼 친척에게서라도 '꾸어서' 앉혀야 한다. 그런데 이 좀 억지스러운 대 이어가기에는 혈족 내지 친족에 대한 일방적인 자부심이라는 맹점이 도사리고 있다. 남들은 돌아앉으면서 비웃는데도 저희끼리만 우리가 기중 낫지라며 좋아라 하는 꼴이니 우물 안 개구리 식 우월감이 아니고 무엇인가. 그래서 '우리 성씨'라면 누구라도 설마 제 조상의 제사야 모시지 않을까라는 믿음이 그처럼 일단 남의 형제의 자식을 불러오는 관행을 잇고 있는 것이다. 이른바 제도화 내지는 전통화의 길을 터놓고 있다. 물론 양자가 평생토록 봉제사할 만한 재산을 물려주어야 하고, 입양을 바라는 양친의 가문은 대개 다 그 정도로 유족할뿐더러, 나름의 행세에도 꿀릴 게 없는 여러가지 '밑천'을 갖고 있게 마련이다.

아무튼 입양은 그렇게 하기로 되어 있는 '제도'이자 양반의 명맥과 체면을 살리는 '전통'으로 군림하고 있다. 부부가 아무리 열성을 다해 교합해도 자식 생산을 이룰 수 없는 '맺힌 한'을 푸는 방법이 꼭 친족에서 입양자를 구해야 하는지도 한번쯤은 전면적으로 따져봐야 한다는 것이 내 사견이다. 그 좀 단선적인 제도가 앞서도 지적한 대로 성씨나 같을까 혈족이랄 수도 없는 불계촌에서 양자를 불러오게 하는 옹고집을 낳고 있는 것이다. 오로지 대만 잇고 양부모의 제사만 때맞춰 모셔달라는 식이니 너무 강압적인 형틀이 아니고 무엇인가. 그래서 성씨에 대한 집착을 버리는 것도 한 방법이라는 게 내 생각이기도 하다. 이를테면 일본 식처럼 사위에게 처가 쪽 성씨를 물려줘서 대를 이어가게 할 수 있다. 물론 그런 성씨 바꾸기에도 쌍방 간의 합의가 이뤄져야 할 테지만, 그것이 풍속이 되어버리면 거의 양해 사항으로 자리를 잡아간다. 내가 그 제도를 실제로 현지에서 확인하자마자, 참으로 탁견이다. 남녀가 피를 반반씩 나눴으니 말살에 쇠뼈다귀 같은 항렬 타령보다는 훨씬 더 진일보했네 같은 탄성을 내질렀던 그런 이치에 맞기도 하다. 물론 나라별로 다를 수밖에 없는 풍속을 고려하지 않은 임시방편의 우견이긴 할 터이다.

도학의 근본이 인성과 천수에 대한 숙고를 권장하고 있는 만큼, 또 모든 사유의 체계가 궁극적으로는 사람들이 다 함께 잘 살아보자는 계책의 안출이라면 고리삭은 제도나 엉뚱한 세상 이치와 두동지는 전통은 차제에 개선 의지를 발휘, 불식시켜야 하지 않겠는가. 또 그런 시도가 사람으로서 마땅히 치러야 할 도리가 아니고 무엇이겠는가. 물론 그 실천에는 또 다른 편벽된 사유와 어그러진 전통과의 지난한 대판 싸움이 따를 것은 각오해야 할 테지만 말이다. 어떻든 양반과 상놈, 남자와 여자를 갈라놓고서 한쪽을 우대, 다른 한쪽을 홀대하겠다는 '속 좁은 종족宗族 보존 의식'으로 판을 짜려니 제도나 전통이 처음부터 삐걱거리고 말며, 그 잡음을 틀어막으려니까 과외의 말썽과 시비가 속속 불거지는 형국인 것이다.

하나든 둘 이상이든 귀여운 여식이라도 봐서 자식 키우는 낙과 보람을 누리는 부부는 그나마 다행이겠지만, 아예 2세를 생산하지 못해서 전전긍긍하는 내외도 드물지 않다. 이 딱한 사정은 한때 나 자신도 혹독하게 체험한 바 있는 데다 지금도 그 앙금이 덜 아물어서 내게도 다소나마 말할 자격이 있지 않을까 싶다. 필부필부라면 다 아는 대로 천엄天閹 생래의 고자에 대한 완곡어이 아닌 한 지아비와 지어미 사이의 방사는 예사로운 운우지락이고, 그 덕분으로 자식을 보게 되는 음양의 조홧속은 조물주의 신비한 인류 구원책이라고 해도 좋을 것이다. 그런데 생식기의 발달이 웬만큼 자리를 잡은 다음에는 이성에 대한 나름의 환상을 스스로 길러낼 수 없는 사람이 남자든 여자든 공히 있을 수 있다. 분명히 뇌에 그런 기능이 없거나 그 작동이 시원찮아서 수컷의 경우는 생식기에 피를 모으는 혈로마저 퇴화되었다고 봐야 할 것이다. 이르는 바대로 그런 사람은 고자인데, 왜 하필 북 고鼓자를 쓰는지 알 수 없다. 혼자서 북을 두드리고 만다는 뜻인지, 아니면 다른 말 화자처럼 반어법인지 뭔지, 한동안 그 의문이 내 뇌리에서 떠나지 않았다. 아무려나 신근의 핏줄에 피를 불러오는 능력에 관한 한 사람마다 차이는 있고, 또 과중한 업무나 상대방의 반응에 따라서 머리로나 심정으로나 교합에 대한 의욕이 가뭇없어져 얼마든지 혈류의 작동이 시들해질 수는 있다. 그런 예외적인 경우도 흔하다면 흔한데, 내 경험상으로도 그렇지만 일반적으로도 최음 수단으

로서 음주가 상당한 정도로 도움이 되는 것은 사실인 듯하다. 술이
란 빳빳이 긴장한 심리 상태를 이완시키는, 어떤 강박증의 요인을 일
시적으로 묽게 풀어주는 데 탁월한 효과가 있는 듯하니까.

똑같은 이치라면 어폐가 심할 테지만, 발기 능력에서 다소 수동적
인 암컷에게도 '탈'이 있을 수는 있는 듯하다. 자궁 속의 여러 기능
이 미진해서 씨든 알이든 제대로 자랄 수 있는 자리를 탐탁하게 제
공하지 못할 수야 있지 않겠는가. 그것이 불임이다. 임신했다가 달도
안 찼는데 지레 만출娩出하는 유산도 자궁 속의 기능적 결함에서는
마찬가지일뿐더러 결국 아이 생산에 이르지 못했다는 점에서는 동일
하다.

아무튼 불임 부부의 고통은 상상 이상으로 큰데, 그 사례가 워낙
흔해서 여기서까지 그 '멀쩡한 비정상'으로부터 자아올리는 서글픔
을 일일이 열거할 필요는 없을 것이다. 다만 남성 쪽의 발기 능력이
웬만한데도 아이가 들어서지 않는다면 여성 쪽의 자기비하는 시중
의 말대로 자나 깨나 '죽을 맛'이고, 대를 잇지 못하는 책임이 전적으
로 자기에게 있다는 식의 '죽을 죄'를 지은 것이 되니 생사람으로서
이 이상의 모진 고통이 달리 있을 수 없다. 그래서 더러는 내외의 금
실이 너무 좋으면, 이 경우는 시도 때도 없이 합궁의 열락에 병적으
로 탐닉함을 뜻하는데, 남자의 고환이 정자를 생산할 짬도 주지 않
거나 그 여건에 과부하가 걸려 부실한 '씨'만 양산하는 것으로 이해
함으로써 석녀에게는 다소나마 구슬픈 위안거리가 된다. 그러나 마나
돌계집의 체념은 이내 시앗을 보게 되거나 자청해서 첩치가를 하라
고 권해야 할 지경에 이르면 그 심적 갈등이 비등점까지 치솟아 반
쯤 미치기도 한다. 그러나 자기 서방이 취한 시앗에게서 손쉽게 자식

77

을 보면 본부인의 체념은 대체로 팔자타령으로, 자신은 돌계집으로서 오복에도 안 든다는 자식 복이 없는가보다라는 달관의 경지로 줄달음친다. 불행히도 그 시앗조차 배태를 못 하는 경우가 없지 않은데, 그때는 세 사람이 다 난감해진다. 그렇다고 해서 또 다른 시앗을 구해 들이기도 번거롭거니와 그럴 만한 심신의 능력을 남자가 갖고 있기 드문 터라 자식 복에 관한 한 세속적인 욕망 일체로부터 초연해진다. 그 대신에 다른 등가물로 벌충하려는 욕심이 발동하는데, 이를테면 환관들처럼 집요한 물욕과 권력욕에 빠지며, 특정 분야의 장인처럼 조작적 세계에서 집념을 발휘하기도 한다.

양자 들이기 논란이 좀 장황하니 변죽을 울린 감이 없지 않으나, 남녀 사이의 정분과는 무관하게 배태 여부가 결정되는 이 조홧속이 실은 개인마다의 타고난 운명일 뿐이라는 사실은 강조해둘 만하다. 나의 좀 참담한 '자식 소원'은 당사자인 우리 내외보다 가문의 노골적인 간섭이 빚어낸 섣부른 지청구에 지나지 않았다. 더욱이나 중전의 친정집 봉사손이라는 처지 때문에 휘둘린 면면도 워낙 만만한 터이다. 그런 족쇄에서 벗어나기 위해서라도 온갖 양방良方을, 예컨대 자라탕을 장복하는 식의 보양식을 강구했음은 물론이려니와 씨받이를 부르자고까지 했으나, 그 모든 걱정을 나는 비교적 초연하게 견뎌냈다. 그럴 수 있었던 것은 두말할 것 없이 나의 타고난 성정 덕분이었다. 좋게 말하면 어떤 우환, 곡경, 근심거리가 닥치더라도 자기중심주의, 곧 나 자신만을, 지금의 내 사정만을, 내 주변의 처지만을 생각하지 그 밖의 남이나 남의 형편 따위를 염두에 두지 않는 내 버릇, 내 기질은 미상불 여간 특이한 게 아니다. 앞으로 그런 내 성정 일체가 차곡차곡 이 회고록을 통해 드러날 테지만, 여기서의 '남'이란 부모 형제는 말할 나위도 없고 속살을 예사로 섞고 사는 내자조차 '나' 이외의 다른 사람이란 뜻으로서의 그 '타인' 또는 '타자'라는 점에서 예외일 수 없다. 아무튼 그런 내 기질로 인해 양자 들이기에 따르는 여러 설왕설래도 '남'의 일처럼 들려서 내자에게는, 기다려보자는데 그래, 여사女士의 선비 사士자는 어진 사람을 지칭하잖는가, 부덕婦德의 근본이나 어진 이의 모범은 결국 기다릴 줄 아는 점잖은 처신에서 출발할 테고라며 서둘러 물리치곤 했다. 생각해보면 수많은 인연 중에서 집사람과 유독 부부의 연을 맺었다는 것도 특이한 사정이니 이에 순종하는 것이야말로 한평생의 묘리가 아니고 무엇이겠는가. 허허실실로 말한다면 인연 맺기나 무자식도 분복이고, 그렇게 타고났다니까 부부가 낙담한 채로나마 그 팔자를 받들며 살아야 하지 않을까.

내 발설이 좀 앞질러버린 듯하다. 굳이 내 사정과 생각을 들먹이지 않더라도 내 가친의 출계와 숙부의 입양 파동에 대해서는 그것이 우리 가문의 중대사였으므로 장차 상당한 지면을 할애해야 할 테고, 그때 양자 제도에 대한 그이들의 남다른 식견을 들은 대로 옮기면 이 혈통 보존책의 선악이 저절로 드러날 터이니 말이다. 또한 내 가친이야 그 피를 내가 물려받았으니 새삼스레 말할 필요도 없지만, 두 형제 중 두 살 밑의 동생인 숙부 곧 황사黃史 민규호閔奎鎬의 호공은 그 특이한 풍모, 준재라고 하면 본인이 즉각 비웃을 그 명민한 두뇌, 청산유수 같은 언변, 재기발랄한 임기응변술 등으로 주위의 뭇 세유世儒를 놀라게 하면서 한 시절의 조정을 좌지우지했던 양반이었던 만큼 그이의 순발력 좋은 선견지명에는 잘 들어두었다가 때맞춰 써먹을 만한 탁견이 워낙 풍성했으니 더 이를 말인가.

　　　　　　　제4장 양자로 이어온 가문

삼촌에서 작은아버지로, 뒤이어 숙부님으로 그 호칭이 바뀌는 과정에서 내가 겪은 그이의 진면목을 쓰라면 책 한 권으로도 모자랄 지경인데, 황사공은 한때 내게 우상이나 다름없는 존재였다. 오죽했으면 걸어다니는 신언서판으로야 기내畿內에서 황사를 능가할 자가 없다는 말까지 나돌았을까. '기내'는 서울을 중심으로 삼는 기호 지방 일대를 말하지만, 그 품평에는 벌써 그이의 영특한 학예와 탁월한 자부와 하늘 같은 오기와 질 수 없다는 시기심에 대한 암상스러운 견제 심리가 발동하고 있다. 하기야 그이의 호 황사만 하더라도 권세에서는 장동壯洞 김문의(흔히 안동 김씨의 3대에 걸친 국혼國婚과 그 세도정치를 '나라의 초석' 운운했으나 과장이 심하다. 다만 그 일가들이 북악산과 인왕산 사이의 그윽한 마을 자하동紫霞洞에 살았으므로 자주 들먹거리다보니 '장동'으로 와전 되었다고 한다) 60년 세도의 주축이었던 황산黃山 문신 김유근金逌根의 호을, 필법에서는 만고 명필 추사秋史를 닮고 싶다며 각각 한 자씩 따서 쓴 데서도 그이의 야심과 재치를 읽을 수 있다. 금빛인 땅의 기록, 그 역사라는 뜻의 '황사'도 누구나 다 알고 있는 보물을 혼자서 캐낸 파천황의 발상으로 기릴 만하지 않은가. 한때 나는 그 자호自號까지 탐나서 그이의 모든 것을 내 것으로 삼고 싶었다. 이를테면 그가 온몸에서 발산하는 활달한 기상, 웅혼한 필력, 사랑채의 안석 주변에 비치해둔 문방사우의 여러 구색, 심지어는 입성까지도 내가 장차 갖추고 거느려야 할 표본이었다. 내 유년 시절과 소년기는 숙부라는 전형이 수시로 내 안전에서 들락거려 행복했다. 그 영상은 언제라도 내 화려한 상상의 진원지에 값하는 데 한 점의 부족함도 없었다. 그런 자극 기제를 제 주위에 거느릴 수 없는 일상은, 특히나 성장기에 끝도 한도 없는 그 자극기아를 체험하지 못하는 삶은 얼마나 따분하고 시시한 것인가.

곧장 그 시절로 달려가야 내 기질을, 오늘날 온갖 오해와 폄훼와 질시의 대상이 되고 있는 내 체신의 원형을 찾아낼 수 있을 터이건만. 그러나 참고 때가 무르익기를 기다릴 도리밖에 없다. 그이의 그 성마른 기질이 단명을 재촉했던 만큼 나마저 그 전철을 밟았다가는 가문의 수치일 터이므로.

제4장 양자로 이어온 가문

제5장
어린이의 길눈

    자신의 기억 창고에 최초의 수확물을 보관했을 때가 언제쯤일까. 사람마다 총기가 천차만별이므로 정답이야 있을 리 만무하나, 내 경우는 그 곳간을 아무리 뒤져봐도 다섯 살 이전까지 거슬러 올라갈 수 없다. 자신의 명민한 기억력을 과시한답시고 엄마의 젖무덤 감촉까지 더듬는 허풍쟁이도 있지만, 그가 설혹 초인적 총기의 천재라 한들 그 과장을 어디까지 믿어야 할까. 뿐만 아니라 색둥거리 차림으로 돌상 앞에서 돌잡힐 때 붓도 잡고 엽전을 한참이나 조몰락거리면서도 실 꾸러미나 대추·밤·과줄 같은 먹을거리는 한사코 거들떠보지 않았다는 제 자랑도 있다. 아마도 그런 자랑은 와전일 테고, 그 정도의 일화는 부모나 나이 지긋한 일가친척들이 틈틈이 들려준 일종의 전설이라고 해야 맞을 것이다. 언젠가부터 그런 풍문은 흡사 제 분신이라도 되는 양 기억의 곳간에 떡하니 딴살림을 차리고 있는 꼴이니 말이다.

    예의 그런 전설처럼 긴가민가한 채로나마 내 뇌리에서 시방 마구 떠도는 장면들은 헷갈릴 정도로 많다. 그것들이 과연 내 총기에서 나왔는지, 아니면 나중에 치른 내 경험에 살이 덧붙여져 알게 모르게 반듯한 어떤 영상으로 틀을 갖춰 제자리를 차지했는지 옳게 가늠할 수도 없다. 그렇게 어룽거리는 대목은 아무리 멀리 잡더라도 서당 출입을 일과로 삼기 이전이지 싶은데, 역시 아리송할 뿐이다.

누렇게 퇴색한 두루마리를 펼쳐보면 칙칙한 무채색의 진경산수화가 내 눈앞에 선히 펼쳐진다. 대개의 우리 그림 속 풍경이 그런 대로 그 속의 손톱만 한 인물들을 유심히 살펴보면 얼굴 윤곽은 깎은서방님처럼 또렷하나 이목구비가 없다. 풍속화와 달리 산수화에서는 사람보다 경치가 앞서므로 미물이 그 풍경 속에 들어앉아 있다는 사실만으로도 족하다는 화법이다. 여기저기로 감상의 눈씨를 겨눌수록 내 기억도 꼭 그대로다. 내가 그 풍경 속을 분명히 거닐고 뛰어다녔건만 내 실물은 까맣게 멀어져간다. 그에 비해 산수화 속의 그것처럼 집과 길은 너무나 선명하다.

어린애답지 않게 말귀가 밝아서 나는 할머니 심부름을 곧잘 하는 장손 중의 장손이었다. 또 만부득이 얼굴도 모르는 조상을 들먹여야 해서 민망하지만, 기계杞溪 유씨兪氏였던 이 할머니는 계조모로서 내 가친이 그이의 양자로 들어갔으므로 내게는 큰아버지의 후처가 된다. 그러니까 내 친할머니 김해 김씨는 삼촌 곧 황사공이 모시고 살았는데, 두 동서는 후처로 들어온 큰댁 쪽이 작은댁 쪽보다 열 살쯤이나 어린 터수임에도 서로 의가 좋았다. 그럴 수밖에 없었던 게 두 동서는 같은 해에 앞서거니 뒤서거니로 상부살喪夫煞을 입은 동병상련의 처지에다, 내 삼촌이 돌상을 받기도 전에 아버지와 큰아버지를 여읜 꼴이었기에 유복자나 다름없는 두 형제를 금이야 옥이야 키우는 몫이 30대 중반과 20대 중반의 두 청상과부 수중에 떨어졌기 때문이다. 게다가 계조모 쪽은 그 윗대 곧 시아버지도 자식이 없던 큰댁으로 양자를 들어간 처지라서 그나마 먹고살 만한 세전지물이 있었지만, 끼때마다 콩죽이라도 끓여 먹을 수 있으면 다행인 작은댁 세 식구는 나날의 호구지책이 막연한 형편이었다. 역시 와전으로 내 할아버지께서 30대 중반에 졸사했을 때 두 아들 자식은 관 살 돈도 없었다고들 하는데, 이는 그이들이 겨우 걸음마나 떼놓을 정도로 어렸기 때문으로 후에 시기하는 무리들이 허풍을 친 소리에 지나지 않는다. 어쨌거나 계모조께서는 후처이면서도 자식까지 없는 과부로서 가문을 지키자면 작은댁의 큰아들을 하루빨리 입양시켜 제 자식처럼 키워놓아야 조상을 뵐 면목도 서고, 또 그게 민문의 드센 가풍이었다. 문중의 다른 자손 중 하나를 골라 불러들일 수야 있었겠으나, 그런 복심은 번거롭고 섣부른 짓거리일 수밖에 없는 것이 아녀자에게 정이란 흔히 한 다리가 천 리 이상으로 멀테니까 말이다. 그러니 내 가친은 받아놓은 잔칫날처럼 장성한 뒤에는 큰댁으로 출계하기로 되어 있었고, 그쪽에서도 눈 빠지게 그날을 기다리던 판이라 온갖 공을 다 들여야 했다.

이쯤에서 가계 이어가기에 따르는 우리 풍속을 잠시 정리해봐야 할 듯싶다. 비록 메아리 없는 고함이 될지언정 어떤 시틋한 불평이나 조잡한 안출이라도 무정견에 묵언보다는 나을 테니 말이다.

우선 우리 민문의 선례에서도 보듯이 꼭 장자만이 그 가문의 대를 이어가는 것이 과연 바람직한가라는 의문을 내놓을 수 있다. 팔자가 박복해서 자식을 못 보는 사람은 남자나 여자나 공히 흔하다. 똑같은 혈육인데도 형이나 동생들 중 하나가 얼마든지 무자식일 수 있는 것이다. 배필의 수태 여부는 워낙 불가사의한 면면이 다분해서 당사자들의 공력으로 극복하기는 힘들다. 그래서 입양 제도를 들고나선 셈인데, 꼭 장자 상속만을 고집하니 말썽이 생기는 것이다. 어차피 그 장자도 윗대로 한참 거슬러 올라가면 결국에는 한낱 지파 중의 지파에 불과할 텐데 말이다.

그래서 세전지물을 장자에게 우선적으로 물려주려는 또 다른 꼼수를 제도화시켰겠는데, 이 방안에는 지차를 일단 도외시하면서 부를 오롯이 세습하려는 암수가 비친다. 그러나 그 부라는 것도 실은 큰 덩치가 아니고, 기껏 산자락이나 집칸에 전답 정도일 뿐인데 그것이 3대를 대물림하기는 어렵다. 아무리 쩡쩡한 교목세가의 덩실한 세전지물이라 해도 대체로 2대째에서 풍비박산 나고 마는 사례를 나는 숱하게 봐왔다. 그러나 마나 인간의, 특히나 경서를 그렇게나 열렬히 받드느라고 좋은 세월을 허비한 양반과 선비들의 아집이 이처럼 아둔하니 딱하기도 하려니와 무슨 계책도 '용납 불가'라며 즉석에서 토라져버리니 이런 낭패 중의 낭패를 어디서 또 찾겠는가.

혹자는 운미芸楣 그 양반이야말로 여양부원군의 장손에다 여성부원군의 장자로서 양쪽의 알토란 같은 세전지물을 분지르지 않고 그대로 물려받았을걸, 여기저기 투그리고 앉은 집채만도 서울 사대문 안에 10여 채는 족히 됐을 거야, 그것도 죄다 툇마루에 난간 달린 일등 저택이었다던데 뭐, 그런데도 상속 시비를 자청하면 그거야 누워서 자기 얼굴에 침 뱉기 아닌가라며 눈을 흘길지 모른다. 틀린 말은 아니나 내가 집들을 물려받은 것은 양부와 친부가 다 변사를 당해 나 말고는 받들 사람이 없었기 때문이다. 그것도 친부는 수양자收養子 3세 이전에 아들로 삼은 양자. 친자로 대우함 맞잡이였고, 양부도 신주神主양자였던 데다, 그이가 어느 날 청천벽력 같은 폭졸暴卒을 당하자 보름 도 안 돼서 내가 승중承重 장손으로 아버지와 할아버지를 대신하여 조상의 제사를 지내는 일으로 선발되는 통에 저절로 따라온 재물일 뿐이다. 그러니 세전지 물이라면 내 주장은 단호한 편이다. 곧 대저택이든 누각이든 그것을 잘 이용하는 사람이 그 집 임자이고, 사제賜第 임금이 공신에게 특별히 내리는 집 처럼 적절히 쓰고 난 뒤 맞춤한 집주인이 나서면 미련 없이 물려주어 야 한다는 게 그것이다. 그래서 나는 이때껏 집을 내 재산으로 간주 한 적이, 단언컨대 단 한순간도 없다. 그것들 중 하나를 잘 이용할 만 한 일가친지들이나 나를 곁에서 도와준 사람, 개중에는 외국인도 있었지만, 거처 걱정을 하면 선뜻 쓰라고 내주는 데 잠시도 망설이 지 않았다. 아침을 세 번 먹기도 벅차려니와 아무리 마음에 드는 신 발이라도 한꺼번에 두 켤레를 껴 신을 수 없는 이치대로 집은 거처할 자리로서 하나면 족한 것 아닌가. 그런데도 예나 지금이나 그걸로 치 부를 노리니 쓸데없는 경쟁이 생기고, 집 없이 사는 사람들의 열패감 만 조장하는 꼴이다. 여하튼 내가 내 소유의 그 많은 부동산을 한사 코 지닐 욕심이 있었다면 지금 이처럼 남의 나라의 우거에서 국파가 망國破家亡을 통탄하며 붓을 들고 낑낑대겠는가.

마침 집 얘기가 나왔으니 이제 제대로 화두를 잡은 셈이다. 아까 부터 우리는 좀 색다른 집을 찾아 나선 걸음이다. 물론 할머니가 시 킨 심부름을 좇느라고 그러는데, 나는 해동하면 서당에서 『천자문』 을 익혀야 하는 어린것임에도 불구하고 길눈이 워낙 밝다고 진작에 호가 났으며, 내 손을 붙들고 있는 언년이는 벌써 처자 꼴이 완연하 다. 그녀에게는 얼굴이 수박 속처럼 빨갛다 하여 빨갱이라는 호칭도 붙여졌고, 가끔씩 혼잔한 기가 있어서 깜빡이라고 불리기도 한다. 아무래도 두뇌 작동에 금이 가서 그랬지 싶은데, 어떤 때는 마당 빗자루를 손에 든 채로 '진사 어른은 종자도 안 달고 봉물짐도 안 들고 어떻게 오셨나요, 좀 이상한 문객이네요, 성인도 시속을 따른다는 옛 말이 있는데 제가 하도 답답해서 한 말씀 드리는 겁니다'라고 빤히 쳐다보며 지껄이는 통에 사랑채 앞에 선 선비로부터 '허, 이 고얀 것을 봤나, 일진이 이토록 사납다니'와 같은 탄성과 함께 짐짓 눈을 부라리며 너털웃음을 터뜨리게 하고, 다른 식구들로부터는 '야, 이 망할 것아. 니가 시방 빈객 앞에서 누구 망신을 시키려고 그런 말버르 장머리로 주인 행세야, 나리, 죄송합니다. 이 멀쩡한 팔푼이가 가끔씩 이렇게 혼이 깜빡깜빡합니다, 어서 사랑으로 드소서'라는 꾸지람을 들어야 했다.

그래도 깜빡이의 가슴이나 엉덩이에는 토실토실한 살이 복스럽다고 할 만큼 저고리와 치마 말기 위로 떠들고 나와 있었고, 손이 여물기 이를 데 없었다. 고집도 세어서 시키는 일을 제멋대로 못 하도록 간섭하면 온종일 입속말로 구시렁거리다가도 할머니가 답답해서, 야이 삐뚤아, 네가 무슨 벼슬했다고 어른 말씀을 깔아뭉개고 벙어리 행세야, 입이 없다니까 오늘 저녁부터 밥도 먹지 말고 굶어봐, 누룽지도 못 얻어먹을 줄 알아라고 호통을 치면 이내 으질기질이 약해서 웬만한 일이나 고함 앞에서는 겁을 내고 두려움을 타는 증상. 호통이 떨어지기가 무섭게 상다리 밑이나 이불자락 속으로 얼굴을 감추기도 한다로 변해 구운 생선 토막을 노리다가 타박 맞은 고양이 꼴로 수그러드는 깜빡이는 은근히 눈치도 빠른 편이었다. 할머니가 길눈 밝은 나를 길잡이로, 깜빡이를 나이 어린 내 호위병으로 길동무해서 내보낸 데에는 그만한 이유가 있는 셈이었다. 깜빡이도 할머니의 그런 궁심쯤이야 빤히 꿰뚫어보고 있었을 것이다.

내가 태어난 집은 미음자 와가로 매동에 있었다. 경복궁의 서문인 영추문 건너편이다. 아래쪽으로는 신필 추사의 구택인 월성위궁추사의 증조부는 영조 임금의 제1부마 김한신인데, 그이의 호가 월성위다. 추사의 할아버지 김이주도 월성위의 양자였고, 추사도 백부에게 출계했으니이 있는 월궁동이고, 북악산을 바라보며 부악 고개를 넘으면 세검정에 못 미쳐서 대원위 대감의 별장도 있다.

깜빡이와 나는 인왕산을 바라보며 필운대 고개 쪽으로 걸어갔는데, 이내 새문안 길로 들어서자면 길을 건너야 한다. 거기서 한참 한길을 걷다보면 가느다란 가지가 치렁거리는 버드나무와 그늘이 짙은 벗나무가 드문드문 심어진 가로수 길이 나오고, 오른쪽으로 꺾어지면 다들 서궐이라 부르던 경희궁의 정문 흥화문이 나온다.

아까부터 내가 속으로만, 내 손 좀 놓아주라며 통사정하는 것을 깜빡이는 알고 있다. 깜빡이의 손바닥은 늘 축축했다. 그 서늘한 끈적거림이 나는 싫었다. 한참이나 깜빡이의 손을 잡고 걷다보면 빨래처럼 꿉꿉한 그 물기가 내 손바닥에 배어들 것 같았다.

"우리가 지금 어느 집을 찾아가게?"

"삼촌네."

"익이 도령아, 너 길눈 밝지? 지금도 혼자서 찾아갈 수 있겠어."

"그럼, 숙모 따라 두 번이나 갔댔어. 내가 앞장설게."

"그래, 저만치 내빼면 큰일 난다. 할머니가 알았다간 이 망종 소리 듣는 거 알지?"

나는 고개를 끄덕인다. 그래도 깜빡이는 내 손을 놓아주지 않는다.

"삼촌네 가면 누가 제일 좋아?"

"숙모, 작은엄마가 날 좋아하니까."

"그 작은아씨 얼굴이 어떻게 생긴지 알지?"

나는 또 고개를 주억거린다.

"팽이 같고 무처럼 기다랗지? 살결도 무 속처럼 뽀얗고. 큭큭큭. 우습지? 얼굴이 왜 그렇게 말처럼 길까."

나는 무작정 누군가를 편들고 싶어서 토를 단다.

"할머니가 작은 마님이라 부르라고 했잖아."

"참 그랬지. 작은아씨가 애를 못 낳는다고 그러는 거야. 마냥 아씨면 어떻게 하냐고, 큰댁에서 먼저 나서서 그렇게 구박을 주면 되겠냐고."

찹쌀·찐쌀·메주콩 같은 곡식과 유과·곶감·미역·굴비·북어 같은 먹을거리를 수시로 작은댁에 져 나르게 하는 양할머니의 자세籍勢를 깜빡이가 그 당시에도 대강이나마 짐작하고 있었다면 도대체 그 실성기는 어디서 탈나서 그 지경이었을까. 양가의 큰할머니는 후실이어서 그랬는지 동글납작한 얼굴에 오사바사한 구석이 있었으므로 은근히 자기 과시를 드러내기에도 빈틈이 없었다. 비록 작은댁에서 맏아들을 양자로 모셔왔지만, 보란 듯이 성가시켜 옥동자 같은 손자까지 얻었으니 기염을 부릴 만하다는 것일 테다. 뭐든지 우리 쪽이 베풀고 살아야지 하는 거둠손은 그이만의 집안 두량 솜씨로서 바깥양반 두 형제 사이에 언성 높일 일이 안 생기게 만드는 배려이기도 했다.

한편으로 친가의 작은할머니는 정실이어서 그랬을 텐데 손위 동서보다 훨씬 더 늙은 데다 겨우 면추나 한 외모로 성미도 한껏 느긋한 쪽이었다. 지 형보다 먼저 과거에 급제한 둘째 자식이 좀 경망스러운 데가 있어 당최 성에 안 차지만, 며느리 본 지가 벌써 언젠데 여태 손주 하나 못 보는 설움까지 안기다니, 하고 걱정하는 쭈그렁이였다.

홍화문 앞을 지나 왼쪽으로 한길을 건너가면 밋밋한 둔덕이 저 멀리 만리동 고개까지 펼쳐져 있다. 정동이다. 그때만 하더라도 그 일대에는 기와집이 드물었고, 초가집들이 보득솔처럼 촘촘했다. 삼촌네는 경운궁덕수궁의 옛 이름 뒷담 자드락에 붙은 평지에 나무 한 그루도 보이지 않는 초가집들 속에 옴팡하니 숨어 있었다. 사립짝도 없었고, 구멍이 숭숭 뚫린 엉성궂은 싸리울조차 무슨 진티처럼 흉하기 짝이 없었다. 그나마 그 울타리 밑에는 맨드라미와 부추가 사람 사는 온기를 전해주고, 박을 주렁주렁 매단 초가지붕의 집채 둘이 좁장한 마당을 사이에 두고 나란히 앉아 있었다. 그 둘레의 초가집들은 낮이면 흉가처럼 괴괴했다. 다들 도붓장사나 날품팔이꾼으로서 나무하러, 숯 구우러, 땜질하러, 장작 패러, 옷 마름질하러, 미장이로, 대장쟁이로 집주인이 밖으로 나돌아다니기 때문에 그랬을 것이다.

동네 어귀에 들어서자 깜빡이는 내 손을 덥석 낚아챈다. 깜빡이의 손바닥은 여전히 거슬릴 정도로 차고 눅눅하다. 벌써 인기척을 들은 숙모는 문짝도 없는 집 앞까지 총걸음으로 나와 우뚝 서고는 두 팔을 벌리며 활짝 웃는다. 턱을 떨어뜨리니 얼굴은 더 길어지고 좁은 이마로 치켜올라간 눈썹과 눈동자 사이에는 반달 선이 움푹 팬다.

"왕눈이 왔구나? 그새 얼마나 보고 싶었다고. 그제 밤에는 왕눈이 꿈도 꿨던걸. 그 꿈이 영검 좋게 들어맞았네."

내가 미처 인사말을 꺼내기도 전에 숙모는 내 겨드랑에 손을 끼워 넣고서는 번쩍 안아 올린다. 오뉴월에도 털배자를 꼭 껴입는 숙모의 새카만 머리 다발에서는 언제라도 고소한 냄새가 풍긴다. 그게 아마도 동백기름 냄새였을 것이다.

제5장 어린이의 길눈

숙모의 쪽 곧은 콧날과 반달처럼 휘어진 기다란 턱선은 쳐다볼수록 신기하고 이채로웠다. 바로 내 코앞에서 윤기가 자르르 흐르는 한 다발의 살쩍도 턱선을 따라 세필의 붓끝처럼 길게 뻗어 있다. 그해인지 그 이듬해부터인지 서당 글을 익히면서 저녁 석夕 부수를 알자, 거의 반사적으로 그 한자의 왼쪽 삐침 두 개가 숙모의 선명한 코와 턱선을 그대로 닮았다고 떠올린 내 두뇌 작동의 근원을 무슨 말로 표현해야 옳을까.

이윽고 숙모는 솜처럼 따뜻하고 몽실한 당신의 가슴팍에서 미련 많게 내 몸을 떼어낸다. 보자기에 싼 임을 머리에 이고 한 손에 들고 온 깜빡이를 맞아야 하기 때문이다.

"언년아, 고생했겠네. 무거웠지? 또 뭘 이렇게나 많이 주셨나. 북어 구나, 굴비도 있네. 이건 또 뭐야, 방구리가 두 개네, 장아찐가봐."

숙모는 주저앉은 채로 언년이의 빨갛게 달아오른 뺨을 두 손으로 감싸며 묻는다.

"영감마님께서 올라오셨니?"

그즈음에도 내 가친께서는 문과에 급제하기 전으로 진사에表廷村庭 민태호閔台鎬의 문과 급제는 고종 9년(1870), 그의 나이 37세 때였다 불과했으나, 대원위 대감을 비롯한 알음알음의 천거가 주효하여 음사蔭仕로 출사해 고양 군수를 살고 있었을 것이다. 고양군이라면 서울에서는 지척이고, 장정 걸음으로는 아침 먹고 출발하면 원당 소재 관아에서 저녁상을 잘 받을 수 있는 거리다.

"아니요, 일전에 마바리꾼이 왔댔어요."

"그랬구나, 언년이는 볼수록 새첩네. 옴팡눈에 입술도 야무지고, 혈색도 빨갛게 곱네."

깜빡이는 이내 눈물이 그렁그렁해지며 숙모의 손을 덥석 잡는다.

"작은아씨, 지금 빈말하는 거 아니지요. 참말 맞아요?"

그때 깜빡이는 적어도 열댓 살쯤은 실히 되었을 나이니 부끄럼이 한창이어야 정상인데, 그처럼 숫기가 있는 것도 좀 이상한 조짐이긴 했다.

"그럼, 참말이지. 난 얼굴이 기다라니 크고 못나서 거짓말할 줄 몰라. 거짓말까지 함부로 하면 더 밉살스럽다고 따돌릴 텐데, 뭐. 가자, 할머니께, 작은아버지께 인사 드려야지."

"작은아버지도 계세요?"

내가 다급하게 묻는다. 뒷간처럼 한적하니 돌아앉아 있고, 명색 봉창만 두 개 내놓은 한일자 초가집 모퉁이에는 고자누룩한 기운이 서려 있다.

"응, 심기가 비편하시데."

황사공은 친형제 간인데도 내 가친과는 판이한 성품으로 머리도 감히 비교급이 아닐 만큼 비상한 편이었다. 늘 그 출중한 머리로 꾸며낸 계책을 실천하느라고 몸이 두 개라도 모자라는 양반이다. 그처럼 뻔질나게 요로의 권문세가를 출입해 당면의 정사를 논하는데도 당신 손에 거머쥐는 것은, 그 양반이 의외로 고루한 줄 이제야 알았으니 참 허망하네, 낭패야, 자기 두뇌가 그렇게 편벽된 줄을 모르다니 얼마나 한심한 일인가와 같은 폄훼다. 남의 장점을 못 보고 제 잘난 체하며 사는 사람은 흔히, 주제에 기고만장, 안하무인이네 같은 냉갈 령을 맞기 십상이다. 그이가 꼭 그 짝이었다.

그즈음에도 간신히 백두白頭 버슬하지 못한 사람. 민머리. 민규호는 철종 10년(1859) 23세의 나이로 증광문과에 급제했으나, 한동안 환욕宦慾으로 동분서주하는 포의布衣로 지냈다는 면하고 한직閑職 한 자리를 겨우 꿰차고 있었을 터이나, 집가축을 보더라도 머리로만 고대광실을 지으며, 조만간 청환淸宦으로 나아가 미구에 조정의 정사와 인사를 호령하는 꿈에 부풀어 있었을 것이다.

깜빡이가 걸음을 떼놓으며 나 이상으로 성급하게 나선다.

"작은아씨, 왕눈일 먼저 사랑에 들이세요. 할머니가 부르시니 빨리 나오라고 하게요. 삼촌한테 나중에 붙들리면 오늘 중으로 집에 못 갈지도 몰라요."

"그래? 참 그렇네."

숙모의 작고 새카만 눈동자에 잠시 알 만하다는 눈짓의 웃음기가 비친다.

"언년이도 머리가 비상하네. 예사로 봤다간 큰일나겠구나."

삼촌이 나를 당신 무릎에 앉혀놓고는 볼기짝을 주물럭거리면서 온갖 쓸데없는 말을 다 주워대는 그 지루한 내 몸서리를 깜빡이는 그때 벌써 알고 있었을까. 깜빡이는 투미한 게 아니라 사람의 근본을 꿰뚫어보는 데도 귀신같은 처녀였다. 내가 기어코 몸을 빼내 일어서면 삼촌은 마지못해 그 미진한 손길을 거두며, 옳거니, 영익아, 아무리 내 조카라도 몹시 귀엽구나, 그 족자 밑에 반듯이 서 있어보려마, 좋다, 선경이 달리 없겠구나와 같은 주절거림을 내뱉다가 이내 나직하니, 잠시 이리 와볼래라며 또 축축한 눈길을 건네곤 했다.

나는 여리고 착한 아이였으므로 이왕 맞을 매라는 심정에 쫓겨 오른쪽 싸리울 옆으로 난 아래채 초가 쪽으로 총총걸음을 떼놓는다. 그래도 집채를 끼고 돌아 내 몸을 감추기 전에 숙모와 깜빡이가 지켜보는 쪽으로 돌아서서 바라본다. 숙모도, 깜빡이도 얼른 가서 인사나 드리고 후딱 돌아오라고 손짓한다.

살강만큼 좁다란 툇마루가 세 칸 중 반만 딸려 있다. 명색 사랑채이긴 해도 오른쪽으로는 왼쪽의 두 간살만 한 광이 툇마루 끝과 나란히 불쑥 튀어나와 있고, 거기에는 새카만 두 문짝도 반듯하게 달려 있기 때문이다. 의외로 사랑방의 한쪽 여닫이문이 활짝 열려 있다. 실내의 문방사우나 화첩, 전적 따위에 거풍이라도 시키려고 그랬던지 모른다.

"작은아버지, 영익이 문안 드립니다. 그새 무양하십니까?"

누렇다 못해 거무죽죽하니 바랜 문종이를 발라놓은 바람벽에다 등을 기대고 좌선이라도 하듯 꼿꼿이 앉아서 옆모습만 보이던 삼촌이 이내 눈가에 실낱 웃음을 피우며 반색이다.

"아, 우리 이쁜 꼬마 조카 영익이구나. 그래 무양하다. 나한테 탈이 날 리가 있나. 머리가 이렇게 바쁜데 몸이사 지까짓 게 저절로 따라올 테지."

그때 내가 벌써 그이의 말버릇을 알아챘을 리는 만무하지만, 황사공의 말은 반 이상이 자문자답이고, 그것도 제 잘난 추단을 상대방이 들으랍시고 읊조리는 식이다.

"호오, 무양이라, 그 말을 누가 가르쳐주었나?"

"할머니가요. 꼭 문안 드린 다음 무양하시냐고 여쭙고 대답을 외워 오라고 하셨어요."

잠시나마 삼촌의 머리 굴림이 요란해지고 이내 그 좋은 머리가 단안을 내려놓는다.

"호, 그래, 거참, 그런 염탐이야 나쁠 리 있겠나. 형님께서야 그러실 리 만무하지. 무슨 정성이 넌출처럼 기다랗게 뻗쳐서 이 한미한 아우의 무탈까지 챙길까."

삼촌은 또 안 해도 좋을 자기 말을 흘린다.

"하기야 지금 내 주제가 이런 판이니 벼슬살이로 바쁜 형님보다야 비편하기 짝이 없지. 아무렴, 내 꼴이야 말로는 다 이를 수 없겠지. 그래도 별일은 없다. 머잖았다, 환로야 뚫렸다 하면 그날부터 탄탄대로다. 실각이야 나중에 챙겨도 늦지 않는다."

삼촌은 새삼스럽게 내 퉁방울눈을 탐스럽다는 듯이 빤히 겨누며 말을 덧붙인다.

"좀 들어오너라. 명절도 아닌데 큰절까지 갖출 건 없다."

"여기 작은댁 할머니도 절 보려고 기다리시는데요."

"잠시만 앉았다 일어나거라, 물어볼 말도 있다."

나는 툇마루에 엉거주춤하니 걸터앉은 자세를 일으켜서 싯누런 장판이 깔려 있는 방 속으로 들어간다. 삼촌은 기다란 화문석 위에 홋홋이 앉아 있다. 나는 구설합 책상 앞에서 한쪽 발을 다른 쪽 무릎 아래 괴고는 삼촌과 마주앉는다. 나이가 어려서 무릎을 꿇고 앉을 것까지는 없으며, 그렇게 도사리는 앉음새도 가친으로부터 배운 것이다.

명색 선비가 쓰개는커녕 망건도 두르지 않고 북상투 바람으로 앉아 있지만, 깃을 단정히 여민 삼촌의 무명저고리는 깨끗하다. 그 위에 훤히 떠올라 있는 삼촌의 용모는 옥골선풍으로 손색이 없다.

내가 이때껏 기회 있을 때마다 뚫어지게 감상한 우리나라 인물화로는 여러 임금님의 어진을 비롯해 의관을 제대로 갖춰 입은 선비상, 희화화시킨 풍속화 속의 선남선녀, 도석화道釋畵 중의 선인, 고승 등 부지기수이지만, 그중에서 나의 친삼촌 황사공만큼 반듯한 인물을 본 적은 없다. 그이의 이목구비가 너무 선명해서 다소 여성스럽다

96

는 품평을 내놓을 수는 있겠으나, 입을 꾹 다물고 정색한 얼굴에는 그 기름하고 우뚝한 콧날, 시커먼 눈썹 아래의 서늘한 눈매, 딴딴하고 매끄러운 안색 등이 어떤 개성적인 기상을 떠받들어준다. 아마도 자신의 그런 얼굴값을 그이도 촘촘히 의식하고 있어서 그랬을 테지만, 옷도 끌밋하게 갖춰 입는 데 부지런을 떨고, 턱수염도 식사나 독서, 집필에 거치적거린다고 적당히 가위질해서 늘 가지런한 매무새를 간수하는 쪽이었다.

한편으로 방 안 구석구석은 여기저기 검누렇게 탄 장판이 무색하도록 어질더분하기 짝이 없다. 바람벽마다에는 길고 짧은 족자 예닐곱 점이 번듯하게 내걸려 있다. 화첩이나 전적류도 꼭 타작마당의 거름 무더기 꼴로 켜켜이 쌓아둔다. 비록 낡아빠지긴 했어도 갑게수리 한 짝, 경상, 연상, 궤상, 서판, 각각 다른 모양의 벼룻집 세 짝, 문갑, 안석, 장침, 퇴침 따위는 기본으로 구비해놓고 있다. 담배는 안 피우므로 장죽, 담배받이, 담뱃대꽂이 같은 비품이 없어서 그나마 퀴퀴하니 전 냄새가 나지 않아 다행이다.

그새 두루마리 서화는 더 불어난 듯 문갑 위에 수북하니 쌓아두었다. 호구 걱정을 가녀린 친모와 조촐한 지어미에게 맡기고 있는 주제임에도 명색 초가집 서재의 책궤만큼은 알뜰히 채워야 직성이 풀리고, 표구점이라도 차릴 듯 서화를 보는 족족 수집한다기보다도 온갖 감언이설로 얻어서 수장해대는 주변머리는 도대체 어떤 염치에서 나온 것일까. 어질다 못해 넋을 놓고 살다시피 하는 환갑 넘은 노모와 함께 굶는 한이 있더라도 남에게 손을 못 내미는 지어미를 등 뒤에 매달고서 그러니 딱하기 짝이 없는 것이다. 모르긴 해도 그 움막속 같은 정동의 초가집 시절에도 황사공은 대원위 대감의 글씨와 난

화를 진품으로 그즈음에는 대원군의 글씨나 난화가 위작으로 나돌고 또 대작代作도 워낙 횡행하던 판이어서 내로라하는 권문세가에는 그런 모작을 한두 점씩 걸어두고 그 진위를 가리자며 입담이 걸었다 서너 점은 갖고 있지 않았을까. 그래서인지 그 사랑채 출입은 내자에게도 허락지 않는다는 낭설도 퍼져 있었다.

아무튼 모르는 게 없는 그 활달한 달변, 선뜻선뜻 내놓는 탁견, 웅혼한 필체라는 말이 꼭 어울리는 황사체를 떠올리면 나는 이내 그이의 '정체'가 하 수상해져서 머리를 절레절레 흔들 수밖에 없다. 그 당시 나름대로 서화를 볼 줄 아는 선비치고 내 친삼촌을 다문 한 시간이라도 붙들어두고 싶지 않아 했다면 그 말귀를 의심해도 좋을 테고, 그런 안목으로 수집 취미를 가꿔봐야 장차 눈요기나 합시다라는 동호인이 얼마나 꾈지 알 수 없는 일이다.

"가만, 그러고 보니 영익이 너도 서당 글을 익혀야 할 나이네. 아버지가 무슨 말을 안 하시던가?"

내가 머리를 가로로 흔들면서, 아니요라는 말을 내놓기도 전에 삼촌은 예의 그 단언을 내놓는다.

"하기야 형님께서는 시방 외관으로 집 떠나 계시니까, 게다가 집에 우환도 있고."

내 생모가 오래전부터 숙병으로 고생하고 있음은 삼이웃이 다 알고 있던 터였다.

"형님께 여쭐 것도 없겠다. 내가 알아보마. 술술 쉽게 이르고 재미나게 가르치는 훌륭한 훈장 밑에서 배워야지, 그 차이가 크다 마다. 그러나 마나 따분할 것이다만. 이태쯤, 이태는 무슨, 반년쯤 다니며 『천자문』『동몽선습』만 책씻이하고 나면 더 다닐 것도 없다. 사부四部학당 중 한 군데를 골라서 가더라도 스스로 학습, 수련하기 나름이고."

혼잣말인지 나에게 의논조로 들려주는 말인지 종잡을 수 없는 말을 일방적으로 지껄이고 나서 삼촌은 또 내 눈과 안면을 호기심 많은 눈초리로 빤히 쳐다본다. 방금 자신이 무슨 말을 지껄였는지 모르는 데다 내 반응이 무슨 말을 내놓든 아랑곳없다는 투의 그 홀린 듯한 시선은 어린 내 눈길에도 벅차고 거북했다.

그때 좀 되바라지게 내가, 숙부님, 요즘은 좀 한가하신가봐요라고 우문을 던졌다면 그이의 현답은 틀림없이, 막상은 그렇지도 않다, 어제도 글씨를 봐달래서 장동 김문과 같은 동네에 사는 모 권문에를 세 군데나 들렀다, 미친 영감들이지, 호의호식하는 주제들 글씨 꼴이 그렇게나 시르죽었으니 그런 낭패가 다시없지, 속에 없는 말을 하려니까 얼굴이 홧홧거려서 아주 혼쭐이 났더라고 하지 않았을까.

황사공의 전신을 내가 여기서 아무리 자세히 설명, 묘사해도 그것은 한낱 낭설에 지나지 않는 게 될 것이다. 오죽했으면 내가 환로에 오르자마자 여러 풍문으로 접하던 그이의 온갖 기행 앞에서, 과연 그 얼굴이 열한 개 이상이었던가보네, 그렇다면 이때껏 내가 알던 삼촌의 그 외모는 한낱 허상이었다는 말이 되고, 그러니 그 특별한 안목과 재주만은 곧다시 다시 봐야 하는가라고 속으로 나만의 경이를 저작했겠는가.

말이 나온 김에 한마디 덧붙이면 그 후 언젠가 나와의 독대 자리에서 황사공은 그 시복時服 입시할 때나 공무를 볼 때 관원이 입던 옷. 붉은색으로 흉배에 수놓은 무늬가 없는 게 관복과 다를 뿐이다이 그런대로 어울리는 그 특유의 독백으로, 표정 영감이 요즘 머리가 복잡할 거야, 머리가 세 개라도 모자랄 걸. 그런데 말이야, 이 황사는 머리가 하나야. 명료하지, 머리를 썩이

제5장 어린이의 길눈

면 큰일 나, 하나밖에 없으니까. 동부同父 동복同腹임에도 대세관이 이렇게 다르니 일컬어 동성이속同性異俗이 아니겠는가라고 줄줄이 엮어 댔다.

친형은 물론이려니와 상감조차도 글씨든 그림이든 견문이든 학식이든 자신의 경쟁 상대로 여기고, 그것에 관한 한 질 수 없다는 잔졸한 비교우위 의식이 골수에 박혀 있는 양반의 일상과 면모를 자꾸 들춰내봐야 나만 점점 더 수상쩍은 사람이 되고 말 듯하다. 하기야 나도 그이의 핏줄을 일부나마 나눠 가졌으니 그와 유사한 면면이 없지는 않다. 아무리 줄여 잡더라도 내 속성의 반 이상은 황사공의 그 기벽을 물려받았다고 해도 과언이 아니며, 그런 점에서라면 내 가친에게서 본받은 성질은 거의 미미하다고 해도 틀린 말이 아닐 것이다. 왜냐하면 삼강오륜 같은 도덕률을 전 생애의 풍향계로 삼는 양반의 발자취와 그 체취를 그대로 본받는다고 해서 그것을 감히 개성이나 인품이나 성격이라고 규정한다면 인간의 개별적 정체성은 한낱 단조롭고 볼품없는 수레바퀴에 지나지 않는다고 해야 옳지 않겠는가. 성질은 말할 것도 없고 내 인생 역정도 남들이 이미 밟았던 길은 걷지 않았으니까.

그날 어떻게 매동 집으로 돌아왔는지 나는 모른다. 아무리 쥐어짜봐도 기억의 창고가 새카맣게 비어 있으니 말이다. 아마도 그 싯누런 장판의 방바닥을 벗어나 바로 그 앞에 촘촘히 심겨 있던 옥수숫대에 무심한 일별을 던지는 한편 그 마당 모서리에 덩그렇게 놓여 있던 장방형의 묵직한 돌확만큼은 유심히 쳐다보고 나서 안채의 할머니 품으로 뛰어들었을 것이다. 그러고는 옥수수자루를 한 보따리 머리 위에 인 깜빡이의 부어서 붉고 눅눅한 그 손을 잡고, 내가 길라잡이 노

룻을 톡톡히 했을 게 틀림없다. 그때만 하더라도 새문안길은 인가가
드물어서 해거름녘이면 호젓했으므로 경운궁 돌담길을 끼고 대안문
大安門 1897년(광무光武 원년)에 고종이 이곳으로 이어하면서 대한문으로 개칭하기 전의 정문 이름
앞을 지나 쪽곧은 육조거리를 타박타박 줄여서 매동의 우리 집에 당
도했을 테니까. 적어도 내 기억으로는 정동의 그 남루에서 친할머니
나 숙모의 팔베개에 머리를 누이고 자본 적이 없다.

보다시피 내 주위에는 그토록 나를 애지중지하는데도 도무지 이
해할 수 없는 인물이 많아서 그런대로 내 유년은 행복했던 것 같다.
그 신원이 개울물처럼 훤히 비치는, 이해하기 너무 쉬운 인물들과 살
아가는 나날은 얼마나 따분할 것인가. 나는 그 난해한 인물들의 속
내를, 그 진짜 얼굴을 그려보느라고 새카만 밤에도 천장의 얼룩을 노
려보며 낑낑거리기를 마다하지 않았다.

깜빡이는 제 일거일동을 윽박지르기만 하고, 누구도 자신을 감싸
고 칭찬해주지 않는 그 멸시에 주눅이 들어서 그처럼 어이없는 말대
꾸로 진사 나리를 욕보였을까. 숙모의 따뜻한 말 한마디에 눈물을 그
렁그렁 매다는 그 숫된 성정이야말로 어떤 본성의 난반사라고 해야
할 텐데, 그녀를 팔푼이라고 따돌리는 세상이 과연 옳다고 할 수 있
을까. 세상이 그녀를 구박했다면 깜빡이는 세상을 한순간이나마 놀
린 셈이 된다. 그러나 마나 깜빡이를 내버린 그녀의 부모는 도대체 어
떤 인간들이었을까. 틀림없이 민문의 먼 친척이나 그 일가의 사돈댁
친지 중 하나가 때맞춰 배나 곯지 않도록 거둬주시면 더 바랄 게 없
습지요라며 맡겼을 텐데, 그 후 그녀는 그 성마른 '성깔'을 어떻게 다
스렸을까. 어느 날 느닷없이 나도 양자 가계의 맏이로서 또 양자로
'팔려가는' 기박한 팔자가 되고 말았으니 그 후 그녀의 행방을 챙길

여유도 없었다면 같잖은 변명에 지나지 않을 것이다. 댕기로 묶은 삼단 같은 머리 다발이 질화로처럼 투박진 허리께에서 한사코 치렁거리더니만, 그 다홍빛 안색의 얼굴과 축축한 손바닥의 기운은 도대체 무슨 부조화였던가.

그때 내게 가장 난해한 인물은 아무래도 삼촌보다는 숙모였다. 얼굴이 말처럼 길다고 '밤 소박'을 당하고 있다면 숙모는 얼마나 억울할까. 그토록 두 내외 사이가 버성기게 된 최초의 사달은 무엇이었을까.

내가 경서 탐독을 제쳐두고 오로지 골력 서화에서의 필력 정진에 한창 매몰되어 있을 즈음에 들려온 숙모 내외의 일화는 미상불 흥미로운 것이었고, 그런 '성깔'들로는 만부득이 평생 불화를 당해도 싸다는 심정이었다. 난해한 두 인물의 속살을 반쯤이나 드러낸 그 일화는 이랬다.

황사공이 황해도 땅에서도 벽지인 안악安岳의 군수를 살 때라고 한다. 하루는 숙모가 세모시를 사서 마름질하고 있으려니까 그날따라 정경대부 한둘을 찾아뵙고 바치는 외관의 정례적인 공물 진상이 말썽 없이 끝났던지 벌건 대낮에 귀가한 삼촌은 그 광경을 보자마자, 거칠고 깔깔한 모시라느니, 명부命婦 봉작을 받은 부인의 옷으로는 가당찮소, 적어도 명주는 되어야지, 바꾸시오라고 일갈했다는 것이다. 누구에게라도 바른말을 옳은 정신으로 쏘아붙이는 데는 숙모도 여느 사람들과는 달라서 즉각, 당신은 벌써 정동의 그 무너진 싸리울 초가집에서 안빈낙도하던 시절을 잊었습니까. 그때를 떠올리면 정경부인이 되었다 한들 이 옷감도 오감합니다. 바꾸라니, 저는 그런 낭비는 싫습니다, 아니 할 수도 없으려니와 시키는 대로 했다가는 천벌을 받을 겝니다라고 야금받게 받았다. 천하의 자존심이 한낱 말상의 지어미 말대꾸에 망신을 당했으니 황사공은 대번에 그 잘생긴 이목구비를 단풍잎처럼 붉으락푸르락 구기더니 선걸음에 집을 뛰쳐나가버렸다. 그 길로 가출한 황사공은 내소박을 당한 꼴이라 한동안 정처도 없이 사는 객관의 홀아비 신세가 되었고, 그 후로는 안방 출입을 일체 하지 않았다니 슬하에 자식이 생길 리 만무했다. 하기야 수소문해서 찾아보기로 한다면 한 집안에서 그토록 소 닭 쳐다보듯이 살아가는 내외도 드물지는 않을 터이나, 그 기다란 턱이 화끈거린다고 할 정도로 뜨거웠던 숙모에게 그처럼 매몰찬 면모가 있었다는 사실 앞에서는 내 벌어진 입이 쉬이 닫히지 않았다.

그렇긴 해도 한동안 그 풍문의 일화를 떠올릴 때마다 나는 속으로, 옳거니, 숙모는 역시 당차고 나무랄 데 없는 바른말쟁이야, 그 착한 내자에게 그처럼 모진 고생을 시키면서도 딴에는 벼슬살이를 한답시고 으스대며 망신을 주더니, 삼촌은 당해도 싸다고 누군가를 응원하는 한편, 뒤미처 숙모의 그 또렷한 살쩍 너머의 온기를 느끼며 내 뺨을 쓰다듬곤 했다.

황사공은 정녕 수수께끼 같은 인물이었다. 흔히 물은 건너봐야 알고, 사람은 지내봐야 안다는 속담도 전해지지만, 내 경험으로 앞말은 맞는 성싶어도 그 대구는 전적으로 틀린 말이다. 지내볼수록 점점 더 알아지기는커녕 모르게 되고 마는 것이 사람의 본성 아닐까. 그토록 믿었던 손윗사람이나 손아랫사람들이 어느 순간 제 잇속 앞에서는 부모 이름도 모른다는 듯이 배신을 일삼는다. 청관이라고 소문이 자자하던 하신下臣 스스로를 낮추어 부르는 호칭 하나가 알고 보니 관곡을 기장도 하지 않고 들어먹는 도신盜臣인가 하면 남의 귀한 재물을 좋은 일에 쓰라 마라면서 발라먹으려는 글겅이류도 특히나 양반 중에 흔하니 말이다.

이런저런 건공잡이, 날탕, 제갈동지들이 겉은 멀쩡하고 사귈수록 부려 쓸 만한 구석이 속속 불거지는 듯이 보여도 종국에는 남의 간을 빼먹으려는 앙가발이에 불과함을 나는 골백번도 더 겪었다. 나의 이 고질적인 불신감도 내 곁에서 그토록 알랑거리던 뭇방치기들이 떠안긴 질병이지 내 성질이 원래부터 고약해서가 아니다. 그러고 보면 무엇이든, 특히나 사람이라면 의심하고 대하는 내 기질도 내 손위 핏줄의 그 좀 황당한 언행, 양반이라서 안빈낙도를 자랑스럽게 구가하던 정동 언덕바지의 그 터줏대감으로부터 옮겨 붙은 심인성 질환일지 모른다. 양반이라고 해서 수염자락이나 간수하면서 생산과 비축에 게으르고, 물물교환으로 밑천을 눈덩이처럼 불려놓을 생각은커녕 오로지 벼슬로 농민과 장인과 장사치의 피땀을 갈취하려고 덤비는 소행도 안빈낙도의 사생아인 그 아귀 근성의 느닷없는 분출이 아니고 무엇이겠는가.

정동의 그 무너진 싸리울 집을 찾아간 내 심부름 길은 그 후 두고 두고 내 기억의 곳간을 풍요롭게 가꿔준 나만의 비장품이 되었다. 문 득문득 떠오르던 그 기억 속의 여러 장면을 반추할수록 내 파란만장 한 인생행로가 바로 그 심부름 길에서부터 비롯되지 않았을까 하는 운명론이 고개를 쳐드는 것이다. 뭐니 뭐니 해도 내 기막힌 팔자의 골자라면 잠시라도 쉬도록 내버려두지 않고 위에서 불러, 임자는 뒷 귀가 밝으니 심부름을 곧잘 하잖아, 이번에도 사신으로 나서주게, 국 운이 걸린 대사야, 아무리 둘러봐도 맡길 만한 사람이 안 나서니 어 쩌겠냐라며 나를 정처 없는 신세로 내몰던 그 부름이니, 이를 무엇이 라고 불러야 옳을까. 어릴 때처럼 군말 않고 나는 그 운명에 순종했다. 내 천성에도 길에 나서기를, 길 위에서 떠돌기를 좋아하는 어떤 성정이 있었다면 말이 안 될 터이나, 그 어린 나이에 그런 버릇에 길들여졌으니 팔자소관이랄 수밖에 달리 지을 이름이 없는 것이다. 하지만 불행히도 숙모처럼 나를 반길 사람이 없는 그 여로에 나서는 내 심정은 언제라도 심란했다. 그 뒤숭숭한 마음자리를 달래기 위해서라도 성큼 집 밖으로 나설 수밖에 없었고, 막상 길에 나서면 일이든 사람이든 그것에 쫓기는 내 심신을 닦달하느라고 동분서주쯤은 언제라도 마다하지 않았다.

제5장 어린이의 길눈

제6장
나의 무지몽매

　한편으로 그즈음의 내 나날은 무척 단조로웠다. 깜빡이만 내게 어떤 자극을 주는 난해한 인물일까, 나머지는 죄다 '알기 쉬운' 어른들이었으니 말이다. 우선 내 생모는 언젠가부터 편찮아서 와병 중이었다. 몸이 아프다는 것, 몸져누워 지낸다는 것, 일을 할 수 없다는 것, 말수도 줄고 몇 마디 말조차 늘 똑같다는 것, 여느 사람들과 달리 이웃집 마실도 못 가고 집 안에만, 그것도 하루 종일 방 속에만 갇혀 있다는 것 등은 더 이상 풀이할 것도, 따라서 이해해보려고 따로 머리를 굴릴 필요도 없다. 편리하게도 그것을 정언定言이라고 일컫는다. 돌이나 산처럼 누구나 익히 봐와서 잘 알고, 더 설명해봐야 말이 꼬이니 비유로나 써먹으라는 것이다.

　내 친모는 가냘픈 몸매에다 외탁한 나처럼 검은 눈동자가 퉁방울처럼 유달리 크고 기름한 콧날이 왠지 착하달까 어질어 보이는 계란형 얼굴이었지만 뼈만 남은 손목으로 내 고사리손을 힘없이 붙들고는, 이 불쌍한 것, 옷도 못 챙겨주니 이 일을 어쩨, 미안해, 새엄마가 잘 보살펴줄 거야라며 숨을 쌕쌕 몰아쉬고 했다면 그이의 단명을 제법 실감나게 치장하는 게 될지 모르나, 실은 내 기억의 한쪽 구석에는 그런 애틋한 모자간의 정분 나눔조차 없다. 내가 너무 어려서 그런 기억이 전무하다면 예의 그 난해한 인물들을 이해하려고 밤잠을 쫓아가며 조각 그림들을 이어 맞춰간 내 행적이 거짓말이 되고 만다. 그런데 이상하게도 내 친모에 대한 기억은 그 얼굴도 아슴아슴하고, 그 미태도 떠올릴 수 있는 게 하나도 없으니 이런 경우는 무슨 조홧속일까. 기억은 그 용량도 시기마다 다르고, 그 내용도 갈무리할 것만을 골라서 별도로 저장하는 무슨 칸막이 같은 것인지 알 수 없다. 아무튼 내 멋대로 유추해보자면 숙모의 체취가 지나치게 강렬해서 그랬던 게 아닐까 싶기도 하다. 그토록 찌들어빠진 양반 가문의 가난과 남편의 무심한 냉대 속에서도 숙모는 어떤 원망과 욕망을 고이 여투면서 착하고 꿋꿋하게 살아가던 그 생활력이 '이상할 정도로' 이채로웠으니까.

아무튼 나는 지금도 내 모친을 그렇게나 일찍 사지로 몰아간 그 병명조차 모른다. 이 대목도 수상하다. 알려져 있는 대로 나는 조선인으로서는 최초로 서양 의술의 혜택을 톡톡히 입은 사람이다. 그 서양 의술이 비록 단순한 외과적 수술이었다 해도 어리병병한 진단이나 내놓는 동양 의술에 그 당시의 내 처참했던 척살刺殺 미수의 자상을 맡겼더라면 곱다시 죽을 수밖에 없지 않았을까 하는 생각이 떠올라 모골이 송연해진다. 거의 초주검 상태에서 간신히 목숨을 건졌으니까. 물론 내 온몸에는 그때의 칼자국이 흉하게 남아 있느니만큼 장차 그 치유 전말기에 한 장쯤을 할애해서 기술할 작정이지만, 그 이후부터 나는 동양 의술을 전적으로 부정한다기보다도 더 이상 신뢰

하지 않는 편이다. 진맥을 하고, 침이나 뜸을 놓고, 쓰디쓴 한약을 다려서 장복시키는 그 치료술이 왠지 참말을 해야 할 자리인데도 우물쭈물하고 흰소리나 늘어놓는 사람 같아서 당최 믿음이 가지 않는다는 소리다. 내 불신감은 그 연원이, 그 증거의 흔적처럼 명명백백한데도 내 증증의 자가당착일 뿐이라고 매도한다면 역시 예의 그 정언과 마찬가지로 자꾸 설명할수록 아리송해질 뿐이다.

하기야 그 시절에는 어떤 질환이라도 옳은 병명을 내놓을 수 없기도 했다. 동양 의학은 알기 쉬운 뜻글자로 명명하는데도 아리송하기 짝이 없으니 그 애매모호성을 장기로 삼고 있는 듯하다. 기껏 부인병이라거나 산후더침이라 부르는데 얼마나 어정쩡한 병명인가. 그것도 아니면 잦은 잔기침만으로도 그 당시에는 워낙 흔했던 노점_{폐결핵의 한}_{의학적 병명}으로 확진한다. 그 밖에도 허혈이니 고질이니 적취니, 풍미니, 수병이니 뭐니 얼버무리는데 반은 맞고 반은 엉터리 수작이 아닌가.

아마도 그때 내 모친의 신병은 병명도 없거나 전혀 종잡을 수 없는 원인 불명의 불치병이었을 것이다. 그때는 그런 병집이 아주 흔했다. 자식을 하나나 둘 낳아 보고 나서 서른 살을 넘기고 득병하여 한두 해쯤 시난고난하다가 순명하면 굳이 애달플 것도 없다는 시속이었다. 여러 점에서 불비한 그 시절 특유의 생활 환경이 기혼 여성들을 그토록 단명으로 몰아갔으니 굳이 동양 의술만을 초들어 나무라는 것도 어불성설이다.

이를테면 불결한 위생 상태가 기혼 여성을 일찌감치 사지로 몰아넣었다고 단언해도 틀리지 않을 것이다. 3대 가족 스무남은 명이 짐승처럼 오글오글 모여 사는데도 동네 우물이 멀리 떨어져 있기도 하려니와 우물물이 식수로만 쓰기에도 충분치 않은 경우는 어느 마을에나 흔해빠졌었다. 그런 물 부족이 주기적인 세신洗身을 가로막고, 만성화된 그 조악한 환경이 조선인에게 타성적 게으름을 강요했다면 나의 성급한 진단일까.

한창나이에 일행 전체의 여비를 내 주관하의 국고로 충당하며, 그 일부는 내 사비까지 써가면서 일본의 문물과 제도를 무리지어 달장 간 시찰한 적이 있는데, 그때 한 개화파 떨거지가 일본인들의 청결벽을 두둔하면서 자기 몸 닦기에 무심한 조선인을 열등 민족 운운하며 민족성 개조론까지 시부렁거리기에 나는 면전에서 쏘아붙였다.

"사대주의가 멀리 있는 게 아니오. 보시게나, 이쪽은 섬나라라서 말뚝만 서너 개 박아도 온천이 터지는 판이니 따끈따끈한 온천물이 흔하고, 땔감도 없이 데워지는 그 귀한 물을 그냥 버리자니 아까워서 몸 씻기에 바지런을 떨지만, 우리는 우물물이 부족한데도 우물을 팔 생각을 안 하니 그 근거부터 따져보고 시정하면 될 일인데, 조선 민족을 세신洗身 태만에 열등민으로 싸잡다니 될 말이요. 세신을 즐긴 다고 우등 민족이라면 계곡물에서 목욕만 하고 사는 선녀도 당장 부지런한 일등 종족이라고 떠받들어야겠소. 사람이 환경을 바꾸기도 하지만 더 크게는 환경이 사람의 근본을 웬만큼 좌지우지할 것인데, 당나귀와 돼지를 키 재기 해봐야 무슨 소용에 써먹겠소."

실제로도 몸을 씻을 물이 태부족이어서 부녀자들도 명절이나 제사, 혼사를 앞두고 부엌 바닥에서 밀린 때를 그나마 대충 벗겨내고 사는 판이니 끈질기고 독한 병균이 그 피둥피둥한 숙주를 그냥 놓아 둘 리 만무한 것이다. 몸 씻기뿐인가. 방구석, 부엌, 뒷간, 시궁창, 전답, 산야의 불결도 결국 물 부족 탓이며, 그 통에 나태가 알게 모르게 몸에 때처럼 덕지덕지 눌어붙고, 그런 습성이 생명 연장에 등한한 결과를 초래했다고 보일 따름이다.

단명의 두 번째 이유는 영양 상태의 결핍이다. 양반들이 그나마 상사람보다 오래 사는 것은 그들의 자질구레한 유식이 몸가축에 잔신경을 쓰도록 떠밀어서 그렇기도 하지만, 그것보다는 끼니를 제때 넉넉하게 때우지 못하고 사는 사람들보다 훨씬 더 잘 먹기 때문이다. 더 불행한 것은 기혼 여성의 가족 내 위상이 워낙 비천하므로 남자들은 물론이고 어린애들보다 훨씬 더 못 얻어 먹는다는 사실은 얼렁뚱땅 넘어갈 사안이 아니다. 그들은 끼니때마다 가축이나 먹는 악식으로 허둥지둥 배구레나 채우는 열악한 '환경'의 희생자다. 이 환경의 다른 말이 '제도'일 수 있음은 두말할 것도 없다. 게다가 괴팍한 심성의 과부 시어미 밑에서 시집살이를 한다면 밥숟가락을 오래 들고 있는 것도 흉이다. 푸성귀를 소금에 절여 먹는 그런 수준의 식사로 숙병을 달고 살지 않는다면 그 며느리는 무쇠솥이라고 이름 지어야 할 것이다. 그 위에 어린애가 딸리면 젖까지 빨려야 하니 영양 결핍은 이중삼중의 덤터기를 쓰는 꼴이 아닌가.

세 번째 요인은 두말할 나위도 없이 부녀자라면 누구나 떠맡고 있는 살인적인 노동이다. 앞에서 잠시 그 잘생긴 얼굴의 반의반쯤만 그리다가 만 내 삼촌의 동선에서도 알 수 있듯이 조선에서 남편이란 족속은, 양반이든 상놈이든, 지어미들 노동량의 반의반도 못 따라간다. 남자 꼭지들이 여일하게 누리는 이런 농땡이 기질도 나는 나쁜 '제도' 내지는 얄망궂은 풍속 때문이라고 단정한 지 오래다. 자꾸 내 삼촌을 들먹여서 좀 민망하지만, 그는 오지랖에 가만히 두 손을 올려놓고 '내 시대가 미구에 닥치면' '곧 왕운이 덮치면' '대권만 일단 잡으면' 같은 달콤한 환상을 조몰락거리기에 바빠서 아무런 일도 안 한다. 주거 환경의 불결도 실은 전적으로 남자의 무능과 나태 때문임이 이로써 충분히 증명되고도 남았다고 하겠다. 가사를 돕기는커녕 제 안면 씻기도 거르니 더 말해 무엇 하겠는가. 또한 끼니 걱정조차 제 모친과 지어미에게 떠넘기고 붓과 서지류만 뒤적거리니 그야말로 신선처럼 조용히 앉아서 그 훤한 신수로 공것만 바라는 무당서방의 무위도식과 흡사하지 않은가.

양반만 그런 것도 아니다. 상인常人들도 열에 아홉은 자잘한 집안일조차 나 몰라라 하고 빈둥거리기는 마찬가지다. 밖에서 일해 당장 먹을 곡식이라도 져 나르면 그것으로 가장의 소임을 훌륭하게 다 마쳤답시고 꼴사납게 성긴 염소수염 자락이나 쓸어내리는 형국이다. 그에 비해 부녀자들은 어슴새벽부터 일어나 지칠 대로 지쳐서 천근 같은 몸을 누일 때까지 온종일 종종걸음을 쳐야 한다. 옹달샘이나 우물로 가서 물을 길어오고, 솔가지나 장작을 때서 밥을 짓고, 쇠죽도 끓이고, 갓난애한테 젖을 먹이고, 시부모의 기침에 오만 신경을 곤두세우고, 설거지가 끝나기 무섭게 남새밭을 매고, 새참을 장만해야 한다. 또 끼때가 닥치면 없는 반찬이라도 앞앞에 놓을 수 있도록 두량할 뿐 아니라 밤에도 할 일이 태산처럼 밀려 있다. 온 가족의 입성 뒤치다꺼리가 그것이다. 그런데 이 옷 수세에 바쳐야 하는 공력과 그 일정한 작업 과정이 결코 만만치 않다. 길쌈만 전문으로 하는 시골 아낙네의 고달프고 복잡한 긴 공정만큼은 분업 덕분에 논외로 치더라도, 필떼기로 사오든 자떼기로 끊어오든 무명 한 자락으로 옷을 짓는 일도 간단치 않은 데다, 흰옷만을 아무런 '생각'도 없이, 그러니까 다른 색깔로 바꿔볼 궁리도 못 내고 짐승처럼 줄기차게 '단벌옷'만 고수하는 어여쁜 백성의 입성을 갖춰서 사람 행세를 그나마 제대로 시키려면 여간 수고스러운 일이 아니다. 우물물이 부족한 터라 강으로 가서 전 때를 씻어내야 하고, 바람과 햇살에 말린 다음 풀을 먹여야 하며, 밤이 이슥하도록 다듬이질로 팔목을 혹사시켜야 하고, 땀을 뻘뻘 흘리면서 다림질로 주름을 펴줘야 한다.

한복은 남자 옷이나 여자 옷이나 공히 공력을 많이 쏟아부어야, 또 그렇게 정성을 들인 나머지 손이 많이 간 티가 저절로 우러나도록 입어야 비로소 빛이 나는 아주 까다로운 의복이다. 여러 나라의 전통 의상을 예의 그 세계 일주 때 나는 유심히 주목한 바 있지만, 그 경험에 기대서 평가하더라도 한복은 잘 입어야 멋이 살아나지, 아무렇게나 입고 나서면 아주 볼품없어지고 만다. 미개 종족의 국부 가리개와 하등에 다를 바가 없어지고 마는 것이다. 중치막이나 모시 적삼을 걸치고 나선 선비나 아낙네를 상상해보라. 쓸데없이 온몸을 무슨 자루처럼 헐렁하니 말아놓아서 거동하기에 불편하기 짝이 없는가 하면, 코를 풀려고 손만 들어올려도 옆구리의 속살이 온통 드러나서 민망해진다. 그래서 선인들이 지어낸 옛말도 그럴듯하다, 옷은 풀기 맛으로 입는다고, 여기서의 풀기는 옷이 빳빳한 위엄을 드러내서 사람을 돋보이게 만드는 그 자태이기도 하고, 그런 외형을 빚어내기까지의 숱한 정성을 다 쏟아부은 품이기도 하다. 그래서 재산깨나 있고 밥걱정 없이 사는 집에서는 반드시 침모를 놉으로 사서 부리지만, 대다수 상인 집 아낙네들은 일등 바느질꾼을 겸하고 있는 판이다.

이처럼 힘에 부치는 중노동을 매일 감당해야 하는 조선의 부인네들은 하나같이 초인적인 삶을 살아가는 셈인데, 며느리가 챙겨주는 환갑상이라도 받게 되면 복 많은 여자로서 그야말로 영웅적인 한평생을 누린 대부인大夫人이 된다. 사실상 환갑상은커녕 마흔 줄에 들어서서 손주라도 안아보고 죽으면 그런 다행이 없다. 초인은 이미 사람의 경지를 넘어선 별유천지의 인간이므로 이 세상의 땅끝 밖으로 물러나야 하는 것이다.

다시 한번 강조하건대 남자보다 꼭 두어 배쯤 연약한 여자가 '자기 자신'을 도외시하고 오로지 '남'일 뿐인 가족을 위해서 그토록 혹독한 육체적 봉사로 일관하는 삶을 '영웅적'이란 말 말고 달리 무엇이라 지칭하겠는가. 그런 지독한 심신의 단련이 매일같이 차곡차곡 쌓이다보면 그 몸이 쇠붙이라 한들 얼마나 버티겠는가. 나는 확고히 믿는다, 그 당시 조선 부녀자의 단명에는 비인간적인 육체노동의 과부하가 주요 요인이라고. 일이라는 귀신에 허둥지둥 쫓겨 살다보면 어느 순간 과로라는 제2의 악마가 목덜미 살점을 덥석 베어물 테고, 그 징후가 알게 모르게 쇠잔을 불러오지 않겠는가.

여성의 단명을 재촉하는 네 번째 요인 역시 아주 징그러운 우리의 '제도' 탓임을 차제에 나는 격문을 써서 대못으로 박아두고 싶다. 나쁜 제도라기보다도 가장 비인간적이거나 거의 동물적인, 따라서 무지몽매한 풍속은 조혼이라는 폐습이다. 자칭 타칭 동방예의지국이란 데서, 그것도 양반들이 글깨나 읽었답시고 '소중화小中華' 운운하면서 명색 이상 국가의 인륜을 이성적으로 실천한다면서도 그 습속에 어떤 제동을 걸 장치도 모색하지 않았으니 이런 자가당착이 과연 있을 수 있단 말인가. 나로서는 조혼이라는 퇴폐적·변태적·엽기적 풍조야말로 천인공노할 야만의 행태라고 주장하는 데 추호도 주저하지 않는다.

경향 각지에서, 양반 계층에서나 상인 계층에서나 가릴 것 없이 조혼 습속은 이미 대를 이어가며 뿌리를 깊이 내리고 있는데, 이 유치하고 조잡한 집착이 과연 씨족 보존에 제대로 기여하는지조차 의심이 간다. 오히려 그것이 열등아나 지진아의 생산을 부추기다가 또 다른 제도인 '입양'을 몰고 오지 않았나 싶은 것이다. 사례를 들어가며 내 주장의 근거를 진솔하게 조명해 보이겠다.

이를테면 손이 귀하다는 명분을 앞세우고 열 살쯤 되는 사내아이와, 심지어는 여섯 살짜리도 있다지만 결국 오십보백보겠는데, 그보다는 서너 살 많거나 또래의 계집아이를 명색 신랑 각시로 짝지어 한방에서 자게 하는 집구석이 허다하다. 이런 괴상한 습속은 문자를 숭상하는 문명국가에서 있어서 안 되는 것인데 조선에는 엄연히 있다.

어쨌든 조혼의 폐단이 왜 망조인지를 지적하자면 우선 그 위생 상태의 불결성을 들 수 있다. 어린애들은 온종일 가축과 흙마당과 짚북데기와 거름더미 속에서 뒹굴다가 잠자리에 들기 십상이다. 사내애나 계집애나 공히 그렇다. 바지런한 부모들이 보살피고 가르친다 하더라도 마찬가지다. 그들이 사람살이에 있어서 청결이 얼마나 중요한지를 알려면 상당한 세월을 기다려야 할 것 아닌가. 그런 무지몽매가 장난처럼 치르는 성희에서 무엇을 얻을 것인가 질환 말고 다른 게 더 있을까. 그 미숙한 것들이 교접에서 도대체 무엇을 깨치겠는가. 한마디로 닥치는 대로 살아가자는 주의는 수성獸性의 세계와 다를 바 없으며, 그런 어리석은 성적 개안은 '자동적으로' 아이 만드는 데만 유용할 텐데, 그 후세가 미숙아를 닮지 않는다는 보장이 설까. 나는 모르겠다. 두 어린애는 결국 숱한 질환에 그대로 노출될 수밖에 없고, 곱다시 당해야 될 터이다. 조심성이라는 인간 본연의 덕목을 미처 깨닫기 전에 심신의 모든 병적 증후를 수동적으로 감당해야 한다는 그 전제는 그들 후세의 불완전성을 미리 담보하고 있는 듯하다. 쉽게 말해서 그들의 정충과 난자는 아직 성인의 온전한 그것과 동떨어져 있는, 부실하고 미개한 것이다.

또 다른 해괴한 발상도 있다. 양식 걱정을 안 할 정도의 논밭이나 가진 시골 부자들은 당최 일손이 부족해서 어쩌구저쩌구 시부렁거리며 조혼 풍속을 두둔한다. 알량하기 짝이 없는 구실이다. 어린애들을 노동력으로 보는 단견은 우선 달다고 삼키는 식의 착취와 다를 바 없다. 어린애를 마구 부려먹으려는 그런 소행은 반인륜적이기도 한데, 연약한 여성을 평생토록 가사로 혹사시키려는 발상과 맥이 닿아 있기도 하다. 당연히 그 연장선상에서 조혼의 태동이 있었으리라고 유추하기는 어렵지 않다. 하기야 그런 얕은 잔꾀 부리기라는 수작이 '효도' 같은 반 강제적 기율을 만들어서 성인 및 노인에 대한 무조건적인 공경을 강화하고, 그들에게 무위도식까지 안겼다면 우리 사회의 제도적 악행은 너무 저질인 터라 사람으로 태어난 것이 가증스러울 따름이다.

조혼이 인간성을 철두철미 왜곡하는 폐습임은 성욕의 무분별한 퇴폐화를 조장하는 데서 확연히 드러난다. 성인 남자가 상처喪妻 후, 자식뻘 되는 어린 계집을 후처로 받아들이는 풍속도 실은 조혼 풍조가 일찌감치 가르쳐준 이상한 징후라는 것이 내 생각이다. 이미 스무 해나 혼인생활을 경험한 서른두어 살의 홀아비가 또 열대여섯 살의 과년한 처녀를 배필로 맞아들임으로써 '의붓아들이 3년 맏이'라는 '혼잡스러운 가족 제도'가 어디서 기인하는지는 자명하다. 또한 어린 나이에 치르는 잦은 성교가 한동안 배태 가능성을 무력화시킬뿐더러, 혼인 후 10년 내지 15년이나 경과해서 어렵사리 임신하더라도 결국 사산하고 마는 흔한 실례도 그 원인遠因은 조혼에 있다고 봐야 할 것이다. 거꾸로 말하면 '머리에 피도 안 마른' 나이에 성욕을 무절제하게 방출, 탕진해버리면 남자에게는 조로가, 여자에게는 만성적인 '부인병'이 덮치리라는 것쯤은 누구라도 짐작할 만하지 않은가. 일컬어 정력 탕진은 남녀 공히 제 명을 줄이느라 섶을 지고 불길 속으로 뛰어드는 격이다. 하기야 그 뻔한 이치를 자식들이 스스로 깨달을 때까지 기다리는 것이 어른의 도리이건만, 조선 사람들은 그것을 한시가 급한 듯 조기 교육 시키려드니 이런 병폐가 달리 없는 것이다. 그로 말미암아 성 풍속의 퇴폐화는 만연 일로이고 부녀자의 단명까지 재촉하는 꼴인데, 후일을 이토록 멀리 내다볼 줄 모르니 얼마나 통탄할 일인가. 이러고서도 근신과 인내를 배우라고 떠벌리는 부모 세대의 유식자들은 뻔뻔스럽게도 위선의 탈을 평생토록 덮어쓰고 어불성설만 지껄이다 허둥지둥 뫼터로 달려가는 꼴이 아니고 무엇인가.

조선족은 태생적으로 머리가 나쁜 열등 민족이 아니라 여러 제도적 장치의 속박에 대한 개선 의지가 후천적으로 거세된 근시안 종족에 가깝다는 것이 연래의 내 화두인데, 우리 민족의 그런 체념이 상시적으로 또 심정적으로 꾸준히 육화의 길을 밟아온 것 역시 그 단기적인, 임시변통의 제도를 곧잘 마련하는 데만 급급하고, 그것을 개비하는 데는 미련스러우리만치 뭉그적거리는 '근시적 머리 굴림' 탓이지 않을까 싶은 것이다. 세상과 사물의, 또는 인간과 세상의 모든 관계를 오로지 바르거나 글러빠진 제도와의 싸움일 뿐이라고 풀이하는 쪽으로 내 머리가 굳어져버렸으니 참으로 한심한 환원주의자라고 나를 매도하더라도 딱히 되받을 대꾸도 없어서 허탈해질 뿐이다.

그 당시 우리나라의 모든 어머니가 그처럼 속절없이 단명에 노출

되어 있었다는 사실은 역설적으로 가족의 무능을, 그중에서도 한때는 그토록 다정스럽게 보듬고 서로의 뜨거운 속살을 부비곤 했던 지아비의 무룡태 같은 처신을 책잡지 않을 수 없게 한다. 반상의 사내 명색들이 공히 이처럼 무기력했다는 것조차 내가 보기에는 당대의 미련스런 풍조였다기보다도 아주 몹쓸 '제도' 같은데, 간단히 지적하면 이렇다.

일단 집사람에게 예의 그 애매한 신병이 덮치면 가장의 능력에 따라 한동안 수선을 피운다. 곧 근방의 용하다는 한방의를 불러 진맥을 하고, 안색을 살피게 하여 처방을 내놓으라고 짓조른다. 처방이라봤자 보통 사람도 주워섬길 만한 그런 것이다. 몸조리를 잘하고, 잘먹어야 하며, 만사를 전폐하고 푹 쉬면서 지어주는 한약을 정성껏 달여서 장복하라고 이른다. 한 계절쯤은 그 처방을 신주 모시듯 떠받들지만, 그 이후로 뚝 불거진 차도가 안 나타나면 이내 시들해진다. 사람의 마음이란 제 살붙이에게도 그렇게 변하는 것이다. 그때부터는 아무리 살인적인 멍에를 떠안기더라도 초인적인 근력으로 가사의 규모를 영웅적으로 완수하지 못해 득병한 사람만 서러워져서 하염없이 팔자를 탓하며 죽을 때까지 눈물을 쥐어짤 일만 남게 된다. 사람의 눈이란 똑같아서 올해를 못 넘기겠다는 예단을 내놓거나, 오래 끌겠다는 짐작이 나오면 그때까지 쏠리던 정이 싸늘하게 식어감을 느끼고 당혹스러워진다. 병자도 그것을 알고서는 스스로 뒷방 마님으로 물러나 제 처신을 분별한다. 어느새 대접도 달라지게 마련이다. 기력이 저절로 가뭇없어지는 멀건 죽사발만 조석으로 받자니 설움이 복받친다. 오죽했으면 긴 병에 효자 없다는 말이 나왔겠는가. 부모가 그럴진대 하물며 자식을 한둘 낳고 나서 앞으로 '깍짓동같이' 키워낼

의무마저 저버리려는 부녀자임에랴.

아무리 쩌렁쩌렁한 양반가의, 그것도 3대나 내리 남의 집 귀한 자식을 데려다 입양시킨 가문의 며느리라 할지라도 나의 생모 또한 그런 전철을 밟았을 게 틀림없다. 바꿀 수도 없고 바꿀 엄두도 못 내는 그 '제도' 일체가 떠안긴 양자 장손과 혼인했으니까. 게다가 양시아버지도 없는 양시어머니 밑에서 시집살이를 해야 했으므로 여느 부인네들보다 심정적으로 더 부대꼈을 테니까. 그럴 수밖에 없는 것이 생가에는 역시 홀로된 친시어머니가 살아 계셨으니 맏며느리로서 그쪽으로도 신경을 써야 했을 터이다. 그러나 마냐 고된 시집살이를 이겨낼 수 있는 유일한 의지처는 남편의 푹한 거둠손이라고들 하는데, 당시의 봉건적, 가부장적 대가족 제도가 아무리 고루하고 행짜가 심했다 하더라도 지아비의 따뜻한 말 한마디가 해도 해도 끝없는 가사노동으로부터 떠안은 모진 멍에의 쓰라림을 너끈히 감당할 수 있게 했을 터이다.

그러나 내 가친은 그 당시 대다수의 벼슬아치가 서로 질세라 그랬듯이 아주 네모반듯하기로 소문난 사문斯文 유학자의 겸칭의 한 전형이었다. 비록 부자지간이라 하더라도 나는 머리가 굵어지고 난 후부터 그런 유형의 인물을 생리적으로 싫어한다. 앞서도 말했듯이 그런 사람들은 너무나 이해하기 쉬워서 그들의 일거일동은 더 돌아볼 것도 없으려니와 내 호기심을 자극할 여지가 전혀 안 비쳐서 그렇다. 눈총기가 웬만한 사람도 너끈히 그릴 수 있는 그런 분의 체취를 도식화하기는 여반장이나 다를 바 없다.

매양 보다시피 그는 집안의 어른으로서, 또 성숙한 남성으로서의 권위의식을 출중하니 거느리는데, 그 좀 뻣뻣한 틀거지를 좀체 허무

119　　　　　　제6장 나의 무지몽매

는 법도 없고, 그런 태도 일체를 남들이 어떻게 보는지에 대해 생각하는 머리 굴림이 철저히 퇴화되어 있다. 이 어색한 몰풍경도 '제도'의 악폐가 떠넘긴 인간 본성의 굴절의 한 징표다. 어쨌든 가족 모두에게, 그중에서도 집안의 시중꾼들에 불과한 지어미·자식·동생·사촌·조카 같은 피붙이나 그에 딸린 숱한 하인들에게 그는 권위의식으로 무장한 채 군림한다. 무슨 연장처럼 그는 뻣뻣하니 그것을 용처에 부리느라고 온힘을 쏟는데, 그런 자태가 그의 평생 소임이다. 그러나 사랑에서나 집 밖에서는 곧잘 남의 기분을 맞추는 너털웃음과 자기 잇속을 노리는 여우 짓을 흩뿌리는 데 인색하지 않다. 상대방에 따라 달라지는 이 적당한 '거리 두기'가 그에게는 생리 현상처럼 깊숙이 뿌리내리고 있으므로 어떤 별난 '개성'이 비집고 나올 수 없게 되어 있다.

한쪽에는 드레를 내세우고 다른 쪽에는 눈비음할 속셈으로 머릿속이 분주한 이런 이중 성격은 끌밋한 위선가의 작위적 처신술에 불과한데, 그 정신적 지주는 말할 필요도 없이 삼강오륜에 충실한 삶을 살겠다는 것이다. 자신의 생애를 오로지 그 지침 따르기에만 비끄러매려는 갸륵한 지성이야 백번 가상하고, 그것을 천연스럽게 실천할 수만 있다면 스스로 타박타박 걸어서 성인의 반열에 올라가는 것이야 누가 감히 가타부타 말할 수 있으랴. 그런데 사람의 삶이란, 또 한평생이란 인간으로서 지켜야 할 도덕률로서나 생업 행위에 따라야 할 윤리의식으로서나 삼강 같은 대원리와 오륜 같은 순수 원리에 다소곳하니 순종하며 살아가기가 참으로 어렵다. 아니다, 거의 불가능하다고 해야 옳을 것이다. 물론 실천하기 어렵다고 해서 그런 불문율까지 없어도 상관없다는 말은 아니다. 그것이 있고 없음에 따라 인간 세상과 동물의 세계가 나뉘니 말이다. 어쨌든 그것을 실천하기 어려운 이유까지 구구절절 따져봐야 아무 소용이 없다. 지키려 해도 때와 곳과 경우가 달라지고, 상대방에 따라 당사자의 기분, 감정, 심성이 워낙 줄변덕을 부리기 때문이라면 얼추 맞을 것이다. 물론 그렇게 요동치는 심성 일체도 실은 약과다. 우선 먹고살아야 하고, 그만하든 괴팍하든 자기 심성을 드러낼 동류가 있어야 한다. 곧 벼슬을 해야 삼강오륜을 지킬 명분도 서고, 지킴으로써 빛도 나며, 그 방침을 따르지 않는 무뢰배를 즉석에서 징치할 수도 있기 때문이다. 그래서 글을 알고 과거에 급제한 사람일수록 벼슬살이에 급급한 것은 삼강오륜을 시늉으로라도 지키는 자신의 체신을 과시하고 싶어서다.

물론 그 조목조목을 제대로 지키기가 정말 어렵다는 것을 심각하게 자문하는 양반은 고매한 인품의 소유자인데, 그런 사람일수록 위로는 임금과 부모를 하늘처럼 떠받들고 아래로는 주위의 모든 이를 자애와 도량으로 보듬을 수 있어야 하는 벼슬살이에 그다지 연연하지 않는다. 이런 판이니 벼슬살이와 그 승차陞差 윗자리로 벼슬이 오름에 오만 신경을 곤두세우는 대개의 관원은 사시장철 삼강오륜을 비람벽에 걸어두고서도 그것의 실천에는 등한한 게 아니라 조리가 반듯한 말로만, 허수아비 같은 거짓 위세로만 떠벌려야 하니 무능한 지체로서 가뜩이나 그 처신이 이중 삼중으로 바쁜 것이다.

내 가친도 겉으로는 삼강오륜의 실천에 전념하려는 양반이었다. 어린 시절 내 눈에 비친 그이의 품성은 그 선명한 외모나 앉음새와도 제법 잘 어울리는 것 같았다. 그러니까 하루라도 빨리 환로에 오르기를, 어떤 벼슬살이라도 대과 없이 치르기를, 조정의 여러 상급자와 무난한 관계를 이어가기를 촘촘히 가늠하면서 한 가문의 장손으로서 집안을 두루 두량하는 처신에 관한 한 네모반듯해지기를 당신 스스로 의식하는 데 결코 게으르지도 또 모나지도 않았다. 대체로 그랬다는 것은 백부와 친부를 일찍 여읜 데다 끼니로 콩죽을 거르는 날도 없지 않았다는 집안 형편에 포원이 져서 출세에다 오감의 촉수를 예의 집중시키는 그런 처신이 진작 몸에 배었다고 해야 옳으리라.

벼슬살이를 함으로써 사직과 임금에게 충성하고 가문과 가정을 꾸려간다는 것, 공무의 선후를 챙기면서 짬을 내 경서 읽기에 매진하다가 긴장한 머리를 식히기 위해 붓을 잡고 서도에 몰입한다는 것, 삼강오륜을 지킴으로써 주위에 본을 보인다는 것 등은 사대부로서 당연히 거느려야 할 일상 중의 처신이었다. 내 가친도 그런 자세라면 한 치의 빈틈도 드러내지 않으려고 늘 당신 자신을 경계하는 쪽이었다. 그러나 그런 일거일동은 흔히 지나친 과묵과 신중 때문에 뻣뻣함으로, 범접은커녕 말 붙이기도 어렵게 만드는 쌀쌀맞음으로, 처자식의 건강과 행실에 대한 데면데면함으로 비치기도 했다. 부자 사이임에도 내가 그이 앞에서 할 말은 지극히 제한되어 있었고, 움푹 꺼진 눈매에서 길게 이어지는 당신의 근엄한 눈초리는 내 속생각까지 훤히 꿰뚫는 듯해 내 거동이 여간 불편한 게 아니었다. 이목구비도 그 선들이 워낙 또렷하고, 몸피나 키 같은 외양에도 늠름한 기상이 어려 있어서 가마나 사인교 따위의 탈것에서 내려 성큼성큼 걸음을 떼놓을 때면 사대부로서의 풍채에 위엄이 제대로 서려 있었다. 문방제구를 갖추는 데 워낙 꼼꼼한 성미대로 입성에도 유달리 까다로워서 풀먹인 뻣뻣한 옷이 걸어가느라고 그 속의 신체가 나무토막이 아닌가 싶을 때도 있었다. 그런 일거수일투족이 조강지처에게 일상 중의 영양 부족을, 혹사를, 체념을 겹겹으로 강제했다면 크게 틀리지는 않을 텐데, 그토록 혹독한 생활상은 그 당시 사대부의 지어미들이 한결같이 맞아들이고 견뎌낼 수밖에 없었던 악조건이었다.

내게 퉁방울눈을 물려준 내 친모는 대단히 엄전한 품성에, 어떤 곡경도 잘 참고 지아비의 출세를 말없이 성원하면서 스물여덟 살에야 겨우 그 핏줄 하나를 보게 한 것만도 오감하다고 여기며, 서럽긴 해도 자기 앞에 닥친 때 이른 죽음에 순종했을 게 틀림없다. 그 박복은 내 어머니의 팔자이면서 동시에 그 당시 조선의 모든 사대부 부인이 곱다시 받아들일 수밖에 없는 숙명이기도 했다.

그런 연고로 내게는 이렇다 할 어머니 상이 없다. 그 후에 어느 날 문득 한집안에서 동거하게 된 계모도 친지들의 칭송을 들을 만큼 내게 자별한 온정을 다 쏟아부었으나 나보다 불과 열 살 남짓 손위인 그이에게서 육친의 정을, 또는 어머니로서의 어떤 자애로움을 느끼기에는 내 조숙한 정감이 제대로 작동하지 않았다. 게다가 내 팔자가 워낙 기박해서 성년의 문턱에 들어서자마자 떠밀려 나는 '듣도 보도 못한 낯선 집안'으로 출계하게 되었는데, 만부득이 잠시 모시게 된 그쪽 양모는 수다스럽기 짝이 없고, 지아비의 명을 급살로 줄인 것도 바로 그 심한 방정 때문이란 구설수가 있는 데다 한때는 자신의 그 낭자한 음행淫行도 '과부댁이 지 몸을 지 멋대로 못 쓰면 무슨 낙으로 살까'라며 응수하는, 좀 모자라는 떠버리여서 나는 더 이상 상대하지 않았다.

말이 나왔으니 한두 마디 더 짚고 넘어가면, 내 가친은 조강지처를 앞세우자마자 당시의 관례대로 후실을 맞아들였는데, 진천鎭川 송宋씨였던 그분은 열여덟 살의 과년한 처녀로 시집와서 스물네 살에야 어렵사리 딸자식을 보게 되었다. 나보다 열두 살 아래인 그 이복

누이는 이내 왕세자빈으로 간택됨으로써 공적으로나 사적으로나 그 어린 몸에 불운을 치렁치렁 휘감고 지내야 했다. 왕세자가 아홉 살이고 내 누이는 불과 열한 살의 어린 나이에 혼인을 치르게 되었으니 말이다.

그런 조혼이 자식 생산에 이바지되기는커녕 그 합궁이 신랑 각시 양쪽의 아직 덜 익은 육체에 상당한 위해를 끼쳤을 것은 분명하고, 그 결과로 내 누이는 자식 생산의 순리에 이르지 못한 채 내 생모처럼 서른 살 문턱을 넘자마자 조서早逝했다. 조혼이 조선인 특유의 조급증에서 나온 대망조임은 이로써도 충분히 증명된 셈이다. 다산은 커녕 배필의 산목숨까지 재촉함으로써 우리나라의 전체 인구를 줄이는가 하면 열등아를 양산할 소지마저 없지 않으니 낭패도 이런 낭패가 어디 있겠는가. 한 집안의 식구가 불어나는 것은 노동력이 늘어난 것이며, 그것의 총계가 국력일진대 그 소중한 자산을 갉아먹는 제도가 조혼이라니, 나라를 거덜낼 폐풍이 아닌가.

조혼이 악습이라는 내 주장은, 어린 나이서부터 알게 모르게 치르는 그 성희롱이 인륜에 반할 뿐만 아니라 점점 더 자극적인 행태를 바라게 되고, 그 성적 원망은 결국 공상의 형태에서 변태적 성향까지 조장한다는 엄연한 사실에서도 힘을 얻는다. 소위 패륜의 시발점이 바로 이것이다. 신체상으로도 아직 성인이라 할 수 없어 모든 기관이 하루가 다르게 성장 중에 있는 어린것들이 양쪽 부모의 승인 아래, 엄밀히 말하면 그 철없는 어린애들에게 '빨리 범하라'는 교사教唆를 좇아 요철이 뚜렷한 남녀의 성기를 맞물린다는 것, 그 교합이 수치심도 미처 개발되지 않은 소녀에게는 무지막지한 폭행일 수 있다. 성기의 손상뿐만이 아니다. 가장 섬세한 인체 조직 중 하나인 음도陰道

안팎에서 발생하는 여러 질환은 당사자의 일시적 고통에 그치지 않고 목숨까지 넘보며, 그 종말은 한 가문의 명운도 좌우한다. 게다가 첫 경험에서 내지르는 여성의 그 통증 호소는 흔히 남성에게는 자극 기제가 되고, 결국 강도 높은 변태적 성교를 사주한다. 그 정점은 사대부나 재산가들이 항다반사로 아무런 자책감도 없이 거느리는 자식뻘의, 심지어는 손녀뻘의 호강첩이다. 이런 반풍속적 혼인, 무작한 난교가 비단 우리 조선에만 있는 폐습도 아니라고 강변하는 것은 얼마나 몰염치한 행태인가. 하기야 이웃 나라에서는 아홉 살짜리와 여덟 살짜리 산부産婦도 있었다는 기록이 엄연하다니까 우리의 명색 사내들도 안도의 한숨을 내쉴지 모른다.

분명히 우리 가족의 일원이었으므로 그 누구보다도 외아들인 내게 지대한 영향과 잊을 수 없는 인상을 많이 남겼어야 마땅할 내 모친은 그처럼 아무런 흔적도 남기지 않고 내 시야에서 일찌감치 사라졌다. 그런 유의 억울한 변사는 그 당시의 불비한 생활 여건이 덮어씌운 재앙이나 마찬가지였으므로 생모의 죽음에 대한 나만의 애틋한 감정이 있었다 하더라도 쉬이 사그라졌을 것이다. 내 가친도 그 사별을 그이 특유의 묵언, 진중, 침통으로 삭여내는 한편, 사직이나 임금 지키기보다 더 중한 혈통 이어가기에 전심전력하는 양반답게 또 다른 후세를 속히 보기 위해 재취 장가 길을 허둥지둥 줄여갔을 게 틀림없다. 적어도 심정적으로는 그랬을 것이라는 나의 추측은 곧장 내 눈 앞에 훤히 펼쳐졌다.

다시 한번 되돌아보면 내 생모는 내게 어떤 족적도 남기지 않은 것 같지만, 실은 그이를 잃은 후부터 나는 여느 소년들과는 확연히 다르게, 굳이 비유하자면 두꺼운 등딱지 속에 제 부드러운 살을 감

제6장 나의 무지몽매

추고 사는 자라처럼 제 몸부터 먼저 챙기는 이기주의자로, 제멋대로 물과 뭍을 넘나드는 양서동물로 자라났다. 그러므로 여러 사람이 하나같이 너무 괴팍하다고 폄훼하는 데 주저치 않는 지금의 내 성격도 어린 나이에 겪은 그 싸늘한 주검과의 대면에 기인함은 분명하다. 따뜻한 햇살 같은 모성애를 온몸으로 체험하지 못한 인간은 정서적으로 삐딱하고, 싸늘하며, 늠름하지 못한 후천적 불구자가 되고 마는 것이다.

희끗희끗한 빡빡머리가 흡사 떼를 잘 입힌 가을날의 봉분처럼 둥그스름하던 곱사등이 염장이가 누런 염포를 둘둘 말아들고 앉은걸음을 조작조작 떼놓으며 사자의 온몸을 칭칭 동여매던 광경을 나는 누군가의 치맛자락 속에 파묻혀 훔쳐보았다. 아마도 꼭 눈여겨봐두라고 여섯 살의 어린 나를 그 자리에 임석시켰을 테고, 양할머니가 깜빡이에게 나를 단단히 붙들고 있으라고 시켰을 텐데, 아무리 죽은 목숨이라도 저렇게 숨도 못 쉬도록 감싸버리면 얼마나 갑갑할까라는 생각은 여투었던 듯하다. 내가 슬픈 게 아니라 망자가 너무 불쌍해서 나는 방울방울 떨어지는 눈물을 예의 그 검은 치마폭으로 꾹꾹 눌러 훔쳤다.

미뤄 짐작건대 그 최초의 상제 때 수습한 게 아니라 한참 후에 예의 그 계모의 상을 당했을 때 내 나름대로 챙기지 않았나 싶은데, 우리 조선의 상중 복장이 참으로 멋있다기보다도 인간의 품위를 제대로 드러내고 있다는 나만의 의상 감각만큼은 여기서 특기해둬야 할 것 같다.

알려져 있다시피 임오군변이란 난리법석으로 온 나라가 만신창이로 굴러떨어졌던 그해는 주상 내외께서 내게 온갖 소임을 떠맡겨서 내 체신도 사직의 명암처럼 얼룩덜룩하던 판이었다. 그 통에 내 본가도 박살 나고 나도 죽을 고비를 몇 차례나 겪었는데, 그 와중에, 그것도 한겨울 초입에 이제 서른 초반의 계모가 별세했다는 기별을 받았으니 그제야 나는 비로소 엎친 데 덮친 격이라는 속담을 실감했다. 아무튼 그 거상을 온전히 치러내면서 줄을 잇대는 조문객들의 그 간곡한 위로의 말씀 중 반 이상은 우리 부자의 실권에 비집고 들려는 수작질임을 내가 모를 리 만무했지만, 그런 총중에도 시종 내 시선을 붙들어 매던 것은 소위 자최라는 그 상복이었다.

생베로 짓는 그 복장은 간소하기 이를 데 없어서 의상이랄 것도 없다. 감히 어떤 장식도 덧붙일 수 없을 만큼 민짜로 좁다랗게 꿰맨 것이고, 워낙 추운 날씨여서 그 위에다 핫옷처럼 두툼해 보이는 무명 두루마기를 입으면 그 자락이 종아리 밑까지 치렁치렁하니 떨어지며, 대님으로 발목께의 버선목을 질끈 동여매서 의복의 단출함을 완성시켜놓는다. 그 위에다 쓰개를 바꿔놓는데, 하얀 두건 위에 굴건을 덧쓰게 되어 있다. 또한 상여 채비를 시작하면 장딴지에 헐렁한 행전을 돌라매는데 이 거치적거리는 상복 치장물도 무명 수건으로 눈물과 콧물을 훔쳐대는 상주들의 복받치는 설움을 배가시킨다.

내 밑으로 또 성급하게 받아들인 양자1873년생인 민영린閔泳璘이다 하나와 그 밑으로 그 이복누이와 동배인 남동생1875년생인 민영선閔泳璇이다 이 예의 그 상복을 입고서 조문객에게마다 허리를 굽힐 때면 자최 자락과 머리통을 조여 맨 굴건의 새끼 끄나풀이 가녀리게 흔들리곤 했다. 나는 애고곡을 자제하면서 그 정경을 물끄러미 쳐다보며 속으로 감탄했다. 조선족은 사람의 죽음을 지극한 정성으로 받들어 모실 줄 안다, 인간의 품위는 죽음을 대하는 자세에서 비로소 드러난다, 저 단

순한 복장이야말로 주검을 거룩하게 만드는 갸륵한 심성의 표시가
아니고 무엇인가.

친모든 계모든 돌아가시고 나자 그 빈자리가 얼마나 큰지를 나는
비로소 절실하게 느끼기 시작했다. 그토록 서글픈 자기 성찰보다 더
사무치는 가르침이 이 세상에 또 있기나 하겠는가. 나는 점점 더 멍
청하니 침울해지는가 하면 더러는 양반의 자식답잖게 겸손할 줄도
모르는 이상한 사내애로 변해갔다. 비록 심하지는 않았다 하더라도
그 조울성 기질을 진작에 깨닫고 잘 조리할 수도 있었으련만, 내 앞
으로 속속 들이닥치는 기구한 팔자는 호사다마란 말을 떠올리기에
충분한 것이었다.

글방 도령의 동선

주지하듯이 내 선친께서는 추사의 문인답게 학문의 온오蘊奧 심오한 이치에 근접하려고 머리를 싸매기보다는 필법의 진수를 남들보다 먼저 체득하기 위해 전심전력한 흔적을 많이 남기셨다. 지금도 자기 서체를 개발하느라고 부심하는 서예가들이 그이 특유의 양필良筆 앞에서는 추사체를 방불케 한다는 칭송을 서슴없이 내놓곤 하는데, 그 덕담은 지본紙本으로 여러 점이나 전해오는 필적을 보면 제법 근사한 지적임이 드러난다. 서체란 일정한 경지에 이르면 그 격이 확연히 달라지며, 그것을 알아보는 데 긴 시간을 요하지 않는다. 사람의 눈이란 결국 그처럼 어슷비슷할 수밖에 없는 법이다. 나도 어린 나이에 그 경지를 하루라도 빨리 답습하려고 부단히 애를 태웠던 게 사실이다.

이런 서두를 굳이 여기서 끄집어내는 것도 그 당시 양반 가문에, 특히나 벼슬살이에 애면글면하는 사대부들 사이에 널리 팽배해 있던 자식의 조기 교육열이 얼마나 드셌으며, 한편으로 그 부질없는 집착이 얼마나 허술히 사위어버렸는지를 내 나름의 식견으로 토로하고 싫어서이다.

　나의 서당 출입이 양반가의 또래들보다 이태 이상이나 늦었던 것은 아무래도 내 생모의 그 득병, 신고와 무관하지 않았을 터이다. 그 시난고난하는 우환이 평소에 신중하기 이를 데 없는 내 가친의 소심한 성정에 침통, 번민, 걱정 같은 심적 고통까지 불러들였을 테고, 그런 처지에 외관으로 집을 나가 있었으니 맏자식의 학업 따위에 무슨 경황이 있었을까 싶으니 말이다. 이처럼 불경스러운 내 추측은 내 가친의 그 좀 묘한 성격의 일단만 짚어봐도 그럴 수밖에 없었으리라는 믿음에 힘이 실린다. 무슨 일이든 차일피일 미루기를 장기로 삼는, 좋게 말하면 중국인의 굼뜬 기질을 놀리며 '만만디'라고 하는 그런 성정이 그 양반에게도 여실했으니까.

　앞에서도 산발적으로 적시했듯이 내 가친은 두 살 터울의 남동생과 함께 아비의 얼굴도 떠올릴 수 없는 유복자 맞잡이로 홀어머니를 모시고 겨우 호구나 하는 가난 속에서 성장했다. 그나마 제때 서당 글을 깨치고, 필치를 가늠하는 일방 서권기를 온몸에 체득하게 된 것은 3대만 거슬러 올라가도 대번에 그 성망이 자자했던 선조의 후예라는 음덕 때문이었다. 수시로 배를 곯고, 철철이 옷도 못 갈아입는 처지라 해도 어떻게든 배워야 하는 시기에 남만큼 글을 읽어놓고, 타고난 관운이 있어서 요행히 과거에 급제라도 하면 한평생 떵떵거리며 살 수 있는 게 아니라 그렇게 살아지는 길이 열린다는 신조는 양반 집 자식들이 누리는 특권이다. 억지로 글만 읽고 생산과 치부致富와 무용武勇을 치지도외하다 못해 아예 얕잡아봄으로써 조야가 공히 나약해진 병폐도 바로 양반들의 그 버젓한 관존민비 풍조 때문임은 말할 나위도 없다.

그런데 거기까지는 모든 양반의 내로라하는 후예들이 한결같이 드러내는 소행이자 표 나는 처신이라서 키 재기를 해봐야 부질없을 뿐이다. 다들 가난한 데다 재주나 총기도 고만고만해서 경서의 어떤 대목을 읊조려도 수월하게 알아듣고, 서화를 보는 안목도 대동소이 할 수밖에 없는 것이다. 그러나 내 가친의 형제는 아비 없는 유생이라서 설혹 등과했다 하더라도 출세의 험한 길을, 그러니까 벼슬살이로 나아가는 첫걸음부터 각자가 알아서 '개척'해야 하며 그 과정에서 제가끔의 성깔이 어떤 수완까지 동원하느냐에 따라 팔자가 달라지게 되어 있었다. 그것이 운명인데, 성격과 운명은 닭이 먼저인지 달걀이 먼저인지를 따지는 것과 같은 난문이다.

참으로 알다가도 모를 것이 사람의 성품이라지만, 아들의 눈으로 본 내 아버지의 상도 긴가민가한 구석이 수북하니 쌓여 있어서 참으로 난감해진다. 그 일단을 앞질러 말하면, 어떤 사람의 특별한 성정은 타고나는 것이 아니라 그만의 유별난 출신과 환경의 지배로부터 자유로울 수 없으며, 성장 기간이나 그 후의 인생행로에서 몇몇 주변 인물로부터 받은 영향 일체 곧 충격이나 자극 때문에 독자적 개성으로 형성되지 않을까 하는 관점이 그것이다.

알려진 대로라면 삼촌은 나이 차가 그랬으므로 당신 형과 함께 내내 같은 선생 밑에서 수학했으며, 추사 문인으로서도 학력이나 필력 면에서 서로 어깨를 겨뤘다고 한다. 워낙 조숙했다고 하니 동생 쪽이 모든 점에서 앞지르고, 잠시만 견줘봐도 형 쪽은 어딘가 우둔한 면면이 비쳤다고 해야 그럴싸할지 모른다. 실제로 외모도 동생 쪽이 깎은 선비처럼 선명한가 하면 이쪽저쪽을 직시하는 분주한 그 눈길에 총기가 번득였는데, 형 쪽은 거의 요지부동의 자세로 앉아서 그 둔중

제7장 글방 도령의 동선

한 시선으로 상대방의 눈썹부터 배꼽까지 쓸어내리는 위엄기에는 음흉스러운 기색도 없지 않았다. 그처럼 별난 대조가 맞아떨어지려고 그랬는지 동생은 스물세 살의 어린 나이에 보란 듯이 등과함으로써 단숨에 형의 다소곳한 향학열을 무참하게 꺾어놓았다. 요행이든 실력이든 한 관문의 통과야말로 신분 격차는 물론이거니와 세상의 시선마저 대번에 달라지게 함으로써 쌍방의 우월감과 열등감이 점점 더 뚜렷해지고, 본인들도 그 점을 또렷이 자각하게 된다. 성격이 두 쪽 다 비뚤어지면서 달라지고, 운명도 알게 모르게 바뀌기 시작하는 것이다. 그러니까 이 등과의 역순이 한쪽에는 교만과 우월감을, 다른 한쪽에는 열등감과 질시를 부채질해서 형제간의 도리 지키기를 삐꺽거리게 하는 빌미가 되었다고 해도 과언은 아닐 듯싶다.

그렇다고 해서 홍패를 거머쥔 동생과 겨우 초장 합격생으로 감히 벼슬살이까지는 넘볼 수 없는 진사 주제인 형이 서로 척을 지고 내왕도 없이 지냈다고 하면 오해다. 물론 형 쪽은 이미 큰댁으로 출계한 양자 신분이어서 사는 집이 다르고, 그 형편도 친모를 모시고 사는 동생 쪽보다 유족했다. 그런 격차에 자식을 본 형과 소생이 없는 동생의 처지까지 가세하니 진심이든 빈말이든 형제간에 건네는 걱정, 덕담이 실은 듣그럽기도 했을 것은 분명하다.

그런데 시운과 관운은 묘하게 얽혀 돌아가는 것이 세상의 이치인지, 우리 민문의 사위였던 대원위 대감이 대권을 휘어잡자 내 가친은 수월하게 음직蔭職을 얻어 출사했다. 대원군도 노론 갑족의 추사 문하에서 필의를 닦은 양반이었으므로 팔이 안으로 굽는 생리를 따른 것이었다. 타고난 시기심이 자심한 데다 제 영특에 대한 자부심 또한 유별난 동생도 대원군의 환심을 사는 일쯤이야 여반장이어서 추사 선생의 방대한 유문과 유묵遺墨을 산정刪定하여 책으로 묶는다면서 동분서주하다 결국 그 음덕으로 추요직인 정삼품 이조참의에까지 올랐다. 그 유고집에 실을 글의 취사를 자청해서 도맡았으니 완당 선생께서 대원군에게 보낸 편지와 난권에 붙인 제사도 여러 점씩이나 골라내고, 황사 스스로는 권두에 '완당 김공 소전'을 지어 붙여놓았으니, 자기 글을 앞세우면서 대원군의 위세를 수하에 거느린 꼴이었다. 하기야 대원군으로서도 동문 후배의 그런 보비위가 기특한가 하면 달갑기 이를 데 없었을 터이다.

두 형제의 이런 팽팽한 출세 의욕과 견제 심리가 뒤얽혀서 우리 가문의 장손인 나의 서당 출입에까지 영향을 미치지 않았을까 하는 것이 연래의 내 짐작이다. 내 가친으로서는 동생의 그 재기 발랄이 어딘가 소성小成의 장본 같고, 때 이른 등과마저도 교만을 불러오기에 딱 알맞은 운수로 비쳤을 게 뻔하니 말이다. 당신 자식을 대기大器로 키우고 싶은 속마음이야 굴뚝같았겠지만, 우선 황사의 그 어수선한 출세 제일주의만큼은 본받지 말도록 경계해야 했을 테니까.

생모가 그처럼 허무하게 돌아가시고 나서 이태나 지나 곧 여덟 살이 되어서야 비로소 내게 서당 출입의 영이 떨어졌다. 그 당시의 양반 자제로서는 한참이나 늦은 셈이었다. 내 선친이 그 정도로 내 학업에 태무심했던 것은 당신의 벼슬살이가, 동생에 뒤질 수 없는 승직이, 어느새 서른 살을 훌쩍 넘겼으니 한참이나 늦었지만 그래도 요식 행위 같은 등과를 해두느냐 마느냐가 목에 걸려 있어서가 아니라 양반 가문의 장손다운 그이 특유의 천연스러움이랄까 늑장을 내가 고스란히 물려받기를 바랐기 때문일 것이다. 예의 그 삼강오륜을 비롯해서 세 살 버릇 여든까지 간다는 속담까지도 믿고 따르느라고 기를 쓰는 양반이었으니까. 그러니 당신은 황사를 닮지 말라고 은근히 닦달한 점에서도 나를 엄격하게, 꼭 그만큼 자별하게 키우려고 노심초사한 웅숭깊은 아버지였던 셈이다.

아직도 내 기억에 분명히 남아 있는 글방만 세 군데나 되므로 적잖이 헷갈리긴 하나, 굳이 구별할 것도 없이 그 서당들은 내게만이 아니라 누구에게나 똑같은 사설 교육기관이었을 뿐이다. 최초의 서당은 예의 그 내 생가인 매동에서 개천을 따라 남쪽으로 한참 걷다 보면 내수사內需司의 기다란 곳간이 즐비하던 그 어름에 있었다. 그 동네도 사직동이지 않았나 싶은데, 나라의 제사 자리라는 그 지명이 그처럼 넓은 지경에까지 뻗어 있었던지는 알 수 없다. 그 일대가 그때는 채전밭도 드문드문 널려 있었고, 봉상시奉常寺 제향祭享·시호諡號에 관한 일을 맡아보던 관아 같은 아문도 멀찌감치 떨어져 있긴 했다. 어느 관가나 다 경복궁의 지엄하고 다급한 분부를 받들어야 했으므로 그 지경에서 멀리 떨어져 있었다가는 불편하니 말이다.

처음 한동안은 길을 익히느라고 집안의 종복 중 하나를 대동했겠으나, 그 이후로는 등하교 길을 나 혼자서 타박타박 걸어다녔다. 동아리들 중에는 육조거리 너머의 수진동이나 전석동 같은 데서 하인의 등짝에 업혀오는 네 살배기도 있었다. 하기야 뇌염, 호열자, 장질부사, 천연두 같은 몹쓸 전염병 중 하나에 걸렸다가 간신히 기사회생한 열다섯 살짜리도 없진 않아서 그런 나이 차가 쉽게 학업의 진척을 가늠하도록 부추겼다. 이 대조는 한번쯤 조명해둘 만하다. 흔히 봐오듯이 제 자식이 세 살쯤에 눈썰미로 하늘 천天자를 구별했답시고 당장 영재가 났다며 서당에 집어넣는다. 용케도 부모의 어떤 예감이 맞아떨어지려고 그러는지 그 예비 영재는 약관 이전에, 심지어는

134

열여섯 살에 장원급제로 등과할 수도 있다. 이처럼 출중한 영재는 대체로 자신의 그 영민한 머리와 오로지 '장원급제'라는 막강한 자부심에 휘둘려서 남을 깔보게 마련이다. 당연히 그는 서른 살쯤에는 '잘' 알지도 못하고, 더욱이나 '다' 알지도 못하면서 이제는 읽을거리가 없다며 '고전'을 전시품으로 쌓아두고 숙독하지 않는다. 화려한 생각만 앞서고 글을 멀리하는 이런 영재형 인물은 무기 없는 용장이라서 말만 번지레하다. 한때 좋은 머리로 외워둔 문구야 능수능란히 주워섬기곤 하지만 제 말, 제 생각은 무일푼인 이런 작자야말로 기문지학記問之學의 표본인 것이다. 반대로 국가적 환란이나 개인적인 병고나 가정적인 우환으로 열여섯 살에 『천자문』 책자를 처음 대하는 만학도도 있다. 그의 초년 불우는 학업의 성취까지 더디게 이끌어서 마흔 살 중년에야 간신히 등과하도록 사주한다. 이 늦어빠진 출세가 오히려 글의 진수를 터득하는 데 재미를 붙이게 만들어 평생토록 글을 읽고, 읽을 책이 자꾸 쌓여가는 복까지 누림으로써 천수에 근접한다. 이런 둔재형 인물은 칼을 휘두를 줄 모르는 지장이라서 조정에서의 탁상공론이 주특기다. 길게 말할 것도 없이 아주我朝의 병폐는 바로 이 두 유형, 칼이 없으므로 수단을 챙길 줄 모르는 용장과 남의 글만 좇느라고 어떤 목적도 없이 시비만 가리자는 지장의 타시락거림으로 붕당 및 정쟁으로 소일하는 무기력증에 있다. 율곡과 우계牛溪 유학자 성혼成渾의 호 중심의 세칭 기호학파인 서인들과 퇴계 중심의 영남학파인 남인들이 문묘종사 건을 비롯하여 사사건건 트집을 불러일으켰던 실례도 그 연원이 철없는 내 자식 영재 만들기에서 비롯되지 않았을까 하는 것이 내 소견이다.

어쨌든 크게 보면 내가 나이로나 몸피로나 중간쯤 될까 말까 한 셈이었지만, 정자관을 쓴 훈장이 읽어주는 『천자문』을 곧바로 받아 암송하는 데도 다섯 살짜리가 아홉 살짜리보다 미숙한 것은 사실이다. 하물며 그 뜻을 알아듣고, 이해의 폭을 스스로 열어가는 데서야 더 말해 무엇 하겠는가. 그런 차이와 이치를 뻔히 알면서도 그처럼 조기 교육에 열을 올렸던 그 당시의 명색 학부모들인 양반가의 극성은 아무리 지탄해도 부족하지 않을 것이다. 영민을 타고나서 학업을 따라가면 그런 다행이 없겠지만, 대개의 경우 나이가 어린 것들은 매미처럼 한자의 훈과 음을 읊기는 해도, 이내 흥미를 잃는다. 그처럼 그들의 주의가 산만해지는 것은 선생이 일러주는 말을 복창해대는 그 따분한 훈련을 그대로 따라 하기가 어렵고 지겨워서가 아니라, 글자마다의 그 표기, 곧 글꼴과 그 속에 숨어 있는 뜻을 알아가는 데 재미를 간추려내는 지력의 미숙 탓이다. 물론 열 살짜리가 다섯 살짜리보다 그 지력이 떨어지는 경우도 있긴 하나, 선생의 말귀를 알아듣는 가늠질에서는 어린것이 제 형뻘보다는 못하다. 아무튼 학동들의 이해력이야 그 말꼭지만 들어도 대번에 알 수 있고, 훈장은 좌우로 앉은 여남은 명의 동아리 중 누가 이해력에서 앞서 있는지 그 서열을 서당 출입 닷새쯤 뒤부터는 훤히 꿰뚫고 있게 마련이다.

그러고 보니 내게 『천자문』『동몽선습』『명심보감』『소학』 등을 떼게 해준 그 훈장은 내 숙부가 추천했던 듯하다. 누군가로부터 전해 들은 말이지 싶은데, 삼촌은 대들다시피 내 가친에게 원성을 터뜨렸다고 했다. 그 자리에 동석했던 일가붙이가 제대로 들었든, 반이나마 그럴싸하게 옮겼든 삼촌의 말버릇은 내가 워낙 잘 외우고 있다. 그 카랑카랑한 음성도 재바른 기염과는 잘 어울렸지만, 언제라도 그 영민한 머리 굴림이 말보다는 서너 배나 앞질러서 이 말 저 말이 속사

포처럼 마구 쏟아지곤 했으니까. 그 특유의 임기응변과 과장법이 자신의 탁월한 총기와 수재급 통찰 때문임을 수시로 의식, 과시해대던 양반이었으니 말이다.

"아니, 영익이를 여태 서당에 안 보내고 있다니, 형님도 참 딱하십니다. 혈육인 게 원망스럽습니다. 긴 말 필요 없이 내가 나서야겠네, 하루 물리면 열흘 간다는 말도 여태 못 깨치고 계십니까. 늑장을 떨칠 일이 따로 있지, 보배가 진흙 구덩이 속에 파묻혀 있으면 그게 차돌보다 못한 푸석돌이지 별수 있겠습니까. 재주를 떨치도록 어서 대명천지 아래로 끄집어내서 갈고닦아야지요. 이런 낭패가 어디 있나, 뭣이 부족해서, 한시라도 빨리 우리 가문의 내일을 추찰하고 통솔할 영재로 키워야 할 일을, 허참, 이건 조급증이 아닙니다. 큰일 났네."

"원 사람도, 언제 철이 들려나. 뭣이 그렇게 바쁜가. 이제 겨우 여덟 살인데. 알다시피 그동안 집안의 우환도 오래 끌었고, 나도 외관으로 집 밖에서 나돌지 않았는가. 아무튼 아직 늦지 않았네. 참한 훈장이나 알음알음으로 물색해봐주게. 글을 가르치는 데도 요령이 좋아야지. 성급하게 회초리부터 들고 종아리나 두들긴다고 될 일이 아니라는 건 자네도 잘 알 것 아닌가."

"알아보나 마나 훈장이야 사방에 널렸지요. 저 아래 광통교 너머에 장동 김문의 떨거지 노재駑才들을 맡아 준재로 배출시킨 권모 진사도 애들이 곧잘 따른다는 소문이 자자한 것 같습디다."

"통학 거리는 맞춤하구먼. 이것저것 좀더 겨눠봐주고 조만간 입학시키도록 작정함세."

"이처럼 촉급한 일에 차포를 따질 게 뭐 있습니까."

"알았네, 자네는 늘 허둥거려서 탈이야."

갈모형제아우가 형보다 잘나고 나은 동기 간의 그런 설왕설래 끝에 나를 맡은 훈장네는 의외로 살림이 유족했던 것 같다. 초가집이긴 해도 디귿자집이 덩실해서 안마당과 바깥마당에는 콩, 팥, 고구마, 옥수수 같은 양식을 말리느라고 멍석이 늘 널따랗게 펼쳐져 있는가 하면 안채의 대청마루에는 메줏덩이가 주렁주렁 매달려 있었고, 바깥채의 툇마루 밑에는 언제라도 빠갠 장작더미가 빼곡히 쌓여 있기도 했다. 사모님이 어떤 사람이었는지, 또 그이의 자식이 몇이나 되었는지는 기억에 남아 있지 않다. 아마도 안채에서 바깥출입을 할 때는 광과 뒷간이 붙어 있던 별채 쪽으로 돌아서 나갔던 듯싶고, 훈장 집답게 정적이 감돌아서 기다란 글방과 한 칸짜리 사랑이 붙은 바깥채가 공적인 공간으로 분리되어 있었기 때문인 듯하다.

아무려나 훈장은 그때 사십대 중반쯤이었을 것이다. 오른쪽 귓불 위에 젖꼭지 같은 돌기가 매달려 있었는데, 귀를 새끼손가락으로 후비고 나서는 그것을 몇 번씩이나 엄지와 검지로 뜯어낼 듯이 잡아당기는 버릇이 있었다. 담배도 즐겼던지 글방 속에 들어서면 늘 매캐한 냄새가 배어 있었다. 주로 권문세가의 자제들을 맡아서 그랬는지 회초리는 아예 없었고, 암기가 더딘 학동을 질책할 때는 어허, 참, 정신을 어디다 팔았는가라면서 백통 장죽으로 누런 놋쇠 재떨이를 꼭 두 번씩 탕탕 내려치곤 했다. 어제 낮 동안 50회 이상 함께 암송한 것을 순번대로 돌아가면서 외우게 하는 그 복습에서 내가 더듬거려 꾸지람을 들은 적은 한 번도 없었던 듯하다. 한자를 익히는 학업에서 그럭저럭 남만큼 따라가기는 했을 테지만, 내 총기가 남다르다는 자각은 전혀 없었고, 그렇다고 나보다 월등히 뛰어난 동무도 기억에 남아 있지 않은 걸 보면 그때 이미 섣부른 자존심 같은 성깔이 내 속에 짙게 배어 있었거나 소위 '공부'가 내 지력의 개발에 어떤 자극을 주지는 못했던 것 같다. 그런 어중된 자부는 천성이나 마찬가지여서 점점 더 아망_{어린애의 오기}을 부채질하게 마련인데, 그렇게 되고 마는 데에는 주위의 영향 곧 친인척 같은 자극 매체가 결정적인 구실을 떠맡는다. 내게는 그런 사람이, 두말할 나위도 없이 그 좀 소란스럽고 덜렁거리긴 해도 걸물로는 단연 출중했던 숙부 황사공이었다.

4일과 9일 같은 장날과 그 뒷날도 더러 쉬었으니까 열흘에 대엿새씩, 그것도 하루에 두세 시간 남짓 한자를 읽고 외우기에 전념하는 학습을 통해 『천자문』 한 권은 보통 서너 달쯤이면 떼게 되어 있었다. 어느 훈장이라도 귀할 귀貴, 높을 귀, 낮을 비卑, 천할 비 같은 음과 훈만 음독으로 가르칠까, 짝을 이루는 두 사자성구의 연원에 대해서는 차차 알게 된다는 조로 어물쩍 때워버리니 그럴 수밖에 없었다. 물론 하루 학습 중에는 붓으로 한자의 필순과 부수를 익히는 습자 시간도 있었지만, 훈독의 묘리는 학생들 각자가 오로지 짐작으로 음미하기 나름이었다.

드디어 『천자문』 한 권을 다 배웠다고 책씻이를 한 때였지 싶은데, 나보다 어린 학동 하나가 아주 홀가분한 기색을 감출 줄 모르던 모습은 아주 인상적이었다. 수업 중에 권모 훈장은 『천자문』만 옳게 배우고 나면 그다음부터는 각자가 집에서 혼자 다른 책을 공부해도 된다고 누누이 되뇌곤 했기 때문이었을 것이다. 성명도 도무지 되살릴 수 없는 그 아이는 얼굴이 유독 핼쑥해서 건장한 제 집 종자의 손을 잡고 등하교할 때면 멀리서 뽀얀 습자지가 간당거리며 다가오는 것 같았다. 개 집에서 종자 편에 시루떡 한 바구니와 누룩으로 빚은 들큼한 막걸리를 한 동이나 져 보내서 권모 훈장이 그걸 달게 자시던 모습도 기억에 담아두고 있다.

어느새 『천자문』 말고도 두세 권의 책을 떼고 난 그 어간이었을 게 분명하다. 여느 날 같으면 오후 두어 시쯤 하루 학과가 끝나고, 마침 배도 한창 고파올 때라 휭허케 집으로 달려갔을 텐데, 그날은 마침 글방이 쉬는 날이었다. 과천 지경에 산다던 권모 훈장의 부모 중한 분이 돌아가셔서 그 친상으로 일주일 이상 쉬기로 되어 있었기 때문이다. 그거야 아무려나 그즈음 나는 좀 들떠오는 마음을 애써 가라앉히려고 서성거리던 판이었다. 왠고 하니 습자 시간에 권모 훈장께서 내 붓글씨를 보면서 아주 정색한 얼굴로 칭찬을 길게 내놓아서였다.

"호오, 어느새 이렇게 달라졌네, 그야말로 일취월장일세. 어린것이 가상하다. 싹수가 여간 아니네. 춘부장께서 미리 지도를 하셨나?"

그 훈장은 혼잣말을 곧잘 하는 버릇이 있어서 학동들에게 묻지도 않을뿐더러 '큰 소리로 말해보려무나' 대신 '똑똑히 말해야지' 조로 굳이 대답을 기다리는 기색도 없는 양반이었다. 어쩔 수 없이 훈장 노릇은 하고 있지만, 벼슬을 못 하고 사는 한과 그 열등감이 심한 양반이었다. 몇 번인가 글 읽기 시간을 서둘러 끝내고 습자 지도에 임한 것도 내 붓글씨를 보고 싶어서임을 나는 어린 나이에도 재격 눈치 챌 수 있었다.

또 한번은 한참이나 머리를 끄덕이고 나서 그는 예의 그 신음 같은 혼잣소리를 길게 내놓았다.

"다르네, 하기야 모씨 아들에 누구 조카 아닌가. 피는 못 속이지. 반듯하니 알고 쓰네. 타고난 재주랄밖에."

권모 훈장이 그즈음 한 말인지 그 후의 다른 글방 선생이 주워섬긴 찬탄인지 모르겠으나, 아주 대놓고 이런 말을 내게 한 양반도 있었다.

"영익이, 요즘 너네 숙부 말일세, 작은아버지, 그이를 자주 뵙는가?"

"아니요, 지난 설날에 뵙고 여태……"

그때부터 나는 곧이곧대로 웃어른이나 아랫것들에게나 솔직하게 말함으로써, 둘러대는 말로 세월아 네월아 하는 짓거리를 타매하는 버릇을 길들였을 것이다.

"삼촌에게서 물려받았다면 어폐가 있겠으나 내림임에는 틀림없다. 암, 그렇고말고. 자네 붓글씨 말이야. 황사공은 명필일세. 우리가 그이 글을 좀 알아. 영호남은 모르겠고, 이쪽 기호 지방에서는 자네 숙부가 글씨로는 제일일세. 그이를 덮을 양반은 없어. 내 장담이 맞을 게야. 저쪽 아랫녘에서는 다들 제 스승이 명필이라고 입소문만 무성해도, 그래봤자 뿌리도 뜻도 없이 함부로 쓰는 시늉 글씨들이야. 저희들 붓자루만 굵고 길다니 그게 무슨 말 같잖은 수작이야, 근거도 없는 엉터리 소리다 마다. 암튼 대성해야지. 형만 한 아우 없다는 옛말이 자네 집안에서는 안 통해, 전적으로 빈말이지. 암, 황사공이 낫다 마다, 사람 눈은 다 똑같거든."

어린 나이에도 꽤나 조숙했으므로 글씨로는 조선에서 제일이라는 양반이 하나뿐인 내 친숙부라는 것, 좀 괴이쩍게도 내 가친조차 당신 동생의 경지를 못 따르다는 것, 내 글에서도 그이의 비상한 재주를 떠올릴 수 있다는 것 등이 얼마나 분에 넘치는 칭찬인 줄을 나는 웬만큼 알아들었고, 하루 종일 굶고 지내도 배고픈 줄 모를 만큼 우쭐해짐을 만끽하던 터였다. 칭찬은 일쑤 한 사람의 운명은 물론이려

　　　제7장 글방 도령의 동선

니와 성격까지 단숨에 바꿔버리는 요술 방망이기도 하다.

한참 후에 들은 말이긴 해도 어떤 스승은 좀더 진지한 품평을 내놓으며 독려하기도 했다.

"그래, 천천히 쓰도록 해. 아직 일필휘지는 무리야. 글자가 우선 반듯하니 기상을 떨쳐야지. 남의 글을 많이 보고 본을 받으면 좋기야 하지만, 나중에 지 말은 하나도 없고 횡설수설이 되고 말면 그게 무슨 낭패야. 아무튼 획과 점이 잘 어우러지듯이 한 글자 한 글자가 서로 호응해서 일맥상통해야 옳은 게지. 말이야 물론 쉽지만."

그런 처지였으므로 나는 용약 혼자서 삼촌 댁을, 우리 집 청지기가 일러주는 대로 물어물어 찾아가기로 하고 집을 나섰다. 참으로 이상한 신바람이었다. 그때 우리 집은 육조거리 뒤편의 죽동으로 옮겨서 바야흐로 죽동궁이란 말이 나돌기 직전이었고, 삼촌 댁도 형편이 몰라보게 나아져서 창덕궁 앞을 지나 멀찌감치 떨어져 있던 연지동으로 이사를 갔으니 작정하고 나설 만한 거리였다. 물론 길눈만 믿고 타박타박 떼는 걸음이었다. 막상 길을 나서자 삼촌 댁에는 나를 어여삐하는 친할머니와 숙모가 계신데 그동안 너무 야박하게 인사도 없이 지냈다는 생각도 들었다.

점심때였는지 삼촌은 잠시 귀가해 있었고, 관복 차림이었다. 사랑채도 난간이 달린 골마루가 기역자로 뻗어 있었고, 방마다에는 인기척도 들렸다. 삼촌이 좌정하자 나는 큰절부터 올리며, 마침 글방 선생이 친상 중이라 수업이 쉬는 날이고, 덕분에 공부를 잘하고 있다는 인사부터 앞세웠다. 예전의 그 추레한 모습은 간곳없고, 기품이 서린 혈기 방장한 관원으로서 삼촌이 틀을 갖추고 먼눈으로 나를 지그시 쏘아보았다.

"친상은 무슨, 그 사인士人이 시방 절기도 좋아 술바람이 불은 게다. 훈장질에 염증이 난 게지. 아무튼 잘 왔다. 그러잖아도 인편에 우리 장조카의 명성은 잘 듣고 있지. 글씨가 출중하다더구나. 장한 일이지. 모쪼록 이 숙부, 황자 사자 쓰는 민 영감의 명성에 살을 더 붙이도록 기량을 무럭무럭 늘려가야지."

그 후로도 그 연지동 숙부 댁은 다른 볼일로 워낙 자주 들락거려서 여러 군데가 희뜩희뜩 색이 바래버린 서화 같지만, 설혹 그날이 아니라 나중에 일어났던 일이라고 해도 그 내용에 달라질 것은 하나도 없다.

그즈음에는 나도 어른들의 말버릇을 골라내고, 그 말속을 캐내는 말귀가 상당해서 상대의 기미를 너끈히 알아채기에 부족함이 없었다. 왜 이런 곁말을 한문에 구결口訣 덧붙이듯이 달아대는가 하면, 황사공의 그 특이한 말버릇이 그이의 그 좀 허망한 명성과 갑자기 불어닥친 운길처럼 어느 날 느닷없이 비명에 가버린 그 불운까지 일정하게 예언하고 있었던 게 아닌가 하는 나의 오래된 고정관념 때문이다.

황사공이 나를 빤히 어르며 느닷없는 말을 쏟아내기 시작했다

"영익이 너도 이제 곧장 『맹자』를 잡아야지. 어슷비슷한 말을 자주 해대고, 공연히 수다스럽게 동어반복을 늘어놓고 있지만, 『맹자』를 읽고 나면 이 세상을 어떻게 다스려야 하고, 사람의 심성이 어떤지 알아진단 말이야. 결국 간단해요. 사람과 세상의 씨름. 싸움이 아니야. 둘 중 누구도 죽는 법은 없으니까. 그래도 목숨이 다할 때까지 살바는 털어 쥐고 낑낑거려야지. 그러니 사람의 심성이 심사숙고하여 만든 세상의 물리를 깨치면 다야. 『맹자』가 천연히 그 요령을 들려주거든. 더 이상 알게 뭐 있나, 없어. 아, 누가 없을 걸 하고 언변의 박자

를 한숨 늦추라더구면, 말씀이야 지당하지."

이미 황사공의 그 번들거리는 눈초리와 그보다 수십 배나 빠른 두 뇌의 작동으로 안중에 나는 없어지고, 대신 누군가와 동문서답하는 말투가 완연했다. 한참 후에 터득했지만 나처럼 항렬로 아래인 연소배에게만 그러는 게 아니라 아비뻘 되는 노신들 앞에서도 그이의 청산유수는 한결같았다.

"대원위 대감께서도 진작에 『맹자』를 찬찬히 뜯어읽었어야 하는데, 지금도 물론 늦지야 않지만, 그 답답한 덕치德治를 알면서도 일부러 놓치고 있는 게야. 덕치? 좀 좋아, 권모술수를 애초에 털어 막아놓는다는 거지. 그런데 말이 안 돼, 사람은 착하게 태어났는지 어떤지 몰라도 살다보면 남이 싸움을 걸어오니 둘 중 하나는 박 터지도록 싸워야지. 승패만 달라지고 죽음은 없는 씨름이나 하고 말 것을 하는 생각이 미칠 때면 벌써 돌아갈 수 없는 다리를 저만큼 다 건너가고만 거야. 노론이면 어떻고 소론이면 어때서 어느 한쪽이 더 나쁘다니, 그게 말이 되냐고. 그러면 없어진 동인배까지 이 잡듯이 찾아내서 내치지. 참, 노익장이 아니라 집착이 심하신 게야. 오래 사신다는 사주 타령만 믿고 그러는지 어떤지. 그래도 그렇지, 그러니까 더 자숙해야 심신이 부드러워지지."

골마루를 따라서 들려오는 왁자지껄한 잡음에 뒤이어 한바탕의 폭소로 기역자 사랑채가 한동안 들썩거렸다. 황사공은 잠시 그 소란에 귀 기울이고 나서 말을 흘렸다. 이번에는 표변해서 짜증기가 묻어났다.

"저 철딱서니 없는 것들, 남의 집 사랑채를 절간처럼 이용할 줄도 모르고. 저러니 벼슬이 점점 더 멀어지는 게지. 남의 눈치를 읽고 기분을 맞추기는커녕 지들이 먼저 기분을 내고 남에게 지 눈치를 보이니 한참 멍청한 거야. 참, 영익이 너 안채에 갔다 왔냐? 할머니께 인사 드려야지, 숙모도 널 얼마나 오매불망 기다리는데."

비로소 내가 응답을 내놓을 차례였으나 황사공은 굳이 그것을 알고 싶다는 기색도 아니었다.

"아니요, 장반 어른께서 저를 알아보시고 내당 마님은 시방 손님상 차림으로 바쁘시다고 숙부님부터 먼저 뵙고 나중에 안채로 가라시던데요."

"어, 그랬어? 저놈이 벌써 잔머리를 빨리도 굴렸네. 지가 안채에다 너 온 걸 통기해서 곱게 보이겠다는 게야. 좋은 꾀지. 참, 영익이 너 호가 없지? 삼촌이 아주 맞춤한 걸 지어줄 테니 기다려보려마. 이 황사공이 오래전부터 준비해놓은 게 많다. 그중 좋은 걸로 하나 골라잡으면 돼. 호는 아주 중요해. 청지기나 측근, 아니 제 시종처럼 아주 만만하면서도 변덕스럽지 않아 주인 품에 곧잘 안겨들어야 하거든. 싫증이 나면 영 망한 거야. 다시 여러 개씩 짓기도 한다만. 참, 아직은 바쁠 거 없다. 자네 글씨가 작품이 될 만한 수준에 닿고, 우선은 기명을 남길 정도에 이르러야지. 일단 내가 먼저 분별하고 난 연후에 허선생께 보이면 돼. 그이가 지금도 여기 어디에서 식객 노릇을 하고 있을걸. 알아봐야겠네, 아직 한창나이인데 내가 가끔씩 이렇게 정신이 없어."

아마도 그 허선생은 그즈음 서울의 양반가들이 부르는 대로 구름처럼 떠밀려다니면서 서화를 감정해주며 소일하던 소치小癡 글·그림·글씨에 모두 능하여 삼절三絶로 불렸던 당대의 일류 서화가 허유許維의 호였을 게 틀림없었지만, 이제 겨우 붓을 잡아본 내가 그이의 선성의 진가를 알았을 리 만무

하다. 아무려나 화두가 저절로 그렇게 돌아갔으므로 나도 불쑥 물었
는데, 막상 말해놓고 보니 삼촌 댁을 찾아온 내 속내가 분명해진 듯
해 나는 잠시나마 득의에 잠겼다.

"글을 잘 쓰려면 선각들이 남기신 좋은 필적을 많이 보고, 그 묘리
를 유심히 새길 줄 알아야 한다면서요?"

"많이 봐야 되다 마다. 묘리? 니 훈장이 그러던가. 말이야 맞지. 암,
당연하다 마다. 어떤 글이라도 이내 싫증이야 나고, 그걸 뛰어넘고 싶
어지지만. 그런데 어디서, 누구 글을, 어떻게 보나, 어려워. 말하기로
들면 끝도 없겠네."

황사공은 좌우와 내 등 뒤의 횅하니 비어 있는 바람벽을 한 차례
휘둘러보고 나서 눈길을 천장에다 못 박고는, 누구든 믿을 수가 있
어야지, 암, 내 손으로 해야지, 남의 손에 맡겼다가는 큰일 날걸, 벌
써 두 달이나 지났네와 같은 말을 흘렸을 것이다. 나도 그의 눈길을
천연히 따라갔을 테지만, 청지기가 안내하는 대로 들어선, 니은 자의
세로 선을 오른쪽에다 세워둔 꼴의 그 사랑채 구석방에는 주인이 앉
아 있는 보료와 안석, 문갑 한 짝과 그 앞으로 손님용 방석 두 개만
달랑 놓여 있을 뿐이었다. 비록 초가집 사랑채였으나, 방 속이 터질
듯이 굴러다니던 그 많은 서화류와 붓·종이·벼루·먹 같은 문방제구
들로 부풀어 있던 예전의 그 풍경과는 매우 대조적이었다.

"서울 바닥에도 볼만한 서화야 여기저기 숱하게 널려 있지. 죄다
내로라하는 명문세가, 일컬어 경화세족京華勢族이야. 그것들이 저들
선고가 물려준 것이라며 불끈 거머쥐고 좀체 보여주지를 않아. 수장
가들은 더하지. 혹시라도 감상을 허락했다가는 맞네 아니네, 좋네 나
쁘네 같은 말이 나돌까봐도 그러지만, 넘겨라 팔아라 모씨에게 보여

라라고 나대는 게 귀찮고 또 그 유혹에 흔들릴까봐 온갖 발뺌을 다 내놓지. 표구는커녕 배지褙紙도 못 하고 두루마리째로 있다. 장황사에게 맡겨놨는데 그이가 요즘 해소가 도졌다면서 남의 귀물을 돌려줄 생각도 않고 있다 어쩌구 해대며 너스레가 늘어졌지. 꼴사나워서, 저것들이 서화를 제대로 볼 눈이나 달고 그런 말을 하면 밉지나 않지."

누구를 앞에 두고 그런 말을 뇌까리고 있는지조차 모르는 투였으나, 삼촌의 기색에는 오기, 조롱, 비웃음, 경멸 같은 감정이 수시로 희번덕이다 지워지곤 했다. 황사공이 그처럼 울근불근 당신의 성깔에 휘둘리는 것을 바로 곁에서 보는 것만으로도 나는 흥감했다. 바야흐로 세도가로 입신한 친족이 당시 천하를 호령하던, 연소배들조차 그 존함을 함부로 입초시에 올려쌓던 대원위 대감을 흡사 제 동배처럼 부리는 호기로움은 실로 볼만한 구경거리였다. 내 귀가 그렇게 뚫려 있었다는 것은 내 성정에도 출세지향 의식이 제법 심하게 꿈틀거리고 있었다는 방증일 터이다. 하기야 누군들, 특히나 사서삼경을 읽고 새기려는 양반가 자제치고 출세하여 여러 아랫것을 제 마음대로 부리고 싶은 욕심이야 왜 없겠는가.

황사공은 이내 당신의 성질을 눅였다.

"걱정하지 마라. 영익이 너한테는 그런저런 수모를 안 당하도록 이 황사공이 앞으로 서실을 참하게 꾸밀 참이야. 꼭 봐둘 만한 서첩서껀 묵적, 화집 따위를 입수하는 대로 정리해놓을 테니 영익이는 언제라도 여기 와서 열심히 공부하려마. 저 미치광이 조복짜리들과 유학 포의布衣들이 떠들어대는 저쪽 방이든 내 등 뒤의 이쪽 방에든 마련할 참인데, 아직 내 마음이 정해지지 않아서 이러고 있어. 그쯤 알아. 나는 사람이 좀 희한해서 이런 자질구레한 일을 선뜻 결정하지 못해.

남의 일이나 큰일에는 곧잘 대범해지면서. 아주 병통이야. 남한테 맡길 일이 아니라서 당연히 그래야 하고말고. 누굴 믿고 이 중대한 일을 맡길 거야. 어림도 없지. 내가 지난해부터 허리가 부쩍 안 좋아. 하초가 부실한 게지. 그래서 네 발이 굵다라니 길게 달린 서궤書几를 소목장이에게 짜달라고 맞춰놨어. 장방형으로 아주 큼지막해. 큰 글씨를 쓰려면 꼭 필요하지. 더불어 의자서껀 족자, 보관용 사방탁자도 두 짝 짜올 거야. 축자軸子 표장表裝하여 두루마리로 만든 세로로 긴 서화든 횡서든 저쪽 벽에다 걸어놓고 보면 이내 물리거든, 싫증이 난단 말이야. 오래 걸어두었다가는 글씨 임자는 물론이려니와 갖고 온 인편조차 질색할 지경으로 미워지거든. 즉시 갈아내고 다른 걸 걸어야지. 그러려면 칸칸이 조밀한 사방탁자가 아주 요긴하게 쓰일 거 아냐. 필수품이지."

그런 시답잖은 말을 혼자서 신바람을 내며 마구 흩뿌리는데도 황사공이 하는 그 모든 말투, 아니 내 혈육이 어린 나를 상대로 어떤 가식이나 위장이 손톱만큼도 안 비치는 대화를 나누므로 나는 그 재미에 도취되어 거의 제정신이 아닌 판이었다.

내 감흥을 즉각 감 잡은 황사공의 하명에 거드름이 실렸다.

"이보게, 장 집사, 거기 있는가."

곧장 문밖에서 다소곳한 응답이 들렸다.

"예, 소인 대령하고 있습니다."

"안으로 좀 들게나."

여닫이 문짝 중 하나가 얌전하게 열리고 너붓거리는 중치막 차림에 먹물 들인 길건吉巾을 덮어쓴 청지기가 들어서며 나와 눈을 맞추고 나서 저만치 물러서서 무릎을 꿇었다. 아까 내가 대문을 걸터 넘자 빈객의 종자들과 한참 너스레를 주고받다가 대뜸 낯이 익다는 눈짓을 짓더니, 시늉으로 내 신원을 묻고 나서는 말끄러미 어린것의 전신을 훑어보며 앞장서서 사랑채로 안내하던 그 사람이었다.

단령을 입고 사모관대한 차림이라 황사공의 풍신은 짧게 가위질한 수염 다발에 뽀얀 그 얼굴만으로도 물 찬 제비라고 부를 만했다.

"여기로 이사 온 지 벌써 두 달이나 속절없이 흘러갔네. 붓도 책도 손에 못 잡은 지가 어언 몇 개월이야. 명색 조관朝官이 이렇게 방만하면 뭣이 되나, 식충이지. 아무튼 진작에 짜달라고 맞춘 서궤, 사방탁자가 어떻게 됐는지 좀 알아봐주게. 지레 퇴짜 맞을까봐 노심초사하는 건지, 벼락 맞은 곰솔을 구하러 산골짜기를 헤매고 있는 겐지. 왜 이렇게 일을 질질 끌고 꾸물대는지 물어보란 말일세. 또 마음이 안 놓여서 당부하는데 저쪽 갓방에 몰아넣어놓은 서첩, 서지류, 골동품, 문방제구는 누가 보재도 절대로 공개해서는 안 되네. 이 신칙을 거슬렀다가는 자네와 내 인연은 그날로서 끝나는 게야."

황사공이 음성을 한껏 늦춰 의논조로 이르는 하명에는 어떤 호령보다 더 다부진 결기가 배어 있었다.

"여부가 있겠습니까. 하루 종일 온 신경을 저쪽 골방에다 쏟고 있습니다. 허나 상색에게 짜라고 하신 그 대짜 서궤와 사방탁자 두 짝 건은 아니래도 일간 날을 잡아 공정이 어떻게 진척되고 있는지 알아볼 참입니다만, 연일 빈객들이 저토록 한방에 둘러앉아서 담화로만 경륜을 펼치고 계시니 도무지 짬이 나지 않아 제 마음이 콩밭에 가 있는 형편입니다. 며칠만 말미를 주십시오."

상전 이상으로 말에 조리가 반듯하고 음색조차 차분하니 아뢰는 청지기의 말솜씨나 행색이 웬만한 선비의 그것을 찜쪄먹을 만했다. 대체로 겸인은 상전의 수완, 배포, 성정을 그대로 배워가면서 닮기 마련인데, 황사공과 장 집사도 그 점에서는 본이 될 만했다.

"유념하고 있다니 다행이네, 빨리 알아보게. 한시가 급하네. 저런 문객들이 남의 사삿일로 허송세월하는 거야 내가 잘 알지. 병폐야, 제 할 일들을 못 찾고 있으니. 조만간 내가 내칠 궁리를 하고 있으니 그리 알게. 머잖았네. 그러자면 무엇보다 서재를 맞춤하게 꾸며놓고 가만히 틀어박혀야지. 그리고 자네 말밑을 새겨보니 수하를 하나쯤 거느리고 싶은 눈친데, 말귀가 빠르고 언문이든 진서든 글줄이나 웬만큼 뜯어읽을 줄 아는 사람이 있는지 물색해보게."

황사공은 말을 건네는 동안 수족처럼 부리는 겸인에게도 가끔씩 눈길을 주었다가 이내 거두는, 어딘가 쑥스러워하는 기색을 감추지 않았다. 그런 스스러움은 수하를 부리는 술수에 익숙하지 않아서가 아니라 남과 거리를 두려는 그이 특유의 쌀쌀맞은 천성 때문이었다.

"예, 분별을 단단히 차리겠습니다." 겸인은 나를 힐끔 쳐다보고 나서 덧붙였다. "장조카가 아주 영특하게 생겼습니다. 말씨에 벌써 총기가 반듯이 서려 있습니다."

"아무렴. 우리 가문의 귀물이지, 보배란 말이야. 아픈 데 없이 어서 헌헌장부로 성장하면 곧장 두각을 나타낼 것이야. 두고 봐, 벌써 그런 조짐이 완연한걸."

"반드시 그리될 것입니다. 허고 저쪽 건넌방 빈객들께서 오찬 진지는 주인장과 함께해야 도리가 아닌가 하고 여쭈십니다."

"그럴 참이네. 영익이, 일어서지. 너는 이 장 집사를 따라 안채로 가서 할머니와 숙모를 뵙고 독상을 받고 돌아가거라."

겸인이 먼저 일어서서 잽싸게 방문 두 짝을 활짝 열고 난 후, 골마루에 부복한 채로 주인의 갈 길을 터놓았다.

그날 할머니와 숙모로부터 어떤 칙사 대접을 받았는지 내 기억에 남아 있는 것은 전무하다. 아마도 늘 그렇듯이 거위처럼 가느다란 목을 앞으로 내밀고 몸의 중심이 아래쪽으로 쏠려서 걸음을 떼놓을 때마다 뒤뚱거리는 할머니로부터는 호놈의 닦달질을 수차례나 받았을 테고, 한결같이 앞치마를 두르고 사는 숙모에게서는 역시 귀여워 죽겠다며 내 두 볼의 통통한 살점을 쥐었다가 쓰다듬는 애무에 한동안 시달렸을 것이다.

그러나 그날 귀갓길 내내 무언가로 벅차오르던 가슴을 진정시키느라고 헐레벌떡, 뛰다 걷다 한 기억은 여태 남아 있다. 황사공으로부터 받은 칭찬이 귓바퀴에 매달려 떨어지지 않았다. 또한 서재가 꾸며지는 대로 무상출입한 내가 서첩을 뒤적거리며 여러 자체의 명필을 눈이 빠지도록 감상하는 내 모습을 미리 그려보는 것만으로도 황홀했다. 아나나 다를까, 그 후 가끔씩 꿈속에는 내가 어느 낯선 골방 같은 서재에 파묻혀 없어진 서첩을 찾느라고 낑낑대는가 하면, 묵적에 불이 붙었다면서 서실 주인 황사공이 알았다가는 큰일 난다며 가슴을 죄는 장면이 생생하게 재현되곤 했다. 그런 악몽에 시달릴 때면 내 놈은 식은땀으로 서늘하고 눅눅했다.

제8장
소요벽逍遙癖

　나는 외로움을 많이 타는 소년이었다. 인왕산 너머로 붉은 노을이 걸려 있거나 경복궁 담장 밖으로 누런 낙엽이 점점이 떨어지면 일시에 스산한 기운이 온 사방에서 내 심부로 야금야금 몰려오는 것을 똑똑히 지켜보곤 했다. 소름 끼치는 그 무섬증은 어린 나이에도 적적함을 새기고 있었다는 정서 반응일 테지만, 그처럼 섬약한 기질도 어머니가 없는 집안 분위기 탓이 아니었을까 싶다. 다정다감했던 앙할머니가 웬만큼 나를 잘 거두었으나, 그런 자애로움이 내 고적감을 달래기에는 역시 역부족이었을 것이다. 조부모가 베푸는 손주 사랑의 진정한 정체는 그이들의 속절없는 황혼의 외로움을 떨쳐버리려는 희롱이었을 테니 말이다.

　양가 친가 두 어머니가 속현을 서두르라고 강권하는 통에 그 지극정성에 좇겨 맞아들인 가친의 새 배필진천 송씨로 이 양반의 생몰 연대는 1849∼1882년이다은 아직 스무 살도 채 안 된 참한 색시였다. 흔히 모든 계모는 악역을 자청하는 것으로 되어 있고, 그런 실례가 비일비재한 것도 사실이지만, 다행히도 내게는 그런 상투적인 불운이 닥치지 않았다. 새어머니는 내 비위를 맞추느라고 온갖 정성을 다 기울였다. 아무래도 열다섯 살이나 많은 당신 신랑보다는 불과 열한 살 손아래라서 흡사 남동생 같은 내가 더 만만했을 테니까. 밥 위에 쪄서 보시기째 밥상에 올리는 계란찜 속의 명란젓은 언제라도 적당히 따뜻할뿐더러 간간하니 내 입맛에 딱 맞았다. 또한 입성에 까탈스러운 내 성깔을 잘 알아서 남색 복건의 끈을 매만져주고, 대님이나 저고리 고름을 맞춤한 길이로 매주는 손길에는 정이 담뿍 실려 있기도 했다. 글방으로 총총걸음을 떼놓는 나를 한참씩이나 배웅하는 줄 잘 알면서도 차마 되돌아보지 못하다가 골목길이 꺾어져서야 몸을 숨기고 훔쳐보면 그때까지 새엄마는 나의 사라진 자태를 좇고 있었다.

생모의 여러 부덕婦德에 대해서는 내가 워낙 무지한 탓이겠으나, 계모는 음식 솜씨를 비롯한 모든 가사를 처리하는 데 아주 능한 양반이었다. 이를테면 사랑채의 가친 방이나 안채의 건넛방인 내 방의 저지레를 말끔히 치우고 나면 벼루, 종이, 연병, 붓 한 자루까지도 방주인이 알아서 놓아둔 그 자리에 꼭 그대로 정리해주는 눈썰미가 출중했다. 두루마리 서화나 임서臨書한 습자지를 간수하는 고비에도 계모의 찬찬한 거둠손이 머물렀다 지나간 온기가 묻어 있었다.

그처럼 나무랄 데 없는 새 각시의 조용한 내조를 내 엄친은 속으로 기쁘게, 겉으로는 무덤덤하게 받아들이면서 금실을 제법 살갑게 일궜던 듯하다. 왜냐하면 혼인한 지 세 해 만에 기다리던 자식을, 그것도 금지옥엽 같은 여식이 사람이 훗날 순종의 정실부인으로 간택되어 순명효황후가 된다. 생몰 연대는 1872~1904년이다을 봤기 때문이다. 가사라면 손끝도 까딱하지 않는 그 당시 조선의 사대부가 그토록 야무진 재취를 얻은 데다 뒤이어 과거에 급제도 하고, 자식까지 봤으니 30대 중반의 관원으로서 더 바랄 게 무엇이겠는가. 그러니 내 가친은 양자로 든 가문의 장손다운 근엄, 효도와 충성에 일편단심으로 매달리는 가장으로서의 인색한 두름성, 오로지 대과 없이 가문과 환로를 이어가려는 과도한 욕심을 쫓기에 바쁜 팔자의 영위만으로도 허둥지둥이었다고 해야 옳을 것이다. 그것을 누구보다 잘 아는 안주인은 1년에 스무 번 이상씩 닥치는 조상 제사 모시기에의 노고쯤이야 얼마든지 감당할 만한 사역이었다.

되돌아보면 세 번씩이나 나이 어린 배필을 맞아들인 내 가친의 집안 두량은 흡사 말 못 하는 마소의 그것처럼 밖에서만 종일토록 '남'이 시키는 혹사를 꾸역꾸역 꾸려내다가 집에만 들어오면 가축이 원래 그렇듯이 주는 대로 먹고, 챙겨주는 대로 입고, 보살펴주는 대로 자고 일어나는 식의 단조로운 그것이었을 게 분명하다. 부창부수란 말대로 안사람도 마찬가지다. 그 당시 모든 사대부의 안사람이 그랬던 대로 집 안에서는 죽도록 일만 하고, 애 낳기와 자식 키우기에 온갖 정성을 다 쏟느라고 지치게 마련인 마소였다가 가혹 집 밖 걸음을 할 때는 가축이 그렇듯이 '남'의 눈치를 슬금슬금 살피면서 한껏 조신스러워지는 것이다. 이런 판박이 일상, 이토록 단조로운 일생도 어떤 '제도화'의 회로에 감겨버리면 사소한 예외적인 변사, 예컨대 모진 병고나 가슴을 에는 듯한 죽음 같은 생에의 극단적인 일탈이 없는 한 그런대로 여유롭게 즐길 만한 사람살이의 낙이 된다. 분업이 남자와 여자의 할 일을 어느 정도까지 갈라놓아서 편리하긴 해도 사람은 근본적으로 일에 치여 사는 마소의 한평생과 다를 바 없는 셈이다.

그러나 인간은 말을 하고, 글을 짓고 쓰는 동물이므로 각자에게 할당된 일에 투정을 일삼는다. 그 일탈이 때로는 마소처럼 피동적인 세상과 일에 비끄러매인 수동적인 사람이 함께 조율해서 제작한 문물 및 제도를 수시로, 적당히 바꾸면서 다른 국면의 창출에 이르기도 한다. 이른바 문화와 문명의 돌출은 대체로 그런 계기가 만든 새로운 생활상일 뿐이다.

내게도 그런 본분 지키기, 곧 일에의 염증이 주기적으로 극심하게 들이닥쳤다. 아마도 어떤 소년보다 그런 증세가 더 심했다면 나 자신을 짐짓 과대평가하려는 소리로 비칠지 모르겠으나, 두 조모와 가친과 계모와 훈장이 떠미는 내 앞의 본분은 어떤 변화를 끊임없이 밀막는 속사俗事이고 매사每事이며 세사細事여서 뜬금없이 진력이 나곤 했다. 그러나 내게 떨어진 가문의 명에가 어떤 것인 줄은 의식할 만한 지력이라기보다 눈치만큼은 충분할 정도로 타고났으므로 나는 그 염증을 내색하지 않을 줄도 알았다.

아무리 훈장이 바뀌더라도 가르치는 본은 한결같았다. 원래 모든 경서는 무조건 훌륭한 글이므로 최소한 50회 이상, 심지어는 100회씩 읽으라는 지침을 모든 어버이가, 스승이, 선배가, 동배가 강조하느라고 영일 없이 침을 튀긴다. 읽을 때마다 그 느낌이 달라지고 깨우치는 바가 불어난다는 너스레를 덧붙이면서. 실제로도 새로 배운 것은 60회 소리 내어 읽고, 전날 배운 것은 외울 수 있도록 40회 이상 읽기를 강권하며, 그렇게 하고 있는지 훈장은 책을 덮고 음송해보라고 한다. 어떤 책이라도 그토록 반복해서 읽은 바가 없으므로 내가 하는 말은 어차피 어불성설일 게 뻔하나, 그런 훈도가 틀리지는 않을 것이다. 그러나 잠시만 따져봐도 가죽으로 만든 책끈을 세 번이나 갈아 끼웠다는 공자의 말씀조차 어느 정도까지 믿어야 할지 나는 여태

의문을 품고 있다.

비근한 실례를 통해 내 공부 기피증의 일단을 이제야 속 시원히 변해해두고 싶다. 알다시피 『소학』은 성인이 되기 위해 반드시 지켜야 할 여러 예의범절을 간곡히 가르쳐주는 아주 훌륭한 기본서다. 그다음에는 『근사록』을 읽음으로써 '사서四書'로 나아갈 자격을 얻는다. 당연히 나도 그 과정을 그대로 따랐다. 그 『소학』에는 제갈량이 한 말이라면서 군자는 모름지기 몸을 닦을 때는 조용히 하고, 덕을 기를 때는 검소하라고 이른다 군자지행君子之行 정이수신靜以修身 검이양덕儉以養德. 백번 타당한 말이다. 물론 각자가 음미하기에 따라서 이 금언은 그 해석도 달라지고, 처음 읽었을 때와 다음 날 복습할 때 느끼는 묘미에도 차이가 드러난다. 그렇긴 해도 제 한 몸 다스리는 데 정숙을, 곧 고요하고 엄숙한 경지에 이르기가 과연 말처럼 쉽겠는가. 설혹 몸가짐을 삼가는 사적 자세와 침착한 공적 처신을 어떤 경우에라도 실천할 수 있다면 그런 '군자'가 노니는 이 세상의 모든 시시비비는 거꾸로 무엇을 말하고 있는가. 또한 덕은 인간 세상의 이상을 실현시키려는 수단으로서의 개인적 능력인데, 이 정신적 자산을 각자가 일정한 정도까지 기르고 성장시키는 필생의 수양을 검소하게 치르라고 한다. 달리 해석하면 헛된 행위로서의 주제넘은 짓을 삼가면서 수수하게 살라는 지침이다. 흔하게 목격할 수 있듯이 남녀노소를 막론하고 제 자신의 중뿔난 욕망에 휘둘려서 아주 '시골스러운' 꼴같잖음을 아무 데서나 시위해대는, 짐승에게는 없으나 인간이기에 으스대는 이 소극笑劇의 잔치는 역사가 꾸려지는 한 끝이 없을 것 아닌가. 그러나 인간만이 가지고 있고, 또 한시라도 그 보대낌에서 놓여날 수 없는 오욕칠정을 잠시만 짚어봐도 덕은 그 다채로운 감정들의 광풍 속에서 아무

제8장 소요벽逍遙癖

렇게나 뒤채이는 한낱 지푸라기와 다를 바 없다.

이쯤 되면 이때껏 나의 모든 일거일동이 여러 사람의 온갖 곡해와 폄훼를 불러일으켰듯이 나의 숙독 재고론도 틀림없이 와전될 듯해 덧붙일 수밖에 없다. 마침 『근사록』의 구절들이 내 변해를 도와준다. '배우는 사람은 우선 의문을 품을 줄 알아야 한다'학자선요회의學者先要會疑와 '배우는 사람은 스스로 터득해야 한다'학자요자득學者要自得가 그것이다. 물론 의문을 달 줄 알려면 먼저 익숙해질 때까지 알아야 하고, 스스로 해당 글줄의 참뜻을 넓게 펼칠 수 있어야 한다. 훈장 무용론이 아니라 스승의 가르침에는 배우는 사람의 재주와 의욕에 따라 어차피 제한이 따를 수밖에 없는 것이다. 그렇긴 해도 위의 두 명언은 같은 글을 백 번 숙독하기보다는 다른 글을 더 많이 읽어야 의심할수 있는 기량이 생기고, 어떤 구절을 외워버림으로써 자신의 학덕을 갖추는 것은 그만큼 편협한 사고의 꽁생원이 되고 말 소지가 다분함을 시사하고 있다. 실은 이것이 내 주장도 아니다. 역시 『근사록』은 연이어 단정한다. '책은 반드시 많이 읽을 필요가 없고, 그 핵심을 알아야 한다'서불필다간書不必多看 요지기약要知其約라고. 하물며 똑같은 책의 번다한 삼독, 사독임에랴. 하기야 백 번의 숙독론이 글의 묘미를 깨치기 시작하는 연소배에게 근실한 탐구 자세를 일찌감치 몸에 배도록하기 위해 헛말 삼아 다짐하는 지침인 줄이야 모르지 않는다. 그럼에도 불구하고 시강원侍講院과 서당의 사부들께서는 위로는 왕세자부터 아래로는 팥죽할멈의 증손자에 이르기까지 그들 모두에게 '의심'하지 말고 무조건 100회씩 숙독하라고 다조진다. 여기서도 내 진의는 우리나라의 케케묵은 조기 교육, 조혼 같은 풍속과 마찬가지로 '반성' 없는 추종 내지 답습만은 철저히 점검, 응징함으로써 그 폐습에서 벗어나자는 것이다. 그런 의미에서도 내가 일찍이 서화에 눈을 떴던 것은 '남의 것'과 다른 경지를, 어떤 추수주의도 물리쳐보려는 궁심을 드러내보려는 조짐이었던 듯하다.

사주쟁이가 『당사주』 책장 넘기듯이 건성으로 서당 글을 읽고 외우고 있었으나 내 마음은 언제라도 콩밭에서 뛰놀고 있었다. 동배들과 함께 훈장의 선창을 열심히 복창하는 것만으로도 학업의 진도야 따라갈 수 있었기에 나의 공부 기피증에는 내 총기에 대한 때 이른 자부심과 배우는 '내용'을 업신여기는 교만이 지레 자리잡고 있었던 듯하다. 그럴 수밖에 없었던 것은 어떤 훈장이라도 내가 누구의 아들에다 모씨의 하나뿐인 친조카임을 꿰뚫고 있어서였다. 게다가 비록 불계촌이긴 해도 대원위 대감까지 내게는 인척이고, 그 함자만 나와도 옷깃을 여미는 추사마저 나의 외척에다, 가엄이나 황사공도 그 문하생이었음을 들먹이면 이내 내 신언서판 일체는 덩달아 두둔과 기림의 대상으로 떠올라버리니 말이다. 내 교만은 가문 덕이 반 이상임을 고백할 수밖에 없는데, 비단 나만 그렇겠는가. 이런 시답잖은 고백을 실토하는 것도, 모든 교만이나 자부심도 실은 당사자 자신의 '내실'에 대한 근거 없는 과장벽임을 강조하기 위해서다.

읽고 외우는 공부가 그처럼 하기 싫은 학과였음에도 불구하고 점심나절에 고구마나 떡으로 요기한 뒤 맨 방바닥 위에다 각자가 지참해온 조잡한 학습용 문방사우를 펼쳐놓는 습자 시간이면 나는 '왕'에 버금가는 지위를 누리곤 했다. 이미 군계일학이란 칭송도 모자라던 판이어서, 강독이 끝나면 그 지루함을 참지 못해 몸부림을 치다가 뻑뻑한 가양주 막걸리부터 한 사발 마시던 어느 훈장은 내 글을 보고 싶어 서둘러 습자 시간을 앞당기기도 할 정도였다.

앞으로 어느 자리에서 내 스스로 깨친 나름의 '서화론'을 소박하게 개진해볼 작정이지만, 나는 거의 선천적으로 붓과 백지의 기묘한 조홧속을 감지하고 있었던 듯하다. 붓을 먹물에 담뿍 적셔서 하얀 백지 위에다 점과 선을 찍고 그어가며 한 글자 한 글자 완성시켜감으로써 생기는 그 또렷한 '뜻'보다도 그 새카만 '흔적'이 남기는 신비로운 선끼리의 간격과 그 방향, 먹물의 강단 곧 운필하기에 따라 저절로 생기는 조윤燥潤 먹물이 짙게 배거나 갈필渴筆로 흐릿하게 이어지는 형상의 조화의 묘미를 거의 생득적으로 터득하고 있었다는 말이다. 이런 분별은 『명심보감』의 권학편을 줄줄 외우고 나서 그 뜻의 해설에도 막힘이 없는 학우가 '있을 유有자'의 삐침과 가로획이 어디서 맞물려야 글꼴에 비상한 기운이 모이는지를 여러 번씩 '설명'해야만 겨우 알아듣고, 막상 글자를 다 써놓아도 그 생기를 알아보지 못하는 손방과 견주면 그 차이는 실로 엄청나다. 나는 훈장들의 교시를 듣지도 않았고, 그들도 필법에 관한 한 어떤 지침을 내놓기가 조심스럽다는 기색을 노골적으로 드러냈다. 말할 나위도 없이 내 등 뒤에 버티고 있는 가친과 황사공의 필력을 의식하고 그러는 것이므로 어떤 훈장이라도 내 필적 앞에서는 음색을 달리한 칭송만이 연거푸 이어질 뿐이었다.

훈장 댁에 초상이 나거나 훈장께서 고뿔이 들면 길게는 보름씩 휴학하는 경우도 드물지 않았다. 춥거나 더울 때는 두 달씩 학업을 전폐하기도 했다. 이질이나 장질부사 같은 전염병이 돌면 달장근씩 서당 근방에는 얼씬도 하지 않고 빈둥거리며 소일하게 마련이었다. 그처럼 느슨한 학제였음에도 불구하고 서당 나름의 엄격한 기율에 꼼짝없이 순종해야 하는 시간이 바로 습자 실기였다. 이를테면 한석봉의 『천자문』 같은 체본의 낱장을 앞앞에 놓아두고 그 자체를 그대로 임서하는 식이었다. 물론 그것은 해서楷書인데, 과거의 최종 단계인 전시殿試의 시권試券을 그 자체로만 작성하기로 되어 있다면서, 그 정자正字 답안지만 임금님께서 직접 본다는 것이었다.

다른 동배들에게는, 어허 붓끝을 세우라니까 그러네, 영익이 저 손 모양을 봐, 필단筆端을 저렇게 가운데로 세우고 획을 힘 들이지 말고 끌어가야 한다라며 교시하던 한 훈장은 아주 단단히 엄포를 놓았다.

"공연히 시건방을 떤다고 행서니 초서니 하는 날림 글을 썼다가는 임금님께서 이놈 잡아들이라고 호통을 치시고, 그러면 의금부에서는 득달같이 붙잡아 들여서 거지반 죽도록 경을 치지. 아주 큰일이 나고 말아. 볼기짝이 터지고 손가락도 못 쓰게 돼. 글이란 것이 멋이나 부리라고 쓰는 게 아니거든. 암, 제 잘난 체했다가는 임금님께서 나서기 전에 글 잘 쓰시는 어른들이 먼저 그 사람의 자만을 호되게 나무라시지. 그렇다 마다. 방자한 글은 한눈에 척 보이거든. 처음부터 반듯 반듯하고 단정하니 한 점도 흐트러지지 않은 체본을 그대로 베껴 써 버릇하는 게 우선이야."

운필運筆의 묘미는 무엇보다도, 어떤 점, 어떤 획이라도 붓길 한 번에 그 모양새가 이루어져야 하고, 그것들이 참한 '조화'를 빚어내야 한다 는 데 있다. 여기서의 조화는 글 쓰는 사람의 마음에 드는 안목에 따라 그 우열이 가려진다. 물론 그 안목이랄까 안식眼識은 정진을 거듭하기에 따라서, 또 나이를 먹을수록, 더러는 세상 풍조가 바뀌므로 그때그때마다 나아지거나 달라지기도 한다. 그러나 그런 변수를 아무리 감안한다 하더라도 잘 쓴 글씨, 세칭 '빛나는 조화'를 빚어낸 필적은 대번에 표가 난다. 그래서 한석봉의 해서나 김정희의 예서隷書라 해도 잘 썼거나 조금 미흡한 것이 있게 마련이다. 말할 나위도 없이 점과 삐침과 가로획과 세로획이 서로 맞물리고 '사이'를 벌림으로써 흰 '공간'을 만들어내는 한 자 한 자의 그런 조화는 글자들의 연쇄로 이어짐으로써 작품 한 편에 일관된 전체적인 큰 조화를 지향한다. 작품 한 편의 범위도 워낙 다양하다. 큼지막하니 가로 글자 네 자로 화선지 한 장을 채울 수도 있고, 전지를 반으로 자른 크기에다 깨알 같은 수백 자의 세로 글자로 빈틈없이 메워서 작품 한 편을 완성시키기도 한다. 어느 것이나, 예외적으로 행서와 초서를 섞어 쓰는 경우도 있긴 하나, 그것마저도 한 편의 조홧속을 빚어내려면 어떤 반복을 용납할 수 없다. 작품 한 편에 들어 있는 두세 자씩의 날 일日자나 아니불不자도 매번 그 형상이 달라야 하는 것이다. 여러 말 할 것 없이 한자는 표의문자이므로 '말'로 하거나 '소리'로 들어봐야 이렇다 할 감흥이 없고, 오로지 평면 위에 새겨야, 곧 표기해야만 그 '뜻'의 울림이 또렷해지는 희한한 문자다.

훈장이 내 코앞에서 쉰내를 풍기며 지켜보고 있거나 내 방에서 혼자 붓을 잡더라도 쓸 때마다 '길 영永'자의 점과 획과 삐침이 달라지고, 매번 성에 차지 않는, 요컨대 어떤 '반복'을 원천적으로 제거해버린 그 '변화'의 다양함에 나는 거의 신들린 듯 빠져들어갔던 듯하다. 마음이 한곳에 쏠려 정신을 못 차리게 되다가 종내에는 나른해지고 마는 신체적 반응을 우리말로 '노그라지다'라고 하는데, 나는 서당에서 벌써 그 경지를 맛보았다고 해도 결코 과장이 아니다. 한참 후에 나는 다른 도락거리, 예컨대 담배나 아편, 술과 커피 같은 자극물에 내 심신의 진짜 알속을 온통 빼앗기곤 했지만, 그 몹쓸 습관적 익애 중에도 붓질이 즉각 이루어내는 글자와 글자들의 균형감, 안정감, 돌올감, 흔히 '기운생동하는 운치'라고 얼버무리는 서도의 묘미를 떠올려보면 그 연기나 음료 따위의 기호품은 감히 비교급에 들 수도 없었다. 그래서 그 기호품들의 속박에서 벗어나기가 내게는 여반장이나 다를 바 없었다. 내 취향의 싹수가 때 이르게 그 정도에까지 이르는 배경을 단순히 품부稟賦라고 뭉뚱그리면 얼마나 부실한 증언인가. 아무튼 그런 지경이었으니 예술이란 즐길 거리, 자극과 쾌감과 황홀을 한꺼번에 몰고 와서 자기를 까맣게 잊어버리는 그 흥취물에 둔한 학도들이, 나중에는 나와 나랏일을 함께 맞춰가는 관원들이 내 눈에는 '사람'으로 비치지 않았다. 나의 이런 성정까지 오만으로 취급하는 대다수의 장삼이사는 짐승처럼 허구한 날 똑같은 일만 하고, 단벌옷으로도 살아갈 수 있다니 실로 불가사의한 일이 아닌가. 또한 이런 내 심성이 필치를 통해 일찌감치 어떤 싹수를 보였고, 그 조숙한 천품만으로도 영재라고 대접하는 세속계가 얼마나 어수룩한가. 그처럼 '이해하기 쉬운' 세속계가 마땅찮듯이 내 바지통은 늘 좁거나 헐렁거렸고, 대님은 길거나 짧았다.

그러나 그런저런 품성과 재주에 대한 칭송도 한결같이 이어지니까 이내 물렸다. 붓짓도 한두 시간의 끝탕 끝에는 어김없이 악력에 힘이 빠지면서 시들해졌다. 책을 잡아야 하건만 되풀이해서 음독해야 하는 그 강권만 생각하면 진저리가 났다. 어쨌든 어른들이 시키는 일과로서의 학업만은 알아듣고 있었으므로 누구도 내 동선에 간섭하지 않았다. 나는 책 보따리를 집어던지자마자 집 밖으로 뛰쳐나와 어딘가로 자발없이 헤매고 다녔다. 하루는 집 발이 붙지 않아 책 보따리를 어깨에 비껴 메고 초여름의 오후 한나절을 발길 닿는 대로 헤매다가 새카만 밤이 되어서야 종거리께까지 나와 나를 찾느라고 두리번거리는 행랑아범과 마주친 적도 있다. 그렇게 돌아다니는 동안에도 내 머릿속은 걸음걸이보다 더 분주했다.

굵고 가는 붓 세 자루와 야무진 구리 행연行硯과 화선지와 놋쇠
먹통을 괴나리봇짐 속에 챙겨넣고 시방 나는 전국방방곡곡을 길 따
라 유력하고 있다. 내 행정은 가족도 모른다. '해동의 서성書聖'이었다
는 신라의 명필 김생金生처럼 나도 언젠가는 만고에 남을 신도비의
비문을 쓰고 있을 것이다. 부모도 없이, 심지어는 중들처럼 지어미도
거느리지 않고 평생 붓 한 자루만 든 채 여든 해를 살았다는 김생의
생애는 얼마나 위대한가. 문득 안동 지경에 발이 닿자 포실한 마을이
나타난다. 어느새 지방의 유력한 사람들이 한방에 둘러앉아 내 필체
를 감상하면서 저마다 한마디씩 곱다란 품평을 내놓는다. 그중 천석
꾼 소리를 듣는 용유庸儒 하나가 자기 집으로 가자면서 덥석 손을 잡
는다. 알고 보니 그이의 조부는 한때 이조 정랑까지 살았는데, 그이의
가엄께서도 오래전부터 필묵이라면 식음도 잊고 지내므로, 행랑채를
두어 칸 비워줄 테니 몇 달이라도 묵으면서 이 지역 사람들과 필담을
나누시라고 간곡히 앙청한다. 쇄국이니 개화니 떠들어대도 아직 조
선 천지에는 운필을 알아보는 정랑 댁이 우물 물 맛 좋은 고을마다
수없이 널려 있을 것이었다.

그런 달콤한 공상에 취해 발길 닿는 대로 걷다보니 한번은 한때
남루했던 숙부의 그 정동 초가집 들머리에 이르기도 했다. 기분이 내
켜서 그 두 이二자 삼간초가가 어떻게 변했는지 알아보자고 다가갔
더니 마당 한복판에는 전과 달리 널찍한 거적이 깔려 있고, 그 위는
대광주리를 만드느라고 지저깨비로 어질더분하기 짝이 없었다. 그런
데도 폐가처럼 섬뜩한 괴기가 서려 있어서 오금을 못 펼 지경이었다.
차마 마당 안으로 들어가지 못하고 엉거주춤 서 있자니 삼촌이 기거

하던 그 아래채 쪽에서 웬 중늙은이가 석새삼베로 지은 바지 하나만 걸치고는 불쑥 나타났다. 그의 손에는 굵은 구멍이 촘촘히 뚫린 대광주리가 여러 짝이나 들려 있었고, 시커먼 배꼽이 훤히 드러난 그 밑에는 신근이 홑바지 밑에서 차일을 팽팽하니 치고 있었다. 그가 나와 눈을 맞추자마자 헤벌쭉 웃었고, 대광주리를 거적 위에다 던지고는, 얘야, 이리 오너라, 나하고 엿치기나 하고 놀자, 엿이 아주 많아 하며 손짓으로 불러들였다. 온몸에 소름이 쫙 끼쳐서 나는 부리나케 내빼면서도 연방 뒤쪽을 힐끔거렸더니 그는 그 떠들썩한 신근을 땟국이 줄줄 흐르는 홑껍데기째로 불끈 거머쥐고는 한 손으로 마구 흔들어 대고 있었다. 지금도 더러 그러겠지만, 그 당시에는 홀아비가 유독 흔했고, 그들이 내놓고 비역질을 일삼아서 내 또래 동무들도 그걸 모르면 얼뜨기로 따돌리는 편이었다. 삼촌이 내 엉덩이 살점을 주물럭거리던 광경도 떠올라 나는 그 후로 그 집을 '남색가'로 불러버릇했다. 물론 속으로만 그리고 누구에게도 발설한 적은 없는데, 그런 연상 중 하나로는 집들도 사람처럼 어떤 특별한 기운을 제가끔 거느리고 있지 않나 하는 것이다.

내 공상과 동선은 점점 더 대범해졌다. 서당에 가지 않는 날이나 하학 후에는 사대문 안팎을 발길 닿는 대로 마구 돌아다녔다. 언젠가는 필운대 일대를 거닐다가 산마루를 넘어갔더니 내 눈 아래로 텅 빈 공터 한가운데에 영은문迎恩門이 우뚝 솟아 있었다. 그 곁의 모화관慕華館은 사대부가의 행랑채처럼 기다랗고 솟을대문 꼴로 처마가 높직해서 천장이 까마득하니 멀어 보였다. 그 넓은 와가를 텅 비워두고 있었으니 주위에는 온통 잡풀 천지였다. 원래 집이란 사람의 온기가 멀어지면 저절로 쑥대밭이 되고 마는 법이다. 문짝도 옳게 붙어 있는 게 하나도 없었고, 마룻바닥에는 쓰레기가 지천으로 나뒹굴고 있었다. 그때만 하더라도 거의 사용하지 않던 모양으로, 어린 마음에도 번듯하니 잘 지은 이런 저택을 놀려두고 있으니 아깝다는 생각이 들었다.

그날따라 영은문 주위의 그 휑뎅그렁한 대로에는 인적도 드물었다. 가끔씩 독장수와 나무꾼이 산더미 같은 지게 짐을 지고 문짝도 없는 그 대문의 두 기둥 사이를 빠져나가면서 이상한 아이를 다 본다며 내게 눈총을 주곤 했다. 나는 어느새 임시로 접반대신接伴大臣 직위를 맡은 한 영감을 떠올리고 있었다. 그의 붓글씨를 들여다본 중국 사신 일행이 이내 눈을 홉뜨면서, 가슴팍에다 두 손을 모두어 잡고는 서로 질세라 앞다투어 '쎄쎄'만 지절거리다가 그 자리에서 납작 무릎을 꿇고는 큰절을 올리는 것이었다.

뿐만이 아니다. 철쭉이 산등성이를 빨갛게 물들이던 어느 해 봄에는 낙산駱山의 허물어진 성가퀴 위를 광대가 줄타기하듯이 걷기도 했다. 돌무더기가 곳곳에 잔허殘墟로 남아 있는 그 성곽을 오르락내리락하며 걸었더니 그 끝자락에 흥인지문興仁之門 동대문의 원명이 늠름하게 버티고 있었다. 활짝 열린 대문을 빠져나온 소달구지와 초헌, 사인교, 보교 같은 탈것이 길을 열어가면 그 뒤를 옹기장수, 물장수, 보부상들이 무리지어 따랐다. 바로 그날이었지 싶은데 그 일대를 한참이나 배회하다보니 말로만 듣던 동부東部학당서당에서 글을 웬만큼 익힌 15세 전후의 양반집 자제가 사서삼경을 배우던 서울의 사부 학당 중 하나이 나타났다. 호기심이 동해서 학당 안을 여기저기 둘러봤더니 널찍한 창고처럼 지어놓은 교사 안에는 정적이 감돌았고, 그 곁의 정자 속에는 여남은 명의 학생들이 둘러앉아서 무슨 시국담인가를 씩둑꺽둑 늘어놓고 있었다.

166

그즈음만 해도 벌써 사부학당의 운영이 소홀해서 반반한 세가의 자제들은 기피한다더니 과연 빈말이 아님을 내 눈으로 직접 목격한 셈이었다.

그러나 뭐니 뭐니 해도 내 소요벽의 압권은 종거리께의 견평방堅平坊에 폭 파묻혀 있던 도화서圖畵署로 발걸음이 저절로 빨려들어갔던 경험이다. 제법 더운 여름날이었는데, 느티나무 그늘에서 상투 바람에 곰방대만 열심히 빨고 있는 장정들이 하나같이 꽤나 심각한 몰골들이어서 나도 모르게 그 주위에서 잠시 얼쩡거렸던 듯하다. 그들은 벌써 외모나 기색이 여느 사내들과는 판이했다. 나중에 생각해보니 그들은 화원이었거나 화학畵學 생도이지 않았나 싶고, 그때 마침 쉬고 있었던 모양이다. 내가 가만가만 거닐어도 그들은 가타부타 말이 없었고, 저만치 떨어져 있는 아문의 납작한 기와집 쪽으로 다가가도 내버려두었다. 출입문은 물론이고 사방의 들창문도 활짝 열어놓은 실내에서는 중늙은이 두 사람이 한쪽 무릎을 세운 채로 엉금엉금 기면서 열심히 붓질을 하고 있었다. 방바닥에 잔뜩 늘어놓은 종지들에다 연방 알록달록한 그림물감을 찍어 두툼한 화선지에 색칠을 하는 중이었다. 두 화원의 붓은 꼿꼿이 세워져 있었고, 짐승처럼 온몸을 웅크리고 기어다니는데도 그 자태에는 온 정성을 다 기울이는 열정과 엄숙이 깃들어 있었다. 아마도 산수화를 그리고 있었을 텐데 한쪽 벽에는 그리다가 만 일월오봉도日月五峰圖 옥좌나 닫집에 병풍처럼 붙박아두던 일종의 벽화도 세워져 있었을 것이다. 조심스러운 붓길을 잠시 멈추고 찬찬한 눈길로 방금 새겨진 붓 자국을 점검하는 두 화원의 자태가 그토록 장해 보일 수 없었다. 장차 나도 저 자리에서 저런 눈길로 내 그림을 가름하고 싶었다. 내 가슴속에서 무슨 아우성 같은 것이 오래도록 울어대고, 덩달아 온몸에 짜릿한 전율이 훑고 지나갔다. 나는 홀렸다. 그 자리에서도 이미 내가 여느 소년들과는 다르고, 또 달라져 있다는 것을 깨닫고 있었던 듯하다.

그로부터 불과 10년쯤 뒤부터 내 일신에 불어닥친 온갖 환란길1892년 초봄에 일어난 임오군란으로 민영익은 한 달쯤 경기도 광주 근방의 양근楊根 고을에 피신해 있었다, 공무로서의 외국 시찰길, 정세 염탐차 밟은 고단한 사행길 등등을 번다하게 치르면서도 그때마다 웬만큼 추스를 수 있었던 것 역시 어릴 적 혼자서 서울 장안이 비좁다고 줄기차게 떠돌아다닌 그 배회벽 덕분이 아니었을까 싶다. 물론 이런 추단 밑에는 또 다른 그늘이 있다. 누차 말한 대로 생모를 일찍 여읜 그 외로움이 '집 밖'을 주춤거리게 만들었을 테고, 내 가친의 그 드레진 처신과도 무관할 수 없다. 그이가 무능했다면 어폐가 있겠으나 감정을 드러내지 않음으로써 무심을 가장하는 촌샌님 같긴 했으니까. 그러니 겉으로는 나의 영민한 자질을 전폭적으로 믿는다는 조로 무간섭주의를 과시하면서도 속으로는 하루빨리 헌헌장부로 입신출세하길 기다린다는 투의 그 강압적인 기대와 일정하게 거리를 두고 싶은 반발심이 내게 왜 없었겠는가.

이미 그이의 성정이 가사家事에 관한 한 웬만큼 드러났지만, 공사公事에서도 나는 내 가친만큼 열과 성을 다하는 양반을 일찍이 본 바 없다고 장담할 수 있다. 총융사, 어영대장, 무위도통사 같은 무관직을 두루 거친 데서도 짐작되듯이 가친은 신체적으로나 정신적으로나 뻣뻣한 강골로서 과묵하기 이를 데 없었다. 문신이었음에도 그처럼 무관직에 연거푸 종사할 수 있었던 것은 체직에 관한 한 그런 분별을 무시하는 당시의 관행도 작용했겠지만, 위엄이 넘치는 인상과 그 진중한 거동, 거의 도통한 승려 같은 묵중만으로도 무인다운 기색이 완연했기 때문이다. 너무 자주 갈아치우는 작폐는 있었으나, 지인지 감에서 주상만큼 활안活眼을 가진 선왕도 드물었으리라는 내 신조가 아직도 바뀌지는 않고 있으니까.

아무튼 가친은 새벽같이 호위군에 둘러싸여 출타하면 해가 져서야 귀가했고, 언제라도 융복을 입은 채로 사랑에서 기다리던 빈객들을 맞았는데 피로한 기색은 물론이려니와 귀찮다는 내색을 비치는 법도 없었다. 그이의 진중한 언동과 상대방을 직시하는 안정만으로도 사랑방에는 늘 점잖은 고요가 서려 있었다. 같은 형제간인데도 황사공의 사랑채는 가가대소와 훤소가 그토록 빈번하게 터졌건만 우리 집은 초상집이나 법당처럼 두런거림만 간간이 들릴 뿐이었다.

공무에 임하는 내 가친의 태도를 단적으로 보여주는 일화에 이런 것도 있다. 내가 우여곡절 끝에 세마洗馬 왕세자의 시위를 맡던 세자익위사의 정구품 벼슬로 석갈할 때 가엄께서는, 벼슬살이란 것이 원래 일기 쓸 짬도 없을 만큼 노심초사해도 반거충이 소리나 안 들으면 그런 다행이 없는 노릇인데, 아무쪼록 사환四患 정사政事에 임할 때는 네 가지 우환을 경계해야 하는데 허위, 사사로움, 빙심, 시기가 그것이다을 유념하고, 주위에 본이 되도록 매사의 처신에 방정한 각을 세우도록 하라고 이르셨다. 내가 머리를 조아리면서, 당부의 말씀, 반드시 잊지 않고 따르겠습니다와 같은 말을 흘리고 나서 고개를 드니 가친께서는 벌써 연상 위의 벼루 뚜껑만 찬찬한 눈길로 굽어보고 있었다. 사직의 공무에 뒤채느라고 붓을 못 잡고 있는 자괴지심이 한가득 서린 눈길이었다. 한동안이 지나자 내 머리 위로, 됐다, 나가서 소관을 보도록 해라, 네 일신의 자중자애에 어떤 핑계도 끌어들여서는 안 되느니라, 비겁해서는 못 쓴다는 말이다라는 나직한 음성이 들려왔다. 우리 부자의 관계는 그런 것이었다.

내 행선지가 남대문 시장으로, 그 밖의 칠패시장으로까지 멀어지고 넓어진 것은 당연한 추이였다. 알다시피 남대문 시장에는 기호 지방에서 생산되는 모든 곡물이 둥그런 명석 위에 수북수북 쌓여 있다. 싸전에는 말감고들이 꼭 서너 명씩 떼 지어 어슬렁거리며 손님들을 끌어모으고, 되질이나 마질이 끝나면 장딴지의 딴딴한 알심 힘으로 장바닥을 풍뎅이처럼 휘젓고 돌아다니는 지게꾼들을 불러서 도포짜리를 가리키며, 이 어른 댁에서 혼사가 있다니까 짐삯도 후히 주실 게야, 댁이 연전에 호랑이가 출몰했다는 송현이라네 같은 말로 한껏 생색을 낸다. 그런 일련의 흥정을 지켜보는 것이 내 눈에는 그렇게 재미날 수 없었다. 아마도 우리 집 같은 양반가에서 볼 수 없는 사람 살이의 근본이 장바닥에서 벌어지고 있어서 그랬던 모양이다.

그런 경험은 훗날 내가 사행길에 오를 때마다 그 경비에 충당하라고 내려준 홍삼 매매의 전권 행사에 적잖은 도움이 되었다. 도움이라봤자 수하를 부리고 흥정에 배짱을 부리는 정도에 불과했지만, 그 밑바닥에는 물자 교환에서 남는 이문을 목숨보다 더 중히 여기는 상인 기질이 숨 쉬고 있다. 말하자면 상행위 같은 생업조차 기피, 천대시하면서도 백성의 고혈인 공물로 평생토록 호의호식하는 양반들에 대한 경원감을 나는 일찌감치 스스로 터득한 셈이다. 그런 연고로 도를 닦고, 참선에 주력하면서 보시만으로 '입'을 살리는 불가의 설법사들도 그 소임이야 양반보다 못하지 않을 테지만, 자신의 호구를 전적으로 남의 손에 의지하고, 생산과 상업을 등한시하기 때문에 나는 언제라도 타매와 멸시의 감정을 늦추지 않는 편이다.

남대문 시장에서 숭례문을 빠져나가면 칠패시장이 나온다. 남산 밑자락을 깔고 앉은 이곳에는 어물전이 성시를 이루고 있다. 제물포를 위시한 그 인근의 해안과 도서 지방에서 잡아 올린 온갖 생선이 제 싱싱한 빛깔대로 꿈틀거리는 장관은 아무리 오래도록 쳐다봐도 물리지 않는다. 밥반찬이나 술안주로 오르는 밥상의 생선을 싫어하는 양반은 없는 줄 알지만, 농어·민어·숭어 같은 생물은 워낙 흔한 물고기이기도 하고, 그 맛이 빼어나서 제철인 늦가을부터 한겨울 내내 주로 핫두루마기를 입은 선비들이 장을 본다. 그들이 얼추 어른 팔뚝만 한 생물 두어 손을 새끼에 꿰어 들고 어물가게를 나설 때면 하나같이 콧잔등에 어리는 득의의 표정도 재미있다. 그 양반은 미식가로서 지난여름부터 숭어찜, 숭어구이, 숭어회가 먹고 싶어 안달해온 그 보람을 그제야 맛보는 것이다.

상황商況의 활기라면 종거리의 가게도 뒤지지 않는다. 육의전이든 난전이든 다 시끌벅적하기 짝이 없다. 그러나 양반가, 세도가들이 지척이어서 그런지 어딘가 남대문시장보다는 점잖다. 마고자나 두루마기를 꼭 깨끗하니 갖춰 입은 주인이 가겟방 안에 다소곳이 앉아서 손님들을 기다리는 쪽이다. 그중에서도 나를 꼼짝 못하도록 붙들고 놓아주지 않는 가게는 종각 뒤쪽의 잡화상점인 동상전東床廛과 그 반대편에 있는 문방구점이다. 행인들한테 보랍시고 길거리 쪽에다 내놓은 필가筆架에는 각양각색의 붓들이 촘촘히 매달려 있다. 사랑방의 연상 곁에 놔두는 개인용 필가와 달리 3층짜리 대 위에는 굵은 나무 자루 붓, 가느다란 화각畵角 붓, 옥으로 볼록볼록한 대나무 마디를 두드러지게 새긴 황모필, 붓자루는 짧고 숱 많은 붓털은 뭉툭하니 길어서 큰 글씨를 쓰기에 제격인 대짜 붓 등등이 매달려 달랑거린다. 그 너머에는 글방 도령용의 막벼루를 켜켜이 쌓아두고 있으며, 그 뒤쪽으로는 온갖 모양의 벼루를 크기에 따라 모양내서 진열해두고 있다. 그보다 더 진귀한 벼루는 벼룻집에 넣어서 아예 주인장 등 뒤의 책탁자 속에 고이 모셔둔다. 먹도 꽃과 새와 단층집을 파낸 그 요철에다 색칠까지 해둔 채색먹, 해서로 '연대지필橡大之筆' 서까래 같은 큰 붓이란 뜻으로 대문장, 명필의 은유 같은 글자를 양각으로 새긴 무채먹 등을 수북이 쌓아두고 있으나, 그 위에는 먼지가 뽀얗다.

한참이나 간당거리는 붓대의 행렬을 요모조모 뜯어보고 있으면 주인장이 호기심 어린 눈매로 나를 직시하다가 장죽의 담뱃대로 놋쇠 재떨이를 탕탕탕 두드리며 말을 붙인다.

"어느 댁 자제신가? 좀 들어와서 좌정하고 구경하시게나."

황사공이 나를 무르팍 위에 올려놓고 엉뚱한 짓을 한 그 연상도 남아 있어서 나는 아저씨뻘의 외간 남자가 말을 걸어오면 심정적으로 오그라드는 버릇에 길들여져 있었다. 대개는 화들짝 놀란 체하며 부리나케 내빼지만, 더러 말대꾸를 못 하고 멀뚱히 쳐다보고 있으면 주인장은 담배통에다 살담배를 꾹꾹 다져넣으며 음색을 달리하여 상술을 발휘한다.

"호오, 벌써 귀물을 알아보는가. 눈총기가 예사롭잖다는 게지. 집의 어른 함자를 어떻게 쓰시는가?"

그쯤 되면 건성으로라도 몇 마디 해두어야 앞으로 오래도록 문구류에 눈독을 들일 수 있을 터이므로 나는 쭈뼛쭈뼛 응수한다.

"죽동에 사는 민가인데요."

벼슬살이를 하고 있어서가 아니라 가친의 함자를 아무에게나 발설해서는 안 된다는 것쯤은 그 나이에도 알고 있었다.

"민문이야 워낙 넓지. 바야흐로 민씨 세상이 아닌가. 대궐의 내전께서도 그 대성인데 여부가 있겠나."

172

아무리 글방 도령이라 할지라도 한낱 문구류 장사치조차 그런 말을 무람없이 내놓는 데서도 민심의 이반을 읽을 수 있다. 그 이면에는 민씨가 시방 요직을 독식하고 있으며, 개중에는 개차반도 없지 않다는 비아냥이 얄밉게 껴묻어 있는 것이다.

　그러다가 한번은 숙부 댁의 사랑채 지킴이, 예의 그 호가호위하는 청지기 장가를 맞닥뜨리고 말았다. 종거리에서 수진동壽進洞, 금부禁府, 대사동大寺洞 같은 동네로 들어가는 좁은 길바닥에는 지전, 필방, 연묵전硯墨廛 등이 각각 그 진열대를 맵시 좋게 꾸며놓고 있는데, 그중 한 가게 앞에서 바람에 건들거리는 필산'산'자처럼 얽어서 만든 고가의 필가을 주시하고 있자니까 누가 허리를 바싹 굽혀서 나와 눈을 맞추고 나서는 손부터 덥석 잡아채며 묻는 것이었다.

　"아니, 이 미소년이 누군가. 영익이 도령이네. 그새 한결 숙성해졌네그려."

　역시 부모 사랑의 결핍 때문에 덤으로 떠안은 내 숫기 없는 기질은 누구의 호의나 반색, 냉담과 무시 따위를 일단 저만치 물리치면서 왜 이러시나, 거리를 두고 지켜봐야겠네 하고 내 나름의 자를 들이댄다. 그래서 낯가림이 심하다. 언죽번죽한 기가 조금도 없고, 상대방이 무안할 정도로 쑥스러움을 드러내기부터 하는 것이다.

　"숙부님 댁 장반 어른……"

　"옳거니, 알아보는구먼, 날세."

　"여기는 어떻게……"

　"아, 나야 이 동네서 알아주는 단골손님이지. 일컬어 매수인 대리야. 단골집이 여러 군데나 있네. 다 사랑 어른을 대신하여 진품을 봐두고 값을 적당히 흥정하는 게 내 소임이야. 그건 그렇고 붓이나 벼루 구경을 제대로 진득허니 할라치면 민 도령 숙부님 서실만 한 데가 달리 없을 텐데 어쩌자고 이런 한데서 장사치들의 조악품을 보고 계신가. 비매품과 매물은 품격이 워낙 달라서 눈살이 저절로 찌푸려지는걸."

그런저런 말을 새겨듣는 중에도 외양이 반듯한 그 장가 청지기의 욕심이 사나움을, 제가 모시는 주인 영감의 신임을 독차지하려는 속셈으로 아직도 수하를 거느리지 않고 있음을 나는 이내 알아챘다. 또한 황사공의 문방제구 수집벽도 자심하다는 소문에 그 댁 헐소청을 드나드는 아첨배들이 진상품 벼루의 값만 올려놓았다는 엉터리 풍문도 들었다. 역시 그때 그 길거리에서 들었는지는 오련하지만, 장씨로부터 이런 말도 들었던 듯하다.

"황사공께서는 욕심이 과하신 게 흠이야. 우리나라 산물 닥종이는 아무래도 먹물이 깊숙이 배어들지 않는다며, 글에 힘줄이 안 서서 망했다 망했어 이러시고, 중국산 화선지나 옥판선지를 보이는 족족 사들이라고 하시니 기가 막히지. 색지도 그렇게나 탐을 내시니 이 바닥의 종이 값이 들썩거릴 지경이야."

잠시 사이를 두었다가 장씨는 친근하게 권했다.

"이왕 나선 김에 나하고 길동무해서 숙부님께 문안 인사나 드리러 가자꾸나. 황사 영감께서는 여태 슬하에 무자식이라 문객들과 입양이니 양자니 출계니 세계世系니 하는 말만 나누면 꼭 우리 가문 장손 영익이 도령을 언급하시며, 장차 내 뒤를 이을 대필大筆이 있는데 좀 두고 봐야지, 자식이 뭐가 급한가, 장조카가 있는데, 양자도 고르기 나름이고 우선 내 성에 차야지 이러시며 안정에 생각을 모으신단 말이야."

역시 내게는 금시초문이었다. 그런 언질이야 어떻게 귀결이 나든 당장 장씨의 권유를 뿌리치는 것이 급선무였다.

"오전에 출타해서 여태 구경삼아 여기저기를 돌아다녔습니다. 집에서 걱정할까봐 어서 가봐야겠습니다. 숙부님, 숙모님께는 일간 저 혼자 문안 드리러 가겠다고 전해주십시오."

"허, 말도 야무지게 잘하네, 한창 출출한가보구먼. 더운밥이야 자네 숙모가 더 잘 공궤할 텐데 그러는구나."

그쯤에서 나는 삼삼오오 무리지어 퇴궐하는 영리와 사령들의 행렬에 파묻혀 우리 집으로 줄행랑을 쳤다고 해야 말이 맞을 것이다. 여름해라 아직 설핏한 기운은 없어도 퇴청하는 대로 군관들의 호위를 받으며 한달음에 귀가하는 나의 가친이 행랑아범에게 내 소재부터 물어볼 것이므로 그 전에 나는 시늉으로나마 책을 펼쳐놓고 있어야 했으니까.

말이 씨 된다는 속담이 있다. 모든 사정과 연유에는 어떤 징조가 예비되어 있다는 뜻일 게다. 어른들이 어린것들에게 청승 떨지 말라고 타이르는 것도 방정맞은 말을 평소에 삼감으로써 제 팔자를 의기양양하게 펼쳐가라는 선의의 타박일 테니까. 말이 그렇다면 소년기의 행동거지에서도 장래의 어떤 싹수, 조짐이 비친다고 봐야 하지 않을까. 내가 글방 도령으로서 서울의 사대문 안팎을 내 또래의 누구보다도 더 살살이 누비며 돌아다닌 그 소회벽이 앞날을 웬만큼 예언하고 있었던 게 아닐는지. 구름처럼 그렇게 떠도는 삶을 중년부터, 그것도 낯선 국외에서 정처도 없이, 그러나 늘 무엇에 쫓기는 몸으로 줄달음치는 팔자가 자의든 타의든 그때 벌써 조짐을 보였던 게 아닐까 하는 회포는 연래의 내 화두이기도 하니 말이다.

덧붙이건대 내 소년 시절에는 어떤 동무가 없다. 늘 나 혼자서 거리를 싸돌아다니거나 방구석에서 우두커니 앉았거나 꾸물대느라고 내 또래가 어울려서 노는, 예컨대 자치기, 얼음지치기, 연 날리기, 팽이 돌리기, 제기 차기 같은 놀이는 다른 '세상'의 일이었다. 한번은 청계천에서 썰매를 타는 어린애들을 물끄러미 쳐다보다가 문득, 저 나무 도구를 누가 만들어주었을까라는 궁금증을 한참이나 어루더듬기도 했다. 내 유년 시절에 그런 놀이와 아울러 죽마고우가 전무하다는 사실도 내 인생과 나라는 괴팍한 위인의 '난해성'을 조립해주는 한 요소임은 분명하다.

제9장
배물애拜物愛의 싹

사대부 집안의 장자나 장손에게는 대체로 일곱 살쯤이면 벌써 사랑채의 방 한 칸을 따로 내주면서 소위 '독방거처'를 익히게 한다. 이런 구습도 날로 조숙을 기리고, 조기 교육에 그토록 열을 내는 조선인 특유의 성마른 기질에서 연유한다는 게 나의 한결같은 분별이다. 도대체 일곱 살짜리 어린애에게 '독방 차지'를 권장하고, 혼자서 경상 앞에 반듯이 앉아 책을 소리 내어 읽어버릇하라는 빳빳한 강제가 얼마나 오래도록 통하겠는가. 이내 싫증이 나서 몸 따로, 머리 따로, 입 따로, 눈 따로 놀아나는 '시늉 공부'에 빠져 지내다가 평생토록 남의 글이나 흉내 내며 소일하고 말 게 아닌가. 그야말로 '효과 난조'의 학습법에다 '자습, 자율, 자립'과는 한참 동떨어진 경서 속의 그 타율적인 '지당하신 말씀' 천국에서 허우적거리게 하는 꼴이 아니고 무엇인가. 하기야 사랑채 터줏대감인 가친이나, 장수 집안이라면 조부의 어른스러운 처신 일체를 일찌감치 바로 곁에서 본받고 몸에 익히라는 배려 때문에 '조기 가정 교육'을 그렇게 시켰다고 둘러댈 수 있긴 하다. 세 살 적 버릇 여든까지 간다는 성급한 단정에 귀가 솔깃해지기도 하니 말이다. 아무튼 그렇게 체현시켰다 한들 그런 상투적인 압력 속에서 성장한 자식들 가운데 과연 걸물이 나올까. 비상한 재능이 더러 나오기도 하겠으나, 그런 준재도 스무 살 이전에 벌써 '모르는 게 없는 떠버리'가 되고 말아 더 이상 책을 보지 않을 확률이 상대적으로 훨씬 더 높다는 게 나의 또 다른 분별이기도 하다. 앞서 술회한 나의 그 소요벽도 실은 그런 강압에 대한 반발이었다고 한다면 역설적으로 나의 조숙을 은근히 드러내려는 수작으로 비칠까봐 좀 점직스럽긴 하다.

다행히도 글방 출입이 그렇게 늦었듯이 사랑채로의 분가도 내 나이 열네 살이나 되어서야 이루어졌다. 그렇게 되고 만 데에도 나름의 사유는 있다. 두 할머니의 억척같은 살림 두량과 월권적인 손자 거둠손이 그것이다. 가친께서 일찌감치 선고先考의 큰댁으로 출계했으니 그 계조모도 내게는 양할머니이지만, 기계 유씨였던 이 발밭고 오사바사한 할머니는 양아들은 물론이거니와 장손인 내게도 지극정성을 다함으로써 스스로 당신의 말발을 쩌렁쩌렁하니 세운 양반이다. 적어도 내 가친과 그 동생 황사공뿐인 단출한 우리 가문에서는 그랬다. 이제야 과감히 단정하건대 내 생모의 무단한 득병과 오랜 투병생활과 애달픈 사별도 반 이상은 그이의 활달한 '기'에 눌려서 곱다시 당한 불운이 아닌가 싶다. 또한 내 가친의 그 소문난 효성, 무던한 성정, 어리숙해 보이기까지 하는 진중한 처신, 부처님 같은 과묵 따위의 형성에 일조한 양반도 그 계조모였음이 확실하다. 자식 사랑에 관한 한 무간섭주의로 일관할 수 있었던 내 가친도 '대를 이을 장손인데 이 금지옥엽은 내가 거두겠다'는 그이의 드센 집념 앞에서는 만부득이 한 걸음 물러서서 청처짐한 거조를 차렸다고 봐야 옳다. 이러니 내 생부와 생모는 나를 낳자마자 이 엽렵한 시어머니에게 자식을 빼앗겨버린 셈이었다. 그 점에서는 삼촌 황사공이 모시던 김해 김씨 친할머니도 마찬가지였다. 내게 '호놈'을 입에 달고 살던 그이는 두 형제 중 동생의 정실이었으므로 기계 유씨가 비록 손윗동서이긴 해도 계실이라서 열 살이나 적었는데, 가친과 내 뒷바라지에 관한 한 먼산바라기를 해야 했으니 멀쩡히 두 눈 뜬 채로 제 자식들을 '빼앗긴' 처지였다.

노골적으로 말하면 양자 들이기라는 별나고 우악스러운 제도가 한쪽에서는 자식을 공공연히 '도둑질'하게 만들고, 다른 쪽에서는 '팔아치우게' 하는 빌미를 제공한다. 특히나 양자들을 보내는 쪽이 호구나 하는 형편이면 입을 하나 줄인다는 명분이 당장 눈앞에서 얼쩡거리므로 애간장이 다 녹고, 지차 자식이라면 장자 상속권과 그 우대주의 같은 또 다른 제도에 치여서 마지못해 제 핏줄을 양도하는 억울을 견뎌야 한다. 그 밑바닥에는 물론 죽은 조상을 기린다는 봉제사의 요서적인 연중행사가 아류하고 있다.

그러나 저러나 분수에 넘칠 정도로 수혜를 받은 기득권자이면서 동시에 그 야릇한 '제도'가 덤터기 씌우는 바람에 겹겹의 생고생과 죽을 고비까지 여러 차례나 겪은 피해자로서의 나는 노인 일반의 심사를 읽는 데 밝은 눈치꾸러기가 되었다. 부모의 정을 모르는 대신 연장자의 눈치를 제격 읽어내고, 그이들의 보비위에는 꽤 능한 과외의 기량을 닦을 수 있었던 것이다. 여기서 굳이 기량이라고 지칭한 것은 내 몸의 체취 같은 그 '눈치 읽기'가 장차의 내 관운에 상당한 정도로 득이 되어서이다.

제9장 배물애배物愛의 싹

아무려나 양할머니는 그 엽렵한 언행과 처신만큼이나 매사에 극성스러워서 손자만 보면 며느리에게 물려주는 '안방 차지'의 관례를 조명 내지 않고 무시할 정도로 수완이 좋았다. 이를테면 투병과 몸조리에는 웃방이 안성맞춤이라면서 내 생모를 안방의 뒷구석에 붙은 그곳으로 내몰아놓고서도 몸과 입을 워낙 가볍게 내두름으로써 며늘애로부터 친정어머니 같다는 상찬을 받았다니 말이다. 뿐인가, 내 가친의 속현 자리도 그이의 재바른 주선 덕분이었음은 말할 나위가 없지만, 그 두 번째 양며느리에게도 '건넌방 차지'를 아무런 말썽 없이 승계시킬 수 있었으니까. 내 가친의 범방 기회를 양할머니가 그렇게 배려했다는 뜻도 되겠으나, 실은 나를 안방에서 재우고 먹여서 보란 듯이 잘 키워놓아야 당신 생색이 한껏 빛을 발한다는 그 웅숭깊은 셈속 앞에서는 누군들 승복할 수밖에 없었을 것이다.

그이의 거둠손이 아무리 칠칠했다 하더라도 노인네의 쿰쿰한 쉰내야 어쩔 수 없는 터라 나는 서당 출입을 하기 전부터, 또 그 후로도 자주 아팠다. 예의 그 소요벽 때문은 아니었지 싶은데, 자다가 헛소리도 한동안씩 또록또록하니 내지르는가 하면, 붓과 먹을 잊어버린다든가 서당 길을 못 찾아서 헤매다보면 낭떠러지가 나타나는 악몽에 쫓겨 벌떡 일어나 앉기도 했다. 그럴 때마다 내 목덜미에는 식은 땀이 흥건히 고여 있었다. 노인네답게 잠귀도 밝고 잔 생각이 많아서 늘 겉잠을 자던 양할머니가 내 잠투정을 모를 리 없었다. 그때마다 그이는 꼭 일어나서 아랫목 쪽으로 발이 뻗도록 펼쳐놓은 내 이부자리로 다가와 중얼거리곤 했다. 지금도 그 음색이 생생하니 내 귓바퀴에 매달려 있다.

"지 에미를 탄다고 이러지, 쯧쯧쯧, 불쌍한 것. 익아, 꿀물 타주랴,

웅, 고이 자야지, 이불을 차 던지고 자니까 손발이 차서 그래. 니 에미가 생전에 이 할미한테 니를 홈빡 떠맡겼어, 뭣이 겁나고 무서워, 이 할미가 곁에서 악귀를 내쫓아주는구먼. 아이구, 이 귀한 내 새끼, 어마나, 이 열 좀 봐, 불덩어리야, 왜 이러나, 내가 뭘 잘못했을까. 한다고 하는구먼. 뭘 잘못 먹었나. 지극정성에는 돌에도 풀이 난다는데. 백비탕으로 입을 축여주면 좋다는 말도 들은 것 같구먼. 제발 푹 자. 크려고 그러지."

그처럼 자상스런 거둠손을 대청 너머의 건넌방에서 들으랍시고 그러지는 않았으련만, 어떤 때는 문짝이 소리 없이 열리고 계모가 내 잠자리 곁으로 다가오기도 했다. 나는 두 고부의 근심 어린 주시 속에서 이내 녹아떨어진 체하는 '시늉'을 익혀갔다. 짐짓 이불을 걷어차든가 일부러 종아리로 이불자락을 둘둘 말아 드러내기도 하면서. 또는 반쯤 깬 채로 '내 붓 어디 갔어, 누구요, 난 안 갈 거야' 같은 거짓 잠꼬대를 내지르면서.

그것은 엄살이었다. 잠꼬대만이 아니라 식은땀, 미열, 악몽 같은 신체적 증상도 나를 주목해달라는 하나 숫수로서의 어리광인 것이다. 나는 그 꾀를 일찌감치 이용할 줄 알았다. 물론 한 뼘 너머의 이부자리 속에서 내 동정을 지켜보는 노친네가 그 어리광스럽고 호들갑스럽기도 한 시늉을 적이 즐겼다고 해도 틀린 말은 아닐 것이다. 그런 정경이 아주 자연스럽게 안방에서 펼쳐질 수 있었던 것도 엄마의 부재가, 아니 노친네의 슬하가 베풀어준 음덕이었다. 그러니까 사랑채로의 내 솔가가 지연되었던 것은 그 어리광이 점점 더 그럴듯해져서이기도 했지만, 적적한 독수공방을 모면하려는 노친네의 선의의 잔꾀와 내 시늉을 걱정한 가족의 우려가 합작한 어떤 가식이었을 수 있

제9장 배물애拜物愛의 싹

다. 바른말을 하자면 어린애의 잔주접이란 꾀피우기로 어른들의 관심을 끌려는 '자기주장'인 것이다.

어린것이든 어른이든 인간에게는 누구나 그런 엄살꾸러기 기질이 있다. 자기 치부를 드러내면서라도 남의 환심과 관심을 사려고 가장 만만한 제 몸의 이상 징조를 과시하는 것이다. 그 광대 짓을 시연한다기보다 적시에 써먹는 데 지치는 법이 없고, 대체로 그런 유희는 쌍방 간에 다소간의 생색내기를 이끌어냄으로써 소기의 목적을 이룬다. 푼수 노릇을 당사자는 의식하지 못하나 상대방은 알면서도 모른 체하고 마는 것이다.

사랑채로의 '분가'도 살림을 나고 거처를 옮기는 것이므로 그처럼 뜸을 들였다고 해도 틀린 말은 아닐 듯하다. 돌이켜보면 내가 잠자리를 바꿀 때마다 이상하게도 점점 더 큰집으로 옮겨가서 그 속의 주인 행세에 겨워 지낸 듯싶은데, 집이 크면 입도 그만큼 불어난다는 말대로 내 주위에 사람이 들끓기 시작한 것 역시 그즈음부터였다.

집 사치, 집가축이란 말도 있듯이 집은 재산이기 이전에 그 주인의 위세를 드러낸다. 내가 태어난 경복궁 곁의 매동 집은 자그마한 디근자 와가로 사랑채도 대문 곁의 세 칸이 고작이었다. 한가운데는 네모반듯한 마당이 있었고, 안채와는 내외 담 대신에 무릎 밑이 휑하니 뚫린 나뭇조각 가림막이 기다랗게 울을 치고 있었다. 거기서 내 생모의 초상을 치르고 난 후 사동寺洞 집을 물색해서 이사를 서둘렀던 듯하다.

사동 집은 대갓집이 아니었음에도 틀을 웬만큼 갖춘 세가勢家 꼴이 완연했다. 행랑채가 솟을대문 양쪽에 길가와 면해 기다랗게 뻗어 있었다. 대문을 걸터 넘으면 야트막한 담장이 미로처럼 이쪽저쪽의 경계를 두르면서 중문을 뚫어놓았고, 남향으로 사랑채가 높다랗게 버티고 있었는데 안채와의 사이에는 이끼 긴 니은 자 내외 담이 제법 두툼했다. 그러니까 행랑채를 끼고 오른쪽으로 돌아가면 사랑채로 나아가게 되어 있고, 왼쪽으로 접어들면 여물죽을 쑤는 군불솥까지 걸어놓은 함실아궁이도 딸려 있었지만 거기서는 주로 세숫물 따위를 덥혀 썼을 것이다.

예의 그 양할머니는 잠시도 쉬지 않고 바지런을 떨어대는 성품대로 행랑아범과 깜빡이 같은 군식구들에게도 공밥이나 축내는 천덕꾸러기가 되지 말라고 그런다며 일을 시키고 부려먹는 솜씨가 남달랐다. 그 덕분으로 사랑채 앞에는 석등도 두 개나 놓여 있었고, 담장을 따라 꾸불꾸불한 가지들이 사방으로 뻗대는 배롱나무도 드문드문 심어져 있었다. 내외 담 주위에는 황혼녘에 톱니 같은 작은 잎들이 수면을 취하느라고 포갠다고 해서 합환목合歡木이라고도 하는 자귀나무가 두어 그루 심어져 있었는데, 작은 부채꼴 모양의 발간 꽃이 한여름에 무리지어 피어나면 나지막한 그늘이 짙어져서 주위의 풍치가 아주 깊고 아늑해진다. 석등 주위에는 늦봄부터 파딱파딱 피어나는 자잘한 백일홍이 담벼락을 발갛게 물들이면 고요가 무럭무럭 몰려온다. 안채와 기역자로 맞물리는 내 방 앞에는 파초가 서너 그루 무더기로 키 재기를 하고 있기도 했다. 여름에 활짝 피었다가 차례로 똑똑 떨어지는 누런 꽃과 그 큼지막한 꽃잎을 온통 에워싸고 있는 우산 같은 파초 잎에 소나기가 지나가면 한동안 붓을 놓고, 나는 무언가를 기다리느라고 방 속에 가만히 앉아 있곤 했다. 그때도 빗소리만 즐겼던 게 아니라 파초 잎을 타고 흘러내리는 빗방울이 보기에 좋다는 것을 또록또록 의식하고 있었던 듯하다. 아무리 나이 어린 소년이라도 그런 자연의 한 토막 앞에서는, 이 조촐한 풍경에 무슨 '이름'을 붙일까 하는 시심詩心이 저절로 생긴다. 나는 그 복락을 때 이르게 만끽할 수 있었던 셈이다. 나를 애틋하게 챙겨주는 식구가 여럿이나 있다는 자각은 그만큼 내 주위가 쓸쓸했다는 반증이기도 하다.

나는 가만히 다시 붓을 들었다. 언제라도 내 붓길은 활달했다. 그래도 내 글씨가 성에 차서 누군가에게 보이고 싶은 적은 한 번도 없었다. 늘 미진했고, 무언가 부족하다는 생각이 머릿속에 응어리로 남아 있었다. 다들 나를 기리고, 어딘가 범상치 않은 재기가 비친다는 칭찬을 내놓았지만, 나와 그들 사이에는 가물가물 멀어지는 다리가 놓여 있는 것 같았다.

어느새 나는 혼자서 꿍얼거리는, 어떤 해답도 나오지 않는 물음으로 말수가 없어진 내성적인 어린애로 돌변해 있었다. 골마루와 대청 너머에는 가친의 동정을 쫓는 빈객들의 웅성거림이 끊이지 않았지만, 나는 그들의 칭찬과 내색이 너무 싫어서 뻣뻣한 기색을 늦추지 않았다.

그때가 언제쯤이었는지 계절 감각도 분명치 않은데, 하루는 사랑채의 내 방에서 또 붓이나 잡아볼까 하며 책을 덮고 연상 속의 연갑을 끄집어냈다. 그때 내가 쓰던 벼룻집은 새카만 먹감나무로 만든 것인데 뚜껑 위에 쌍희囍자를 새겨둔 조잡한 문구였다. 나무 받침대에 꽉 낀 벼루는 뚜껑도 두툼해서 제법 묵직하다. 그것을 방바닥에 놓고 먹을 갈아야 한다. 그 벼루는 가친이 쓰다 물려준 퇴물이라서 연지 위에 난이 한 촉 기다랗게 새겨진 것으로 아래위가 가로보다 두 배쯤 긴 장방형이다. 그 난 뿌리 밑에다 연지를 초승달 모양으로 깊게 파두었으므로 그곳을 먹물로 채우려면 먹을 가는 시간이 꽤 걸린다. 먹을 슬슬 가는 동안 머릿속에는 이런저런 잡생각이 한사코 떠오르게 마련이다. 어제 또는 그제 썼던 글이 왜 그 모양으로 속필俗筆이었던지, 평소 기량을 반만 따라잡았어도 그처럼 속이 보대끼지는 않았을 텐데와 같은 고심을 되작이곤 하는 것이다.

그런데 그날따라 먹을 갈다보니 둥그렇게 닳아서 팬 묵지墨池 바닥이 좀 삐딱하니 기울어 있고, 동강먹을 잡은 오른쪽 장지·검지·중지에 힘이 지나치게 들어가는 통에 그 여파가 붓끝의 운용을 무디게 하지 않았나 하는 생각이 들었다. 붓글씨를 잘 써보겠다는 사람은 누구라도 한번쯤 떠올리는 잡념이다. 아무튼 그런 생각은 잠시고, 후딱 벼루를 참한 것으로 바꿔버려야겠다는 다짐도 얼핏 떠올렸을 것이다. 벼루야 가친이 내물린 것만도 여러 벌이나 있을 테고, 그것을 쓰겠다고 하면 그만이었다. 그런데 내 가친의 평소 그 뚱한 자태 때문이었는지 이내 숙부 황사공의 문방제구 수집벽이 떠올랐다. 벼루 하나를 개비하는 데도 황사공만의 독특한, 그러나 너무 색달라서 '비상식적인' 식견이 있을 것이었다. 아니래도 잘 꾸미겠다던 미지의 그 서신을 구경하고 싶은 욕심이 목울대까지 꽉 차올라 있던 참이었다.

그때는 물론이고 그 후로도 한동안 나 자신의 어떤 욕심이 불끈 솟구칠 때마다 황사공이 떠오르고, 그이에게서 그 해소의 실마리를 찾아버릇한 것은 나만의 특별한 혜택이었지 싶고, 그럴 수 있었다는 것은 내게 큰 복이었다. 아마도 그이의 성정에 비치는 특이한 반선비 기질, 이를테면 세상이 위선과 가식 투성이라서 비꼴 수밖에 없으므로 '나는 부끄러움을 무릅쓰고 직언을 서슴지 않는다'는 그 태도가 내게는 이상하게도 '이해할 만하고 다정다감하게 다가왔기 때문일 것이다. 그이를 지탄하는 사람이 아무리 옳다 하더라도 나의 한때 우상은 당연 황사공이었지 내 가친처럼 '난해한' 인품의 관원들은 아니었다고 힘주어 말할 수 있다.

붓은 나중에 잡아도 될 일이라며 엉덩이를 들썩이고 있는데, 대청 너머에서 마룻바닥을 자박자박 밟는 걸음 소리가 들리더니, 도령님, 사랑어른께서 보자십니다, 요즘 쓴 글도 아무거나 몇 점 가지고 오라십니다라는 전갈을 디밀었다. 가친은 또 화제가 메말라서 문객에게 내 글솜씨나 자랑하고, 품평이라기보다 색다른 상찬을 듣고 싶은 모양이었다. 몇 번 그 부끄러움을 당하고 나니 한편으로는 스스러움이 없어지면서 새겨들을 만한 칭찬이 없다는 것도 저절로 알게 되었고, 싫증이 났다. 그러나 마나 하나뿐인 자식의 조숙한 필력과 국량을 자랑해서 소문이 나기를 은근히 바라는 가친의 하명을 물리칠 수는 없는 노릇이었다. 뻔한 고역이어서 나는 반절지에 써놓은 내 나름의 해서체를 두어 점 골라내서 들고, 사랑채 큰방 문을 열었다. 예상대로 문객을 좌우로 서너 명이나 거느린 가친이 보료 위에 단정히 앉은 자세로, 게 좀 앉거라라고 말했다.

내가 손에 쥐고 있던 습작품을 내려놓자 문객 하나가 무릎걸음으로 다가와 두루마리 두 점을 방바닥에 펼쳐놓았다. 다들 호들갑스럽게 두 눈을 껌뻑이며 서로 질세라 말을 잇대었다.

"호오, 자제가 시방 열세 살이라 하셨습니까? 과연 소문대로 명필이 났습니다."

"글 뜻에도 벌써 대기大器의 기운이 약여합니다. 상지사자常持四字 근근화완勤謹和緩이라, 소수所收가 어디입니까, 글 기운에 취해 방금 기억이 가물가물 흐려져서 망신입니다."

역시나 청촉질에 이력이 난 문객들이라 서로 겸양의 말재주를 피우는 데도 능수능란했다.

"아마 『소학』에 나오는 말이지 싶습니다. 마지막 글자를 곡해하면 안 된다고 이르지 않았습니까. 세상일을 급하게 서둘렀다가 망치지 말고 늦더라도 침착하게 해야 공직公職의 권위가 번듯해진다는 말을 덧붙여놓았을 겁니다. 완緩자는 느리다가 아니라 침착하다로 읽으라는 뜻이지요."

"이르다 마다. 관직은 모름지기 부지런히 직무에 충실하고, 언행을 삼가며, 상하 간의 신료와 조화를 이뤄야 하고, 일의 안팎을 침착하니 굽어살펴서 실패하지 말라는 당부입니다. 서둘렀다가 일을 망치는 것보다 둘러가는 게 품을 버는 이치와 다를 바 없습니다. 민 대감 나리의 봉직 자세를 그대로 실사實寫하고 있으니 자제 분의 글이 금상첨화로 빛이 납니다."

"과연 영재로서 괄목할 만한 경지입니다. 헌데 이처럼 정색한 필법을 어떻게 익혔답니까. 대감께서 손수 가르치실 짬을 내셨다면 시간을 다투는 공무가 엄중했을 터인데, 과연 일상 중에 불가사의한 근면을 발휘하셔서 훌륭한 자애심을 보이신 겝니다."

방 주인은 겸연쩍다는 기색을 조금도 드러내지 않고 말했다.

"쟤가 스스로 깨쳤나봅니다. 저 아래 청계천 너머 동네의 한 글방에서 장동 김문의 준재들만 불러 모아 가르친다기에 거기 보냈더니 그 훈장이 지필법부터 찬찬히 일러주어 수월하게 그대로 따랐다고 합니다. 싹수가 웬만큼 보이니 한시름 놓은 셈이긴 한데, 조숙이 교만을 불러와서 대기만성을 그르칠까봐 한걱정이 늘었습니다. 두고 봐야겠지요."

"어디서 들은 듯합니다. 그 훈장에게 군계일학을 제대로 분별하는 눈이 있었다니 여간만 다행이 아닙니다. 장동 김문이나 마나 글씨 보는 눈이야 똑같습지요."

대체로 모든 문객은 허송세월하는 게 낙이라 소문에 밝고, 모르는 것이 없다는 게 그들의 장기이자 소임이기도 하다.

"그 훈장 양반이 아마도 이 댁 숙부 어른 황사공의 글을 좋아하고 잘 따르는 위인일 겝니다. 황사공께로부터 귀동냥을 했을 테니 안목이야 출중하다 마다. 일찍이 운현궁대원군의 저택에 출입하는 문객 중 서법書法은 물론이려니와 시국 담론에서 황사공만큼 뚜렷하고 힘이 뭉친 양반을 못 봤다는 말도 실은 장동 김문에서 퍼뜨렸다는게지요. 설마 그 당시 당하관을 겨우 넘보는 황사공에게 기대려고 그런 빈말을 지어냈겠습니까."

황사공이란 말이 나오자 방 주인의 왼쪽 무르팍 앞에 앉아 있던 문객이 마뜩잖고, 어서 말을 줄이라는 조로 머리를 자금자금 흔들었다. 내 눈길이 그 몸짓을 놓칠 리 없었다. 방 주인도 그 눈치놀음을 모를 리 만무했으나, 나야 아무렇지도 않다는 듯이 방바닥 위에 펼쳐진 습작에다 긴 눈길을 쏟고 있었다. 그런 묵언의 웅크림을 볼 때마다 나는 내 가친에게도 감정이란 것이 과연 있기나 할까 하는 의문에 휩싸이곤 했다.

눈치 보기라면 두 할머니의 명주 바닥처럼 곱고 섬세한 알력 속에서, 계모의 따스한 슬하에서, 숙부와 숙모의 그 묘한 버성김을 긴가민가하면서 자란 만큼 나도 꽤 민첩한 편이었다. 내가 잘못 보지 않았다면 한 문객의 그 고갯짓은 얼추 이런 말을 다급하게 내지르고 있었다.

'허어, 이 답답한 양반아, 시방 우리가 어느 자리에 앉아 있는데 황 사공을 초들어 말하는가. 그 숙부가 두뇌 회전에서 타의 추종을 불허하고 또 그만큼 변덕이 심한 줄이야 누가 모르나. 그래도 그이 형인 이 방 주인보다 품계가 벌써 두어 계단이나 높고, 바야흐로 시국이 그이의 주청과 계책에 따라 이리저리 굴러가는 판인데 함부로 글방 훈장 따위를 빗대서, 황모는 참으로 귀하다, 다르다, 뛰어나다 해대면 이 지엄한 자리가 얼마나 비편해지는가. 태산준령 같은 이 방 주인이 저래 봬도 속까지 없는 줄 알면 아직 시속을 반도 못 꿰뚫고 있는 게니 제발 정신을 차리고 말을 조심하게나, 불혹不惑을 넘긴 나이에 아직 그토록 철딱서니가 없으면 서로가 얼마나 민망한가.'

생면부지의 어른이, 그것도 나와는 무관한 사랑의 문객 중 하나가 그렇게나 무안을 당하고 있는데 공연히 내 얼굴이 화끈거리고, 이마에 진땀까지 배어났다. 그게 내 성정이었다. 그제야 내가 그 자리를 지킴으로써 방 안의 공기가 꽁하니 얼어붙는다는 것을 눈치 챘다. 나는 서둘러 건성으로나마 머리를 조아리고 나서, 소자, 이만 물러가렵니다외 같은 말을 흘렸을 것이다.

가친은 기다렸다는 듯이 내 안면을 어르며 지엄하게 일렀다.

"그래, 일어서거라. 일쑤 어른들의 담화도 귀담아들어두면 써먹을 데가 있느니라. 이 습작은 갖고 나가거라. 반드시 되돌아볼 때가 오리니 버리지 마라."

한 문객의 천연스런 말씨가 무릎걸음으로 습작품을 집으러 기어가는 내 머리 위로 굴러왔다.

"암, 버리다니, 벌써 운필의 묘를 알고 쓴 글씬데. 글이 살아서 숨을 쉬고 있구먼. 장차 행서도 잘 쓸 조짐이 훤히 비치네. 핏줄이야 어

제9장 배물애拜物愛의 싹

떻게 속일 수 있겠나."

이 술회록에 극적인 장면을 만들어넣자면 황사공을 일방적으로 두둔한 한 문객의 입담으로 난처해진, 아니, 자식 앞에서까지 망신살을 입은 가친의 그 좀 어정쩡한 처신을 목격한 그날 저녁에 나는 무작정 숙부 댁으로 달려갔다고 해야 할 것이다. 그러나 그랬을 리는 만무하다. 나의 '인간 이해'도 가친이 그랬듯이 '속을 끓이면서 참을 만큼 참아내며 터득할 수밖에 없다'는 것이었으니 말이다.

그러나 아무리 소홀하게 대접한다 하더라도 나의 때 이른 성망이 양반가에서 자자하던 그 언저리쯤의 어느 날 해거름녘에 나를 급하게 찾는 부름이 우리 집 사랑채 앞마당에 당도했던 것은 사실이다. 숙부 댁의 더벅머리 사내종 하나가 숨을 몰아쉬며 난간 달린 골마루에 우뚝 선 가친에게 아뢰는 말은 대강 이런 것이었다.

"큰댁 대감마님, 안방 노할머니께서 오늘 점심을 잘 자시고 나서부터 무단히 가슴이 쥐어뜯듯이 아프시다며 영익이 도령님만 찾고 계십니다그려. 동대문께 사는 의술가 하나를 불러 진맥을 시켰더니 심장통이시라며 다른 처방은 없고 자제든 며느리든 손부든 누가 바늘 끝으로 찌르는 듯한 그 환부에다 두 손을 얹어서 꾹꾹 눌러주고 통증이 진정되면 우황청심환을 더운 물에 개서 조금씩 입술에다 묻혀서 드시게 하라니 이런 낭패가 다시없습니다."

아예 강울음까지 내놓는 더벅머리는 역시 순박한 위인이었지만, 그 당시에는 더러 그런 호들갑스러운 전갈이 평소의 불효를 나무라는 꾸중이 되곤 했다. 종이 상전 노릇하며 산다는 말이 이런 대목에서도 통하는 것이다.

선명하게 각진 호상虎相이 언제라도 말라서 쩍쩍 갈라진 질흙 토기 같은 가친의 얼굴에 수심이 고이다가 뒤이어 우거지상이 덮였다.

두어 걸음 떨어져 서 있는 내게 가친이 하명을 떨구었다.

"필시 담뱃진이 혈행을 막은 게다. 익아, 어서 채비를 차려야겠다. 병세가 우선해질 때까지 며칠 동안 너는 숙부 댁에서 묵어라. 나는 내일 아침에 기침하는 대로 들르마."

더벅머리가 앞장서고 가친과 내가 그 뒤를 따르면서 중문을 걸터넘고 감나무 밑을 걸었다. 가친이 종자에게 물었다.

"사랑에서는 알고 있는가."

"마침 퇴청을 일찍 하셔서 의술가가 진맥하는 자리에 동석했습니다요. 시방 큰 마님의 머리맡을 지키고 계실 겝니다."

가친은 '그나마 다행이다'와 같은 말도 할 줄 모르는 게 아니라 그런 허튼소리의 여파조차 따지는 양반이었다.

벌써 기별이 먼저 닿았는지 양할머니와 계모는 옷 보퉁이를 대청 끝에 내두고 우리 부자를 맞았다. 양할머니는 말솜씨도 야무졌다.

"맑은 하늘에 날벼락이라더니 도대체 이런 변이 무언가. 아범도 어서 평복으로 갈아입고 문안 걸음을 서둘러야지." 잠시 사이를 두었다가 그이는 며느리를 쳐다보며 손바닥을 한 차례 소리 내어 두드리고 나서 말을 보탰다. "참, 이제야 생각이 나네. 그젠가 그끄저껜가 아주 괴상한 꿈이 꾸이더니 그게 꼭 들어맞으려나보네. 어딘지도 모르겠는 동네를 내가 마구 헤매면서 우리 손자를 못 봤냐고, 찾는다면서 허둥거리는데 누가 자꾸 저리로 가라고, 저기 보이지 않느냐고 해서 총걸음을 놓았더니 두루마기 자락이 자꾸 멀어지더구나. 꿈속에서도 애가 타고 목이 말라 생고생을 다 했는데 이런 흉보가 닥치네. 그 동서가 얼마나 어진 어른인데, 당최 담배를 지나치게 좋아해서 탈이지.

제9장 배물애拜物愛의 싹

아까도 고약한 냄새가 내 코에 훅 끼치기에 아무리 둘러봐도 그 고린
내의 출처를 못 찾겠더니만 이런다. 부디 고린 된장이 더디다는 말대
로 큰일이나 수삼 년 뒤로 썩 물러났으면 꼭 좋겠네."

"그나마 좀 진정되었다니 저는 내일 식전에나 동생 집에 들를 참입
니다. 별일이야 생기겠습니까."

숙부 댁이 가친께는 본가이고, 방도 많아서 독방 하나를 비워줄
터이건만 그런 수선으로 그 집 신세를 진다는 것도 체면이 사나워지
고, 등과나 관계官階를 비롯한 모든 것이 동생보다 밑도는 당신의 처
지가 비편해서 그렇게 둘러대는 것이었다.

"그래, 그러려무나. 급병인도 익이만 찾는다니까. 동서한테는 작은
아들이 큰아들이자 외동아들이지. 낳은 정 기른 정 따져서 뭐하나,
다 똑같은 에미에 똑같은 품에 자식이지. 영익이야 지 숙모가 좀 잘
챙겨줄까. 그 며늘애도 아직 자식 못 본 구박둥인데,"

양할머니는 더벅머리 종자에게도 당부를 잊지 않았다.

"자네 걸음품이 바빠졌네, 속속 기별을 전해주게. 먹거리라도 좀
챙겨줘야 도린데 총망중이라 할 수 없네. 어서 어린것을 잘 안동해서
가게."

노친네의 심장통이 꾀병일 리는 만무했으나, 나를 꼭 보고 죽어야
겠다는 말은 아무래도 믿기지 않았다.

내가 발치께 앉아 있는 황사공에게 목례만 건네고 난 후, 급환자
의 손을 잡고 이마도 짚으면서, 할머니, 저 왔어요, 영익이요, 좀 괜찮
으세요라고 묻자, 대번에 너무 작고 빤짝여서 쥐눈 같은 새카만 눈동
자가 움푹 꺼진 눈두덩 속에서 나를 빤히 어르더니, 이 고얀 놈, 할미
가 죽거나 말거나 나 몰라라 하는 손주 새끼가 어디 있냐, 눈만 커다

란 겁쟁이가 지 친할미도 못 알아보면 장차 과방科榜은 어떻게 넘겨 다볼래, 어림도 없지, 요 얄미운 놈, 너야말로 싹수가 노랗다, 괘씸한 것, 다시는 그러지 말자고 속다짐하고 살았건만 같은 넋두리를 두덜 거리다가 잠잠해지곤 했다. 그런 두덜거림이 주춤해질 때마다 할머니 는 오만상을 찌푸리면서 당신의 작은 체수를 배배 틀린 배롱나무 가 지처럼 파르르 떨어대기도 했다. 한참 후에 알았지만 그런 육신의 전 율은 심장통의 진정 기미일 수도 있다는데, 기담氣痰으로 가슴팍 여 기저기가 결려서 그런다는 것이었다.

시속과는 무관하게 대개의 장수자는, 그중에서도 할머니들은 흔 히 제 자식들의 불효를 만만한 손자의 귀를 빌려 응징한다. 당신의 배로 낳은 두 자식이 고루 영민하고, 그런만큼 오로지 벼슬살이에 만 혈안이 되어서 말이나 글로만, 또 머리나 가슴으로만 고상하니 지 절대는 효자 노릇을 그 조그마한 체신의 할머니가 모질게 징치하고 있는 셈이었다. 물론 나로서야 그때 그런 심경까지 넘겨짚을 시건머 리가 없었겠지만, 내게 퍼붓는 당신의 '호놈'이 내 가친에게 대놓고 말 할 수 없는 섭섭한 마음이 줄은 웬만큼 짐작하고 있었을 것이다. 어 떤 에미라도 맏자식에 대한 모정이 한결 더 두툼하니 자별했을 테니 까. 그런데도 그 맏자식은 틀거지만 뻣뻣하니 드레질까 제 동생보다 모든 것이 한참이나 늦되고, 그런 주제임에도 용심은 사나워서 제 친 어미까지 층하를 두고 대하는 것처럼 비쳤을 게 분명하니 말이다.

참으로 묘한 알력이 두 할머니와 두 형제 사이에 겹겹으로 거미줄 처럼 얽혀 있었다. 황사공이 큰댁에 양자로 출계했더라면 그런저런 신경전도 없었을 테고, 포실한 집에서 끼니 걱정하지 않고 자란 형에 대한 원망과 시샘을 품을 여지도 없었으련만, 그것이 하필 거꾸로 '조정'되어버렸다는 생각이 한동안 나의 집요한 화두였다.

할머니의 지청구와 꾸지람이 무작정 이어졌을 테고, 그 좀 애매한 하소연을 내가 일일이 감당하기에는 벅찼을 게 틀림없다. 그런 수선스러운 소동이 한동안 이어지다가 새삼스럽게 제 할 일을 찾았다는 듯이 황사공이 나섰다. 누구 앞에서나 엉뚱한 생각으로 머리를 팔다가 불쑥 제 신분을 챙기는 버릇도 황사공의 특기였다.

"엄니, 이러나저러나 종신자식은 접니다. 아시지요, 이제 와서 한풀이한다고 뭣이 달라집니까, 엄니만 가슴에 멍이 든다니까요. 자꾸 그러시면 형님과 제 속은 편하겠습니까. 잊으셔요. 이제 살 만해졌는데 이러시면 어쩝니까."

굵다란 눈물을 눈꼬리께로 줄줄 흘리면서 할머니가 지절거렸다.

"오냐, 니 잘났다. 그까짓 벼슬살이가 그토록 중하냐. 자식도 하나 못 만드는 사내새끼가. 장차 조상을 무슨 낯으로 대하겠냐, 부끄럽고 참담하다. 에미한테 이러고도 만날천날 머리로만 효도 운운할 테니 글을 아는 벼슬아치는 죄다 거짓말쟁이가 아니고 뭐냐."

"압니다, 그만하셔요. 그래도 벼슬은 해야 사람 행세를 합니다. 그렇게나 벼슬이 제일이라고 자식을 숨도 제대로 못 쉬게 족대기던 양반이 이제는 무슨 억하심정으로 이러시는지 알다가도 모르겠습니다."

삼촌이 손수건을 내게 건네며 할머니의 눈물을 닦아드리라고 손짓했다.

"영익이가 아직 저녁도 못 먹었답니다. 그 손이나 좀 풀어주세요. 푸셔요, 뭣이든 풀어야 합니다. 꽁꽁 묶어놨다가는 이런 낭패를 보고 만다니까요. 여기저기가 막히고 결리고 뜨끔거리고 펄떡거리고 그러잖습니까. 사람이나 나랏일이나 다 그런 이칩니다."

"부모 말도 제대로 못 알아듣는 작자가 나라 형세를 잘도 읽어내겠다. 다 뜬구름이나 쫓는 본새다. 어서 니 자식이나 보는 것이 부모도 위하고 나라도 바로 세우는 봉사다. 뭣이 어렵냐, 아범 소리도 여태 못 듣는 니 같은 팔불출이 세상을 푼다면서 동분서주하는 그 꼴이 참으로 가관이다."

나를 머리맡에 앉혀두고 모자간에 그런 옥신각신을 주워섬기는 것도 우리 가문에서는 '출계'와 '양자' 제도에 치여 영영 풀 수 없는 한과 갈등이 내연하고 있음을 알아두라는 친할머니만의 잔꾀였을 것이다. 서른 중년에 홀어머니가 되어 두 자식을 보란 듯이 키우느라고 대갓집의 난침모를 비롯해 반빗하님 노릇까지 안 해본 고생이 없는 터라 세상의 형세와 양반의 치부에 대해서는 알 만큼 아는 노친네였다. 그러니 평소에는 비웃는 듯한 입 꼬리에다 늘 거품침을 묻히고서도 긴 담뱃대를 놓지 못하는 애연가라서 뚱한 편이지만, 말주변을 내놓았다 하면 '내 앞에서 아는 체하지 마라'라는 시위를 예사로 보이기도 했다. 그런 양반이라 서너 해쯤 지나 별세하기 직전에는 짐짓 망령기를 자청하는 게 아닌가 싶게 당신의 두 자식에게도 '호놈'하며 할 말 못 할 말을 마구 퍼붓는 기염을 부렸다. 실로 똑똑한 할머니였다. 양할머니의 그 사근사근하고 입의 혀처럼 구는 자손 거두기가 거짓일 리야 만무하지만 왠지 생색내기 같은 작위가 비쳤다면 친할머니는 비록 거칠긴 해도 가식이 없고, '내가 더 잘해야지' 따위의 용심도 없어서 우리 세 자손의 마음자리가 잠포록했던 것은 사실이다.

이야기가 구색을 갖추자면 그날 밤 늦은 저녁 밥상을 할머니의 명

대로 내가 그 안방에서 받고, 숙모와 숙부가 지켜보는 가운데 달게 먹었다고 해야겠으나, 그런 기억은 감감하다. 아마도 그날 밤을 숙부 댁에서 묵는다는 그 설레는 잠자리 때문에 그랬던 듯하다.

이미 앞에서 간간이 맛보기를 내놓기도 했지만, 내 삼촌 황사공은 무슨 일에든 출중한 안목을 앞질러 펼치던, 예컨대 점점 더 줄어드는 척화론자들의 두령이었던 대원군 앞에서도, 대문은 달아놓은 이상 어차피 열 때 열면서 살아야 합니다, 뭣이 걱정입니까라고 자기주장을 조만히 내놓는 데 스스럼없던 양반이었다. 공적으로든 사적으로든 소신이 워낙 분명하고 또 그만큼 까다롭기도 해서 섣불리 당신 곁을 아무에게나 내주지도 않았다. 그즈음에는 두 할머니의 강권으로 나도 그이를 반드시 '작은아버님'이나 '숙부님'이라고 불러야 했는데, 당신은 그런 호칭조차 아무래도 좋다는 식으로 나를 아끼면서 자기 속을 다 빼내줄 듯이, 그야말로 혹해서 덤비는 기색도 늦추지 않았다. 아무튼 나의 설익은 붓글씨 솜씨를 과찬하며 조명을 낸 최초의 당사자도 그이였으므로 나는 황사공을 신주처럼 우러러보고, 그이는 나를 빤히 쳐다보며 어루만질수록 물리지도 않는 골동품쯤으로 취급했다고 해도 틀린 말은 아닐 것이다.

이윽고 밥상도 물러가고 다들 한숨 돌리자 윗목에는 늙고 젊은 하님 서넛이 수심 어린 표정으로 엉거주춤하니 앉고 서서 자리보전한, 얼추 짚북데기만 한 노친네의 곁을 지키는 숙부 내외와 나의 동정을 살피는 장면이 벌어졌다.

황사공이 그 살가운 눈웃음을 지으며 숙모와 윗목을 둘러보며 가만가만히 말했다.

"이제 좀 안정이 됐나보네. 그만하기 다행이야. 한이 많은 노친네니까. 가슴 여기저기가 송곳으로 찌르듯이 따끔거린다니 기담인지 뭔지 그런 질환인가봐."

그러고 나서 황사공은 환자의 귀 쪽에다 상체를 바짝 숙이더니 큰 소리로 아뢰기 시작했다.

"엄니, 오늘 밤은 엄니 곁에 내자가 자리 펴고 잘 겝니다. 엄니가 마음씨 곱고 참하다는 제 내자가요. 아셨지요, 아무 염려 마시고 푹 주무셔요. 내일 아침에 큰댁 형님이 문안 걸음 하면 다른 용한 의원을 수소문해서 또 진맥을 받아보십시다."

그때까지 수마에 붙들려서 가물가물하는 육신을 뒤척이던 할머니가 성화같이 일갈했다.

"큰댁 형님이라니, 너는 명색 고관대작을 넘본다는 것이 호칭도 옳게 못 부르냐, 걔가 니 친형이다. 또 내자라고? 흥, 지 각시를 지 에미한테 내자라고 하는 말본새는 어디서 주워들은 풍월이냐, 그게 대국말이지 조선말이냐. 영길이 에미든 영술이 에미든 지 각시를 사람 만들고 이름 지어줄 줄 모르니 그러고 영의정이 된들 무슨 소용이 있니, 응, 말 좀 해봐라, 에미 가슴에 대못이나 박지 말고, 어서 니 각시한테 애 이름 하나 붙여주란 말이다. 뭣이 어렵냐, 하이구, 이 미친것아, 벼슬을 걷어치우든 붓자루를 내던지든 사람이 바른 정신을 갖고 살아야지."

황사공의 곱상한 얼굴에 얼핏 조롱기가 스쳤다.

"엄니, 엄니가 아무리 손주 타령을 앞세워도 저는 꼭 영의정은 하고 말랍니다. 일인지하 만인지상이라는 그 자리를 꿰차고 앉아서 형클어진 국정을 번듯하게 바로잡는 게 제 소원입니다. 엄니는 그때까지 꼭 사셔야 합니다. 엄니를 그토록 고생시킨 한을 내가 안 풀어드리면 누가 풀어준답니까."

황사공은 자신의 좀 엉뚱한 포부가 어색하게 들렸던지 좌우와 윗목을 훔쳐보았고, 하님들도 그 좀 생뚱맞은 다짐에 마른 웃음으로 화답했다.

"하이구, 지 자식도 하나 못 만드는 위인이 국정을 장히 바로 세우겠다. 나는 벼슬아치들의 그런 장담은 죽어도 못 믿는다, 내가 한두 번 속아봤을 줄 알아."

"엄니, 귀담아들었으니 그렇게 아시고 편히 주무셔요. 저는 사랑으로 물러갑니다. 영익이는 제 서실에 재울 테니 정히 궁금하시면 내자를 부르셔요. 여보, 그럼 잘 좀 부탁하오. 자, 영익아, 우리는 일어서자, 밤도 깊었다."

그때까지 나는 당연하게도 황사공이 남색가男色家라는 사실을 몰랐지만, 할머니는 숙모의 귀띔을 통해 알고 있었을 게 틀림없다. 심통을 빌미 삼아 당신의 평소 소망을 그토록 절절이 토해내던 할머니의 말 밑에는 둘째 아들의 그 변태적 기질에 악담을 퍼붓고 싶은 흔적이 묻어 있었으니 말이다. 그거야 어찌 됐든 한참 후에 숙부의 비역 상대자가 장동 김문의 한 노신짜리로서 그 양반도 달필로 한 시절을 풍미했다는 기문奇聞을 듣고서야, 또 서화 감상을 구실로 김가와 민가의 동품이 이루어졌을 것이라는 귀띔질에 내 가슴 언저리가 찡한 격통으로 쓰라렸던 기억은 남아 있다. 한동안 온몸이 스멀거리고 꺼림했던 그 충격이 엷어지자, 그렇다면 숙모가 아직도 '생각시'란 말인가라는 의문을 풀 길이 없어 머리를 한참이나 내둘렀다는 첨언도 여기다 밝혀두어야겠다. 꽤 나이 차가 지는 연상의 그 김모 구신舊臣이 양성애자였던 데 비해 황사공은 외곬의 동성애자였다면 내 할머니의 자손 포원은 청병을 일부러 불러올 만큼 가슴 깊이 서려 있었던 셈이 된다. 그러나 마나 황사공의 그 특이 성향이 장차 남의 부모 정을 가로채는 양자 들이기도 오불관언이라며, 불효막심은 물론이려니와 자식 정도 모르는 남색가에 샘바리 기질까지 부추겼다니, 참으로 모를 일이었다. 나로서는 남자들끼리의 비역질을 떠올리는 것만으로도 그 괴상망측한 육체적 향연이 불가사의해서 어질어질해지는 판인데, 이런 대목에서는 숙질간의 '내림'도 아무런 소용이 없는 듯하다.

황사공은 자리에서 일어서자마자 내 어깨에 인정스런 손을 얹었다. 우리는 대청을 건너질러 신방돌 위에 놓인 가죽 태사신을 신고서는 건넌방 앞의 축대 위를 줄여갔다. 그 축대의 끝자락에 한 계단 낮은 사랑채의 대석이 기역자로 엇물려 있다. 그 앞에는 사랑채와 안채를 갈라놓는 죽담이 역시 기역자로 울을 두른다. 납작한 막돌을 군데군데 박아놓은 그 죽담 위는 기왓장 갓돌을 얹어서 운치를 살리고 있기도 하다. 키 큰 사람의 사모가 그 갓돌 위를 경중경중 지나가면 빈객의 내방을 안채에서도 알아보고 접객용 다과를 준비하는 것이다.

회랑처럼 기다란 동향의 사랑채는 양쪽에 툇마루가 달려 있는데, 이웃집 화초담과 잇닿은 쪽으로는 난간도 둘러쳐져 있다. 다사로운 봄볕을 해바라기하거나 교교한 가을 달빛을 즐기려는 배려였을 것이다. 한가운데는 널찍한 대청을 우물마루로 펼쳐두고 있어서 그 크기가 얼추 작은 사찰의 법당만 하다. 그 대청의 한쪽 자락, 곧 남향 쪽에는 큰 사랑방과 작은 사랑방이 부자父子처럼 나란히 베풀어져 있는데 그 사이에도 장마루 통로를 깔아두었다.

큰 사랑방 앞에도 행랑 마당으로 통하는 작은 정원이 딸려 있어

제9장 배물애拜物愛의 싹

서 문등門燈이 사랑채의 아담한 위용을 은은히 밝혀준다. 서실은 대청을 사이에 두고 작은 사랑방 건너편에 있으니 안채와 맞붙어서 으슥하다. 나중에 숙모를 통해 엿들은 사실인데, 황사공은 큰 사랑방과 작은 사랑방, 또 서실에 각각 보루를 깔아두고 나들이하듯이 옮겨다니며 잠을 잔다고 했다. 역시 기벽이었다.

좌등과 벽걸이 등잔이 있었던지 서실은 의외로 밝고 아늑하며 넓었다. 방 한가운데를 가로지르는 장지문을 열어두고 달빛이 들어와서 그랬는지도 모른다. 역시 한쪽 벽에는 소문난 소목장이에게 맡겨 짰다는 기다란 장방형의 선책상이 놓여 있었고, 그 위에는 조금 전까지 붓과 씨름한 흔적으로 누런 시전지, 간필簡筆, 초필抄筆, 면상필面相筆, 작두필雀頭筆을 비롯한 필산, 필통, 필세筆洗, 벼루, 연병 따위가 어질더분하게, 그러나 찬찬히 뜯어보면 그 문방제구들이 꼭 그 자리에 놓여 있음으로써 빛이 나도록 널려 있기도 했다. 그 밖에도 벽면을 따라 책장, 책궤, 책탁자, 벼룻집, 구설합책상 등도 제자리를 잡고 있었으며, 언제 무슨 소용으로 쓰는지 장지문 너머에는 살평상 하나와 죽부인, 요강과 타구 같은 세간까지 갖춰두었다. 얼핏 훑어봐도 그 세간들 사이마다에는 책, 서첩, 시전첩詩箋帖, 인롱印籠, 인구印矩, 낙관 따위가 빈틈없이, 서지류는 천장까지 차곡차곡 쟁여 있었다.

놀랄 만한 풍경이었다. 사랑방에 점잖게 앉아 있다가 문득 연상 앞으로 다가가 방바닥에다 서판을 깔아놓고 붓을 잡던 가친의 그 간소한 취향에 비하면 황사공의 서실은 분통처럼 깔끔하고 아기자기한가 하면 요란스러운 골동 애호 의취意趣가 속되지 않게 배어 있는 셈이었다. 가친의 문방제구가 가릴 것을 깊숙이 갈무리한 관복 차림이라면 황사공의 그것은 숨길 게 뭐 있냐는 듯이 적삼 밑의 등등거리까지 훤히 까발리고 있는 격이었다. 관복 쪽이 가식으로 어떤 소박한 격조를 드러낸다면 적삼 쪽은 요란스러운 분장으로 잠시나마 지루한 세상살이에서 벗어나려는 용심을 빚어내고 있었다. 나는 한동안 얼이 빠졌고, 기도 죽었다. 내 호기심이 점점 더 발갛게 달아오르는 낌새를 황사공은 단숨에 알아챘다.

황사공이 내 감상을 굳이 캐묻지 않은 것도 나이 어린 조카가 이제부터 삼촌의 취향과 안목이 어느 수준인지를 스스로 터득해보라는 배려였다고 해야 맞을 것이다. 황사공은 그만큼 섬세한 감성의 소유자였고, 남의 심리를 넘겨짚는 머리도 남달랐으니 그이의 벼락출세가, 또 급서急逝가 그 점을 명백하게 증거하고 있기도 하다.

내 속내를 속속들이 간파했다는 듯이 대략 다음과 같은 말을 흘리면서 황사공은 몸을 사렸을 것이다.

"천천히 둘러봐. 저쪽 서책도 빼내서 명필들도 눈으로 외워두고 말이다. 참, 노친네가 영익이 널 쉽게 놔주지 않을 눈치던데, 공연히 망령스럽게 나한테 분풀이만 해대고, 아유, 골치 아파. 할마시가 한번씩 깅다짐을 내놓으면 흔이 다 빠져버린다니까 자, 영익이 너는 저 보료 위에서 자거라. 벽장문을 열면 이불이 한 채 있을 거다. 오줌이 마렵거든 저기 요강에다 누고. 삼촌은 저쪽 내 방으로 간다."

그때 황사공 댁에서 나는 열흘 남짓 머물렀던 듯하다. 나로서는 최초로 장기간 남의 집 잠자리에 머물렀던 셈이다. 그동안 나는 아침마다 안채의 할머니 방으로 불려가서 황사공과 겸상으로 밥을 먹었다. 밥상 곁에 앉아 있던 할머니는 숙모가 따끈따끈한 숭늉을 소반에 담아오면, 그때를 기다렸다는 듯이 내 안면을 찬찬히 어르면서 묻곤 했다.

제9장 배물애拜物愛의 싹

"익아, 너 몇 살에 등과할래? 이 할미하고 손가락 걸고 약속 한번 해보자."

내가 코앞의 삼촌 눈치를 살피며 대꾸했다.

"과거를 꼭 봐야 합니까?"

"그럼, 헌헌장부는 오로지 장원급제해서 탑전에 불려나가 임금님과 말씀을 나눠야 장하고 멋이 나지. 딴것은 닮지 말고 과거만큼은 이 작은애비처럼 일찌감치 한 번에 홍패를 거머쥐어야 한다. 그러면 이 할미가 너를 업고 종거리를 두 번쯤 왕복할 게야."

황사공이 시답잖다는 듯이 참견했다.

"그러다 허리나 다치시면 큰 고생 사서 합니다. 영익이, 알고 보면 등과야 별것도 아니다. 마음만 독하게 먹으면 10년 공부를 반으로 줄일 수도 있듯이 반년만 두문불출한 채 경서를 붙들고 있으면 저절로 시권지 작성을 이렇게 해야지 하는 요령이 생겨. 나중에 그걸 내가 일러주지, 허기야 너 정도면 일러줄 것도 없다만."

그런 선문답 같은 대화를 밥상머리에서, 그것도 단출한 세 식구가 주거니 받거니 하고 있으면 숙모는 그 긴 얼굴을 더 길어 보이도록 반달눈썹을 이마 쪽으로 밀어올리며 나와 눈을 맞추곤 했다. 대견하다는 그 눈길은 즉각 할머니와 삼촌에게로 전염되어서, 우리 가문에 이런 보배가 있다는 자부심을 달아오르게 함으로써 잠시나마 숙부 내외의 불임 걱정 따위는 까맣게 잊을 수 있었다.

그때 황사공은 종이품 참판급이었을 텐데, 등청이 워낙 일렀다. 아마도 조정의 여러 정이품 판서급 조신들 댁에 들러서 다급한 현안에 대해 말을 맞추느라고 그랬을 것이다. 어떤 정사나 인사든 스스로 좌지우지하고, 자신의 주장만이 옳다는 신념을 스스럼없이 과시하던 황사공의 그런 사전 조율 능력을 어느 상관이 밀치겠는가.

아무튼 황사공은 밥숟가락을 놓자마자 뜨거운 숭늉으로 볼을 불룩불룩 부풀리면서 한동안 요란하게 입안을 가시는 버릇이 있었다. 입 냄새를 녹이려는 그런 버릇도 상관을 잘 모시고, 부하를 살갑게 부리려는 관원다운 참한 버릇이 아닐 수 없다. 그러고는 바로 성큼 일어나서 대청 너머의 건넌방으로 걸어가 의관을 차리고, 대문간의 사인교 같은 탈것에 오르는데, 성질이 워낙 파르르해서 수종 한둘을 좌우에 거느리고 조복 자락을 펄럭이며 바쁜 걸음을 떼놓는 날도 많았다.

한참 후에 나도 조복 차림으로 집을 나서던 어느 날 문득, 황사공의 그 다급한 등청길이 비역질의 갈급을 해소하려는 걸음이었는지도 모른다는 추단이 얼핏 떠올라서 즉각 진저리를 쳤다. 누구라도 호색 같은 흠절과 '괴짜 습벽'이야 한두 개 이상씩 가지고 있겠으나, 황사공의 그 남색 기벽만큼은 아랫배에 체증기가 달라붙는 느낌이라서 무조건 싫었다.

그때부터 서실은 완전히 내 독차지였다. 서너 해나 지나서 목각 현판을 내걸었지 않나 싶은데, 황사공의 사호賜號인 지당芝堂을 따서 지당서실이라 불리던 그 서재는 그때부터 내가 머릿속에 그리는 모든 '내 방'의 원형이 되었다.

아무래도 '원형原形'은 정의하기 꽤나 어려운 말이 아닐까 싶다. 천학비재를 무릅쓰고 내 식으로 풀이해보면 원형은 어떤 사물이나 영상을 목격하거나 떠올릴 때, 그 대상과 비교하는 근원적인 형상이다. 누구나 그것을 저마다의 특별한 경험으로 다양하게 가지고 있다. 가령 여자를 상정하면 대개 다 자기 어머니를, 또는 '첫 경험'을 나누는

제9장 배물애拜物愛의 싹

소꿉동무나 어떤 화첩 속의 부채 든 미녀를 떠올리고 그것을 모든 여성에 대한 호오의 감정이나 선악의 판단 기준으로 삼는다. 내게 여자의 원형이라면 하나뿐인 예의 그 숙모다. 그이가 미녀도 아니고, 나에게 유독 애틋한 심성을 보여서도 아니며, 내 마음을 미리 읽고 제자식처럼 보살펴주어서도 아니다. 나도 성인이 되고 나서, 또 장가를 들어 여자를 알고 난 뒤 자식을 못 봐서 조멩이 났을 때도 그 숙모를 떠올리면 황사공의 부인으로서 그이를 내가 만나기 전부터도 그런 유형의 외모, 심성, 언행을 갖춘 어떤 특정한 '여인상'을 선험적으로 만들어내서 내 심성에 고착시키지 않았나 하는 생각을 뿌리칠 수 없었다. 그런 선험적 의식을 미흡한 채로나마 '그리움'으로 표현해도 되지 않을까 싶은데, 집·서재 같은 사물이나, 나라·애국 같은 추상물이나, 선비·관원 같은 특정 신분에도 각자 나름대로 그리는 원형으로서의 본보기는 복수나 단수의 형태로 있게 마련이다. 국록을 받아먹고 사는 관원이라면 내게 그 원형은 그이들의 치부, 장단점, 봉직 자세, 승계에의 망탐妄貪 따위를 속속들이 잘 알고 있는 내 가친과 숙부다. 그럴 수밖에 없지 않겠는가. 그이들은 언제라도 내 뒤통수에서 나를 감시하고, 두둔하다가 꾸짖고, 용서해주며 격려하느라고 부지런을 떨었다. 어떤 사람의 근본이 중요함은 새삼스레 말할 나위도 없지만, 그것은 결국 사람다움의 원형을 어떤 형태로 지니고 있는지를 알아보는 것과 다를 바 없을 것이다.

지당서실은 황사공 특유의 애완물 수집소였다. 서책이나 서화첩을 일단 논외로 친다면 지당서실은 온갖 종류의 문방제구를 마구 사들이고, 얻고, 선물로 받고, 심지어는 되돌려주지 않을 작정으로 빌려다가 부려놓는 저장고였다. 아, 지금도 그곳에 들를 때마다 불어나던 각

양각색의 그 문방구들이 눈에 선하다. 쓰다 만 먹을 삐딱하니 얹어놓던 3층짜리 신방돌 형태의 묵상墨床, 알록달록한 수실이 맞춤한 길이로 드리워진 묵통, 닳아서 짧아진 몽땅먹을 집는 대나무 먹집게, 길고 짧거나 둥그렇거나 네모진 다양한 모양새의 서진들이 문갑 속에, 사방탁자 위에 차곡차곡 갈무리되어 있었다. 나는 그 기물들 속에 파묻혀서, 그것들을 매만지며 하루 종일 놀았다. 그중에서도 내 눈길을 꼼짝 못하게 붙들고 좀체 놓아주지 않는 문방구는 말할 나위도 없이 벼루였다.

황사공은 그즈음에도 벌써 300점 이상의 벼루를 수장하고 있지 않았나 싶은데, 그것들의 형상은 실로 기상천외했다. 우선 그 외형만 하더라도 거북이형, 장방형, 원두猿頭형, 죽절竹節형, 달무리형, 풍자風字형, 연잎형, 가지형, 기와형, 방패연형 등등 하나라도 비슷한 모양새가 없다. 거기다가 벼루의 표면과 측면의 그 부드러운 질감을 쓰다듬는다든지, 주로 연지 위에 새겨놓은 물고기, 용, 못, 산수화, 반달, 포도넝쿨, 원숭이, 소나무, 상운祥雲, 경우耕牛, 매화, 무봉舞鳳, 폭포, 파초, 따정벌레, 개미 같은 형상의 다채로움을 어루만지고 있으면 장인들의 비상한 손재주와 그 천의무봉한 조형 감각에 저절로 탄성을 내지르게 된다. 그것들을 싫증날 때까지 사용하다가 어느 날 문득 글씨가 마음먹은 대로 안 써지는 사달이 바로 벼루에 있다면서 다른 귀물로 바꿔버릇한 선인들은 얼마나 멋진 일상을 누린 호사가들이었을까.

나는 온몸이 저려오도록 그 기물들의 값어치를 손으로 따져보곤 했다. 그때 이미 나는 장차 내 서재의 원형을 머릿속에 온전한 형태로 그려놓고 있었던 게 틀림없다.

　　　　　제9장 배물애拜物愛의 싹

벼루에만 한정해도 내 것의 원형은 쉽사리 정해졌다. 왜 그 단순한 기물이 내 벼루 감각의 원형이 되었을까 하는 의문은 그 후부터 지금까지도 내게는 풀 수 없는 문제다. 지금 상해의 내 우거에도 숱한 벼루가 있고, 아무리 줄여 잡아도 200점 이상은 될 테지만 내가 지당서실에서 감히 '내 것'이라고 점찍어놓았던 그 보배와 견줄 만한 것이나, 또 그것과 유사한 것도 없다. 아무튼 그것은 차라리 '졸작'이라고 해야 옳을, 벼루 감정가들은 즉석에서 하치라고 분별하고 두번 다시 눈을 안 줄 그런 수준의 것이었다.

그럼에도 불구하고 감히 그 '내 물건'을 지금도 애타게 그리면서 그것의 일부나마 묘사해보면 대강 이렇다. 그 벼루의 전체적인 외형은 두툼한 대나무의 한 마디를 반으로 쪼개놓은 것이라서 아래위에는 대의 관절을 가로줄로, 대의 그것처럼 고르지는 않은 선으로 두드러지게 파놓았다. 그런데 그 대쪽 한 마디가 아래쪽에서 약간 구불퉁하니 휘어져 있다. 누구나 손쉽게 보다시피 대는 마디마다 쭉쭉 곧게 뻗어나가면서 자라게 마련이니 휘어져 있다는 것은 벌써 형용모순이다. 말하자면 파격인데 나는 바로 그것에 매료되었던 모양이다. 벼루의 요체인 연당은 한가운데에 아래위가 기다란, 흔히 '기름한 얼굴'이라는 그 형태로 둘러 파놓았다. 막상 내 손으로 어루만질 때는 몰랐는데, 집에 돌아와서야 그 벼루의 연당이 숙모의 얼굴처럼 멋없이 길다는 것을 알고 소스라치게 놀란 기억은 지금도 생생하다. 그 연당 위에는 좁은 이마 같은 연지가 깊게 파여 있다. 먹물을 막는 벼루 가두리의 두두룩한 부분은 연순硯脣이란 것인데, 그 '내 벼루'는 대나무 형상이므로 여느 것과 달리 각져 있지 않고 둥그스름하다. 굳이 운두를 따로 세우지 않은 것이다. 연순의 이 평범한 변주가 내 감각을 사로잡았는지도 모른다. 게다가 연당과 연지 주변에는 크고 작은 댓잎들을 연이어 좀 조잡하게, 그러나 질흙에다 무늬를 새기듯이 뚜렷하게 그려놓고 있다. 또 다른 변주 하나는 대나무답게 연지의 반대쪽인 연측硯側에다 삽수挿手를 뚫어놓은 것이다. 여느 벼루들은 다들 알다시피 그 바닥이 평평하거나, 간혹 예외적으로 지나치게 두툼해서 묵직하기도 한 벼루인 소위 태사연太史硯은 들어서 옮기기 쉽도록 연배硯背를 비스듬히 깎아놓고 그 구멍 속에 손을 집어넣을 수 있게 되어 있다. 그 양쪽의 받침대를 봉족鳳足이라고도 하지만, 물론 드문 사례다. 그런데 '내 벼루'에는 그 삽수 속으로 내 단풍잎 손을 집어넣으면 나뭇결 같은 까끌까끌한 감촉을 느낄 수 있도록 잔금까지 치열하게 새겨놓고 있었다. 그 나뭇결 때문에 벼루를 들거나 옮기다가 떨어뜨리는 불상사를 예방하고 있는 셈이다.

그 '내 벼루'에 나는 즉흥적으로 '죽안연竹顔硯'이란 이름까지 지어 붙였다. 완벽하게 내 것이 되고 만 것이다. 어루만질수록 신기했다. 그 벼루의 재질 따위에는 추호의 관심도 없었던 듯하다. 틀림없이 중국산 명물인 단계석端溪石이나 흡주석歙州石이었을 테고, 황사공의 수집벽으로는 그 정도의 고가품이 아니면 눈에 차지도 않을 것이다. 그렇다는 것은 내가 아직 어렸으므로 벼루의 재질이나 그 값 따위에는 눈을 뜨지 못한 순수한 어리보기였다는 방증이기도 하다. 그럼에도 불구하고 삽수 속에다 손을 깊숙이 집어넣고, 내 눈앞까지 '죽안연'을 들어올려서 찬찬히 댓잎을 뜯어보고, 이윽고 베개 같은 그 반원형 인공의 돌덩이를 품에 안고 쓰다듬다보면 거의 무아도취경에 빠지는 것이었다.

다른 벼루 따위에는 아예 곁눈도 팔지 않고 오로지 그 '죽안연'만

제9장 배물애拜物愛의 싹

어르던 어느 날 점심때였다. 그 새카만 돌덩이에 얼마나 혹해 있었던지 누가 지당서실의 방문을 열고 들어오는 것도 나는 모르고 있었다.

아니나 다를까, 숙모였다. 숙모는 나부죽한 해주반 위에 나물 반찬과 김치, 계란찜 따위의 종지기로 차린 점심상을 들고 방으로 들어왔다. 좀 놀랐기에 가리를 못 차리고 나는 그 벼루를 무릎 위에 올려놓은 채 숙모를 쳐다보았다. 안석 앞에 앉아 책을 읽고 있거나 방바닥에 전지를 펴놓고 붓글씨를 쓰고 있어야 할 내가 좀 이상하게 보였을 텐데도 숙모는 아무렇지도 않다는 듯이 물었다.

"그 벼루가 썩 마음에 들었나보네, 응?"

순식간에 내 머리가 돌아버렸던 것인지 내 입에서는 엉뚱한 말이 흘러나왔다.

"숙모님, 이제는 왜 저를 예전처럼 왕눈이라고 안 부르셔요?"

숙모가 밥상을 연상 앞의 방바닥에다 놓고, 입을 호오 하며 오므리면서 턱을 떨어뜨려 얼굴을 더 길게 만들고 말했다.

"왕눈이야 어릴 때 별명이지. 그새 왕눈이 홀쩍 커버려서 이제는 그 별명이 어울리지 않는걸. 할머님이 차리신 점심이야, 어서 먹어. 할머니가 눌은밥은 뜨거워야 한다고 덥혀서 곧장 갖고 오실 거야."

내가 밥상 앞으로 다가가 밥술을 떠먹고 있는데도 숙모는 곁에서 한쪽 무릎을 세운 채로 내 전신을 샅샅이 어루더듬고 있었다. 왠지 내 마음이 뿌듯하게 차올랐다.

"이 서실에 혼자 있어도 심심하지는 않지?"

"네, 재미있어요. 시간 가는 줄도 모르겠어요."

"할머니도 어린것이 문밖으로 뛰쳐나오지도 않고 방 안에만 폭 파묻혀 있다고 대견해서. 삼촌한테도 그 말씀을 벌써 몇 번이나 일러

바쳤는걸."

멀리서 하님을 앞세우고 다가오는 할머니의 인기척이 들려왔다. 그 소리에 쫓기듯이 숙모가 그동안 벼려온 말을 불쑥 꺼냈다.

"그새 닷새나 훌쩍 지났네, 새엄마가 보고 싶지 않아? 큰댁 할머니도 우리 손자 생각으로 눈이 빠지게 기다리실 텐데."

"아니요. 저는 여기가 더 좋은데요. 이 서실에 있으면 마음이 두근두근거리다가도 어느 순간 차분해지면서 장차 내 모습이 또록또록 그려지고 해서 신기하고 재미있어요."

이내 하님이 툇마루에서 방문을 열자, 할머니가 먼저 방 안으로 들어섰고 숙모가 차반을 받아들었다. 할머니가 내 밥상 곁에 앉으며, 밥알 남기지 말고 깔끔히 다 먹어라, 어떤 집에서는 밥그릇 바닥을 달달 긁으면 복 나간다면서 그러지 마라지만 그건 미신이다, 곡식 한 알이 얼마나 귀한 줄부터 알아야 옳은 사람이지와 같은 실용적 '소학' 예절을 펼쳤을 것이다. 그런 잔소리쯤이야 못 들은 체할 줄 아는 내 성미가 그때부터 길들여졌다고 봐야 할 듯하다.

뽀얀 김이 모락모락 올라오는 누런 놋대접을 받아든 나를 빤히 어르는 할머니의 애틋한 눈길에 어리광을 부리고 싶었던지 내 입에서 엉뚱한 말이 또 흘러나왔다.

"제가 삼촌 댁에 너무 오래 있어서 성가시면 오늘이라도 우리 집으로 돌아갈게요."

할머니가 무슨 말을 했기에 이러냐고 숙모를 흘겨보았다. 숙모도 놀란 눈을 감추지 못하고 나섰다.

"무슨 말이야. 왜 성가셔, 참 이상하네, 새엄마 보고 싶지 않냐고, 큰댁 할머니도 손자 걱정으로 얼마나 기다리실까 이랬더니 삐쳤나봐.

제9장 배물애拜物愛의 싹

아니야, 여기 할머니와 숙모가 널 얼마나 좋아하는데. 얼마든지 오래 있어도 돼. 아니, 여기서 같이 살아도 된다고. 할머니도 그러면 더 좋다고 하실 거고, 그렇지요, 어머님?"

"이놈이 사내대장부라면서 그 말에 토라졌나보네. 그런 속 좁은 심보로 과거를 어떻게 보려고, 헌헌장부 되기 다 글렀다. 네 집에 못 간다, 여기서 이 할미한테 더 닦달을 받아야지, 못난 놈."

내가 밥숟가락을 놓고 소매로 눈가를 훔치자 숙모가 당황했다.

"어머나, 영익아, 울고 있잖아. 그만한 일에 사내 꼭지가 눈물을 흘리다니."

"여려빠진 놈하고선. 니가 좋다고 숙모가 니 속마음을 떠보느라고 그랬는데 꽁하니 삐뚤어졌네. 안 보낼 테니 여기서 우리랑 살아. 섧은 가봐. 망할 놈."

한 줄기 흘러내린 눈물이 이제는 걷잡을 수 없이 뚝뚝 떨어졌다. 저절로 울음소리도 터졌다. 놀면한 눌은밥이 점점이 떠 있는 숭늉 속으로 눈물이 방울방울 떨어졌다. 할머니의 호놈도 쏙 들어갔고, 숙모도 입을 다물었다. 하님 하나가 선 채로 나섰다.

"영익이 도령, 울지 마. 할머니가 널 큰댁으로 안 보내신다잖아."

그제야 감을 잡았다는 듯이 할머니가 낮게 중얼거렸다.

"지 에미 정을 모르고 살아서 이래. 쯧쯧쯧, 불쌍한 것. 원래 정 각각 흥 각각이라고 좋으나 궂으나 낳은 정을 어떻게 당해. 어린것이 겪은 대로 지금 그 말을 하고 있어. 공연히 일찌거니 천금 같은 내 자석 떼인 이 늙은 할마시조차 섧어지네. 영익아, 고만 울어. 할미가 잘 못했어. 할미 방에 가자, 맛있는 거 줄게, 응."

숙모가 무슨 생각을 떠올렸던지 내 곁으로 바싹 다가와서 속삭였다.

"왕눈아, 숙모가 미운 거야? 바른 대로 말해, 웅. 내가 보기 싫어? 솔직하니 남자답게 말해. 괜찮아, 미우면 밉다고 그래, 난 참을 수 있어. 아니지? 숙모가 미워서 우는 건 아니지."

어느새 내 눈물이 시작될 때처럼 느닷없이 멈췄다. 부끄러워서라도 무슨 말이든 해야 했다.

"아니에요. 숙모도 할머니도 저를 좋아하는 거 다 알아요. 새엄마도 잘해주지만 전 여기가 더 편하고 재미있고 좋아요."

"그래, 알았어. 당분간 우리와 여기서 사는 거야. 큰댁에는 그렇게 통기하면 그뿐인걸. 자, 할머니 방에 가자."

숙모가 내 손을 잡고 일으켰다. 하님이 밥상을 챙기려고 다가왔다. 할머니가 주절거렸다.

"어린놈이 벌써 샘도 부리고 정도 많다. 니 애비, 니 삼촌한테 단단히 일러서 옳게 키우라고 해야것다. 고놈 참, 섧기도 하다."

난데없이 불쑥 터진 그 눈물 소동이 멀리 떨어진 우리 집에까지 들렸을 리는 만무한데도 이틀쯤 후에 나를 데리고 가려는 심부름꾼이 들이닥쳤다. 데려갈 구실이야 얼마든지 있었다. 하기야 혈육상으로든 관습상으로든 내가 살아가야 할 집이 삼촌 집일 수는 없었다.

제 자식을 떼여본 할머니는 체념에 이력이 난 늙은이라서 대청 끝에 오도카니 걸터앉아 달관한 어조로 넋두리를 두덜거렸다.

"가거라, 다들 니 집이 거기라니까 내가 우겨본들 씨도 안 먹히지. 영익아, 이놈, 또 삐쳐서 징징 짜고 그러면 혼날 줄 알아. 사내대장부가 어디서 함부로 울보 노릇이야, 알았지? 절대 그러지 마라, 웅. 언제 또 이 할미 보러 올래. 너 토란대 많이 넣고 끓인 쇠고깃국 잘 먹지,

그거 맛있게 끓여줄게."

축대 밑에 서서 대청 끝의 할머니께 머리를 조아리자 왠지 또 섧어졌다. 방금이라도 울음이 터질 듯해서 나는 서둘러 돌아서며 숙모의 손을 잡고 지당서실 쪽으로 걸어갔다. 대문 쪽으로 가자면 안마당을 지나 중문을 걸터 넘는 길이 빠르지만 그쪽은 아무래도 낯설었다.

지당서실 앞을 지나치자 숙모가 넌지시 물었다.

"왕눈아, 니가 탐내던 그 벼루, 삼촌한테 말해서 얻어줄까?"

내 귀가 번쩍 뜨였다. 내 속마음을 그토록 정확히 짚어내는 숙모의 말이 놀랍기도 하려니와 그것은 이미 '내 벼루'라는 생각도 들고, 굳이 내 수중에 가지고 있어야 한다는 꿈을 그때까지 꾼 적도 없어서 그 의사 타진이 이상하게 들리기도 했다.

"삼촌은 벼슬 욕심도 많으시고, 문방구 수집에 온 정성을 다 바치시는데 저한테 그 벼루를 물려주실까요?"

나는 뜸직뜸직 말을 골라가며, 숙모의 그 당돌한 제의가 도저히 이뤄질 수 없다는 투로 말했다.

"믿기지 않는 모양이네. 삼촌은 내 말이라면 버럭 성을 낼지도 몰라. 허지만 할머니 청이라면 꼼짝 못하고 들어주시거든."

숙모가 뜸을 들이자 내가 올려다보며 다음 말을 재촉했다.

"할머니는 또 내 청이라면 무엇이든 들어주셔. 지금부터라도 그 벼루는 니 것이나 마찬가지야, 얻어주랴?"

숙모와 나는 또 한 번 오래도록 눈을 맞추면서 사랑채를 돌아 나갔다. 내 머릿속이 너무 복잡했다. 행랑채 앞에 다가서자 숙모는 다시 놀리듯이 물었다.

"왜 싫어졌어, 그 벼루가? 대답을 해야지. 얻어서 그걸로 붓글씨를 쓰고 하면 좀 좋아?"

나는 머뭇거리며 마음에 없는 말을 흘렸다.

"글씨도 못 쓰면서 벼루부터 좋은 것을 탐낸다고 혼날텐데요. 과거에라도 급제하면 청을 넣어보고서……"

"그동안을 참는다고? 그것도 좋겠네. 탐나는 물건을 가지려고 과거 공부를 더 열심히 할 테니까. 실은 숙모도 여기 할머니처럼 왕눈이가 어서 등과해서 벼슬하고 종자 부리며 등청하는 장관을 꼭 보고 싶어. 언제가 됐든 그날이 머잖아 꼭 오겠지."

황사공 댁은 언덕배기에 있었으므로 대문을 벗어나면 창경궁의 동쪽 문인 선인문宣仁門으로 뻗친 좁다란 비탈길을 내려가야 한다. 나를 데리러 온 가복 하나가 한쪽 어깨에 둘러멘 곡식 자루를 출렁이며 앞서서 까맣게 멀어지더니 언덕 아래에서 우리 쪽을 돌아보았다. 내가 걸음을 멈추자 얼굴처럼 키도 밋밋하니 기다란 숙모가 허리를 잔뜩 숙이고는 내 눈 속을 빤히 쳐다보았다.

"왕눈이, 언제 또 올래? 벼루가 궁금해서라도 자주 놀러 와야겠네."

"네, 그래야지요. 숙모님, 접때 제가 탐내던 그 벼루를 지금도 알고 계세요?"

"알다마다. 댓잎만 크고 작은 것을 별처럼 촘촘히 새겨놓은 거잖아. 베개처럼 대나무 마디를 반으로 잘라놓은 까만 돌이고."

왠지 또 울음이 터질 것 같아 나는 성급하게 돌아서서 빠른 걸음을 떼놓았다. 왼쪽으로 꺾어져야 하는 길목에서 나를 기다리던 가복이 어서 오라고 손짓했다. 그때 무심코 뒤쪽으로 눈을 돌렸더니 숙모는 여전히 나를 지켜보며 서 있다가 어서 가라고 손을 내저었다. 그 순간 얼핏 뭔가가 미진하다는 생각이 나를 사로잡았다. 나는 숙모를 향해 왔던 길을 돌아서서 뛰어갔다.

숙모의 작은 눈이 반짝였다. 좁은 이마 쪽으로 한참 올라가서 반 달처럼 그려진 눈썹 밑의 움푹 꺼진 눈두덩에 주름 한 가닥이 파진 그 아래 새까만 눈을 동그랗게 홉뜨며 나를 맞았다.

나는 숨을 헐떡거리며 마구 말했다.

"숙모님, 아무리 생각해도 그러면 안 되겠어요."

"뭘?"

"삼촌한테 제가 그 벼루를 탐내고 있다는 말은 안 했으면 좋겠어 요."

"그건 또 왜?"

"왜 하필 그 벼루냐고 타박할까봐서요. 그 벼루는 안 된다고, 다른 걸 가지라고 하면…… 저는 아무리 진품이라도 다른 벼루는 싫은걸 요. 이번에 삼촌 댁에서 명필 글씨도 많이 봤지만 제가 잘 썼다고, 좋 게 보이는 글씨는 정해져 있었어요. 벼루도 마찬가지라서요."

그제야 숙모의 눈길에 알 듯 말 듯하다는 의사가 얼비쳤다가 이내 사라졌다.

"꼭이요, 삼촌께 절대로 제가 어떤 벼루에 눈독을 들였다고 일러 바치지 마세요, 할머니한테도요, 아셨죠?"

숙모는 대꾸할 말을 잃은 사람이 되었고, 대나무 마디처럼 기다랗 고 민틋한 얼굴만 아래위로 끄덕였다.

제10장
서생과 탐심

　그 후부터 나는 황사공의 그 지당서실을 자주 들락거렸다. 가친께서는 마침 황해 감사로 부임해 있었으므로 드문드문 이어지던 문객들의 걸음도 뚝 끊겼다. 알다시피 감사 자리는 여러 고을을 순회하면서 목사·현감들이 노심초사하는 가운데 치르는 왕명의 시정施政과 그 진척을 분별, 독려하면서 관인·선비·서인 간의 불화를 해소, 그 걸과를 장계로 올려야 하므로, 세칭 등줄기에서 땀이 줄줄 흘러내리는 늙은 말처럼 일해도 소임을 제대로 추슬러내기가 어려운 지경이다. 그런 만큼 가친은 당신의 친동기인 황사공이 이조참판 같은 조정의 추요직을 두루 섭렵하던 중이었으므로 그 본을 봐서라도, 아니 그 후광에 누를 끼치지 않기 위해서라도 죽을 고비까지 불사하면서 국사에 전념해야 하는 좀 우스꽝스러운 광경이 그즈음 우리 가문의 일상이었다. 다행히도 1년이 멀다 하고 외관직을 갈아대는 관례가 있었기에 망정이지 그런 시혜마저 없었더라면 우리 집 사랑채는 주인 잃은 폐가처럼 쑥대밭이 되었을 게 틀림없다.

아무려나 내 나이가 좀 애매했다. 사부 학당 중 하나를 골라 학업을 의탁하기는 좀 일렀고, 그렇다고 서당에서 내 수준에 맞는 학과를 배울 수 있는 여건은 아예 없었으므로 마냥 내 사랑방에 죽치고 앉아 서상 위의 책과 눈씨름을 해야 할 형편이었다.

공부라고 해봐야 그 밑으로 두 다리를 쭉 뻗칠 수 있는 절간용 경상 위에 주로 사서 중 한 권을, 예컨대 『대학』이나 『중용』 같은 책을 올려놓고 한 차례 음독한 뒤 그 의미를 나름대로 새겨보는 묵독에 매진하는 식이다. 그런 학습법이 과연 옳은지 그른지는 그 시절의 일반적인 사정을 고려해야 하므로 함부로 단정 짓기는 어렵다. 허나 그 내용의 음미가 내 식이었기 때문에 부당했다고 장담할 수는 있다. 그 잘난 내 식의 결과가 40년쯤 지난 지금, 허무하게도 남아 있는 게 반 푼어치도 없으니 말이다. 어떤 대목, 어떤 구절을 외운다는 것과 그 의미를 최초에 어떻게 새겼느냐는 것은 전혀 다른 차원의 논란거리이고, 그런 뜻에서도 '음미'는 그때그때마다 달라지며, 일단 암기로서만 학식의 소지 여부를 따질 수밖에 없다는 것이 모든 학습의 맹점이기는 할 것이다.

아무튼 내 식의 그 학습법은 구구한 설명이 뒤따라야 할 대목인데, 여기서 다 털어놓을 수도, 또 그럴 필요도 없다. 그러나 감히 요약하건대 사서의 내용 중 틀린 말은 없고, 모든 명저가 그렇듯이 있을 수도 없다는 의견에 누구라도 동의한다면 일일이 옳은 그 말이 보란 듯이 이 세상을 당당하게 굴러가는 지렛대 역할을 톡톡히 해야 할 텐데, 내가 읽기로는 시시비비거리만 무한정으로 제공하고 있다는 생각을 뿌리칠 수 없었다. 그래서 그랬지 않나 싶은 게, 나는 그 '과불급過不及『중용』의 주제어다'의 말들은 음미할 때마다 의문투성이고, 종내에는 이게 무슨 구름 잡는 소리인가 하는 불신의 염만 짙어져갈 뿐이었다. 그런 말의 수렁에 빠져 허우적거리다보면 어느새 백 번 읽느니한 번 써보라는 금언이 떠오르고, 설마 한 번 베껴본다고 해서 그 뜻을 온전히 이해할 리는 만무하지만, 내 심부에서는 붓을 잡고 싶은욕심이 용솟음치곤 했다. 이미 내 머릿속에는 한석봉의 그 부드럽고동글동글한 점과 획에도 어딘가 지루하고 생기가 안 비치는 것 같은데, 도대체 그 비의가 무엇인지를 알고 싶은 욕심으로 가슴이 울렁거리곤 했다.

그때는 물론이고 그 후로도 나는 한 시간 이상 경서 속의 어떤 문맥 그 자체의 심오한 뜻만을 숙고하며 머리를 썩인 적이 없다. 다른사람은 어떤지 그 솔직한 천착의 경과를 알고 싶지만, 나는 탐독·숙독·정독에 빠져 지낼 수 없었다. 내 머릿속에 별의별 생각들이 자발없이 출몰하고, 그런 잡념을 대략이라도 간추려보면, 결국 과연 이럴까, 세상은 이렇지 않은데, 사람의 속성을 너무 모르잖나, 정말 이 지경이라면 하나 마나 한 말일걸 같은 내 식의 음미와 싸우고 있어서나. 앞질러 잠시 말미리를 돌리면 한참 뒤에 나는 출중한 개화파 총아들과 숱하게 탁상공론 같은 담론을 주고받았는데, 그들의 그 지칠줄 모르는, 아예 그 부당성 자체에 눈을 감아버리고 읊어대는 경서인용벽이야말로 이 세상과 동떨어진 '선계仙界 망상' 내지는 '신선神仙자처벽'이라며 속으로 타매하길 주저하지 않았다. 오해의 소지가 있을 듯해서 덧붙이는데, 책 속의 '이상'은 세상이라는 '현실'로부터 한발짝이라도 벗어날 때 그 정언正言은 백해무익한 공염불인 것이다. 따라서 그 '이상'은 실현을 구가하든 말든 없는 것보다야 반드시 있어야 하는, 그것 자체로서는 아주 이해하기 쉬운 '어머니' 같은 것일 뿐이다.

책읽기보다 글쓰기가 내 잡념을 쉬 걷어가고, 내 기호에 맞았다는 말은 굳이 구구한 설명을 덧댈 것도 없을 듯하다. 그런데 내 기호가 좀 엉뚱한 것은 사실이었다. 내 사랑방에서 덧문을 활짝 열어놓고 오로지 휘필에만 온 정신을 쏟느라고 무릎 꿇고 반절지 위에다 해서나 행서로 200자쯤 메워가다보면 곳곳에서 수많은 얼룩이 잔물결처럼 번지곤 했다. 이 얼룩은 점과 획의 크기나 굵기이기도 하고, 먹물의 농담일 수도 있지만, 여기서는 글자 한 자 한 자마다의 성취도이다. 가령 왼쪽으로 삐딱하게 기울어진 즉則자가 다음 행에서 또 나왔건만 어떤 심사에서인지 앞 글자보다는 훨씬 더 안정감이 있고 생기가 붙어서 적이 안도할 수 있다. 내 식의 얼룩은 바로 이것인데, 비백飛白 빠른 운필로 인해 생기는 마른 붓의 자국. 필획 사이에 나타나는 흰 운필선 때문에 그 성취도가 가지각색이고, 결자結字 글자마다의 형성미. 짜임새와 장법章法 전체적인 구성미로서의 글자 배열과 그 조화의 정도를 분별해가면 얼룩의 가짓수는 수도 없이 불어난다. 그 미묘한 경지를 언어로 표현하기는 역시 역불급이랄 수밖에 없다.

여백처럼 하얀 얼룩이든 먹물처럼 검은 얼룩이든 그것이 없는 붓글씨는 있을 수 없다. 매번 그렇고, 어떤 명필이라도 마찬가지다. 그것을 알면서도 조금이나마 줄어들기를 바라며 붓을 휘두른다. 이른바 운필이다. 다시 그 얼룩의 색다른 느낌을 맛보기 위해 붓을 잡는다. 그 기도가 내게는 언제라도 도락이었다. 서법은 곧 도를 즐기면서 그 즐거움을 어떤 깨달음의 경지로 승화시키는 것이다. 하기야 필적이라는 말이 곧이곧대로 일러주는 것처럼 모든 글씨는 얼룩이고, 그것을 남기면서 한편으로 지워가는 경과일 뿐이다.

내 글씨는 어딘가를 향해 나아가고 있었다. 필력의 묘미를 조금씩 익히면서 그 경지를 열어가던 중이라고 해도 무방할 테지만, 내 '눈'을 믿을 수는 없었다. 늘 부족했고, 허전했다. 다른 명필과 견줘봐야 성이 찼다. 이제부터는 상투적인 덕담 수준의 칭찬은 극구 사양하고 싶었다. 그런 말이 들려오면 눈을 질끈 감아버렸다. 당연하게도 내 글과 비교할 수 있는 글은 책 속, 곧 서첩에 있었다. 우리 집에도 따분하기 이를 데 없는 자체字體의 서적류, 필첩류는 꽤 있었지만 지당서실과 비교급은 아니었다. 연지의 먹물이 말라버리면 나는 미련 없이 붓두껍을 찾았고, 성큼 일어섰다.

이제는 군이 글방 걸음처럼 정해진 시간이 있는 것도 아니었다. 마음 내키면 한낮 중 어느 때라도 청지기에게 건성으로 삼촌 댁에 '공부하러' 간다고 이르고는 집을 나섰다. 그때만 하더라도 우리 집을 빠져나와 탑골과 누동樓洞을 지나 종묘의 아득한 녹음을 바라보면서 걷는 화초담 길은 한적했다. 가끔씩 조복 차림에 홀笏을 든 관원이나 무릎 밑을 홀태바지처럼 질끈 묶은 단의單衣 차림에 오랏줄이나 육모방망이를 손에 든 나졸들이 삼삼오오 떼 지어 다닐까, 행인은 드물었다. 가끔씩 의관을 정제한 두루마기 차림의 중늙은이가 문상길에 오르느라고 허둥거리긴 하지만, '여자 없는 세상'처럼 조용하기 이를 데 없다. 부녀자의 나들이를 극구 제한하는 그 당시 풍속은 미개의 한 표정일 수 있었다. 이태쯤 후엔가 돈전豚錢 청전淸錢의 속어. 친정 선포 후 고종은 청전 사용을 엄금했다이 씨가 말라서 물가가 뛴다는 말이 시중에 나돌 때나 그 후 돈졸豚卒 청군의 비어. 임오군란 전후에 그들은 서울에 상주했다들이 떼 지어 아무 데서나 행패를 일삼는 통에 어린것이나 여자들은 아예 길에 나서지 말고, 남자들도 꼭 무리지어 다니라고 하던 때와 견주면 그 당시는 북촌의 어느 길이라도 마냥 걷고 싶을 정도로 운치가 그윽했다. 그랬다는 것은 그즈음에도 서울의 사대부가들은 여느 때나 대문을 빈틈없이 닫아놓고 제 집 안에서만 큰소리를 쳐대는 겉똑똑이로 세월을 죽여내고 있었다는 말이 된다.

나는 그 조용한 길을 설레는 마음으로 줄여갔다. 우리 집에서 황사공 댁까지는 멀지도, 그렇다고 가깝지도 않았지만, 그 길에 나서면 왠지 뿌듯해지고, 내 필력이나 학력이 성큼성큼 불어나고 있다는 고양감이 덮쳐오곤 했다. 아마도 그때 이미 나는 내 신분을 웬만큼 의식하면서 '여기서 이렇게' 살아가는 것이 얼마나 복된 경우인가를 느끼고 있었던 듯하다.

언덕길을 올라가면 황사공 댁에 들렀다가 내려오는 문객들과 마주치거나 청지기 장 집사가 대문간에서 그들을 배웅하다가 나누는 덕담을 들을 때도 곧잘 있었다. 당연하게도 나는 주인 없는 큰 사랑방의 대청에 무리지어 앉아 덕담을 나누는 한유閑儒들과 눈을 마주치지 않으려고 걸음을 빨리했다.

"저 어린 유생은 누군가. 아직 벼슬길을 넘볼 연배는 아닌 듯한데."

"허어, 아직 모르시는가. 황사공의 장조카 아닌가."

"아, 그렇다면 표정민태호의 호 영감의 장자라는 말이군. 눈이 굵다라니 외탁을 했는갑네."

"표정 영감은 뵌 적이 있다는 소리군?"

"뵙다마다, 그이가 황해도에서 수령을 살 때 이 불초도 적공積功이 적지 않다는 걸 표정 영감 당신이 더 잘 알고 계실 게야."

"아무튼 우리도 저 자제분과 심심찮게 인사라도 닦아봤어야 했으려나."

"너무 어리잖은가. 쑥스러워할 걸세. 그나저나 저 나이에 벌써 글씨 솜씨가 아주 훌륭하다고 소문이 자자하다네. 누구는 피를 어찌 속이냐고, 허풍스럽게 추사의 경지를 넘본다고 하더구먼."

"허어, 그것도 금시초문이네, 언제 짬이 나면 황사공께 구경시켜달라고 졸라봐야겠네."

"어림 반 푼어치도 없는 말을 겁도 없이 하고 있네. 알다시피 황사공이 기물을 얼마나 애지중지 아끼는 영감인가. 꽁꽁 감춰두고 머리털 하나라도 하마나 보일까봐 몸서리를 치시는 판에."

"비밀도 많으시고 계책도 워낙 풍부하신 어른이긴 하지, 껄껄껄."

"아무리 그래도 설마 당신 조카 글씨까지 그럴까. 닮는 것도 아니고, 우리 같으면 자랑하고 싶어 좀이 쑤실 판인데."

"어쨌든 자랑 끝에 불붙는다는 말이 안 나도록 이 메마른 땅에서도 다시 추사체를 방불케 하는 글을 볼 날만 기다려야지."

"그러고 보니 황사공도 이리로 이사한 후로는 글씨 말이 쑥 들어갔지. 수장벽만 과하시고."

"묘하신 양반이야 저번에도 누가 모씨의 서찰과 연행기 고본稿本을 입수하셨다는데 저희도 눈요기나 시켜주십사고 아뢰었더니 황 영감께서는 대뜸 안정을 엄정히 굳히시며 그이를 빤히 쳐다보시더니 그 말을 누구한테 들었냐고, 짐작은 가지만 그런 낭설을 또 퍼뜨렸다가는 나와 상종할 생각은 두번 다시 못 하도록 하시겠다더구먼. 듣고 있는 우리도 오금이 저리고 속으로 참 별나다고, 남녀 공히 혼자서 내밀하니 쓰다듬고 즐기는 것은 엄연히 다를뿐더러 서화첩이나 귀물 골동품은 만인 공유의 전시물이 돼야 한다고 그렇게나 열변을 토하시더니 당신 손에 든 기물 앞에서는 생뚱맞게 토라져버리시니 도대

제10장 서생과 탐심

체 무슨 속셈인지 우리 머리로는 도저히 따라잡을 수 없었다네."

나는 그런 덕담 반 험담 반을 엿들으면서도 막상 황사공의 그 괴팍스럽다는 성깔의 실체 따위에는 태무심했다. 아마도 어린 나이 탓도 있었을 테고, 혈육인 데다 유독 나에게 자상한 삼촌이었기 때문에 무조건 두둔하고 싶어서였을 것이다. 어쨌거나 내 필력을 알아본 첫 번째 사람도 황사공이고, 딴에는 그 양반이 점치고 있는 내 앞날을 서둘러 불러오고 싶은 욕심도 가당찮았으니까.

지당서실에 가만히 앉아서 서첩들을 눈여겨보며 예의 그 '얼룩'을 나름대로 외워가고 있으면 장 집사가 발소리를 죽이며 다가와서 눈만 맞추고 돌아서곤 했다. 뒤이어 할머니나 숙모가 감주·단술·매실차 같은 마실거리와 과줄·유밀과·강정·과일 같은 군것질거리를 차반에 받쳐 들고 들어섰다. 왠지 숙모는 그쪽에다 한사코 모르쇠를 놓지만, 할머니는 꼭 툇마루나 윗목에 내다놓은 놋쇠 요강과 사기 타구를 둘러보고서는, 에잇, 더러운 것이라며 부어버리고는 다시 돌아왔다. 할머니의 그런 거둠 손길에조차 잃어버린 자식을 되찾았다는 득의가 번져나고 있음을 나는 모르지 않았다. 행랑채 모서리까지 돌아가는 번거로움이 귀찮아서 황사공은 밤에 요강을 상용하는 듯했고, 문객들도 사랑채 뒤뜰에다 오줌독을 묻어두면 거름용으로 요긴하게 쓸 텐데와 같은 아쉬운 소리를 지껄이던 것이었다.

숙모는 달랐다. 감히 말하자면 '우리' 사이에는 내가 예의 그 '죽안연'을 탐하고, 그것을 얻어주려는 숙모의 호의를 밀막음으로써 맺어진 비밀이 파닥거리고 있었다. 비밀은 당사자 두 사람이 그 말을 더 이상 나누지 않아야만 비로소 비밀다워진다. 숙모는 그것을 알고 있을 뿐 아니라 지킬 줄도 아는 여자였다. 그 후로도 숙모는 내게 그

'죽안연'에 관한 한 어떤 말도 꺼내지 않았다. 아마 누구에게도 그 비밀을 누설하지 않고 생을 마감했을 테니 여자란 얼마나 무섭고 이상 야릇한 미물이며, 이런 술회록에서라도 그 아릿한 비밀의 뒷맛을 쩝쩝거리는 남자는 얼마나 너더분하며 미욱스런 족속인가.

아무튼 지당서실에 들어설 때마다 숙모에게는 또래의 하님이 딸려 있거나, 그 작은 옴팡눈을 동그랗게 뜨고, 사흘 만에 왔네, 우리 집 서생 도령님이라든지, 계모가 낳은 내 이복동생의 안부를 묻느라고, 동생을 보니 어때? 시아주버니께서 도신道臣을 사시느라고 사랑을 오래 비우시니 동서도 꽤나 허우룩할 게야 같은 말을 혼잣말처럼 지껄이곤 했다. 그러나 내가 제법 의젓하게 선인들의 필적을 감별한답시고 서첩을 무릎 위에 올려놓고 있으면 비록 찰나에 불과했을망정 나를 물끄러미 내려다보는 그이의 시선에는 무언가를 염탐하면서 저울질하는 낌새가 역력했다. 그 당시 사녀士女의 불임은 사랑 양반의 두호가 아무리 두텁더라도 곧장 첩치가와 시앗 득세로 뒷방마누라 신세를 면치 못하게 했는데, 내가 잘못 보지 않았다면 '내 하나뿐인' 숙모에게는 저어도 그런 추조가 누꼽만큼도 비치지 않았다. 오히려 그 반대였다. 사녀의 행실 품평에 따르는 세 조목 중 하나인 접빈객에 소홀함이 없도록 오로지 바지런한 나날을 꾸려가느라고 여념없는 쪽이었다.

이제야 삼촌 내외간의 애증관계를 웬만큼 짐작할 수 있는 유일한 친척인 나의 생각으로는 황사공의 그 남색 성향이 점점 더 범방을 기피하도록 추슬렀던 듯하고, 그 사단으로 말미암아 '후손 보기'에 따르는 사녀의 원천적인 죄의식이 숙모에게는 해당되지 않았을 것이므로 그처럼 떳떳할 수 있지 않았나 싶다. 그러니까 숙모 특유의 나에 대한 기림은 자식을 낳고 싶은 여자의 단순한 본성의 발로에 지나지 않았을 공산이 크고, 지아비의 그 야릇한 변태성욕이 언젠가는 숙지근해지기를 느긋하게 기다리고 있었을 게 분명하다. 항문 성교를 비롯한 그 성희의 집착에는 백약이 무효하다는 것쯤이야 알고 있었을 테니까. 그럴 수밖에 없었을 테고, 그 당시에는 계간鷄姦이 아주 흔했던 데다 그 우스꽝스러운 남자끼리의 색사가 그렇게 난잡하지도 않았다는 방증도 참조해둘 만하니 말이다. 하기야 부부 사이에 범방보다 더 중한 것으로 달리 무엇을 거론할 수 있느냐고 타시락거릴 수야 있겠지만, 어느 한쪽이 그 특유의 고집, 집념, 사명의식, 수집벽, 근검절약 같은 기질에 꼼짝없이 들려버리면 그 나름의 단색적 삶이 의외로 짱짱해지는 것도 사실이다. 요컨대 그 이상한 성벽을 병적이라고 매도하는 시각 자체가 세상을 개조하겠다고 그토록 말로만 열을 내면서도 바로 제 발등의 불에는 등한한 예의 그 경서류의 허사虛辭나 마찬가지인 것이다. 물론 허사 자체는 조사助詞에 값하므로 그것 없이는 언어도, 나아가서 세상의 골격도 이루어질 수 없음은 당연하다.

덩달아 나의 배물애도 점점 더 깊어졌다. 내 비천한 안목으로도 하루 종일 어루만지고 싶은 기물은 숱하게 내 코앞에서 재롱을 부려대서 거의 정신을 차릴 수 없을 지경이었다. 장중한 자태의 용연龍硯, 그 안정감이 압도적인 정전연井田硯, 연지를 정자 모양으로 파둔 벼루인데, 그 단순한 형태미가 싫증을 완화시킨다, 뚜껑에 손잡이로 원숭이 어미와 새끼가 희롱하는 소상塑像을 얹어놓은 쌍원연雙猿硯, 모서리를 정팔면체로 다듬고 그 속의 연당은 보름달로, 그 둘레의 연지는 달무리로 파놓은 팔릉연八陵硯, 옻나무 뚜껑에 굵은 예서체로 '문이졸진文以拙進 도이졸성道以拙

成'글은 서툴러야 발전이 있고, 도도 어리석어야 이룬다'이라고 깊이 새겨서 하얀 채색 먹을 입힌 일월연日月硯 등등은 내 혼을 빼놓기에 충분했다.

벼루만이 아니었다. 소장자가 한창 수집 중이어서 종류별로 그 숫자가 많지는 않았지만, 어느 것이라도 진품의 경지는 약여했다. 배가 유달리 볼록하고 요강처럼 뚜껑도 앙증스럽던 필세筆洗 붓을 빠는 그릇, '수복강녕壽福康寧'의 한자를 푸른 글씨로 새긴 도자기 연적硯滴, 붓대롱의 굵기와 길이, 붓털 색깔이 제가끔인 수십 자루의 붓, 붓 속에 작은 붓이 다섯 개나 연이어 들어앉아 있는 행연용行硯用의 짝인 자모필, 안 쓰는 붓을 가지런히 걸어놓는 3층짜리 필가, 붓을 잠시 꽂아두는 붓꽂이, 붓을 갈무리해서 허리에 차고 다닐 수 있도록 끈을 맨 붓주머니, 먹 묻은 붓의 임시 휴식처인 필산, 구멍이 숭숭 뚫린 백자 필통, 모양이 기다란 작대기형과 목직하므로 수실까지 매달아둔 종바리 꼴의 서진書鎭, 삽살개가 뚜껑 위에 올라앉아 있는 오동나무 인주함, 자개경대 꼴의 도장궤, 성명은 음각으로 아호는 양각으로 새긴 오밀조밀한 모양새의 여러 낙관 등등. 이제는 그 숱한 기물을 일일이 다 떠올릴 수도 없으려니와 설혹 그 비슷한 문구류를 내가 손쉽게 입수하여 볼 수 있다 해도 부질없는 일이긴 하다. 어떤 특별한 집물이라 해도 '그때 그 자리'에서만 빛나고, 그 당시의 양식 일체를 제대로 구현한 골동품이라 하더라도 '돼지에게 진주' 꼴로 비칠 수 있으니까.

볼수록 신기하고 쓰다듬을수록 온갖 소망이 희번덕거리면서 내가슴이 괄게 달뜨던 지당서실에서의 그 유희 삼매 시간이야말로 내 생애에서 가장 행복했던 한때였음이 틀림없다. 정도의 차이는 있을 테지만 누구에게나 어떤 기물을 당장 갖고 싶어하는 과분한 욕심은

제10장 서생과 탐심

있을 것이다. 다만 내 경우는 그 정도가 좀 심했던 게 아닌가 싶고, 그것도 장인급 기술의 손길과 정성이 자잘하니 베풀어진 서실용 치장물에 유독 집착이 심했을 뿐이다. 나 같은 이런 사례를 유아기 때 어머니 사랑을 못 받고 자란 그 결핍증의 난반사라고 한다면 좀 지나친 확대 해석이 아닐까 싶긴 하다. 왜냐하면 나의 그런 기벽奇癖이야말로 황사공에게서 물려받은 내림인 것 같고, 그런 기물奇物의 의미에 눈을 뜨도록 실물로 자극을 준, 일컬어 원인 제공자가 바로 그였으니까.

모든 일은 시간이 관장한다. 완물玩物 유희벽도 예외일 수 없다. 한참이나 필세의 뚜껑을 열었다 닫았다 하다보면 시간이 훌쩍 달아나고 만다. 이윽고 내 손길은 저절로 '죽안연'에 닿아 있다. 다른 벼루에 비해 장중한 멋도 없고, 필산이나 낙관처럼 섬세한 기품도 떨어지며, 그 돌덩이 자체가 좀 투박한 게 영 못마땅했다. 특히나 연당 주위의 둥그스름한 사면에 새겨진 크고 작은 댓잎의 치열한 조형 감각 속에 대나무 줄기가 여기저기 파고들어가 있었더라면 더 좋았을 것이라는 내 불만은 워낙 비등한 데다 그것을 들고 만지작거릴 때마다 '역시 마뜩잖다'는 느낌은 생생한 것이었다. 그 부족, 그 미흡, 그 결핍이 나의 배물애를 더 조장했는지도 모른다. 지덕이 뛰어나고 미모까지 겸비한 성녀라면 어머니로서의 자격이야 충분할 테지만, 그 자식이 과연 완벽한 모성애를 누릴 수 있을까. 나는 경험해보지 않아서 도무지 짐작할 수도 없다. 차라리 못난 어머니의 자애가 현모나 성모의 모성애보다 결코 모자라지도 않을 테니까.

이윽고 인기척이나 문객들의 헛기침 소리가 들리면 나는 화들짝 놀라서 '죽안연'을 문갑 위에 잽싸게 모셔두고, 혹시라도 황사공을

226

비롯한 다른 사람이 그것을 만졌는지 알아볼 수 있도록 그 지정석을 조금씩 바꿔놓기도 했다. 이를테면 사방탁자와 붙어 있는 문갑 모서리에서 이번에는 벽 쪽으로 집게손가락의 한 마디쯤 되는 곳에 떼어놓았다가 다음에 그 자리를 그대로 지키고 있는지 점검하는 식이었다.

햇수로 꼬박 이태쯤 그 지당서실을 아무 때나 서생 맞잡이로 들락거렸을 것이다. 그 시절이 내 인생에서 가장 철없는 황금기였던 듯하다. 두 집안의 두 노친네가 서로 시샘하듯이 나를 애지중지하는 데다 계모와 숙모의 자별한 관심 속에서 아무런 근심 걱정도 없이 서첩이나 뒤적이면서, 또 황사공이 구해다 부려놓는 수장품을 속속 어루더듬으면서 지낼 수 있었으니 말이다.

이미 밝혀둔 대로 그즈음 가친은 자리를 잠시도 비울 수 없는 외관으로 객지를 떠돌고 있었기에 나와 우리 가족을 무풍지대에서 살도록 만들었다. 외관직이 아니었더라도 그이의 소문난 평소의 과묵과 신중한 처신은 나에 대한 촘촘한 기대감을 무간섭주의로 위장하기에 충분했을 것이다. 또한 황사공은 그 탁월한 돈지頓智 시의적절한 지혜, 민첩한 슬기를 무시로 발휘하는 덕분에 주상의 절대적인 신임은 물론이려니와 대원위 대감도 정세와 사세事勢를 자문할 지경이었으므로 조정을 누빈다고 해도 좋을 처지였으니까. 그러니 내게는 그리운 것도, 부족한 것도 없었다. '죽안연'이야 어디에 있든 그것은 이미 내 것이나 마찬가지였다. 그런 유족과 탐심의 세월이 끝없이 이어지기를 바라는 나날이었다. 선인들이 완물상지玩物喪志란 말을 왜 지어냈겠는가.

새삼 강조하건대 우리의 안온한 일상을 바꿔놓는 임자는 사람이 아니라 시간이다. 한평생의 파란만장도 지내놓고 보면 한낱 작은 물

제10장 서생과 탐심

결의 연속이었을 뿐이라는 자각도 결국은 시간의 유한한 흐름에 무심했던 탓에 지나지 않는다. 나의 그 철없는 탐심의 시절도 어쩔 수 없이 마감 시간이 임박했음을 알리는 기회가 우연히 닥쳤다. 그때까지 나는 막연하게나마 서화가로서는 이 땅에서 다섯 손가락 안에 드는 사람이라는 선성이나 들으면서 살아가는 내 앞날을 그리고 있었을 것이다.

워낙 연소몰각했다 하더라도 그 당시 우리 집 형편이 장손 중의 장손인 내게 평생토록 호의호식할 유산을 물려줄 만하다는 사실쯤은 짐작하고 있었다. 한때는 제 아비의 갑작스런 주검을 거둘 관을 살 형편도 못 되어서 거적으로 말아서 모셨다는 터무니없는 낭설까지 공유했던 두 형제, 곧 내 가친과 황사공의 살림도 그즈음 몰라볼 정도로 부쩍부쩍 불어나는 중이었다고 해도 과언은 아닐 것이다. 조선에서의 벼슬살이란 언젠가부터 그런 것이었다. 굳이 토색질로 눈을 부릅뜨지 않아도 지방 곳곳에 수십 마지기의 장토를 장만하기는 여반장이나 마찬가지였다. 내 기억이 정확하다면 외관을 이태쯤 살다가 체임으로 물러난 한 경관京官이 그새 장성한 자식에게 본가를 물려주고 제 살 집을 사대문 안에서 사들이는 데 일금 100냥이면 그 집채가 아담하기 이를 데 없었다. 당연하게도 집이든 논밭이든 모든 부동산은 결국 해마다 땅을 눈덩이처럼 불려간다. 눈이 바로 박히고 스스로 지어낸 거짓말을 사흘만이라도 기억할 수 있는 머리를 가진 마름만 하나쯤 부리면 연간 소작료가 40냥짜리의 허름한 집을 한 채씩 달걀처럼 새끼쳐가는 것이다. 흔히 만석꾼 운운하는 시골 부자가 귀하다고들 하지만 10만 석 이상 거두는 교목세가가 서울 바닥에는 흔했으며, 그런 대갓집에는 밥만 축내는 식객, 문객 같은 군식구만도 늘 쉰 명 이상 빌붙어 지내게 마련이었다. 재산이나 공금 같은 '돈'의 소유권에 대해서는 앞으로 지겹게 변명을 풀어놓아야 할 테니 여기서는 이 정도로 그치는 것이 내 인생 편력기의 진행을 도와줄 듯싶다.

웬만큼 내 성에 차는 글씨가 써지면 황사공의 감별을 받겠답시고 서대 위에 떨궈놓곤 했는데, 대개의 서생이 그런 대접을 받고 있던 대로 지당서실 주인은 가타부타 말이 없었다. 그런데 어느 날 오후에 오늘은 좀 일찌감치 예의 그 배회벽이나 즐기려고 안채에 들렀다가 바로 귀갓길에 오르려고 두리번거리던 차에 황사공 특유의 카랑카랑한 목소리가, 영익이, 익아, 이리 오너라 하고 나를 찾았다. 그 특이한 음색이 꽤나 훈훈해서 오랜만에 칭찬이나 듣는 줄 알고 허둥지둥 골마루와 대청을 줄여 밟고 큰 사랑방으로 달려갔더니, 등 뒤의 작은 사랑방에서, 여기다, 어서 오너라 하는 하명이 들렸다.

그 집에서 나를 처음으로 맞았던 그 방이 황사공에게는 일종의 내실 맞잡이였다. 아무튼 방주인은 의외로 깨끗한 미복微服 차림으로 '싱투 낀 머리에 망건을 단정하게 동이고 있었다. 내가 무릎을 꿇기도 전에 황사공은, 인사 드려라, 백거白渠 선생이시다라고 했다. 옷차림대로 삼촌은 기분도 홀가분한 모양인지 평소에 문객들을 대하는 그 사사로운 거만, 깔보는 듯한 눈길, 한쪽 무릎을 세우고 핀잔이라도 떨어뜨릴 듯한 자세와 달리 다소곳하기 이를 데 없었다. 내 삼촌도 누구 앞에서 이처럼 겸손한 자세를 취할 수 있다는 것이 신기할 정도였다.

내가 큰절을 올린 상대방은 허름한 옷에 아무런 특징도 없는 검누런 안색의 선비로서, 무릎 앞에 벗어놓은 괴나리봇짐과 갓에도 뿌연 먼지가 잔뜩 끼어 있었으나, 의외로 앉음새는 허리를 꼿꼿하게 편 채로 다부져 보였다.

"과연 황사공이 말한 그대로군. 원래 가르치면서 반은 배운다 했으니 맡기야 하지만 소기의 목적을 제대로 이룰 수 있을지 걱정이 앞서네."

"대문장가서, 절창의 시가 아주 많지."

황사공이 내게 일러주는 말이었다. 평소의 말버릇대로라면 이 말 했다가 저 말 하는 식으로 자신의 빠른 두뇌 회전을 은연중 과시하곤 하지만, 백거공 앞에서는 뜸직하니 말을 골라서 하는 낌새였다. 책상다리로 앉아서 두 손으로 한쪽 발목을 잡고 꾹꾹 주물러대는 자태에도 상대방에 대한 곡진한 겸양이 묻어났다.

"그 시고詩稿를 언젠가는 책으로 묶어내셔야지."

"허어, 그 누추한 걸, 빈말이라도 고맙긴 하오만. 골라내면 여남은 수나 걸러내질까?"

"생각거리 숙제가 하나 더 늘은 셈이네."

"하나는 방금 졸작 정리고……"

"또 하나는 올해든 언제든 과장科場 출입을 꼭 한 번은 하라는 앙청일세."

나로서는 알 듯 말 듯한 대화를 주고받았지만, 서로 말을 들다 말다 하는 것으로도 두 주객이 같은 연배임은 짐작이 가는데, 바야흐로 사대부 세상을 쥐락펴락 한창 누비고 다니는 황사공에 비해 백거공은 추레하다 못해 녹슨 청동불상 꼴이었다. 그러고 보니 길게 찢어진 눈매나 짧고 낮은 콧잔등과 동글납작한 용모가 눈만 감고 있으면 법화 삼매경에 빠진 부처 그대로였다.

"댁은 여전히 그대론가?"

황사공은 백거공의 대답을 굳이 듣지 않아도 알 만하다는 듯이 내게 설명했다.

"우리는 동문수학한 사이야. 형님께서도 물론 백거공을 잘 아시지. 봉서鳳棲 조선 말기 성리학의 대가 유신환兪莘煥의 호. 산림山林이었으나 박학다식한 학자였다 선생님 문하생 중에서는 무엇으로 보나 가장 뛰어난 어른이신데 시방 불우를 겪고 계셔."

그제야 남루한 불상이 표정도 바꾸지 않고 불경처럼 단조로운 말을 토해냈다.

"뜬구름처럼 사는 처지라서 학생을 오라 마라 할 수는 없고, 내가 사흘에 한 번꼴로 표정 댁에 들리는 게 어떨까 싶긴 허이."

황사공이 선선히 받았다.

"그래, 그렇게 하십시다. 편하실 대로. 우리 집은 아무래도 불편할 테지. 천천히 편할 대로, 어차피 과거는 봐야 하니까 발등에 불은 떨어진 셈이니. 내 조카라서 하는 소리가 아니라 말귀가 무섭게 빨라. 글도 아주 반듯하고. 재기라 할 만해. 백거공이라면 대번에 대기로 만들지 싶어서 이렇게 앙청이지. 알다시피 스승을 잘 만나야 평생토록 등 비빌 언덕이 생기잖나."

"하기야 백번 지당한 말씀이지만 나한테 그런 자격이 있으려나. 어째 어깨가 무겁고 버겁기만 하이."

대강 그런 말을 주객이 주거니 받거니 나누는 중에도 글깨나 쓴답시고 허송세월하는 조카가 안타까워서 삼촌이 옳은 선생을 물색하여 모셔왔다는 것, 그이 밑에서 제대로 배우라는 것, 공부는 기회를 놓치면 반풍수가 되고 만다는 것, 반드시 과거를 봐서 가급적이면 일찍 급제해야 한다는 것 등등을 내게 은연중 강요하고 있음을 알아챘

제10장 서생과 탐심

다. 내가 삼촌의 그 좀 난해한 인간적 매력에 꼼짝없이 포로가 되어 있는 줄을 황사공 본인도 이미 간파하고 있어서 내게 아무런 사전 언질도 없이 '시키는 대로 하라'고 밀어붙이는, 부모도 감히 할 수 없는 배려이자 독려를 자청하고 나선 셈이었다. 황사공에게 다른 무슨 꿍꿍이속이 있는지, 아니면 나를 지레 양자 맞잡이로 여기는지 짐작도 할 수 없는 속셈이었다. 그 이듬해 내게 들이닥친 '입양 소동'을 되돌아보면 황사공의 그 '독선생 배정'도 나름의 출중한 머리로 안출해 낸 선견지명이 아니었을까 싶은 의문을 나는 한동안 곱씹곤 했다.

그러나 마나 입성도 꾀죄죄하고 외모조차 어딘가 낡고 바랜 듯하건만 누구에게도 꿀릴 게 없다는 듯이 소탈한 거조를 차리고 있는 그 백거공에 대한 호기심으로 내 마음은 즉각 발갛게 달아올랐다. 도대체 천하제일의 자존심인 황사공 앞에서 저처럼 당당하고 무덤덤할 수 있다니, 그가 도대체 어떤 인물이란 말인가. 뭇 문객들이 그이의 눈치를 읽느라고 칙살스러운 미태를 남발하고, 심지어 친형인 내 가친조차 슬금슬금 삼촌의 눈치를 보는 판인데.

인연이 맺어지려면 서로를 알아보는 안목이 있어야 한다지만, 그전에 자신의 '내적 충실'이 저절로 배어나오게끔 실력을 길러야 한다. 그 교양이랄까 세련은 어차피 언행과 외양 전반에 담대한 기상을 두르게 하니 말이다. 물론 그런 기운 일체는 생업과도 일정한 상관이 있음을 나는 백거 선생의 문하생이 되고 나서야 비로소 깨달았다.

전조前朝 전대의 왕조. 여기서는 고려를 뜻한다 중기에 파묻혔다가 이즈막에 간신히 발굴되어 여러 호사가의 손을 막 타고 있는 앙바틈한 불상 꼴의 백거공은 눈치도 빨랐다.

"한창 바쁜데 나 때문에 귀한 시간을 허비하는가봐, 일어서려네."

황사공은 그 말이 나오길 기다렸다는 듯이 손님 쪽으로 바싹 숙인 그 송구스러운 자태를 비로소 허물고 말했다.

"그러겠나? 늦더라도 오늘 중으로 꼭 가볼 데가 있긴 하네. 교자상을 차려놓고 약주라도 대접해야 도린데 섭섭다 하면 민망하네. 부디 용서하시게나."

"무슨 소리. 선생님 기일에는 몇몇 문하생을 불러 모으면 어떨까 싶네. 미산眉山 한장석韓章錫의 호. 유신환의 문인 중 김윤식, 민태호와 더불어 출중한 문장가은 더러 보는가?"

황사공은 벌써 마음이 콩밭에 가 있는 듯 말품이 허둥거리기 시작했다.

"미산? 못 본 지 한참 됐네. 그 양반 눈썹도 어디 붙어 있는지 가물가물하다네. 거년엔가 급제했다는 소문은 들었으나 아직 선달이잖나. 한번 알아봐야겠네. 아, 선생님 기일이야 반드시 챙겨야 하고말고. 백거공이 좀 비편하잖을까 싶어서 나는 시회詩會나 우리 문인들이 꾸리면 어떨까 싶어서 궁리 중이네. 형편 봐서 자리를 주선하도록 함세. 자, 영이, 네가 먼저 선생님 잘 모시고 나가거라."

그때까지 단정히 앉아 있던 불상이 제 무릎 앞의 갓을 집어들었다. 놀랍게도 방바닥에는 엽전 꿰미를 꾸려넣은 제법 큼지막한 헝겊 주머니가 놓여 있었다.

"허어, 이 거금을 기어이 받아가라는가?"

"약소하네, 용처가 많을 텐데. 부디 자주 보도록 하세."

산림처사는 불상 앞에 당연히 괴어야 하는 시줏돈을 받듯이 엽전 꿰미 주머니를 바랑 속에다 집어넣었다. 시줏돈을 주는 사람이 오히려 굽실거리고, 주지 스님도 아닌 주제가 되려 공돈을 널름 받는 광

제10장 서생과 탐심

경도 적잖이 수상쩍었다. 그것이 아무리 내 월사금의 선불이라 할지라도 그 수수 절차에 쓰인 '갓 속의 꿰미 뭉치'가 왠지 내게는 구실_각
종 조세의 총칭에 따르는 인정미 같아 보여서였다.

이윽고 백거 거사가 앞서고 내가 그 뒤를 쫓으며 대문간의 높은 문턱을 걸터 넘고, 하마석이 박힌 좁장한 골목길로 나섰다. 황사공이 굽실거리는 양반과 함께 걷고 있다는 생각만으로도 내 가슴이 뿌듯이 차올랐다.

"이 세상은 바야흐로 황사의 시댄가. 허참, 황사黃砂로 온 천지가 누렇게 흐려빠진 이런 시절에. 모쪼록 급류에 휩쓸리지나 말아야 할 텐데."

어른 키가 나보다 사춤 크다 할 정도인 백거공이 나를 힐끔 쳐다보며 무슨 설법 같은 말을 천연히 주워섬겼다.

"자네 숙부 양반이 말일세, 무슨 귀신이 씌었는지 내가 빈둥거리고 지낼까봐 속이 타나보네. 지지난달부터 급히 찾는다고 인편을 보내기에 또 그놈의 과거 타령으로 보라마라고 희떠운 소리나 내놓지 싫어 모르쇠를 놓았더니만 오늘에사 평생 절교 운운하며 바락바락 떼를 쓴다길래 찾아왔더니 훈장 노릇이나 시킬 복심이 있었을 줄이야 강호의 이 한사寒士가 어떻게 알았겠나. 하여튼 비상한 머리야. 사람을 부리는 수단도 목적도 다 뚜렷하고 출중하네. 일찍이 선생님께서도 규호 머리 하나를 우리 동문 열이 못 당한다고, 겁난다, 저 재간을 어떻게 하나 이러셨지."

물어볼 말이 앞을 다투고 있는데도 막상 내 입이 떨어지지 않았다. 영험한 불상은 그것마저 안다는 듯이 말했다.

"차차 알게 될 게야. 자, 그럼 일간 또 봄세. 참, 명색 선생 노릇을 제대로 꾸리려면 앞으로 일간 같은 막연한 말은 삼가야겠네. 글피쯤에나 오후에 일찌거니 자네 집에 들르겠네. 그리 아시게."

"선생님께서는 벌써 저희 집도 아시는군요."

"알지, 사동에 민 영감 집을 내가 왜 못 찾겠나. 자네 양조모님도 종반 간이라서 잘 알고 있다네. 이차 판에 인사도 드리고 겸사겸사 잘됐네."

말을 마치자 불상은 낙타駱駝산을 바라보며 인적 끊긴 산기슭에서 방금 꼭지 떨어진 도토리가 굴러가듯이 까맣게 멀어졌다.

백거 선생은 정확한 양반이었다. 약속한 날짜를 꼭 지켰고, 허튼소리는커녕 꼭 할 말만 미리 챙겨와서 적절한 대목에다 부려놓음으로써 자신의 신상이나 일상 자체를 최대한으로 감추는가 하면 제자인 나를 온전한 한 사람 몫의 선비로 대하는 투가 완연했다.

우선 공부를 그렇게 시켰다. 앞으로 별일이 없는 한 과제科題로 가장 많이 쓰이는 사서를 차례로 독파해가겠는데, 『논어』는 기중 재미가 없으니 나중으로 돌리고 『대학』부터 읽자고 했다. 사흘 말미를 줄테니 그 첫 대목인 '명명덕明明德' 편을 서너 차례 정독해두라고 했다. 강석講釋 중에는 사제가 각자의 서상 앞에 놓인 교과서의 해당 문구를 일일이 손가락으로 짚어가면서 뜻풀이에 매달리는데, 가끔씩 내게 어떻게 이해했는지 묻기도 하는 식이었다. 복습을 하라 마라는 말은 뒤로 물리고 오로지 예습을 독려하는 그 교수법이, 부족하다, 그렇게 읽을 수도 있으려나, 도무지 무슨 말인지 납득이 가지 않는다와 같은 핀잔을 맞더라도 배움에 호기심을 유발해서 좋았다. 물론 웬만하다, 말을 좀더 명확하게 간추려보려마, 뜻을 더 넓혀야지, 달리 이해하려면 말의 가짓수를 불려야지, 뜻글자는 한 자 한 자 그 뜻을

불려가야 묘미가 살아난단 말씀이야 같은 반 칭찬을 종종 내놓는 것
도 학생의 의욕을 달아오르게 하기에는 충분했다.

사제 간도 서로 호흡이 맞으면 평생토록 돈독한 정의와 의리를 나
누게 되는데, 아무래도 백거 선생과 나 사이에는 인연이 깊게 이어지
려는 무슨 조홧속이 있었던 듯하다. 학생이 배우는 데 싫증을 내지
않고 선생이 가르치는 데 짜증을 일구지 않는 '우리' 같은 사례가 그
렇게 흔치는 않을 테니 말이다.

두어 달 배워보니 어느새 나는 나름의 확고한 생각을 비장하고 있
는 서생, 좀 부풀려서 말하면 과거쯤이야 언제라도 볼 테고, 백거 선
생처럼 과장을 우습게 여기는 기백의 유생이 되어 있었다. 단숨에 반
듯한 선비 꼴을 갖춘 그런 도약이 내 자존심을 한껏 북돋웠음은 말
할 나위도 없다.

지금도 생생하니 떠오르는데, 나는 우쭐해진 기분으로 난생처음
한문을 반 이상 부려놓은 평서平書 무사한 일상을 적고 안부를 묻는 편지를 써서
인편으로 가친에게 부쳤다. 그 내용은 황사공의 배려로 백거공을 독
선생으로 모시게 되었으며, 그이의 강독이 워낙 요령을 얻어서 학업
이 일취월장하고 있다는 것이었다. 황해도는 서울과 지척인데도 한
달쯤 후에 역시 인편을 통해 보낸 가친의 하서에는, 이제야 안도의
한숨을 쉬게 되었다, 오랜만에 갸륵한 일을 했으니 수집광인 네 삼촌
에게는 서찰에다 덕담도 적고, 이 지방 토화土貨로는 기중 쓸 만한 해
주석 벼루나 한 점 구해서 보내겠다, 모쪼록 훌륭한 선생을 만났으니
잘 따르고 정진을 거듭하라는 간곡한 말씀이 쓰여 있었다.

그런데 백거 선생은 적잖이 기이한 양반이기도 했다. 양할머니의
한숨 섞인 넋두리에도 그런 낌새가 껴묻어 있기는 했지만, 그 비상

한 머리나 남다른 학식을 감춘달까 적당히 조절하는 데서 특히 그러했다.

양할머니의 진단은 제법 정곡을 찌르는 것이었다.

"서출이라서 저 모양이야. 집도 절도 없이, 딸린 식구는 만들었냐니까 허허거리며 딴소리만 하고 있네. 저런 출중한 학자에 문인을 써먹지 못하게 하니 이 세상이 썩은 게지. 한쪽은 손발을 꽁꽁 묶어놓고 못나빠진 저희끼리 옳세라는 말이 오죽 가당키나 할까. 어림없지. 숫제 공평하지를 않으니 어째, 떡 해 먹을 세상이지. 저토록 곧게 사는 선비를 제대로 대접을 못 하고서도 이게 바른 세상이라면 말이 안 되다마다. 불쌍한 것들 하고선. 양반 덕에 살지만 제도가 한참이나 삐딱하니 기울었다고."

강석 중에도 설명을 열심히 하다가 요긴한 데서 주춤거리는 백거선생의 버릇은 좀 별스러웠다. 가령 '그 근본이 어지러운데도 말단이 다스려지는 경우는 없다其本亂而 末治者不矣'라는 대목에서도 여기서의 '근본'은 치자이기도 하겠지만, 당대의 '제도'이기도 하며, 여러 사람이 합심 협력하여 만든 ㄱ 제도도 날로 새로워지지 않으면 무용지물, 곧 없느니만 못하다고 했다. 곧장 강석자 나름의 의견, 비유가 따라야 정상인데, 그이는 서둘러 다음 대목으로 넘어가든지 '새롭다'는 말에는 바꾼다는 뜻이 숨어 있으니 새겨 읽어야 한다는 식이었다. 또한 '자기 집안을 가르칠 수 없으면서 남을 능히 가르칠 수 있는 사람은 없다其家不可敎 而能敎人者無之'는 말도 반드시 비유적으로 읽어야 할 것이, 대가족 제도 아래에서의 한 집안의 남녀노소를 죄다 제대로 가르치기가 과연 마음먹은 대로 쉽겠느냐고 반문했다. 그러니 여기서의 '자기 집안'은 대언장어大言壯語에 불과하므로 소박하게 '자기 자신'

으로 읽어도 무방하며, '남'도 '세상'으로 대체해도 되니 가르칠 게 아니라 '잘 다스려져야' 함을 뜻한다는 것이었다.

때가 닥치면 과거를 봐서 급제하려는 학생의 권학에는 오로지 책 중심이 옳지 그 밖의 세상 사정을 굳이 들먹인다는 것은 엉뚱한 교만, 자가당착의 판단에 물들 소지가 있다는 신조 때문일 텐데, 좀더 충분한 설명이나 비유를 얼마든지 덧댈 수 있는데도 그이는 더 이상의 말을 뚝 분질러버리는 것이었다. 내 아쉬움이 워낙 컸지만, 그렇다고 불평할 수도, 꽁하니 불만을 가질 수도 없었다. 아마도 점점 더 그이의 숨은 박학이 이제나 저제나 봇물 터지듯이 넘쳐나겠거니 하고 기다렸을 테지만, 그런 내 심사도 앞서 말한 대로 '난해한 인물'에 대한 나름의 어떤 경도벽과 무관하지 않을 것이다. 나중에야 나는 백거공의 그런 태도가 도회韜晦 취향인 줄 알았고, 그것도 자기 출신이 덮어씌운 업보 때문이 아니었을까 하고 짐작하게 되었다. 좀 확대 해석해보면 글로써만 세상과 인심을 곧이곧대로 증명하려는 사람에게는 그 야심이 말을 줄이는 도회 경향으로 승화되는 게 아닌가 싶고, 그 반대로 말을 많이 하는 작자치고 제대로 알고 지껄이는 사람이 드문 이치도 새겨볼 만하지 않을까. 하물며 다양한 형식의 글을 짓고, 그림이나 글씨를 남기려는 사람으로서야 말할 짬을 못 내서가 아니라 자신의 글, 그림, 글씨가 과연 옳은지 또는 어떤 수준인지를 모르는데도 그것들이 나중에는 반드시 '세상에 알려진다'는 업보에 어떻게 무심할 수 있겠는가. 자신의 속을 감추면서도 결국에는 그것이 겉으로 드러나야 하는 모순에서 한 발자국도 벗어날 수 없는 고투를 백거 선생께서 내게 몸소 보여주었다는 것만으로도 나는 그이에게, 또 황사공에게 넘쳐나는 감사의 마음을 주체하기 어려웠다.

백거 선생께 웬만큼 단련을 받고 나니 글 읽기가 훨씬 더 수월해졌달까, 해석의 여지가 풍성해진 듯했다. 덩달아 세상도 만만해지기 시작했다. 그처럼 우쭐해지는 치기도 그 나이의 특권이므로 얕잡아 볼 것까지는 없을 터이다.

그즈음의 어느 날 나는 공연히 싱숭생숭해져서 예의 그 지당서실을 찾아갔다. 좀 늦더라도 황사공을 뵙고, 백거공에 대한 의문도 풀 작정이었다.

대궐의 양전 중 누구의 탄신일이었는지 일찍 퇴청한 황사공은 한 객閑客들에게 둘러싸여 있으면서도 지당서실에서 서첩을 뒤적이는 내 인기척을 대번에 알아챈 모양이었다. 그는 방문을 열자마자, 어, 영익이 와 있었네, 잘 왔다라면서 장지 너머에 나뒹구는 가죽 의자 승창을 집어와서 바람벽의 족자를 등지고 걸터앉았다. 황사공의 화색은 돋보인다고 해도 좋을 정도로 훤했고, 신기도 가뜬한 것 같았다.

나는 책장을 덮고 황사공의 말을 기다렸다.

"어떻더냐, 백거공 교수법이? 들을 만하데?"

"끼리 읽어두라는 말씀만 하시고, 전날 배운 것을 옳게 알고 있는지는 한 번도 묻지 않으시더군요."

"학생의 총기를 믿는다는 거야. 읽을거리가 산더미처럼 가로막고 있는데 되돌아볼 게 뭐 있냐는 게지. 우리가 그렇게 배웠다."

자연스레 말의 졸가리가 과거를 언제 봐야 할 것이냐는 초미의 화제에 머물렀다. 동문수학한 문인 중에는 백거공이 유일하게 과거와는 담을 쌓고 지내는 양반이라는 말이 나와서 그랬을 것이다. 그가 한시로 풍광을 노래하는 게 아니라 죽은 이의 행적을 그리워하는 유사遺事류를 짓고, 남의 서화에 제발題跋을 달거나 제문祭文을 써주며 세월을 낚고 있으니 저 꼴이 도대체 무엇이며, 그 글조차 여러 사람이 읽도록 묶어보라니까 한사코 사양하니 딱하다는 사설도 덧붙이면서.

"과거란 때가 있고 운도 따라야지. 물론 때가 오기를 기다리면서 미리 만반의 준비는 하고 있어야겠지. 백거 거사처럼 저렇게 만만디로 과거든 세월이든 희롱만 하며 지내다가는 알게 모르게 사람이 허황해지고 말아. 조심해야지. 글에도 그게 곧장 드러나고 말걸. 그게 겁나서 감춘다면 자가당착도 이만저만이 아니지."

백거공의 도회 취향을 얼추 대변하고 있는 황사공의 언변이 어느 순간부터 후끈 달아오르기 시작했다.

"아, 오늘날의 과거야 문란하기 이를 데 없지. 내가 우리 동문들 중에 제일 먼저 급제했을 때와 지금은 천양지차야. 하기야 까놓고 말하면 내 급제도 운이고, 형님이나 다른 동문들의 낙방도 불가사의한 일이긴 해. 미산, 운양 같은 양반들이 마흔 살 중년까지 과거 고개를 넘성거리고 있으니 그게 다 관운이 있냐 없냐에 달린 게지, 그럴 거아냐. 실력이야 다들 출중하지, 내가 봐도 그래, 그래도 낙제만 하는데 어째. 그이들의 학식이 숙성하고 경사經史에 해박할뿐더러 그 해석에도 진지할 줄이야 잘 알지. 그런데 한편으로는 그 양반들처럼 미련한 이들도 드물 거야. 요령이 부족하다는 소리지. 영익이 너는 그런 사람이 되면 곤란해. 이 삼촌이 조만간 그 요령을 잘 일러줄 테니 그대로만 따라 해. 그러면 급제쯤이야 맡아놓은 당상이지. 물론 시험 당일의 시관試官, 독권관讀卷官, 명관命官이 누구냐에 따라 급락이 결정된다고 봐야지. 그날 일진이 급락을 좌우한다는 소리야. 시권을 읽어보고 문맥이 물 흐르듯이 줄줄 흐르고, 글씨가 시종일관 반듯하면 된다지만, 실은 다들 실력이 어슷비슷하거든. 그러니 그날 시관의 심기가 이상하게 작동해서 어쩐지 이게 한결 낫다고 돌아버리면 나머지 것들은 죄다 진짜 실력이야 어찌 됐든 옳게 못 보여서 떨어지고 말아. 또 몇 년 동안 경서만 붙들고 앉아서 밑도 끝도 없이 혀나 차면서 투덜거리며 살아야 한다는 이치야. 허무하기 짝이 없지. 그런데 더 얄궂은 것은 그런 낙방을 서너 차례 거듭하고 나면 운도 그 잘난 속실력의 유무를 빤히 들여다보고 있다는 게야. 그럴 거 아냐. 그 속실력이 재작년이나 올해나 똑같은데, 아니 점점 더 못해지고 있는데도 막상 본인은 그렇잖다고 시건방을 떨어요. 실은 그런 줄도 모르는 게지만."

그쯤에서 내가, 숙부님도 시관을 맡은 적이 있으십니까라고 물었을 것이다.

"아, 그거야 임시 벼슬이니까 위에서 시키면 맡을 수도 있지. 하루살이 벼슬인걸. 돌아가면서 낙점하게 돼 있어, 상께서."

황사공은 한쪽 엄지손가락을 곧추세우고는 그 끝으로 허공을 꾹꾹 찔러대며 말음이었다.

"주상 전하가 의외로 너무 물러서 탈이야. 영을 엄하게 내려야 하는데 밑에서 하라는 대로만 알았다고 윤허하시니 병통이 생길 수밖에. 과거를 식년과로만 제한해 3년에 한 번씩만 보든가, 급제자도 반으로 줄이고, 잘잘못을 똑 부러지게 가려서 한번 폐출廢黜시킨 당상관은 두번 다시 조정에 얼씬거리지 못하도록 법제를 세워버리면 그뿐인 것을 인정에 질질 끌려서 이랬다저랬다 하니 아주 낭패가 깊은 게야. 물론 단숨에 입맛대로 개혁하기야 힘들 테지, 누습이 옳다니까. 다들 그래, 우리 선생님이나 그 문하생이나 백거 거사나 죄다 일컬어

제10장 서생과 탐심

조금씩 고쳐나가자, 점진적 개혁으로 주상을 보필하라 이거야. 틀리지는 않지만 과연 옳은 건지도 몰라. 그런데 나는 전혀 그렇지 않아."

황사공의 장광설이 길어질수록 나는 조마조마했다. 임금을 엄지손가락질로 나무라질 않나, 과거제를 매도하는 데다 스승을 비롯해 다들 내로라하는 그 문하생들의 실력조차 깔보는 그 달변의 귀착점이 도대체 어디일까 싶어 바작바작 애가 타는 것이었다.

"그런데 말이야, 아무리 썩어빠진 제도라도 작파해버리기 전에는 기득권이란 게 있어. 아니다, 그 제도가 없어지고 나서도 그것의 선취득권은 여전히 막강하게 군림해. 오히려 그 위력이 더 건방스럽게 위세를 떨치지. 왜냐, 너희가 못 한 걸 이 몸은 왕년에 다 했다 이거야. 무슨 말인지 알겠지? 과거제나 선왕先王도 마찬가지고, 다 그럴 거 아냐. 그게 좀 큰 선점권이야. 그러니 영익이 너도 하루라도 빨리, 엉터리든 아니든 일단 과거에 급제해놓고 때를 기다려야 하는 게야. 글? 그게 이름을 떨치고 빛이 나려면 의관을 갖춰야 한다는 이치야. 그게 벼슬이고, 조복이고 사모관대야. 그것에 등한했다가는 허송세월하는 초유草儒가 되고 마는 게야. 시방 조정은 복경復卿 민승호의 자 영감이 좌지우지하고 있어. 우리와는 12촌이니 일가랄 것도 없지만, 그 영감도 어쨌든 증광 문과에 턱걸이 급제는 했어. 막상 그 같잖은 홍패를 거머쥐고 나서니 곤전께서 봉사손奉祀孫으로 모셔가지 않나, 양손에 떡을 쥐게 됐지."

"양손이라면 그게……"

나는 눈을 껌뻑이며 황사공의 직언을 재촉했다.

"한쪽 떡은 시방 쉰내가 나니 마니 하는 대원위 대감이고, 다른 쪽 떡은 양전이지. 알다시피 왼쪽은 자기 친가의 누님 남편이니 자형이고, 오른쪽은 양가의 손아래 누이이자 그 신랑인 금상今上이 매제야. 하늘에 해가 하나밖에 없듯이 두 떡을 다 가질 수는 없어, 배탈이 나고 말아. 그런데 그중 하나를 버리기도 아까워. 혹시라도 뒤탈이 날까봐 찜찜한 게지. 누가 뒤에서 미련을 버리라고 들쑤시고 있는지 민 판서가 그것까지는 아는 눈치야. 맞아, 버려야지. 어차피 늙은인데. 거의 바보 수준인 줄 알았는데 그 정도 머리는 돌아가니 상당한 게지. 심상찮아, 틀림없이 누가 뒤에서 들쑤시고 있어. 다시 봐야 할 면모야. 시아버지보다야 친정집 오라버니가 다루기도 쉽고 만만할 테지. 하기야 두 형제가 벌써 병조판서에 형조참판이니 실권은 다 틀어쥐고 있기도 해. 운현궁에서야 그까짓 벼슬자리야 한 칼에 날릴 수 있다고 코웃음 칠 테지만"

언제나 그렇듯이 황사공의 다변에는 억측이 제멋대로 날뛰고 있어서 긴가민가해진다. 하지만 그 화두가 요긴하고 다급한 것도 사실이었다. 황사공 자신의 명민한 판단까지 보탬으로써 탁본처럼 흑백을, 곧 피아를 선명하게 갈라놓는 그 화술에 솔깃해지고 마는 것이다. 물론 자신은 탁본 속의 ㄱ 뚜렷한 흰 글씨에 해당되고, 나머지 사람들이나 세력 일체는 절대다수이긴 해도 그 시커먼 바탕으로 치부한다. 당연하게도 흰 글씨라도 지나치게 두드러지면 황사공의 눈에 띄게 되고, 그것은 곧장 경원, 견제, 시기, 배척의 대상으로 떠올라서 그의 머리는 온통 그 인물로 도색되어버린다.

아무튼 그때까지 모든 권력을 독점해온 대원군의 정치 생명이 이제 바람 앞의 등불처럼 위태롭다는 막말을 그처럼 불경스럽게 터트려놓는 것도 황사공만의 장기였다. 그러나 따져보면 황사공이야말로 대원군의 측근으로 입신한 노론의 소장파 권신이었으니까 이제는 그

제10장 서생과 탐심

이 편을 들어 보은을 하든지, 아니면 정반대로 올챙이 적 생각은 훌훌 털어버리고 오로지 영의정을 넘보기 위해 양전과 그 직계 수하인 민 판서 쪽에 빌붙어야 하는 기로에 서 있는 형편이었다. 그 자신이야말로 양손에 쥔 떡 중 어느 하나를 버려야 하는 딱한 처지인데 무엇을 믿고 조카 앞에서 장광설을 늘어놓고 있단 말인가. 모르긴 해도 단숨에, 그것도 이른 나이에, 그 당시에는 증광 문과도 다섯 번에 걸친 엄격한 시험을 다 치러야 했다는 그 과거에 급제한 자만심이 그에게 어떤 정변의 회오리바람 속에서도 살아남을 수 있다는 자부심을 심어주고 있었을 것이다.

역시 내가 조바심을 내며 기대하던 대로 황사공은 이내 주제를 되찾고, 만만한 조카를 화풀이 대상으로 삼은 사람답게 붉으락푸르락하기 시작했다.

"괘씸한 놈, 겸호謙鎬 그 황구黃狗 새끼가 나이도 어린 것이 시방 나와 맞먹으려고 덤비고 있어요. 필시 지 형을 믿고 그러는 모양인데 배경이야 든든하다 쳐도 그렇지, 내 귀에 흘러들어가랍시고, 뭣이 어째, 우리 가문의 기린아 황사공이야 글솜씨가 워낙 빼어나고 우리글이야 습자 수준이라서 감히 그 옆에 가지도 못한다 어쩐다 하며 나를 아주 지 동배로 취급해. 그 개새끼를 어떻게든 혼뜨검을 내줘야 내 속이 풀릴 텐데, 지금 시국이 너무 수상하게 돌아가고 있어 한스러워. 어쨌든 내 코앞의 당면 과제는 그놈 척결이야."

말이 상스럽다고 그러는지 황사공은 말끝마다 귀를 쫑긋 세우고 있는 나를 힐끔힐끔 쳐다보곤 했다.

"그놈이 시건방진 건 꼴에 알성문과에서 장원급제했다는 그 잘난 이력 때문이야. 내가 잘 알지, 운이 좋았다고 겸손할 줄 모르고. 그

참판짜리가 나보다 두 살 밑인데 지도 서른 전에 등과했다는 거지. 허참, 분하네. 지가 내 글이 어떻다고 칭찬을 해? 백거 처사도 감히 좋다 어떻다 함부로 말을 안 하는데. 고얀 놈."

씩씩거리기 시작할 때처럼 갑자기 조용해진 황사공은 한참이나 무슨 궁리를 체질하는지 어둑발이 야금야금 몰려오는 문살을 지긋이 노려보았다. 이윽고 그 답답한 침묵을 깨고 황사공은 차분하게 일렀다.

"영익이 너는 제발 누구 힘을 빙자해 오망을 떨지 말거라. 세상이 어떻게 돌아가는지 아는 위인이라면 어떤 일에는 누가 나보다 낫다 못하다는 것쯤은 꿰고 덤벼야지. 그런 분별을 못 차렸다가는 언제든 한번은 된통 당하게 된단 말이야. 여러 말 할 것 없이 장원급제했다는 그놈이 보랍시고 너도 어서 과거부터 봐서 당당히 등과할 채비나 차려라. 요즘 과거는 별것도 아니다."

아마도 그날 밤 귀갓길에 오르면서 나는 이제 내 삼촌의 그 좀 난해한 성정을 웬만큼 꿰뚫었다고 득의에 차 있었을 것이다. 내 나름대로 分別해보면 황사공은 자신과의 경쟁 상대인가 아닌가부터 우선적으로, 아니, 생리적으로 가려낸다. 백거 선생처럼 자기 속을 감추면서 한사코 벼슬길에 오르지 않으려는 사람에게는 부드럽다. 무엇으로나 그의 맞수가 아니니까. 덕분에 조카인 나도 당분간 그런 대접을 받는다. 그러니 황사공 앞에서는 아는 체하지 않고 '자기'를 드러내지 않는 게 상책이다. 그러나 감히 경쟁 상대라도 된다는 듯이 으스대면 그때부터 황사공과는 원수지간이 되고 만다. 물론 그 경쟁 대상은 벼슬이나 글씨나 학식일 수도 있겠는데, 황사공은 남들의 그 중뿔난 자만을 바른 정신으로 봐내지 못하니 어쩌겠나. 출세에 대한 그런 야심이 누구에게는 유순을, 특정인에게는 강퍅을 부리는 몹쓸 변덕과 모진 심술로 드러나고 있으니 이런 낭패가 장차 무슨 횡액을 몰아올까. 그런 시기심이야 누구에게나 다 있다고 할지 모르겠으나, 황사공은 그게 병적으로 심하다는 흠절에 당신 스스로 시달리고 있는 줄도 몰라서 낭패였다. 그러거나 말거나 나는 그날부터 자나 깨나 과망科望에 시달리는 중환자가 되고 말았으니 책을 붙잡고 있긴 해도 내 머릿속에는 엉뚱한 공상만 만판으로 영글어가는 꼴이었다.

제11장
친정親政 여파와 출계出繼 소동

　자신이 서출이라는 한 많은 숙명을 뼈저리게 의식하면서도 겉으로는 어떤 내색을 비치지 않고, 멀쩡한 문사文士로 자처하면서도 벼슬길에 나서지 못하는 그 처지가 벌써 양반일 수 없는 '외양' 때문에 언제라도 조용히 처신하는 백거 선생 밑에서 비록 사흘에 한 번씩, 더러는 열흘 동안이나 휴과休課하는 식이었으나, 나는 얼추 1년 동안 착실히 사서를 배웠다 6개월쯤 지나서 『중용』을 읽기 시작하면서부터는 백거 선생의 강독 말수가 눈에 띄게 줄어들었다. 내게 말을 시킨다기보다도 질문으로 해독을 이어가는 식이었다. 당신 자신도 차마 단정하기 어렵다며 번번이 말꼬리를 사리면서. 이를테면 사람의 심성에 호오가, 분별에 정사正邪가 분명히 작동하고 있으며, 모든 성인과 서권書卷이 그것을 강조하고 있는데, 과연 어느 한쪽으로 치우치지 않는 정신과 성실한 처세로 도道를 좇는 것이 가능하겠는가. 물론 그 어려운 자세를 힘닿는 데까지 추구하는 것이 인간의 일대 과업인 줄이야 짐작할 수 있다고, 그런 궁극적인 경지를 상정해두는 것이 세속계의 현상 유지에 도움이 되는 줄이야 왜 모를까마는 그 실천은 근원적으로 무방하다는 게 뻔하므로 한낱 섬어譫語 헛소리일 수도 있지 않겠는가. 그러니 그 최고의 가치, 곧 중용을 통한 도의 실상과 그 시행 여부는 의심의 대상일 수도 있다.

아마도 내 나이가, 또 내 같잖은 학식이 그이의 그 둔중한 '비판적' 강독을 웬만큼 알아들을 수 있어서 그랬을 텐데, 백거 선생은 무엇으로 보나 여느 선비들과는 완전히 다른 '인물'이었다. 소탈한가 하면 속내를 좀체 까발리지 않아서 도대체 저토록 답답한 처신을 언제까지 이어갈 수 있을까 싶은 궁금증이 볼 때마다 새로워지곤 했다. 내 식으로 말하면 역시 난해하기 짝이 없는 사람이었다. 그 사제 간의 인연을 나는 아주 흡족하니 즐기면서 나름의 호기심에 흠뻑 빠져 있었다고 해야 할지 모른다.

제자 앞이라서 그랬는지 자신이 누구의 행장이나 행록行錄을 써주면서 그 사례로 호구를 이어가고 있으며, 그쪽으로는 나름대로 대접을 받는 처지임을 내비치지도 않았다. 한 사람의 문인으로서 자신의 그런 잡문이, 그 진가가 어떻든지 상관없다고, 당시의 떵떵거리는 벼슬아치의 그것보다 푸대접을 받을 것까지도 훤히 알고 있다는 투였고, 그런 도회 취향에 빠져 있다기보다는 '이렇게 살아갈란다'는 체념에 겨워 지내는 것 같았다. 물론 나의 이런 추측은 한참 후, 내가 벼슬살이에서 요란스러운 위광과 글씨에서 찬란한 명성을 누릴 때, '내게도 옳은 스승이 있었던가, 지금의 내 이 학식, 아직 미숙한 이 서법을 결국 독학으로 또 자력으로 깨친 게 아닌가' 하는 자만이 떠들고 나서면 이내 그이의 그 자그마한 풍채, 조촐한 앉음새, 솔직한 구변을 찬찬히 풀어가던 정경이 눈에 밟혀서 내놓는 소견에 불과했다.

말이 나온 김에 백거 선생의 그 조용한 행적 몇몇을 여기서 부언해둠으로써 그 좀 유난스러운 도회벽을 즐기시라며, 이 너절한 과시벽의 술회록에서 그이를 영원히 방면시키는 게 도리일 듯하다.

나보다 네 살 많은 구당矩堂 유길준兪吉濬의 호을 언제부터 알게 되었는지 이제는 어슴푸레하지만, 그가 개화파 인사들에게 껴묻어 내 집 사랑채에 들락거렸던 모습은 훤히 떠오른다. 그의 용모는 나무꾼을 방불케 할 정도로 촌스러웠지만, 박식한 데다 지적 호기심도 아주 왕성했다. 남의 말을 들을 때면 그 반짝이는 눈으로 화자의 안면을 무안할 정도로 직시하는 버릇이 있었다. 그러다가 자기 소신을 토해낼 때는 우리나라의 모든 문물을 폄훼하는가 하면, 군신君臣과 사민士民 일체가 너무나 완고, 나태, 무지하다는 개탄 일색이었다. 그런 소회가 남들을 설복시키려면 그 배경을 천연히 둘러보고 나서 우리의 국부國富와 관민의 제반 능력을 따질 줄 알아야 하건만, 그의 고집스러운 기질에는 '무조건 매도벽'이 서화의 배지褙紙처럼 두렵게 풀칠되어 있어서 난감했다.

나는 한동안 어정쩡하니 구당의 그 기개를 관망했다. 충고를 내놓기도 망설여졌고, 개화파 권신들의 집을 부지런히 들락거리는 꼴이 음직蔭職이나 걸근거리는 게 분명해서 내가 도와줄 염이 도무지 안 생기는 위인에게 곁을 주기도 싫었다. 그러던 어느 날, 또 예의 그 매도벽이 장황하게 이어지고, '무조건' 개화부터 해야 한다며 강단을 높였다. 이제야 훤히 알지만 '외국물'을 한 차례 먹고 돌아오면 당장 '이국 숭배열'에 들떠서 지 부모조차 고루해빠졌다고 냉갈령을 부리는 천방지축이 허다하다. 알고 보면 우리의 전통적인 사대주의도 그 막연하고 몽몽한 '이국 취향'의 다른 말에 지나지 않는다. 모든 공상이나 환상이 꼭 한본이듯이 이국 숭배나 사대주의도 그럴수록 사무치고, 쓰다듬을수록 완물상지에 이르고 마는 골동품 취미와 한 치도 다르지 않다.

나는 누구의 말이든 경청하는 데 이력이 나 있는, 나중에는 그것만이 나의 특별난 소임이자 직분이 되고 만 이상한 팔자의 소유자이기도 하다. 지금까지 술회한 이 잡문의 구석구석에는 내 그 장기가 누구의 영향인지 드러나 있을 것이다. 그래서 장죽에 침이 묻어날 정도로 열심히 담배물부리를 빨아대다가 나는 불쑥 말을 흘렸다.

"개화가 급무인 줄 누가 모르오, 동어반복일 뿐이오. 그 시무를 조그맣게라도 실현하자면 우선 구당 당신이 과거에 급제해서 조방朝房에 나와 강론을 펴야 하지 않겠소. 호랑이를 잡자면서 산비탈 밑에서 벌써 숨부터 헐떡거리는 사대부들에게 어서 산 중턱으로 올라가자고 졸라봐야 무슨 소용에 닿겠소?"

그는 시종 내 안면만 핥듯이 겨누더니, 누구나 다 하는 그 말씀도 백번 지당하시지만이란 상투어도 없이 이번에는 과거제의 폐단을 저저이 까발리느라 침을 튀겼다. 누구라도 한창때 어느 한 군데에 미쳐버리면 거의 제정신이 아닐 때가 있는 법이다. 그러나 마나 힘겹게 나뭇짐을 져 나르는 나무꾼이 제 생업을 하소연해봐야 뻔한 수작이라서 좌중이 이내 시들해지는 판인데, 그가 불쑥 '제 스승이신 백거공께서도' 운운했다. 그 순간 나는 가슴이 철렁 내려앉았다. 내가 겨우 숨을 고르고 있는데, 누가 백거 처사라면 기계 유씨로 그대와는 종씨요그려, 봉서 문하이기도 하지라고 해서 그제야 내 귀를 의심하지 않았다.

구당은 즉각 그 안다니 양반이 모르는 사실도 일러주면서 백거공을 옹호했다.

"선생님께서 유자 신자 환자 쓰시는 선각 문하임은 사실이나, 백거공이 항렬은 아버지뻘이라서 봉서 어른조차 당신께는 말을 삼갔다는 일화는 이 자리 여러 벗님들께서 알고 있기나 하오."

그쯤에서 내가 백거공에게서 잠시 배웠다는 학력을 주워들은 문객 하나가 내 눈을 찾으며, 한마디 오금을 박아버릴까요 하고 눈짓으로 묻기에 나는 내버려두라며 눈시울을 힘주어 감았다. 나무꾼 상모라서 그랬는지 구당은 남의 사정에는 워낙 눈이 어두운 것 같았고, 그 후 겪어보니 공부에 포원이 진 사람처럼 일본 시찰 중에는 거기서 배우겠다고 나서더니, 조선 보빙사인 나의 수행원 자격으로 미국 견학 중에는 또 여기 남아서 유학생이 되겠다며 스스럼없이 떼를 썼다. 오로지 배우겠다는 일념에 신들린 횡행개사橫行介士 기개를 펼치고자 거리낌 없이 나대는 선비라서 그 기회만 닥치면 염치 불구하고 제 잇속부터 챙기는 위인이었다.

혹시라도 내가 백거공의 문하인 줄을 그가 끝내 몰랐을지도 모른다는 추측은 전적으로 어불성설이다. 말을 그처럼 잘 둘러대고 글짓기를 즐기는 문사가 귀를 닫아놓고 있었을 리가 만무하니 말이다. 오로지 내 눈에 들어 자신의 공부 복만 탐했다고 하는 게 맞을 것이다. 시치미를 뚝 따고 제 실속만 차린 그 학구열만은 대단하며, 남의 것을 참조했든 어쨌든 『서유견문西遊見聞』 같은 저작물을 남긴 그의 부지런한 문필력은 극구 칭송해도 무방할 것이다.

구당이 스스로 백거공 문하라고 했으니까 믿기야 하지만, 나는 그가 과연 얼마나 제대로 배웠는지, 나처럼 그이를 독선생으로 모시면서 배우다 말다 했는지, 그 기한이 몇 년이었는지 물어보지도 않았다. 백거공이 그처럼 쉬쉬하면서 자기 전신을 가리며 당신 문하생 운운하기조차 꺼렸는데, 내가 우정 어느 나무꾼처럼 제 신분을 밝히는 것도 수다쟁이나 할 짓이었기 때문이다. 그러나 구당의 그 초롱초롱한 향학열은 백거공의 그늘을 짐작하기에 어렵지 않았고, 그의 개화 의지의 태반 이상은 체념에 겨워 지내면서도 시비만큼은 분명히 가리던 그 스승의 개명신조를 그대로 옮기고 있음은 명백했다. 어차피 무엇으로 보나 나의 경쟁 상대는 아니었으므로 나는 구당의 그 투정을 충분히 이해하는 한편, 무엇이나 배울 만한 것은 때를 놓치지 말고 공부하려는 열성과 미국이든 일본이든 그 제도를 지극정성으로 받들어 조선에 옮겨놓으려는 '숭배열'만큼은 가상하다고 여기는 쪽이다. 왠지 그의 그 촌스러운 용모가, 또 그 구차스런 열기가 나로 하여금 동정을 불금케 하므로 구당이야말로 내 주변의 동료나 지인 가운데 유일하게 내 곁에서 내침을 당하지 않은 위인이니 말이다. 어쨌든 그가 백거공의 슬하에서 공부했다니까 나와는 동문수학한 인연으로도 초록은 동색일 테니까.

그 후 백거공이 한강변의 어느 움막에서 내일도 모르는 뱀처럼 긴 겨울잠이나 자고 있다는 풍문이 들려왔다. 동문 의식 같은 게 발동해서 이번에는 내가 나설 차례다 싶어 기어코 수소문해 과거 응시를 인편에 짓졸랐다. 웬만큼 답답했던지 사마시司馬試 유생에게 경서를 시험 보던 생원과, 시와 글짓기를 평가하던 진사과로 나누고, 각각 초시와 복시를 거쳐 100명씩 뽑던 일종의 자격시험라면 차제에 시관의 감별력이나 알아볼까라는 언질이 들렸다. 비록 진사과일망정 그이는 보란 듯이 장원급제함으로써 문사로서 소문난 자신의 위의를 새삼 드러냈다. 그때는 황사공마저 이미 불귀의 저승 과객이 되고 나서도 한참이나 세월이 흐른 시점이었으므로 우리 부

252

자가 그이의 학행을 두둔하여 주상으로 하여금 정오품 사헌부 지평 持平으로 낙점하도록 했다.

벼슬이란 일단 그 자리를 차고 앉아보면 그 전과 그 후의 사람살이는 말할 것도 없고 당사자가 완전히 다른 인간으로 탈바꿈하고 만다. 그 요지경 속에서는 백거공인들 예외일 수 없다. 당신이 언제 비명碑銘이나 제문 따위를 썼냐면서 그런 글 청탁을 한사코 사절한다는 풍문만 들었을 뿐 나는 굳이 그이를 청해서 인사를 닦으려고 나서지 않았다. 물론 그 양반도 내 집의 헐소청이 미어터진다는 소문을 익히 들었을 터이므로 그 발치에라도 얼씬하기는커녕 한때 사제 간의 구연조차 입도 뻥긋하지 않는 게 나를 돕는 것이고, 서로에게 득이라는 소견은 예의 그 둔중하나 출중한 분별력으로 여투고 있었을 것이다.

이쯤에서 어느 특정인에게는 도무지 어울리지 않는 그 말썽 많은 벼슬길의 비화, 본인에게는 인생의 여백 같은 그 훤한 낙이자 고苦이며 한편으로는 수치에 불과했던 보잘것없는 이력을 굳이 거론한 내 나름의 저의를 털어놓아야 할 듯싶다. 흔히 우리는 어느 특정인의 소문난 명성을 전설처럼 떠받드는 데 부지런을 떨어댄다. 모든 전설은 무지몽매한 대중의 선입견 때문에, 또 그 잘난 우견에다 부질없는 과장과 허언이 덧붙여짐으로써 불가사의로 변한다. 그러나 쇠까지 먹어치운다는 그 우상의 실체를 조금이라도 알고 나면 그 허상의 보잘것없음에 적이 놀라게 된다. 하물며 그 우상이 남긴 숱한 잡문의 초라함이라니. 내가 감히 촉새처럼 나설 처지가 아니라서 유감이지만, 대체로 체계 없이 그때그때마다 인정에 끌려서 억지로 집필한 행적, 행록, 비문, 제문 따위가 얼마나 부화한지를 모르는 사람은 없으며, 그런 실망스러운 묵적墨跡 앞에서는 구당처럼 시치미를 뚝 따고 지내는 것이 '기록'의 장기이자 이런 술회록의 또 다른 '도리'이긴 할 것이다.

같은 맥락에서 나의 또 다른 소회 한 자락도 털어놓고 싶다. 어차피 모든 기록은 반성을 전제로 하니 말이다. 백거공은 경상 앞의 내게, 우리 선비들은 너무 문약해, 내남없이 다 그래, 양반들이랍시고 일도 안해, 전조田租도 몰라, 군역도 부역賦役도 아랫것들에게 대역代役시키지, 도대체 이런 제도로 나라를 꾸려가겠다니, 글을 안다는 게 무슨 자랑이야, 숭문崇文까지는 좋은데 왜곡하고 있어서 탈이란 말이야, 상무尙武 기풍을 진작시켜야지, 이 반쪽 국풍을 바꾸려면 200년 이상은 좋이 걸릴 거야라고 했다. 그런 흔한 소신의 피력도 흔히 우상의 한 장식물로 부풀려지지만 어떤 실천도 없이 말만 앞세우는 그런 입치레 풍조도 구이지학口耳之學 귀로 듣고 외워뒀다가 옮기기만 하는, 사유와 실천이 따르지 않는 천박한 학문의 표본이 아니고 무엇이겠는가. 내가 별기군의 교련을 담당하고 있을 때, 백거 선생의 그 소신도 실은 그이의 은사 봉서유신환의 호공으로, 더 멀리로는 율곡栗谷. 이이李珥의 호. 임진왜란 직전 10만 양병을 주청했다고 알려져 있다 선각으로까지 거슬러올라가리라는 추측을 손쉽게 떠올렸지만, 동시에 우리 유생사회 전반의 입사치도 '제도'가 되었다는 단정 앞에서는 쓴웃음을 베어물지 않을 수 없었다.

역시 풍문이란 부실한 것일수록 널리 퍼지는 힘도 좋은 터라 어느새 나는 사서에 통달한 '소년 명필'로 둔갑하여 그 황당한 명성에 쫓기는 신세였다. 다들 '영재 났다'고 입에 침을 튀기며 설레발을 떨어대는 판이라 그 등쌀에 떠밀려 지내는 나날이었다. 아마도 그즈음에는 대궐 안에서까지 그 입소문이 들먹여지고 있지 않았나 싶은데, 그 가문 자랑을 누가 퍼뜨렸을지는 뻔하다.

그런 추임새에 꺼드럭거리지 않는 연소배가 과연 있기나 할까. 한창 철이 없던 때라 나도 한껏 우쭐거리느라고 하루해가 어떻게 사위어가는 줄도 모르며 지냈다고 솔직하니 털어놓아야 겸손을 앞세운 참람을 면할 터이다. 심지어는 내 공부방에까지 문안 걸음이라며 얼굴을 삐죽 디미는 아첨배 선비도 없지 않은 형편이었으니 더 이상 늘어놓아봐야 사족일 게다. 마냥 들떠서 짐짓 궤상 위에다 경서를 떡하니 펼쳐놓고, 글을 읽는 게 아니라 베껴 쓸 만한 문구를 더듬다가 가끔씩 보란 듯이 장침에다 팔을 괴고 시간을 축내는가 하면 문득 벼루와 붓을 끌어당겨 선사받은 선지宣紙 중국산 서화용 종이로, 당시 선물용으로 선비들 사이에서 인기였다에다 내 식의 서법을 풀어가곤 했다. 조숙을 그처럼 조장하고, 그게 또 어울리기도 하는 시절이었다. 참으로 어리석고 가당찮은 범절이 횡행하는 '들뜬 세상'이 아니고 무엇인가. 그 오만방자를 좀더 부추기는 사단이 그즈음 내 일신에 덮쳐왔다. 예의 헛된 명성이 불러온 그 운수소관이 장차 나를 거리 귀신처럼 평생토록 나라 안팎으로 떠돌게 만드는 도화선이 될 줄은 감히 짐작도 못 했다. 그 전후 담을 간략하게나마 풀어놓으면 이렇다.

이제야 앞뒤 집에서 이웃으로 살았어도 미처 인사도 못 드리고, 그저 소문으로만 들어오던 또 다른 두 형제를 조목조목 대비하자니 어째 면구스럽다는 기분부터 앞서지만, 동생이 형을 그토록 빨리 못 죽여서 속을 태우고, 형은 동생이 하는 짓마다 '글러먹었다'며 죽을 때까지 씹어낸 사례가 동서고금에 달리 있기나 했을까 하는 생각부터 앞서니 말이다. 말할 나위도 없이 그 동생은 흥선대원군 석파石坡이고, 그 형은 흥인군 산향山響으로서 이제는 그들도 저승에서 '제발 내 탓일랑 하지 말라'며 살아갈 터이므로 나로서는 두 고인을 웬만큼 먼눈으로 굽어볼 수 있을 듯하다.

그토록 끔찍한 골육상전을 평생토록 꾸려냈음에도 불구하고 두 형제는 자그마한 체구, 상대방의 심장을 노려보는 듯한 깊숙한 눈길, 카랑카랑한 음성까지 찍어낸 듯이 닮았다고 알려져 있다. 풍문에 따르면 부모 슬하에서 개구쟁이 짓을 할 때도 서로가 멍청이라며 으르렁거렸다니 그런 혈연도 무슨 업보일 것이다. 분가 후에는 그 불화가 점점 더 심해져 권세를 탐하는 과욕에서나 누가 잘되는 것을 못 보는 암상내기에서도 막상막하였다고 하므로 나머지는 알조다. 그래도 곳간 아홉 개가 진상품으로 미어터져나가는 한이 있더라도 썩어가는 멸치 한 포대조차 친지나 가노들에게 베풀 줄 모르는 형이 물욕에서는 다소 앞선다는 세평이 사실이라면 동생이 정병政柄을 한 손에 거머쥐고 제멋대로 휘두르면서 오로지 오래 살고 싶은 욕심에서는 월등했다는 중평이 맞아떨어지긴 할 것이다.

그런저런 세목을 다 무시해버리면 그나마 흥선대원군의 섭정을 '엔간히 했으니 이제 그만둘 때도 됐지'라는 말은 차마 못 해도 그런 분위기를 끌어가는 데 앞장세울 인물로는 그나마 지체가 형인 흥인군밖에 없었다. 물론 그 배후의 사주자로는 꼬박 10년 동안 시아버지의 호령을 낱낱이 주워 담던 곤전이 있었다. 나도 곧장 경험해서 매번 놀랐지만 양전의 집요한 권세욕은 호시탐탐의 경지를 훨씬 더 능가했다. 하기야 굴러온 호박 같은 옥새만 덜렁 거머쥔 주상이 이제 스물두 살의 성인이 되었으므로 아버지께서는 노욕을 거두고 쉬셔야 한다는 명분은 그럴싸하기 이를 데 없었다. 승패가 훤히 보이는 패권 쟁탈전이었으므로 흥인군을 들쑤시는 권신들이 불어나게 되어 있었다. 그 대표적인 인물이 앞서도 잠시 언급한 황사공의 앙숙 민승호 대감이었고, 그의 비호를 받던 면암勉庵 최익현崔益鉉은 상소문 짓기에 평생을 바친 강강한 통유通儒 박식하고 실행력도 있는 유학자였다.

우선 민승호 대감은 일본 정부가 국교를 맺자는 서계書契 일본의 공식적인 외교 문서조차 우리 쪽에서 수령을 거부하는 것은 근린국과의 통상 관계상 천부당만부당한 처사라며 대들었다. 일개 병조판서가 월권행위로 나서는 것이 벌써 뒷배가 든든하다는 참망僭妄이었다. 말하자면 쇄국책으로 일관하던 흥선대원군의 면전에서 종주먹을 휘두른 것이었다. 내친김에 민 대감은 양전에게 미리 내주內奏하고 나서 흥인군과 모의, 급기야는 박정양朴定陽을 부산으로 내려보내 서계를 받아오라고 일렀다. 대원군의 쇄국책에 대한 정면 부정이자 전권부터 내놓으라는 도발이었다.

때맞춰 면암이 상소에서 대원군의 서원 철폐령은 존주대의尊主大義를 무시하고 향토의 면학 분위기를 망치는 처사라며 당장 시정하지 않으면 도끼를 들고 대궐 앞으로 나설 기세였다. 오래도록 권세를 독점하고 그 통에 왕권과 맞먹을 정도로 덩치가 커져버린 노론 세력을 차제에 처결하겠다며 대원군이 ㄱ 본거지인 청주淸州 화양동華陽洞의 만동묘萬東廟부터 갈아엎어버린 것에 대한 항거였다. 면암은 섭정 초기에 이미 경복궁 중건 중지, 부역 백성의 생계 해결, 당백전 발행에 따른 물가 등귀와 국고 파탄의 문책 등에 대한 대원군의 실정失政을 저저이 고발하는 소를 올린 바 있었다.

대개의 상소는 문면대로 백번 타당하지만 그 밑바닥에는 결국 '밥그릇' 빼앗기에의 저항이 깔려 있다. 그러니 곧장 뺏고 뺏기는 두 세력의 목숨 건 대판 싸움이 불가피하다. 패배한 집단의 수장과 그 수하들은 삭탈관직에 귀양살이로 굴러떨어져서 분이라도 삭이는 보상을 받지만, 세력이랄 것도 없는 소수의 우유迂儒 세상 물정에 어두운 선비 무리라면 알았으니 물러가라고 달래거나 포도청으로 끌고 가 모진 곤욕을 치르게 한다. 물론 말썽의 불씨를 아예 꺼버리기 위해 그 일당을 모조리 구금, 몇몇은 목을 따고 나머지는 반신불수로 만들 수도 있다. 살벌한 파벌전인 셈인데, 더 불행한 것은 개인 차원의 보복은 제도의 힘에 떠밀려서 거의 불가능하지만 집단들은 얼마든지 끈질긴 복수전을 이어감으로써 그들의 자위권도 더불어 강화하는 빌미가 된다. 그런 정쟁의 연속은 결국 개개인과 나라 전체의 쇠잔을 불러온다. 그래서 정쟁은 어느 시기라도 악덕과 극악무도의 표본 같은 제도가 되고 마는 것이다.

상소 전문가 면암까지 나서자 양전은 한편으로 반기면서도 그 '서원 존치론'이 자칫 '친정'의 실시보다는 '섭정'의 개선을 통한 대원군의 퇴진을 무기 연기시킬까봐 앙가슴을 쓸어내지 않을 수 없었다. 양쪽 힘이 비등할 때는 잠시 뜸을 들이는 것만 한 상책이 달리 없다. 양전은 잠잠히 친정 세력과 섭정 세력을 저울질하고 있는 판인데, 민승호 대감이 앞장서서 면암이 틀린 말을 하고 있냐면서 상소를 받아들여야 한다고 주청했다. 일가붙이인데도 서로 앙숙 간인 황사공이 이번에는 최익현을 취조할 국청을 설치하자는 연명 상소를 상달했다. 두 쪽 다 '섭정 파기'에는 한통속이었으나 민 대감의 수단은 대원군이란 거목의 영원한 '거세'인 데 반해 황사공 이하 친정 세력들은 '섭정의 실정' 부각을 통한 정권의 '이양'이었다. 대원군은 제 손아래 처남의 무지막지한 정계 개편 술수에 이를 갈면서 경기도 양주楊州로 은둔해버렸다. 물론 정세를 관망하는 일방 니 편 내 편을 가르며 그들마다에게 생살여탈권을 어떻게 적용할까를 궁리하기 위한 방편이었다.

이상이 주상의 등극 10주년을 맞아서 홍인군을 들러리로 내세운 친정 세력이 고의든 타의든 대원군을 퇴출시키려고 암약한 당시의 정계 기상도다. 당연하게도 당시의 나야 어려서 그 내막에 대해서 자세히 알 수 없다. 더욱이나 유감스럽게도 황사공조차 스스로 이중 삼중의 계책을 꾸미고 그대로 실천했으면서도 그 전말을 일체 발설하지 않았으니까. 아마도 그이는 민 대감의 오만방자가 무척이나 들 그러워서, 또 곤전의 양오라버니라는 그 '세력'으로 대궐의 총애까지 독식하는데 암상이 나서 친정파 안에다 자신의 '입김'을 널리 퍼뜨려 두기는 했을 것이다. 말하자면 민 대감을 따돌리면서 대원군 쪽의 눈치도 살피는 기회주의적 처신에 황사공은 재미를 들였을 테고, 그 정도 계책을 감당하기에 그의 머리는 결코 부족하지 않았다. 어떤 잣대로 재더라도 '친정'의 당장 선언은 불가피하다는 명분도 있었을 테니까. 다만 그 방법과 수단에서 황사공이 민 대감보다 덜 거칠었다는 점은 분명하다.

이제 정쟁이 제2막이 얼마나 참혹하게 끝났느냐를 역시 내 귀로 두고두고 들은 대로 풀어놓을 차례다.

친가 자형인 대원군의 권력 독점이 그렇게나 못마땅해서 후딱 내쳐버리려던 민 대감의 신변에 이상이 생겼다. 곧 생가의 생모가 별세하는 통에 28개월 동안 관직을 떠나 수재守齋해야 하는 처지가 된 것이었다. 친정 체제가 웬만큼 틀을 갖춰가는 마당에 민 대감이 대궐을 들락거릴 수 없게 되었으니 양전으로서는 큰 짝지를 잃은 셈이었다. 가당찮은 습속이 그러하니 임금이라도 당분간 이 대신 잇몸으로 살아가야 했다.

그런 와중에 동짓달 된추위가 기승스럽던 어느 날, 한 추레한 산 승山僧이 근신하는 민 대감의 혈숙청에 제 발로 찾아와 귀한 진상품 이라며 네모반듯한 나무 궤짝 하나를 전했다. 일설에는 그 봉물함이 청지기의 손을 거쳤다고 하며, 어느 댁 심부름이냐고 물었더니 머리 털이 있는지 없는지 알 수 없도록 휘양으로 머리통을 동인 중이 유 독 왼손을 들어올리고 나서 집게손가락을 입술에 갖다 붙이며 쉬 하 더니 막연하게 허공을 쿡쿡 찌르는 시늉을 지었다고 한다. 바로 그날 초저녁에 민 대감이 손수 안방에서 그 귀한 봉물함을 열어보려고 자 물통 속에 열쇠를 집어넣자마자 요란한 폭음과 함께 온 방 안이 폭 탄 세례를 뒤집어썼고, 뒤이어 화염에 휩싸이는 통에 일가족 네 사람 이 즉석에서 비명횡사했다는 것이다. 민 대감은 온몸에 불을 뒤집어 쓴 채로, 흥선군의 짓이다, 분하다라고 두어 번 되뇌었다고 하며, 그 옆에 우두커니 서 있던 상배자喪配者이자 팔순의 전공조판서 민치구 閔致久 어른과 그이의 열 살짜리 손자, 곤전의 친정어머니인 감고당 이 씨까지, 그러니까 삼대가 한날한시에 목숨을 잃고 만 것이었다. 이야 기꾼이 지어내기도 어려운 이런 참혹한 흉사를 아조의 권부 귀신들 이 예사로 저지르는 행태는 얼마나 괴이쩍은가. 아조에 들어서만도 세 차례나 전 국토가 초토로 바뀌는 외침을 당하고, 그때마다 온갖 치욕스런 만행에 치를 떨었으면서도 그 야만의 광적들에게는 원수 갚을 엄두도 못 내는 주제가 혈육끼리 이토록 모진 살해극을, 그 지 독한 복수극을 '작당하여' 저질러대니 우리는 얼마나 어리석고 알 수 없는 백성인가.

이미 토로했다시피 나는 '난해한 인물'이나 '난해한 사안'에 대해 기질적인 호기심을 갖고 있고, 그것을 나름대로 이해해보려고 궁리를 아끼지 않는 위인이다. 그러니 나도 분명히 정상적인 인간은 아닌데, 우리 민족의 이 모질고 끈질긴 자해 행태의 근원이 도대체 무엇인가를 따져보는 데 결코 지치지 않았다. 그 소득을 여기서 다 공개하는 것은 장황해질 테지만, 그 일부나마 잠시 토로해보면 이렇다.

우선 우리의 밥그릇 싸움은 그 크기가 워낙 작아서 밥알을 헤아리는 쩨쩨한 짓거리에 지나지 않고, 결국 물질적 풍요의 일상화와, 경제적 관념의 생활화를 정착시킴으로써 극복할 토대를 마련해야 하지 않나 싶다. 둘째, 아무리 모진 단련을 받더라도 낙천적일 수 있는 우리 백성의 기질적 특성은 아무래도 사계절의 순환이 정확한 데 기인할지 모른다. 강추위가 몰아치는 겨울 날씨도 사흘만 지나면 풀리는 기후적 특장은 강단 없는 기질, 맥 빠진 관대, 내일을 모르는 조급성을 대대손손 물려주었을 것 아닌가. 그러므로 생활상의 악조건을 인위적으로 강구하는 방편으로, 곧 항시적 긴장 상태를 조성하기 위한 제도를 만들어야 하는 것이다. 그런 제도로는 혹독한 정신적, 신체적 단련을 상당 기간에 의무적으로 이수토록 하고, 그 세부에 금욕주의 내지는 극기주의 같은 내용을 학습시키면 의외의 성과를 거둘 게 자명하다. 민족개조론 따위를 엉터리라고 삿대질부터 하고 보는 소위 유식자들은 하나같이 겁쟁이거나 화평을 좋아하고 도리를 좇기 때문에 이웃 나라와 싸움박질을 하느니 차라리 누이를 볼모로 보내겠다는 위선자가 아니고 무엇이겠는가. 셋째, 매관매직을 통한 탐관오리가 되고 말 운명에 스스로를 얽어맨 아조의 모든 관원과, 벼슬을 하기 위해 도道와 의義를 버리지는 않았다고 자위하는 사람들은 소위 '소중화小中華' 의식에 자족하고 지낸 지가 벌써 수백 년에 이르렀는데, 그들의 그런 자만이야말로 우물 안 개구리 같은 소치일뿐더러

'머리'가 지진아처럼 모자라는 게 아니라 아예 사고력 자체가 군어진 증거가 아닐까. 당연히 별것도 아닌 제 재주와 능력과 학식에 도취해 있는 기간이 길어지고, 그런 답보 상태는 반半 야만 내지는 반反 개명을 불러와서 헤살꾼들끼리 재미없는 가위바위보로 물지게질을 떠넘기려는 수작이 아니고 무엇인가.

실은 그처럼 치졸한 원풀이 싸움이 어제오늘 벌어졌던 것도 아니고, 대원군과 그 수하들만의 섣부른 장난질도 아니었다. 쌍방이 너 죽고 나만 살자는 욕심으로 방화질을 거의 재미삼아 벌이던 시국이었다. 오죽했으면 온갖 봉물과 특산물로 곳간 아홉 채가 터져나갈 지경이었다는 홍인군의 대저택도 어느 날 밤 화마에 시달리느라고 그 인근의 민가가 열흘이나 악취와 그을음에 시달리면서도 불평 한마디 못 하는 생고생을 사서 했다고 하겠는가. 원래 불장난에 재미를 붙이면 오줌을 싸도 모를 지경이란 말도 있듯이 대궐마저 방화에 몸살을 앓았고, 급기야는 임금께서도 엄친이 그토록 수고로이 공력을 들여 중수한 경복궁을 버리고 창덕궁으로 이어하는 소동까지 일어났다. 거의 동시에 민 대감 댁까지 불이 옮겨 붙었으니 그 배후는 그야말로 불처럼 훤히 비쳤다. 방화범을 못 잡은 게 아니라 그 사주자를 잡아들여봐야 다스릴 제도가 없는 게 한스러울 뿐이었다. 임금과 나라는 분명히 있건만 그 체통은 이미 남루하기 짝이 없어서 무슨 비상수단을 쓰지 않으면 미구에 돌이킬 수 없는 변고가 닥칠 게 뻔했다.

일가의 몰살에는 폭탄 투척을, 곳간마다에 넘쳐나는 탐장貪贓이 보기 싫으면 아무 때나 방화를 저지르는 이런 탈법적 행태가 대궐 안팎에서 공공연히 일어나고 있었다는 정황은 한편으로 주상과 그 측근의 하명이 그만큼 엄중히 시행되고 있었다는 증거이기도 하고,

다른 한편으로는 민생의 치안이 지극히 불안했는데도 예의 그 낙천적인 민초들 기질이, 거참 재미있네, 좀더 두고 보게나, 이제부터 박이 터지는 대판 싸움이야 하는 방관자적 자세로 일관했다는 방증이기도 하다. 아래위가 그토록 무지몽매했으며, 어떤 타개책도 내놓지 않고 고작 달거리 때우기 식의 해결책만 내놓다가 흐지부지 뭉개버리는 고질 망각증에 겨워 지내는 형편이었다. 이러고도 나라와 조정이 그나마 조석으로 꾸려지고 있다는 것이 천행이 아니고 무엇이겠는가.

그 밑바닥에는 실로 무서운 세력이 부지런히 암약하고 있다. 그들은 땀 흘리며 일할 줄 모르는, 손은 없고 입만 살아 있는 약골의 선비이면서 경화거족京華巨族의 헛숙청과 사랑채에서 장기 투숙하는 문객이다. 물론 그들에게는 대대로 일할 만한 논밭도 없었거니와 겨우 입에 풀칠할 정도의 따비밭이 있다 해도 그 소출마저 염소 수염짜리 향리에게 뜯기는 게 지긋지긋하게 싫어서 일찌감치 언문과 서당 글을 깨친 유식자들이다. 개중에는 당대 발복 운운하며 상주를 구슬리는 지관도 있고, 앞날의 운수불길과 위신 실추를 예언하는 술가와, 아무개의 관운과 돈복과 인덕을 읽어내는 골상학자도 있다. 그러니 그들도 근원적으로는 글과 말만 좇고 손발의 역할을 천시하는 나쁜 습속과 그것을 기리는 '못난 제도'가 대를 이어가며 배출시킨 한낱 흉물에 지나지 않는다.

그런데 대감 댁 행랑채에서 자리 귀신처럼 눌어붙어 겨우 끼니 걱정이나 잊어버리고 내일 없는 삶을 누리는 위인들인 만큼 그들을 부리기도 용이하고, 사랑방에서 시키는 일이라면 죽기 살기로 흉악한 짓을 저질러버리는 데 그들만큼 유능하기도 쉽지 않다. 어차피 내일

을 모르고 아둔한 머리로 살아가는 처지에서는 일을 시키는 주인이
나 그 영을 받드는 객이나 한통속이니까. 그래서 그들은 어느 날 과
감히 다른 대갓집 문객으로 잠입하여 염탐질에 이력을 쌓고, 그 자
칭 배신자는 이중 첩자 노릇도 마다하지 않으며, 대궐의 밀정으로서
두둑한 행하도 널름널름 받아먹는다. 그러니 오로지 귀와 입으로만
활약하는 그들의 밀보만큼 정확한 것도 달리 없다. 한쪽 손으로 귓
바퀴를 감싼 대감에게 손바닥으로 입을 가린 정탐꾼이 속삭이는 탐
문담은 어떤 첩보나 장계보다 믿을 만하고, 그 밀보는 쌍방의 운명을
갈라놓을 만큼 위협적이기도 하다. 이제 청자는 계책을 마련할 '머리'
조차 밀담꾼에게서 빌려야 한다. 주객전도인 것이다. 문객이 사랑 영
감을 부리는지, 꼬장꼬장한 대감이 밥술이나 뜨고 지내게 해준답시
고 제 수하를 범법자의 상관으로 내놓는지 분간할 수 없게 되고 마
니 말이다.

　내가 문객의 실정에 대해 이토록 사설을 털어놓는 것은 다음 장
에서부터 토로할 내 지체도 이내 그들에게 둘러싸여 꼼짝할 수 없게
되고 말아서다. 내 인생은 그들 때문에 철저하게 파탄을 맞게 되었으
며, 나야말로 그들의 손에서 놀아난 희생자였으니까. 그 뻔뻔스러운
문객이 많을 때는 200명도 넘었으니 우선 그 '인해'에 둘러싸인 것만
으로도 헐떡거려야 할 판이었다. 떼치려야 떼칠 수 없는 찰거머리 같
은 그들에게 수족과 머리를 송두리째 맡기고 살아가는 신세라니. 물
론 나만 그런 것도 아니며, 가복과 그에 딸린 계집종까지 합치더라도
내가 유달리 많은 군식구를 거느리고 있는 것은 아니었다. 한솥밥을
나눠 먹는 식구처럼 누구나 만만히 대하므로 그들을 옳은 사람으로
대접한 사례는 거의 없지 싶은데, 사실상 아조의 모든 사달은 문객의

손에 달렸고, 조정의 파행조차 그들의 입김과 무관하지 않았다고 장담할 수 있다. 그들은 실로 무서운 무리다. 운현궁의 문객들이 호랑이 이상으로 비상한 활약을 떨치다가 어떤 실토도 없이 죽음을 불사했다고 알려져 있으나, 그런 충성도 대궐의 용인술 일체에 비하면 조족지혈이다. 모든 계책과 용인술과 그 보상 일체가 권세에서 나오므로 대원군 쪽도 두어 수 아래인 것이다. 가령 이런 실례를 믿을지 모르겠으나 내가 겪은 경험담이다. 이를테면 그저께 대궐의 한 편전에서 양전에게 사동 민 대감이 후실에게서 득녀했다는 밀보를 홀린 그 정탐꾼이 근자에 그 옆 동네 교동의 한 기역자 와가를 사들여서 두 번째 첩살림을 차렸다는 사실까지 알고 있으니 곤전은 구중궁궐에 들어앉아서 양반가의 동정 일체를 당신의 손금 보듯이 꿰뚫고 있는 것이다.

주상의 친정이 양전의 집요한 권신 용인술로 위태위태하게나마 안정 체제를 구축했다는 것과, 그토록 이를 갈고 복장을 치면서 섭정의 지위를 내놓게 된 대원군이 홧김에 며느리 친정의 봉사손으로 출계한 두 번째 처남 일가를, 본이 아니게 장인까지 한꺼번에 몰살시킨 일대 괴변의 배후 조종자가 황사공이었다는 풍문은 다소 과장스러운 측면이 있다는 게 나의 소견이다. 복경 대감의 아둔한 지략, 그 문벌, 곤전 친정으로의 입양, 벼락출세, 당시의 막강한 권세, 그이 동생의 오만 방자 일체가 황사공 특유의 양심의 표적물이었고, 미구에 척출해버리고 싶어 안달복달했다는 것은 아마도 사실이었을 것이다. 그이의 치졸한 출세주의와 자기보다 잘난 경쟁 상대를 씹지 않고는 못배기는 성정에 대해서는 나만큼 소상히 아는 사람이 없고, 나도 그 괴팍한 성질을 일부나마 물려받았으므로 '죽이고 싶다'는 심사야 늘 쓰다듬었으리라 장담할 수도 있다. 그렇다 하더라도 대원군의 문객 중 하나의 '손'을 빌려서 일가를 몰살시키는 '지모'까지 황사공이 구사했다면 예의 그 문객들의 무소불위한 능력과 섶을 지고 불 속에라도 뛰어들 담력을 지나치게 깔보는 처사다. 그러니 황사공을 끌어들이는 그 경망스런 추측조차 대원군의 문인들이 벌인 공작의 일부이거나 거짓 시늉일 수 있다는 말이다. 대원군의 머리와 담력과 포용력도 출중했다고 알려져 있지만, 그것이 실상이든 한낱 소문이든 그런 와언조차 그 문인들의 지략이 만든 '조작물'이었다는 데는 의심의 여지가 없다.

이제 와서 황사공을 일방적으로 두둔할 생각이 내게는 추호도 없지만, 대원군이 내 삼촌의 모든 재주를 기렸던 만큼 그 보답으로 주상의 친부를 어느 정도로 예우해야 조정의 안위가 조성될 수 있을는지에 대한 나름의 궁리에 등한하지는 않았을 것이다.

대원군이 황사공을 불러서 단도직입적으로 다음과 같이 일갈하는 광경을 그리기는 어렵지 않다.

"잘 아는 바대로 나와 그대는 과갈瓜葛 간이나 마찬가지다. 그렇다마다. 그대의 필력을 알아주는 사람도 조선 팔도에서는 나밖에 없다. 실토해보려마, 그대는 어느 쪽인가. 나의 세력이 서산에 지는 해와 같다는 것을 모를 리 없는 만큼 대궐의 하달을 받들겠다면 더 이상 가타부타할 것도 없다. 단지 그대의 진심을 듣고 싶을 따름이다."

그런 추궁에 미리 대비하고 있었을 황사공의 언변도 뻔하다.

"대원위 대감, 현하 조정의 권신들치고 방금 약년에 이른 주상의 탑전에서 아첨을 떨지 않는 작자가 과연 있기나 하겠습니까. 소신은 그들의 교언영색을 액면 그대로 믿지 않는 유일한 위인일 겁니다. 면암의 상소 소란도 하루빨리 국청을 설치해서 시비 논란을 질질 끌지 말고 후딱 줄이자는 것이 제 소견입니다. 조만간 상왕제를 주청할 복심도 갖추고 있으나 평지풍파를 일으킬 소지가 있을까봐 관망하는 중입니다. 믿어주소서, 소신의 일편단심은 선후가 분명합니다."

대원군은 한때 잔칫집을 돌아다니며 공술이나 바치는 개 귀신이란 악명도 들은 바 있으나 말귀가 빠른 사람이라서 적어도 그를 기피하는 사대부는 없었다고 알려져 있다.

"말씨가 어째 겉돈다. 충정이야 있겠지. 그것이 어느 쪽인가를 물었다."

"소신이 대감을 먼저 모셨지 않습니까. 조야에서 대지를 품고 계시던 시절부터 그러했습니다. 소신도 선후의 인정을 못 가릴 정도로 아둔한 위인은 아니니 부디 굽어살피소서. 다만 아둔한 머리들이 스스로 앞장서서 총신이 되자고 설치는 통에 무람없이 속결식 조기 배척론을 내놓고 있으나 쉬 잠잠해질 것입니다."

거짓말이라고는 추호도 없는 황사공의 전언을 새긴 대원군의 안정에는 분별의 껌뻑임이, 입가에는 분노를 삭이느라고 짐짓 거짓 냉소가 배물렸을 것이다.

"알 만하다. 그쪽으로 세가 몰렸다는 게고, 그 실리가 누구 손에 많이 떨어졌는가만 저울질해보라는 소리렷다. 그 순서조차 내가 설마 모를까. 내 처족이 어쩌다가 갑자기 그쪽의 시늉뿐인 혈족으로 부상했으니 난감하단 말일세."

하기야 대원군이 군이 황사공까지 불러서 자문해볼 일도 아니었다. 대궐과 운현궁이 각각 부추겨서 무릎을 맞대는 피아의 구별은 명명백백한 데다 그런 '편 가르기'는 예의 문객들 소임이다. 그러므로 대원군의 절치부심이 부걱부걱 괴어오르기도 전에 운현궁 문객들은 저마다 '밥값'을 하기 위해 등에 '불'을 지고 자폭하겠다며 나서기를 주저하지 않았을 것이다. 그런 방화자의 실적이 워낙 혁혁해서 까마귀 날자 배 떨어진다는 말대로 황사공의 평소 양심을 그 오달진 '밥값'들이 대신한 꼴을 갖춘 격이었다. 그래서 덕담하기 좋아하는 인간들은 내 삼촌이야말로 어부지리의 꾀를 아는 양반이라고 칭송해 마지않았을 것이다. 아무리 그가 시기에 눈이 멀었다 하더라도 설마 곤전의 친정집 일가를 도륙 낼 궁리까지야 했겠는가. 그 계책으로 그가 거머쥘 실권이 보장되어 있지도 않은데 말이다. 그러니 황사공은 남의 손을 빌려서 성가신 제 콧물을 풀었다는 우스개도 한낱 후일담에 지나지 않는다.

내 판단은 그렇다. 이상하게도 황사공의 그 생리적인 양심은 자주 오해를 불러일으키기에 꼭 좋을 정도로 모든 사달의 근인으로서 아주 그럴듯했다는 것이다. 그뿐이다. 반간책反間策이니 뭐니 떠들어대는 사람들도 양전마저 모친상을 당한 민 대감의 잠정적 체귀遞歸를 얼마나 아쉬워했겠으며, 황사공도 그런 호기야 엔간히 반겼으리라는 추측조차 떠올려보지 못한 어리석은 무리일 뿐이다. 비록 사생활이기는 해도 그즈음 황사공은 자잘한 문구류와 서화첩을 수집하는 데 혈안이 되어 거의 멍청해져 있었으며, 장차 지당서실의 후계자는 아무래도 내가 적임일 것이라는 상념만으로 벅찬 나날을 보내지 않았을까 하는 게 나의 근거 많은 추측이다.

아무튼 나와는 아무런 연관도 없고, 체첩體帖에나 눈독을 들이면서 후딱 급제나 하고 보자며 벼르고 있던 내게 곤전의 친정집 사손 절멸 사건은 뜻밖에도 우리 가문과 내 일신에 평지풍파를 몰고 왔다. 여기서도 그 괴변이 황사공과는 하등의 관계가 없음이 저절로 드러나는데, 혹자는, 그것 봐라, 그이가 승차에만 탐을 낸 게지 누구를 죽이고 살려. 조카라면 자식 아닌가, 말밑에 그 욕심이 비치는 걸 하고 수다를 떨어댈지 모른다. 그 전말을 간단히 털어놓으면 내 가친과 황사공의 대비가, 나아가서 두 혈육의 '그릇'과 그 모양새도 확실하게 떠오른다.

하루는 도승지를 비롯한 조정의 모든 요직을 골고루 다 거친 근신 난재蘭齋 김보현金輔鉉의 호 공께서 사동의 우리 집으로 왕림했다. 알려진 대로 그이는 일찍이 노론 계열이라고 밉보여 섭정 때는 대원군에게 버림을 받았다가 친정 전후부터 간신히 복귀해 그즈음에는 연치도 기중 높아서 주상 내외의 신임이 두터운 지체였다. 벌써 아침나절에 통기가 있어서 가친은 꼿꼿하니 기다리던 참이었다. 첫 추위가 제법 기승스럽던 날이었고, 난재공께서는 그 지위에 걸맞도록 아랫것들을 여럿 거느리고 사인교에서 내려 헛기침을 앞세우며 거침없이 사랑채로 올라왔다. 대청을 사이에 두고 큰방 하나와 작은방 두 개가 붙어 있고, 아궁이 너머의 중문을 걸터 넘으면 대문이 나오는 구조여서 빈객의 출입이 내 방에서도 소상히 들려왔다.

언제라도 말씨가 누글누글한 난재공이 맞절을 나눈 후 수인사를 닦았다.

"대감, 그새 적조했소이다. 이번에 대성 민문에서 대우大憂를 겪게 됐습니다. 실로 애통을 금할 수 없으나 모름지기 가문의 계승과 안돈을 위하는 일이라면 이제부터라도 과단성 있는 결속과 양전께서 일구월심으로 꾸려가시려는 치세에 동조하는 총신들의 단속보다 더 중한 급무가 없을 듯하오이다."

힘들이지 않고 상대방의 기미를 읽어내는 일방 흡사 글을 읽듯이 술술 풀어내는 말재주에서 난재공을 따를 만한 조신도 달리 없을 것이다. 그에 반해 가친의 처신은 언제라도 답답할 정도로 신중하며, 남의 말을 새겨들으면서 당신이 할 말을 간추리느라고 허둥거렸다. 그때도 당신 앞에 앉은 돌부처 형상의 난재공이 과연 무슨 하명을 받들고 왔는지, 어서 그 말이 떨어지기를 기다리느라고 초초해 있는데도 하등에 쓸데없는 너스레만 들려와서 옳은 화답도 내놓지 못하고 있었다. 실로 그렇습니다, 맞습니다와 같은 빈말도 자제하는 주인장의 긴장을 눅이느라고, 영공의 신수가 훤하다느니, 계씨 황사공보다 근력이 훨씬 더 나아 보이는데 무슨 몸가축 비결이라도 있는가고 묻는데도 가친은 거짓 너털웃음에도 인색한 채 눈웃음만 피워올리는지 잠잠할 뿐이었다.

이윽고 봉명정승답게 난재공이 음성을 낮추는 일방 껄끄러운 대목을 읽는다는 듯이 말씨도 더듬다가 느껴졌다.

"영공, 이미 영재로 조야에 소문이 자자한 영랑令郞은 아직 미장가시지요?"

"그렇습니다. 소신이 여태 외관으로 돌다보니 애비로서 소홀한 데가 많습니다."

"특히나 필력이 벌써 만고 명필 추사 선생의 싹을 보인다니 역시 가통과 가성家聲이란 말을 떠올리게 합니다."

그제야 가친께서는 얼핏 짚이는 데가 있었고, 곧장 무슨 액땜을 치르는 듯 가슴 한복판에서 섬뜩한 기운이 길게 꼬리를 사리는 게 느껴졌다고 후에 술회했다. 왠지 마음이 다급해져서 가친은 난재공에게 서둘러 물었다.

"주상 전하의 밀지가 제 자식을 어떻게 하자는 것입니까?"

"먼저 물어주시니 이제 한 고비는 넘겼소이다. 표정공, 위에서는 귀 댁의 영식을 여양부원군의 직계 봉사손으로 삼고자 합니다. 곤전의 의중이 그러합니다."

가친의 입에서 허어 하는 기겁이 저절로 터져나왔다.

"시방 그 말씀은 지난달 말일에 비명횡사하신……"

난재공이 말을 가로챘다.

"맞습니다. 곤전의 친정댁 양오라버니 복경공의 대가 끊겼습니다. 아시는 바대로 삼대가 한날한시에 불귀객이 되고 말았습니다. 당장 급한 것은 곤전의 모친 한창부부인韓昌府夫人의 초상을 주장할 사람 조차 전무하다는 것입니다."

그때부터 예절을 차리고 말을 가리는 수고로움이 저만큼 물러나 앉고 쌍방의 말씨가 허둥거리기 시작했다.

"그러니 그 주상主喪을 찾고 있습니까?"

"그렇습니다. 댁의 영식이 바로 그 주상으로는 적임이라고 합니다. 곤전의 의중이라며 대궐의 하명이지요. 친정댁의 동량으로는 민문에 서 이 댁의 영식만 한 재목이 없다는 게 중론입니다."

"허어 참, 저 보잘것없는 애를 하필이면…… 벌써 낙점된 것입니 까?"

"소생이 여기 왜 왔겠습니까. 밀지는 주상 전하의 하명입니다. 받들 어야 합니다. 소생은 당장이라도 입궐하여 표정공께서 삼가 봉명하셨 다고 사뢰어야 합니다."

"어디까지 믿어야 할지…… 곤전의 밀지를 대감께서 직접 받았다 는 말씀입니까?"

"허어, 소생이 시방 말을 희롱하고 있습니까? 그렇지 않습니다. 말이 너무 솔직하면 말 값이 보잘것없어서 감동을 못 주고, 그 말이 멀리 못 간다는 공자의 말씀이 새삼 떠오르는 국면입니다. 동어반복을 시인하면서 다시 한번 되넵니다. 소생이 양전의 밀지를 직접 받들었으며, 오늘 중으로 출계 절차를 종결지으라는 하명이십니다."

어느새 가친의 음색에 울부짖음까지 뒤섞였다.

"허어, 이 일을 어떻게 하나, 왜 하필 내 자식입니까. 저희 집안이, 아시는지 모르겠으나, 벌써 삼대째 입양자로 이어올뿐더러, 제 자식도 저것 하나가 고작입니다."

"연전에 자식을 보지 않았습니까?"

"그것도 이제 겨우 걸음마나 떼놓는 딸자식입니다."

"주상 전하 내외분은 이미 알고 계십니다. 앞으로 자식 생산이 여의롭겠다고, 그게 참 조화롭다는 말씀도 흘리셨습니다."

"아니, 그 사단까지나."

"대성 민문의 내정사라면 대궐에서 모르는 게 없습니다."

"그러나 마나 아니 됩니다. 너무 멉니다. 그 댁이 장손 집안이라 해도 우리와는 이미 불계촌입니다."

"그렇지 않습니다. 복경 영감이야말로 곤전의 친정과는 12촌 이상의 원족이었습니다."

"아무튼 곤란합니다. 안 되겠습니다. 대를 이을 자식을 내놓으라니 상리常理에 벗어나는 일이잖습니까."

"후사後嗣를 속속 보면 되지 않겠습니까. 공연히 고집을 부리다가 후회할 요량이십니까?"

"저 하나뿐인 자식을 제가 고이 키우겠다는데 감히 누가 말린단 말입니까. 혹시라도 장차 후회할 일이 생겨도 그거야 또 그때 수습해야 할 테지요. 일이 아무리 여의찮다 해도 설마 봉제사할 자식도 없는 신세보다야 못하겠습니까."

"똑같은 말만 어지럽도록 무성합니다. 소생은 곧이곧대로 위에 아뢸 수밖에 없을 듯합니다."

"그러십시오. 저도 만부득이하다고 상소를 올리겠습니다."

누가 누구를 탓하겠으며, 어느 쪽이 으르고 다잡는지 분간하기도 어려운 형편이었다. 그때쯤에는 촉각을 곤두세우고 대청 너머의 동정만 염탐하는 나를 가친께서 왜 부르지 않는가 하는 자문이 생겼을 법하다.

미신을 들먹이지 않더라도 꺼림칙해서 도무지 내키지 않는 일이 있다. 그 망령에 들려버리면 온갖 방정맞은 예상까지 떠들고 일어나게 마련이다. 그때 내 가친은 그러고도 남았을 것이다. 일가족이 한날한시에 폭사한 그 집으로 당신 자식을 양자로 보내야 한다니, 아무리 대궐의 영이라 하더라도 당장 부자父子의 목숨부터 내놓으라는 저승 귀신의 도래로 비쳤을 테니 말이다. 그러나 마나 불길한 운수가 덮친 터이라 이제는 당장 독 속에 몸을 숨겨도 그 액운을 모면하기는 어려울 판이었다.

거의 넋이 나가 있는 주인장과 마주 앉아 있기도 난처해서 난재공이 막 일어서려는 참에 신방돌 앞에서 낭랑한 음성이 들려왔다.

"형님 계시지요, 저 규호올시다."

문부터 먼저 열리면서 주인장을 대신하여 빈객이 응수했다.

"황사공, 마침 잘 오셨소. 날씨가 매섭지요, 어서 들어오시오. 이제야 일이 수월하게 풀리겠구려."

그 말이 미처 끝나기도 전에 황사공은, 아, 대감께서도…… 잠시 안채 백모님께 인사부터 드리고 오렵니다, 좀 기다려주시지요라더니 이내 부산한 걸음 소리가 들렸다. 동생의 그 갑작스러운 내방도, 더불어 그 좀 경망스러운 처신도 불운을 재촉하는 듯한지 가친은 아무런 반응도 없었다.

이윽고 황사공까지 좌정한 사랑에서 가친의 헛기침 소리가 들렸다. 동생의 내방 사유를 재촉하는 신호였다. 후에 내가 경험해봐서 잘 아는 대로 양전은 그 위상이 말하듯이 어떤 중대사의 집행에는 봉명측신을 이중 삼중으로 부리며, 그들이 하명을 어떻게 붙좇았는지를 속속 탐문한다. 그만큼 치밀하게 또 성급하게 시무를 다룬다는 시사이기도 하지만, 동시에 어떤 신하도 못 미더워한다는 성정의 노정이기도 하다. 그때도 난재공을 우리 집에 보내놓고서도 성이 안 차 황사공까지 밀파하여 서둘러 귀결 짓고 한시 빨리 직보하라는 당부를 내놓은 것이었다. 알려진 대로 양전은 낮과 밤을 바꿔 생활하다시피 해 취침과 기상 시간이 불규칙한 편이라서 일쑤 조신의 한밤중 예궐도 마다하지 않는 편이다. 그래서 주상이 걸핏하면 상참_{常參} 상신. 중신. 시종신 등이 매일 편전에서 당면 국사에 대해 아뢰고 상의하던 일과 경연_{經筵}을 정지시키고 있으니 공무의 집행과 국격의 위의가 삐걱거리고 흔들린다는 세론이 비등해지는 판이었다.

"형님, 위의 말씀을 들으셨지요? 일이 아주 급박합니다. 이 엄동에 사사로운 감정을 앞세워 남의 집 초상에 우리가 나설 일이 아니라고 내물려서는 안 됩니다. 양전께서 바라시는 대로 영익이를 일단 상주로 내세우는 것이 합당합니다."

가친의 불퉁한 즉답이 나왔다.

274

"한때는 네 입으로 조부의 조부까지만 일가고 그 이상은 항렬이 같다 하더라도 불계촌이라는 말로 시비를 가렸잖느냐. 네 빼어난 총기가 벌써 녹이 슬었다면 장차 조카도 못 알아볼 날이 머잖았다."

너마저 한통속인가 하고 동생의 안면을 어루더듬고 있을 가친의 냉랭한 눈매가 훤히 그려졌다.

"덧붙이건대 시방 너의 앙청도 네 의사는 안 비치고 오로지 양전의 하문만을 그대로 옮기는 것이렷다, 내가 잘못 들었으려나?"

황서공의 직언이 바로 쏟아졌고, 언성도 높아졌다. 가친이 혈육이자 형이므로 결코 자신의 상대가 아닌데도 황사공은 스스로 홀대받는다고 생각하면 순식간에 생떼쟁이로 돌변하곤 했다.

"형님, 제 생각도 똑같습니다. 위의 말씀을 그대로 옮길까요? 실은 일전에 비명횡사하신 복경 대감을 양자로 받아들인 것도 그이에게 자식이 있었기 때문으로, 막상 고인의 됨됨이나 모든 것이 탐탁잖았다고 합니다. 촌수야 어찌 됐든 하필 그 많은 일가 중에서 주상 전하의 외삼촌을 굳이 곤전의 친정 봉사손으로 들였으니 오만 방정이 다 떠들고 나섰다시며 시방 그 예감이 맞아떨어졌다고, 미망하기 짝이 없다는 겝니다. 원래 족보 타령은 말이 길어집니다만, 위의 의중을 우리 가문이 물리칠 명분은 없지 싶습니다. 내 조카가 영익이 하나뿐이라고 여쭈었더니 거년에 딸자식을 봤지 않았느냐고, 지차 자식이야 곧 보게 될 테지, 이래저래 구색이 맞아 돌아가지 않느냐고 그러십디다."

"호오, 황사공께도 그 말씀을 빠뜨리지 않고 이르셨군요. 맞습니다. 자식이야 내외의 금슬만 좋으면 눈만 맞춰도 들어서고 그러는 것이지요. 뭣이 어렵습니까."

난재공의 넉살 좋은 맞장구였다.

"말이 나왔으니 말이지 이 미신微臣도 처자식 거느리고 사는 사람인데 왜 예감이 없고, 마음에 비편이 없겠습니까. 대부 어른은 먼저 돌아가셔서 위에 직보해주십시오. 내일이라도 소생이 후사를 다른 민문에서 물색해주십사고 상소하겠으니 그 후에……"

황사공이 부랴부랴 나섰다.

"형님도 참 어리석습니다. 형님도 백부 댁에 양자로 갔으나 제 친형님이지 촌수가 멀어집니까. 영익이가 출계해서 우리 민문의 중시조이시자 숙종대왕의 장인이신 여양부원군의 종손 중 적손으로 일가를 호령한다고 해서 걔가 형님 아들이고 제 조카이지 사람이 달라집니까. 만에 하나 형님이 지차 자식을 못 본다 하면 양자를 들이면 그뿐이잖습니까. 저도 조만간 양자를 어느 지손支孫 자식 중에서 하나 골라 잡을까로 문중의 지혜를 끌어모아야 하지 싶은데, 제 고집일랑 일체 접어둘 요량입니다. 형님이 지금 마땅찮아 하시는 것은 기우입니다. 불난 집에 들어가서 불조심하며 근신하는 것만큼 좋은 팔자가 어디 있겠습니까. 제 생각으로는 영익이가 천의天意를 따라야 할 팔자를 타고난 듯합니다."

난재공이 서둘러 일어서며 말했다.

"소신은 소관을 봐야겠습니다. 두 형제분께서 좀더 숙의하시고 후사를 도모하셔야겠습니다. 자, 공연히 나 때문에 일어서지들 마십시오. 황사공은 내일이라도 예궐해서 편전에서 뵙게 되리다."

"예, 그렇게 하십시다. 멀리 안 나가렵니다. 추운데 잘 살펴 가십시오. 우리 집안일로 대부 어르신까지 이 된추위에 생고생을 사서 하시니 면목이 없습니다."

"무슨 말씀을. 이런 가욋일도 결국은 누가 조작한 것입니까. 그걸 생각하면 대원위 대감이 원망스럽습니다. 두 형제분은 제 분김을 이해하리라 믿습니다."

배웅이 앉은 자리에서 끝나자 황사공의 간절한 통사정이 이어졌다. 그 특유의 칼칼한 음색에 목이 메는 기미까지 넘쳐났으니 황사공은 역시 목전의 어떤 성취 앞에서는 물불을 가리지 않는 승벽勝癖의 소유자였다.

"형님, 이제 우리 가문이 종가 댁의 유일한 적자입니다. 죽은 복경 대감은 물론 우리와는 불계촌이지만 위로 한참 따져 올라가면 그쪽은 아까 말한 그 여양부원군의 측실 소생으로, 그것도 막냇자식의 후손입니다. 일컬어 말단 지손이지요. 이제 우리가 민문의 대통을 이어받았습니다. 형님과 제가 콩죽 한 그릇으로 하루 끼니를 때우던 그때가 불과 엊그제 일이잖습니까. 지금이 호기입니다. 이번에 붙잡읍시다. 제 발로 굴러온 복을 차면 죄 받습니다."

"죄? 실은 그게 나는 겁난다. 너는 어쩌다가 무슨 욕심을 그렇게나 사납게 휘둘러대나? 네가 호기라고 말하는 것이 내게는 호사다마로 들린다. 복경 대감의 경우를 보고도 너는 깨우치는 바가 없으니 니 머리가 출중한지 내 머리가 아둔한지 알 수가 없다."

"복경 영감의 횡액이야 대원위 대감과 일부러 척을 져서 자업자득을 불러들인 겁니다. 우리 형제야 대원위 대감께서 밉보실 리 만무하지요. 지난여름에도 저한테 이런저런 하문을 내놓으시기에 소인은 시비만 가린다고 여쭈었습니다."

"욕심은 없고?"

"욕심이라니, 저는 탐욕을 부릴 줄 모릅니다. 그거야 형님이 더 잘 알잖습니까. 탐욕스런 양반은 방금까지 이 자리에 앉아 계시던 대부 어르신이지요. 난재공은 홍인군과 꼭 한본이라서 구별하기도 힘든데, 대궐에서 그이에게 밀지를 내린 것도 의미심장합니다. 민문이 난재공과 더불어 세력을 만들어보라는 궁심일지도 모릅니다."

"탐욕이야 설마 그이만 극성스럽냐. 대궐은 어떻고, 왜 하필 내 자식을 가로채서 후사를 끊으려고 덤비는 게냐. 영익이 학업을 나 대신 두량한 자네 공이야 내가 설마 잊을까마는 쓸데없이 명필일네 뭐네 조명을 내서 이 지경까지 이른 것을 생각하면 나는 허망해진다. 이 소란 법석의 책임은 네가 져야지, 아비인 내가 이 무슨 꼴이냐, 오금도 못펴게 윽박지르기나 하고."

"책임을 지려고 이러지 않습니까. 무엇이 잘못입니까. 형님은 지금 공연한 걱정을 사서 하십니다. 형님께서는 지금 비명횡사한 복경 대감의 양아들로 영익이를 출계시킨다는 게 왠지 꺼림칙하다 이 말씀이지요. 위에서도 고인은 투미하고 미련스러워서 마땅찮았답니다. 그러니 그이 제사까지는 모실 것도 없고, 곤전의 자당 어른 기제사나 지내달라는 겁니다. 뭐가 어렵습니까. 영익이는 복경 대감과는 비교급이 아닙니다. 형님은 당신 자식이라 모르시겠지만 저는 훤히 보입니다. 영익이에게 닥칠 운명이 도대체 어떤 건데, 형님이 외관직으로 돌면서 명리학이라도 공부했습니까. 그러시면 제 팔자소관도 한번 봐줘보세요. 망령이십니다. 제발 내 말을 들으셔야 합니다. 어차피 대권은 대궐에 있지 운현궁에 있지 않습니다. 세상이 달라진 게 보이지 않습니까?"

더 이상은 듣고 싶지도 않았다. 나의 운명이 대청 너머에서 결정되고 있는데도 내게는 이렇다 할 어떤 감정의 동요도 없었다. 왜 내 의

사를 들어보려고 하지 않을까, 나를 마땅히 불러들여야 할 것 아닌가 하는 불만을 얼핏 떠올렸을지 모른다. 그럴 수도 있겠으나 내게는 여전히 '난해한 인물'이었던 삼촌이 이 양자 소동을 어떻게 수습하는지 두고 보자는 심정이 앞서지 않았을까 싶기도 하다. 대궐의 하명을 곧바로 받드는 지체였으니까.

하기야 마흔 살 중년이 코앞인데도 여태 제 자식조차 하나 만들어내지 못하는 것만으로도 벌써 양반으로서는 자격 미달이고, 꼭 그만큼 인격 파탄자인 나의 삼촌이 어떤 의미에서든 가친보다는 비상한 능력의 소유자인 것 또한 사실이었다. 내가 따라야 할 사람은 황사공이었고, 그가 어느 민문의 양자로 들어가라면 그대로 따라야 할 것 같았다. 집엣나이로 열다섯 살이었음에도 내 운명을 스스로 택정할 수 없을 정도로 어리석었던 게 아니라 '양자 제도'가 있는 한 가라 마라고 주장하는 사람은 부모였고, 당사자인 자식은 그 의사를 불가항력적으로 받들어야 하는 것이 그 당시 불문율이었다. 노비처럼 팔려가든 떠밀려가든 어느 날 남의 집 자식이 되어버리는 팔자라니, 얼마나 기구한 유명이가

그때부터 내 운명은 한 치 앞을 내다볼 수 없을 정도로 다사다난의 연속에다 영예와 치욕이 계절 바뀌듯이 꼬박꼬박 덮쳐왔다. 내 가친의 예감대로 호사다마란 말은 내 팔자를 영판 찍어낸 조어造語였다.

제12장
예궐詣闕

출계했으니 죽을 때까지 나는 남의 가문의 '귀신'이 되어야 했다. 내 경우는 더 희한하게도 이미 이 세상 사람이 아닌 그 생면부지의 허울뿐인 양부의 대만 이어가는 처지였다. 이르는 바대로 양가의 얼굴도 모르는 부친과 조부를 여의었으므로 승중손承重孫인 것이다. 그렇든 말든 양자는 실제로도 그 집에 들어가서 살아야 했으므로 나는 당장 종거리께 죽동의 민 대감 댁 주인으로 들어앉았다. 기역자, 니은자, 디귿자, 한일자의 집채가 겹겹으로 틀을 차리고 그 사이마다에 화초담과 울짱이 반듯반듯하게 시야를 가리던 그 집은 나무랄 데없는 대가였다. 담장을 따라 길게 이어지다가 오른쪽으로 꺾어지면서 그 끝자락에 마구간까지 딸린 행랑채는 말할 것도 없고, 사랑채만도 난간 달린 골마루가 미음자로 테두리를 두르고 있어서 그 속의 여러 방 중에는 그 집에서 살아낸 네 해 남짓 동안 내 발걸음이 한번도 닿지 않은 곳도 있을 정도였다. 집만 그렇게 고스란히 물려받은 게 아니라 그 속에서 밥이나 축내며 눌러붙어 사는 숱한 가복과 계집종들까지 내 수하에 부려야 했다. 그러니 그 집에는 나를 정점으로 사랑채가 군림하는 가운데 집채마다에 따로 밥을 해먹고 사는 마름들이 수십 명씩 호가호위하는 식이었다.

어느 날 갑자기 집과 그에 딸린 군식구를 통째로 물려받은 내 팔자가 가리키는 대로 나는 어떤 대세에 떠밀려가는 신세였다. 당장 코앞에서 고약한 냄새를 풍기는 어른 시신 세 구부터 수습해야 하는 상주 노릇이 그것으로, 그해의 그 모진 추위 속에서 나는 두툼한 핫두루마기를 입고 연신 이어지는 조문객을 맞아야 했다. 원래 대감 돌아가신 빈소에는 안 가도 대감 댁 말이 죽었다면 물어서라도 찾아간다는 것이 조선의 조문 풍속이지만, 왕비의 친정 모친인 부부인의 초상인데다 승중손인 내 배후가 알려진 만큼 조문객의 염량주의를 나무랄 수만도 없는 일이었다. 그들은 낮밤을 가리지 않고 나와 오래도록 헤픈 말을 나누자며 덤볐고, 반죽좋은 진사, 유생, 거사, 업유業儒 유학을 닦는 서자庶子 따위들은 음관蔭官이라도 넘보려고 몇 밤이라도 지새우는 판이었다. 장담컨대 그들의 일거일동이나 일언반구에 나는 한순간이라도 귀와 눈을 뺏기지 않았다. 보나 마나 들으나 마나라는 말대로 그들의 상투적인 그 일거수일투족은 아주 쉽게 이해할 만한 것들이었고, 내 기질상 그런 뻔한 작태는 보기 흉한 남루에 불과한 것이었다.

그러나 드물게도 그들 중 몇몇이 입은 핫옷만큼은 내 눈을 오래도록 붙잡고 놓아주지 않았다. 엉덩이까지 내려오는 툭박진 삼베 핫저고리, 대님으로 다부지게 동인 풍성한 핫바지, 단정하니 여민 동정이 맞물리는 그 밑의 눈 싹 같은 매듭단추, 중옷처럼 옅은 먹빛의 핫두루마기 자락이 치렁치렁하니 장딴지까지 떨어지는 그 소박한 선들은 내 나름의 의복관에 날개를 달아주기에 충분했다. 뿐인가. 얇은 털배자를 속에다 껴입고 그 위에다 긴 초의綃衣를 두르며 목에는 하얀 명주 목두리를 감고서 흰 버선에 운두가 낮은 제화祭靴를 끈으로 동여서 신은 자태에는 기품이 넘쳐난다.

도무지 그 연원을 알 수 없긴 한데, 나는 사람이 평생 '단벌 신사'인 짐승과 달리 여러 색깔의 옷을, 그것도 신분과 직업에 따라 여러 형태의 복장을 지어서 입을 수 있다는 것에 비상한 관심을 가져왔다. 어떤 중뿔내기는 내가 젊은 나이에 일본·중국·미국을 비롯한 구라파와 동남아 각국을 두루 유력한 그 경험으로 우리 전통 복식을 깡그리 무시하면서까지 조복·관복·군복을 대대적으로 개량하자면서, 도대체 불요불급할뿐더러 무익한 지론을 떨친다고 하지만 전적으로 무식한 망발이다. 외국의 여러 복식을 눈여겨봐오면서 그것의 장단점을 어떻게 취사하여 우리 복장에 적용시켜야 할지를 골똘히 생각해온 것은 사실이나, 나는 내 입성을 이렇게 저렇게 마름질하여 새롭게 빚어보라고 할 수 있는 장가처를 맞기 전부터 옷깃의 폭이 검지의 첫 마디 길이보다 넓어서는 곤란하며, 대님의 길이는 발목 둘레의 세 배 반쯤이 적당하다고 든침모에게 일일이 주문했을 정도이다.

그렇게 지은 옷들도 내 마음에 썩 드는 것이 이때껏 한 번도 없었다는 투정은 내 까탈스러운 성정의 고백이기도 하지만, 좀더 근본적으로는 복식 자체의 지역별, 종족별, 신분별 전통성과 옷의 편리성 및 품질, 고상하고 비천한 기품을 즉각적으로 드러내는 그 장식성 따위를 한꺼번에 수용하면서 어떤 조화의 미를 꾸려내지 못하는 '형태미' 전반의 한계와도 무관하지 않을 것이다. 어떤 기발한 그러나 수수한 기품이 흐르면서도 편하게 입기에 맞춤해서 옷맵시에 귀티가 흐르는, 비유한다면 비둘기 목 색깔처럼 보는 각도에 따라서 달라지는 그런 옷을 지어서 입고 누구를 만날까를 그려보는 골몰의 시간만큼 황홀한 경우가 나에게는 붓을 잡고 있을 때 말고는 없지 않나 싶은 데, 그런 맥락에서도 우리 전통 복식의 '혁파'보다 더 화급한 시무는 없다고 나는 장담할 수 있다. 도대체 우리의 흰옷들만큼 누추한 복장이 어디 있고, 또 바느질과 빨래질에는 오죽 품이 많이 들며, 사람의 신체 구조와도 겉도는 그 좀 해괴한 형태마저 나태와 방만과 거만까지 저절로 조장하는 꼴이니 얼마나 몰지각한 행태인가. 복장 개량에 주목하지 않는 개화론자들이 입만 벙긋거렸다 하면 내놓는 개혁·애국·유신 따위의 거창한 용어를 나는 전적으로 불신한다. 큰말만 좋아하는 그들의 그 덤벙거리고 무신경한 정세관은 거의 건달의 잡담 수준에 지나지 않는 것이다. 적군과 목숨 걸고 싸우는 무관이 무당 옷 같은 철릭의 소매를 펄럭거리며 치르는 소임이 거드름 피우기밖에 더 있겠는가. 그런 복장으로 칼부림을 떨치겠다니 개도 웃을 일이 아닌가.

틀림없이 나의 그런 집착 때문일 테지만, 우리의 겨울 상복만큼 기품 넘치는 복장도 이 세상에는 달리 없다. 원래 상복은 성긴 마포로 짓고, 바느질도 일부러 시침질이나 해놓은 듯이 성기게 호고 만다. 섬세한 손길을 일부러 생략하는 그 일솜씨도 황망한 슬픔을 대변하고 있다. 굴건만 머리 위에 쓰고 그 두툼하고 긴 옷자락을 행전 위에까지 드리우고는 상체를 수굿하게 기울이고 서서 조문객을 맞으면 인간으로서 치르는 가장 큰 슬픔이 저절로 우러난다. 굳이 호곡할 것도, 거짓 눈물을 쥐어짤 것도 없다. 그런 호들갑이 인간을 얼마나 구지레하게 표변시키고 마는가. 아무튼 나는 한때 우리 전통 복장은 어느 것이라도 상복의 변형이 아니었을까 하는 흉흉한 상상을 애지중지 쓰다듬은 적도 있다. 어떤 죽음이라도 갸륵하게 거두면서 슬픔을 한껏 자제할 줄 아는 어른스런 백성이 우리 조선족이지 않았을까 싶어지는 것이다.

그 후로도 나는 역시나 전적으로 '타의에 떠밀려서' 상주 노릇을 여러 번이나 치렀지만, 그때마다 조문객으로 누가 왔는지 따위에는 워낙 관심도 없었고, 지금도 기억에 남아 있는 장면이 하나도 없다. 비록 그 사인死因들은 달랐을망정 비명횡사이기는 매한가지였던 황사공의 약물중독사나 가친의 칼부림 피살을 당하고서도 내가 그 장례 절차를 온통 주장, 수습했을 것은 틀림없는데, 그 정경으로 아직 내 뇌리에 남아 있는 것이 상복의 행렬밖에 없다면 과연 믿기기나 할까. 하여튼 나라는 인간은 언젠가부터 황사공처럼 다정다감과 냉정냉소가 한 몸에, 그것도 어느 자리에서나 불쑥 튀어나오는 괴물 같은 위인으로 자족했던 듯한데, 그 좀 '난해한' 정서 일체가 어디쯤에서 시작되었는지 아슴푸레할 뿐이다.

여러 일가친지의 공력 덕분으로 경기도 여주 땅의 한 산자락에다 양아버지의 시신을 잘 모시고, 혼유석, 문인석, 신도비 같은 석물 일은 차후에 마련하기로 말을 모으고 나니 기다렸다는 듯이 우리 민문의 세장지世葬地가 길지는 아니라면서 언젠가는 천장해야 할 것이란 풍수설이 나돌았다. 주제넘게 내가 나서서 가타부타하기에는 때 이른 감이 없지 않았으나, 그런 묏자리 타령은 조상의 음덕이나 바치는 짓거리여서 나로서는 듣그럽기 짝이 없었다. 나중에 연거푸 횡액을 당하고 보니 그따위 풍수설도 딴에는 그럴듯하게 들린다 싶었지만, 그런 발복 염원도 조상에 대한 효성을 재는 척도의 반사와 마찬가지라면 인정의 이악스러움이 얼마나 치열하고 조잡한가에까지 생각이 이어지곤 했다. 부모에게 이렇다 할 효도를 못 한 게 아니라 조물주가 그런 기회를 애당초 강탈해버린 내 경우는 '양자'라는 제도 때문이지 묏자리가 횡액을 덮어씌운 게 아닐 테니 말이다.

이러구러 죽동의 사랑채가 내 일상생활의 근거지로 틀을 갖춰가던 그즈음의 어느 날, 점심나절에 봉명상궁 하나가 여러 나인을 좌우에 거느리고 나타났다. 함께 예궐하여 양전을 사알賜謁해야 한다는 것이었다. 부랴부랴 의관을 차리고 나서려니 평소에도 행동거지가 더펄거리고 말씨에도 푼수기가 완연한 양모가, 소년영감 출두요, 상감마마 배알이요, 왕비마마가 양고모요 같은 되지못한 말로 나의 첫 대궐 걸음을 반쯤 자랑삼아 빈정거렸다. 지아비와 자식을 한꺼번에 잃어버린 기막힌 팔자이면서도 매사에 시큰둥하던 그 양모라는 여편네는 그 후 곧장 민문의 여러 건달과 내통했네 아니네로 입방아에 오르더니 결국 양아들인 내 눈치가 보였던지 죽동 집을 뛰쳐나가 과부살이를 자청했다. 나로서야 불감청이언정 고소원이라 속으로 쾌재를 불렀다.

죽동에서 경복궁까지는 불과 5리 남짓인데도 건춘문을 들어서니 어느새 필운대와 사직골 쪽에 해가 엇비스듬하게 걸려 있었다. 편전인 사정전思政殿으로 나아가는 섬돌을 줄여가려니까 눈이 부실 정도로 새파란 겨울 하늘 한가운데에 북악산이 바투 나앉아서 방금이라도 덮쳐올 듯하던 한 폭의 '그림'이 내 시야에 붙잡혔다. 기억이란 참으로 요사스러운 것이어서 아직도 가슴에 싸한 기운을 안기던 그때의 그 짙푸른 하늘색과 통방울눈을 부라리던 북악산의 자태가 생생히 떠오른다.

이윽고 사정전 앞에 이르자 봉명상궁이 아랫것들에게 들으랍시고, 대제학 민 대감께서도 나오시려나, 생가 장조카가 입궐했으니 말일세 라는 말을 흘렸다. 아니나 다를까, 저만치서 낯익은 체구의 황사공이 등짝에 후광을 한 아름 받으며 빠른 걸음으로 걸어오고 있었다.

내 기억이 틀림없는데, 그즈음 황사공은 곤전의 친정댁 승중손으 로 나를 출계시킨 공력이 워낙 두드러져서 막 정이품 홍문관 대제학 으로 칙임되었으니 이제는 그이의 소원대로 삼정승 중 어느 한 자리 만 넘보는 처지였다. 홍문관은 근정전勤政殿 서쪽에 위치하며 승정원 과 나란히 붙어서 주상의 치세를 보필하는 만큼 조정의 대권이 황사 공의 손에 쥐여져 있는 셈이었다.

상아홀을 한 손에 거머쥐고 금관 조복 차림의 황사공이 월대月臺 궁전 앞의 섬돌 위에서 성큼성큼 다가왔다. 흡사 북악산 기슭에서 구름을 타고 내려온 듯하다는 인상이 오래도록 남아 있었는데, 황사공의 그 훤한 신수와 높직한 벼슬 자리 때문에 그랬지 않나 싶다.

"영익이구나. 그새 얼굴이 좀 그릇됐다, 까칠하니 하관이 좀 빠졌 나, 죽동 집은 살 만하드냐?"

나는 주위 상궁들을 의식하면서 말을 간추렸다.

"잠을 설쳐서 낮 동안에 멍해지는 나날입니다."

"알 만하구나. 원래 상주가 무슨 귀천을 따지냐는 말도 있다. 살아 도 사는 것 같잖다는 뜻이지. 모름지기 참아내고 견뎌야지. 나도 제 대로 겪어보지는 않았다만 탈상까지 햇수로 3년은 눈 깜짝할 사이에 후딱 지나간다고들 하더구먼. 그동안 경서나 부지런히 읽고 붓과 씨 름하는 나날이 오죽 보람차겠나. 할 수만 있다면 이 삼촌 처지를 당 장에라도 니 팔자와 바꾸고 싶다. 암튼, 어서 지밀로 들어가자. 중궁마마께서 오늘을 몹시도 기다리셨을 게다. 삼우제나 지내고 날을 잡아 너를 보자시고 그동안 몇 번이나 이르셨으니 말이야.”

그때나 지금이나 나는 상례에도 무지할뿐더러 삼우제 날을 받는 그 육십갑자의 갑甲자와 자子자가 어떻게 맞물려 돌아가는지 그 순번이나 겨우 짐작할까 육갑조차 짚을 줄도 모르는 주제다. 천성이 그런 암기에 둔해서 경신庚申년1860년이 내가 태어난 해인 줄 알면 그것으로 족하다고 살아온 것이다. 다시 한번 강조하건대 만부득이했던 '출계'가 타의에 따라 결정된 그 시점부터 내 일생은 다섯 손가락의 마디를 짚어가는 그따위 심심파적과는 너무 동떨어진 세상살이에 부대껴왔다. 요컨대 천성이 그렇게 굴러가면 어쩔 수 없고, 일상이든 일생이든 그 성품대로 살아가는 것이 불편하지도 않을뿐더러 이로써 '육갑도 못 짚는 선비'인 나의 기질적 특성이 웬만큼 드러난 셈이다.

마찬가지로 그날 내가 양전을 처음으로 뵙고 한동안 좌정해서 새긴 여러 '장면'의 기억이 아주 부실하다는 것을 시인할 수밖에 없다. 아무래도 내 총기가 보통 사람보다 많이 모자라든가 어떤 몰입의 대상에 따라 내 머리는 가끔씩 갈팡질팡하는 듯하다. 그럴 수밖에 없는 것이 그 후 탈상하고부터는 양전을 하루에도 세 번씩이나 뵈오면서 그때마다 받은 숱한 나름의 인상이 뒤섞여 있다가 이 대목에서도 마구 섞여들었을 테니 말이다.

모든 신하가 임금께 그러는 대로 나는 황사공이 곁에서 지켜보는 가운데 양전 앞에서 고두 숙배했다. 그때까지는 봉명상궁 두어 명도 옆에서 꼿꼿이 서 있었을 듯한데, 중전께서는 이내 그들을 시야에서 물리쳤다. 뒤이어 상궁들이 시키는 대로 나는 임금과 왕후의 용안을 부드러운 눈매로 번갈아 우러르면서 '상감마마, 중궁마마 이렇게 뵙게 되어 황공무지로소이다' 같은 궁중말을 읊조렸을 테지만, 과연 제대로 되뇌었는지 가물가물하다. 그토록 입에 익은 말의 가치란 워낙 보잘것없는 것이어서 기억의 곳간에도 비집고 들어가 있을 틈이 없는 듯하다.

중궁이 먼저 말을 건넸다.

"과연 듣던 대로 안색과 신수에 영특한 기상이 흐르는구나."

중궁의 눈길이 넌지시 임금에게로 쏠렸다.

"그만하면 출중하다. 눈망울이 굵고 안정에 힘이 단단히 맺혀 있어서 보기에 좋다. 가까운 인척으로 삼기에 부족함이 없겠다."

서로의 눈치를 찬찬히 살피면서 지혜를 주거니 받거니 하다가도 바로 곁의 무릎에 매달린다 싶게 의지한달까, 지아비와 지어미의 기색을 이심전심으로 북돋우는 듯한 양전의 부창부수는 그때에도 자연스러웠다.

"이번에 자네가 봉사손으로 아주 큰일을 탈 없이 치렀다니 얼마나 다행인지 모르겠구나. 나도 이제야 한시름 더 듯 뒷고개가 한결 가벼워졌다. 그 공을 기려야겠다. 당장 부족하거나 필요한 것이 있으면 지금 말해보려무나."

중전의 하명에 화답하는 상감의 음색이 이번에도 부드러웠고, 토를 달아대는 듯 알아듣기에도 쉬웠다.

"한창때니 그리운 것이 오죽 많겠나. 평소에 갖고 싶었던 것이 있거든 어서 그것을 지금 털어놓아라."

내 대답이 수월하니 나왔고, 염치가 번듯한 나이였으므로 진심이기도 했을 것이다.

"엊그제 양자로 출계한 몸이니 새 가문을 지키면서 가통을 세우고 상주로서 탈상 때까지는 근신하렵니다. 딱히 부족한 것도 없어서 하명을 받들지 못해 송구스럽습니다."

누구 앞에서나 바른말을 잘하고, 그것도 듣기 싫은 말조차 섭섭하지 않게 내놓는 황사공이 선뜻 나섰다.

"수재守齋하면서 경서를 부지런히 독파해두면 장차 동량지재로 현달할 꿈이 저절로 영글 것입니다. 저만한 영재는 간섭하지 말고 내버려두는 것이 상책입니다. 공연히 이래라저래라 덧들였다가는 중도 소도 못 되고, 제 깜냥에 남 탓이나 하면서 허송세월하는 반거들충이가 되고 맙니다. 고리삭은 유학에, 반풍수 선비가 너무 많은 우리 풍속이 다 남의 인생, 남의 살림을 지가 걱정하느라고 빚어진 폐풍입니다."

눈매에 착하고 어진 기운이 고여 있는 상감은 비록 귀가 얇긴 해도 말귀가 빠르며 그 말밑을 이것저것 새기면서 그 진위를 파악하는 재주가 비상하다. 아마도 대원위 대감의 드센 강단에 휘둘린 나머지, 저 말을 어디까지 믿어야 할까라는 불신증을 제위에 오르기 전부터 키워온 탓일 것이다.

"옳거니, 민 대감의 말씀이 정곡을 찌르고 있군. 아무렴, 공부든 출세든 제가 알아서 하도록 내버려둬야지, 닦달하다가는 이것도 저것도 못 되고 말지. 거참, 오래간만에 솔직한 진담을 들었소. 이로써 후의를 받을 양반이 한 사람 더 느는 듯하오."

상감의 다사로운 눈길을 늠름히 받은 중궁전의 화답에도 정의가 저절로 묻어났다.

"누가 아니랍니까. 역시 민 대감의 명민한 사세 판단은 가히 무적이십니다. 혈통은 못 속인다니 아무쪼록 신기神氣가 비친다는 민 대 감의 서법이 장차 장조카에게도 대물림하기를 바랄 따름입니다."

황사공은 화색까지 자유자재로 붉히며 겸양을 드러냈다. 그이의 좀 야단스러운 언행에는 어른스런 속기보다 천진난만한 소년의 자랑 기가 묻어났다. 그 진지함에는 상대방을 즐겁게 하는 장난기가 얼비 치는 것이다.

"신기라니, 중궁마마, 황감하옵니다. 이제 겨우 필의나 가다듬고 글 씨가 마음대로 안 써져도 울화를 삭이면서 근칙謹勅하는 수준입니다. 실로 부끄러운 경지인데……"

이번에도 상감이 나서서 화두를 넓혀갔다.

"듣기로는 민 대감께서 근자에 문방제구를 부지런히 수집한다던데 그중 제일로 질박한 벼루와 붓 일습을 장조카에게 물려주시구려. 과 인은 먹과 종이를 넉넉하게 대리다."

황사공은 짐짓 과장스럽게 머리를 흔들면서 말했다.

"성은이 망극하나이다. 봉명할 따름입니다. 소신이 문구류와 서첩 을 모은다는 소문이 어쩌다가 탑전에까지 올라왔는지, 민망하고 죄 송스럽기 짝이 없습니다."

계란처럼 갸름한 얼굴에 눈매가 서늘하고, 좀 팔초한 하관에 붙여 놓은 듯한 붉은 입술에는 다부진 결기가 서린 중궁은 재치 있는 말 씨에도 능한 편이다.

"지밀의 무수리들도 다 아는 그 사실을 막상 본인만 모르고 있다 니 아무래도 민 대감의 귀는 간지러운 줄 모르도록 타고난 모양입니 다. 참으로 신통하고 편리한 신수이니 장차 장조카도 부디 그것까지 물려받아서 자기 소신대로 국량을 폈으면 좋겠습니다."

황사공의 얼굴이 대번에 홍시처럼 빨갛게 달아올랐다. 나도 마찬가지였다. 예의 그 벼루 말이 나오자마자 이내 내 가슴이 두근거리기 시작하더니 얼떨결에 이마에 땀도 배이고, 얼굴도 화끈거렸다. 그동안 '벼루 탐닉증'이 좀 숙지막해진 것은 똑똑히 의식하고 있었지만, 지당서실에서 고이 숨죽이고 있을 내 '죽안연'을 어떻게 잊을 수 있겠는가.

그쯤에서 양전과 나의 첫 면대는 끝났을 것이다. 더 세세하게 기록해봐야 군신 간의 뻔한 덕담에 지나지 않았을 테고, 더 이상 기억에 남아 있는 대화도 없으니 말이다. 더욱이나 밤이 이슥해질 때까지 한시도 쉴 수 없고, 내일로 물려도 될 일과 권신들이 속속 들이닥치므로 중전의 친정 가내사인 장조카 '인물' 분별 자리의 소개는 이 정도로도 충분할 듯하다.

그러나 나의 진의는 그토록 온종일을 국사에 매달리는 양전의 기질이, 내 편협한 소견으로는 친정 초기인 그때 벌써 틀을 잡았다는 것이며, 그 이면에는 권세욕과 시기의 화신이라 칭할 만한 대원위 대감을 촘촘히 의식하면서 그쪽의 동태를 의심의 눈길로 주시하는 일상이 그 자리에서도 비쳤다는 것이다. 그 점은 황사공을 대하는 말 밑에도 넘실거렸다. 아무튼 밤늦도록 권신을 부리는 양전의 특이한 전단專斷은 결국 이편저편 가르기로 이어지며, 누백 년 동안 내려온 붕당이 이제는 개화와 수구로 편리하게 갈라져서 어느 쪽이든 길들이면서 의지로 삼으려는 속셈에 지나지 않았다. 그 점은 물론 고질이라 불러도 될 조선의 한심한 '치세' 기상도였다. 탑전의 그 치인술이 국정의 망조였음은 의심의 여지가 없는데, 물론 그날 그 첫 상면 '무대'에서 나눈 대화로서도 내가 그것을 예감했다면 자만일 것이다.

양전의 치적에 대한 시비는 앞으로 내 환로에 이정표처럼 꼬박꼬박 따라붙을 것이므로 여기서는 이쯤에서 그치고, 그날이 어떻게 마무리되었는지만 간단히 적기해두면 이렇다.

지밀에서 서둘러 나오자마자 황사공은 대뜸 내 어깨를 토닥토닥 두드리면서 일렀다.

"고생했다. 네가 기를 못 펴서 말이라도 더듬거릴까봐 조마조마했는데, 의외로 모범 답을 또박또박 내놓아서 내 속이 다 후련하더라. 그만하면 썩 좋은 점수를 얻은 게다. 일수가 좋았다 마다. 중궁마마의 심기가 아주 너그러워지는 게 훤히 비치더구먼. 내 필적을 봤을 리 만무한데도 신기 운운하는 게 바로 그거야. 주상께서야 늘 이편저편의 의견을 골고루 붙좇는 장기가 탁월하시고."

황사공은 과연 영민한 처세로 위의 권우를 받을 만한 현신이었다. 한 손에 들고 있던 상아홀로 다른 손바닥을 톡톡톡 치더니 나도 까맣게 물리친 하명을 상기시켰다.

"영익아, 내 서실에서 네가 탐내고 있는 벼루나 연적이 어떤 거냐. 뭣이든 줄 테니 날을 잡아서 삼촌 집에 한번 들러라. 너도 이제는 주인 없는 집에서 미장가인 채로 일가를 통솔하게 됐으니 바깥출입이 예전과는 많이 다를 게다. 가복 중 한둘을 배종꾼으로 거느리고 나서야 할 테니 말이다. 그래도 상감의 영인데 벼루 입수 걸음이야 마다할 수 있겠나. 나도 아무리 아깝다고 해도 어느 것이든 너한테 출가시켜야지. 아, 그럴 거도 없겠다, 미구에 내가 죽고 나면 서실의 주인으로 너를 들여앉히면 되겠네. 너 말고 누가 있겠냐. 특히나 서첩, 필연筆硯 같은 기물이야 그 가치를 모르는 일자무식꾼에게는 물려줘봤자 개 발에 대갈이나 마찬가지지."

벼루와 붓 일습은 말할 것도 없고 오감스럽게도 지당서실을 통째로 내게 물려주겠다는 황사공의 호언이 워낙 솔깃하게 귀에 박혀 그 당시에는 미처 몰랐으나 나중에 그이가 별세했다는 기별을 듣고서야, 하필 양전을 처음 뵙던 그날 해거름녘에 그런 방정맞은 말을 조카에게 했을까 하는 생각이 떠올랐고, 나는 오랫동안 머리만 주억거렸다. 그 후 나는 내 말에 어떤 단언기가 조금이라도 묻어날까봐 극도로 자제하는 습성을 익혔는데, 그 통에 내 묵언은 흔히 숱한 오해를 사곤 했다.

그날 죽동의 중궁마마 친정에 쌀·콩·깨·잣·땅콩 등등을 버무린 강정을 갖추갖추 담은 대소쿠리가 바리로 실려왔는지 어떤지 나는 모른다. 양전께서는 성가시지도 않은지 그런 '작은' 선심 베풀기로 예의 치인술의 한쪽을 가름했는데, 그보다는 훨씬 '큰' 나라 살림에 쏟는 배포와 정성에 등한한 듯해서 그 수혜자인 나는 언제나 찜찜해하는 쪽이었다. 나의 이러한 분별은 엄마를 모르고 자란 내가 잔인정에 소홀하다는 후천적 성정의 토로이기도 하고, 양전의 치세술이 어느 대목에서 치이고 있었는지에 대한 내 나름의 짐작이기도 하다.

탈상은 대체로 28개월 전후에 끝나도록 되어 있다. 햇수로 간신히 3년만 채우면 대우大憂 친상의 시름을 웬만큼 수습했다고 보는 것이다. 나로서는 얼김에 덤터기를 쓴 그 지루한 세월 내내 생판 '남의 집 살이'로 마음자리가 늘 냉돌방에서 옹동그리는 꼴인가 하면, 어떻게든지 연줄을 잡겠답시고 들락거리는 고만고만한 빈객들의 수작질에는 데면데면하게 대하는 한편, 이래 봬도 내가 상주인데 무슨 득색을 드러낼까 하는 식으로 피근피근한 모색을 늦추지 않았다. 그렇긴 해도 꼬박 2년이라는 긴긴 세월 동안 내가 챙긴 일들을 대략이나마 적기해두지 않으면 앞으로의 이 기록에 요령이 안 설 듯하다.

우선 내 동선인데, 가끔씩 나는 사동의 친가 걸음에 홀홀히 나서곤 했다. 되도록이면 가친이 계실 때쯤을 피했던 것은 걸음마 중에도 한사코 엄지손가락을 빨아대는 이복누이의 재롱을 오래도록 즐기기 위해서였다. 나보다 열두 살 밑인 그 여동생은 다른 집에서도 흔히 그러는 대로 아지라고 불렀는데, 친탁한 인물답게 이목구비가 아주 선명했다.

인연이 그렇게 맺어지려고 그랬던지 내가 중전마마와 첫 상견례를 치렀던 그해 봄 한 살짜리 왕세자로 책봉된 원자元子 이척李坧이 후에 내 매제가 되었으니 그때 아지의 나이는 불과 열한 살이었고, 왕세자는 아홉 살이었다. 이런 조혼이 도대체 무엇을 겨냥하는지, 그 정부正否에 대해 누구도 시비를 걸지 않는 풍토야말로 그 시절 전반의 빙충맞은 면모라기보다 길게 내다 볼 줄 모르는 조선족의 조급증이 아닐까 싶긴 하다. 그러나 마나 나는 그 간택도 내가 만부득이 받아들인 양자라는 '덤터기'처럼 곱다시 당해야 한다고 체념했다. 이런 강제 혼인은 결국 어떤 불화와 불운을 예비하고 있는 게 아닐까 하는 기우 때문에 내 심사가 한동안 고깝기 짝이 없었다는 사실만은 덧붙여두어야겠지만 말이다. 어쨌거나 남들은 그렇게나 시새우던 그 혼인으로 나는 겹겹의 척신이 된 셈이었다.

황사공 댁에 깊숙이 숨겨둔 내 '죽안연'을 만나서 한껏 애무하려고 지당서실행 걸음에 수시로 나섰다고 해야겠지만, 믿기지 않게도 그 때쯤에는 예의 그 열렬했던 배물애는 몰라볼 정도로 시들해져 있었다. 나중에라도 이 기록물에서 그처럼 불같이 쉬 달아오르다가도 어느 순간에 싸늘하게 사위어가던 그 심리의 추이를 돌아볼 여유가 있을지 모르겠으나, 배물애란 실로 그처럼 덧없는 것이다. 그 특정 기물의 이색성을 대번에 알아보는 눈길의 임자는 꼭 그만큼 변덕도 심해서 어느 찰나에 그 불안정한 안목으로 그것만의 사소한 맹점을 기어코 발겨내면서 그때까지의 맹렬했던 자신의 소유욕을 헌신짝처럼 내버리는 것이다. 그렇게나 애지중지했던 붓이 어느 날 아침 문득 보기 싫었던 적도 있고, 도대체 내 마음에 흡족한 붓을 이때껏 한 자루도 못 가져봤다는 이 실토를 누가 믿기나 할까. 부모의 정을 모르는 애정 결핍증은 심했어도 명예나 돈으로는 늘 풍족증에 갑시었던 내 생애의 상당 부분이 그런 자잘한 애증의 쌍곡선으로 점철되었으니 더 이상의 언급이야말로 일반인들에게는 허풍스럽게 들릴지 모른다.

그 대신에 이제는 아주 내놓고 황사공의 서첩을 빌려보러 갔다. 그 즈음 친할머니는 노환으로 자리보전하고 있었던 데다 숙모도 그 뒤치다꺼리로 두서가 없던 터여서 나는 번번이 따스한 밥상도 제대로 못 받고 귀한 전적류 한두 권만 책보자기에 싸서 죽동으로 돌아오곤 했다.

그때만 하더라도 중국의 볼만한 서첩은 희귀한 데다 설혹 그 수장자가 드러났다 하더라도 손이나 탈까봐 보여주지도 않았을뿐더러 워낙 고가여서 아예 거래도 없던 형편이었다. 화첩은 더 말할 것도 없었고, 눈요기는커녕 아예 '값도 없다'고들 했다. 그러니 눈만 높고 돈은 없던 황서공으로서는 고작 우리 서첩을 수집하는 데 열을 내고 있었는데, 그것도 대개는 간찰류였다. 내 기억이 이 대목에서도 적잖이 헷갈리는데, 퇴계와 우암의 진적첩眞蹟帖에서 그 고졸하면서도 웅혼한 필적을 감상할 수 있었던 것도 그 시절의 경험이었지 않나 싶다. 그 외에도 김상용金尙容·김상헌金尙憲 형제의 호방한 서체를 비롯하여 추사의 단정한 언문 편지를, 그 두껍고 누런 장지壯紙가 뚫어지도록 들여다본 기억은 정확할 것이다. 아마도 예조나 홍문관에서 보관해두던 것을 잠시 대출했지 싶은 각종 등록물謄錄物, 도첩, 동지사나 성절사들의 복명서復命書 등에서도 눈여겨볼 만한 필적이 많아서 하루해가 짧을 지경이었다.

그런 명필을 한참이나 감상하고 있으면 왠지 아득해지고, 저절로 한숨을 길게 토하게 되면서 가슴이 답답해지곤 했다. 두말할 것도 없이 나도 언제쯤 이런 글씨를 쓸 수 있을까에 이어 결국 이름을 날려야 필적도 남길 수 있을 테니 그러자면 우선 과거에 급제해야 했으므로 그처럼 시름이 깊었던 것이다. 그런 잡념을 떨쳐버리려고 방금까지 시력을 혹사시키며 들여다본 서첩 속의 서체를 흉내 내는 임모에 빠지곤 했다. 사자관寫字官 출신답게 남의 글씨를 그대로 베끼는 데는 한석봉 필체를 따를 수 없다는 말도 있고, 실제로도 중국에서까지 그의 방정한 서체를 칭송했다지만, 그 밑에 꿈틀거리는 힘이 없어서 아쉽다는, 어떤 모범에 대한 반발을 깨쳤던 것도 그 시절이었음에 틀림없다. 그 어린 나이에 벌써 자만이 비친다고 손가락질해두 어쩔 수 없는데, 그때 나는 자신만의 독보적인 서법에 나름의 눈을 가졌다기보다 '내 글씨'를 쓰고 싶은 운김에 들떠 있었다고 해도 과장은 아닐 것이다.

알다시피 조선의 모든 예법은 상례喪禮가 그 근본의 자리를 지키므로 기복忌服 중에는 과거도 못 보게 되어 있다. 황사공의 사려 깊은 공작이 주효했든, 중궁마마의 억지스런 집착과 강권에 물렸든 나의 그 애매한 양자 '덤터기'가 과거라는 관문까지 틀어막고 있었으니 내 조급증은 일쑤 팔자타령에 코를 박고 무슨 일이든 차일피일하는 기피증에 덧씌워져 있는 형국이었다. 그런 처지였음에도 서첩을 뒤적이고 있을 때나 붓을 잡고 있을 때면 감쪽같이 내 신분을 잊어버리는 몰아의 경지에 이를 수 있었던 기질도 그 시절에 형성되었음은 사실이다.

서체 개발에 진척이 없어서 안달할 때면 난향蘭香에 취해 길고 짧은 난엽을 그어댐으로써 긴긴 하루해를 사래질하듯 날려 보내기도 했는데, 그 도락거리가 어느새 내 글씨보다 더 상당한 성취에 이르러 있고, 아무리 낮춰 보더라도 대원군의 그 유명짜한 석파란과는 완연히 다른 격조를 나타낸 것 역시 그 시절이었다고 해야 할 것이다. 역시나 황사공의 수집벽 덕분에 나는 추사난을 비롯한 여러 후속 난초화를 찬찬히 눈씨로 익히면서 한 잎에 세 번 꺾인다는 소위 삼전三轉의 그 곡선에 매료되곤 했다. 화풍이란 말이 있듯이 내게도 '난풍'이 있겠는데, 그것의 형성 과정과 그 내적 농담濃淡의 충일한 세계에 대해서는 이 기록물의 후반부에서 내 나름의 미감을 소박하게나마 풀어놓을 작정이므로 여기서는 이 정도에서 건너뛸 수밖에 없다. 다만 황사공이 그렇게나 내 호를 손수 지어주겠다고 장담해놓고서는 까맣게 잊고 있어서 그즈음에야 나는 자호自號로 난화의 한 귀퉁이에다 운미雲楣나 죽온竹韞을 번갈아 써버릇했으니 그 별호에도 벌써 세속계와 담을 쌓고 지내거나 세상사와는 거리를 두려는 내 의지가 드러나 있다. 구름에다 처마를 지어 올리기도 불가능하려니와 대나무는 쭉쭉 곧게 뻗어나가야 제격인데, 그 마디를 감추겠다는 것도 어불성설이니 말이다. 하기야 대개의 자호는 두 글자의 뜻이 어그러지는 그 모순관계를 통해 묘한 운치나 은유가 살아날수록 그럴듯하다고 보는 동양 특유의 명명법이긴 하다. 이를테면 맑은 그늘이라며 있을 듯 말

듯한 뜻의 청음淸陰 김상헌의 호이 그런 예 중 하나다.

언제가 됐든 과거를 보기는 해야겠고, 그럭저럭 급제는 할 수 있으리라는 믿음이 독촉하는 대로 그즈음 나는 경서도 틈틈이 읽곤 했다. 어쨌든 양가의 유일한 상주였으므로 근신하는 자세를 집 안팎에다 과시하는 게 내 당면 소임이었으니까. 특히나 안채와 행랑채의 가노와 겸인들에게는 내 언행이 크든 작든 날씨만큼이나 영향력을 행사했기에 그들을 긴장시킬 필요는 있었다. 그래서 밤늦도록 행랑채에서 골패짝을 굴린다든가, 어린애 울음소리가 길게 이어지든가, 주정질이 오래 이어지면 다음 날 오전에는 반드시 청지기를 불러서, 집이란 절간의 법당처럼 조용해야 하지 않나, 저자 바닥처럼 시끌벅적하니 살려는 사람들은 어서 내쫓으라고 엄정히 이르곤 했다. 그때 내가 죽동의 집채와 함께 물려받았던 청지기 중 하나로는 고영근高永根이라는 멋진 턱수염짜리도 있었는데, 말씨에 거짓과 허풍을 섞지 않으려던 그 미염공의 처신에 대해서는 앞으로 몇 차례 더 언급할 기회가 있을 것이다. 이미 사실로 드러난 대로 중전의 시해 사건을 획책한 미우라三浦 주한 일본 공사의 '작전'에 길 안내 역을 맡았던, 한때 내 밑에서 연대장 노릇도 한 바 있는 우범선禹範善의 목에다 단도를 쑤셔 박은 열렬한 우국지사이니까 말이다.

앞서도 잠시 얼비춘 대로 황사공은 그 특유의 친화력인 눈웃음을 슬슬 뿌리면서, 우정 귀담아 들으랍시고, 과거제의 문란에 대한 성토를 결코 늦추는 법이 없었다. 그 골자는 사직의 제반 구태와 속악한 관치 제도를 바로 세우기 위해서는, 또 공리공론으로 소일하는 붕당 짝패를 솎아내고, 이권 농단으로 왕권을 허수아비로 만드는 세도 정치의 토양인 유생사회를 한꺼번에 뜯어고쳐서 바꿔놓으려면 과거제는 아예 철폐해야 한다는 것이었다. 게다가 지금의 과시 자체가 시관부터 엉터리에다가 차술借述 남의 제술을 빌려서 베끼는 부정행위, 대술代述 남이 대신해서 시권을 작성하는 부정행위, 절과竊科 남의 시권을 가로채기, 독권관 매수 등등으로 어떻게 뜯어고쳐볼 엄두도 낼 수 없는 지경이 되고 말았으니 더이상 시행하는 것은 백해무익한 광적狂敵을 키우는 것과 마찬가지라고 했다. 당신 자신이 일찌감치 그 관문을 통과했다고 그렇게나 유세를 떨어놓고서는 그처럼 삿대질이니 나로서는 자가당착도 너무 심하다고 여겼지만, 차차 겪어보니 역시 황사공의 치세관에는 누구나 쉬쉬하는 제도악 내지는 근본악을 손질해보려는 선견지명만큼은 선명했다. 물론 그런 지론을 혼자서 실행하기는 벅차고, 그런 형편 일체가 왕권의 한심한 비세非勢를 비롯한 국력의 통탄스런 열세를 곧이곧대로 반영하고 있지만, 그것을 아는 사람과 모르고 있는 무리와의 차이는, 감히 단정컨대 고승과 불목하니의 그것쯤 된다.

더욱이나 가관이게도 황사공은 그 개차반 같은 과거제를 내게만 기복이 끝나는 대로 당장 봐서 단숨에 홍패를 거머쥐라는 닦달도 늦추지 않았다. 역시 그는 난해한 인물이 아닐 수 없었다.

"증광시든, 별시든, 알성시든, 정시든, 춘당대시春塘臺試든, 이것 보라구, 멀건 죽사발로 입이나 겨우 다시며 없이 사는 놈이 핫바지만 여러 벌이라더니 녹봉도 제때 못 주면서, 실직實職 자리도 없는 관리만 이렇게 뽑아대니 그 적폐가 오죽하겠냐고. 만악의 근원이 바로 이거야. 썩었지, 너무 썩었어. 그래도 너는 고시告示만 붙었다 하면 후딱 방에다 이름만이라도 걸어놓고 봐야지. 그게 다야. 그다음부터는 이 삼촌이 길을 터줄 테니. 인사가 별건가. 아무라도 맡으면 그냥저냥 꾸려가는 거지."

황사공은 구체적인 언질까지 아끼지 않았다. 곧 과문육체科文六體
란 말도 한때 하다 말다 한 제도이고, 요즘에는 채점에 시간이 걸리
고 독권관끼리 의견도 분분해서 시詩, 부賦, 책策 같은 문체시험은 다
없앴으며, 오로지 표表만 출제한다는 것이었다. 표란 제갈량의 '출사
표'라는 문장이 말하는 대로 어제御題가 주어지면 우국봉공에 기초
한 수험자의 소신을 정정당당히 피력하는 글이다. 임금께 직언하는
문장인 만큼 강단이 좋아야 하고, 경서에서의 인용이 적실하여 앞
뒤 문맥이 제대로 맞아떨어져서 시관이 읽자마자, 과연 그럴듯한 시
국관이군 하는 감동을 불러일으켜야 한다고 했다. 물론 당일의 운이
좋아야 문장이 줄줄 풀려나갈 테지만, 그 평가는 아무래도 방정해서
보기 좋고, 읽기가 수월한 해서체의 우열에서 갈라진다는 것이었다.

그것쯤이야 어려울 것도 없지 싶었다. 자주 나오는 시제試題도 이
미 알려져 있었다. 오륜의 여러 덕목과 군자의 소임은 약방에 감초
같은 제목이고, 그 밖에도 덕, 도리, 중용, 인, 예절, 지혜, 신의, 언어,
절제, 청렴, 절도 따위의 사람 품성을 어떻게 갈고닦으며, 그것들은
결국 무엇을 지향하느냐를 묻는데, 그중 어느 것이라도 하나를 골라
서 이런저런 경서를 뒤적거리며 습작해버릇하면 될 것이었다. 내 해
서체의 기량을 점검하기 위해서라도 나는 가끔씩 인仁은 무엇이며,
그것을 어떻게 가꾸고, 누구에게 베풀며, 그 지향점은 이 세상만사의
조화일 것이라는 논지를 기술해보곤 했다. 물론 그 논지에는 공자의
극기복례설克己復禮說을 따와서 수험자의 성실하나 당당한 '발언'에
격조와 생기를 보태야 할 것이었다.

나는 세월을 낚고 있었다. 꼬박꼬박 닥치고 있는 탈상의 그 날만
을 기다리는 신세였으니 말이다. 내 힘으로는 도저히 뗄 수 없는 '연

줄'이 대궐과 얽혀 있다는 생각만으로도 한동안씩 멍청해지지 않을
수 없었다. 밤마다 뽀얀 창호지 바른 문짝을 응시하고 있으면 기세
좋게 뻗어나간 선명한 난 잎이 내 몽롱한 시야에 어지럽게 얽혀들면
서 나를 어딘가로 밀쳐내고 있었다. 나는 밤잠을 설쳤고, 새벽에 일
어나면 눈꺼풀이 따갑고 무거웠다.

제13장
석갈釋褐과 등과登科

    하루하루가 3년 같다는 옛말 그대로 그토록 애타게 기다리던 탈상날, 그러니까 중전의 친정 모친 한창부부인이 폭발물의 파편을 뒤집어쓴 뒤 이틀을 신음하다 돌아가신 지 정확히 이태 만에, 햇수로는 드디어 세 해째 접어들던 그날 곧 병자丙子년1876년 11월 30일, 대궐에서도 이날만 눈이 빠지도록 기다렸다는 듯 내게 벼슬을 내렸다. 정구품이니 품계로서는 최말단보다 한 계단 윗자리에 불과하지만 직책으로는 양전의 후의와 장차의 늘품성이 워낙 환하게 비쳐서 다들 청직淸職이라며 부러워하는 세마洗馬가 그것이었다. 다들 아는 대로 다음번 왕위를 물려받기로 되어 있는 왕세자를 보필하고, 그 행계行啓 대궐 안팎으로의 출입를 곁에서 호위하는 관제로 세자익위사世子翊衛司가 있고, 무슨 예정 조화처럼 내 이름에도 무엇이든 도우고 삼가며 날아가게 한다는 뜻으로 두 날개를 세우는 형상의 익翊 자가 들어 있으니 내 첫 벼슬은 어쩌면 위인설관爲人設官이란 말에 영판 들어맞았다고 할 수 있을지 모른다.

그러나 나로서는 적잖이 의아하고, 막상 그 벼슬자리조차 반갑기는커녕 떨떠름하기 짝이 없었다. 뜬금없이 내게 들이닥친 그 감투를 '팔자 고쳤다'로 받아들일 수 없었던 것은 우선 어떤 전기轉機를 내 힘으로 만들어보겠다는 자긍심을 이번에도 사정없이 짓밟아놓기 때문이었다. 예의 그 '덤터기'만 해도 사대부 가문의 똘똘한 효자답게 내 의사는 한마디도 못 내놓고 받아들인 데 대해 나름의 억울함이 없지 않았다. 게다가 내 속내 따위는 개의치 않고 일사불란하게 방출시키는 양자 제도에 대한 반발은 '더러운 세상'이라고 욕질을 퍼부을 만한 것이었다. 그런 타의야 어찌 됐든 황사공이 어느 날 즉흥적으로 한때 동문수학한 시우詩友를 불러, 어린것이 벌써 싹수가 달라, 글씨나 그림이 다 그래, 내 눈에는 분명히 총명호학이야, 잘 좀 봐줘, 대기가 될지 어떨지 같은 조명을 사서 내지 않았더라도 설마 내 나름의 어떤 수준이랄까, 경지에 대한 자만심이야 없었겠는가. 아마 그 당시에는 제법 기고만장, 안하무인이었던 나를 떠올리는 것이 타당하겠으나, 이제는 나잇살도 먹어서 이처럼 겸양을 부리는 셈이라면 이해가 빠를 듯하다. 그래서 나는 내 실력으로 두 날개를 펄럭이며 날고 싶었지만, 예의 그 양자 파동으로 생면부지의 신주를 모시느라고 사부학당도 갈 수 없었고, 성균관 발치에도 못 가봤으니 내 학력은 독학자들이 흔히 제 잘났다고 꺼드럭거리는 꼴이었을 것이다. 달필에 난도 제법 잘 친다는 '실속 없는 조명'에 우쭐거리지 않는 유생이 어디 있겠는가.

그런데 위에서는 내 의사도 묻지 않고, 그것도 제수除授 정식 천거 절차를 밟지 않고 임금이 바로 벼슬을 시킴로 벼슬을 내리다니. 첫 단추를 잘못 끼운 이 '허물'이 앞으로 내 관운에 얼마나 성가신 훼방을 놓을 것인가. 예의 그 덤터기로 엉성궂은 '족보'를 평생토록 짊어지고 살아가야 할 판에 또 다른 멍에가 이마에 나붙게 되었다니. 참으로 억울하고 어디다 하소연할 수 없어서 답답한 노릇이었다.

직첩을 전한 이조의 구실아치가 죽동의 내 집 문턱을 걸터 넘고 꽁무니를 사리기도 전에 나는 황사공을 뵈려고 용약 집을 나섰다. 그해 7월에는 황사공도 모친상을 당해 모든 관직에서 물러나 있던 형편이었다. 그렇긴 해도 그 전까지 황사공은 인사권을 거머쥐는 이조판서, 대궐을 지키는 무위영의 우두머리 장수 도통사, 임금의 어의대御衣帶를 챙기면서 대궐 안의 재물과 보물을 맡아 관리하는 상의원尚衣院의 제조까지 역임한 터라 한동안 그야말로 국정을 좌지우지하던 지체였다. 소문은 대개 다 근거가 확실해서 믿을 만한데, 그즈음에는 황사공이 대권을 잡았으며, 대원위 대감조차 척을 진 그의 권세를 어쩌지 못한다는 말이 공공연히 떠돌던 시절이었다. 그런 판이니 이제 겨우 걸음마를 떼놓는 왕세자의 길라잡이로 나를 낙점한 사유를 그이가 모를 리 없었다.

사랑방 앞에서 부복한 채로 내가, 작은아버님, 계시오니까, 영익이 문안입니다라고 아뢰었더니 그이는 좀 황망한 듯, 어, 그래, 어서 들게나 하고 허둥거렸다. 방에 들어서서 다시 큰절을 올리려고 두 손을 모으자 황사공은 이내 태평한 얼굴로, 그냥 편히 앉으라 마, 피차 거상 중이잖나라며 문짝 맞은편의 족자 내걸린 바람벽 앞자리를 손짓했다.

내 관복은 내 힘으로 찾아 입을 것이라는 말을 하려고 단단히 벼르고 왔는데도 막상 황사공의 생각 많은 눈씨 앞에서는 잠시나마 뜸을 들여야 했다.

제13장 석갈釋褐과 등과登科

이윽고 나는 입을 뗐다.

"대궐에서 어쩌자고 제게 다 세마 직첩을 내렸습니다. 과분합니다
만……"

황사공은 벌써 내가 찾아온 사유를, 내 심정까지 훤히 꿰뚫은 얼
굴을 지어 보였다.

"허어, 급하기도 하다. 오늘이 꼭 그날이네. 세마직밖에 줄 게 없다
는 소리로 들릴 만하다. 친정의 봉사손이자 유일한 장조카에게 말일
세." 황사공은, 얼추 자네 속을 알아맞춰설라나 하는 눈길로 내 안면
을 잠시 어루더듬더니 덧붙였다. "벌써 원계遠計를 도모할 작정일지도
모르겠네. 거상만 아니라면 지금이라도 당장 입궐해서 몇 마디 띄워
보면 원모사려의 정체를 알 수 있겠구먼, 일이 딱하게도 됐구나. 잠시
기다려보려마."

"저는 아직 과시도 보지 않았잖습니까. 이런 경우를 내비內批 임금의
특명으로 벼슬살이를 시키는 일라고 한다던데 제가 장차 들을 구설수를 생각
하면 당장에라도 직첩을 거둬주십사고 앙청하고 싶은 심정입니다."

벌써 그처럼 당찬 소리를 하다니 대견할뿐더러 미처 몰라봤네라
는 속내를 짐짓 감추고 황사공은, 왜 내가 자네 심사와 실력을 모르
겠나라는 표정으로, 이번에는 한쪽 손으로 홀이라도 잡는다는 듯이
주먹을 쥐었다 폈다 하는 자기 손놀림을 물끄러미 쳐다보면서 말을
흘렸다.

"첫 관문이 제수라니, 너는 참으로 억울하다고 여기고, 나는 위에
서 너무 서두른다는 생각이다. 아까 얼핏 떠오른 원모사려 건만 일단
접어두면 대체로 이해가 일치되었다. 자네의 평생 관운을 내다보면서
결정해도 될 일을, 앞질러 김칫국부터 마신달까, 떡을 보니 미리 제사

306

부터 지내고 싶다는 격이다. 대궐의 인사가 늘 이렇게 헐떡거린다. 옛 말대로 인사가 만사에 대정大政의 근본이라는데 말이다. 다들 친정 후에는 주상 전하의 마음을 움직여서 내가 인사를 떡 주무르듯 한다고 손가락질하는 줄 잘 알지만, 천부당만부당한 소리다. 전적으로 곡해지. 나는 정말 그런 구설수만은 딱 듣기 싫다. 내가 인사로 집을 샀나, 논밭을 불렸나, 돈이 없어서 탐나는 체첩, 탑본榻本 한 권을 못 사고 빌려다 보는 판인데 말이다. 물론 방물지방의 감사나 수령이 임금께 바치던 그 고장의 특산물의 다과가 아무래도 인사에 미치는 힘이 좋은 줄이야 알지만, 그러니 거꾸로 알고 있는 게다. 누구든 어디로 보낼지 내게 하문하시면 나는 십중팔구 그러지 마시라고, 그대로 두고 보자고, 좀 천연스럽게 기다려야 관령이 반듯하니 널리 먹혀들지 않겠느냐는 소견을 내놓으면 위에서는 내게다 얼핏 의심하는 눈초리를 짓데, 나 참 어이가 없어서. 내게도 벌써 뇌물이 들어갔으려나 여기는 게지. 그때 곤혹스런 내 심정이야 녹봉 때문에라도 참아내면 그뿐이지만, 장차 이 잦은 체임遞任이 사직의 명운까지 위태롭게 할 걸 생각하면 밥맛은커녕 밤잠까지 새카맣게 달아나는 게 보이는 판이다. 위나 아래나 시먹어서 남의 말을 안 믿으려드니 이 낭패가 기중 위태위태하다."

말이 너무 크고 겉돌 뿐만 아니라 내 불만과는 하등에 관련이 없어서 나는 즉각 다잡았다.

"허면 이번 세마 직첩은 숙부님께서 전혀 모르시는 결정이오니까?"

"허참, 너까지 나를 의심하려드는구나. 너도 잘 알다시피 지난 7월부터 나는 두문불출 중이다. 어머님께 상신相臣 영의정. 좌우의정의 총칭. 상국이 된 제 모습을 보여드리겠다고 그렇게나 다짐해놓고선 그 약조를

　　　　제13장 석갈釋褐과 등과登科

못 지켜서 이렇게 앙앙불락이다. 글도 못 읽겠고, 붓도 잡을 엄두가 안 난다. 아무튼 내 속내야 웬만큼 짐작할 테니 생략하고, 얼핏 떠오르는 생각으로는 원자의 전구前驅를 맡으라는 그 소임이 장차 자네를 왕세자의 처남으로 삼을 복심이 아닌지 모르겠다는 말이다."

이번에는 내가 소스라치게 놀라며 황사공을 원망 섞인 눈초리로 쏘아보았다.

"허어, 그게 무슨 말씀이오니까?"

양손을 번갈아가며 주먹 쥐기 하는 황사공은 담담한 어조를 내놓았다.

"말 그대로다. 네 누이동생 아지를 대궐의 정일품 내명부로 불러들일지도 모른다는 말이다."

"허어, 명색 친정의 장조카이자 사손의 누이를 며느리로 삼겠다는 말씀이십니까? 참으로 해괴한 발상이지 않습니까?"

오로지 벼슬의 행방만을 좇는 그 머리를 자금자금 끄덕이면서 황사공의 언변은 좀더 차분해졌다.

"그렇다마다. 그런 기상천외한 착상을 아무렇지도 않게 내놓고 또 실천하려는 양반이 중전마마다. 물론 주상 전하도 어느새 그런 발상에 물드으셔서 그쪽에 의지가 심하다. 누가 누구를 가르치고 배우는지 나도 잘 모르겠다. 무슨 말인지 알 것이다. 머리야 쓰기 나름이니 좋으나 나쁘나 그게 그거다. 아무튼 나는 하나도 이상하지 않다. 언제 내침을 당할지 모르나 명색 총신인 주제라서 양전을 난해하다고 따돌릴 수는 없는 거니까. 그러려면 대궐을 등져야 하는데, 그날로 산목숨이 아니게 되는 걸 어쩌냐. 왕세자 책봉을 서두르실 때 농반진반 그런 언질을 비치시기에 나는 얼른 네 말을 꺼내며 일의 선후를 챙기소서라고 했더니, 이것보다 더 적절한 선후책이 어디 있냐고 하더라. 그런 양반이다. 성급하지, 당장 발등에 떨어진 불도 끄면서 10년 후를 생각하니 그 비상한 머리는 조울이 심하다고 해야 맞을지도 몰라."

나는 거두절미하고 내 소견을 아뢰었다.

"별시든 알성시든 어떤 문과가 됐든 저는 올해 처음으로 시행하는 과시를 꼭 볼 작정인데, 이렇게 석갈부터 시키니 장차 이 이중 멍에를 어떻게 벗을지 난감하기 짝이 없습니다."

어느새 황사공의 음색에 억울하다는 기색까지 잔뜩 껴묻어서 과연 거상 중인 상제다웠다.

"누가 아니라나. 당연히 그래야지. 또 어슷비슷한 말이 되풀이된다만 관례대로 인사의 천거는 전랑銓郞 이조의 정오품 정랑과 정육품 좌랑의 총칭. 관원의 천거·전형銓衡을 도맡았다. 인사의 전장권銓掌權이 막강하여 그 고유 권한에는 판서도 간여할 수 없었으며, 그들의 후임자까지도 스스로 천거하는 전랑천대법薦代法도 있었다 짜리들에게 맡기면 그뿐인 것을 공연히 나서서 아랫것들의 소임을 가로채니 위의 위의를 스스로 허물어뜨리면서 다른 일을 못 하는 폐단이 이만저만으로 큰 게 아니야."

"위에서는 제게 과시를 볼 기회도 안 줄 생각인지 어떤지 궁금합니다."

"양쪽이 다 성급하다. 대궐의 양전께서도 그러하고, 이제는 너까지 서두른다. 기다려볼 수밖에. 네 출계가 정해지고 나서 내가 그렇게나 아뢰었건만. 네가 한동안 과몽科夢을 열심히 꾸게 하고, 스무 살 중반쯤에나 방목에 이름을 올리면 그때부터 분관分館 문과 급제자를 승문원·성균관·교서관校書館 등에 분속시켜 권지權知라는 직책으로 실무를 익히게 하는 제도도 시키며, 이

조 전랑을 거치게 해서 국정의 갈래를 두루 섭렵, 예지를 키우게 하는 것이 합당하다고 말이다. 그 당시에는 암, 그래야지 하며 양전께서 싱글벙글하시면서 나보고는 이치에 맞는 말만 한다고 별호로 당언대신이 적당하겠다고까지 해놓고서는 이러니 그새 그 말을 다 잊으신 모양이다. 원자를 보고 난 후부터 조급증이 심해진 것 같으니 이렇다 할 약방문도 이제는 소용이 없는 듯하다. 내남없이 자식이 말썽인 게 한스러울 뿐이다."

서른 중년에 과부댁이 되어 온갖 풍상을 다 겪다가 근년에서야 자식 키운 보람을 맛본 홀어머니를 여읜 상심이 너무 커서가 아니라 지난여름 초입까지 그렇게나 호호탕탕하던 권세를 '상중_{喪中}이라는 제도' 때문에 만부득이 내려놓게 되자 황사공은 말귀조차 어두워진 것 같았다. 낭패가 대궐에만 있는 것도 아니었고, 벼슬이란 그 자리에 올라앉은 당사자의 모든 재주와 본성까지 일시에 살리고 죽이는 무소불위의 권능 그 자체인지도 몰랐다.

"이제부터 제 처신은 어찌 해야 합니까?"

"글쎄다, 기다려봐야겠지. 탈상도 했으니 일간 현신하라는 하명이 있을 게야. 성미들이 오죽 급하신가. 설마 이제 걸음마나 배우는 왕세자 거둥을 보살필 일이야 있을라고."

황사공의 심드렁한 말 때문인지 떡심이 풀려서 나는 대답할 말도 없었다. 더 지체하고 싶지도 않았다. 나 자신도 뭔가 서두르고 있다는 느낌이 여실했다.

"그만 일어서렵니다. 근신 중에도 섭생을 잘 챙기시고, 생기든 원기든 두루 찾으셔야지요."

"무슨 말이냐? 내 신수가 그렇게나 못 됐냐?"

"아닙니다. 그냥 여쭙는 인삽니다."

"거상 중인 상주가 낙탁이야 당연하지만 이럭저럭 견딜 만은 하다."

"저도 일간 또 들립지요."

"그래라, 심심하니 너라도 와서 함께 붓이라도 잡았으면 꼭 좋겠다만 그것도 심기가 편해야 말이지. 만사를 머리로만 요리조리 공글리고 있으니 참으로 딱하기도 하다. 상주 신세가 이런 줄 이제야 겪어보니 알겠다만 두 번 할 노릇은 정말 아니네."

"제 글이야 아직 숙부님 면전에서 감히 펼쳐 보일 게 됩니까."

"그런가? 누구라도 자만이야 금물이지."

나의 입에 발린 겸사와 더불어 당신 글에 대한 두둔이 비치자 그제야 황사공은 흐릿한 웃음을 설핏 떠올렸다가 얼른 지웠다.

그날 귓갓길은 그 어느 때보다 발걸음이 무거웠다. 삼촌 댁에 갔다 오면 언제라도 하나쯤의 소득이 있었다는 들뜬 마음에 갑시곤 했건만, 그날은 왠지 기분이 찜찜했다. 곰곰이 따져보니 황사공이 나에게 병도 주고 야도 지어주는 사람이 아닐까 하는 생각이 나를 이처럼 좌불안석으로 만드는 게다라는 추측에 이르렀다. 당신의 말밑에도 얼비친 대로 황사공은 나의 출세를 막고 있을 뿐만 아니라 한껏 지연시키면서 그동안 양전의 총애를 독차지하려는 속셈이었다. 그러니까 그이는 중전의 친정 양오라버니 복경 대감의 자질이 자신의 적수는 아니라고 자부하면서도 그 득세만은 시기하다 못해 매도하기를 서슴지 않았고, 대원위 대감 쪽의 일가 독살까지 유도한 것처럼 내게도 출세만큼은 '황사의 거중 조정' 아래 두겠다는 것이었다. 설마 조카의 품계까지 묶어두려고 그럴까 하는 생각에 미치자 그 치밀한 원모

　제13장 석갈釋褐과 등과登科

사려가 무서웠다. 잘못 보였다간 내 생목숨까지 담보로 잡혀야 할지도 몰랐다. 더 이상 삼촌 댁 걸음을 하지 말아야겠다는 생각도 얼핏 들었으나, 등과해서 내 스스로 청직에 오를 때까지는 오로지 인내하며, 어떤 수모라도 무던히 받아내야지라는 궁심을 들켜서는 안 되겠다는 생각도 챙겼다. 내 복심이 그렇게 돌아가는 중에도 나의 가친은 이런 복마전도 모르고 있으니 얼마나 둔한 양반인가라는 생각도 쉬 떨어지지 않았다. 적어도 그 당시에는 황사공의 총명, 명망이 내 가친에 비해 워낙 두드러져서 사람의 위상과 우열을 그런 것으로만 평가할 정도로 나는 어리석었지만, 나이를 먹어가면서 지인지감에 자신의 재바른 머리굴림만을 과신하는 것보다 더 못난 작태도 달리 없음을 알게 되었다.

황사공의 짐작은 적중했다. 그 다음 날인가 대궐에서 내게 입시侍 대궐에서 임금을 알현하는 일하라는 하명이 떨어졌다. 이번에는 경복궁이 아니라 창덕궁이었다. 역시 어느 쪽이 맞는지 혼란스럽기 짝이 없는데, 왠지 내 '공간 감각'은 흔히 이처럼 착각을 일으킨다. 기억력이 쇠해서이기도 하지만, 지난해에 찾아갔던 이 아무개의 집을 오래전에 들렀던 김 아무개의 집으로 알고 있다가 그 착오를 갈고닦아서 기억의 곳간에다 아주 생생한 '벽화 그리기'로 고정시켜버리는 것이었다.

내 식의 그런 벽화 그리기에 따르면 내가 처음으로 경복궁에 현신했을 때는 마침 그즈음 중궁마마께서 홑몸이 아니었으므로 원자를 그곳에서 보기 위해 이어했던 게 아닌가 싶다. 그러나 경복궁은 대원군이 온갖 원성을 다 들어가며 중건한 터라 '터 센' 궁궐로 호가 나 있는 데다 곤전은 특히나 그런 미신에 심기가 불편해지는 것을 못 참는 성미라서 원자를 데리고 창덕궁으로 다시 돌아가자고 주상을 조종했을 수 있다. 그 전에도 자식을 낳아 돌 전에 잃어버린 바 있어서 중전의 자식 생산에는 오두방정이다 싶게 삿된 기우를 많이도 챙겼다. 하기야 나의 공간 분별력으로도 창덕궁의 여러 전각 배치가 훨씬 더 아담하면서도 그윽한 격조가 있고, 바를 정正자처럼 반듯반듯한 경복궁에는 없는 '집'다운 훈기가 고즈넉하니 넘쳐난다. 여담이지만 을미년 여름의 대궐 내 그 시해 참변1895년 8월, 중전 민비는 경복궁 내 건청궁乾淸宮 부속 곤녕합坤寧閤에서 시해되었다을 이 대국 땅에서 듣자마자 나는 대뜸, 역시 그 대궐은 흉가란 말인가라는 생각으로 눈앞이 침침해졌을 지경이다.

어쨌든 창덕궁으로 내 '벽화'가 붙박여 있으니 그 후로도 숱하게 내 발걸음이 분주를 떨었던 당호는 대조전大造殿이라고 해야 타당할 것이다. 대조전은 그 명명이 말하는 대로 곤전이 정사를 내조하는 정당이다.

그 후로도 쭉 그랬지 않나 싶게도 그날따라 중전은 그 좀 팔초한 얼굴에 지분을 두텁게 다스려서 화색이 전혀 비치지 않았다. 여자가 얼굴에 백분을 그토록 짙게 입힐 때는 피부에 탈이 났거나, 후천적으로 얻은 흉터를 감추기 위해서인데, 중전의 양쪽 뺨에는 손쉽게 숨길 수 있을 만한 크기의 마맛자국이 서너 점씩 있었다. 그렇게 단정할 수 있는 것은 내 나이도 그때는 어느새 열일곱 살에 이르렀고, 그제야 제법 바른 눈길로 중전의 안면을 직시할 수 있었다는 뜻이기도 하다.

그동안 고생했다거나, 불편한 데는 없냐거나, 안색은 좋아 보인다거나 같은 의례적인 덕담과, 자네 양모의 성질이 더펄이에다 행실까지 개차반이란 말은 듣고 있다, 그러니 그 꼴이 영 거슬리거든 집을 옮겨보려마, 내수사內需司에서 보낸 화선지 묶음은 잘 받았냐에 이어 난을 잘 친다니 다음에 입궐할 때는 꼭 한번 보여주려마 같은 중전 특유의 간곡한 권유 따위를 여기서 길게 주거니 받거니 체로 늘어놓기는 아무래도 지면 허비일 듯싶다. 습자지조차 나는 가장 헤프게 썼으면서도 누구보다 아껴 쓰느라고 그 빤한 여백도 아까워서 한 자의 점과 획을 무수히 찍고 또 그어대곤 했다면 믿겠는가.

아무튼 그런저런 일상적인 문답은 재미도 없으므로 저만큼 한데다 밀쳐버리고 내 나름의 요긴한 대화를 좀 부풀려서 간추리면 이렇다.

"과분하게도 소인께 세마로 출사出仕를 명하셨는데 내년에는 제게도 등과할 기회를 주소서. 제 간절한 소원은 이것입니다."

양전이 동시에 고개를 돌려 눈을 오래도록 맞추었다. 주상께서 먼저 말했다.

"가상하다. 당연히 그래야지. 자네 나이가 어떻게 되나?"

"설 쇠면 열여덟 살이옵니다."

외람되나 주상은 나보다 여덟 살 손위이고, 중전은 주상보다 한 살 연상이지만, 지위나 촌수가 그러하므로 늘 나를 자식뻘로 여겼다.

중전이 호의적인 눈매로 물었다.

"어떤 과시라도 자신이 있다는 소리로 들린다. 등과야 장한 일이지."

상감의 호응도 듣기에 좋았다.

"좀 이른 듯싶지만 그 어린 나이에도 등과로 출세할 염을 벼르니 과연 떳떳한 기상이다. 그것만으로도 직부直赴 초시·회서 등을 거치지 않고 바로 전시殿試에 응할 수 있는 자격을 얻는 일에 바로 올리기에 넉넉하다."

"대체로 해동하면 바로 과시 날짜가 잡힌다고 들었습니다."

중전의 음색이 갑자기 활기를 띠기 시작했다.

"옳다. 내가 어머님의 탈상 날을 손꼽아 기다린 보람이 있었구나. 우리 가문에도 홍패로 치장할 날이 머잖았다니 마음이 이렇게 가벼울 수가 없네."

중전의 들뜨는 마음은 흔히 먼 앞날까지 줄달음치곤 하는데, 이런 기질에 누가 어떤 제동을 걸어봐야 아무 소용이 없다.

"이미 품계를 가지고 등과하면 승차를 두어 계급씩 건너뛰게 하는 율도 있다지요."

주상이 잠시 주춤하면서 뜸을 들이자 중전의 기색이 좀 흔들렸다. 주상은 상대방의, 특히나 중전의 낌새를 재빨리 읽는 데 능했고, 대체로 그 의사를 거스르지 않음으로써 스스로의 흔들리는 자리와 주장에 짝지로 삼았다.

"그렇다마다, 갑과 같은 석차를 받으면 위계를 서너 등급이나 높일 수 있을뿐더러 바로 실직에 보해진다오. 그 후 승직이야 중망에 따라 얼마든지 인의로울 수도 있소."

말의 아귀가 좀 삐걱거리는 듯싶었으나, 내가 따질 일은 아니었다. 내친김이라 나는 좀 당돌하게 나섰다.

"이왕이면 올바른 등급을 받고 싶습니다. 외람되오나 다음 문과의 명관命官 전시를 주재하던 시험관으로 임금이 친히 임명했다에는 제일 엄정하고 청렴하면서도 공평무사한 대신을 낙점해주소서. 그이의 공정한 품정을 받고 싶나이다."

참으로 주제넘은 자신감의 토로였다. 그동안 배우고 익힌 각자의 지력을 단시간 안에 점검, 그 우열을 채점하는 시험에서 소기의 성적

제13장 석갈釋褐과 등과登科

을 거두는 데는 당일의 운수는 말할 것도 없고 본인의 평생 관운도 상당히 작용할 게 틀림없는데, 흡사 등과 자체는 맡아놓은 당상이고 장원급제를 넘보고 있다는 투였으니 얼마나 교만한 자세인가.

주상의 호인다운 용안에는 가소롭다기보다도 '이런 기염을 봤나'라는 기미가 어룽졌다. 중전은 그 옴팡하니 재기가 빤짝이는 눈매로 나를 어르더니 내 이상으로 호기를 부렸다.

"과연 기특하다. 거상 중에도 자중자애한다는 기별은 속속 들었지만 과시 준비도 독실하게 한 모양이니 장하달밖에. 명관이야 아무래도 주상 전하께서 낙점하시기에 달렸지."

한창때의 철없는 기개 때문이 아니라 당신처럼 이십대 중반쯤에나 등과하라는 황사공의 그 '부당한 견제 심리'에 반발심이 생겨서 그랬지 않나 싶은데, 나의 당찬 자만이 또 무심중에 토해졌다.

"듣기로는 이조판서를 여러 번 사셨다는 약산約山 김병덕金炳德의 호 대감이 청렴할뿐더러 문기의 분별에 탁월하고 등급 판정에도 공정하다고 하더이다."

주상의 거둠손이 푹하게 펼쳐졌다.

"잘됐네, 그렇게 하도록 하지, 매번 차선이라고 낙점하는 과인의 짐을 하나 덜었구먼. 김 대감을 명관으로 부르면 그 품평에는 다들 승복할 수밖에 없을 게야."

"꼭 그렇게 해주소서. 소인도 응시에 만전을 기하겠나이다."

내 간절한 소원은 꽤 긴 여운을 남겼을 것이다.

그날 창덕궁에서 물러나와 바로 사인교를 타고 제법 홀가분하니 귀갓길을 줄여갔지 않나 싶다. 그 후 설을 쇠고 나서 말 탄 장갓길처럼 꼬박꼬박 닥치는 과시 날짜까지 어떻게 보냈는지 기억에 남아 있는 게 하나도 없다. 대체로 일생일대의 한 전환점인 그런 큰일을 치른 날이 의외로 누렇게 바랜 화선지처럼 어떤 붓자국도 남아 있지 않은 조촛속을 설명하기는 참으로 어렵다. 내게는 과거 날도 그렇고, 곧 닥친 장가 날도 매한가지니 말이다. 그렇게나 초조히 기다리면서 무언가를 골똘히 생각하고, 딴에는 올찬 다짐을 곱씹었을 터이건만 이룬 것도 남아 있는 것도 전무하니, 그 결과야 어떻든, 그 특별한 날들은 마음을 졸인 만큼의 의의도 없는 듯하다.

음력으로 삼월 초사흗날 보는 과거가 삼일제이고, 흔히 화제花製라고 이르면서 격이 높다고들 하지만 이미 말한 대로 과거라는 '제도'가 워낙 요식적인 관행이 되고 말아서 어느 것이라도 오십보백보다. 그러나 화제 문과는 임금이 친림할뿐더러 어제御題도 손수 내리는 경우가 많고, 시권까지 친히 보도록 되어 있다. 알성문과와 화제 문과의 특장이라면 단 한 번의 시험으로 당락이 결정되는 단일시이고, 고시 시간이 아주 짧은 촉각시燭刻試인 데다 급제자를 당일에 발표하는 즉일방방放榜을 시행한다는 점이다.

그날은 늦추위가 꽤 심했는데, 유독 더위나 추위를 몹시 타는 체질인 내가 당목 핫두루마기를 입고 오전에 일찌감치 과장으로 나간 기억이 남아 있다. 오만 신경을 바짝 곤두세우고 있었다고들 하지만 실은 조마조마하니 제 앞에 닥쳐오는 운수를 점치느라고 제 정신들을 놓아버리고 있었을 것이다. 그러니 창경궁 속의 인정전을 왼쪽으로 우러러보며 명정전으로 나아가서 아름드리나무들 속에 펼쳐진 춘당대까지 어떻게 찾아갔는지, 시권을 무슨 글로 메웠는지도 모르겠다. 다만 과제科題는 아직도 또렷하게 외우고 있다. 그럴 수밖에 없는 것이 김병덕 대감의 이름 중에서 한 자를 따온 것이라 좀 이상한 '해

제13장 석갈釋褐과 등과登科

학'이다 싶은 생각도 간추린 데다 백거 선생께 배운『중용』의 한 구절이었기 때문이다. 바로 공자가 말씀하신 '대덕필득기위大德必得其位, 필득기록必得其祿, 필득기명必得其名, 필득기수必得其壽'가 그것이었다. 큰 덕은 반드시 그 지위를, 그 봉록을, 그 이름을, 그 장수를 얻게 되어 있다는 뜻이다. 나는 한참이나 그 과제와 신시申時 오후 3시에서 5시 사이까지 제출하라는 고시를 뚫어지게 쳐다보았다. 당연하게도 내 긴장은 여느 수험생들보다 더 심했을 게 분명하므로 그날 내가 시권지에 무슨 '공언空言'을 남발했는지, 내 곁에 어떤 선비가 있었는지도 모를 수밖에 없다.

'도덕'이란 말에서도 드러나 있듯이 사람이 알고 지켜야 하는 도리는 필경 베풀어야 하는 인격적 힘으로서의 '덕'을 갖춤으로써 완성된다. 하나가 수단이라면 다른 하나는 목적이다.『논어』에도 '대덕'에 관한 언급이 나오는데 '덕은 홀로일 수 없고 이웃이 있다'는 말과 '큰 덕은 그 범위를 넘어서는 안 된다'라는 지침도 도덕의 명분과 실질을 시사한다. 요컨대 도와 덕은 선악과 정사正邪를 분별하는 인간의 지고지순한 잣대에 갈음한다. 사람으로서 지켜야 할 도리로 우리는 흔히 어짊, 의리, 예의, 신의, 지혜 같은 세목을 들지만, 그것의 총화가 길을 찾고 똑바른 마음으로 나아가는 경과 자체가 인간 세상의 실정임은 보는 바와 같다.

그런저런 취지의 소신을 어떻게 시지試紙에다 펼쳐 보이느냐 하는 작성 요령과 수험자 자신의 지력에는 상당한 정도로 차이가 난다. 의외로 문장이 잘 풀려서 다섯 개를 아는 사람이 여덟 개의 기량을 떨칠 수도 있고, 그 반대로 열 개를 가지고 있으면서도 고작 다섯 개를 겨우 드러내는 수도 있다. 그날의 일수가 그런 조화를 빚어낸다고 보면 대충 맞을지 모른다. 그것까지도 웬만큼 짐작하고, 평소에 숙달시켰던 터라 시지를 펼쳐놓고서 나는 한동안 눈을 깜빡였다. 쓸 말을 머릿속에다 차곡차곡 공글리고 있었던 셈이다. 그러면서도 좌우를 둘러보니 바로 먹통에다 붓을 적시는 수험생도 드물지 않았다. 논지가 길든 짧든 대략 세 시간 안에 작성해서 제출하기로 되어 있었다.

비로소 과시 준비에 소홀했다는 후회와 '필력 자부심'으로 빈둥거리기만 했다는 자격지심에 겨워 나는 한동안 도리머리만 쳐댔다. 딱히 쓸 문자속도 떠오르지 않았다. 대궐에서 명관까지 호명한 내 경망이 언짢아서 손도 바들바들 떨렸다. 그래도 과장을 뛰쳐나갈 염은 일지 않았으니 글씨라도 정성 들여 써서 낙방만은 면하자라는 생각은 챙기고 있었던 듯하다.

내가 붓을 잡았을 때는 까무룩하니 떨어져 있는 차일 밑의 수권소收卷所에서 벌써 시지를 간추리고, 수험자의 이름을 피봉해서 묶느라고 예조의 관원들 손길이 분주했다. 평소의 필력이 반이라도 나오기를 은근히 바라면서 나는 마음을 도사렸다. 시지는 도련지搗練紙라고 해서 좀 두꺼우나 표면이 반드러운 것으로 종이로서는 하치지만 수험생 각자가 구입, 지참하기로 되어 있었다(종거리 지전에서 과시용으로 5전을 주고 사는데, 나는 종자를 시켜서 미리 준비했을 것이다). 물론 그런 종이조차 평소에 자주 사용해봐서 내게는 만만했다. 다만 그 매끄러운 표면에 글자를 쓰면 잠시나마 먹물이 배어들지 않은 채로 반들거리는 물기가 비침으로써 다음 글자를 쓰는 데 좀 방해가 되기는 한다. 그러나 대체로 행을 바꿀 때쯤에는 방금까지 반들거리던 검은 먹물이 획과 점과 삐침 같은 필력으로 뭉쳐 있게 마련이다. 물론 행을 바꿀 때마다 잘 쓰인 글씨와 그렇지 않은 글씨의 대비

제13장 석갈釋褐과 등과登科

가 두드러지고, 그것을 수습하는 심사도 번갈아가며 밝고 흐리게 어룽진다.

나는 정성을 다 쏟아부었다. 혈기 방장한 나이였으니까 심혈을 기울이기도 쉬웠을 것이다. 과시의 폐단을 저저이 까발리면서도 급제자로서의 우월감을 늘 말밑에도 잔뜩 깔아버릇하던 황사공을 떠올리면서 내 나름의 오기를 부렸을 법하다. 그때까지 내 인생은 황사공이라는 친구이자 스승이며 동시에 선망의 대상이자 영원한 적수의 그늘 속에서 겨우 피어난 응달의 한 떨기 파리한 꽃이었다. 따라서 그 시점부터 나는 그이와 갈라서야 했으며, 품계로나 필력에서나 서로가 경쟁자로서 각자의 길을 뚫고 나가야 했다.

모르긴 해도 그날 그 과장에서는 내 나이가 가장 어리지 않았나 싶지만, 장담할 수는 없다. 내 나이에는, 또 내 섬약한 체질과 호오가 분명하고 기분도 변덕스러운 옹한 기질에는 날씨마저 견디기 힘들 정도로 쌀쌀했다. 마음도 저절로 꽝꽝 얼어붙어 있었다. 손도 곱아와서 글 문文자의 왼쪽 삐침을 내리긋자니 뭔가 마뜩잖았다. 문맥이 풀리기도 전에 짜증부터 일었다. 도무지 내 평소 필력이 살아나지 않았다. 그런 불만은 한겨울의 방 속에서 붓을 잡을 때도 마찬가지라는 생각이 그나마 생기를 일구었다. 어쩔 수 없이 평소에 익힌 대로 현완직필懸腕直筆 팔을 종이 바닥에 붙이지 않고 붓을 곧게 쥐고 쓰는 자세로, 더러는 침완법枕腕法 왼손을 오른팔의 팔꿈치 밑에 받치고 글씨를 쓰는 방법을 구사하기도 했다.

짧은 늦겨울의 해가 어느새 뉘엇거렸다. 하늘도 흐려졌다. 방금이라도 진눈깨비가 후두둑거릴 것 같았다. 나는 방금까지 작성한 시지를 훑어보았다. 붓글씨의 묘미는 점 하나가 삐딱하거나 흐릿하게 찍혔어도 그 위에 덧칠을 할 수 없다는 것이다. 마찬가지로 어떤 글자라도 수정할 수 없다. 글자 한 자나 단어나 문장을 바꾸려면 처음부터 다시 써야 한다. 그래서 가필은 원본과는 전혀 다른 또 하나의 글이거나 색다른 작품의 탄생을 의미한다. 떨어진 꽃은 가지에 매달 수 없다는 말도 있지만, 서법이야말로 그렇다. 내 시지에는 곳곳에 못나빠진 글씨가 낙화처럼 즐비했다. 순간적으로나마 시지를 구겨버리고 싶은 충동을 억지로 참았다. 이미 과장은 텅 비어 있었다. 내 쪽을 물끄러미 직시하던 관원들이 나와 눈을 맞추자 어서 시권을 갖고 오라고 손짓하다가, 그중 하나가 내게로 발걸음을 떼놓으면서 관복을 추슬렀다.

허탈했다. 양전 앞에서 그토록 오기를 부렸던 내 경솔이 그제야 되돌아보였다. 참으로 무참스러웠다. 장차 양전을 무슨 낯으로 대할까를 떠올리니 이내 등줄기가 축축하니 젖어왔다. 나는 깔고 앉았던 장방형 돗자리를 개켜서 행연行硯 주머니와 함께 옆구리에 꼈다. 미련이 많았을 테지만, 그래도 시권을 빈틈없이 메웠다는 자위로 홀가분하기도 했을 것이다.

관례대로라면 경복궁의 근정전 앞에서 급제자 이름을 방목에다 내걸고 호명하는 창방唱榜이라는 의식이 있지만, 역시 내가 그 호들갑스러운 수선에 휩쓸렸던가 아리송할 뿐이다. 아마도 창덕궁을 벗어나와 터덜터덜 경복궁까지 걸어갔을 듯한데, 낙방하면 내 신세가 어떻게 바뀔까, 중전이 나의 입양 자체를 이제는 없었던 일로 하자고 할까, 낙방거사라고 설마 파양까지 덮어씌울까, 이번에는 액정서掖庭署 왕명의 출납, 임금의 붓과 벼루의 공급, 대궐의 열쇠 보관 등을 도맡는 기관의 사알司謁 액정서의 정육품 벼슬이 교지를 가지고 나를 찾으려나, 남의 생때같은 자식을 어느날 해거름녘에 그처럼 느닷없이 강탈해가던 권세라면, 그것도 중의 상투라도 당장 내놓으라고 설치던 과단성이라면 파양쯤이야 여반장이 아닐까, 그래도 인정이 있을 테니 음직으로 경기 일원의 현감 자리나 하나 꿰차고 난이나 치면서 살아가는 한평생이 나쁠 것도 없지 않을까와 같은 오만 생각을 뒤적거리느라고 거의 제정신이 아니었을 것이다. 한참 후에 우연히도 그날의 동정을 더듬다가 내 집의 겸인 고영근이 돈화문 앞에서 나를 찾아 자신이 과장의 그 왕골 돗자리를 받아들었다고 했는데, 나로서는 남의 일처럼 금시초문이었다.

예의 그 '전기'란 이처럼 불쑥 환영 같은 형상으로 찾아와서는 당사자를 그 소용돌이에 휘감아버리는 듯하다. 혼인 후 배필과 맞은 첫날밤, 그 동침에 따라붙는 사소한 절차, 옷가지, 냄새, 대화, 후터분한 방 안 공기 따위를 10년 후, 혹은 20년 후에도 떠올릴 수 있는 사람이 과연 몇이나 될까. 나는 왠지 그런 전기 때마다 평소의 내 소신, 감각, 의식 따위가 일시적으로 어떤 최고자催告者에게 볼모 잡힘으로써 마비되어버리는 특이한 체질을 타고난 것 같다. 이런 기질적 특성이 과연 나만의 것인지, 아니면 일반적인 경향인지를 곰곰이 궁리해본 지도 오래되었다.

내 이름 석 자가 방목의 제일 오른쪽에 쓰여 있던 그 고시도 눈이 뚫어지도록 쳐다봤을 텐데, 어찌 된 판인지 그 기억조차 아득하다. 나로서도 도무지 믿기지 않을 뿐이다. 그토록 내 고심이 이중삼중으로 들볶였던 흔적이 아닐까 싶긴 하다. 그때 내 나이는 만으로 열일곱 살도 채 안 되었다. 내 생일이 4월 29일이고, 그날은 3월 5일이었으니 말이다. 내가 알기로는 아조에서 등과가 가장 빨랐던 이는 만 15세에 별시 문과 을과를 거친 봉조鳳朝 조선조의 문장가 이건창李建昌의 자. 1852~1898다. 그다음으로는 나와도 자별했을뿐더러 미국을 함께 유력

322

하다 삐쳤던 예의 금석홍영식의 호인데 그는 만 18세에 식년 문과에서 장원급제했을 것이다. 일설에는 병과에 급제했을 뿐이다라는 말이 있다. 갑신정변 때 대역죄로 처형 당한 후의 식출削黜인지 알 수 없다. 여기서 내가 왜 굳이 '소년등과'를 언급하고, 그것도 자질구레하니 석차까지 매기느냐 하면 유생사회뿐만 아니라 사람의 한평생이 학업 경쟁에서 이긴 그 자랑에 얼마나 허랑하게 놀아나고 있느냐를 강조하기 위해서다.

다들 훤히 꿰뚫고 있다시피 아조의 과시는 철저히 갑과, 을과, 병과로 석차를 매기고, 각각 3명, 5명, 20명을 품정한 대로 등수까지 가름하는데, 그 순서는 시관에 따라, 읽는 눈의 그날 시각에 따라 얼마든지 뒤바뀔 수 있음에도 불구하고 그 불공정한 서열은 한 사람의 남은 일생의 명운까지 좌우한다. 어떤 이는 그날부터 즉각 자만에 빠져 일찌감치 낭패를 당하고, 겨우 방목의 말석에 올라선 불운을 곱씹으며 자기 단련을 거듭하기도 할 것이다. 요컨대 그런 우열 가리기가 전형상 불가피한 점검이었다 하더라도 그 제도의 고식적 운영이 아조의 모든 식자층을, 나아가서 우리 식자층 전반을 자화자찬벽에 겨워 지내는 우물 안 개구리의 같잖은 배포만 키워놓았달까, 대국인들의 의례적 칭찬 한마디에 천하를 얻은 듯이 '소중화에서는 제일이다' 같은 얼토당토않은 과대망상에 빠지도록 사주했다고 하면 대뜸, 저런 불학무식을 봤나라며 손가락질하는 자칭 '큰선비'들이 지금도 숱할 것이다.

역시 내 자랑으로 들릴까봐 두렵지만, 내 시권 위의 문맥은 그런대로 읽히고 또 그 어의도 소박한 채로나마 분명하기는 했을 것이다. 그렇긴 해도 내 글이 꼭 상석을 차지할 정도로 출중했다고 장담할 수는 없다. 그날 그 자리에서도 나는 내 입양처럼 이 등과는 한낱 운일

제13장 석갈釋褐과 등과登科

뿐이라고 생각해서, 남들이 그러듯이 그렇게 으쓱거리지도, 달가워하지도 않았다. 차라리 내 심경은 시무룩해져서, 이 별것도 아닌 관문을 넘느라고 이때껏 그렇게나 가슴을 졸이며 살아왔나 하는, 제법 성숙한 체념에 겨웠다고 해야 맞을 것이다. 내 석차가 병과여서 영 탐탁잖은 기분 때문에 그랬던 게 분명하다.

그러나 역시 어떤 경쟁에서라도 남보다 나았다는 실적은 은근한 자부심의 나팔을 연방 불어대기에 족한 것이었다. 이내 죽동의 '덤으로 딸려온' 내 집은 시끌벅적해졌다. 문객들이 그해 봄날의 아지랑이처럼 가물가물 꾀어들기 시작했고, 사랑채가 비좁도록 둘러앉은 여러 유무명의 유생과 전임 현관顯官들과 막 이름을 날리고 있는 현직의 조신들이 앞다투어 건네는 덕담은 어느 것이라도 귀가 솔깃해지는 칭송이어서 그때마다 어깨가 저절로 우쭐거려지는가 하면 얼굴이 부풀어오르면서 화끈하니 달아오르곤 했다.

그런데 곧장 좀 이상한 소문이 나돈다고 했다. 그 말 역시 황사공이 전해주었는데, 그 전말은 대체로 다음과 같다.

묘하게도 나의 등과를 그렇게 반기지도 않을 것이라는 내 좀 엉뚱한 지레짐작이 확신으로 자리잡아가자, 그래도 인사는 차려야지, 언제쯤 갈까 하고 한동안 우물쭈물거리기만 하다가, 내가 용약 황사공을 찾아간 때는 방문이 나붙은 지 닷새쯤이나 지나서였다. 이미 가친께서도, 숙부한테도 일간 들르거라, 좋든 싫든 너한테는 스승이나 마찬가지잖느냐, 공연히 자만을 비쳐서는 안 된다, 오만방자한 무리를 워낙 원수처럼 싫어하고, 또 시기심이 유별난 위인이니 말이다와 같은 당부를 내비쳤을 때, 나는 즉시, 잘 알고 있습니다, 제가 감히 어떻게 숙부님 상대가 되겠습니까, 숙부님께서 저를 자꾸 경원하셔서 탈

입지요, 그러니 저를 한껏 낮추면 그뿐이라고 처신하는데도 제 속내를 자꾸 요리조리 더듬고, 의중을 떠보는 듯하여 궁색해질 때가 많습니다와 같은 말도 내놓았을 것이다. 급제자에게는 부모뻘이라도 벌써 말 대접이 달라지고, 장원급제자쯤 되면 그의 말에는 무게가 실리는 것이 참으로 어리석은 세상의 순리니까 말이다.

'숙부님, 그간 강녕하십니까'를 앞세우고 한껏 조신한 걸음으로 사랑방으로 들어갔더니 황사공은 두툼한 옷차림의 빈객 두어 사람을 거느리고 있는데도 좀 풀이 죽은 기색이었다. 나는 큰절을 올리고 나서 두루마기 앞섶을 곱다랗게 여미며 꿇어앉았다.

"편히 앉아라, 급제잔데. 등과 소식은 진작에 들었다. 잘했다. 좀 이른 감은 있다만 언제 통과해도 통과할 관문인데 수월하게 등과했으니 자네도 더없이 빛나고 우리 가문도 생색이 났다. 감축해야지. 내가 시방 상제만 아니었다면 네 출사에 모양을 훨씬 더 낼 수 있었을 텐데, 꼭 앉은뱅이 용 쓰는 꼴이 됐다. 형님께서도 이번에 얼마나 속 시원해하셨겠나, 운수가 억색해서 일찌감치 등과 못 하신 걸 그렇게나 앙앙불락해하셨으니 말일세. 그 소원을 단숨에 풀어드렸으니 실로 장한 일이지. 큰일 했다. 영익이, 술상이라도 차리랄까? 네 숙모도 너무 좋다면서 눈물을 방울방울 떨어뜨리더라."

황사공의 말밑에는 그 생래적인 질시가 번연히 거물거렸으나 나는 모른 체하면서 내 체신을 낮출 말을 찾았다. 쉽게 떠오르지 않았다. 내가 교만해서가 아니었다. 말이란 우선 상대방이 있는 것이다. 워낙 머리가 출중하게 명민하고 정서까지 명주 올처럼 정세精細한 양반의 면전에서는 어떤 말대꾸도 제값 이상의 낌새로 전해질 게 뻔하므로 말씨들이 저절로 제 깜냥을 잔뜩 도사려버린다.

제13장 석갈釋褐과 등과登科

나의 궁색을 빈객들이 앞다투어 도와주었다. 휘양까지 덮어쓴 한 빈객은 대뜸 앉음새를 고치며, '허어, 이 헌헌장부께서 민 대감의 조카님이시구려, 이렇게 뵙게 되어 생광입니다, 소인은 안동 김문의 말석에' 운운하는가 하면, '선성은 이미 수차에 걸쳐 들었습니다. 주로 이 사랑채에서였습니다만, 아무튼 거년 연말에 세마로 출사하셨다는 소식을 들었는데 겹경사가 났으니 경하해 마지않습니다'라며 설레발을 떨었다. 나는 여전히 무릎을 꿇은 채로, 불민해서 인사가 늦었습니다, 앞으로 제 숙부님을 봐서라도 한결같이 지도해주시고 편달을 아끼지 말아주십시오와 같은 의례적인 사교술을 아무렇지도 않게 너풀너풀 주워섬겼을 것이다. 그런 입에 발린 말도 급제자의 재빠른 세속화를 추인하는 징표임은 말할 나위도 없는데, 들뜬 기운에 휩쓸려 있으므로 그런 처세술이 장차 어떤 입상을 예비하고 있는지를 그 당시에는 본인도 모를 수밖에 없다.

예의 '시기'가 워낙 중뿔나서 오로지 그 눈금으로만 살피던 내 눈길을 믿을 수밖에 없는데, 그 당시 이미 황사공의 안색에는 화선지처럼 뿌옇다 못해 바랜 듯하고 들떠 있는 누런 기가 얼른거리고 있었다. 좋게 보면 양전의 기림을 제대로 누리는 일등 세도가로서의 소위 푸른 양반이었다가 어느 날 문득 상복을 입게 되었으니 그 칩거 때문에 화색마저 시커매졌다고 할 수 있을지 모른다. 그렇지 않다, 황사공의 그 병색은 윤기는 말할 것도 없고 핏기가 조금도 안 비쳐서 안쓰럽기 짝이 없는 것이었다.

황사공이 그 바랜 안색처럼 좀 쭈뼛쭈뼛거리다가 좌중을 둘러보며 입을 뗐다.

"헌데 좀 난해한 소문이 들리데. 그젠가 누가 와서 그러는데 이번 화제 문과의 명관이 성일聖— 김병덕의 자 대감이었는데, 그이가 양전의 뜻을 좇느라고 그동안 잘 쌓아올린 명성을 일시에 허물어버렸다고 해서 내가 설마 품정을 거스르고 등차까지 섞바꿀까, 여러 눈이 있는 데 했더니, 지금이 어떤 세상입니까, 그러고 나서 나를 빤히 직시하면서 민 대감께서 조정에 안 계시니 눈치 안 보고 더 그럴 수 있지요 이래서 좀 민망하더구먼."

드는 돌에 낯 붉는다는 말도 있듯이 그 명관의 지명은 나의 기고 만장한 앙청이었으므로 궁지를 모면할 길이 없었는데, 역시나 세상사에 밝은 문객이 나를 감싸고 나섰다. 황사공의 시기, 명민, 변덕, 편견과 달식達識, 직언 같은 '비사교성'이 좀 마뜩잖아서 실직의 권신들은 민모 대감을 기피하는 터였다. 따라서 그이의 문객들도 대개 다탁 트인 성정으로 막말도 불사하는, 바로 그런 기질 때문에라도 벼슬살이에는 탐탁잖고 '만년 거사' 신세를 면치 못하는 족속이었다. 어차피 세상은 유유상종으로 제멋에 겨워 사는 '부락部落'들의 혼거인 것이다. 사람들도 부락처럼 그렇게 뚝뚝 떨어져서 끼리끼리 뭉쳐가며 살아갈 수밖에 없다. 내 눈과 총기를 믿는다면 황사공의 사랑채에서 나와 대면한 빈객 중 관원은 드물었던 듯하고, 거의 다 묵객이 아니었을까 싶다. 알다시피 지필묵을 섬기는 묵객들은 제가끔 한가락씩이 있고, 그 가락은 우열을 따지기도 좀 그렇거니와 어떤 시기의 대상일 수 없다. 황사공도 그것을 잘 알고 있으므로 그런 묵객만이 그 주위에 낄 수밖에 없는 것이다.

"그것이 다 운현궁 쪽의 파렴치한들이 씩둑꺽둑 깐족거리는 말입니다. 친이대감當時 떠돌던 대원군의 비칭이 손도 안 대고 후무린 세검정계의 석파정이 원래 성일 대감의 친부이신 유관游觀 김흥근金興根 상신의 재물로, 주위 경관이 웬만해서 삼계동三溪洞 정사精舍라고 자호한 바로 그 별장입니다."

한 문객이 우스개 삼아 토를 달았다.

"후무렸다면 과하시고 친이대감께서 대권을 잡자 김문에서 그냥 잘 쓰시라고 자청해서 바치신 겁니다. 상납입니다, 뇌물은 아니란 말씀이지요. 아, 물론 붓을 잡고 소일하기에는 아주 맞춤한 별장이라서 친이대감께서 일찍이 탐을 냈다는 정설도 나돌았습니다."

"그러니 더욱이나 그런 질시를 앞세우면 도리가 아니지요. 과시까지 민문이 주무른다고 둘러대니 질투도 지나치다는 말입지요. 별장에 산자락까지 통째로 거저 얻었다고 명관으로는 기중 공정하다는 아들 성일이 지 아비보다 못하다면 그게 소금 먹은 말이 물켠다는 소리 아니겠습니까. 하기야 사촌이 땅을 사면 멀쩡하던 배가 사르르 아픈 게 사실입니다."

"트집거리야 오죽 많습니까, 며느리 발뒤축이 달걀 같다는데. 아무튼 저쪽 운현궁의 집념은 정말 무섭습니다. 질기둥이도 그런 질기둥이가 없을 겝니다. 대궐의 일이라면 사사건건 시비를 거니 시부 자부가 앞으로 용호상박전에 버금갈 대사변이 벌어질 게 뻔합니다. 황사 어르신, 어떻게 예상하십니까?"

황사공의 착 가라앉은 즉답이 좌중의 뜨거운 험담에 재를 뿌렸다.

"두 쪽 싸움이야 이제 겨우 시작이지요. 한쪽 명이 다할 때까지 갈 겝니다." 황사공이 내 쪽에다 힐끔 곁눈질을 던지고 말을 이었다. "부모 죽인 원수와는 불구대천이지요. 서로가 많이 상할 게 뻔한데. 새우들만 불쌍한 격입니다."

좀 이상하게 들릴지 모르겠으나, 나는 중년까지 술을 멀리했다. 술

328

을 마실 수는 있고, 한두 잔 받아 마시면 얼떨떨해지는 기분도 즐길 만했으나, 좌중의 여러 말에 신경을 곤두세우기가 싫다기보다 내 생각을 자꾸 저울질하는 게 귀찮았다. 술이 깨고 난 다음 한동안 어정쩡한 정신 상태도 영 마땅찮다 못해 거북했다. 술을 마시면서 나눈 말과 동석자들의 면면이 떠오르면 공연히 어정뜨고 만 내 자신이 되돌아 보이고, 그들 중 몇몇은 더 이상 보기 싫어지는가 하면 그런 배배 꼬인 심사에 휘둘리는 내가 거슬렸다. 물론 비정상적인 기질인데, 그 연원이 내 출신과 무관하지 않을 테고 등과 전후에는 중전의 친정집 사손이라는 멍에까지 목에 차고 있었으니, 내가 조심하기 전에 동석자들이 가식으로 덤비는 게 보이기도 했다.

그날도 자리가 자리인 만큼 술상 앞에 잠시 다가앉아 있긴 했겠지만 숙부 면전이기도 해서 술잔을 받아놓기만 하고 쉬어빠지도록 내물리고 있었을 것이다. 그것보다는 양전과 명관이 '짜맞춘' 부정 평가로 내가 급제했다는 구설이 나돈다니까 술잔 따위가 안중에 있었을 리 만무하다. 아무리 운현궁 쪽에서 퍼뜨린 악담이라 하더라도 앵하니 토라진 내 속을 술이 달랠 수는 없었다.

내 시권의 문장과 필획이 급제권 밖이었는데도 명관이 '위의 뜻'을 받들어 과차科次를 급제로 올려놓았다고? 제일 엄정한 시관으로 하여금 내 시권을 품정해달라는 호언장담이 도저히 못 미더워서 양전께서 은근한 언질 곧 '압력'을 넣었다 하더라도 내 글씨를 누가 알아보았을까? 역서易書 시권을 대신 베껴 쓸 때 잘 고치는 부정행위 필체도 아니고, 제일 늦게 제출했는데도?시관들이 시간에 쫓겨 허두虛頭 몇 줄만 읽는 폐단이 있었으므로 먼저 내는 시험지가 아무래도 좋은 품정을 받는 이치를 역으로 이용한 셈이라는 추단이다.

내가 당돌했던 것은 사실이다, 명관의 이름까지 거명하면서 공정한 심사를 자청했으니까. 양전의 노파심도 수긍할 만하다. 나이도 어린 것이 제 잘난 체하는 꼴이 아무래도 미심쩍으니 낙방해서 두고두고 조명이 나는 것보다는 명관을 불러들여 '선처'하라는 언질을 미리 내놓는 것이 여러모로 낫다는 원모사려도 그럴듯하니까. 그러나 그다음부터는 시관들의 '여러 눈'이 우열을 가릴 것 아닌가.

이래저래 곤혹스럽고 참담했다. 구설수란 어차피 그런 것이었다. 내 실력은 전적으로 허무맹랑한 것이고, 명관이 양전의 노파심을 어른스럽게 보듬었다니 곱다시 인정할 수밖에 없었다. 구설수의 막강한 위력은 당사자의 어떤 변해도 귀담아 듣지 않는다는 데 있고, 그 구지레한 변명이 길어질수록 점점 더 의심의 눈덩이가 커져버린다는 데 있다. 나는 묵언거사로 자족할 수밖에 없었다. 할 말은 많았으나 내 입에서 나오는 모든 해명은, 시권을 백일하에 공개해보자는 얼토당토않은 망상까지도 공허한 메아리에 불과함을 나는 알아챘다.

우리의 모든 유생, 포의, 출사한 관원들은 낙방과 등과로 그들의 생이 그 전과 후로 분명하게 나뉜다. 그것을 기점으로 본인의 신수, 말씨, 위신이 달라질뿐더러 그의 의식도 완전히 바뀐다. 세상을 보는 눈이 달라지는 것이다. 운이든 실력이든 나는 단 한 차례 낙방의 고배도 면제받은 급제자였으므로 그 전까지는 세상의 물결에 떠밀려서 억지로 살아가는 게 아닌가 싶었는데, 등과하자마자 이제는 그 대세에 올라타고 있다는 자신감이 어깨에 드리워졌음을 깨달았다. 물론 철없는 나이가 그런 고양감을 한껏 부추겼다.

막연하게나마 황사공과는 멀어질 수밖에 없다, 오늘로서 숙부 댁 걸음은 마지막이다, 사대부들의 고질적인 시기, 질투와 권력을 탐하는 어떤 '세력'의 견제, 모함을 따돌릴 수는 없을 터이므로 내 처신의 자중자애는 필지다와 같은 다짐을 되뇌었을 그날 귀갓길은 무척이나 멀었다. 시의時宜와 처소를 감안한 '묵언의 관리'야말로 장차 내 관운과 명줄을 전적으로 관장할 것이라는 생각을 여투고, 그 다짐을 실천하려고 한껏 머리를 쥐어짠 것도 그날 귀갓길에서였다. 그러고 보니 그날 숙부 댁에서 나는 거의 말을 하지 않았다는 사실도 새삼스러웠다. 눈만 껌뻑거리며 공손히 경청하는 내 수굿한 속내를 알아도 뭉때리고 있었는지, 아니면 무슨 꿍심이 있는가 싶었는지 아무렇지도 않게 대하는 황사공과 그의 문객들의 태도가 좀 이상하게 받아들여지긴 했다.

제14장
벼슬살이와 청병

　마음자리가 영 비편해서 산똥을 싸는 나날이었다. 급제생이라면 으레 시관을 초대해 은문연恩門宴을 열고, 삼일유가三日遊街라고 해서 좌주座主 시관의 다른 말와 선진자와 친척들을 찾아뵙고 식사 대접을 받는 것이 통상 관례인데, 나로서는 그런 사은 행차 일체가 떨떠름하기 짝이 없었다. 예의 그 뜬금없는 구설수에 휘말려서 앵돌아져버린 속이 좀체 풀리지 않아서였다. 그렇다고 점점 더 더부룩해지는 속을 하소연할 자리조차 없었다. 내 실력이 가짜는 아닐지라도 불공정한 판정으로 과대평가를 받았다니 억울하기 짝이 없는 판인데도 재심을 요청할 계제도 아니니 딱한 노릇이었다. 그러니 내 '묵언'은 이번에도 전적으로 타의에 의해 강요된 것이었다. 운수란 그런 것이고, 그래서 체념이란 말의 울림도 크며 쓸데도 많지 않나 싶었다.

　세월에 맡길 수밖에 없다며 심신을 도사리고 있는데, 그해 4월 22일자로 규장각 대교待敎로 칙임한다는 관명이 떨어졌다. 가친에게조차 알리지 않고 곰곰이 내 처지를 따져보았다. 집엣나이로도 불과 열

여덟 살도 아닌 주제가 과연 직첩을 받드느냐 마느냐로 머리를 싸매고 있는 판인데, 그다음 다음 날엔가 이번에는 홍문관 주서注書로 추천되었다는 전갈이 날아왔다. 대교나 주서나 품계는 말단이지만, 한림권점翰林圈點을 받았으니 그 차이는 엄청나다. 한림 소시召試를 보라는 특권이 주어져서다. 좋은 구실이 생겼다 싶어 며칠 동안 별러오던 대교 직임을 체차해달라는 상소를 올렸다. 결과야 어떻게 나오든 한림 소시에 응해서 내 정당한 실력을 다시 보이고 싶어서였다. 조정에서도 나의 급제에 따른 시중의 해괴한 낭설을 듣고 그에 대처하기 위해 또 한 번의 절차를 밟으라고 그런 조치를 내놓은 게 아닌가 싶기도 했다. 적어도 그 당시까지 쇄국 수구파의 정점인 운현궁 친이대감 쪽의 동정은 대궐의 양전에게는 초미의 관심사였고, 내 급제와 직첩에 대한 그쪽의 비방은 무시 못 할 압력이었다. 내 이름 석 자는 그때부터 이미 '세력'의 풍향계 맞잡이였다.

한림 소시는 예문관 검열檢閱을 뽑기 위해 추천받은 후보자들끼리 겨루는 특별시험이다. 그 추천 행사도 전임·현임 검열이 장악하고, 그 후 의정領議政·左議政·右議政의 총칭과 제학提學 예문관의 종이품 벼슬의 추인을 받아 임금에게 품하면 낙점이 떨어진다. 차점 이상의 낙점자들을 왕지로 불러 시, 부, 논, 책문 등의 시험을 치르게 되어 있는데, 그 직분이 사초史草를 적실한 문맥으로 작성하게 되어 있어서 그처럼 엄격하다. 품질品秩은 비록 정구품에 불과하지만 장차 출세가 확실히 보장되어 있는 청화직 중 하나이니까.

그때 한림 소시는 창덕궁 인정전에서 베풀어졌는데, 무슨 돼먹잖은 운문과 장황한 사설을 늘어놓았는지 지금은 하나도 기억할 수 없지만, 나는 그날 중인 환시리에 세 명 중 한 사람으로 뽑혔다. 아마도 내 해서체에 그나마 강단이 제법 실려 있었기 때문에 그만한 석차를 받았을 게 틀림없다.

온종일 타시락거리고 나서도 그다음 날이면 또 했던 말을 되뇌는 여러 권문의 사랑방 문객들은 그 한림 소시까지도 나의 벼락출세를 위해 '짜 맞춘 예비 공작'이라고 했을지 모른다. 그렇게 보려면 얼마든지 그럴 수 있다는 것을 나는 한참 후에야 예의 그 '묵언 관리'를 통해 깨달았다. 모든 시험이란 공정한 경쟁을 기치로 내걸고 치르지만 실은 어떤 수험생도, 심지어는 여느 합격자조차도 승복할 수 없는 한시적 평가에 불과하다. 그 평가 중에 이 시詩가 그것보다는 다소 앞선다는 시관의 안목이 과연 절대적으로, 또 항구적으로 권위를 누릴 수 있는지에 대해서 나는 언제라도 회의적이니까.

그해 연말께까지 숱한 직첩이 연방 내게 떨어졌다. 대교, 검열, 주서, 전한典翰 홍문관의 종삼품 벼슬 등등이 그것이었다. 출사한 지 1년도 채안 되어서 정삼품 당상관으로서 통정대부에까지 올라 나 자신조차 '좀 심하다'고 속으로 혀를 찼으니 다른 '세력'들이야 오죽 입맛이 다떨어졌겠는가

그러나 마나 직첩은 엄연한 것이어서 공손히 받들어야 했다. 규장각과 홍문관이 둘 다 동궐창덕궁의 별칭의 서쪽 담장 금호문 너머에 있었으므로 날마다 등청해보면 왠지 내가 겉돌고 있다는 느낌이 여실했다. 우선 내 나이가 워낙 어려서 이문원摛文院 규장각의 당호. 글을 아름답게 짓는 집이란 뜻이다의 제학, 직제학 같은 당상관들은 내게 할아버지뻘이었다. 그이들의 그 찬찬한 시선에는 손자의 대견스러움을 어르는 눈짓이 역력했고, 주상의 처조카라는 신분만으로도 직무보다는 다른 소관을 보라고 떠밀어내기에 급급한 꼴이었다. 몇 차례 겪고 보니 나도 거

제14장 벼슬살이와 칭병

치적거린다 싶어 예의 도화서로 달려가서 여러 화원과 경영위치구도

에 해당되는 동양화의 화법나 응물상형應物象形 묘사력에 따르는 화법을 등 너머

에서 주워듣곤 했다. 관원도 아니고, 그렇다고 왕족은 더더구나 아닌

반거충이가 그즈음의 내 직분이었다.

신료들도 오십보백보였다. 주로 책을 엮어내는 편서編書 직과 그 책

들 속의 글자의 정오를 검열하는 교서敎書 직을 도맡던 초계문신抄啓

文臣 댓 명은 이문원의 등 너머로 멀찍이 떨어져 있던 대유재大猷齋에

서 근무했지만, 그즈음에는 정원도 못 채웠던 데다 한두 자리는 늘

병가나 친상 중이라며 비어 있기도 했다. 그다음으로는 어제御製 임금이

지은 글, 전교傳敎 등을 베끼고, 교열하고, 봉안하는 검서檢書, 영첨, 겸리

여남은 명이 이문원 곁에 딸려서 행랑채를 함께 쓰는 소유재, 영첨청,

서리청에 분속되어 임시 벼슬인 차비관差備官 서넛과 함께 하루 종일

붓과 씨름하고 있었다. 직제상 그럴 수밖에도 없지만, 규장각은 조회

때부터 '성상께서 체후는 어떠하시며 침수와 수라는 잘 드셨는지 여

쭙니다'와 같은 공적인 인사말과 아울러 임금의 안색과 신수에 온 촉

각을 곤두세우고 그 기침 소리까지 받아쓰기하는 곳이라서 '입'이 아

예 없으며 오로지 글만을 골라 써야 할 정도로 운신의 폭이 아주 좁

다랗게 제한되어 있다. 육조의 관원들과는 양반과 상놈만큼이나 차

이가 나는 것이다. 나의 연이은 직첩을 군이 거기다 비끄러매어놓은

것도 양전 나름의 의중이 있었다고 보이는 대목인데, 함께 일하는 신

료들이 품계의 우열을 떠나서 내 동정을 일일이 추찰하는 것은 국록

지신으로서 당연했다.

한 달 남짓 근무해보니 내 신세가 이미 신료들 사이에서 기름처

럼 떠돌고 있는 게 뻔히 지펴왔다. 그들이 노골적으로 따돌릴 수 없

는 내 처지를 자꾸 의식하는 나 자신이 베돌고 있는 셈이었다. 나를 밀어내지도 않고 내게 다가올 리도 만무한 그들과 나 사이는 근본적으로 소원할 수밖에 없었다. 하기야 그들이 내게 맡길 일도 마땅찮았고, 내가 자청해서 할 일도 없었다. 그들 중 반 이상도 직책이 있고 녹봉이 주어지기 때문에 자리나 지키면서 붓방아만 찧고 있는 꼴이었다. 글쓰기로 살아가는 식자의 대다수가 '자리' 때문에, 거기서 엉덩이 씨름만 하다보면 그의 전신은 쉬 각질화의 길을 지르밟게 되고 만다. 자기 갱신을 밀막는 그 각질화로 그의 사고는 빠른 속도로 화석처럼 흐릿하니 굳어간다. 그들이 일쑤 내놓는 고식지계는 바로 그런 화석화의 결정체라서 훑어볼 만한 가치도 없다. 어쨌든 교서를 두툼하니 읽기에 편한 소위 육후체肉厚體로 베끼는 업무가 그들의 전문인데, 이에 조명이 날 대로 난 내 필력을 보자 그들은 '우리'와는 너무 다르다고, 반은 경원으로 나머지 반은 가식의 칭송으로 나를 가축처럼 어루더듬으면서 소척疏斥시키는 데 주저하지 않았다.

마침 좋은 핑곗거리가 느닷없이 들이닥쳐서 나의 신명 없는 벼슬살이에 그나마 숨통을 틔워주었다. 내 본가의 계모가 적취積聚로 몸져누워버린 것이었다. 적취는 비위가 약해져서 음식을 삭여내지 못하는 체증이 심화된 병으로 그 오래된 멍울이 오장육부의 골골을 떠돌아다니는 것이라고 한다. 심한 경우에는 백약무효다. 그러니 굶는 것 이상으로 좋은 약이 없으므로 꼬챙이처럼 수척해가는 병자의 정경은 차마 보아내기가 어질어질하다. 내 모친이 바로 그랬고, 그 당시에는 저승사자를 대문 밖에다 몇 달씩이나 모셔놓고 골골거리는 그 모진 숙환이 드물지 않았다. 특히나 부녀자에게 그 숙병이 덮치는 사례도 적잖이 수상하므로 장차 한의들의 숙고거리로는 이것 이상으로 중차대한 병도 달리 없을 것이다.

나는 차제에 모친의 중병을 곁에서 지키며 보살펴야겠다고, 딴에는 의례적인 문자를 피하면서 호들갑을 떠느라고 '당분간 대궐에서의 보필지임을 면제케 해주소서'라고 상소를 올렸다. 그런데 이상하게도 위에서는 어떤 비답도 없었다. 추측건대 양전께서는, 그런 병이야 다 겪는다, 중궁인 나도 그보다 더 심한 지병 서너 가지를 주렁주렁 달고 산다, 부녀자는 원래 비위가 약해서 죽을 맛이다, 뿐인가, 심신을 고루 괴롭히는 일을 조석으로 겪고서도 마지못해 사는 신세다, 모친의 득병을 핑계 삼아 벼슬살이를 하기 싫다는 연소배의 구실이야 한두 번 겪는 바도 아니다, 쉴 만큼 쉬다가 부르면 별입시하라, 자네 직책이야 군이 다른 문신으로 채울 만한 자리도 아니니 그대로 갖고 있어야 다음 품계를 매길 때 껄끄럽지 않을 듯하니 그쯤 알아라였지 싶다. 아마도 중전이 주장했을 나에 대한 그런 두호벽도 '편짜기'에서는 한 식구가 아쉬운 판인데 하는 고질의 의타심에 따른 것일 게 분명했다.

나의 오랜 관찰에 따르면 의타심도 심기증의 한 증상이 아닐까 싶다. 물론 심기증은 모든 사람의 전 생애에 걸쳐 한 번 이상씩은 반드시 일시적으로, 더러는 주기적으로 덮치는 고질이다. 한 사람의 인생 행로가 어떤 차질도 없이 순탄하게 흘러가는 경우에는 그 증세가 경미해서 당사자도 의식하지 못할 수 있겠으나, 그처럼 '사달' 없는 생의 질주가 과연 있기나 하겠는가. 내가 아는 한 중궁은 그처럼 높직한 지위에 허둥지둥 올라간 지체라서 꼭 그만큼 우환과 사달도 쉴 새 없이 감당하는 팔자였다. 그러니 심기증도 자못 심한 편이었고, 그 우환을 이용할 줄도 아는 총명을 타고난 양반이었다. 그래서 길흉화

복을 나름대로 예언한다는 복자를 대접하는 데도 소홀하지 않았고, 수시로 청병 소동을 불러일으키는가 하면 당신의 하소연만 그대로 받드는 '청자'를 불러들이는 데 서슴이 없었다. 나도 그런 청자의 한 명이자 심기증을 녹이는 짝지로서 하루에도 세 번씩이나 불려가기도 했는데, 나를 '말벗'으로 대하는 기색은 조금도 비치지 않았다. 하기야 억지로 짜맞춘 촌수가 고모에 친정 조카 사이였으니 말벗은 커녕 부모뻘로서의 당부와 다짐을 내놓을 수밖에 없는 처지이긴 했다. 그렇긴 해도 주상에게마저 반 어리광을 앞세운 심기증의 일환으로, 제발 내 말을 듣고 당장 실행에 옮겨주세요, 내 짝지가 전하 말고 누가 있겠습니까라는 하소연을 온몸으로 시위하는 터였으니, 그런 심신 상태에서의 여러 분별이 오죽이나 편향되었겠는가. 물론 나도 중전의 그런 치세 농단에 한껏 부대끼면서 한편으로는 최선의 수혜자였다가 다른 한편으로는 최저질의 모함을 덮어쓰면서 목숨까지 맡겨야 하는 최악의 피해자였다.

직품을 그대로 주렁주렁 매달고서 아예 대궐 걸음을 끊고 지내는 데 모친의 숙환이 이번에는 담병痰病이라고 했다. 담이란 몸속의 여러 분비액이 조화로운 순행에 이르지 못하다가 어느 국부에서 엉기고 뭉쳐져서 뜨끔뜨끔 결리는 질환이다. 어느 순간 그 멍울이 아프기 시작하면 환자는 즉각 오만상을 지으며 그 통증의 괴로움을 호소한다. 환자나 간호자나 그 고통을 참아내기가 여간 괴롭지 않지만 고비만 넘기고 나면 긴 장마 중의 빨랫말미처럼 거뜬해지기도 한다. 인생 행로란 어차피 그런 것이다, 괴롭고 아프다가도 후련하고 개운한 기분이 때맞춰 갈마드는.

그해 봄부터 여름 내내 집안의 우환으로 나조차 머리가 묵직하고 삭신이 찌뿌드드하니 저려오는 증세에 시달리는 나날로 인해 마냥 허우적거렸을 것이다. 그동안 노심초사해온 과망의 과부하에서 놓여난 데다 첫 벼슬살이의 긴장에서 풀려난 후유증이 그렇게 들이닥친 것이었다. 그래도 젊은 기운으로 나는 사동의 내 친가와 내 임시 거처인 죽동의 대저택을 매일 오락가락했다. 그럴 수밖에 없었던 것은 대궐의 '눈'이 내 동태를 일일이 훑고 있었으므로 그 눈치를 잠시도 기일 수 없어서였다.

그해 9월에 중전의 또 다른 막강한 척신 민겸호가 드디어 병조판서에 칙임되었다는 관보가 날아왔다. 알다시피 그이는 내가 사자嗣子로 모시는 고인의 친동생인데 알성문과에 장원급제했다는 빛나는 명패를 늘 이마에 붙이고 다니는 양반이었다. 바로 그 촌스러운 자만이 황사공의 소문난 용심에는 '버르장머리 없는 시건방'으로 찍혀 있는 판이었다. 황사공이야 자기를 쓰레기로 보든 말든 그쪽도 벼슬 욕심과 재물 탐심에서마저 꼭 장원을 해야겠다고 벼르는 터이므로 기복 중이어서 손발이 꽁꽁 묶여 있는 양반만 분통이 터질 노릇이었다. 어느 쪽도 내게는 삼촌뻘인데 두 양반을 동시에 떠올리면 왠지 미구에 어느 한쪽이 크게 상하든가 둘 다 그 과한 욕심으로 함정에 빠진 호랑이 꼬락서니가 되고 말리라는 방정이 떠들고 일어나서 곤혹스러웠다. 나야 자식뻘이므로 그런 허방다리와는 무관하다 싶어 안도의 비웃음이 머금어지곤 했다. 불과 2, 3년 전까지만 해도 황사공의 그 '난해'한 총명, 달식, 개성이 그렇게도 우러러보이더니 급제자가 되어 벼슬살이를 해보니 가친의 그 좀 어리숙한 시선, 진중한 처신, 유식을 짐짓 감추는 우둔, 오로지 인내로 버텨내는 집안의 우환, 위에서 칙임을 내리는 대로 한다 만다는 군소리도 일체 없이 수굿하게 받드는 벼슬살이 등등이 한결 돋보이기 시작했다. 마침 그해 가을에는 가친의 양모이자 내게는 친할머니나 다름없었던 계조모인 기계 유씨가 별세해서 우리 집안의 한 세대가 마감되기도 했다. 그러니까 내 가친 형제는 친모와 양모를 앞서거니 뒤서거니로 여읨으로써 곱다시 관복을 벗고 거상 중이었다.

아무튼 당시는, 비단 황사공의 욕심만 그토록 유별났던 게 아니라 워낙 '밥그릇' 싸움이 치열했고, 덩달아 피아가 친족 사이에도 흑백처럼 선명하게 갈릴 수밖에 없기도 했다. 아조의 사색당쟁을 보더라도 우리의 밥그릇 싸움이 얼마나 자심했는지 짐작할 수 있는데, 가소로운 것은 그 밥덩이가 너무 작아서 한숨이 저절로 터져나온다는 국면이다.

이듬해에도 마뜩잖은 직첩이 속속 나를 호명했다. 2월에는 당상관으로 품계만 올리고 별입직別入直하라는 하명이 떨어졌다. 아마도 나이로나 촌수로나 내가 제일 만만했을 터이므로 중궁의 잦은 심기증을 곁에서 지키라는 것이었다. 대궐에는 나이가 지긋하거나 아직도 젊은 나인들이 숱하게 있었는데도 내게 유독 그런 직임을 맡긴 것은 그만큼 신임할 뿐 아니라 잘 보고 있다는 배려겠으나 퇴궐도 못 하고 침전과는 뚝 떨어진 별채에서 대기하고 있기는 고역이었다. 가끔씩 상궁의 부름을 좇아 침전으로 들어가 중전의 하문에 응하곤 했지만 맑은 냉기로 가득한 그 자리에서의 대화가 일상의 테두리를 벗어날 리 만무하다.

앞서도 잠시 기술한 대로 중전의 건강 염려증은 그 섬약한 정서 때문에 스스로 걸려버린 심리적 조울 상태라고 해야 그럴듯하지 싶었다. 한쪽 무릎을 세우고 힘이 쑥 빠진 자태로 '왜 이렇게 잠이 안

올까, 나만 이런가' 하고 읊조릴 때라든지, 미지근한 백비탕 찻잔을 받아들 때는 곧장 스러질 듯하다가도 화제가 내 혼사에 미치면 이내 허리를 쭉 펴고 '인연이란 묘한 법이지, 아래윗니가 맞춰지듯이 그렇게 굴러가는 게지'라고 흡사 달관한 비구니처럼 넉넉한 품성을 비치기도 하는 식이었다. 사실상 그런 조울증은 1년에 서른 번 이상씩 돌아오는 조상의 기제사를 뒤치다꺼리하는 여염의 사대부가 며느리에게는 있으려야 있을 수가 없게 되어 있다. 그들처럼 온종일 허리 한번 펼 짬도 없이 중노동에 시달리다가 해만 떨어지면 파근한 사지로 덮쳐오는 잠귀신 앞에서 연방 꾸벅거려야 하는 처지라면 그런 꾀병을 앓을 짬이나 있겠는가. 꾀병이든 엄살이든 그것이 무슨 시환 時患처럼 주기적으로 덮치면 주위 사람은 물론이거니와 당사자도 그 시늉에 놀아나게 된다. 하기야 미로처럼 다닥다닥 막고 갈라놓은 방과 마루, 기침 소리만 나도 따라붙는 첩첩한 궁인들의 장막 속에 갇혀 지내다보면 아무리 어리무던한 심성의 내명부라도 한두 가지 신병을 줄창 달고 살아가게 마련이다. 그러나 대개 다 내색을 자제하고 열심히 일상사에 매달림으로써 그런 자질구레한 신병을 이겨내고 살지만, 일곱 살에 부친을 여의고 가난하게 또 외롭게 자란 중전은 곁에 짝지도 있어야 하는 데다 '일상사'를 도외시하고 '국사'를 함부로 넘봄으로써 당신의 명민과 체질이 부조화를 빚어내고 그 멍울이 고질에 이른 경우다. 물론 당신이 낳은 왕자를 보위에 앉히려는 집요한 암투는 아조의 지난 왕권 쟁탈사에서 빈번했지만, 수렴청정 같은 그 치세에 분골쇄신한 왕비들이 거의 다 조울증을 앓았을 것이란 게 나의 추단이다. 앞서도 누누이 언급한 대로 나는 내 주위의 '난해'한 인물에 대한 나름의 호기심이 발동하여 내 나름의 어떤 '해석'을 이끌어내야 성이 차는 버릇이 있다. 이처럼 남들의 처지를 눈치로 열심히 읽어가는 곰곰하고 굴침스러운 성격도 '엄마 정'을 모르고 자란 내 팔자소관이 아닐까 싶다.

해동과 더불어 중전의 환후가 좀 우선해지자 나는 넉살 좋게 '소신도 이제 방출시켜주소서'라고 아뢰었다. 모든 궁인은 기력이 쇠해서 기동이 어려울 때까지 대궐에 있어야 하지만 사정상 한창나이에 방출될 때라도 승은承恩 궁인이 임금에게 괴임을 받아 동침함의 여부와 관계없이 몸을 삼가며, 관부의 단속을 받아야 하는 관례를 빗대었으니 좀 무엄스런 말이었다. 중전은 말귀가 빨라서 즉각, 어지간히 갑갑했던 모양이구나, 차제에 너도 어서 장가나 들려무나, 그 핑계를 대면 나라도 무슨 염치로 자네를 불러들이겠나 하며 새침한 실눈으로 오래도록 내 동태를 살폈다.

그새 죽동의 내 거처는 '판이 다시 짜졌다' 싶게 달라져 있었다. 하나둘 불어나기 시작한 군식구들로 아흔 칸짜리 대저택이 미어터질 듯했고, 나를 기다리는 문객들로 디근자 사랑채와 대문에 딸린 기다란 행랑채가 부풀 대로 부풀어서 온종일 시끌벅적했다. 문객이 그만큼 늘어났다는 것이야말로 권세의 막강함을 단적으로 증거한다. 중전을 밤낮으로 모시는 별입직이라는 벼슬 아닌 벼슬이 벌써 일인지하 만인지상의 최측근이라는 권세를 불러들인 것이다. 이쯤에서 권세의 진정한 축도인 우리 특유의 문객상을 잠시 훑어보는 것도 요긴한 일일 듯하다.

흔히들 아조의 최근세사에서 문객 '세상'을 가장 크게 떠벌린 양반으로는 운현궁의 대원위 대감이라는 데 이설이 있을 수 없다. 누가 허풍을 떨었는지 알지 못하나 대권을 잡은 섭정 10년 동안 운현궁의 출입자가 10만 명을 넘었고, 가복이 300명, 상주 문객은 늘 500명을 웃돌았다고 했다는데, 한창때는 '상시 군식객'만도 줄잡아 오륙백 명 이하로 떨어진 적은 없었을 것이다. 물론 식객의 반쯤은 인척을 비롯한 군식구라고 봐야 한다. 왜냐하면 문객의 세끼 식사 수발만 하더라도 50여 명의 손으로 벅찰뿐더러 그들을 부리는 사람과 그들에게 딸린 입도 두 배를 넘을 테니 말이다. 그다음으로는 장동 김문의 세도 치세 때 그들 중 상신을 한두 차례 산 집안이면 그 문객도 많게는 300명 이상이었다는 정설이 통하고 있다. 물론 장동 김문도 갈래가 여러 개라서 다 까발릴 수도 없고, 또 그럴 필요도 없지만 나의 은문이신 김병덕 대감 윗대만 해도 숱한 문객이 아예 상주하면서 뭔가를 기다리고 있었다는 풍문을 듣지 않은 사람은 없을 것이다.

다들 문객은 밥이나 축내는 식객으로 거치적거릴 뿐이라지만, 실제로는 전혀 그렇지 않다. 양식만 하더라도 대개 제가 먹을 것 이상을 부려놓음으로써 그들은 다른 군식구보다는 염치가 번듯하다. 실은 그들의 그 염량이 세도가를 먹여 살리고, 재물을 불려놓는다. 그들이 오로지 벼슬을 구걸하기 위해 그처럼 세도가의 슬하에서 뭇 아첨을 다 떨고 있는 것 같지만, 문객마다의 그 알토란 같은 재산을 온갖 구실로 알겨먹는 사람이 바로 사랑 영감인 것이다. 한때의 세도가들 중에 만석꾼이 드물지 않았음은 주지의 사실인데, 정일품의 정승이 매월 쌀 3섬 남짓에 말먹이 콩 1섬쯤의 녹봉을 광흥창에서 받아서야 그 많은 재산을 어떻게 불려놓겠는가. 물론 사랑 영감은 자신의 논밭이나 여벌 집이나 별장이 어디에 있는지도 모르는 것처럼 어떤 경로로 그렇게 불어났는지 알 수 없다. 그것은 청지기나 마름의 소임이고, 곡식이란 제때 소비하고 남은 것은 어차피 또 다른 장토 '늘리기'로 쓰일 수밖에 없는 것이다. 쌀을 한 해 이상씩 묵혀가며 서생원의 대가리 수나 불려가는 양반이야 있을 리 만무하니 말이다.

문객들이 담배물부리나 연신 빨아대며 하등 쓸데없는 한담으로 세월을 낚고 있다는 지적도 오해다. 결코 그렇지 않고, 세월과 세도는 변화무쌍하여 그렇게 내버려두지도 않는다. 짐작할 수 있듯이 문객마다 특기가 저마다 출중하고 개성도 천층만층이다. 사주와 관상을 잘 보는 이들은 세도가마다 반드시 달장근씩은 묵어가게 마련이다. 입담이 좋은 생원짜리는 벼슬 욕심이 전혀 없다는 말만으로도 한나절 소일은 진진하고, 사랑 영감도 그의 허리춤을 놓아주지 않는다. 혈혈단신에 입은 옷가지와 행연 꾸러미가 전 재산인 명색 서화가도 사랑채에는 반드시 껴묻어 있는데, 그런 예인은 말도 않고 구석방에 혼자 앉아서 뭇 문객의 눈총 따위야 아무렇지도 않다는 듯이 제 글씨 자랑을 할 줄도 모르는 팔푼이 맞잡이다. 그래도 그들은 공밥을 축내는 인간 말자가 아니다. 청지기가 눈여겨봐오는 문객은 언젠가 크게 쓰인다. 사랑 영감의 길라잡이가 되는가 하면 서찰이나 진상물을 전하기 위해서 불원천리하고 내달리기도 하고, 변백辨白 변명거사를 자청하며 남의 집 사랑 영감을 찾아가서 대신 빌기도 하는 것이다. 문객들을 충분히 활용하지 못하는 것은 사랑 영감과 청지기의 무능일 뿐이다. 그 점에서 가장 유능했던 양반이 운현궁의 대원위 대감이었음은 익히 알고 있는 바와 같다.

그즈음부터 내 사랑으로 출입한 여러 문객의 면면에 대해서는 다음 장에서 풀어놓기로 하고, 나의 벼슬복을 좀더 더듬어보는 것이 이 장의 화두다.

그해 7월 초에 홍문관 부제학을, 열흘쯤 지나서는 품계를 한 계단

올려서 규장각 직제학을 받들라는 사령이 승정원의 한 원예院隸 손에 들려 날아왔다. 두 기관의 직책이 다 경서와 사적史蹟을 관리하고, 임금의 윤음이나 칙령을 정리, 관장하는 문필 업무에의 종사인 만큼 내 특기가 그쪽의 쓰임새에 적합하다는 추인인 셈인데, 나는 번번이 다른 사람에게 맡겨주십사는 상소를 올렸다. 내 등과 자체를 양전의 암수暗數라면서 한낱 우스갯거리로 삼은 친이대감 쪽에 대한 반감을 그렇게 드러낸 것이었다. 뿐만 아니라 민문에서 '나이도 어린 것을'이라며 견제하는 양반들의 무언의 압력이 내 뒤꼭지에 달라붙어 있기도 해서 내 상소는 그런 견제에 대한 노골적인 반발이었다. 민겸호 판서도 그렇지만, 이제는 황사공도 나를 적수로 보는 판이었다. 무엇으로 보나 숙부님보다 제가 한참이나 '모자란다'면서 몸을 낮출 기회도, 여건도 없어져버린 것이다. 내가 삼촌을 찾아가지도 않고, 찾아갈 구실도 없어진 냉랭한 기류가 '책이나 읽으면서 기량을 길러야 할 어린것에게 과분한 직책을 떠안긴다'는 황사공 특유의 형세 판단을 내놓게 된 셈이었다.

그런 기류를 잘 안다는 듯이 양전께서는 그해 7월 하순에 정삼품 이조참의 자리를 내게 떨구었다. 언젠가는 당신이 거친 그 요직을 맡으라고 했던 황사공에게는 분통이 터질 사령이었지만, 나로서는 한편으로 난감하면서도 은근히 기다린 직첩이 바로 이것이었다는 생각도 뿌리칠 수 없었다.

이미 말했다시피 이조참의는 모든 관원의 임용을 관장하는 추요직이다. (대체로 문관의 추천에 한정돼 있긴 하다.) 이조참의를 흔히 삼전三銓이라고 일컫는 것은 세 번째로 인사권을 행사한다는 뜻이니 그 위의 당상관인 참판과 판서도 정삼품의 눈치를 살필 수밖에 없다. 병조판서가 관장하는 무관의 직위를 논외로 친다면 당상관만 하더라도 300개 이상의 내외직 자리와 관등이 그의 손에 의해 좌우되는 것이다. 인사가 대정大政이라던 황사공의 말도 귀에 쟁쟁해서 이조 안에서만이라도 '최선의 엄정한 전형'을 보란 듯이 떨치고 싶은 의욕이 용솟음쳤다. 이때껏 책이나 엮고 문장이나 다듬는 벼슬과는 전혀 다른, 내로라하는 실권을 마음껏 휘두르고 싶은 욕심이 비로소 내 젊은 혈기를 충동인 것이다. 그러나 냉철히 따져보면 불과 열아홉 살의 어린것이 아비뻘 관원들의 품성과 능력을 얼마나 제대로 읽겠으며, 아랫것들이 올리는 고리삭은 관행으로서의 현관과 산관散官 정해놓은 일이 없는 자리의 자리 이동, 전관예우로서의 천거를 제대로 분별할 수 있겠는가. 음서蔭敍 공신이나 현직 당상관의 자손과 그 친척을 과거에 의하지 않고 관리로 채용하는 일 직을 빼놓더라도 그 업무는 막중하고, 그만큼 막강한 권세 그 자체였다. 그러니 겪어보나 마나 물리칠 수 없는 뇌물이라는 오물 더미에 파묻혀서 헉헉거리다가 '매관매직 대감'이라는 조명이나 들을 게 뻔했다. 뇌물 수수란 당사자가 받을지 물리칠지를 제 뜻대로 정할 수 없는 텁텁한 관행이자, 그 맛에 길들여지면 누구라도 쉬 인이 박이고 마는 쿨쿨한 제도임을 나는 그 후 곧장 알게 되었으니 말이다.

다른 직첩들은 번번이 닷새 안으로 '바꿔주소서'라는 상소를 올렸는데, 이번에는 막 탈상한 황사공이 나 대신 상주했다. 양전께서 보라고 내준 그 상주의 대요는, 가질家姪 민모는 아직 연소배이므로 경서 독서로 인격을 함양해야 마땅한데, 그런 만큼 종전대로 규장각이나 홍문관에서 국기의 틀을 익혀야 하건만 인사 같은 중임을 맡겨 바쁘게 해서는 당사자나 조정이 다 손해라는 것이었다. 틀린 말은 아니었다. 그러나 그 말밑에는 나의 벼락출세를 노골적으로 경계, 질시하는, 평소의 그 '소년 같은 암상'이 줄줄 흘러넘치고 있었다.

지렁이도 밟으면 살려고 몸부림을 친다고 했던가. 앵한 기분이 좀체 사그라들지 않았다. 상복을 벗었으니 황사공도 다시 출사함으로써 2년 남짓 동안 잠결에도 놓지 않았던 상신에의 꿈을 이루기 위해 양전의 의중을 살펴야 했다. 40대 초반이라서 한창나이였고, 운과 명이 따라준다면 앞으로 20년 이상 조정의 모든 으뜸 벼슬을 두루 맡아볼 수 있었다. 그런데 좀 서먹하게도 세상이 완전히 달라진 것이다. 이제는 중궁마마와 나의 '입김'을 의식해야 하고, 그동안의 공백 때문에라도 현직現職 없는 지중추부사나 사재감司宰鑑 궁중에서 쓰는 곡식·술·소금·생선·고기·땔나무·숯 등의 공급을 맡아보는 관청 제조 따위를 넘보아야 하는 처지였다. 불과 두 해 만에 스물네 살 밑의 조카가 자신의 품계를 골라내고, '자리'도 주선할 판이니 황사공의 자존심으로는 도저히 용납할 수 없는 형세였다. 나의 그런 벼락출세를 마련해준 당사자가 바로 자신이라는 생각만으로도 역정이 치밀지 않겠는가. 세상이 그렇게 돌아가고 있으면 일단 수긍할 수밖에 없고, 후일을 내다보면서 은인자중의 낙을 즐길 수 있어야 하건만 황사공의 기질상 그런 처신은 가당치도 않았다.

더 뭉그적거리고 있다가는 숙질간에 대판의 혼뜨검이 벌어질 판이었다. 나이와 경험의 차이 때문에라도 황사공보다 열 배 이상 섬약한 내 귀에는 당장에라도, 이 고얀 놈, 벌써 배은망덕인가, 네놈 학업의 물꼬를 누가 터주었나, 그 잘난 급제와 오늘의 형용이 누구 덕인지나 알고 껍죽대는 겐가와 같은 호통이 쟁쟁거렸다. 살친구라도 만난 듯 다정다감하기 이를 데 없다가도 어느 순간 삐쳐버리면 파르르하는 황사공의 성깔로는 나 같은 조카야 도승지 앞에서도 얼마든지 삿대질로 망신을 줄 수 있었다. 직첩을 받은 지 스무 날쯤 지나 나는 '아직 연소해서 인사를 감당하기에는 벅차다'라는 사직 상소를 올렸다. 일리가 상당하다고 생각했던지 위에서는 성균관 대사성大司成으로 나앉으라라는 칙명을 떨구었다. 성균관은 알려진 대로 문묘에 제사를 지내고 유학을 학습, 장려하는 교육 기관이므로 조정과는 업무상 저만큼 비켜서 있다. 위로 각각 종이품과 정이품인 동지사와 지사가 있으나 그들이야말로 자리가 있으니 사람을 골라 앉혀놓은 격이라서 성균관의 살림은 전적으로 직책명이 말하듯이 대사성이 맡기로 되어 있다. 물론 내 밑으로도 웬만한 학덕으로는 꿈도 못 꾸는 좨주祭酒를 비롯해 학정學正까지 층층시하의 벼슬이 대사성을 보좌하므로 권세의 행방에 대해서는 초연할 수 있는 자리다.

그 벼슬이 워낙 덜 부대끼는 자리여서 그랬지 않나 싶은데, 어느 날 오후 느지막이 내 사랑방이 터져나가도록 빼곡히 둘러앉은 문객들이 나의 미장가를 화두로 잡더니 당장 새신랑이 탈 말까지 대령하겠다는 조로 서둘렀다. 말이 그렇게 돌아간 별난 연유도 있으니 그것은 담배다.

급제 이후부터 배운 것이 그즈음에는 용골대라는 별명을 들을 만큼 나는 줄담배질을 즐기는 괴짜 더벅머리였다. 양자로 분가한 데다 미장가였으므로 누구도 나의 담배질을 간섭하지도 않았고, 가친을 비롯한 어른들의 눈치를 볼 처지도 아니라서 담배가 그처럼 만판으로 늘었을 것이다. 머릿속을 한창 달구는 생각거리들을 이리저리 견주면서 담배통에다 살담배를 쟁여 엄지로 꾹꾹 다지고, 불이 붙어 빨갛게 타오르는 대통 속을 노려보며 내뿜는 뽀얀 연기는 구수하기 이를 데 없다. 그 순간만큼은 모든 시름거리가 말갛게 바래진다. 연거푸 한두 모금까지가 기중 맛있고, 그다음부터는 입속에 쓰고 끈적거리는 타액이 고여들어 좀 성가시지만, 연방 토해지는 연기가 그때까지 미처 챙기지 못했던 생각을 퍼뜩 떠올리게 하는 요술을 부린다. 내 경험으로는 담배가 어떤 착상을 이끌어내는 데 상당한 정도로 이바지를 하는 것 같다. 그래서 필의를 늘 가다듬는 내게는 술보다 담배가 역시 맞는 듯하다. 내 기호가 그렇다는 것은 아무리 반듯한 양반이라도 서너 잔만 마시고 나면 돼먹잖은 주정 부림이 낭자해지고 자세도 흐트러지는 그 상투적 행태가 내 눈에는 딱 질색이다. 그 행태는 누구 것이라도 똑같고, 또 같은 말을 주저리주저리 되뇌고 있기도 하다. 그것이 내 눈에는 문맥이나 서화에서 더러 비치는 파격이 아니라 인간 행태의 지저분한 파탄처럼 비친다. 끽연은 그처럼 눈살을 찌푸려야 할 대목이 거의 없다. 뿐만 아니라 앞서 말한 예의 그 '묵언의 조절'을 담배 연기가 반 이상 도맡아주는 이점도 크다. 상대방 말의 진의를 뜯어 맞춰갈 수 있고, 어떤 동석자의 미묘한 심정적 반응을 꿰뚫게 만드는 것도 물부리를 뻐끔거릴 때다.

물론 담배의 해악은 한두 가지가 아니다. 입안이 늘 쓰디쓰고, 아까운 침이 늘 괴어들어 입가로 흘러내리는가 하면 밥맛도 없어진다. 특히나 나처럼 골초가 되고 나면 목구멍께로 엉겨붙는 회백색의 가래를 수시로 타구에다 뱉어주어야 그나마 담배 맛이 살아난다. 그런데 여러 사람과 동석해 있을 때는 캑캑거리고 나서 가래침을 뱉어내기가 좀 창피해지고, 그렇다고 그 분비물을 목젖에다 매달고 있기도 고역이다.

여기서는 굳이 그이 이름을 밝힐 필요도 없는 동석자 하나가 막 담배 연기를 토해내고 담뱃재떨이에다 담배통을 탕탕 두드리고 있자니 내게 말을 붙였다.

"민 영감께서는 애연가신데 차제에 장가를 드셔야 담배를 줄일 수 있으리다."

내가 무슨 꿍꿍이수작이냐는 듯이 빤히 쳐다보자 그이가 어설픈 눈웃음을 지으며 덧붙였다.

"어느 새색시가 담배 냄새를 구수하다 하겠습니까. 그러니 자연스레 두 대 피울 거 한 대로 줄어들 거라서 해본 말입니다. 실제로 담배를 줄이고 나서 밥맛도 되살아나고 잠도 푹 자서 안방마님과의 금슬도 회복했다는 사례가 한두 건이 아닙니다."

그 말을 듣자 낯을 붉혔던 한때의 내 처신이 떠올랐다. 상소 건으로 불려갔던 어느 날 밤에 중궁께서는 지척 간에 무릎 꿇고 조아린 내게, 자네도 담배를 꽤나 즐기는 모양이구나라고 해서 나는 짐짓 의아한 낯빛을 지으며, 어떻게 그처럼 잘 아십니까, 혹시 복자처럼 넘겨짚습니까, 매번 소금으로 양치질을 하고 입시할뿐더러 대궐에서는 일체 못 피우는데요라고 했더니, 내가 냄새를 잘 맡는다, 머리나 눈치로 못 헤아리는 것도 코로 알아맞히는 수가 아주 많으니라라고 했다. 거참 용한 재주라는 생각을 갈무리하고 있는데, 중궁께서는, 어서 장가를 들어야지, 옷에 담뱃진 내가 절어 있는 것도 모르니 낭패 아닌가, 열 침모가 있다 한들 장가처 하나를 어떻게 당할까, 장가처라야 안방에서 냄새 나는 옷가지를 챙겨줄 거 아닌가라고 했다. 이처럼 간곡히 이르는데도 장가를 안 들겠냐는 중전의 그 찬찬한 눈매도 한동안 내 담배 연기 속에서 무시로 떠오르곤 했지만, 내 입성과 먹성을 일일이 챙겨주는 딸린 식구가 많아서 그랬던지 딱히 장가를 서두를 염이 일지 않았다. 언제라도 담배 연기 속에 떠오르는 여러 착상은 엉뚱한

제14장 벼슬살이와 칭병

것이거나 문득 떠오르는 난 잎의 '배치' 같은 것이지 분내 나는 이쁜 처자의 얼굴이 아니었다. 그 헌거로운 나이에도 내 '집착'은 좀 별스러운 것이긴 했다.

장가를 어서 들라는 그 선의의 권유가 담배를 끊으라는 모진 말로 이어지지 못하는 것도 그즈음 나의 위신을 대변했을 테지만, 그 당시 나의 미장가는 반상을 통틀어도 분명히 예외적이었다. 밥술이나 거르지 않고 사는 양반집 자제라면 열서너 살에 장가처를 들이는 것이 예사였다. 더러는 스무 살도 되기 전에 서자도 거느리곤 하는데 주상만 하더라도 열일곱 살에 귀인 이씨에게서 서출을 낳은 바 있었다. 없이 사는 집안도 마찬가지였다. 오히려 그쪽은 더 일찍 며느리를 봐서 밤낮없이 뼈 빠지는 젊은 색시의 그 일품에 밥걱정을 반 넘어 기대게 마련이었다.

누가 말의 갈래를 잘 짚고 나섰다.

"실은 너무 늦었소. 경신생庚申生 1860년이 아직 미장가라면 우리 집 엣나이로 내일모레가 꽉 찬 스무 살인데 다들 신경腎莖의 활력을 의심할 만하오."

재미스런 화두를 만났다는 듯이 여러 사람이 앞다투어 의견을 내놓았다.

"애연가치고 아직 그 힘이 부실하다는 소리는 못 들어봤소. 그런 염려는 당치도 않을 게요."

"실은 그동안 민 영감께서 공사로 여간 바빴습니까. 그나마 끽연 낙이라도 있었기에 그 많은 대사를 웬만큼 추슬러냈을 겝니다. 출계에, 거상에, 과시 준비에, 급제에, 출사에, 친조모 계조모 분상에……우리라면 넋이 다 빠져 한 세월은 좋이 누워 지낼 수밖에 없었을 겝

352

니다."

"대사성이신 지금이 적기입니다. 또 육조의 부름을 당하면 오죽 바빠지겠습니까. 잘들 아시는 대로 장가들기도 막상 당해보면 여간 품이 많이 드는 게 아닙니다."

"허어, 그야 1년 남짓 재미난 품방아가 이어지다가 이내 고달파지지요."

누가 나의 '묵언 관리'를 연장시키느라고 담배통에 담배를 쟁여서 괴어올렸다. 그런 아담한 행태는 아첨이라기보다도 서로 흉금을 터놓고 지내는 사이라는 호의일 뿐이다.

"하, 서두가 어째 길어빠졌소. 민 영감의 담배를 줄여낼 참한 규수들의 명단을 내놓아야 할 때가 지나지 않았소."

"허어, 누가 아니랍니까. 당사자가 가타부타해야 술 석 잔을 얻어먹을 궁량을 차릴 거 아닙니까."

"중이 어째 제 머리를 깎을까. 장가야 울력하듯이 다들 옆에 붙어서서 신랑을 말에다 실어 날라야지요."

"그러고 보니 민 영감께서도 담배 맛이 좋은지 염화미소에다 입에 침이 고였습니다. 분내 싫어할 남자가 어디 있겠습니까. 대사성 어른, 좋으시지요?"

서로 질세라 중매쟁이를 자청하고 나섰다. 과년한 처자도 부지기수였고, 열두어 살짜리 규수라야 되지 않겠느냐는 말도 나왔다. 내 나이도 적지 않으므로 제발 나이 어린 규수는 마뜩잖다고 머리라도 내저어야 했으나, 인연이란 알 수 없는 데다 공연히 호들갑을 떨기도 싫어서 나는 역시 묵언으로 내 의사를 깊숙이 묻어두고 있었다. 딴에는 그즈음에도 벌써 조혼이 폐습이라는 내 나름의 생리적 취향이 꿈틀거리고 있지 않았나 싶은데, 그것도 내 분망한 머리 굴림이 그 상투적 관습을 너무 뻔한 '이해'의 범주로 묶어놓은 채 타기시하고 있었기 때문일 것이다.

그날은 그쯤에서 설왕설래가 끝났다고 해야 말의 졸가리가 제법 그럴듯하게 굴러갈 것 같다. 신문도 아직 없던 시절에다 모든 화제는 기별奇別 승정원에서 처리한 일을 날마다 아침에 적어서 반포한 종이. 조보朝報에 적힌 주상의 말씀이나 동정, 인사 내용에 의존하던 때였는데도 내 혼인은 즉각 양반가의 초미의 관심사로 떠올랐다. 그 등쌀에 떠밀리니 나도 덩달아 새 식구를 거느려보고 싶은 생각도 없지 않았다. 그럴 마음을 좀 더 괄게 부추겼던 것은 죽동의 그 '떠안은 칸살 많은 대저택'이 아무래도 흉가라서 꺼림칙한 데다 육조거리 끝자락쯤에 아담한 집을 장만해 내 마음에 차는 서실을 꾸미고 싶다는 연래의 숙원이 목젖까지 차올라와 있기 때문이기도 했다. 장가처를 죽동에서 맞았다가는 양모 같잖은 양모 밑에서 시집살이를 시켜야 할 판이라 그것도 영 찜 찜했다. 그런 생각까지 여투고 있었다는 것도 내 평소의 머리 굴림이 엔간히 바지런했다는 증거이기도 하고, 묵언·끽연·한묵이 제법 치열한 구상 속에서 이어졌음을 반영하고 있다. 내 그런 기질이 한쪽에서는 거만, 자세, 자부, 교만으로 비쳐서 경원의 표적으로 삼기에 충분했을 것이다. 실은 너무 여리고, 윗사람의 말 한마디도 예사로 듣지 않으며 혹시라도 꼼을 잃을까봐 전전긍긍하는 예민한 기질인데도 말이다.

인연이란 팔자처럼 독 속에 숨어 있어도 피해갈 수 없는 무슨 업보인 모양이었다. 내 혼사가 꼭 그랬다. 여울 물살처럼 한동안 시끄럽게 소용돌이치더니 이내 잔잔한 수면 위로 혼처가 떠올랐다. 희한하게도 그 자리는 중전의 밀지를 받아 나의 출계出系를 짓조르던 바로 그 난재김보현의 호공의 손녀였다. 여담이지만 그이의 호도 난을 웬만큼 친다는 내게 의미심장하게 다가왔다. 인연이란 그렇게 서로 얽혀드는 법이다. 그쪽은 나이도 나보다 한 살 밑이라서 그 당시로서는 과년한 처녀였다.

김보현 대감은 광산 김씨로서 대원군 섭정 시절에는 노론이라고 점찍혀 베돌다가 주상의 친정 후부터 두각을 나타내서 육조의 판서 자리는 죄다 거치고 숭록대부에까지 오른 권신이었다. 나의 출사도 그이가 미리 선수를 쳐서 적극 거명했을 터이나, 그 배면에서는 권세의 행방을 좇는 귀신같은 처세술로 나를 미리 낙점해두는 것이 여러모로 유리하다는 특유의 생래적 감각이 작동했기 때문일 것이다. 황사공과도 워낙 가깝게 지냈는데 그 표면에는 이제부터 대원군 '시절'은 영원히 묻어버려야 한다는 형세 판단에서 의견 일치를 본 나머지어서 친정 세력을 만들어 불안정한 양전의 위신을 감싸안자는 의기투합이 있었을 게 분명하다.

그러니 내가 두 권신의 실권 장악에 유대감을, 곧 갓풀 노릇을 했다고 해도 과언은 아닐 것이다. 어쨌든 요직을 둘러싼 이런 상부상조는 수시로 바뀌는 양전의 권우가 어느 쪽으로 기우느냐에 따라 삐걱거리기도 한다는 약점이 있다. 하마터면 바로 곁에 둔 귀한 손주사윗감을 놓칠 뻔했다는 듯이 김 대감은 그 훤한 신수를 활짝 펴고 내게 달려들었다. 자식을 보내도 될 일인데 굳이 손수 찾아와서까지 출계하라고 짓조를 때처럼 이번에는 '장가드셔야지' 하며 떼를 쓰는 것이었다. 이런 생떼거리는 '나부터 살고 보자'는 신념과 다를 바 없다. 그 맹신은 본능과 같아서 수단과 방법을 가리지 않는다. 염치도 없어

제14장 벼슬살이와 칭병

져서 문객들이 겹겹으로 둘러앉아 있는 자리에서 당신의 종자가 성천초를 꼭꼭 눌러 담아 내미는 담뱃대를 내 턱 밑에다 괴어올리기도 마다하지 않았다. '이제 민 영감은 귀인이시오, 급제자의 반 이상을 배출하는 성균관의 대사성이신데 나이나 품계에 구애될 거 없소이다'라며 환하게 웃는 낯으로 권하는 그이의 담뱃대를 담배 귀신인 내가 마다할 리가 있겠는가.

그이가 체수도 건장하고, 얼굴에는 보살 같은 호인기가 흐르는 것만으로도 손녀의 풍모야 웬만큼 짐작이 갔지만, '인연이 맺어지려면 할 수 없지' 식으로 나는 남의 일처럼 청처짐해 있었다. 출계 소동에서 호되게 겪은 후부터 나는 '내 팔자가 내 뜻과는 무관하게 펼쳐진다'라는 체념에 씌어 있었고, 흔히 그런 미련 물리치기는 제 일신의 방임을 불러들이며, 그것의 육화는 후천적 개성이 되고 만다. '내 팔자 따위야 아무렇게나 굴러가도록 내버려두면서' 그 과정을 눈여겨보는 것도 낙일 수 있으며, 내 골몰의 안식처를 다른 데다, 예컨대 필재筆才 정진에 둔다는 신조가 그때부터 웬만큼 틀을 갖춰갔지 않았나 싶다. 그러니만큼 장가처의 용모야 박색만 면하면 되고, 사대부가의 규수라면 이미 상당한 소양이 닦여 있을 터이므로 나로서는 두 손으로 재배나 하면서 기다리는 수밖에 없었다.

그 당시에는 새색시 될 여자의 인물도 보지 않고, 오로지 친조부, 외조부, 부모 등과 중신애비의 권유에 따라 혼인이 이루어졌으므로 나도 그 풍속에 따랐을 뿐이라는 말이 아니라 내 관심사는 그런 범위를 벗어나 있었다는 뜻이다. 밖에서 밀어닥치는 일종의 외압 같은 벼슬을 어떻게 수습해야 하며, 어떤 신고를 감수하더라도 서화에서 출중한 업적을 남기고 싶은 욕심 따위가 내 안전에서 잠시도 멀어지지 않았고, 그 소원을 물리칠 수도 없었다. 내 궁심이 그렇게 굴러가니 혼사는, 그 본말이 말하는 대로 내게는 꼭 반쯤은 남의 일이었다.

내 장가처는 김 대감처럼 풍신도 훌륭하고, 넉살도 아주 좋아서 부끄러움을 타지도 않으며, 성격이 발발해서 일도 겁내지 않고 손이 걸어 한 살림을 이룰 상이라고 했다. 그 당시에도 벌써 김 대감의 장토가 경기 일원에 끝이 안 보일 지경으로 널려 있다는 소문이 나돌 정도였으며, 장인 될 양반도 미구에 판서 자리쯤은 맡을 정도에다 모나지도, 그렇다고 제 아비처럼 토색질을 바치지도 않음으로써 선대의 재물을 그럭저럭 축내지 않고 건사할 참이었다. 김 대감의 그 막대한 치부는 선혜청 당상으로 재임하는 동안 관곡을 제멋대로 후무려서 수시로 텅텅 비어가는 내탕고를 채워놓는가 하면 여러 권신의 앞앞에 뇌물로 바치고 난 후의 떨어진 이삭 덕분이었음은 말할 나위도 없다. 그 비리만으로도 언젠가는 크게 다치리라는 방정도 떠돌았으나, 자신의 그런 허물 자체를 제1의 인격으로 거느리는 탐관들이 부지기수여서 굳이 김 대감만 욕감태기로 삼을 수도 없는 노릇이었다.

내 혼사는 이미 조명이 나서 중궁께서도, 그것 참 듣던 중 낭보네, 어서 서두르지 그러나, 고르다가 쭉정이 줍는다는 말도 있느니라, 여자야 아담한 맛이 제일이라 해도 방 안이 그득한 멋도 제격이다, 김 대감 손녀라면 오죽 서글서글할까라며 신랑 될 친정조카의 어정쩡한 심사에 단내를 끼얹었다. 중궁의 말밑을 새겨보니 '어떻게든 성사되게 해주소서'라는 김 대감의 말품앗이가 이미 대궐에까지 미쳤지 싶었다. 그렇다면 황사공도 가타부타 말이 있어야 할 터인데 그즈음에는 나와 완전히 척진 사람이라서 서로가 피해 다니는 처지였다. 누구보다도 과거제의 선악을 잘 알고, 그 적폐를 시원하게 갈아치울 복안은 황사공의 전유물이었으므로 예조판서 자리가 적당하다고 주청한 사람도 나였다. 조카의 그런 인사 주선도 '건방진 수작'이라며 시큰둥해할 것을 나는 잘 알고 있었으므로 황사공이 내 혼사에 닭 쫓던 개 지붕 쳐다보기로 임하리라는 짐작을 떠올리기는 어렵지 않았다. 더욱이나 김 대감의 손녀가 조카며느리라면 더 말할 것도 없었다. 시틋하니 조소를 짓다가 얼른 화제를 바꿔놓을 황사공의 암상스러운 안면이 훤히 보이지 않는가. 이상하게도 그 모든 인연 맺기의 주창자가 황사공 자신이었는데 어찌 된 판인지 이제는 생색을 남들이 독차지하는 꼴이니 삐치지 않을 수 없는 처지이기도 했다. 사람의 신수나 관운도 시절처럼 하루가 다르게 배돌고 바뀌는 것이었다.

제15장
황사공의 죽음

벌슬살이에서 오래 버티기, 다시 말하면 세도 부리기를 느긋하게 즐기려면 눈치놀음에서 능수능란해야 한다. 물론 모든 관원은, 특히나 상신까지를 노리는 권신들이라면 저마다 머리 좋기에서는 오십보백보에다 꾸준히 늘어나고 세련되어지는 눈치놀음에서 나름대로의 기량을 발휘해야 한다. 곧 눈치놀음의 우열에 따라 그의 관운이 결정되는 것이다. 그 경쟁에서 앞서려면 배짱, 넉살, 아첨, 무신경, 용심 같은 자질을 타고나든가 길러야 한다. 거기다 그동안 무지막지하게 긁어모은 재물을, 어차피 내 것도 아닌 이 오물을 냄새가 나도록 쥐고 있어봐야 뭐하나라는 조로 활수하게 요소요소에 뿌릴 줄도 알아야 한다. 말하자면 그런 눈치놀음을 아래위에다 실행하는 통 큰 '베풀기'에서 다른 신료보다 더 과감하게 앞설 수 있는 후안무치한 기질이 필요한 것이다. 그 '인정내기'가 최종적으로 흘러가는 곳이 내탕고임은 말할 나위도 없다. 내가 보기에 황사공은 그 뛰어난 머리와 뚝심좋은 배짱과 섬세한 눈치놀음에도 불구하고 용심만 사나웠을까 예의 그 베풀기에서는 다소 박정했지 않았나 싶다. 게다가 넉살은 아예 없었고, 개혁 의지는 대원군과도 각을 세울 정도로 너무 드세서 탈이었으며, 자기만 잘났을 뿐 아니라 신료들에 대한 호오가 분명해서 두둔과 폄훼가 심했다는 세론이 자자했으니까. 그러니 돈을 밝히지 않았으면서도 손가락질은 혼자서 다 받는 꼴이었다. 심지어는 조카를 자기 경쟁 상대로 보면서 눈치놀음이나 하게 만들었으니 그 처신이 얼마나 옹졸한가.

내 혼사가 한창 무르익어가던 무렵이었다. 전동典洞에다 등뼈 여몸자 꼴로 그들먹하니 틀을 갖춘 와가 한 채를 사들여놓고 혼인날만 기다리던 그해 10월 중순의 어느 날 오전에, 황사공이 급사했다는 전갈을 받았다. 내 생가의 가복 하나가 숨을 헉헉거리며 댓돌 앞에 서더니, 작은댁 대감마님께서 간밤에 돌아가셨다는데요라고 해서 나는 손에 잡고 있던 붓을 화선지 위에 떨어뜨리고, 시방 뭐라고 했나, 숙부님 말인가라고 되물었다. 그야말로 마른하늘에 벼락이었다.

"그렇다는데요. 작은댁 안방마님께서 일가도 많지 않으니 우선 도령님부터 먼저 오시라는군요."

가친은 그때 경기도 관찰사인지로 외관을 살고 있었으므로 동생의 부음을 듣자면 빨라도 하루 말미는 좋이 걸렸다. 그 생각부터 떠올린 것도 우리 가문의 후손이 얼마나 귀한지를 대변하고 있다. 물론 민문은 대성이고, 공적으로는 삼방파三房派로서 중궁까지 배출했으니 교목세가로 손색이 없지만 팔촌까지를 한집안이라고 할 때도 우리 집안은 자손이 거의 없는 편이다. 윗대에서 세 번이나 연거푸 양자로 차출되어야 했으므로 막상 상을 당하면 성복成服 사흘이나 닷새 후 처음으로 상복을 입는 일할 사람이 다섯 손가락으로 꼽을 정도다. 초상집이 휑뎅그렁하기 짝이 없는 것이다. 이태 전에는 친조모 초상을 내가 독손자로 모셨고(그때 본가의 이복동생 영선泳璇은 겨우 갓난애였다), 그다음 해에는 양가의 계조모 장례까지 지내봐서 나는 그 점을 아주 잘 알고 있었다. 아무려나 탈상한 지가 바로 엊그제 같은데 나는 또 자식도 없는 황사공의 빈소를 지키기 위해 화선지를 짜증스럽게 구겨버리고 일어섰다.

모든 와전이 그렇듯이 당사자가 땅속에 묻히자마자 그에 대한 온갖 구설수와 험담은 가뭇없어지고 만다. 그러나 황사공의 급서에 대해 숱한 낭설만은 한동안 끊이지 않았는데, 이 좀 난해한 인물에 대한 해석은 숱하게 불어났다. 나야말로 그 해석에 적임자로 자처해도 무방하지 않을까 싶지만, 전적으로 내 식의 오만한 발상이었다.

우선 그이의 급사에 대한 의문을 크게 두 가닥으로 나누면, 그 하나는 직접적인 사인으로 들먹여지는 금계랍의 장복이다. 금계랍은 호열자나 학질 같은 돌림병의 열을 내리는 데 쓰는 특효약으로 알려져 있고, 나의 조부 형제께서도 그 전염병 중 하나로 보름쯤의 시차를 두고 '앞서거니 뒤서거니로' 급서했다는 할머니의 증언을 참고하더라도 얼마쯤 짚이는 데가 있기는 하다. 물론 모든 신병은 고열을 동반하는데, 신경통과 두통 같은 지병도 예외는 아니다. 황사공도 경미한 신경통을 갖고 있어 가끔씩 좌골坐骨이 마뜩잖다면서 앉음새를 고치고는 오만상을 찡그렸다. 엉덩이를 들썩거리는 그 단순한 버릇이 그이 특유의 성적 도착증이었던 비역질과도 연관 있었을 것이라는 내 생각은 물론 근거가 막연하지만, 그 지병 때문에 통증완화 약을 장복했을 것 같지는 않다. 모를 수밖에 없긴 하다, 그 별난 성희가 항문에 무슨 질환을 덧붙여주었는지. 또 두통이 있었다는 것은 사실이었던 모양으로 숙모도, 영감이 거상居喪 중에도 가끔씩 머리가 지끈거린다는 말을 했다고 하니 믿을 수밖에 없다. 그런데 숙모는 내게, 진통제로 하얀 가루액을 장복했다는 풍문에는, 아닐걸, 글쎄다라며 난색을 표해서 나를 좀 어리둥절하게 만들었다. 하기야 두 내외가 안방과 사랑채에서 각각 딴살림을 하다시피 해서 소위 합방을 모르고 살았을 터이므로 그런 난색이 내게는 낯설지 않았다.

다른 하나는 황사공의 그 신병이 전적으로 나의 벼락출세에 대한 질시와 당신의 상대적인 권세 추락에 따르는 낙담 때문이었다는 풍문이다. 그것이 울화병을 도지게 만들었다니 역시 나로서는 긴가민가할 수밖에 없는데, 누구에게도 지고는 못 산다는 그이 특유의 경쟁 심리를 떠올리면 충분히 그럴 수도 있겠다 싶지만, 마흔 살에 정일품 보국숭록대부에까지 올랐을 뿐 아니라 죽기 며칠 전에는 기어코 상신이 되어야겠다면서 양전을 짓조를 정도였고, 마침내 우의정을 제수받았다는 승지들의 증언 앞에서는 내 머리가 저절로 갸우뚱거려질 수밖에 없었다. 하기야 황사공의 평소 성격대로라면, 소신이 매관매직으로 탐재를 일삼았다는 말은 안 나도록 근신해왔습니다, 그런 만큼 이제 정승의 자리에 세워서 여러 권신에게 저를 모범으로 삼으라고 해야 옳지 않겠습니까라며 양전을 반쯤 겁박했을 그 자기 본위적이기도 하고 일방적인 안하무인의 언행을 떠올리기는 어렵지 않다. 그렇다 해도 한동안 조정의 인사권을 통째로 거머쥐고 양전을 보필했던 권신 중 권신이 이제 갓 정삼품 당상관에 오른 조카인 나를 시기했다는 것은 황사공의 그 난해한 성격으로는 말이 될지 몰라도 공적인 처신으로는 도대체 천만부당하다. 남의 말 하기를 즐기느라고 덕담하면서도 싸움 붙이기를 은근히 꾀하는 무리들이 지어낸 낭설인 것이다. 물론 헛소문은 발을 떼놓을 때마다 허무맹랑한 말이 덧붙여짐으로써 애초의 낭설과는 전혀 달라져버린, 그야말로 '중의 상투' 같은 해괴망측한 무근지설로 바뀌어 있게 마련이다.

어쨌든 가친이 나를 낳으셨다면 숙부가 오늘의 내 형용을 만들어 냈다고 해도 좋을 황사공의 전모는 여전히 오리무중이므로 그때 상주 맞잡이로 내가 조문객들로부터 듣고, 그 후 수시로 캐물어서 알아낸 그이의 숨은 일화를 여기서 털어놓아야 할 듯싶다. 내 자신의 좀 희한한 개성의 8할이 그이의 영향으로부터 자유로울 수 없고, 황사공의 급서 이후부터 내가 받은 모든 오해의 소지도 좋든 나쁘든 그이의 공적·사적 활약을 전면교사와 반면교사로 삼았기 때문이니 이보다 더 종요로운 일화 챙기기로 달리 무엇이 있겠는가.

황사공의 즉흥적인 다혈질 개성을 유감없이 드러내는 일화로는 다음의 사례가 기중 백미이지 싶다. 가친이 해주海州 판관判官 감영. 유수영이나 큰 고을에 둔 벼슬. 종오품으로 대개 음직이었으며, 칙지를 받자면 상당한 뇌물을 대궐에 상납해야 했고, 종이품 관찰사의 지위, 감독을 받도록 되어 있다을 살 때인데, 하루는 황해도 감사 조모가 무슨 일로 크게 질책했다. 그것도 하리 여러 명이 보는 앞에서 삿대질에다, 이런 멍청한 위인을 봤나, 꼴에 내 앞에서 연줄을 시위하는 겐가와 같은 쌍스러운 말까지 퍼부었다고 한다. 더 이상 캐보나 마나 관내의 구휼과 방역 사업의 진척을 추궁했거나, 불요불급한 방물의 수집을 독촉하다가 '늦어빠진 복무 행태'라고 지탄했을 터이다. 상관이 수하의 업무를 독려하는 것은 당연한 권한이지만, 그러려면 아랫것들을 물리치고 감독자 스스로가 장차 이 막중한 사업을 어떻게 말썽 없이 감당, 성사시킬까로 큰 걱정이라는 투의 거짓 시늉이라도 지으며 음성을 최대한 낮춰 말해야 옳다. 그래야 과업

제15장 황사공의 죽음

의 진척도 빨라지며, 오히려 권위도 더 서고, 언성을 높여 윽박지르기
보다는 본인의 심간이 한결 편해진다. 대략 1년만 상관으로서 아랫것
들을 부려보면 대번에 터득할 수 있는 통솔력의 요령이 바로 이것이
다. 물론 모든 요령은 그렇다는 말일 뿐인데, 지휘를 받드는 아랫것들
의 태도, 말씨, 깜냥, 생김새 등등에 따라 도저히 그 원칙을 지킬 수
없는 경우가 허다하다. 그래서 대덕大德 중에서도 인의예지신 같은 오
덕을 잘 닦아서 지휘관으로서 푹한 도량을 베풀며 자기를 낮추고, 거
친 언행을 감쪽같이 삼갈 수 있는 수양이 필요한 것이다.

　그러니 조모 감사는 한낱 음직에 불과한 민모 판관짜리가 여러 점
에서 못마땅했던 듯하다. 당하관은 이렇다 하게 잘못이 없는데도 아
랫것들 앞에서 호되게 수모를 당했으니 오로지 벼슬이 낮은 것만 통
탄할 노릇이었다. 가친은 관아의 문을 닫고서 한참이나 씩씩거리다
가 방바닥이 꺼지도록 한숨을 내쉬었다. 마침 그즈음 책방 맞잡이
로 바로 곁 딴채에 머무르고 있던 전 승지 출신의 황사공을 불러들
였다. 예로부터 외관들은 자식이나 친척 중에 똑똑한 인물이 있으면
부임지로 불러들여 공무 집행에 있어 자문을 구하는 한편 말벗으로
삼기도 하는 미풍이 있었다. 일종의 막객幕客에 불과한 그 측근은 경
서도 착실히 읽으면서 지방의 여러 백성의 고통을 체험하는 또 다
른 '산 공부'에 보람을 느끼는 것이다. 가형의 울분을 듣자마자 황사
공은 대뜸 팔뚝을 걷어붙이고는, 저 작자가 우리 형제를 이렇게 욕보
이다니, 저 망할 놈을 이대로 놔뒀다간 장차 얼마나 업신여길까라면
서 선걸음에 선화당으로 달려갔다. 신발도 벗지 않고 방 안으로 들어
간 황사공은 삿대질부터 앞세우며, 야, 이 망종 조가야, 너는 명색 감
사라는 것이 조정에 이 민규호가 아직 건재하다는 것도 모르냐, 우

리 형님이 지금은 비록 음관으로 서울 지경의 원을 살고 있을지라도 너 같은 쥐새끼한테 손가락질을 받을 물건이란 말이냐, 이 버르장머리 없는 놈 이러면서 땡고함을 내질렀다. 그러고는 잠시 종삼품 부승지 자리에서 물러나 바야흐로 낙척을 곱씹는 자신의 울분까지 겹쳐서 황사공은 조모 감사의 관과 망건을 잡아채 밟아 부수고, 상투를 거머쥐고 안면이 어그러지도록 주먹질을 퍼부었다. 이윽고 피칠갑을 한 조모 감사의 얼굴에 침까지 뱉고 방문턱을 걸터 넘었을 때는 섬돌 앞에 아랫것들이 하얗게 울을 치고 있었다. 아랫것이든 윗것이든 제 관직을 자세藉勢로만 또 으름장으로만 유지하려는 위인 따위는 어떻게 혼쭐이 나야 하는지를 황사공이 제대로 보여준 셈이었다. 그후 조모 감사는 그 봉변을 죽은 자식 떠올리듯이 줄곧 쓰다듬는 데만 일념으로 매달리다가 마침내 관직에서 영영 물러나버렸다고 했다. 뿐만 아니라 그가 언제 어디서 죽었는지도 모른다는 게 정설로 통한다고 하니, 관직이란 일수가 삐끗 잘못 굴러가면 그 길이 곧 천길 낭떠러지이므로 걸음걸음을 살얼음 밟듯이 조심조심 떼놓아야 한다는 교훈을 들려준다.

황사공이 주상의 친정 선포 전후부터 중전의 일급 참모로 활약했음은 자타가 공인하는 사실이다. 나이로나 품계로나 복경민승호의 자 대감보다는 한참 아래였으나 그이의 신언서판이 단연 출중했으므로 위의 신임이 그쪽으로 쏠렸던 셈이다. 한쪽이 중전의 친정 양오라버니이긴 했어도 워낙 오활했다고 하니 황사공과의 비교급일 수는 없었을 것 아닌가. 복경 대감 쪽의 연치가 여섯 살이나 많아서가 아니라 원래 머리가 투미한 탓으로 시속에 어두워서 주견이 뚜렷하지 못한 것이야 어쩔 수 없다 하더라도 성격까지 찌푸린 하늘처럼 늘 침침했

제15장 황사공의 죽음

다고 하니 알조다. 아마도 그런 흐리멍덩하고 나약한 심성은, 내 짐작이긴 한데, 두 번씩 상처하고 얻은 세 번째 부인이 젊은 데다 미모이고 언죽번죽하니 숫기가 좋아서 그 내주장에 깃눌려 지낸 탓으로 돌려야 할지 모른다. 한 기록에 따르면 이 정경부인은 행실이 음란했다고 하며 중전이 먹고 죽으라며 금가루를 하사하자 즉석에서 땅바닥에다 뿌려버렸다는데 과연 믿을 만한 소문이었는지 알 수 없다. 아무튼 복경 대감이 폭졸暴卒한 뒤부터는 조정의 '권세'가 통째로 황사공에게 넘어갔음은 당연한 추이였다. 명민은 흔히 사려 깊은 데다 과단성까지 겸비하게 마련이므로 황사공은 전권을 휘두르는 데 서슴이 없었을 것이다.

오죽했으면 경향 각지의 벼슬아치들이 천 리 밖에서도 황사공의 호령을 듣고는 오금도 제대로 못 폈다고 했겠는가. 그처럼 큰소리를 칠 수 있었던 것은, 나는 죽어도 인사로 뇌물을 받지는 않는다, 힘없고 못 배운 백성을 다스리는 관직만큼은 절대로 팔아서는 안 된다는 게 내 생각이다라는 황사공 나름의 시정책을 보란 듯이 실천하고 있었기 때문이다. 그런데 양전이 오히려 황사공의 눈치를 힐끔힐끔 살피더니, 마침내 내탕고가 비었다면서 중전이 수령 자리를 팔아야겠다고, 고을마다의 값을 매겨 올리라고 신칙했다. 황사공은 난감했다. 인사권자가 시키는 업무인 만큼 따라야 했으나, 가렴주구를 부추기는 그 짓을 하지 말자고 하면 당장 황사공 자신이 관직에서 떨려나가야 했으니 말이다. 황사공은 꾀를 냈다. 녹봉이야 정해져 있으니 더 훑어볼 것도 없고, 그 지방의 특산물과 전답의 소출량을 감안해, 그러니까 그 총액이 10만 냥쯤 된다면 매관매직 '시가'를 20만 냥이라고 괴어올렸다. 수령짜리가 아무리 관내 백성의 고혈을 빨아먹는다 하더라도 설마 본전을 찾겠답시고 '밑천'이 뻔한 그 노름에 투자

할까 싶었던 것이다. 역시 황사공도 임금만 해바라기처럼 좇는 내직이어서 속상俗尙 시속에서 떠받들고 좋아하는 일. 세속의 기호에 대해서는 아둔했다. 매관매직의 '단가'를 그렇게 올려서 매겨놓았으니 더 믿을 만하고, 뇌물 안 받는 민모 대감의 공언을 봐서라도 가욋돈도 덜 들 터이므로 벼슬 '매수자'가 다투어 몰려온 것이었다. 그제야 황사공은 매관매직 대금만 두 배로 올려놓은 자신의 과오를 크게 후회했으나 어떤 수습책도 내놓을 수 없어서 한탄했다는 것이다.

아무리 밤늦게 자리에 들더라도 새벽닭이 울기 전에 일어나서 하루 일정을 가다듬고, 아침은 대체로 벼슬자리를 노리는 빈객과 함께 사랑채에서 먹고 나서 곧장 조사朝仕 벼슬아치가 아침마다 해당 관부의 으뜸 벼슬아치를 찾아뵙고 시무를 의논하는 일 길에 올랐다는 황사공도 설마 뇌물 보따리에서 떨어지는 떡고물까지야 마다했을까라는 하찮은 반론이 나올 법하다. 물론 그 떡고물이 모여서 집 칸살도 늘려주고, 양식도 팔아대도록 했을 테고, 조명이 날 대로 난 그의 기호를 좇아 참한 벼루 같은 문방제구와 눈이 번쩍 뜨이는 귀한 서화첩도 청탁자 손에 딸려왔을 것이다. 또한 황사공 자신도 앞앞에 진상해야 할 자리가 많았을 게 틀림없고, 개중에는 스스로를 정경부인이라면서 서방님으로 모신 살친구인 장동 김문의 모대감도 포함될 테니 그 댁에 설마 빈손으로 들락거렸을 리는 만무하다. 그 모든 봉물 비용이 결국에는 백성의 귀한 재물이나 관물을 횡령, 포흠한 것임은 물론이다. 그런 관행 일체가 한 사람의 탕진을 위해 백인의 곤경을 강제하는 '제도'라는 생각에 이르면 누구라도 쓸개를 씹은 듯 오만상을 찌푸리지 않을 수 없다.

그럼에도 불구하고 대궐이 먼저 낯빛도 붉히지 않고 뇌물부터 밝

제15장 황사공의 죽음

히는 관행 속에서, 또한 그 썩어빠진 국속을 그대로 답습하는 무리 중에서 황사공이 보여주는 미미한 양심 따위야 하등에 쓰잘 데 없는 고집으로 비치는 것이 탈이다. 그런 뇌물 착복이 민심 이반, 음위증처럼 점점 더 줄어드는 국력, 나아가서 국말國末까지 재촉하는 첫 번째 징조임을 아는 관원과 그런 망조에 눈을 질끈 감아버리는 탐관오리는 엄연히 다른 부류다라는 분별만은 강조해두어야 할 것이다. 요컨대 황사공은 나의 벼락출세를 시기한 게 아니라 양전의 인사를, 그것도 중전이 뇌물을 받고서야 낙점하는 그 전횡이 장차 국정 전반을 얼마나 난국 일변도로 몰아갈 것인지를 미리감치 내다보고, 그이 특유의 섬세한 시름이 그 어느 때보다 더 깊었다고 읽힌다는 말이다. 실로 그렇다, 탈상 전후부터 호되게 앓았다는 황사공의 그 두통과 흉부 일대의 격통이야말로 그이 자신이 주무한 인사의 난맥상과 그 여파로서의 일대 환란을 미리 내다본 울울불락증이었을 게 분명하다.

모든 총신은 군주 내외의 천성적 허랑방탕, 국력을 키우기는커녕 제 살 깎아먹기 식의 치세력, 심신의 쇠약 증세조차 그 자신이 부덕한 소치로 돌려 버릇한다. 신하의 도리란 그런 것이다. 심지어는 돌풍 속에 갈팡질팡하는 시운조차 부실한 봉공 탓이라고 한탄한 근신들이 얼마나 많았던가. 황사공이 그런 시신侍臣이었음은 다음 실화에서도 유감없이 드러나 있다.

나 자신보다는 내 배후의 비술 같은 권세 때문에 조문객이 줄을 잇대고 있던 그해 10월 중순의 어느 날 해거름녘에, 한 무리의 젊은 한준寒畯 가난하나 문벌이 좋은 선비과 시골의 유생들이 몰려와서 숙배 후 나와 맞절을 나누고는, 실로 상심이 크시겠습니다, 저희는 연전에 작고

하신 전임 대사헌 고산鼓山 임헌회任憲晦의 호, 유학자 선생님의 문하생들입니다, 서둘렀으나 길도 먼 데다 모여서 오느라고 이렇게 늦었습니다, 부디 양해해주십시오라며 곡진하게 말했다. 내 눈도장이나 받아내려는 아첨배들과는 벌써 그 행태가 딴판인 일행이었다. 비록 나이야 어리지만 나도 귀는 늘 열어놓고서 딴에는 난해한 대목을 짧은 식견으로 더듬는 성정이라 임모씨가 어떤 성품의 대학자인 줄은 주워듣고 있었다. 이를테면 이이李珥와 송시열의 학풍을 잇느라고 치열하게 유학을 파고들어서 일찍이 일가를 이뤘다는 명성만으로도 그이의 풍모를 오롯이 떠올리기는 어렵지 않았는데, 그 수하의 동문들도 그런 낌새는 약여했다. 과연 그 나물에 그 밥이라는 말이 빈말은 아니었다. 그런 그이의 일화로는, 유자는 오로지 강학에 매진할 뿐이다, 하물며 조정의 일에 관여할 짬이 있겠는가, 그 일이 내게는 단연코 불가하다라고 일갈했다는 전언이 그것이다. 그 밖에도 또 있다. 옛것을 좇는 데는 극성스러운 성미라서 하루는 흰옷에다 검은 헝겊으로 테두리를 두른 학창의를 좋다며 입고 온양溫陽 읍내를 활보할뿐더러 그 뒤로 역시 관례복을 갖춰 입은 총각머리 동자들이 한 무리나 따라다녔다는 것이다. (그 옷은 주로 벼슬살이를 한 선비가 사랑의 책상 앞에 단정히 앉아 있을 때 입는 거추장스러운 입성이라서 외출복으로는 마땅찮은 것이다.) 읍내 사람들이, 끼끗한 옷을 펄럭거리는 저것들이 웬 무리냐, 흑국 놈들은 아니고 대국인들 같은데 경을 쳐야 할 것 아닌가 하고 달려가봤더니 천주교도는 인간말짜라며 치를 떨어댄다는 임모 산림山林이라서 슬그머니 꼬리를 사렸다는 것이다.

평생토록 백두로 자족했을 만한 그 국사國師급 임모가 황사공과는 아주 자별하게 지냈다니 나로서는 아주 뜻밖이었다. 그이의 연치가 황사공보다는 20여 년이나 위였던 데다 시골 선비였으니 말이다. 유추컨대 그이의 학덕이 황사공 자신보다 한참 윗길이어서 일단 경쟁 상대로서는 열외이고, 그 기인다운 형태, 순진무구한 고집, 솔직한 언사 같은 것이 황사공에게는 단연 '난해한 매력'으로 비쳐서 다른 권신들과 가깝게 지내기보다는 그이를 유별난 울로 거느리는 것이 체신상으로나 자신의 기질상으로도 어울린다고 여기지 않았을까 싶었다. 그러니 황사공이 자청해서 그이에게 대사헌 같은 고위직을 '제발 한번쯤 해보시라'고 떠안겼을 것이다.

그때 그이의 문하생들이 들려준 '우리' 선생님과 민 대감의 대담을 재구성해보면 다음과 같지 않았을까 하고, 나는 한동안 내 스스로 지어낸 그 초탈속적인 광경에 살을 붙여가는 데 지칠 줄 몰랐으며, 입가로 번지는 웃음기도 한참씩이나 멈추지 않았다.

장소는 당연히 황사공의 그 조촐한 사랑방이다. 주인이 안석을 가리키며 막 대사헌에 오른 임 대감께 여기로 앉으셔야지요라고 말한다. 환갑이 지난 노인네인데도 임 대감의 손사랫짓에는 활기가 넘쳐난다.

"무슨 소리요, 내가 벌써 상석 객석도 분별 못 하는 노망이 들었단 말이요, 섭섭하오, 민 대감."

마지못해 제 자리에 꿇어앉은 황사공이 좀 삐친 듯 불퉁거린다.

"선생님, 그 대감 소리 좀 하지 말아주십시오. 아직 영감에 불과하기도 하려니와 한참 밑인 후학이니 그냥 편하게 자네라든지 자나 호로 지칭하셔도 황감할 따름입니다."

왠지 황사공은 이처럼 연장자나 상관에게 대들 때가 이채롭고, 그 품성과도 조화를 이루는 양반이다.

"영감과 대감의 차이가 뭐 대수라고, 그런 품계야말로 국록이나 축내는 관원들의 쪼잔한 머리 굴림 아니요. 아, 그건 그렇고 편히 앉으시오, 왜 그렇게 꿇어앉아 있소. 이 늙은이를 비편하게 해서 좋은 일이 뭐 있다고, 어서 할 말만 하고 나가달란 행태요?"

"아, 그렇지는 않고요. 제가 좌골이 허해서 둔통을 달고 살아서 이럽니다. 부디 나무라지 마시고 비편해하실 것 없습니다."

"그렇다면 어쩌겠소, 일병장수라니 모쪼록 좌골 신경통을 애지중지하며 잘 다스려야지요. 내 용건을 말하리다. 이번에 또 민 대감께서 이 한미한 유생을 사헌부의 고위직에 천거한 사유를 듣고 싶거니와 더불어 빈손으로 왔으니 양해하시고 부디 허물하지 마시라는 게요."

"아, 그야 물론 상감께서 선생님을 잘 보신 덕분이고, 저야 뇌물을 주거니 받거니 할 지체를 천거하는 것이 제 심간에 여간 비편하지 않아서 그랬을 뿐입니다. 괘념치 마십시오."

"허참, 진심이 우러나는 황사공의 말을 면전에서 듣고 보니 참으로 난감하구려." 허리를 꼿꼿하게 펴고 앉은 노학자의 강강한 기색과 달리 눈매에는 좀 애절한 기운이 어린다. "어차피 누구라도 맡아야 할 자리라 해도 그렇지, 이 조선 천지에 짱짱한 중신이 얼마나 많은데 하필 나처럼 유문儒門의 말석을 더럽히는 위인을 번번이 의망擬望 벼슬아치를 발탁할 때 세 사람의 후보자를 추천하는 일에 올리는 곡절을 알 수 없어서 답답하단 말이오."

연전에 성균관의 두 번째 벼슬인 종삼품 좨주로 임모를 모신 양반도 황사공이었으므로 그 사례의 인사가 길어질 수밖에 없는 자리이긴 하다.

"내 문하의 유생들이 한방에 둘러앉아서 하는 말이, 우리 선생님께서 강학 중에 나도 잘 모르겠다는 말씀을 하도 자주해서 이제는 안 믿기지만, 서울서 내려오는 칙임의 사유만은 정말 알 수 없다는 내 말은 믿긴다고 하오. 황사공이 나를 이렇게 잘 봐주니 고마운 일이긴 하오만 대관절 왜 이러는지 말 좀 해주시오. 나중에라도 내 문하들에게 그 곡절을 일러줘야 강석을 무단히 비운 죗값을 썼으리라."

황사공의 명석한 분별은 자주 파격을 부르는데, 그 어이없는 발상은 신선하기 이를 데 없다.

"선생님도 참, 벼슬은 모름지기 그 소임을 제대로 지키는 양반이 맡아야 하지 않습니까. 제 둔한 안목으로는 선생님만 한 분이 안 보입니다. 지난번 좨주 때도 그랬고, 이번 대사헌 자리도 선생님이 적임자였습니다. 인품이 고고하고 학덕도 훌륭한 인물이야 많을 테지요. 저는 견문이 좁아서 그런 인물을 잘 모릅니다. 저는 남의 말을 믿지 않습니다. 저한테까지 청촉질하려고 봉물짐부터 들고 나서는 위인들을 어떻게 믿습니까. 선생님은 유종儒宗이시고 시속도 잘 아십니다. 과거제를 좋아해서 이런저런 명칭을 달고 과장만 자주 베푸는 금상의 기호를 봐서라도 선생님 같은 대간臺諫 사헌부·사간원의 벼슬 총칭께서 자리만이라도 지키시는 것은 아주 훌륭한 본이 된다는 게 제 보잘것없는 소신입니다. 제수除授야 제 권한 밖입니다. 대궐에다 봉물을 바치고 산 그 벼슬아치들이 장차 백성의 귀한 재물을 얼마나 착실히 우려먹어야 본전을 뽑을지, 그 생각만 하면 저는 잠이 안 옵니다. 그래도 어쩌겠습니까. 제 걱정이 늘어난다고 나라의 기율과 제도가 바로잡힙니까. 허망하지요, 그렇다고 제가 행연이나 싸들고 풍치 좋은 데서 글이나 쓰고 지우들과 비분강개한들 그게 무슨 허무맹랑한 짓거리입니까. 저는 그런 선비들이 그렇게 사는 거야 각자의 낙이라 치지만 하찮게 봅니다. 하기야 따져보면 그런 위인들의 글이나 말이 오죽 허풍스럽겠습니까. 저는 기질상 허풍을 떨어대는 작태가 그렇게나 싫다는 걸 요즘에야 터득했습니다. 제가 이렇게 불민합니다."

"시방 조선 천지에서 황사공만 한 명필에 명민에 명신名臣이 달리 없다는 게 세론인 성싶은데 겸사가 심하지 않소."

"아무튼 제가 한때 운현궁에 출입하면서 벼슬을 넘겨다볼 때 저런 인사를 해서는 안 되지 하고 다짐을 참 많이도 했는데, 이제는 대원군께서 꾀하던 그 모든 시책, 인사 내정, 시국 수습 따위는 답습하지 않겠다는 게 아니라 제 힘이 미치는 한 죄다 그 반대로만 주장해도 보국안민에 덕이 됐으면 됐지 망쳐놓지는 않을 것이라는 게 제 소신이 됐습니다."

누구 앞에서라도 할 말은 즉석에서, 그것도 상대방의 의중 따위를 넘겨짚는 눈치놀음에는 태무심하며 직언을 내놓는 양반이 황사공이다. 말로만 듣던 황사공의 기질을 대하자 중명仲明 임헌회의 자 영감의 눈길에 황당이 어리다가 급기야는, 이런 희한한 탁견을 봤나, 과연 가관이군, 이 현관은 이 시절에 괴물이라고 일컬어야 하잖나 같은 감동이 모아진다.

"원임 섭정 대군께서 들으셨다가는 대경실색을 넘어 민모 대감을 당장 손 좀 봐줘야겠다고 벼르고도 남을 언사 아니오. 그러고 보니 내 인사 천거에 대한 의문만큼은 반쯤 풀린 것 같소만, 어쩌다가 그렇게나 과단성 좋은 소신을 휘두르고서도 여태 벼슬자리를 지킬 수 있소, 나는 도무지 궁금한 게 많아서 탈이오. 말 나왔으니 그 비결이라도 들려주시오."

제15장 황사공의 죽음

"비결이랄 게 뭐 있겠습니까. 소신보다 못난 엉터리 권신이 너무 많은 데다 운현궁 시절은 이제 끝났고, 다시는 그런 억하심정의 억지가 조정에서 제멋대로 통해서는 안 된다고 하는 제 소신이 당분간 위에서 통할 따름입니다."

"개화도 그렇고, 부분적으로는 다 맞고 크게 보면 대세가 바뀌고 있으니 부응하자는 말로 들리오. 허나 조상들의 제사까지 모시지 않고 남의 나라의 그 엉뚱한 성상을 목걸이로 걸고 다니는 천착쟁이천주교도를 낮추어 부르던 말들을 엄단한 시책은 우리 풍속상 만부득이한 득책이 아니었소."

어떤 논란에라도 황사공은 거침없는 소신을 피력한다. 오히려 그 자신보다 여러모로 못난 위인들 앞에서 쭈뼛쭈뼛거리는가 하면 잘난 양반들에게는, 당신의 그 거드름은 당최 어울리지도 않고 가짜 같으니 정신을 차리라고 대드는 것도 그만의 특장이다.

"그렇다면 그렇기는 한데, 천주교도 설마 제 조상, 제 부모를 업신 여기고 모르쇠를 잡겠습니까. 이 세상을 하느님의 나라로 만들자면서 사람을 짐승처럼 모질게 다뤄서야 누가 그 교리를 떠받들겠습니까. 기껏 제 조상의 제사를 모시냐 마냐와 같은 잔다란 제도로 그쪽의 영생 체계를 송두리째 가짜라고, 허황지설이라고 단죄하는 게 과연 옳은 생각이겠습니까. 모르지요, 저도 그쪽 교리를 착실히 공부해볼 짬이 없어서 막연하게 이 궁리 저 생각만 뒤적거리느라고 안타깝지만, 그쪽보다 만만하고 더 잘 아는 우리 쪽 풍속이 장하고 귀해서 남의 것을 업수이 여기는 풍속도 병폐일 게 분명합니다."

요리조리 말만 달리할까 결국에는 '경서'라는 책 한 권만 신봉하는 유생이나 그 반대쪽의 '교리' 숭배자도 평생토록 한 생각, 한 책,

단일한 신념으로 뭉쳐졌을 테니 어느 쪽도 달라지고 바뀌기는 어려우며, 그 고집이 한편으로는 우국지사나 석학을 만들기도 할 테지만 그들이야말로 다른 세상에 관한 한 문맹을 자처하는 한낱 석물이 되고 만다. 의문을 품을 줄 모르는 식자의 병폐는 바로 이것이다. 조상의 무덤이나 지키는 돌무더기야 헛된 장식이 아니고 무엇이겠는가.

"알 듯 말 듯하오. 결국 각자의 생각이 다 맞다는 것은 남의 것이 얼음이고 내 것이 불덩이라는 소리 아니겠소. 둘이 붙어봐야 얼음이 녹든가 숯불이 꺼지든가 둘 중 하나일 것이요. 누구도 이기지 못하는 싸움이니 하지 말아야 도리인데 사람은 교활해서 이겨야만 한다고 우기는 이치요. 하기야 난들 얼마나 옳겠소. 대강이나마 우리 민 대감의 치세술은 알 만하오. 번번이 나를 천거하는 황사공의 공은 결국 운현궁의 그 억지 덕분이라는 말 같소. 그쪽의 그 억지 때문에라도 나처럼 무능한 유생은 마을 어귀의 장승처럼 자리나 차지하고 가만있으라는 말인가 싶소."

"그렇게라도 생각해주시면 이 보잘것없는 후생이야 생색이 나지요."

노인장이 선물을 건네는 것만큼 어색한 몸짓도 달리 없는 일인데, 평생토록 제자들의 속수束脩나 눈을 흡뜨면서 받아 챙겨온 대사헌 지체가 두루마기 자락을 걷어올리고는 품에서 나무상자 하나를 끄집어내니 그야말로 볼만하다.

"염치도 없고 도리가 아닌 줄이야 잘 알지만 이건 조그만 성의 표시요. 민 대감, 제발 소문 내지 말고 받아주시오."

"아니, 선생님, 이게 뭡니까. 저는 인사 청탁으로 어떤 뇌물도 받지 않으려고 맹세한 사람입니다."

"잘 알고 있소. 이건 뇌물도 봉물도 아니고 그냥 헐한 선사품이오. 원래 선물은 돌고 돌아 제자리를 찾아간다는 말도 있으니까, 이것도 시방 적지적수適地適樹와 마찬가지요. 지난 설밑에 제자 하나가 족제비 털을 제법 잘 묶었다면서 갖다준 건데 아까워서 내가 보기만 했을까 쓰지는 않았으니 받아주시오."

노인장이 옻칠한 나무 상자의 길쭘한 뚜껑을 열자 하얀 받침 종이 위에 누운 붓 두 자루가 돌올하다. 한 자루는 가늘고 또 한 자루는 붓대가 제법 굵은데 거뭇거뭇한 반점이 올라앉아 있는 대나무다.

황사공의 눈길에 호기심 가득한 반색이 피어나고, 엉거주춤한 앉음새도 허물어지면서 좌골 신경통이 감쪽같이 나았다는 기세다.

"아니, 이것은 반죽斑竹 필관筆管이 아닙니까."

"그렇소. 붓대롱으로는 옥이나 상아를 제일로 치지만 역시 쓰기에는 대나무가 기중 낫다는 게 정설이 아니오. 내 마음 같아서는 호랑이 눈썹이라도 뽑아서 붓촉을 삼고 싶지만 족제비 털도 그런대로 쓸 만할 것이오."

"하이구, 황서필黃鼠筆을."

"민 대감 같은 양필良筆에는 황서필이 대수겠소만 나처럼 졸필이 갖고 있어봐야 개 발에 주석 편자라서 가지고 왔소. 빛이 나도록 잘 써주기만 바랄 뿐이오."

"하, 이런 망극지은을 하필 내게 다……"

모든 환상은 흐지부지 끝나고 만다. 내 환상도 예외는 아니다. 초상을 치르면서 나는 수시로 예의 그 지당서실로 슬그머니 들어가서 잠시 누워 있기도 했는데, 그때마다 필가에 매달린 수많은 붓과 버리기 아깝다고 모아둔 몽당붓들을 물끄러미 쳐다보곤 했다. 그중에는 유독 필갑 속에 먹물이 묻은 채로 모셔둔 예의 그 반죽 필관의 붓두 자루도 눈에 띄어서 그것을 한동안 어루만지며 이런저런 상념을 이어갔던 기억이 오래도록 잊히지 않았다.

달리 말하면 내 환상도, 건네는 손님이나 받는 주인이나 굳이 '성의'라고 둘러댄 그 붓도 큰 의미가 있는 것은 아니다. 내가 강조하고 싶은 것은 다른 대목이다. 곧 상주로서든 가까운 친지로서든 칠일장이나 십오일장을 줄곧 지키다보면 문득 고인의 진정한 '얼굴'이 무엇이었던가를 그려보는 순간이 닥친다는 것이다. 누가 황사공의 살아있는 초상화를 그리라면 내 가친과 숙모 다음으로는 그나마 내가 나서야 할 텐데, 그이는 이미 산발적으로 소묘해놓았듯이 좀 난해한 '얼굴'을 여러 개나 갖고 있었다. 내가 목격한 그 얼굴'들'을 아무리 설명해봐야 아리송하기는 마찬가지이니 다른 사람들이야 그이의 전신상을 얼마나 제대로 파악했겠는가. 그 오해가 종내에는, 그 좀 괴상한 곁똑똑이는 결국 중궁의 뜻만 붙좇는 앙가발이로 한 시절을 쥐락펴락하며 호의호식한 측신일 뿐이잖은가라는 비방까지 불러일으킨다. 물론 그런 부정도 한 인물의 측면상일 수는 있다. 그러나 지나치게 왜곡된 측면상이라서 내 눈에는 그리다 만 환칠로밖에 보이지 않는다. 이제 나는 단도직입적으로 앞서 그린 황사공의 몇몇 부분 상에다 나름의 덧칠을 해서 그 초상화를 완성시켜봐야겠다.

우선 황사공은 내게 가친보다 훨씬 더 다정다감한 '친부'였다. 그 냉랭한 시선으로 언제라도 뭔가를 기다리는 듯하던 가친의 둔중한 처신과 달리 황사공은 말과 붓으로 나의 궁금증을 직접 풀어준 선생이었다. 가친이 외직으로 서울을 떠나 있을 동안 내 육친은 황사공이었으니까 말이다. 흔히 그이의 생리적인 질시벽을 제2의 인격으로 과장하고 나를 경쟁 상대로 삼았다는 몰이해는 전적으로 엉터리 소묘다.

그다음으로는 황사공 특유의 줄변덕이 불러일으킨 오해다. 대원군을 모시다가 어느 순간부터 매몰차게 돌아서서는 양전의 바짓가랑이에 달라붙은 사례가 그런 오해의 시발이다. 사실이긴 하나 세상이 달라졌음을 정확히 꿰뚫고 있었던 쪽은 황사공이었지 대원군 쪽이 아니었으며, 대궐은 권세욕에 눈이 멀어서 그이를 이용하는 데 급급했을 뿐이었다. 물론 모든 위정자는 측근을, 심지어는 백성까지 우롱하면서 권세 획득에 혈안이 되는 말재주꾼에 불과하다. 하기야 황사공 특유의 그런 '시속 평가'는 첫 번째 과장에서 급제한 그 출중한 학력에 대한 자부와, 그 명민한 두뇌의 부추김에 따라 사류士類나 시배時輩를 따돌려버림으로써 '의뭉스러운 조언자'와 '밥그릇만 노리는 기회주의자'로 넘쳐나는 조정에서 단연 두각을 나타낼 수 있었다. 그이의 안하무인격 교만은 그런 시류 영합주의나 대세 파악 무감각증을 매도할 만한 자신감으로 넘쳐났을 게 분명하다. 당시의 세론도 한결같이 인정하듯이 황사공은 여느 권신들과 달리 글겅이질을 일체 하지 않았으며, 백성의 귀한 재물을 갈취해서 갖다 바치는 그 봉물을 넙죽넙죽 받아 처먹는 '제도' 자체에 침을 뱉고 있었다는 처신 자체가 그의 오만을 점점 더 강화해 전설로 만들었다는 점을 간과해서는 안 될 것이다. 황사공이 출사 초년에 잠시 외직을 살아봐서 그나마 치부致富와는 거리를 둘 수 있었다는 지적도 어불성설인 게, 그 당시의 정신廷臣들치고 매관매직으로 호의호식하지 않은 양반이 과연 몇이나 있었겠는가.

황사공의 삐딱한 '개혁 의지'를 대원군의 시책 매도, 친정 구축에의 헌신만으로 분별하는 시각도 편견이다. 적어도 그이는 자신의 권한 너머에 있는 완강한 '제도'의 벽을 생생하게 의식한 양반이었다. 그것을 알아야만 월권의 한계를 따지며, 그 정점인 대궐의 독실하고 모진 각성이 따르지 않는 한 어떤 개혁도 무망하다는 징험이 그이의 두통을 중병으로 몰아갔을 것이다. 월권의 경계선을 늘 가늠하며 절망한 한 조신의 섬약한 천성을 엿보지 않은 몰이해야말로 무잡한 행태가 아니고 무엇인가.

상신이 되고 말겠다는 자신의 벼슬 야심에 휘둘려 나의 '입양'을 팔아먹었다는 세간의 단죄도 나로서는 이해할 만한 사안이어서 억울해하지 않는 편이다. 가문의 대를 잇느라고, 또 선조의 제사를 모시기 위해 꼭 남의 집 자식을 꾸어다 앉히는 그 풍속이 적잖이 번거롭지만, 그것은 그것대로 불가피한, 생각하기에 따라서는 이상한 '제도'일 뿐이며, 그것을 뜯어고치는 것은 완고한 백성과 놀고먹는 양반의 퇴영적 사고방식에 일대 개명이 불어닥쳐야 하므로 개인으로서는 감히 엄두를 낼 수 없는 월권 영역에 속한다는 것이 황사공의 선견지명이었다. 슬하에 사내 자식을 못 둬서 대가 끊기는 것도 나름의 한 인생이고, 자신의 그 박복한 생을 팔자소관으로, 좀더 깊은 달관이나 도량으로 수용해버리는 경지가 성숙한 생애 관리술일 수도 있다는 것이다. 황사공의 생애를 따져볼수록 그이만의 특별한 탁견이 낯설지는 않고, '자식 집착증'에 등한한 나의 내림도 황사공의 영향 때문이었을 것이란 화두에서부터 온갖 생각거리는 무궁무진하게 늘어난다.

황사공의 '얼굴'에는 분명히 사람으로서의 주름이 그 섬세한 살갗 위에 뚜렷이 새겨져 있었다. 당연하게도 이목구비가 선명한 그 소년 같은 얼굴에는 온기도 배어 있고, 진땀도 흐른다. 비록 파리한 안색이

긴 했어도 사시장철 내내 도무지 변하지 않는 해괴한 탈바가지를 덮어쓴 조신들과는 전혀 다른 풍채가 그이에게는 있었다. 고리삭은 사고방식으로 오로지 집권욕에만 몸이 달아서 이쪽저쪽 세력을 저울질하느라고 전전긍긍하는 '원악元惡'으로서의 대원군 쪽을 가장 정직하게 직시한 양반도 황사공이었다. 시어미 욕하면서 닮는다는 말대로 그 원악이 있는 한 대궐에서 쏟아붓는 모든 칙지와 정탈定奪 임금의 재결裁決은 탁류로 변해버린다는 것도 양쪽의 지척에서 고루 징험한 사람이 그이 말고 또 있겠는가. 글을 안닦시고 걸핏하면 시국 개탄과 서정쇄신에 대한 엉뚱한 구례와 시시콜콜한 번문욕례繁文縟禮만의 눈썹 싸움으로 상소문이나 작성해대는 시배들을 벌레 보듯 징그러워한 그이의 소양에는 물론 '나도 알 만큼 안다'는 자만이 깔려 있는 게 사실이지만, 그 주소奏疏의 내용이란 것이 무척 진부하며, 누구 것이라도 천편일률적일뿐더러 가려져 있는 시비를 또 가리자는 그 수다가 '거슬려서 보기도 싫다'는 양반도 그였다. '거름 지고 장에 가는 허드레꾼보다 더 멍청한데도 남만 탓하며 입방아꾼으로 소일하는 그런 쌀벌레들이 명색 소장에다 써놓는 지론이, 임금에게 뭣을 하소, 이렇소 저렇소라고 일을 시키기만 할까, 지들은 품앗이할 줄도 모르고 입만 나불거리는 족속이 아닌가'라는 그이의 일갈은 정곡을 찌르고 있지 않은가. 식자가 많아서, 지론이 지천이라서 망조가 든 나라에 다들 일을 시키는 데만 급급할까, 막상 일을 하라면 바짓가랑이에 불이라도 붙은 사람처럼 횡하니 내빼버릇하는 이런 풍속에서 개화를 해본들 또 '지당하신 세설細說'만 난무할 것 아닌가'라는 속내를 감추지 않음으로써 사대 수구파로 억울한 오명을 덮어쓴 사람도 그였다.

물론 황사공은 의외로 여린 구석도 있어서 귀가 얇은 양반으로 남의 하소연을 곧이곧대로 믿어버리는 샌님 같은 구석이 없지 않았다. 그래서 뇌물을 받지 않는다는 그이의 조명을 좇아 빈손으로 새벽같이 달려와서 울며불며 살려달라는 장리贓吏에게 속은 적이 한두 번이 아니었다. 그런 사사로운 분별을 이용해서 구명도생한 탐관오리를 욕해야지 민모 대감은 인정 때문에 총명을 팔아먹은 허수아비일 뿐이라고 매도해서야 그이의 반듯한 외모만 삐뚤어지지 않겠는가.

거상 중 내내 나도 울지 않았지만 조문객으로 미어터지는 초상집에 울음소리가 들리지 않은 것도 이상했다. 가친도 숙모도 한쪽 구석에 멍하니 앉아서 고인의 그 좀 특이했던 풍모 일체를 더듬느라고 어느 한군데에다 시선을 비끄러매고 있었다.

황사공은 향년 마흔두 살로 너무나 짧은 생애였다. 그이가 남긴 글씨도 몇 점 되지 않는다. 일찍이 권세를 누리고 싶은 야심에 휘둘려 남다른 필재를 방기해버린 데다 그 과욕이 급기야는 명까지 줄여버린 것이다. 척진 세력에게 꺾이지 않으려고 죽을 둥 살 둥 벼슬의 행방을 붙좇은 그런 삶이 무슨 소용이란 말인가. 내 몸에 그이의 총명과 관운과 필재가 조금이라도 흐른다면 적어도 그토록 분주하게 이쪽저쪽의 세력을 점검하며 살아낸 본만은 장차 철저히 밀쳐내버려야 하지 않을까. 그러니 감히 장담할 수는 없지만 그이의 모든 체취, 족적을 장차의 내 인생 행로에 참고로 삼아야 그이에게 진 신세를 갚을 수 있을 것 아닌가. 돈도 밝히지 않고 그 특이한 냉갈령 부림 때문에 문객들도 꾀지 않았던 황사공의 조촐한 삶이 과연 축복처럼 내 생애에 덮쳐올까를 그려보니 상주로서 내 머리는 너무 분주했다. 그것만으로도 황사공은 내게 은인이자 스승이었다.

제15장 황사공의 죽음

가친을 좌장으로 모시고 노장의 친척 여남은 사람이 둘러앉아 황사공의 후사後嗣를 의논하던 자리에서였다. 그때 나는 문 입구에 앉아서 대청에 오르는 조문객을 맞고 있었는데, 어느 순간 옥수수 속대처럼 얼굴이 기다란 숙모가 곁에서 내 한쪽 손을 꼭 거머쥐었다. 어느새 황사공의 그 반세속적 기질을 그대로 물려받았는지 숙모는 입양이야 의논대로 따르겠다고, 어린것을 키울 염은 없다고, 장성한 일가붙이를 족보에나 들여앉혀서 제사나 모시고 후손이나 이어가면 그뿐이잖느냐고 했다. 그 어간에 내가 숙모의 두 손을 움켜잡고, 앞으로 의지할 데도 없으니 적잖이 허전하고 쓸쓸할 텐데 어떻게 사시려고요 했더니, 그이는 그 희미한 반달눈썹을 좁은 이마 위로 밀어올리고 긴 턱을 떨어뜨리면서, 이 집도 저 서실도 제대로 건사하려면 바쁠 거야, 내 걱정은 하지 마라라면서 눈물이 묻은 내 축축한 손등을 토닥였다. 그때나 지금이나 내 분별은 의심쩍기 짝이 없는데, 숙모는 지아비보다 두 살이나 손위여서 황사공의 그 좀 별스러운 성적 도착증을 누님처럼, 제발 그 우스꽝스러운 장난질은 그만해, 흉한 줄도 몰라, 그게 도대체 뭐야, 난 도무지 알 수가 없어, 아휴 생각만 해도 끔찍하고 소름이 끼친다 말이야 하고 다독거렸지 않았나 싶다. 당신의 얼굴이 팽이처럼 너무 기다랗다고 쑥스러워하던 그 모습만 떠올리면 나는 왠지 서글퍼지면서 가슴이 뭉클해진다.

오래전에 아내가 이곳 상해에서 본격적으로 첩살림을 차린 내 근황을 챙기려고 들렀을 때, 무슨 말끝엔가 내가 우리 가문의 유일한 어른인 그 숙모의 안부를 물었더니, 작은어머님도 환갑을 넘기자 이가 많이 빠져버려서 음식 맛을 모른다면서도 앞니만으로 볶은 콩을 앉은 자리에서 한 주먹씩 우물거리더라고 했다. 그 전언을 듣자마자 왠지 명치께가 뜨끔해서 나는 곧장, 어쩌다 그렇게나 늙었을까, 생전 안 변할 것 같던 양반이었는데와 같은 탄식을 내질렀다. 내 속을 알리 없는 아내의 또 다른 전언은 이랬다.

"자식 생각도 없던 우리 영감이 영익이하고 잔내비띠, 스물네 살 차이로 띠동갑이야. 그놈이 눈치 빠르고 괴팍한 것까지 이녁을 빼닮았다고 그렇게나 이쁘다더니만. 그이는 뭣이 마음에 들어 한번 홀리면 귀천도 못 가리는 괴짜였어, 망할 놈의 영감탕구, 호오가 그렇게나 분명하고 아침저녁으로 줄변덕이 심했어. 그 더러운 성질이 이녁 명을 재촉한 게지."

제15장 황사공의 죽음

이듬해 고종 16년1879년, 나도 약관 스무 살이 되었다. 예의 그 광산 김씨에게 장가도 들었고, 족보상 양가의 세 번째 계모였던 그 더펄이 덕수 이씨의 슬하에서 벗어나 전동에다 마련한 집으로 분가했다. 본가와 양가가 종거리를 겨드랑이에 끼고 멀찍이 떨어져 있긴 했어도 이제는 명실상부한 내 집의 사랑채에서 좌장으로 문객을 맞을 수 있게 된 것이다. 대궐에서도 이제부터는 격식을 제대로 차리라는 듯이 내게 호조참판을 칙임했다. 끼끗하고 맞춤한 단령을 차려입고 사진仕進하는 데만 오만 신경을 다 쓰는 샌님에다, 음양으로 새긴 전각 도장 한 쌍을 들고 반나절씩이나 허비하는 배물애 유생에게 나라의 살림을 맡긴 소이를 내 머리로는 도저히 풀어낼 수가 없었다. 게다가 동지의금부사同知義禁府事도 겸직하라는 하명이 떨어졌다. 두 직위가 다 종이품이므로 통칭하는 대로 '영감'의 주름살이 내 이마에 두 줄이나 올라붙은 셈이다. 특히나 후자의 직위는 내가 임금의 척리戚里임이 분명했으므로 모양상으로도 아주 그럴듯한 것이었다.

알려진 대로 의금부는 특지를 받들어 왕족의 범죄, 반역죄나 모반죄, 사헌부에서 이미 탄핵을 받은 관원의 중죄를 다시 추국하기로 되어 있는데, 사직의 기강을 세우자면 우선 당상관 이상, 소위 영감과 대감의 '허물' 일체를 발겨 잡아 기율을 세워야 한다. 내 나이로나 기질로나 부모뻘의 당상관을 심문, 취조하고 나서 위의 윤허를 받아낸다는 것은 가당치도 않았다. 그러나 그 직위 자체가 모든 관원의 진짜 '목숨'과 벼슬 '명줄'을 한 손에 움켜쥐고 있는 것이므로 그 위의가 실로 쩌렁쩌렁하다.

내 사랑채는 순식간에 할 일 없는 아첨배, 수구파와 개화파를 싸잡아 개탄하는 시류배로 연일 문전성시였다. 개중에는 이번 장계의 10만 냥 포흠 건은 운현궁 쪽의 모함이라는 의뭉스러운 하소연을 두서없이 늘어놓는 이도 있기에, 그대는 도대체 어느 쪽인가 하고 따졌더니 그 연루자의 대리인이라면서 무슨 문서까지 디밀며 아예 개좌開座 관원이 모여 사무를 봄 길을 가로막기까지 했다. 어느 사달이라도 그 배후 세력의 음흉한 수탈, 탐학, 상납의 회로가 워낙 복잡하면서도 실은 똑같은 가락인 데 놀라지 않을 수 없었다. 그런 청문 자체가 듣그러워서 미칠 지경이었다. 들으면 들을수록 헷갈리기만 할뿐더러 '우리말' 자체는 너덜거리고 부산스럽기만 할까 정곡과는 멀찍이 떨어진 남의 심장이나 다리를 쓰다듬다가 꼬집는 형국이었다. 단견이라고 할지 모르겠으나, '우리말'과 우리 식자의 의식이나 주장 자체가 본론과는 늘 겉돌거나 애매모호해서 어떤 졸가리를 곧장 집어내지 못했다. 한자와 한문으로 생각하는 버릇이 눌어붙어서 그런지도 모른다는 나만의 소신을 여툰 것도 그때부터였지 싶은데, 내 나이에 어울리지 않게 그즈음 벌써 내 의중을 드러내지 않는 과묵으로 문객을 대하는 나름의 작위를 착실히 익혀갔던 듯하다.

당연한 절차대로 나는 불과 1년 전에 그토록 자주 써먹었던 체직 상소를, 그때는 '젊은 것이 무엄하다, 벌써 벼슬 탐을 누리겠다는 겐가'라는 황사공의 견제를 뒷덜미에 달고 쑥스럽게 괴어올린 그 주문奏文을 다시 올렸다. 상서上書를 올린 지 한 달도 안 돼서 이번에는 이조참판에 나서라는 직첩이 떨어졌다. 또 인사 추천권을 맡긴 셈인데, 그 직책은 연전에 내외직 문관의 명단을 뒤적이며 의망擬望을 올리는 참의직을 경험한 바 있으므로 설마 또 물리치겠냐는 위의 압력이었다.

그러나 마나 내 마음은 벌써 벼슬과는 데면데면하니 엉뚱한 데서 노닐고 있었다. 말할 나위도 없이 내 의식의 정처는 서화에의 정진, 화선지 위에 펼쳐지는 또 다른 세상에서의 완벽한 구도 행위였다. 소위 필단조화筆端造化의 세계 속으로 잠입해서 나를 잊어버리는 그 경지 말이다. 은은한 묵향 속에서 필선筆仙의 조촐한 낙을 누린다는 것, 황사공이 추구하다가 벼슬 탐닉 때문에 허무하게도 그 선경의 문턱에서 거꾸러져버린 실패를 보란 듯이 극복하겠다는 것, 내 필력이 미구에 그 성취를 보장하고 있다는 생각만으로도 내 얼굴은 벌겋게 달아올랐다. 그즈음의 나는 늘 조마조마했고, 나를 에워싼 문객들 속에서 얼마든지 독야청청을 누릴 수 있었다.

연래의 그 숙원에 자극을 주기 위해서라기보다도 바로 곁에서 꿇어앉아 대가의 용필用筆이라도 눈으로 배우기 위해 소치小癡 허유許維의호. 시·서·화에 두루 뛰어난 화가. 1809~1992 선생을 묵객으로 모신 때도 그즈음이었다. 그이의 전용으로 행랑채 너머의 독채를 내주고 반년 이상 묵게 하느라고 나는 온갖 공력을 다 쏟아부었다. 내게 전수한 그이만의 필선, 필격, 준법皴法 동양화에서 사물에 입체감을 살리는 여러 기법, 특히나 고부라진 꽃자루가 멋스러운 풍란風蘭 치기에서의 갈필渴筆과 발묵의 묘리를 요령 좋게, 그것도 단숨에 터득시켜준 공을 나는 한시도 잊은 적이 없다.

특히나 크든 작든 서화 중 어느 것이라도 꽤 그럴듯한 작품이 완성되고 나면 제 인장 두 개를 지르게 되어 있는데, 그 단순한 인기印記조차도 배워야 했다. 흔히 낙관이라고 하는 그것도 음각인 관款과 양각인 지識를 가로로나 세로로나 나란히 찍을 때 인구印矩를 대고 힘주어 누르고 나서 그제야 작품의 온전한 실물이 어떻게 살아나는지를 겨냥해봐야 한다는 것이었다. 물론 그런 일련의 형상 배치에서도 소치 선생은 눈여겨보라는 듯이 한참씩이나 이리저리 살피고 나서 기역자형 인장印章 자를 가만히 집어서 화선지 위에 반듯이 올려놓고 난 후, 또 잠시 작품의 전모를 가늠한 뒤에야 낙관 중 하나를 질렀다. 젊었을 때부터 워낙 과묵해서 한집 식구에게도 며칠씩 말을 안하고도 살았다는 데다 그때는 이미 망팔望八의 노인네여서 거의 눈짓으로, 손짓으로 명색 '영감'인 나를 가르쳤다.

어느 때인가는 그이가 앉은 자리에서 비켜나며 내게 묵필을 건네길래 단숨에 잎이 짧고 그 끝도 빤 석란石蘭 한 점을 그리고 나서 뿌리께에 저절로 굴러와 눌러 박힌 듯한 막돌처럼 내 작은 음각 인장 '원정園丁'을 눌렀다. 소치 선생은 곁에서 한동안 화폭을 촘촘히 노려보았다. 무슨 질책이라도 달게 받겠다고 기다리는 시간이 꽤나 오래도록 이어졌다. 그때의 초조한 내색은 배우는 사람이라면 누구나 한껏 누리게 마련인 일종의 긴장감정이다.

한참 만에 소치 선생은 화선지에서 눈을 거두고는 활짝 열어놓은 문짝 너머의 자그마한 정원에다 시선을 고정시켰다. 하루가 다르게 심록深綠으로 변해가는 단풍나무·앵두나무·영산홍 같은 관목이 제법 운치를 돋우는 그 정원에서 내 첫 호인 원정을 따왔고, 방금까지 사제가 주목한 난화 속의 그 석가산石假山도 거기에 조촐하니 베풀어져 있었다. 내 사의寫意는 거기에 소롯이 붙박여 있는 데다 그때까지 사대부로서 고무래는커녕 부삽도 손에 쥐어본 적이 없는 주제인데도 '정원을 매는 남자 일꾼'이라는 아호 또한 거기서 문득 거둔 소출이었다. 젊은 객기 때문이었을 텐데 그때는 그런 역설로 내 숙원을 드러내려는 치졸한 욕심이 자심했다.

그때 가는귀가 먹어 반 이상은 필담으로 통한 소치 선생의 전언을 옮기면 대강 이런 것이었다.

"난화는 어차피 모사模寫와는 무관한 그림이니까. 그래서 필의와 사의는 결국 같은 게지. 베끼기를 일단 뛰어넘어야지. 쉽지 않다마다. 그렇다고 여백을 함부로 채우고 갈라놓을 수는 없으니까 길고 짧은 난엽 하나하나를 그어갈 때마다 사의를 매긴다는 심정으로 그려야지, 대와 달리 잎자루가 없는 난 잎은 길든 짧든 그 형상이 하나하나마다 달라지거든. 눈길을 줄 때마다 그렇게 다르게 보이니 난 잎을 일일이 칠 때마다 다른 손길이 미쳐야 해. 아무튼 그런저런 사의를 분망하게 집어넣어놓고 있으니 화폭에 일단 기운은 생동하오. 그만해도 다행이다마다. 더욱이나 음각 인장 하나를 돌그늘에다 숨겨놓은 도회 취향도 사의의 일부로 읽히긴 하네. 쉬지 말고 자꾸 그리시오. 붓은 일단 놓아버리면 그때부터 빗자루보다 더 쓸모없어지니까. 식객인 내가 오히려 배워야겠소."

늘 상대방의 눈치를 살피기에만 급급해하는 성미라서 마땅히 할 말도 아끼고, 또 덥절덥절한 행실에도 느려터져서 나는 그때, 과찬이십니다, 식객이라니 섭섭한 말씀이십니다, 존객에다 소생의 서화를 지도, 분별해주시는 사부님이시잖습니까와 같은 말도 주워섬길 줄 모르고, 힘없이 헝클어진 수염 다발이 주름진 얼굴 아래서 떨어대는 한 노인네를 힐끔힐끔 훔쳐보았을 게 틀림없다. 방금 풀어놓은 저 말이 과연 진심에서 우러나온 것일까 하는 생각을 공글리면서 말이다. 지금에야 그때 듣기 좋고 하기 좋은 그런 덕담 지껄이기에 왜 그토록 인색했나 하고 후회를 곱씹지만, 그것도 그때까지의 내 천성이었으니 딱할 뿐이다.

나를 꼬박꼬박 고족高足 학행이 뛰어난 제자이나 고제高弟라고, 흡사 다른 자리에 있는 사람처럼 지칭하던 소치 선생은 당신 자신의 작품에 대해서는 입도 뻥긋하지 않으면서도 남의 글씨나 그림에 대해서는 좋은 점만 들춰내서 기리는 데 일가견이 있었다. 그이는 한때 운현궁에도 묵객으로 묵으면서 예우를 받은 이력이 있던 터라 대원위 대감의 난화는 어떤 수준인가 필담으로 물어봤더니 대뜸, 고졸古拙하오, 일부러 서투른 체하는 그 가식이 사람과 꼭 한본이오, 재미있지, 이름 그대로야, 일어나고 성하고 베풀고 밝히는 그 홍선興宣이지라고 했다. 그이의 청력을 의식한 내가 가타부타며 맞장구를 내놓지 않자 알 만하다는 듯이 그이는, 사람이 그래서 그런지 대원위 대감은 글도 난도 들쭉날쭉이야, 어디까지가 진짠지 당신도 제대로 모르는 걸 스스로 알아. 머리가 여간 기민하지 않아, 똑똑하다마다, 남이 무슨 말을 하면 당신 생각은 벌써 저만치 앞서가 있어. 민 영감 숙부 황사공 정도나 겨우 그이를 따라갈까, 나머지는 어림도 없지, 편 가르기 잘하고, 머리 좋은 사람만 대접할 줄 알고. 황사공 글씨는 정말 이채 그 자체야. 그렇게나 삐쭉삐쭉 모심기를 해놓았는데도 모난 구석이 한 군데도 없어. 얼마나 재미있어, 별나거든, 튀지 않고. 사람도 그렇더니만. 드물지, 꼭 어린애 같더니, 제가 뭘 알아야지요 하고 겸사를 떨어대고 와 같은 말을 뜸직뜸직 흘렸다. 그런 회고벽에 빠질 때는 코앞에 아무도 없다는 듯이 멍한 눈길을 한동안씩 풀지 않았다.

어느 자리에 앉아 있어도 자신의 일신 따위야 까무룩하니 잊은 듯한 그런 구도의 자세를 체현하고 있던 서화가를 나는 여기 대국 땅에서도 아직까지 본 적이 없다. 한마디로 소치 선생은 탈속한 체취가 그 풍신에 제대로 스며들어 있는 특이한 서화가였다. 그런 심성이었으니 묵객으로서 장기간 남의 독채에 기거하면서도 불편하다는 기색을 감출 수 있었을 테고, 그 당시로서는 아주 장수한, 여든네 살의 수를 누렸을 것이다. 그이의 그림이나 성격에 두루 묻어나던 그 담채 化淡彩畵 같은 분위기가 만년의 지금 내 행태에 은둔이나 탈속으로 얼마간 배어 있을지 모른다. 외부의 어떤 자극이라도 즉각 제 것으로 만드는 모방 감각이 가장 왕성했던 약관의 내가 권세 반 가문 덕 반으로 소치 선생을 모실 수 있었던 것은 자랑할 만하며, 초년에 굴러온 여러 행운 중 하나가 아닐 수 없다. 그이로부터 익힌 기량과 기품이 낙관처럼 빛바래도록 제자리를 고수하고 있을 테니 말이다. 남의 것을 제 몸에다 숙달시키는 그 습윤성의 정도에서 한 사람의 미적 감수성 일체가 드러난다고 본다면 내 재능도 그때 작은 싹수나마 비쳤다고 할 수 있을지 모른다.

'정진하라'는 소치 선생의 그 당부를 따르기가 내게는 참으로 지난했다. 연방 나를 찾는 기별이 사제 간의 격의 없는 그 노변담 자리에까지 들이닥치곤 했으니까. 마지못해 무거운 엉덩이를 일으키면

　　　제16장 약관 영감의 초조

서 나는 그이의 두 손을 부여잡고는 귀에다 대고 큰 소리로, 춥지 않습니까, 아랫것들을 아무나 불러서 군불을 더 지피라고 이르십시오, 문구가 부족하면 언제라도 제게 귀띔만 주시면 즉시 대궐의 액정서 것이라도 구해 대령하겠습니다와 같은 들뜬 말을 흘뿌리곤 했다. 그러면 소치 선생은 그 듬성듬성한 머리 밑이 훤히 비치는 망건을 바로잡으면서, 좀 춥게 지내야 몸이 긴장해서 좋아, 한창 바쁜 민 영감이 일부러 사서 내 걱정을 왜 해, 밥 주겠다, 옷 있겠다, 바람벽이 북풍한설을 잘 막아주는데 하면서 어서 소관을 보라고 한 손을 휘휘 내저었다.

사랑채의 내 자리에 앉아 있으면 내 마음은 방금 몸을 빼내온 그 화선지 깔린 서실에 가 있었다. 문객이 아무리 딱한 사정을 주워섬겨도 맞은편 바람벽에 걸린 내 시선이 거둬지지 않았다. 그런 자태 때문에 거만하다고 조명이 날 대로 난 만큼 어쩔 수 없는 노릇이었으나, 청탁자의 복잡하기 이를 데 없는 그 곡절을 헤아릴 내 청력이 당최 뚫리지 않아서 탈이었다. 그러나 관원으로서 맡은 그 '직무'는 대체로 수하자나 다른 동석자의 조언에 힘입어 수월하게 '선처'의 활로가 뚫리게 마련이다.

한숨 돌리느라고 담배물부리를 물고 두어 모금 깊이 빨고 나면 이번에는 승정원 원례짜리가 패초를 들고 나를 찾아온다. 진절머리 나는 '일'이지만, 그 성가신 부름이 좌정한 문객에게는 위세가 된다. 대궐로 득달같이 달려가 입대하면 양전께서는 한가롭게 밤도 깊어가는데 새신랑을 불러들였으니 우리도 엔간히 반죽도 좋다는 말을 듣겠다, 저녁은 먹었는가, 소찬이라도 올리랄까와 같은 말을 내놓곤 했다. 뒤이어 전번에 거론하다가 후일로 미룬 그 군수 자리에는 아무래도 자네가 추천한 아무개가 낫다는 중론이 들린다라는 하명이 떨어진다. 짐작건대 그 문객의 측근이 승정원의 좌승지와는 면식을 트고 지낸다고 했으니 거기다 뇌물을 들이민 모양인데, 내가 그것까지 일일이 챙길 바는 아니어서 봉명이 있을 따름이라고 아뢰면서도 직첩이 떨어지면 내 집에도 봉물 바리가 실어져올 것이라는 생각이 몰려온다. 이윽고 내가 고개를 들면 다른 하명이 즉각 떨어진다. 뭣이 그리 급한가, 게 좀 천연히 앉았거라, 자식이야 때 되면 어련히 알아서 제 어미 뱃속에서 자리를 잡을까라는 카랑카랑한 중전의 말이 들려온다. 특이하게도 중전은 남녀 사이의 정분과 범방, 부인의 회임과 출산 같은 쑥스러운 화제를 흡사 일상 중의 손 씻기나 밥 먹기처럼 무덤덤하니, 그것도 주상이 곁에서 눈을 껌뻑이고 있는데도 불쑥불쑥 내놓곤 했다. 듣기로는 조카뻘 총신인 내게만 그러는 것도 아나라니까 남녀상열지사에 관한 한 좀 이상한 원망이 늘 꿈틀거리고 있는 게 아닌가 싶었는데, 첫 원자元子를 잃어버린 데다 후궁에서 낳은 아이궁인 이씨가 낳은 완화군完和君으로 이름은 선璿이었다. 1868~1880가 죽지도 않고 잘 자라고 있어서 그런지도 몰랐다 낯을 붉히면서 그런 말을 몇 번이나 듣고 나니 내게도 요령이 생겨서, 그렇지 않습니다, 무사분주할 뿐입니다, 심려를 거두소서와 같은 말로 따돌림으로써 내 사생활을 반쯤 감춰버리곤 했다.

"전번에도 들은 것 같다만 담 너머 별당에 모신다는 묵신墨神 소치공께서는 여전하신가?"

"예, 무양하니 잘 지내십니다."

나는 벌써 다음 화두가 무엇인지를 알아챈다.

"날씨가 추워지니 화선畫仙께서 가는귀도 점점 더 먹는 듯해 소신은 왼쪽 무르팍 곁에 바싹 붙어 앉고, 필담도 길어집니다."

주상이 말을 거든다.

"오른쪽 귀가 더 먹통인가보네."

"예, 그러하옵니다. 그이가 붓질하는 일거일동을 배우자면 제가 왼쪽에 앉아야 하고, 화선께서도 그게 편합니다. 왼쪽 귀는 가끔씩 멀쩡해서 신기하다 싶은데, 막상 그이는 머리만 절레절레 흔들며 모르쇠를 잡아 저 혼자만 웃곤 합니다."

이번에는 말귀가 빠른 중전이 바로 본론을 디민다.

"가작이 그려지는 대로 보여준다더니 아직 멀었는가?"

"사의만 자욱한 남종화풍의 선경仙境 산수화 서너 점을 그려놓긴 했는데, 그이가 잡박스럽다고, 안 되겠다고 해서 아직 표구도 하지 않고 있습니다. 그러잖아도 대궐에서 기다린다고, 병풍 그림이든 낱장 그림이든 마음 내키시는 대로 수월하니 그리시라고 은근히 재촉하고는 있습니다. 성미가 까탈스럽지는 않으시고 겸사가 유달리 심한 분인데 워낙 정의情意를 새기시는 터라 필담도 길어지고 웅얼웅얼 지껄이시는 말을 뜯어맞춰가며 알아듣자면 초저녁이 쉬 달아납니다."

"거참, 볼만하겠다, 신선놀음이 멀리 있는 게 아니구먼."

그 광경을 좀더 말해보라는 주상의 추임새다.

"소치공이 붓질 삼매에 든 모습을 곁에서 지켜보고 있으면, 연방 못 쓰겠다, 못 쓰겠어, 망했다, 망했어, 쯧쯧쯧, 까분다, 까불어 같은 속말을 지껄이면서 붓을 들고 멍해 있는데, 실로 가관입니다."

"재미있구먼, 역시 일급인 모양인데 어진御眞을 맡기기는 늦었을라나."

"가는귀까지 멀었다니 불가할 테지요."

묘하게도 내 수다가 길어질수록 양전의 용색은 묵향처럼 묽게 풀어진다. 젊은 척신이라서 무간하게 대해주는 덕분에 내 말씨에도 상투적인 격식이 저절로 파묻혀서 재미있다는 눈치다. 하기야 언제라도 '우국'을 앞세우며 벼슬의 행방에만 온 촉각을 곤두세우는 다른 조신들과 견주면 내가 별종인 것은 사실이었다. 실제로도 위에서 시키는 '일'을 좇는 데는 성실했지만, 내가 벼슬 '탐'을 내비친 적은 한 번도 없었다. 군신의 관계에서 벼슬이 끼어들지 않으면 딱딱한 말이 사라지고, 긴장이 없어진다는 것을 나만큼 일찍 터득한 사례도 드물기는 할 것이다.

"소치공이 운현궁에는 더러 들리시는가? 듣기로는 다들 추사 문하로 묵연墨緣이 돈독하다지."

의미심장한 주상 전하의 말이었다. 내 머릿속이 일시에 북적였다. 추사 문하라면 대원군을 비롯해 내 가친 형제와 소치공이 고제급이고, 묵연이라면 스승으로부터 의발衣鉢을 이어받은 덕분에 일찍이 김정희는 '압록강 동쪽으로 소치를 따를 만한 화가가 없다'든지 '소치 그림이 내 것보다 월등하다'와 같은 말을 했다고 전해진다, 또 스스로 두 허련許錬에서 허유許維로 유維자는 중국 남종문인화의 시조 왕유王維의 이름에서 따온 것이며, 자로 마힐摩詰도 공유할 정도였으니 소치의 자부심과 중국 수묵화에의 경도는 특별하다 개명한 만큼 그 유명세만으로도 서화를 나름대로 읽는다는 구안具眼 그림을 분별하는 안식이 출중함의 사대부들은 앞다투어 그이를 묵객으로 모시려던 시절이었다. 개중에는 전임 상신 경산經山 정원용鄭元容의 호, 영의정으로서 강화에 살던 철종을 모셔와 즉위시킨 양신, 1783~1873을 위시하여 나의 은문 성일공의 춘부장 유관상신 김흥근의 호공과 나의 양부 복경 대감 등이 그이를 초빙해 그 소문난 독필禿筆 붓끝이 거의 다 닳은 몽당붓 산수화를 감상하겠다고 목을 길게 빼곤 했다는 것이다. 아마도 대원군의 낙관이 찍힌 대작代作의 허물을 분별해준 양반도 소치공일 테고, 그 때까지는 그이의 청력이 온전했다는 환갑 전의 일화였다.

"아무래도 의식주를 제게 의탁하고 있으니 그쪽에서도 요즘에는 소치 스승을 기이는 듯합니다. 동문이신 제 숙부님도 돌아가셨으니 서로가 조심스럽지 않겠습니까. 아무려나 저로서야 소치 선생님께 바깥출입도 하시라고 권합니다만 자꾸 낙향하시겠다고 짓조르곤 해서 난감천만입니다."

들고 싶은 말을 들었다는 듯이 주상의 용안에는 희미한 희색이 어리는데, 옆자리의 중전은 늘 그렇듯이 서둘렀다.

"내려보낸다니, 아직 선작善作을 한 점도 못 얻었다면서. 붙들어야지. 그 묵객의 고향이 전라도 진도라지? 그 끝자락 벽촌에 내려가면 그날로 옳은 그림이 나오긴 다 글렀을 거 아닌가. 두툼한 핫옷도 지어드리고 방에다 화로도 지피고 하려무나."

나이와 성별과 지위가 달라도 이심전심으로 의기가 상투하면 말씨도 닮아간다. 중전의 예사말에는 푹한 인정이 배어 있다. 물론 그 인정내기는 욕심의 다른 말이기도 하다.

"안 그래도 제 나름대로 공을 들이고 있습니다. 솜옷은 말할 것도 없고 머리가 선뜩거리면 덮어 쓰시라고 만선두리도 마련해드렸습니다. 숯머리를 앓는다시며 화로는 늘 윗목에다 밀쳐두고 지냅니다. 손이 곱지는 않을 테니 조만간 걸작 몇 점을 남기시고 해동 후에나 내려가시라고 할 참입니다."

"잘 모셔야겠다. 노인은 어린애처럼 삐치기도 잘 하고, 만사가 마뜩 잖다고 하니까. 그 본이 여기서 머잖은 데 계신다. 나라 걱정을 혼자서 독차지하려는 노친네 말이다. 알았다, 밤이 제법 깊었네. 어서 물러가거라."

"예, 대궐의 자별한 성은을 소치 스승께 꼭 전하겠습니다."

이번에는 주상이 흔쾌히 받았다.

"응당 그렇게 해야지. 좋은 그림만큼 훌륭한 국보가 따로 뭣이 있 겠는가."

수염 없는 내시들의 배웅을 받으며 섬돌로 나서면 옹송그린 내 가 슴이 저절로 펴진다. 긴 한숨도 터지면서 청량한 공기가 폐부 속으로 깊숙이 스며든다. 내시라고 긴장감각까지 없을까만 그들은 양전의 기 색만 살피기에도 급급한 터라 한낱 젊은 근신의 심중 따위에는 태무 심하다. 그들의 구실상 너 따위 척신쯤이야 우습게 안다며 속으로 벼 르고 있을지도 모른다. 하기야 모든 내시의 두 눈에는 성별, 품계, 나 이 같은 게 제대로 비칠 리 만무하다. 생리적으로 그렇게 퇴화되고 말았는지, 아니면 대궐의 두 정점을 감싸고 있는 '공기'의 흐름을 쫓 는 그들 고유의 '직무'가 안하무인을 조장하는지 알 수 없다. 그들 특 유의 그 옹한 기개와 각박한 인정이야말로 일인지하 만인지상의 자 부심 그 자체임지도 모른다.

내 발걸음은 다급하다. 마음도 벌써 영항永巷 궁중의 긴 복도, 또는 궁녀들이 거처하는 곳의 그 답답한 공기 속을 벗어났다는 홀가분함으로 가뜬하기 이를 데 없다. 국록을 타먹는 관원으로서의 중차대한 내 '직무' 중 하 나를 무사히 마친 것이다. 아마도 올해 소정小政 매년 6월에 있는 인사고과로서 의 도목정사都目政事에서는 내 점수가 으뜸일지 모른다.

아름드리 고목들 아랫도리에 함초롬히 붙박인 석등롱에서 뿌연 불빛이 새어나오고 있다. 경복궁이든 창덕궁이든 금중禁中 궁궐의 안의 인도에 깔린 징검돌을 한밤중에 나만큼 자주 밟아본 조신이 있을까.

제16장 약관 영감의 초조

하기야 내 신분이 귀척貴戚 대신이긴 하다. 버즘나무·은행나무·소나무 같은 교목들이 짙은 그늘을 드리우는 절기에는 매미 소리, 귀뚜라미 소리, 풀벌레 소리들의 합창만 자지러지게 시끄러울까 석등 주위에는 유독 명주 바다 같은 고요가 뭉쳐져 있다. 그 말간 정적 곁을 지나치자면 언제라도 내 발걸음은 머뭇거린다. 석등에서 연기처럼 흘러나오는 불빛의 얼룩과 그 주위의 명암을 눈여겨볼 때마다 먹물의 농담이 떠오르는 것도 나만의 시감視感일 터이다.

관아의 신료들과 탁상공론 중에는 사랑채의 고담준론을, 사랑방에서 문객과 한담을 나누면서는 별채의 반 귀머거리 화수畵手와 나눌 필담을, 별당의 노란 장판 위에 펼쳐진 화선지에서는 안방의 등잔불에 비치는 이부자리를, 내실의 따뜻한 금침과 부드러운 몸뚱이 곁에서는 대궐의 지밀에서 평복 차림으로 느긋이 앉아서 한 능관能官의 주달奏達을 경청하는 양전의 그윽한 눈초리를 떠올리는 나의 그즈음 숨 가쁜 일상은 실로 무사분주 그 자체였다. 마음이 콩밭에 가 있다는 옛말대로 하나씩인 몸과 머리가 각각 여러 개나 떠들고 나서는 판에다 그것들이 제가끔 겉돌면서 이 일 저 일을 마구 집적거리는 형국이었다. 다들 나를 찾고, 내가 있어야 무슨 일이든 성사를 본다고 짓조르는 식이었다. 그러나 막상 나 때문에 무사히 굴러갈 일조차 그르치고 마는 수도 많건만 그토록 여기저기서 나를 불러 하문을 구하니 다들 그 본을 받아서 나만 붙들고 늘어지는 꼴인데, 몸 따로 마음 따로 돌아가서는 미구에 탈이 나지 않고 배길 것인가.

이제야 비로소 그런 과로와 과욕이 불러온 나만의 장애를 여기서 솔직히 털어놓아야 할 듯싶다. 그 장애는 말할 것도 없이 안방에서 나와 내자가 문득 한 몸이 되는 과정 중에 벌어지는 양쪽의 미흡감이다. 내자 쪽은 처음부터 그것을 본능적으로 체득했는지 어떤지 모르겠으나, 내가 그 낌새를 좀 '이상하다'고 받아들인 때는 오로지 배태를 겨냥한 합궁의 횟수를 그럭저럭 채우고 난 후쯤이었다.

합궁은 알다시피 남녀 어느 쪽이나 몸보다 마음이 더 정상적이라야 제대로 작동하는, 말 그대로 방사다. 이를테면 교접할 마음이 생겨야 신근이 꿈틀거리기 시작하는데, 정신박약자들이 합궁에 이를 수 없는 것은 전적으로 성적 환상을 이어갈 수 있는 뇌의 활동이 삐끗거리다가 종내에는 어그러지고 말아서일 것이다. 이미 드러나 있듯이 내 정신의 작동이랄까, 마음의 활력은 무척 다채롭고 왕성해서 거의 주체할 수 없을 지경이었다고 해도 과장이 아니므로 성적 환상을 일구는 데도 어떤 지장이 있었을 리 만무하다. 쉽게 말해서 소위 그 귀두라는 신근의 머리에 피를 모아서 크게 부풀리는 신체적 운동에서 내 기능은 나무랄 데가 없었다. 그러니 자두처럼 검붉게 달아오른 그 둥그런 상사목으로 시커먼 주름투성이인 대음순 문짝을 벌려 들이밀고, 빨간 시울로 뚫린 그 안의 음도에다 그 핏덩어리 기둥을 밀어넣고서는 성감이 시키는 대로 마구 비비적거리는 일련의 '작동'까지는 아주 정상적이라고 할 만했다. 물론 정상적이란 말은 내 짐작일 뿐으로 여러 경우에 따라 천차만별일 터이다. 가령 색력이 출중한 사내라든지, 첩실의 교태의 난숙도라든지, 그때그때마다 신근 발기의 충실도 같은 변화가 워낙 무궁무진해서 그 어떤 '정상'도 일반적이라고 할 수는 없을 테니 말이다. 요컨대 교접의 시간은 길 수도 짧을 수도 있고, 그 길이마저 상대적인 터라 가타부타할 게 아니다.

장담할 만한 '사정'은 아니나 교접 시간, 곧 음경이 그 특유의 비릿한 분비물로 질척이는 옥문 속에서 무자맥질을 거듭하는 그 길이에

제16장 약관 영감의 초조

관한 한 내 경우도 결코 짧은 쪽은 아니었다. 모르긴 한다, 그 운우지락이야 아무리 길어도 일순간에 불과할 테니까. 아무려나 그 길이의 '끝'은 결국 갑작스럽게 닥치도록 되어 있다. 실은 그게 정상이고 천만다행이기도 하다. 밑도 끝도 없이 그 길이가 이어진다면 다른 모든 생산활동에도 지장이 막대할 테고, 결국에는 인류가 지금처럼 온전히 살아남을 수 없었을 테니 말이다. 역시 조물주의 천의무봉한 섭리에 감복하지 않을 수 없는 국면이 아닌가. 그런데 쾌감의 절정이라고 일컫는 그 순간이 남자에게는 거의 '찰나'만 주어지고, 여자에게는 그것이 조금 길게 할당되어 있음은 보는 바와 같다. 곧 그 여운으로 물고기처럼 퍼덕이는 여체의 반응이 확실한 증거물이니 말이다. 물론 남자의 '찰나'든 여자의 '여진'이든 그 길이도 사람마다 또 경우에 따라 조금씩 차이가 나지 않을까 싶은데 그거야 오십보백보다. 그것마저도 예의 그 교접 시간의 길이처럼 조물주의 일사불란한 대구상의 작은 한 갈래에 지나지 않을 테니 말이다.

그런데 수상쩍게도 내게는 그 '찰나'가 덮쳐오지 않았다. 그렇다고 그 '길이'가 무한정으로 이어졌다는 말은 아니다. 어느 정도의 무자맥질이 이어졌다 하면 저절로 음경에서 심이 빠져버렸다. 그게 다였다. 어느 지경에 이르면 그것이 시드럽다는 듯이, 또는 재미가 없다는 듯이 슬그머니 풀이 죽어버리는 것이었다. 그러니까 조루와는 정반대였다. 알다시피 사람에 따라서 일시적 증상이기도 하다는 색력의 약질인 조루증은 옥문 입구에서나 음도를 뚫어가는 도중에 '지레 빨리' 사정해버리는, 좀 호들갑스럽게 지적한다면 과민성 성교 미완증이라 할 만하다. 물론 내 사정과는 다르다면 한참 다르고, 그게 결국 그 말이라면 틀리지 않은 단면이 있긴 하다. 정액의 사출이 있고 없다는 차이가 크다면 크니까 말이다.

　그 좀 이상한 증세를 나는 쉬 알아챘고, 싱겁게도 이게 뭔가라며 속으로 혀를 차는 내 속내를 아내도 곧장 안다는 몸짓을 보였다. 우리 내외가 내 '사정射精 불능증'을 차츰 심각하게 받아들이면서 서로 걱정을 나눌 때쯤에는 그 흐지부지 끝나고 마는 방사의 중간이나 끝자락에 한쪽이 반드시 '했어요?'라든지 '됐어요?'라고 묻곤 했다. '했어요'와 '됐어요' 앞에 '사정'이나 '사출' 같은 말을 굳이 덧붙이지 않더라도, 그렇다고 순수한 우리 일상어로 '쌌어요' '쏴았어요' '쏟았어요'라고 캐물을 수는 없을 터이므로, 아내의 그 안타까운 반응이 회임에 대한 소망임을 내가 몰랐을 리는 없다. 어떤 절정감, 곧 짜릿한 흥분으로 마감할 수 있는 체질적 성능이 거세된 내 쪽의 성적 부실로는 아기를 만들 수 없는 게 자명하니까. 그러므로 아내가 번번이 '했어요?'라고 사정 여부를 캐묻는 것은 당연한 보챔이자 속이 새카맣게 타는 자식 안달이다. 그 당시만 하더라도 자식을 낳지 못하는 죄는 대체로 '안방'에서 짊어져야 하고, 그 허물은 소박맞는 구실로는 제격이었다. 무자無子로는 여자일 수 없었고, 더욱이나 부인婦人이나 부인夫人이 되겠다는 소원은 천부당만부당한 욕심이었으니 말이다.

　혼인 후 1년쯤 지나 아이를 못 낳으면 두 내외는 당장 주위의 입방아에 오른다. 양도가 시들하다거나 음도가 막혔다는 조명이 나고 마는 것이다. 의식주 걱정이 없는 사대부라면 서둘러 첩치가를 벌인다. 참한 규수는 사방에 숱하게 숨어 있는 데다 주위의 성화독촉이 아주 집요하고, 조혼 풍속이 말하는 대로 우리 민족은 무엇이든 '빨리하자'에 걸신이 들려 있지 않은가. 서자庶子를 얻으면 정실이 석녀인게 드러났으므로 사랑 양반의 헛기침에는 거드름이 묻어난다. 정실은 '뒤주'만 지키고, 소실은 '자식 자랑'으로 사랑 양반의 끔을 독차지함으로써 결국은 안방마님으로 실권을 거머쥐게 된다.

나의 사정 불능증도 당연히 조명에 올랐다. 그 '사정'에 대해서라면 내가 입도 뻥긋하지 않았을 것은 분명한데 그 시답잖은 소문이불길처럼 삽시간에 번졌음은, 내 짐작이긴 하나 아무래도 안채에서마냥 달여대는 그 약재가 진원지이지 싶었다. 이를테면 언제라도 스무남은 명의 문객에게 일일이 반찬과 국과 밥을 대접할 수는 없는 터이므로 큼지막한 국수 양푼이나 절편, 인절미 같은 떡을 담아낸 보시기 하나씩을 점심 요기로 앞앞에 돌리느라고 사랑채 대청마루가잠시 어수선해지고 나면 하님 중 하나가 꼭, 영감 마님께서는 안채에서 독상을 받으라십니다 하고 되뇌는 것이다. 소와 남자는 안주인이끓여주는 대로 먹어야 하므로 나는 여러 손을 향해, 매번 너무 변변찮아서 민망합니다. 양이라도 푸짐하니들 많이 잡수십시오, 곧장 돌아오리다와 같은 공궤 말을 내놓고 안채로 걸어간다.

안방에 차려진 내 점심상이라봐야 아침에도 먹었던 아욱국, 장아찌 한두 가지, 명란젓이나 새우젓, 김치에 잡곡밥 한 그릇이다. 그야말로 소찬이고, 몇몇 예외는 있을 테지만 당시의 내로라하는 대개의사대부들 점심상은 거의 도시락밥 수준이었다. 끼때를 놓치지 않는것만으로도 다행이었으며, 가렴주구로 거만의 재산을 일군 당상관이라 할지라도 찬이 세 개면 족하다는 검소한 기풍이 일상화되어 있었다. 육산포림肉山脯林이나 산해진미 같은 과장어는 가담항설이나 서사희문에서 재미로 써먹는 헛소리일 뿐이다. 그렇다는 것은 유학의 진정한 생활화가 우선 음식 사치를 경계하는 데다 그 당시의 식습관자체가 단사호장簞食壺漿으로 하루에 두 끼만 때우는 것으로도 고맙다는 풍조가 널리 자리잡고 있었기 때문이기도 하다. 그런 검박한 생활습관이 몸에 배어버려야 다른 쪽으로, 이를테면 관혼상제의 골격인 복식에의 관심, 공간 감각에 대한 분별인 산수화에의 경도, 문구류 수집벽 따위의 화사 취향 같은 양식과 제도 전반 및 사물 자체에의 탐심으로 이어질 수 있다는 것이 내 지론이다.

아무튼 내가 점심상을 차고앉으면 내자는 곁에서 싯누런 탕약이 철철 넘치는 사기대접을 건넨다. 공복에 먹어야 좋다는 오자연종탕五子衍宗湯이다. 밥술이나 제때 뜨고 사는 집안의 가주라면 다들 챙겨 먹는다는 양기보신제로 구기자, 토사자, 복분자, 차전자, 오미자를 한목에 쓸어 담아 달인 탕약이다. 다른 열매들은 하나같이 건위제에 이뇨제인 모양이나 특이하게도 잎이 없는 기생만초寄生蔓草인 새삼의 씨라는 토사자菟絲子는 몽설夢泄, 유정遺精, 소변 불금不禁에 뛰어난 약효를 지녔다고 알려져 있다. 그런데 이미 실토했듯이 나는 자다가 정액을 싼 적도 없고, 성교 없이 그것을 찔끔찔끔 흘린 바도 없으며, 자주 마려운 오줌 줄기를 못 참아서 아무 데서나 허리춤을 까 내리는 빈뇨증이 있는 것도 아니었다. 특히나 마지막 증세는 신腎의 위축을 불러오는 고혈압이나 당뇨증과도 무관하지 않다고 하는데 내게 그런 난치 증세는 없지 않나 싶었다. 어쨌든 동양 의학은 서양 의학의 그 자잘한 대증요법과 달리 병인病因을 크게 싸잡아서 두루뭉술하게 다룬다. 내 증세도 이러나저러나 양기의 쇠약이라는 것이다. 산모의 젖처럼 갓난애가 입을 갖다 대면 그 자극만으로도 뽀얀 유즙이 분출해야 하건만 그것이 터지지 않고, 심지어는 우물쭈물하다가 이슬처럼 투명한 정액 한두 방울이 귀두 끝의 그 외눈박이에 맺힌다는 증상은 비정상이다마다, 제대로 고쳐야 할 지병이다. 긴장을 풀어야 하며, 오장육부의 근원인 위장·폐·간 따위를 튼튼하게 다스려서 그것의 기능이 순조로우면 배설도 원활해지게 마련이라는 것이다. 사정 불능증 내지는 그것의 불감증도 결국은 배설 장애에 기인하므로, 그것을 다스리면 정액이야 저절로 내뿜어질 것이 아닌가.

어쨌든 그 탕약을 나는 신혼 초부터 장복했다. 물론 환약도 있어서 도장궤만 한 종이갑에 넣어두고 사랑방에서 수시로 열 알쯤씩 꺼내 물도 없이 삼키곤 했다. 뿐만이 아니다. 여름철이면 자라탕이라고 해서 자라를 통째로 삶아서 그 뽀얀 곰국을 먼저 마시고, 비릿한 고기는 갈가리 뜯어서 육개장 끓이듯이 토란대와 대파를 많이 넣은 그 진한 탕국을 두어 파수_{장날에서 장날까지, 대체로 닷새 동안} 내내 먹곤 했다. 나중에는 인삼과 녹용이 든 약제도 달여 먹었지만, 조루든 지루運漏든 유루遺漏든 그 장애는 심신의 부조화에 기인한다. 몸과 마음이 뿔뿔이 겉돌고 있으니 정액의 생산과 소비도 순조로울 수 있겠는가.

한창때라서 그랬는지 이런저런 보양 처방은 이내 상당한 약효를 드러냈다. 아내의 그 정성 어린 약손도 나의 초조, 과로, 긴장을 눅이는 데 일등공신이긴 했을 테다. 아무튼 그런 약효와 정성을 떠올리며 안방에서 내자와 함께 자거나 사랑방에서 혼자 잘 때, 아침녘이면 신근에 뿌듯한 힘이 들어와 있었다. 그 뻣뻣한 힘은 제때 풀어주어야 하므로 아내의 속곳 속을 파고들 수밖에 없다. 새벽거리에는 역시 측와위側臥位가 제격이다. 양물이 위에서 음도를 파들어가는 정상위는 서로가 두 다리를 벌렸다가 오므렸다 하면서 아무래도 배밀이에 열중하는 데 반해 측와위는 상투어대로 '안반짝만 한 허연 엉덩이'에다 불두덩을 쩍쩍쩍 찍어대는 그 눈요기 재미가 제법 야릇한데, 그런 자세는 왜 그런지 몰라도 낮거리에나 밤거리에는 어울리지 않는다. 내 취향이야 그렇거나 말거나 그 사정 불능증의 개선은 지지부진했다. 방금까지 기세 좋게 음문 속을 들락이던 양물이 어느 순간 후줄근하니 늘어져버렸다. 실망스러운 쪽은 나보다 아내라서 잠시 뜸을 들였다가, 쌌습니까라고 묻고 나서 돌아눕는다. 그러고는 가만히 내 신근을 거머쥐고서는 몰라보게 힘이 빠진 그 살덩이를 어루더듬는다. 이윽고 너무 이상하다는 듯이 눈만 껌벅이다가 희붐하니 밝아오는 빛살 속에다 그 신근을 드러내놓고 물기가 촉촉한 감잡이로 닦아가기 시작한다. 터져나온 게 아니라 흘러나온 정액이 귀두 앞쪽의 그 외눈박이께에 매달려 있는 듯한 느낌은 여실하므로 내가, 나오긴 했나봐라고 말하면, 미음 같고 젖 같은 뽀얀 물기가 제법 많이 묻어났는데요라는 화답이 들려온다. 뒤이어 끈적거리는 감잡이를 한쪽으로 치우면서, 차차 나아질 거예요, 범방이 잦다보면 저절로 터질 테니 마음을 느긋하게 가지셔요라고 다독여주기도 한다.

이조참판 직위도 체차 복망소로 내물리고 나서 본격적으로 '자두 만들기' 보양補陽에만 전념하려니까, 아니나 다를까 예상한 대로 대궐에서 나를 불러들였다. 대를 잇기 위해 봉사손을 억지로 모셔왔는데, 그 양자가 자식을 못 낳는다면 그런 큰 걱정이 다시없으려니와 소야의 웃음거리가 되고 말 테니 성미가 급하고 무슨 일이든 당신의 성이 차는 대로 성사되지 않으면 주상께도 꼬박꼬박 대거리하는 중전으로서는 좌시할 일이 아니었다.

그날도 안지밀에서 양전이 평복 차림으로 나를 맞았다. 숙배 후, 성상의 기체는 어떠하시며, 중궁마마의 기후는 어떠하시냐고 인사를 올렸더니, 한결같다에 이어 안순하니 염려 마라고 했다. 내가 몸을 숙인 채 우러르니, 중전의 옴팡눈에는 무슨 일을 탐문할 때는 늘 그렇듯이 딴딴한 힘이 잔뜩 맺혀 있었고, 주상의 그 너그러운 용안에는 보일 듯 말 듯한 웃음기가 어려 있었다.

중궁의 칼칼한 음성이 들렸다.

"궁금해서 그러니 속사정을 툭 털어놓으려마. 어찌된 판인지 내 머리는 거짓말과 참말을 분별하는 데만 기민해서 여간 다행하지 않다. 아무튼 시방 조야에서는 자네의 양도陽道가 시원찮아서 질부가 임신을 못 한다는 조명이 파다하다더구나. 천엄天閹 생래의 고자이 사실인가."

이제야 숨길 것도 없으므로 나야말로 참말을 툭 털어놓을 차비가 되어 있었다.

"사정 불능증이 있는 듯합니다."

양전이 서로 얼굴을 돌려 눈을 맞추면서 방금 들은 말이 도대체 무슨 뜻인가 하고 눈짓으로 묻고 있었다.

역시 중전은 거침이 없었다.

"그게 무슨 말인가. 해괴하기 짝이 없구나. 정액의 사출이 여의찮다는 뜻이라면 교접은 되고 있다는 말이냐?"

나는 태연하니 아뢸 수밖에 없었다.

"그러하옵니다. 신근이 옥문의 그 갈라진 틈을 비집고 들어가서 진퇴를 거듭하다가 어느 순간에 이르면 갑자기 그 빳빳한 기운이 쇠해져버립니다."

"어느 순간이라니? 교접 시간이 길다는 소리냐?"

"길다는 것은 결국 번개처럼 빠르게 희번덕이는 그 진퇴의 횟수를 말하는 것일 테니 그것을 매번 헤아려본 적은 없사오나 스무남은 번은 능히 치르고 있는 실정입니다."

이번에도 난해하기는 마찬가지 아닌가라는 듯이 중전은 주상의 눈길을 찾았으나, 그 힘에 관한 한 대원위 대감의 내림을 물려받아서 시중의 사랑채마다에서는 '웬만한 정도는 넘는다'는 중론도 떠돌고 있으므로 상감의 표정에는 좀더 들어보자는 눈짓이었다.

"발기가 이루어진다면 혈행은 원만하다는 이치인데 정액이 사출되지 않는다니, 그것의 생산이 여의치 않아서 아예 없든가 부족하다는 소리인가?"

"색력이 빠져나가면서 신근이 급격하게 줄어들기 시작하면 정액이 귀두 끝으로 흘러내리는 낌새는 있고, 그때마다 양물을 손으로 집어서 눈여겨보면 뜨물 같은 정수가 비치기는 합니다."

그제야 주상은 알 만하다는 듯이 단호히 나섰다. 상감은 족보상으로 내게 고모부이니 부모뻘이라 범방에 관해서라면 한결 맞춤한 조언자였다.

"역시 양도의 부실이다. 정액을 일찌감치 사출해서 본인은 물론이려니와 내자도 서운하고 안타깝게 만들거나, 색력이 중도에서 저절로 쇠해져버리는 증세나 결국 똑같은 음위증陰痿症이다. 사정 불능이 교합 불능보다 다소 나을지 몰라도 그게 그거다. 심신이 두루 보깨면 더러 그럴 수도 있다. 한창때 그러니 탈이다만 배포를 너그럽게 가지고 조리에 만전을 기해야겠다."

무슨 '사정'이든 물고 늘어져서 그 전말을 꿰뚫고 손수 그 해결책까지 찾아내는 데 극성스러운 중전이 그래도 알 듯 말 듯해서 난감하다는 표정으로 말했다.

"정액이 부족해 음도 안에서 사출이 안 된다면 후세를 못 본다는 말 아니냐, 이런 낭패를 장차 어떻게 수습하려는가."

상감은 꿀릴 데가 전혀 없다는 듯이 나섰다.

"말이 반복되는데 장차 회복이 되리다. 자궁까지의 거리가 오죽 멀겠으며, 정액이 일시에 봇물 넘치듯이 터져나오지 않고서는 잉태를 바랄 수는 없을 게요. 자잘한 걱정일랑 훌훌 털어버리고 방 안에서라도 앉았다 섰다를 여러 차례 반복하면서 하체 근력을 키우고, 담배를 줄이는 것도 일책일 게다."

중전은 낙담이 크다는 표정으로, 그렇다니까 믿어야지, 설마 방금 들은 기문이 거짓말일 리야 만무하지라는 눈매로 다른 계책을 내놓았다.

"질부가 오죽 심란하겠나. 돌계집이란 누명을 덮어쓰게 생겼으니 말이다. 모쪼록 안방에서 그 애끓는 사정을 잘 수습해야 할 텐데 손을 쓰고 있기나 한가?"

"안 그래도 저희 내외가 비상하니 '자두 만들기' 계책을 수습, 실천하고 있습니다."

중전이 조급하니 나섰다.

"자두라니? 오얏나무에서 열리는 그 검붉은 과일 말이냐, 그게 정액 생산에 특효라든가, 금시초문이다."

상감은 벌써 알아챘다는 듯이 자잘한 속웃음을 참느라고 헛기침을 뿌렸다.

"알 만하다. 신근의 두상은 그 크기나 색깔이 모름지기 자두를 닮아야지, 암만, 그것 이상이 없지."

중전도 반쯤 실색한 낯빛을 감추지 않고 나의 다음 말을 기다렸다.

"처가 쪽에서 구해주는 자라로 탕국을 만들어 장복하며, 한방으로 탕약과 환약도 상용하고 있사옵니다. 또한 범방 횟수라도 늘리자면 무릎 꿇기로 붓 잡는 시간을 줄이라고 닦달이 심하기도 합니다. 좋은 서화를 남기려는 제 욕심을 제발 마흔 살 중년 뒤로 물리라면서 아예 통사정입니다."

상감은 그쪽에 관한 한 내의원의 자문을 수시로 받을 터이므로 소상했다.

"자네 안방에서도 심간이 편해야 한다는 말을 어디서 듣긴 한 모양이다. 어쨌든 심간의 활동이 누그러져서 원기부족증을 돌려세우려면 산삼만큼 좋은 영약이 다시없다긴 하더구먼."

"그러잖아도 흥인문께 건재상에다 산삼을 구해보라고 말을 놓고는 있습니다만, 백두산 쪽 것은 당최 믿을 수가 없고 태백산이나 소백산 쪽 것은 명문 대갓집 노마님들이 손자 먹인다는 핑계로 심마니 여럿을 단골로 거느리고 있다니 여분은 처녀 불알만큼이나 얻기 어렵다고 합니다."

무소부지無所不至한 상감이 말했다.

"심산의 영약 구하기에도 미굴未堀 선매가 성행한다니 인정도 시절도 가바하기 짝이 없구먼. 과인이 일간 시의侍醫를 불러 알아보마. 원래 평안도 강계 쪽 산삼을 제일로 친다는데, 좀 기다려야 할 게야. 그러나 마나 우선 진맥이 옳아야지. 몸도 모르고 산삼을 썼다간 큰일 난다는 말을 들었다."

중전은 역시 여자라서 그런 양방良方에는 관심이 없다는 듯이 벌써 다른 생각을 앞질러 내놓았다.

"들기로는 질부의 몸피가 듬직하고 성격이나 행실도 덥절덥절하니 잘 안겨들고 애바르다더구나. 일간 내가 불러서 뭘 좀더 알아봐야겠다. 내외간의 금슬이란 것이 워낙 기기묘묘해서 너무 좋아도 귀한 정

　　　　　제16장 약관 영감의 초조

수를 지레 말려버린다는 속설 또한 결코 빈말이 아니라고 하니 말이다."

벌써 후궁도 여럿 거느려본 상감의 눈빛에 노숙한 분별이 자욱했다.

"합궁의 묘리야 워낙 다채롭기도 하려니와 번번이 그 질감도 같은 듯하면서 다르게 마련이니 과연 어느 쪽 말이 근사한지는 새겨들어야지. 거짓말이야 할까만 말마다 참말인지는 본인들도 잘 모를 게요. 아무튼 사출 미흡도 고질임은 틀림없으니 빨리 그 뿌리를 뽑아야지. 숙환은 지혜롭게 잘 다스리라고 더러 생기기도 하니 말이다."

대궐을 벗어날 때마다 늘, 이런 미봉책이 얼마나 버틸까, 또 인정에 끌려서 호미 자루로 갉작거리고 말았으니 장차 가래로도 못 막을 텐데와 같은 상념을 떨칠 수 없어서 그 미진감, 낭패감으로 발걸음이 무거웠는데, 그날은 의외로 홀가분했다. 그렇다고 내 '사정'이 속 시원히 나아진 것도 아닌데 그러니 실로 묘했다. 아마도 상감의 너그러운 하문下問과 진심 어린 권고가 내 차가운 '속사정'에 훈훈한 군불을 지펴주었기 때문인지도 몰랐다. 또한 내 딱한 범방의 고충이야말로 중전에게는 초미의 관심사일 테고, 이 사달이 퍼뜨려지고 난 후의 파장까지를 넘겨짚고 있던 내 특유의 소심증이 일부나마 해소되어서 그랬을 것이다.

그때부터 내 안방 사정은 우리 내외의 전전긍긍에도 불구하고 삽시간에 시중의 가장 재미난 음담으로 번져갔다. 물론 그 과장스런 표현 일체는 내 '사정'과는 달리 얼토당토않은 것이었고, 모든 화제의 속성이 그런 것이라 나는 체념했다. 그러나 마나 그처럼 일파만파로 퍼지는 남우세스러운 '사정'을 빤히 목격해야 하는 내 심사는 붉으락

푸르락으로 치달았다. 겸인짜리 하나가 마름의 반타작 소작료를 두
둔하면서 내 꽁한 눈길을 오래도록 주시하면, 이 작자가 시방 필시
나를 물렁이로 보는 게지라고 넘겨짚으며 버럭증을 일구었다. 가친이
오래전에 장만했다가 물려준 원당 지경의 장토에 딸린 소작인 하나
가 심어놓은 행랑아범과 그 자식인 상노놈까지도 무단히 입가에 웃
음기를 배물고 있으면 당장, 이것들이 '내 사정'을 꼴사납게 조롱하는
구나 하는 망령된 속앓이로 불뚝성이 솟구쳤다. 그런 욱기도 내 특
유의 묵연부답黙然不答과 붓질에의 몰입을 강화시켰다.

그래도 내 사랑방에서의 덕담은 한결 나았다. 반 이상이 애원조
권면이거나 아첨성 음담패설로 내 범방 '사정'에 요긴한 조언들이었
기 때문이다. 가령 담배를 끊지 못하겠거든 줄이라든지, 방사 전에
순한 약주를 데워서 음복하듯이 천천히 마셔두면 아랫배가 따뜻해
지면서 발기의 딴딴한 정도가 달라질 거라든지, 기름 먹인 추자 두
알로 손바닥 한가운데께의 노궁혈勞宮穴을 아프도록 꾹꾹 눌러주거
나, 서까래를 반으로 마름질해서 방바닥에 눕혀놓은 다음 그 위에
올라가서 발바닥 한가운데께인 용천혈湧泉穴을 자극해보라는 따위였
다. 심지어 자기 전에 발가락 관절을 발등께서부터 골고루 눌러수나
가 그 끝을 뽑아낼 듯이 잡아당기는 지압이 발기력 지속에는 즉효라
고 했으며, 새벽닭이 울 때 발기한 신근을 그냥 내버려두지 말고 좌
선하듯이 앉아서 아랫배에 힘을 주며 그 성난 양물을 손바닥으로 힘
껏 잡았다가 풀어주는 '악력운동'만큼 색력 회복에 좋은 방도가 다
시없다고도 했다. 실로 병 하나에 약도 천 가지라는 옛말이 실감나
는 국면이었다.

그런저런 덕담성 처방이야 들을 때는 귀가 솔깃해지고, 당장 실천

제16장 약관 영감의 초조

해야겠다는 강단이 솟구치지만 나처럼 팔자의 기복이 심해서 당장 내일 아침에 무슨 봉명에 시달릴지 알 수 없는 처지로서는 그런 보신책 따위가 한낱 우스갯거리에 지나지 않았다. 하기야 모든 숙병은 매일 꼬박꼬박 해야 효험이 있다는 그 일상이라는 철책에 갇히고 나면 시난고난하면서 내상內傷만 점점 더 깊어지는, 그리하여 당사자의 심성 전반을 삐딱하니 비틀어버리는 '일시적' 장애일 뿐이다. 방금 나는 일시적이란 말을 과감하게 썼는데, 그럴 수밖에 없음은 이 회상록 후반에 가서 간략하게나마 적바림해야지 싶은 예의 그 '자두 만들기'에서 성공한 나의 실제 체험담에 비추어 그러니 엉터리 수작일 수는 없다. 나로서도 걸기대의 심정에 복대기면서 후딱 차회로 넘어갈 수밖에 없다.

방안풍수 만당滿堂

아무리 용을 써도 그림이 안 되니 고향으로 내려가서 산천경개를 좀더 유심히 봐야겠다고 어린애처럼 짓조르는 소치 선생을 붙잡는 데도 한계가 있었다. 설이나 쇠고 내려가시라면서 적어도 초여름까지만이라도 모시면서 배울 것은 다 배울 참이었으니 내 궁심도 웬만큼 집요했던 셈이다. 어쩔 수 없어서 나는 노자에 쓰시라고 제법 묵직한 민전繗錢 꿰미에 꿴 돈 을 내밀었다. 그 당시 시세로 소 한 마리에 상평통보로 300냥쯤 하지 않았을까 싶은데, 황소 다섯 마리는 너끈히 살 만큼 드렸을 것이다. 원래 나라는 위인은 한 푼 두 푼에는 인색하기 이를 데 없어도 목돈을 쓰는 데는 대범하다. 옷가지나 문방제구의 허물 하나도 놓치지 않는 내 성정 때문에 그렇지 않나 싶은데, 그때 유독 그림 값은 어찌 됐든 곁에서 배우고 익힌 수업료만큼은 제대로 드려야 할 것 같아서 당시의 소 값을 대중 삼은 기억이 아직도 생생하니 말이다. 아무튼 8폭 병풍은 결국 못 그리고, 낱장 산수도는 얼추 열 점 이상을 족자로 꾸며 대궐에 바친 기억은 남아 있지만, 그 그림의 내용으로 떠올릴 수 있는 풍경조차 하나도 없으니 이상하고 야릇하다. 아마도 장차 이 그림들의 운명이 어떻게 되려나, 내가 간수해야 빛이 제대로 나련만 같은 내 근성, 예의 그 지독한 배물애에 시달리느라고 그 내용에 눈독을 들일 짬도 없지 않았을까 싶긴 하다.

더듬어보면 그때부터 내 씀씀이는 점점 더 활수하기 이를 데 없어져서, 어차피 내 돈도 아닌걸, 많든 적든 나만큼 긴요하게 돈을 쓰는 사람도 흔치 않을걸, 굴러오는 것이든 벌어서 모은 것이든 돈이란 빛나게 쓰면 그뿐이지와 같은 생각을 여투면서 선심 쓰기로, 생색내기로 소문이 나도록 으쓱거렸던 셈이다. 말이 나왔으니 덧붙이자면 그즈음부터 10여 년 동안 내가 국내에 머물면서 '요소요소'에 집어주는 용돈을 넙죽넙죽 받은, 딴에는 내로라하는 신료와 명색 문객, 막객들을 일일이 다 거명하자면 하루해도 모자랄 것이다. 개중에는 돌아서자마자 더 달라고 조르는 뻔뻔이가 있는가 하면, 정기적으로 찾아와서 '전번처럼 하해 같은 시혜' 운운하는 별짜도 있었다. 은혜를 원수로 갚는다는 말대로 그런 작자일수록 나에 대한 험담은 도맡아서 떠벌리는 사실을 알았을 때의 그 배신감, 그 아까운 돈을 허비한 상실감으로 얼마나 오래도록 속을 태웠는지 모른다.

그런데 소치 선생은 전혀 달랐다. 검누런 삼베 자루에 든, 뭉칫돈을 코앞에 두고서도 눈시울만 훔치면서, 이 늙은것을 말동무로 삼아준 것만도 고마운데, 이런 후대는 난생처음입니다, 이 공을 갚을 날도 기약할 수 없는데와 같은 말을 자꾸 되뇌어 내 누선을 자극했다. 내가 튼실한 나귀도 한 마리 구해놨고, 믿을 만한 종자도 딸릴 테니 쉬엄쉬엄 내려가셨다가 연말께는 또 올라오십시오, 섬에서는 겨울 바닷바람이 그렇게나 매섭다지요 같은 작별 인사를 드리니 그 전날 밤에 함께 쓰고 분별해준 내 난화와 글씨 몇 점을 기념으로 가져가겠다면서 소치 선생은 옆자리의 괴나리봇짐을 토닥였다. 나는 감읍했다. 왜 그런지 눈물이 방울방울 떨어졌다. 당신의 획법畫法을 잠자코 보여주기만 했을까, 이래라저래라고 가르치려들지 않으면서도 서화의 진수에 다가가는 까마득한 구도의 길을 일러주던 대가가 내 그림과 글씨를 소장하겠다니, 도대체 이 진심은 무엇을 말하는가. 국록지신 이랍시고 말끝마다 충군애국을 쳐들어대는 소행이 얼마나 부질없는 짓거리인가라는 충고인가.

시퍼런 힘줄과 시커먼 검버섯으로 뒤덮여서 뼈만 남은 소치 선생의 두 손을 나는 불쑥 거머쥐었다. 의외로 손등은 물론이고 손바닥도 돗자리처럼 껄끄럽고 메말랐으나 뜨거웠다. 평생토록 붓만 잡아온 손이었다. 그이가 대물린 몽당붓은 과연 몇 자루나 되었을까. 그이의 이칭이 독필화사禿筆畫師였으니.

벼슬도 내놓았겠다, 서운하지만 별당의 소치 선생 자리도 비어 있겠다, 이제부터는 만판으로 글씨를 쓰고, 난과 대를 치고, 기암괴석도 다듬어살 참이었다. 이제야 비로소 내 '세상'과 솔직한 대면을 하게 된 것이었다. 소치 선생의 '그늘'을 떠올리면 그 전까지의 내 난화는, 기껏 곱게 봐준다 하더라도 대원위 대감이 심심풀이 삼아 손재주로 그린 그 어수선하고 추레하며 앙상한 춘란春蘭 난 잎과 더불어 꽃도 그리는 난화 수준에 불과했다. 적어도 내가 겨냥하는 경지는 추사나 중국풍의 그 서늘하면서도 끊어질 듯 이어지는 담묵淡墨의 건란建蘭 주로 여름과 겨울에 꽃이 피는 중국 특산으로 화분에 심어 기른다 정도였다. 그런 경도, 몰입이 예의 그 '자두'의 결실까지 앞당겨줄지도 몰랐다. 아니다, '자두' 따위야 아무래도 좋았다. 나처럼 예민한 성정에 허약한 신체로는 발기만으로도 감지덕지이며 배밀이든 불두덩치기든 그 상스러운 짓거리야 천박한 것들의 촌스러운 소일거리가 아니고 무엇인가.

그럭저럭 서화에의 몰입이 본궤도에 올라 있던 그해 여름쯤이었을 것이다. 언제라도 점심나절이면 내 사랑채가 장날 장터처럼 문객들로 북적거리기 마련인데, 오전 내내 붓만 잡고 씨름하느라고 오금도 저린 데다 그제야 흡연 욕구가 맹렬해진다. 이미 여러 차례 말한 나의 그 특별한 배물애는 '저 벼루야 이미 내 것이나 다름없다' 또는 '언젠가는 저 필통에다 내 붓들을 꽂아놓고 있을 게다'와 같은 자위로 잠시 떨쳐버릴 수 있는데, 담배 생각은 그렇게 뒤로 물릴 수 없다. 꾹꾹 참고 있으려면 거의 미칠 지경이 된다. 그런 조바심에 나는 유독 약한 성정이다.

어쨌든 사랑방에 좌정하면 담배를 마음껏 피울 수 있고, 내 장죽에다 담배를 재워주는 문객은 많다. 앉은 자리가 마침 내 곁이라서 손이 심심찮게 담배쌈지와 재떨이를 끌어다놓고 담배통을 채우는 문객 중에는 고균古筠 김옥균의 호도 있다. 그는 나보다 아홉 살이나 연상이고 5년이나 먼저 알성문과에서 장원급제한 다재다능한 준재이면서도 워낙 소탈하고 대범한 성품이라 내게 담배물부리를 건네주는 데도 아부기는 전혀 묻어 있지 않다. 그즈음에도 그는 숭례문 밖에 본가를 두고서 흥인문 근방에다 첩살림을 차리고 있지 않았나 싶은데, 민 영감, 담배를 줄이시오, 색력에 지장이 많다는 말은 낭설 같지만 구수하다, 심심하다는 말은 그 나쁜 버릇을 못 끊어 지껄이는 변명이오 같은 말을 꼭 한번씩은 내놓고 내 앞에 장죽을 디밀곤 했다.

아무튼 그날도 어서 담배나 서너 대 깊이 빨고 싶어 사랑채로 건너갔더니 대청마루에 남의 집 낯선 종자와 가복들이 교자상을 이어

붙이고 백설기, 부침개 등을 담은 두가리와 동동주를 진설하고 있었다. 엎어지면 코 닿을 데 사는 김모 대부가 엊그제 서조모의 환갑잔치를 했다면서 그 남은 음식으로 자그마한 회식을 벌일 참이니 양해해달라는 것이었다. 해마다 보릿고개에는 굶주린 백성이 골골마다 하얗게 떼 지어 떠돌아다닌다는데도 서울의 북촌 '양반 동네'는 사흘이 멀다 하고 제사다, 혼사다, 환갑상이다로 흥청망청 이웃집에 떡을 돌리곤 하는, 참으로 불공평한 세상이었다.

나는 대뜸, 불공스럽게 주인 허락도 없이 남의 집에서 웬 생색내기냐고 짐짓 홀닦긴 했으나, 나의 그 당시 권세를 비아냥거린답시고 '칠겸대감'관직을 일곱 개나 겸하고 있다는 조롱께서는 담배나 피우시라고, 좋은 음식 앞에서 낯을 붉혀서야 서로 민망하잖냐고, 상석에 앉으시라고 앞다투어 권했다. 이내 교자상 위가 정갈한 음식으로 수북해졌고, 둘러앉은 면면들은 사흘이 멀다 하고 내 사랑채로 몰려들어 제 잘난 멋에 사는 재재다사들이었다. 시중에서는 그들을 팔학사八學士라고 했다는데, 개성과 자만과 고집에서는 '박사'라고 해도 시큰둥하니 돌아앉을 진신搢紳 명문 출신의 똑똑한 벼슬아치의 총칭들이었다. 이를테면 정기 많은 뱀눈을 연방 좌우로 내두르며 시국담의 골자를 잽싸게 모아가는 고균, 총기가 출중하다는 자부심으로 말을 아끼면서도 그 단정한 앉음새나 처신이 돋보이는 금석홍영식의 호, 상감의 이종사촌 동생이지만 남의 말을 부지런히 주워담으면서도 제 소신은 감추는 앙가발이이자 모도리인 순가舜歌 심상훈沈相薰의 자, 코가 당나귀처럼 펑퍼짐하니 길게 내리뻗어서 바른말로 대들어도 웃음보부터 터지는 성집聖執 어윤중魚允中의 자 등등이었다. 특히나 후자는 정색하고 꾸짖는 데 일가견이 있어서, 어느 날 추사의 서화첩을 곁에 두고 내가 좌중 환시리에 임모

제17장 방안풍수 만당滿堂

臨模하자 좌객들이 영판 그대로라고, 낙관만 찍으면 속고도 남겠다며 칭찬을 아끼지 않았는데, 그만 유독 긴 코를 앞세우며, 민 영감께서는 시방 맡고 계신 여러 책무가 하나같이 나랏일이고 또 얼마나 중한데 글씨나 쓰며 세월을 허송하고 수시로 넋을 놓고 지내니 도대체 제정신이요라고 일갈했다. 틀린 말은 아니고, 누구도 그런 말은 감히 못 하는 선의의 아첨이라서 나도 터지는 웃음을 얼버무리고 사과한 적도 있다.

한두 잔쯤의 술이야 억지로 마실 수 있었으나, 그다음부터는 이내 졸음이 쏟아지고 명치께가 답답해지면서 속이 메스꺼워지는 터라 나는 떡과 녹두전을 조금 떼서 우물거리다 말고 담배나 줄기차게 태우고 있었을 것이다. 이런저런 화제가 뒤섞이더니 회식 자리를 베푼 김모 영감의 서조모는 자식을 넷이나 낳았으며, 그 삼촌과 고모들이 다 자기보다 나이가 어리고, 망팔이 코앞에 닥친 조부가 지금도 예사로 범방을 일삼는다고 했다. 다들 장수 집안이라고, 명줄이나 근력도 결국 내림인 듯하다고, 원래 첩치가는 하나로 부족하다며 콩팔칠팔 떠들어대는 중에도 내 눈치를 살피는 낌새가 여실했다. 내 자격지심이야 워낙 뻔한 것이라서 나는 딴전을 부린다 싶게 담배만 빼끔거리고 있으려니까, 고균이 하얀 토기 술사발을 호기롭게 교자상 위에 부려놓으며, 거참, 술맛 한번 일품이구면, 목이 시원하게 뚫리네 어쩌구 하는 탄성을 예의 그 탁 트인 목소리로 지껄이고 나서 화제를 돌려 세웠다.

"근력도 개화를 앞당겨야 일취월장할 게요. 일본에서는 바깥양반이 환갑에 자식 보기는 워낙 흔해서 소문 축에도 못 든다니 알 만하지 않소. 노익장이 별거겠소. 누가 그러는데 섬나라에서는 아홉 살짜리 산부가 있었다는 말이 공공연한 비밀이라니 말이오. 우리 조혼 풍습을 손가락질하면서도 저들은 뒷구멍으로 재미를 보고 있는 모양이니 얼마나 묘한 이치요, 말하자면 실속을 챙겨야지 수염만 쓰다듬고 앉았으면 삭신이 노골노골하니 눈에 보이는 게 온통 가물가물거리는 아지랑이밖에 더 있겠소."

근력, 개화, 노익장, 실속, 아지랑이 따위의 아무런 상관도 없는 단어들이 얼렁뚱땅 한자리에 모여들면서 '비빔밥'처럼 득의의 맛을 내는, 말재주가 좋다기보다도 펄펄 끓어넘치는 머릿속의 온갖 생각이 그의 입담으로 토해지면 이상하게도 그럴듯해지고, 즉각 좌중의 관심을 단숨에 휘어잡는 웅변에서 고균을 따라잡을 사람은 없었다. 뿐만 아니라 '춘향이 타령' 같은 판소리도 그 타고난 음색에 어울리게 잘 뽑고, 골패짝으로는 왈짜들의 노름판에서도 돈을 딸 정도이며, 홍문관 교리도 살았으니 요점을 적실한 어휘로 밝히는 문장력은 더 말할 것도 없을뿐더러, 특히나 그의 언변처럼 호방한 글씨는 탁발했다. 실로 귀재에 두령감으로 손색없는 대장부였다.

뒤이어 담배를 두 대쯤이나 좋이 피울 동안 온갖 소견이 난무하다가 잠시 뜸을 들이는 중에 누가, 참, 이번 달 중순에 굉집宏集 개화파의 주장 金弘集의 아명이 수신사 대표로 일본을 시찰하기로 되어 있다는데, 그 수행원으로 민 영감도 '외국 바람이나 한번 쐬고 오시지 그러시오, 늘 붓만 잡고 엉덩이 씨름이나 하는 일과도 여러모로 공적公敵이요'라고 했다. 기다렸다는 듯이 다들 앞다투어 할 말이 많았다.

"운미芸楣 민영익의 호 공은 도대체 언제까지 몸조리를 하시겠단 말이오. 청병도 개화라는 물미장으로 호되게 경을 쳐야 옳을 게요."

"위에서도 국정의 판을 다시 짜려면 한 손이 아쉬운 판인데 민 영감께서 이렇게 허송세월하고 있으니 얼마나 헛헛하시겠소. 이참에 우리가 나서서 민 영감의 거취를 소명하소서라는 차자箚子 간단한 서식의 상소문라도 올려야 밥값이라도 하리다."

"개화는 말 그대로 문을 활짝 열어놓고 바깥출입을 번다히 하는 실천 아니겠소. 안방 풍수 열이 지관 하나를 어떻게 당하겠소, 어림없는 수작이오."

"연전에 작고하신 황사공께서는 벼슬탐이 그렇게나 우심해서 뭇 실없쟁이들의 입초시에 마냥 올랐는데 민 영감은 내리는 직첩마다 먹물도 마르기 전에 내물리니 도대체 숙질간에 무슨 원수가 졌소. 숙부의 그 선뜩선뜩한 치세력을 반만 발휘해도 운현궁 쪽은 코가 쑥 빠질 테고, 개화 논란이나 실천에도 힘이 실리리다."

"몇몇 대목은 듣기 싫겠지만 다 맞는 말이오. 양전 앞에서 개화가 필지이니 빠를수록, 또 한꺼번에 몰아서 치를수록 좋다고 주장한 최초의 어른도 실은 황사공이오."

"맞소, 적어도 탑전榻前 임금의 자리 앞에서 수호, 개항을 겁낼 게 뭐 있냐고 역설한 상신은 황사공이 처음일 게요."

"헌데 병자년1876년에 일본과 맺은 강화도조약이 실은 황사공께서 상신 환재桓齋 박규수朴珪壽의 호. 박지원朴趾源의 손자공을 움직여서 성사시켰다는 건 공지의 사실이라 그렇다 쳐도, 의심스러운 것은 두 양반이 거의 부집父執뻘인데 그렇게나 무간하게 속을 내비칠 수 있었을지 하는 것이오."

"두 양반이 다 서화에 출중했으니 말이 쉬 통했을 게요. 또 황사공의 형세 판단은 워낙 기민하고 번번이 과단성도 좋아서 누가 감히 뒷날로 미루자는 말도 못 꺼낼 정도로 위세가 대단했소. 일갈했다 하면 미친 사람처럼 말도 사람도 한곳으로 몰아붙여서 족대기니 그 열기를 누가 무슨 힘으로 당해내겠소. 일장일단이 있겠으나 시방 조정은 그런 열성꾼이 없어 큰일이요. 기껏 무리지어 상소를 올리겠다고 말을 모으고 비답을 기다린다 만다 해대고, 어느새 황사공 같은 이는 저만치 내빼서 다른 궁리로 여념없는 줄도 모르는 판이니 말이오. 황사공처럼 알아서 척척 결단을 내려야 하는데, 그런 주제들이 없으니 양전께서만 두통거리를 떠안은 셈이오. 지내놓고 보면 그럴 게 뭐 있었나 싶기도 하고, 또 밑에다 전권을 내주고 가끔씩 결기만 비쳐도 치세야 저절로 굴러갈 건데 공연히 엉뚱한 시비로 말썽만 자아올리는 격이었다 싶기도 하오. 갓난애가 이쁘다고 씻어서 죽인다더니 자생력을 키워줄 요량을 하지 않으니 탈이오. 우리 세대는 이제부터라도 대범할 필요가 있을 듯싶소."

여기서 누가 그런저런 소견을 털어놓았는지를 더듬어봐야 무익하겠지만, 그들마다의 말버릇, 수염 가닥, 눈길과 눈치, 버선목을 쓰다듬던 손길 따위는 지금도 눈에 선하다. 그런 행태야 어떻든 간에 그들의 섬왕설래의 요지는 하루빨리 나의 서화 골몰벽을 산수화 속의 그 한가로운 벽촌으로 내몰아버리는 일방 자칭 '개화당'의 세력화에 나를 끼워넣음으로써 '모양'도 내고, '힘'도 실어보련다는 궁심이다. 모양새라면 말할 나위도 없이 내가 양전의 척신이니 국왕을 적극적인 개화론자로 바꿔놓는 데 음양으로 나를 써먹자는 배포고, 그런 결집이 운현궁 쪽에서 눈짓 손짓으로 부리는 거대한 수구 세력의 힘을 조금이라도 빼놓는 데 주효하다는 셈속이 깔려 있는 것이다. 솔직히 까놓고 말한다면 왜란과 호란을 연거푸 당하면서 전 국토가 거덜이 난 이후 근 250년 동안 아조의 국속은 무사안일에 겁타유약怯惰柔弱으로 일관, 외국인과 외세라면 지레 덩둘해지는 촌샌님의 몽따기 처신과 어슷비슷했다. 국력도 딱하기 짝이 없어서 열 명 중 아홉 명이 끼니 걱정으로 또 문맹으로 살아가는데 그들에게 '개화'가 과연 '떡'만큼 반가울까.

그러나 마나 나는 그들의 우국충정을 충분히 이해하는 만큼 그지론들에야 동조하지만 조력을 보탤 만한 능력도, 성격도 미흡하다고 치부하는 쪽이었다. 오만이나 겸손이 아니라 그것은 사실이었다. 내성적이고 섬약하며, 나밖에 모르는 나를 그나마 이해하는 사람은 황사공 정도겠는데 그이는 이제 이 세상 사람이 아니었다. 게다가 내 배경에는 각자의 대세관이 상당히 버름해서 도저히 말을 섞을 수도 없고, 따라서 양전의 부림에만 해바라기처럼 갸웃거려야 하는 민문의 여러 겨레붙이가 있었다. 그들은 결코 괄시할 수 없는 세력이었다. 내 출신, 내 가문을 무시한다면 당장 초망지신草莽之臣 벼슬을 하지 않고 초야에 묻혀 사는 신하의 신세로 굴러떨어질 텐데, 그때 누가 나를 지금처럼 찾고 떠받들겠는가. 지금 당장 소치 선생의 슬하에 파묻혀서 화업의 사승師承에 매진한다면 벼슬아치로서의 명망이 사라진 내 난화, 내 글씨 따위야 하등에 쓸잘 데 없는 환칠이라고 내버려질 게 틀림없었다.

하기야 그들이 뻔질나게 내 사랑채를 들락이는 것도 우선은 내가 제일 연하여서 만만한 데다 과문 통과자이기도 해서 말이 통하고, 비록 담배 연기와 묵언으로 내 본얼굴을 감추면서 더러 욱기를 드러내긴 해도 뒤가 없이 무른 성미이며, 무엇보다 그들의 이름이 대궐의 인선 그물망 안에 들어 있자면 나와의 교제가 기중 첩경이고 또 그 비용도 덜 들기 때문임은 분명했다. 그럴 수밖에 없는 것이 친가·양가의 세전지물이 고스란히 내 앞으로 쏠리고 있는 데다 대궐에서 집어주는 은전도 적지 않았던 터라 내 형편이 그들보다는 월등했으며, 그들에게 점심으로 국수장국이라도 내놓으면서 누가 집을 늘리겠다고 급전을 돌려달라면 말없이 건네주고 나서도 받을 생각을 않는 내 기질 때문이었다. 그런 이해타산보다는 그들처럼 조부모, 양친 같은 웃어른을 모셔야 하는 노심초사가 원천적으로 면제된 내 처지 덕도 있었다. 출입 때마다 성가시고 번거로운 그들의 내당 문안 인사를 덜어주고 있었으니까.

아무튼 누가 김홍집의 도일 수행원 명단에 내 이름을 올려보라고 권하자 그 당시 승정원의 부승지쯤이었을 고균이 선선히 받았다.

"그거야 뭣이 어렵겠소. 담배 골초인 양반이 출타 엄두를 내느냐가 우선이지. 아마도 한 쉰 명 남짓을 추려서 두어 달간 일본 전역을, 그래봤자 교통편도 있으니 동경 일원의 개화 문물을 둘러보고 오도록 할게요. 상감께서도 민 영감이라면, 그 약골이도 세상 구경을 좀 해봐야 진짜 개화의 종요로움을 알 테지에 이어 그 엄살꾸러기는 지삼촌을 반만 닮고 나머지 반은 딴판인데, 짐짓 어깃장을 부린다고 벼슬을 마다하지, 음성조차 숙질이 그대론 걸 그러실 게요."

고균의 말버릇은 남의 말을 그대로 따서 옮겨내는 흉내 내기에 있지만, 거기다 자기 말을 보태는 술수도 비상해서 어디서 어디까지가 누구의 것인지를 모르도록 만드는 재주가 상당했다. 좌중을, 빈부귀천을, 남녀노소를 단번에 홀리는 그만의 장기인데, 그처럼 안길성이 좋은 인물인데도 틀거지가 드레지고 드살사람을 휘어잡아 다루는 힘에 힘이 넘치는 데다 냅뜰성이 탁월하다. 내 모난 성격의 반대쪽에 그라는 인물이 있고, 그런 사날거리낌 없이 저 하고 싶은 대로 하는 태도나 그런 성미이 부럽다고 닮을 수도 없다는 열등감을 내게 심어줌으로써 그는 내게 반면교

제17장 방안풍수 만당滿堂

사인가 하면 전면前面교사이기도 했다. 물론 그는 교만하기 짝이 없지만 그것을 자연스럽게 드러내지 않는 미덕도 갖추고 있었다. 내 눈대중이 틀리지 않는다면 장원급제자 특유의 자만심이 핏속에 면면히 흐르고 있어서 내 상대자는 누구라도 바보이거나 나보다 하수이므로 나의 교화와 지도를 받아야 하고, 결국 내 지론에 설복당해 '고우古愚 김옥균의 또 다른 호당'의 너부렁이가 되고 말 것이라는 엉뚱하나 허망한 자신감으로 뭉쳐 있는 씩씩한 사람이다. 그러니 입대入對 때에도 '통촉하소서' 같은 말을 하는 법이 없고, 용안을 직시하면서 '그렇지 않사옵니다'라든지 '숙고할 짬을 주소서' '사안이 실로 중차대하므로 당당한 명분으로 옹졸한 구태의 시각을 압박하는 문맥이 가한 줄 아옵니다'라는 식으로 한 살 손아래인 임금조차 어느 쪽으로 몰아가곤 한다. 그런 처신이 이상하게도 그와는 어울렸고, 누구에게도 밉상이 아니었다.

내가 담배통으로 놋쇠 재떨이를 탕탕 소리 나게 두들기며 재를 털고 나서 숫보기처럼 말했다.

"보시다시피 나야 백두 아니오. 주제넘게 민머리가 무슨 염치로 수신사를 봉행하겠소. 이 방에도 재재다사가 만당인데 다들 바다 건너가서서 선진 개화 문명 중 취사할 것을 가려보고 오시오들."

또 서로 질세라 한참이나 설왕설래하는 중에 고균이 좌중의 논란을 가로막고 나섰다.

"관함이야 내일이라도 하나 명실상부한 걸로 만들어 달면 되지 않소. 중이 제 머리 못 깎는다고 그 일쯤이야 내가 성사시키리다."

"말씀은 고마우나 사양하리다."

누가 말을 다잡았다.

"도원道園 김홍집의 호공이 거북하지는 않는갑소."

"거북하다니. 그쪽이 나를 곱잖게 보고 기피할지 몰라도 나는 그이를 우러러보고 있소. 나이도 제게는 부집뻘인데도 늘 겸손할뿐더러 신독하고 근실한 신신信臣이 아니오. 나랏일을 그이처럼 온몸으로 감당하는 사람도 드물 게고, 상감께서도 각별히 챙기시는 인사 중에서 그이가 빠지는 경우는 없을게요."

옆자리에 있던 아무개가 눈을 껌뻑거리며 고군에게 반 승낙이 떨어진 거라고, 어서 일을 만들어보라고 추썩였다.

여러 일화가 있지만, 내가 들은 것 중에 아직도 기억에 남아 있는 김홍집의 봉공奉公 자세에는 이런 탄복할 만한 것도 있다.

도원공이 흥양興陽 현감을 살 때였다. 어느 해 흉년이 들어 보릿고개를 넘기기는커녕 설이라도 어떻게 쇠겠냐고 다들 걱정이 태산이었다. 이윽고 먼 산의 얼음이 녹아서 개울물 소리가 맑아지고 온 들판이 파랗게 물드는 봄철이 다가왔다. 서럽게도 마을마다 이 좋은 절기에 아사자가 속출한다고 아우성이었다. 늙은이야 살 만큼 살았으니 그렇다 쳐도 어린것들이 부황이 들어 쑥을 뜯어 먹고 흙을 집어먹어 토사곽란으로 죽어간다고 했다. 아전들이 어서 관곡을 풀어 진휼에 나서야 한다고 아뢰었다. 현감은 알았다고 말하고 나서 별명이 있을 때까지 절대로 진휼미를 풀지 말라고 신칙했다. 그러고는 현감 스스로가 곡기를 끊고 관아의 책상 앞에 단정히 앉아서 꼼짝도 하지 않았다. 현감이 단식에 임하니 아랫것들도 밥을 먹을 수 없었고, 현 내의 사민들은 감히 배고프다는 말을 못 했다. 장날이 한번 지나가자 현감의 얼굴이 반쪽이 되었다. 아랫것들이 제발 단식을 중단하고 미음으로라도 속을 채우라고 사정했으나, 그는 아직 멀었다, 물러가라고 말하며 꼿꼿한 자세를 허물지 않았다. 온 고을이 숙연해졌다. 거래할 물화도 없고 기신할 힘은 더 없어서 텅 빈 장날이 두 번이나 지나가는 동안 현감이 물만 마신다는 소리가 자자했다. 저러다가 젊은 현감이 우리 고을에서 죽어나갔다는 소리를 후대에 물려줄까봐 촌로들이 떼 지어 와서 어서 밥을 자시라고 통사정했다. 도원은 자세를 더욱 방정히 갖춘 채, 저는 괜찮으니 걱정 마시고 어서 진휼미를 받아가셔서 어린것들부터 먹이십시오라고 이르는 것이었다. 비로소 관민의 진솔한 화합이 이루어졌고, 그동안 먹지 않은 진휼미도 모였을뿐더러 풀자마자 흥청망청 허비했을 양곡을 아껴가며 춘궁기를 어렵사리 넘길 꾀를 내도록 했으니 그야말로 독실한 혜정惠政의 모범을 보인 것이었다. 다른 고을의 선례와 견주어보면 그때 도원이 구한 궁민의 목숨이 얼추 1만 명 이상이었다고 하는데, 그 일화를 듣자 나는 말끝마다 구국과 애민을 초들고, 걸핏하면 선정을 베푸소서 운운하는 구태의연한 문자속으로 연명상소를 일삼는 조야의 뭇 세유世儒를 향해 면전에서 침이라도 뱉고 싶었다.

도원의 또 다른 처신에는 이런 갸륵한 일면도 있었다. 역시 흥양 현감을 살 때라는데, 그 마을에는 관아와 객사가 멀찍이 떨어져 있었으며, 객사에서 돌아 나오자면 마을 동구 앞에 예전 충신의 정려각旌閭閣이 함초롬히 세워져 있었다. 왕명을 받들고 온 원례승정원의 벼슬아치들도 바로 코앞의 그 정려각을 곁눈으로 힐끔 쳐다보고는 상경길을 재촉하곤 했지만, 도원은 그 앞을 지날 때마다 반드시 말에서 내려 숙배한 후 그 문짝을 붙들고 꿇어앉아서 한참이나 중얼거리고 나서야 일어서곤 했다. 그러고는 아랫것들에게 정려각 안팎의 청소를 소홀히 해서는 안 된다는 당부도 잊지 않았다. 한번은 비가 쏟아지는 밤중에 객사에서 물러나와 그 앞을 지나치는데, 역시 도원은 가던 길을 멈추고 정려각 앞에서 숙배하는 것이었다. 그를 따르던 서리들이 과연 무서운 수령이라고 혀를 찼으며, 그 앞에서는 말이 길어질수록 거짓말이 연방 껴묻는 게 비칠 터라 할 말을 미리 줄이느라고 관무를 게을리할 수 없었다고 했다. 원래 백성이 아전을 두려워하기보다 수령이 이서배들의 농간이 겁나서 하던 말도 도중에 그만둔다고들 한다. 대원군조차 아전의 횡포야말로 당장 척결할 아조의 해묵은 폐습 중 하나라고 치를 떨었다지만, 도원은 일찌감치 그들을 어떻게 다뤄야 하는지 알고 있었던 것이다.

가느니 마느니로 말만 무성하다가 결국 그 제2차 수신사 김홍집 일행의 도일 행차에서 나는 빠졌다. 그해1880년 6월에 떠나서 9월에 돌아왔으니 그들은 3개월쯤 일본의 개화 문물을 '시찰'이 아니라 '견학'하고 온 셈이었다. 도원은 원래 직실한 사람이라 누가 뭐라든 제 본분을 지키는 데는 빈틈이 없는 양반이었다. 허구렁에 빠졌다가도 돌이나마 한 주먹 거머쥐고 기어나오는 사람답게 그는 당장 국익에 도움이 될 만한 책자라며 주일 청국공사관의 참찬관이자 시인이기도 한 황준헌黃遵憲이 지어준 책자 『조선책략朝鮮策略』을 가지고 왔다. 원제목에는 '사의私擬'나 자신의 헤아림이란 뜻란 말을 굳이 붙여놓은 데서도 알 수 있듯이 그 내용은 지극히 개인적인 구상이고, 또 시인답게 다분히 즉흥적인 장차 조선의 외교 전략이었다. 책자도 알따래서 요약할 것도 없지만, 그 골자는 조선이 아국俄國 아라사, 노서아의 구칭의 침략을 막아내자면 친親중국, 결結일본, 연聯미국하는 외교 노선이 최선이며, 부국강병책으로 문호를 하루빨리 개방하고, 산업과 무역을 진흥해야 하며 선진국의 기술을 습득하라고 강변했다. 그래야 약소국 조선에

제17장 방안풍수 만당滿堂

장차 살길이 뚫린다는 것이었다. 또한 일본의 대한침투 정책도 만부득이 시인하는 일방 청국의 대한간섭 정략을 잘 이용하는 자강책을 권면했다. 글줄이나 읽는 지사라면 누구라도 내놓을 만한 조리 반듯한 당언이자 직언일 뿐으로 명색 시인이 읊을 '기발한' 대세관도 아니었다. 하기야 그의 직무가 외교관이라서 이웃 나라의 개화론자조차 듣기 거북한 고언苦言을 솔직한 심정으로 털어놓았다고 '알아들어야' 했고, 수신사 김홍집으로서는 무슨 말이든 경청해서 나쁠 거야 있겠냐고, 장래의 국사에 조금이라도 도움된다면 무슨 일이든 못 하겠냐는 심정으로 그 책자를 고이 받잡고 왔을 것이다. 적어도 그때까지 도원은 개화는 빠를수록 좋지만 쇄국 보수 세력이 워낙 두텁다기보다 절대다수여서 그들을 어떻게 설득, 전향시키느냐는 숙고거리로 냉가슴을 앓았을 게 분명하다. 그런 차에 황모의 충언을 듣자니 귀가 뻔쩍 뜨였을 테고, 『조선책략』을 주제로 삼는 대토론회를 마련해보겠다는 심정이었을 것이다. 주상께 먼저 그 책자를 읽어보라고 복명서와 함께 상주한 데서도 그 점은 확실히 드러나 있다.

그런데 누천년 동안 내내 한문으로 쓰인 책이라면 그토록 신주 떠받들 듯하는 우리 유생사회가 즉각 앞다투어 『조선책략』을 읽고, 서로 질세라 '쇄국 보수'만이 살길이라는 대안을 제시하는 데 식음을 전폐하는 꼴이었다. 책 한 권이 이토록 국론을 일거에 통일시킨 선례가 지구상에 과연 있었는지, 과문하고 무식한 탓으로 나는 아직도 모르고 있다. 영남 지방의 한 소두疏頭는 대번에 만인소萬人疏를 내놓는가 하면, 강원도의 한 유생은 대궐 앞에서 얼어붙은 장승처럼 복합伏閤 상소에 나섰다. 『조선책략』이야말로 망어妄語 중 망어이고, 도대체 이런 허무맹랑한 사설邪說을 퍼뜨린 김홍집부터 인책하라며 삿대질이었다.

그들이 과연 『조선책략』을 꼼꼼히 읽었는지도 나는 의심스럽고, 그 전후 문맥에 대해 심사숙고해봤을까 하는 물음 앞에서는 고개를 내 저을 수밖에 없다. 유식자 열 명 중 한 사람이라도 진정으로 '조선의 장래와 현하의 국력'을 생각했다면 국기國基를 마구 흔드는 그런 소란을 그토록 오래 떠벌리지는 않았을 것이다. 그 글의 대의의 아홉 개를 깔아뭉개고 오로지 일본과 수교하라는 그 하나에만 집착해 그들은 김홍집을 얼빠진 개화론자로, 나라 팔아먹을 친일 분자로 몰아세웠으니 글이란 그처럼 곡해를 사주하는 한낱 비방秘方투성이의 약방문이 아니고 무엇인가. 수백 년 동안 똑같은 글만 외우느라고 스스로 생각하고 홀로 설 엄두도 못 내는 그들은 우선 진지성에서 김홍집보다는 한참이나 밑돈다고 봐야 옳을 테고, 그런데도 그처럼 경거망동으로 분란만 일삼았으니 철부지에 값하고도 남지 않는가. '우리는 그 좋다는 문물을 여태 볼 수도 없었으니 어쩌란 말인가'라는 억지도 책 한 권만 책장이 해지도록 읽는 유생들의 돼먹잖은 시건방일 뿐이다. 미처 몰라서 그렇지 책이란 지구상에 수천 권씩이나 지역별로 넘쳐나고 있으며, 그 '다른 내용'을 찾아가며 읽을수록 시야가 툭 트이고 또 멀리까지 볼 수 있지 않겠는가. 세상도, 나라도 마찬가지다. 어떻게 이 좁은 반도 국가인 우리나라만 옳고, 특정의 책 한 권만이 그렇게나 거룩해서 그 지론 앞에만 경배하겠다니, 무슨 신조인가. 우리 코앞에 펼쳐진 남루한 세상을 아무리 훔쳐본들 무엇이 달라지고, 거기서 찾아낼 게 무엇이겠는가. 위정척사衛正斥邪라니. 내 것만 옳고 남의 것은 다 그르단 말인가. 내 의견만 최고선이라면 혼자서 선경을 찾아가 살며 천도복숭아나 먹어야 할 사람이 아닌가. 물론 사람은 자기를 인정하고, 자아를 내세움으로써 그나마 세상 속에서 살아가는 의의를 찾으려고 헐떡거린다. 그렇긴 해도 내 것만 옳다고 강변하는 것은 허세일 뿐이며, 남의 것을 몰아내자는 것은 저 혼자서 싫고 짜증스럽다며 세상을 마구 윽박지르고 욕하는 모순과 한 치도 다를 바가 없잖나.

그 당시 우리의 민도가 얼마나 열악했는지를 나는 지금 주마간산 격으로 간추리는 셈이지만, 그 표면에는 유생사회 전반의 그런 유치한 유아독존이 나라의 위의를 내세우기는커녕 거덜낼 정도로 거셌다는 점을 지적하고 있을 뿐이다.

말이 나왔으니 도원공과 얽힌 나의 사적 경험담을 털어놓는 것도 그 당시의 정세를 분별하는 데 상당한 도움이 될 듯싶다.

역시 도원공은 자기 책무에는 철저하며, 조야가 시끄럽든 말든 '나는 일을 하고 있다'는 실적을 조만조만히 보이려고 잠시도 쉬지 않았다. 그것이 그의 소신이고, 그것을 실천하는 데 주저하지도, 그렇다고 상하를 가리지도 않았다. 하루는 예의 그 별당, 소치 선생이 장기 투숙한 바 있는 그 방에서 누가 싫증이 나도록 감상하고는 꼭 돌려달라고 두고 간 무슨 서화첩을 뒤적거리고 있으려니까 문밖에서, 민 영감, 계시오이까, 불청객 김홍집이올시다라는 발밭은 말이 들렸다. 나보다 열여덟 살이나 많은 당상관이 손수 찾아오는, 그것도 내실 맞잡이인 서실로 불쑥 함자를 들이미는 사례는 드문 터라 나는 화들짝 놀라 한달음에 방 문짝을 열고 쪽마루로 나가 섰다. 뜻밖에도 도원공은 황토색과 묽은 먹빛이 반반씩 테를 두른 풍성한 가사袈裟 차림의 웬 스님 한 명을 등 뒤에 거느리고 섬돌 아래 서 있었다.

좌정해서 수인사를 나눠보니 그 중이 그즈음 '일본 문물 선전원'

으로 조야에 이름을 떨치고 다니던 이동인李東仁이었다. 법명이 천호淺湖라고 해서 제법 멋을 부렸구나 싶었고, 일본 이름도 하나 지었다면서 천야동인淺野東仁이라고 했다. 빡빡머리로 햇볕을 정수리에 이고 다녀서인지 검붉은 얼굴이 놋그릇처럼 번들거렸다. 눈썹이 송충이처럼 새카매서 이채롭기도 했다. 그렇게 봐서였는지 누런 가사가 중옷으로도 어울리고, 그 사람한테도 안성맞춤이었다. 내 인상담을 더 깊이 새기려는 듯이 천호 스님은 곧장 일본에서는 누구나 흔하게 사서 쓰는 일용품이라면서 당황성냥을 선물로 내놓았다. 조그마한 행연 모양의 종이갑에 귀이개 같은 나뭇가지가 소복하니 담겼고, 그 개비마다에는 새싹 같은 빨간 눈이 달라붙어 있었다. 그 알맹이를 까끌까끌한 마찰면에다 그었더니 대번에 빨간 불꽃이 일었다. 그 불로 담배를 뻐끔거리고 있으려니까 도원공이 득의의 표정으로 말했다.

"민 영감, 내 청 하나 들어주시오. 다름 아니라 이 도일 유학승이 당분간 여기 서울에서 지내며 연비연비로 개화 세력을 모아보겠다니 이 별당에 묵도록 선처해주십사 하는 것이오. 고균공도 여기가 기중 안성맞춤이다라는 의견을 내놓았소."

내 머릿속이 순식간에 복잡해졌다. 도원공도 그새 일본 칭송자로 돌변해서 들떠 있고, 어떻게든지 나를 친일도당의 수하로 엮으려 하며, 그 일환책으로 이 중년의 스님을 매개자로 심어두려 하는구나와 같은 추측이 담배 연기보다 더 짙게 뭉글거렸다. 게다가 나를 구슬리고 세뇌시키기에 따라서 주상과의 확실한 통로를 만들어놓는 한편 척양 및 배일 세력의 정점인 대원군 쪽에는 나를 방패막이로 삼으려는 모양이다.

'구실이 제법 그럴싸하네, 역시 도원과 고균은 일을 꾸려가는 사람이구면. 무엇이든 바꾸지 말자고 상감만 짓조르는 조야의 고풍高風들 보다야 백번 낫다마다'라며 나는 속생각을 나름껏 정리했다.

"그럭 하시구려. 역시 개화승이라 발이 너른갑소. 저 옆방도 사철 내내 비어 있고, 식사야 행랑채에서 숙객들과 함께 하면 되리다. 말이 나왔으니 한마디 보태면 우리 집 숙객들부터 개화물을 들이는 것도 좋으리다."

어려운 청이 수월하니 해결을 보았다며 두 사람은 홀가분한 낌새를 드러냈다. 뒤이어 두 빈객은 한동안 자랑이랍시고 일본 풍물담을 장황하게 주거니 받거니 하면서 나의 호응을 촘촘히 겨누기도 했을 것이다.

그런데 내 별당의 두 번째 빈격이었던 그 개화승만 떠올리면 그의 얼굴은커녕 몸피나 어떤 버릇도 남아 있는 게 없다. 소치 선생이 바위처럼 웅크리고 온종일 가만히 앉아 있었던 데 비해 천호 스님은 30대 초반의 한창나이여서 그랬던지 잠시도 쉬지 않고 밖으로 나돌아다녔다. 명색 중이 그토록 바쁘게 설치는 것도 적잖이 이상했고, 불경을 외고 보는 법도 없이 설법 대신 일본 찬미론만 밝히니 수상한 게 아니라 거의 미친 이국異國 예찬론자였다.

아마도 한 달쯤 내 집의 그 별당에 묵었을 테고, 주상을 꼭 알현하고 싶다고 해서 내 입대 때 그를 데리고 가기도 했으나, 내가 아는 한 그는 결코 난해한 인물이 아니었다. 차라리 너무 이해하기 쉬워서 하품이 나오도록 재미없는 사람이었다. 스님이야 원래 불법을 닦고 널리 펼치는 소임을 실천하니 그 말씀이야 일일이 반듯하고 옳은 소리일 테니 재미를 바란다면 이상하지 않냐고 할지 모른다. 그렇지 않다, 스님도 그 속내가 너무 뻔히 비쳐서 쉽게 알아볼 수 있는 세속인과 같다면 절을 뛰쳐나와야 양쪽이 서로 쓸데없는 설왕설래도 줄이고 모든 허비를 줄일 수 있을 것 아닌가. 승복을 입은 속물로서 세상을 바꾸자고, 일본을 본받자고 한다면 불도를 제멋대로 이용하고 있든지, 중으로서의 본분에는 최대한으로 소홀한 행태가 아니고 무엇인가. 한마디로 제 주제를 파악하지도 못하고 만용을 부리는 게 아닌가.

아침 밥상을 물리자마자 내가 별당으로 건너가 앉았으면 천호 스님은 벌써 외출 중이거나, 어느새 내 기척을 알고, 시주님, 소승은 오늘 봉원사 불사에 참석했다가 겸사겸사로 청계천의 백의정승_{유대치劉大致의 별호, 개화선각자, 한의사, 갑신정변의 배후 조력자}도 찾아뵐까 합니다라고, 흡사 자신의 마당발을 자랑하는 듯이 외는 식이었다. 그러고는 하루나 이틀씩 코빼기를 비치지 않기도 했다. 말이 나왔으니 덧붙이자면 그는 내가 연하라서 그러는지, 영감, 대감, 쥔어른, 사랑 마님, 운미공 같은 편한 호칭을 극구 기피하고 꼬박꼬박 '시주님'이라고 불러서 적잖이 정나미가 떨어지게 했다.

누구라도 짐작하겠듯이 그의 설법의 대종이 일본 칭찬하기임은 말할 것도 없는데, 그게 대체로 청결, 친절, 정직, 절도, 규칙 엄수, 청렴결백, 녹수청산 등등으로 한결같았다. 사람 만나기를 좋아하는 주상이 호기심 많은 눈매로, 정녕 민심이 그렇게나 순후하단 말이지라고 다잡으면 적어도 소승은 비록 심안이 부족하나 육안은 그런대로 쓸 만하다고 자부합니다라고 해야 되련만, 그는, 실로 그러하옵니다, 하루에도 몇 번씩이나 눈이 번쩍 뜨이는 장면을 목격하였사옵니다 정도가 고작이었다. 말의 내용도 그렇지만 그 가락조차 매미 소리처럼 지겹기 짝이 없으니 나로서는 이해를 하려고 냅뜨고 나설 염이

제 풀에 오그라들었다. 소치 선생은 말이 너무 없고, 자칭 소승짜리
는 말이 너무 많은데도 상대방을 지루하게 만드는 쪽은 단연 떠버리
였다. 육안만 부라리며 둘러봤으니 일본의 그 숱한 미덕이 어디서 왔
는지, 그 이면에는 어떤 이해타산이 숨어 있는지, 그것을 무작정 우
리 땅에다 옮겨놓을 수 있는지, 우리의 어린 민초들에게 그것을 받아
들일 만한 역량이 있는지도 모르고 그처럼 우쭐대고 설치니 나로서
는 긴가민가할 수밖에 없었던 셈이다.

한동안 풍뎅이처럼 쉴 새 없이 돌아다니고 그만큼 혈색도 좋은 천
호 스님의 그 둥그스름한 두상과 얼굴만 떠올리면 나는 머리가 지레
절레절레 흔들렸다. 소치 선생은 자꾸만 당신을 제발 놓아달라고, 고
향으로 내려가겠다고 통사정해서 어떻게 하면 좀더 오래 붙잡아둘
수 있을까 하는 궁리로 내 머리가 복작거렸는데, 웬 사판승 하나는
어서 나가달라고 통기하고 싶은 마음이 굴뚝같아서 내 '일과'를 어수
선하게 만들었다. 내 심중을 아는지 모르는지 '얕은 호수'라는 법제
자는 내처 눌어붙어 있을 낌새였는데, 하기야 중이란 생업이 '거처'를
가려가며 불도를 닦고 숙식을 해결하지는 않을 터이므로 나로서는
우두커니 지켜볼 수밖에 없는 노릇이었다.

앞서도 한번쯤 언급했지 싶고, 앞으로도 서너 번 더 강조해야 되
지 싶은 내 재물관을 범상한 장삼이사들이 해독하자면 좀 껄끄러울
지 모른다. 내 평소의 지론으로서는 지극히 당연한데도 말이다. 그것
은 이렇다. 목돈을 쓸 데와 써야 할 때가 내 분별로 맞아떨어졌다 하
면, 물론 그런 결단은 대체로 즉흥적으로 이뤄지지만, 나는 과감하
게, 후일의 어떤 보상 따위는 일체 염두에 두지 않고 쾌척하는 데 결
코 인색하지 않다. 그야말로 손에 '집히는' 대로 주고서도 후회한 적

이 없다. '주었다'는 사실조차 잊어버리려고 기를 쓰는 쪽이다. 그럼에도 불구하고 나는 한 푼이 아까워서 온몸을 부들부들 떨면서, 헛돈을 썼네, 차라리 불쏘시개나 하고 말았어야지라는 자탄으로 며칠씩 꿍꿍 앓는 일도 비일비재하다.

염불 걱정보다 구국 일념으로 저렇게나 바쁜 양반의 뒷배로 내가 나섰다니, 도원공이나 나도 엔간히 오지랖이 넓은 역성쟁이가 아닌가. 조선 천지가 비좁아서 섬나라까지 여러 번씩이나 들락거리는 저 거마비는 도대체 누가 감당하고 있는가. 고균이야 불교에 심취해 있다니까 여기저기서 성금을 끌어모아 여비를 대주기도 했겠으나, 일본 경도京都의 본원사本願寺라는 절에서도 활동 경비를 집어준다는데 그들이 과연 나처럼 아무런 보상을 바라지도 않고 '공밥'을 먹일까. 도원공은 선의로, 스님들도 시방 일본의 신문물에 이처럼 경탄하고 있는 '실적'을 내가 체험하고, '개화물'이 옴팍 들어서 주상께도 '더불어' 그 약물의 효험을 아뢰라고 천호를 맡긴 모양인데, 나로서야 그 소임을 마쳤을뿐더러 별선군관이란 직첩까지 따게 했으니 이제는 어디로든 데리고 가야 할 것 아닌가.

천호 스님은 역시 좀 맹랑했다. 올 때처럼 홀연히 내 별당에서 자취를 감춘 것이었다. 나는 이상해서 그의 그 재미없는 '언행'을 번번이 되돌아보며 공연히 헛품을 팔았다고 후회를 곱씹는데, 도원공이나 고균은 대수롭지 않다는 듯이 그럴 수도 있지 뭐, 중치고는 놀고먹지 않고 사부대중과 더불어 일하기에 미친 참한 위인이요라는 식으로 천호 스님을 두둔하는 데 입을 모았다. 일도 일 나름이고 각자의 전문 분야가 있지 않은가. 별선군관이란 직책만 하더라도 우선 대궐을 지켜야 하는데, 그가 매일 시진한다는 말도 듣지 못했으니 그

다부진 체격의 소용처는 도대체 어느 구석인가라는 생각도 쉬 지워지지 않았다.

그러다가 그해 연말께 주상도 웬만큼 '물이 들어서' 개화를 본격적으로 집행할 기구로 통리기무아문統理機務衙門을 신설했고, 내게 그 일익을 담당하라면서 천호 스님에게 참모관이라는 직첩도 내렸다. 그때 몇 차례 만났던 기억은 있고, 늘 그렇듯이 허둥지둥 바쁘게 돌아다니는 양반이란 인상만 남아 있을까, 그와 내가 무슨 말을 나눈 것 같지도 않다. 그리고 나는 그를 까맣게 잊었다. 그럴 수밖에 없는 것이 그의 생업이 불문에 있는 데다 그 당시 대개의 세가勢家 사대부들이 그랬던 것처럼 나도 불가를 데면데면하게 대했으니 말이다.

천호 스님의 행방불명을, 아니 그의 죽음이 사실이라는 전언마저 뜬금없이 들려온 때는 그 이듬해1881년 초여름께였다. 누런 가사는 당사자 것이 틀림없는데 얼굴을 알아볼 수 없었다거나, 머리통 전체가 몸과 분리되어 멀찍이 떨어져서 수구문 입구에 놓여 있었다 같은 흉악한 낭설도 따라왔다. 그의 벼락출세를 견제하느라고 도원공이 운현궁 쪽에 암해暗害를 사주했을 것이란 엉터리 추측도 들려왔다. 여태 시신이 나타나지 않았다는 풍문도 나돌았으므로 '암살'이란 말도 부당하지만, 도원의 개입설도 천부당만부당한 소리였다. 도원공은 제 소임에는 죽기 살기로 덤비는 권신이자, 소신대로 자기 몸이나 꼿꼿이 일으킬까 신료들의 내색에는 곁눈질도 주지 않는 직신이다. 그즈음 그가 온몸을 던졌던 '일본 경도열'도 좀 조급했을망정 자신의 확고한 신념의 소산이었다. 지나칠 정도로 들떠 있긴 했으나 그의 단단한 외양과 빠른 걸음걸이에서 우러나오는 강직한 기상을 나는 한번도 '저게 뭘까, 왜 저럴까'라고 의심해본 적이 없다.

그러나 운현궁 쪽에서 오래전부터 별러오다가 천호 스님을 결딴냈을 것이라는 당시의 부언낭설에는 나도 대체로 머리를 주억거리는 편이다. 운현궁에 들러서 밥술이나 뜨고 간 문객이 섭정 기간에 10만 명 이상이었을 것이란 통설이 있었던 만큼 그들 중 골수의 척왜론자 몇몇이 '머리'를 모았다면 언제라도 스님 한 사람쯤이야 손쉽게 비명횡사시킬 수 있었을 것이다. 물론 대원군의 '말씀'을 들을 것도 없이 그들의 결행력은 막강하며, '대세관'도 국왕이나 조정의 추달쯤은 각오하고 있을 정도로 확고하다. (덧붙인다면 대원위 대감의 처족 중 누군가는, 이마도 부대부인府大夫人의 교전비 중 하나가 그때 벌써 천주교도로 신심이 돈독하다는 풍문도 나돌고 있었으니 천호 스님의 일본 경배열이 더 괘꽝스럽게 비치기도 했을 터이다.) 또한 소위 '무위도식'하는 서원 세력이나 천주교를 모질게 탄압한 데서도 비치듯이 운현궁 쪽의 꿍한 수구 지향이 한 스님의 찔찔거리는 친일 행각을 어떻게 꼬느고 있었을지는 불 보듯 뻔하다. 적어도 그들의 그런 시선과 '실력 행사'에는 조선 백성의 9할 이상이 자기들 편이라는 확실한 시녀이 배어 있다. 그쪽의 그런 결단력을 내 나름으로 풀어가니 천호 스님에 대한 나의 뒷배가 무작정 길어지고 푸짐했더라면 내세도 어떤 위해가 덮쳤을지도 모른다는 추리도 쉬 떠들고 나섰다. 하기야 총포나 군함 같은 신식 무기를 일본으로부터 구입하는 그 교섭 일체를 천호 스님에게 맡겼다는 소문도 미심쩍은 대목이다. 일본의 조야를 쥐락펴락한다는 그의 호언장담에 도원이나 고균 같은 개화파가 놀아났다면 그들의 개화관이 얼마나 유치했는지도 짐작할 수 있을뿐더러 천호 스님의 과시벽이 적어도 한시적으로 통했다는 증거일 수 있을 테니 말이다.

　　제17장　방안풍수 만당滿堂

불과 한철 동안에 지나지 않지만, 일본의 개화 문물에 혹해서 미처 날뛰었던 한낱 개화승에게 내가 봉 노릇을 했다는 생각은 그 후 두고두고 분했고, 한편으로는 그에게 공밥을 먹인 것이 결코 헛된 짓은 아니었다는 나름의 자위를 챙기기도 했다. 왜냐하면 개화의 본색은 물론이려니와 개화파의 진정한 실력이랄까 안목도 분별하는 내 나름의 심안이 생겼으니 말이다. 결국 도원이나 고균은 내게 '개화 물들이기'라는 술책을 내놓았다가 오히려, 이래서야 개화가 이뤄진들 무슨 득이 될까, 차관으로 수입한 일본의 무기를 누가 조종할까와 같은 개화 회의론자를 그들의 동지로 두게 되었으니까. 달리 말하면 개화파들이 승려를 앞세운 것이 실책이었다는 소리가 아니라 그들의 일본 경배열은 지나치게 순진하고 또 천호 스님만큼이나 호언장담투여서 미처 그런저런 분별에도 둔했다는 것이 내 소견이다. 그러나마나 굴뚝처럼 피워올리는 내 담배 연기, 심장이라도 들여다볼 듯이 껌뻑이는 내 시선, 담배 물부리를 줄창 물고 있느라고 묵언으로 일관하는 내 도도한 자태 등이 못마땅해서 '시주'하는 대로 공밥이나 얻어먹은 천호 스님은 바로 그 자격지심 때문에라도 내 앞에서만큼은 그 달변의 '일본 예찬' 설법을 삼가지 않았나 싶다. 그것이 '밥값'이었다면, 그 불편이 당최 거슬려서 지레 내 집의 숙객 노릇을 작파하기로 했다면 그는 내 생명의 은인이기도 하다.

사람의 인연이란 실로 알 수 없는 것이다. 똑같은 스님인데 한쪽은 기인다운 용모로 조일 양국의 정가와 불문을 주름잡고 다닌 선각자 개화승이라고 그를 금동 불상처럼 떠받드는 데 밤잠을 설치는가 하면, 이미 드러났듯이 그 보잘것없는 육안으로 일본의 국력을 어느 정도 읽었는지도 의문이려니와 승려라고 해서 신식 무기에 대해 무식하라는 법이야 없겠지만 과연 그 소용도를 얼마나 제대로 알았을지 몰라서 머리부터 흔드는 사람도 있으니 말이다. 이처럼 그와의 인연이 제대로 닿은 쪽과 처음부터 버성긴 쪽이 서로 옳다니까 적잖이 헷갈리는 것이다. 명운도 마찬가지다. 도원처럼 방정한 처신에 성심성의로 국사에 임하는 직신도, 고균처럼 무슨 일이든 앞장서서 꾸려가던 지신智臣도, 전자는 광화문 앞에서 왜당의 괴수로 몰려 총검으로 학살 당한 후 난민들의 석유 불에 분사焚死되고, 후자도 대국 땅 상해에서 총 맞아 죽고 난 후 그 시신마저 능지로 찢겨 한강변에 효시되는 봉변을 당했으니 얼마나 불가해한가.

그 당시 '개화'의 이해와 '개화 세력'의 수준에 대해 그런저런 일화를 되돌아보니 자연스럽게도 나는 일, 곧 그것이 국정이든 관무든 사무든 개인이 감당해야 하는 그 일상적 용무와 당사자와의 관계를 어떤 식으로든 정리해둬야겠다는 생각이 앞선다. 앞으로도 이 회고록에서 용무와 관련된 내 식의 사람 감별법이 많이 나올 것이고, 또 나만큼 위에서 시키는 일을 열심히 하고 한편으로 적지 않은 수하를 무리면서 온갖 잡무를 시켜본 사람도 드물 테니 말이다.

첫째 부류는 '일'을 스스로 만드는가 하면 자기가 맡은 식무를 적극적으로 해치우는 사람이다. 이들은 일을 끌어가지 절대로 일에 끌려가지는 않으며, 일을 싫어하지도 겁내지도 않는다. 물론 그들은 똑똑하므로 그 일에 대한 사명감도 세울 줄 안다. 의욕도 늘 넘친다. 자기 능력을 과신해서 실수를 저지르는가 하면 완전히 망가뜨리기도 하지만, 또 다른 일이 미리 와서 기다리고 있으므로 방금까지의 일이 어디서 왜 버그러졌는지 따져볼 여유나 여력도 없다. 대체로 그들의 진정한 실력은 그 열정에 비해서 보잘것없는데도 그것을 모르거나 인정하려들지 않는 것도 이 첫째 부류의 우스꽝스러운 한계다.

둘째 부류는 당면한 일을 그럭저럭 해치우기는 하지만, 늘 그 업무에 질질 끌려다닌다. 첫째 부류처럼 일을 즐기면서, 미친 듯이 하지는 않는 것이다. 그러니 자기 능력이 서푼어치도 될까 말까 한 것도 미처 모른 채 어떤 대가, 곧 보상부터 먼저 따지는 사람도 바로 이 부류다. 이들에게 어떤 성취욕이 비치지 않는 것은 일보다 돈을 먼저 따지기 때문이다. 아전들이 토색질을 자신의 고유 업무로 착각하고, 관물을 포흠하는 것도 일과 능력과 대가를 제멋대로 혼동하고 있어서임은 명백하다. 명색 상전의 재물을, 곧 내 개인 재산을 착복, 횡령해간 날도둑놈들의 눈빛, 말씨, 행태 따위를 한때 오래도록 떠올려보니 그들에게는 하나같이 일 자체를 만만하게 또 가소롭게 여기는 시건방이 온몸에 덕지덕지 처발려 있었다. 그것을 위장하느라고 그들은 가식을, 거짓말을, 거짓 시늉을 함부로 내두르면서 상전의 귀와 눈과 머리를 속이는 데 전심전력한 것이다. 속고 속이는 것도 한때 쌍방이 치르는 예의 그 불가피한 인연이라고 치부할 수밖에 없다.

셋째 부류는 일을 아예 하려고 들지 않는다. 자신의 생업, 곧 목숨부지에 필요한 최소한의 작업마저 마지못해 치르는 데 자족하는 것이다. 이들에게 국사나 남의 일 따위는 늘 너무 크고 벅차며 '잘못했다가는'을 미리 상정하므로 업무가 두렵기도 하다. 그러므로 일 자체를 기피함으로써 오히려 남의 생업 전반을 방해하고 있는데도 엉뚱한 구실로 자신의 처신을 호도한다. 이처럼 방관하는 태도는 흔히 그렇듯이 거지가 새벽같이 사진仕進에 나서는 도승지 팔자를 불쌍타고 비아냥거리거나, 이불 속에서 고함치다가 급기야는 그 작은 세상에서 참칭 성인군자로 자족한다. 물론 그들은 게으르고, 게으름 자체를 멋으로 즐긴다. 그 게으름에 화려한 구실을 달아대는 것이 멋을 내는 게 아니고 무엇인가. 그 어울리지도 않는 멋부림이 자신의 고유한 업무까지 방기하고 망외의 영역까지 넘보는 자기기만도 불러들인다. 중뿔나게 남의 일을 간섭하기 시작하는 것이다. 의외로 이 셋째 부류가 절대다수인 듯 보이는 것은 사람의 일상사나 세상사가 너무나 고만고만하고 지루해서 그런 일탈을 즐기려는 인간의 본성 때문일 것이라는 추단까지 끌어 내놓는다.

하등에 쓸데없는 갈래짓기라고, 늙마에 노망이 들어 제 편리한 대로 사람을 몰아세워놓고서 온갖 허물, 실수, 망신을 덮어버리려 한다고, 그런다고 밑구멍이 가려질 줄 안다면 오산이라고 타박할지도 모르겠다. 대체로 맞는 말이기도 하나 어떤 분류도 수수방관보다는 낫다. 머리가 있는 사람과 없는 사람이, 그것을 때맞춰 부리는 사람과 놀리는 사람의 차이가 나는 갈래짓기를 하느냐와 하지 않고 지내느냐에 있다고 생각한다. 붓을 들고 화선지에다 어떤 형상을 새기려는 사람이 우선적으로 노리는 게 무엇이겠는가. 적어도 그는 본 대로, 느낀 대로, 생각한 대로 분별해보려는 것이다. 분별은 말 그대로 갈래짓기의 다른 말이 아니고 무엇인가.

아무튼 나의 이 세 가지 갈래짓기가 한날한시에 예의 그 내 별당에서 조촐하니 벌어진 사례를 지금부터 간략하게 풀어놓아 당시의 정국을 이해하는 데 도움도 되고, 그 추세에 대한 내 나름의 분별이 과연 온당했는지 점검해보고 싶다. 분별은 어떤 대상이라도 화선지 위의 난엽처럼 선명해야 하니까.

내가 상의 칙명을 받들어 신설한 기구 통리기무아문의 일에 매진하던, 그것도 매번 그랬듯이 그때도 경리사經理司와 군무사軍務司

를 겸직하고 있던 때가 아니었나 싶다. 그때 내 실권은 실로 막강했다. 내 어린 나이 때문에 아무리 홀하게 본다 하더라도 그때의 내 위세는 한때 황사공이 상신 세 사람의 전권을 한목에 행사한다던, 심지어 양전도 그이의 자문을 득한 후에야 칙임한다던 그 실권을 반쯤 거머쥐고 있었다고 해도 과언은 아닐 것이다.

그즈음의 어느 날 저녁나절에 나는 별당에서 조촐한 술자리를 베풀었다. 나의 연주筵奏 임금의 면전에서 아룀로 압록강 가의 벽지 벽동碧潼에서 유배살이를 하던 봉조 이건창李建昌이 풀려났으므로 그가 향리 강화도로 내려가기 전에 위로하는 자리를 마련한 것이다. 이왕 자리를 만들었으니 수저만 한 벌씩 앞앞에 더 놓는 것도 내 눌변에 도움이 될 테고, 당대의 명문장가이자 외곬의 척양주의자인 이건창에게도 '개화'를 물들여서 나쁠 게 없으리라는 셈속이 발동해 내 사랑의 압객들에게 통기를 놓았다. 청국인 황모의 얇은 책 한 권을 갖고 온 죄 때문에 친일당으로 몰려 조정에서 물러나 쉬고 있던 김홍집, 늘 몸이 두 개라도 모자라는 터이지만 본처와는 사이가 안 좋은지 첩치가의 재미로 영일이 없던 김옥균, 과묵하나 우월감으로 남을 깔보는 눈빛이 어느 자리에서나 흔들리지 않는 홍영식, 선군先君의 부마駙馬로서 상처한 통에 금상今上이 하사한 첩을 부실로 데리고 살다가 그마저 앞세우자 그 동생, 곧 처제와 살림을 차린 훤한 신수의 박영효, 관원들의 비리와 부정을 밝히는 데는 서슬이 퍼렇다고 소문난 어윤중 등이 속속 모여들었다. 술이 한 순배 돌자 자연스럽게도 나에 대한 공치사와 아울러 황사공에 대한 이건창의 한탄 섞인 감회가 따랐다. 그 골자는 이랬다.

이건창이 한때 암행어사로서 충청우도 감사 조병식趙秉式의 탐학

442

을 저저이 논핵했던 적이 있다. 죽을 목숨인 줄 안 조병식은 대궐에도 수시로 봉물을 밀어두었던 터라 믿는 구석이 있었으나, 구실을 더 만드느라고 당시의 실권자 황사공을 새벽에 찾아갔다. 이건창이 대원군의 지시를 받아 조가 자신의 선정善政과 실정失政을 제멋대로 섞어서 마구 부풀리고, 차제에 벼슬길을 아예 망치려든다며 엉뚱한 변명을 내놓기 위해서였다. 그때는 황사공이 대원군 쪽과 척을 지며 그 쇄국책도 시대착오에 불과하다면서 일정하게나마 제동을 걸고 있었으므로 조가도 명색 개화 세력을 자임하느라고 설레발을 떨어낸 것인데, 실은 당장 제 살길만 찾느라고 운현궁을 팔아댄 것이다. 탐관오리는 임시 모면책으로 아무 이름이라도 끌어다 대고 어느 쪽 주장이라도 제 편리한 대로 들먹이는 너스레에 만능인데, 조가는 평생토록 그 짓거리로 허둥거린 장본인이다. 황사공은 귀가 얇기도 하려니와 정에 약해서 남의 통사정을 잘 들어주는 조신이었다. 그래서 조병식을 은근히 비호하니 위에서는, 이건창이 과인과 동갑인데 아직 어려서 아무래도 미욱한 구석이 있다, 봉조의 탄핵은 잘 어루만져야지 하는 시으로 물리쳤다. 황사공의 사세 판단도 기민했지만 그 정도나마 두둔을 받도록 사전에 술수를 부린 조가의 잔꾀와 그린 '꼴'을 꾸준히 받아먹어온 임금까지도 이건창의 장작처럼 뻣뻣하고 드센 탄핵을 긁어서 부스럼만 덧들인다는 조로 지겨워한 것이다. 그것으로 끝나면 좋았을 텐데 한 아전이 자기는 죄가 없다고, 감사가 시키는 대로 했을 뿐이며 상전의 부정과 비리를 불면 살려준다고 해서 까발렸더니 암행어사가 장형으로 다스렸다고, 출옥하고 나서도 그 분을 참지 못해 굶다가 죽어버린 사달이 벌어졌다. 억울하게 생목숨을 앗긴 그 죽은 아전의 아들도 역시 황사공에게 달려와서, 이처럼 억울한 사정이 어디 있느냐, 이 원수를 꼭 좀 갚아달라고 빌었다. 그 나물에 그 밥이란 말대로 아전도 감사와 한통속이어서 꼬드기는 대로 고자질을 하니 어느 쪽이 옳은지 알 수 없었다. 실로 딱한 일이어서 황사공은 장탄식을 토했다. 어쩔 수 없이 '칼'을 빼 휘둘러야 했다. 이미 조야의 여론은 탐관의 불법과 비리를 밝히는 데는 이건창과 어윤중을 따를 만한 자가 없다는 쪽으로 기울어 있었다. 하지만 황사공은 위의 '입김'도 모른 체할 수는 없으므로 조가를 지도智島에 유배 보내고, 이건창을 벽동으로 귀양 가게 하는 선에서 마무리 지었던 것이다. 나중에 황사공은 인편의 입을 빌려 이건창에게, 내가 인정에 물러서 한쪽 말만 들은 게 후회막심이지만 또 그럴 만한 사정도 있었으니 양해하라고 전했다고 했다. 황사공의 그런 수줍어하는 내색은 이건창이 무엇으로나 당신 자신의 경쟁 상대가 아님을 드러내는 것인데, 좌중에 그것을 읽고 있는 사람은 나뿐인 듯했다.

이건창이 술잔을 만지작거리며 짙은 감회를 읊조렸다.

"내가 너무 빳빳했던 거야 쑥스러우니 더 말할 것도 없지 싶소. 헌데 나한테도 황사공을 찾아갈 주변머리가 있었더라면 이번 같은 객지 고생은 면했을 텐데, 다 인연이 없었던 게지요. 아무튼 숙질이 애먼 사람을 귀양도 보내고 사면도 시키니 참으로 묘하오. 어쨌거나 구원은 다 잊어야지. 황사공의 머리가 너무 기민해서 탈이라는 말만 들었을까 나는 막상 뵙지도 못했소."

장내가 잠시 숙연해졌고, 다들 고인이 된 황사공의 덜 알려진 면모를 주워섬기느라고 분주했다.

이윽고 술들이 꽤 취했을 때쯤이었다. 나도 술을 두 잔쯤 마신 터여서 좌중이 만만해졌다. 그 술김이 탈이었다.

이건창에게는 평생에 한 번 닥칠까 말까 한 좌석일 것이므로 나는 그의 속내를 떠보느라고 별러온 말을 꺼냈다.

"니 집 내 집이 엄연히 따로 떨어져 있어도 이웃 간에 내왕이 있듯이 나라도 그 짝으로 서로 문호를 열어놓고 통상을 해야지 않겠소."

이건창은 차마 내게는 말을 못 하고 김홍집을 노려보며 일갈했다.

"그대는 황모의 그 잡설 『조선책략』인가를 갖고 온 저의가 뭔가. 기독교가 무해하다니 말이 되는가. 우리의 미풍양속을 얼마나 그르치고 있는 줄을 뻔히 보고 있지 않나. 또 그대는 복명서에서 황준헌을 척사拓士라고 했던데, 그가 무엇을 개척했단 말인가. 조야를 일부러 시끄럽게 만들려고 작정했다면 그대는 우리 백성을 너무 만만히 보고 소홀히 여기는 게 아니고 무엇인가. 명색 일등 관원이 민초를 업수이 여기면서 어떻게 국사를 바로잡고 국위를 떨치려는가."

내가 알기로는 도원이 봉조보다 열 살이나 많지만, 생각이나 처신이 꼭 그런 것처럼 이건창이 김홍집과 동년배로 보일 만큼 겉늙어 있었다. 그러나 마나 '그대'란 호칭은 그즈음에도 존칭어로서 나이와는 상관없이 누구라도 쓰던 말이라 양해한다 치더라도 이건창의 말투는 개화파 관원이라면 누구라도 반말 짓거리를 해야 속이 시원하다는 투였다. 그러니까 이건창이 김홍집에게 한 말은 좌중의 '우리' 개화파 모두를 싸잡아 힐난하고 있는 셈이었다. 술이 안 받는 체질인데도 한두 잔 권하는 대로 마셔서 그랬을 텐데 내 심사가 적잖이 편찮았다. 책자 한 권을 갖고 온 게 시빗거리라니.

내가 불퉁하니 받았다.

"책략도 맞는 말이고 척사도 틀린 말은 아니지 않소. 우리 신료야 상하좌우를 살펴야 하는 입장이어서 그렇다 쳐도 산림에서도 못 내놓는 조선의 살길이라는 꾀를 황모 중국인이 낸 것이고, 길고 짧은 것은 당해보면서 재봐야 알겠으나 일단 남들이 못 내놓는 길을 열어 가자고 하니 그게 척사지 설마 길을 놔두고 꾀 쪽으로 가자는 속사俗士이기야 하겠소."

이건창의 눈빛에 이 자리를 베푼 주인에게도 대들어야 하는가 하는 주저가 어리고 있는데, 당사자 김홍집이 나섰다.

"내가 수사修使 일에 치이고, 도국의 일신한 면모에 적이 감탄하다 보니 얼김에 좀 조급했다 싶어서 차제에 반성을 착실히 하고 있소. 다 이 몸이 저지른 부덕의 소치니 너그럽게 양해해주시오. 발명 같소만 책이야 각자의 의견을 피력하는 것이니 우리가 잘 읽고 취사해서 또 다른 방략을 내놓으면 되리라는 게 내 소신인데, 이토록 일파만파로 민심을 어지럽게 만들 줄은 미처 생각도 못 했소. 내 반성의 골자는 실로 이것인데, 역시 단견이어서 그런 것이니 달리 무슨 말을 더 하겠소."

그 후로도 그런 장면을 몇 번이나 봤는데, 도원은 팽팽한 언쟁이 시작될 듯싶으면 곧장 부덕, 단견, 천학淺學 운운하며 스스로 먼저 머리를 숙여버릇했다. 좋게 보면 겸손한 자세지만 달리 생각하면 그때까지 부르짖은 자신의 소신을 허물어버림으로써 기절도 배짱도 없는 무골충으로 비치는 것이었다. 그러나 도원공은 찬찬하나 딴딴한 힘이 뭉친 눈빛처럼 자신의 신념에 투철한 양반이었다. 실은 제 주장만 옳다는 악바리와는 시비를 가릴 수도 없고, 그런 언쟁이야말로 시간 낭비에다 실인심만 재촉할 터이므로 피하련다, 어차피 각자의 길을 갈 수밖에 없다, 내 일, 내 사명만 좇기에도 바쁘다, 내가 고개 숙인다고 기고만장해하는 위인이야 서푼어치도 못 되는 작자 아닌가 하는 그의 확실한 봉사 자세를 그때까지 나는 곡해하고 있었던 셈이다.

벌써부터 좌중은 두 가닥으로 크게 갈라져 있었다. 개화파와 수구파로 말이다. 그러나 짐작이 가듯이 개화파가 절대다수에다 수구파는 이건창 혼자였다. 그럼에도 불구하고 조선 백성 전부와 그들을 대변하는 방방곡곡의 선비들은 산의 수풀처럼 자욱하게 숨어 있다는 믿음 때문에라도 이건창은 기고만장이었다. 아니다, 나 혼자서도 이 좌석의 개화파를 모조리 상대할 수 있다는 자만심이 점점 더 꼬장꼬장한 고집까지 부풀려서 안하무인이었다. 원래 혈혈단신은 만난이 닥치더라도 구명도생 길을 찾으며, 고군이 분투하는 것은 적의 숫자가 많아서가 아니다. 독불장군의 입에서 거침없이 '나라를 팔아먹을 처사' '시무時務에 무능한 소치' '흐트러진 국시國是' '조령무상朝令無常 조정의 명령이 일정치 않음' 운운하며 좌정의 모든 언변을 단칼로 베기에 바빴다. 그렇다고 좌중의 개화파 일색이 한낱 행내기 선비의 독장치기를 수수방관하고 있지는 않았다. 그것을 달리 소묘하면 대강 이럴 터이다.

나보다 한 살 밑이지만 틀거지는 열 살 손위 같은 박영효는 언제라도 여유만만한 성격이라서 느긋한 어조로, 거참 듣기 서북하오, 나라를 팔아먹다니, 방정맞은 말 아니오, 제발 그 말 좀 작작 하시오, 불길하기 짝이 없소, 시방 나라를 구하려고 이러지 않소, 백척간두란 말도 삼갈 말이요라고 했다. 주역의 64괘를 헷갈리지 않고 줄줄 외워내고 자칭 점괘에도 밝을 뿐만 아니라 바른 소리를 잘하는 만큼이나 강개한 글도 곧잘 짓는 어윤중은 천장에다 시선을 비끄러매고, 고루하기 짝이 없소, 벼슬을 안 하겠다고 그렇게나 일신을 사리다가 이제는 제 생각만 옳다며 감싸느라고 저렇게 헐떡거리니 머리가 모자라는 게 아니오, 중국이든 일본이든 한번 갔다 와서 우리 것만 제일이다라는 그 답답한 소견머리부터 바꿔보시는 게 급선무 같소라고 역시 일갈했다. 일등 권문세가의 둘째 아들로 머리가 출중한데도 단지 후실 소생이기 때문에 제 형에게 늘 눌려 살며, 그 자격지심에 짓눌려 있는 홍영식은 나 못지않은 애연가지만 독자이자 장손이자 양자인 나를 언제라도 동생처럼 어르고 굽어보는 사람인데, 그날따라 상석의 내 쪽을 그 딱딱하니 굳은 눈길로 오래도록 직시했다. 내가 잘못 읽지 않았다면 금석의 기다란 시선은 틀림없이 이런 말을 하고 있었다.

'봉조는 안 되겠소, 염기染氣 불가요, 지가 물들지 않으려는데 우린들 어떻게 하겠소, 대문장가라는 자부심도 내가 보기에는 잔다란 아망에 불과하오. 대국 청의 명색 지사가 쓴 대책문을 무시하는 작자가 조詔나 전箋 선행 저작물에 해설이나 자신의 소견을 밝히는 글이나 명銘 같은 조각글 짓기로 자족하는 꼴인데, 그게 무슨 명문장가요. 황사공께서는 문장을 알아보는 눈도 특별했을 것이나 주로 책을 수집하는 그 집착 때문에 봉조를 그나마 선비로 대접하고, 인편에 사과도 한 듯하나 나는 한낱 속유俗儒에 지나지 않는다고 보오. 지 잘난 멋에 취해 사는 저런 명색 식자는 시방 조선 천지에 너무 많아서 탈이오. 시골일수록 다들 왕질 하기는 만판이오. 실제로도 우리가 허명에 얼마나 속아오고 있소. 하기야 모든 식자는 허명의 진위와 씨름하면서 한평생을 허비하는 영물이긴 하오. 두고 보시오, 봉조는 속유라는 내 말이 과히 틀리지 않았다는 세상이 결코 멀지 않았소. 개화 말만 나와도 안면근육과 수염부터 부르르 떨어댄다는 친이대감을 여기서 대하고 있는 것 같소. 막설해야 좋을 것이오. 당신 같은 선비는 백해무익하니

우리는 더 이상 당신을 물들여서 도움을 구걸하지 않겠다고 대하시오. 무슨 말인지 알아듣겠소.'

역시 좌중은 언제라도 김옥균의 두름성 좋은 언변으로 정리되게 마련이었다.

"영재寧齋 이건창의 호공, 일언이폐지하고 세상은 바뀌었으며, 쉬임 없이 지금도 바뀌고 있소. 세상이 바뀌어도 나는 변하지 않겠다고 몸부림쳐봐야 아무 소용도 없소. 식자의 병폐가 바로 이것이오. 자기 신념만 옳다니 그럴 수밖에 더 있겠소. 글 모르는 속인도 세상이 변하고 있고, 식자가 고집쟁이라는 이 진리는 알고 있소. 또한 성인도 시속을 따른다는 말이 어느 책 속에 또렷이 박혀 있는가를 이 자리의 여러 벗님 중 모르는 이는 없소. 이제는 책 속의 말이 다 옳다고만 하고 앉았을 게 아니라 당장 이 땅에다 그 옳은 말씀을 베풀어야 하오. 일컬어 실천이오. 그 실천의 대상은 바로 우리 생각을 바꾸는 것이오. 나아가서 우리 백성의 생활에 대대적인 변화를 불러일으키는 것이기도 하오. 더 구체적으로는 헐벗어서 춥고, 땟거리가 없어서 굶주리고, 배고프니 서럽고, 주변 환경이 불결하고 제 몸을 씻을 수 없으니 병들고, 아파도 약을 쓸 수 없어서 죽어가오. 이 참혹한 싱상徵狀들을 개선시키는 일이 개혁이고 개화요. 이 자리서 물러나 청계천 쪽으로 열 걸음만 떼놓아보시오. 거기에는 방금 말한 그 남루가 송두리째 펼쳐져 있소. 말똥·소똥·인분 천지요. 이것을 급한 대로 반만이라도 뜯어고치지 않으려면 명색 글을 아는 선비로서 죄를 짓는 것이오. 선비는 물론이고 관료나 임금도 마찬가지요, 그렇지 않겠소. 대세는 이미 기울어졌소. 개화만이 살길이 아니라 개화를 하지 않으면 모조리 앉은 자리에서 꼿꼿이 죽어갈 뿐이오. 영재공, 아무리 맑은 정신으로 글을 읽고 훌륭한 문장을 짓더라도 이 나라 이 백성의 남루를 못 본 체하는 한 그 독서, 그 글쓰기는 가소로운 소행 그 이상도 그 이하도 아니오. 조만간 주상 전하께서도 영단을 내릴 것이오. 다만 개혁의 속도가 낙후한 민심 때문에 문제인데 과감한 대책을 빨리 시행하도록 우리가 힘을 합쳐 추썩일 수밖에 없소. 도원공께서 다소 시기상조였다고 한 말은 겸사일 뿐이고, 누가 내놓더라도 개화론은 이미 한참 때늦은 시국 대책이오. 영재공의 서양 문물 폄훼, 외세 배격 같은 소견은 무용지물일 뿐이오. 일본도 지금 왕의 선친은 평생토록 외국인과 대면조차 않고, 외국 문물이라면 치를 떨며 모든 백성과 함께 양인洋人을 무찌르자고 하다가 제 풀에 나가떨어졌다 하오. 그게 도대체 무슨 미련한 짓이오. 양인이, 양인들 풍속이 우리보다 못하다는 생각에 무슨 근거나 있는지 골똘히 자문해봐야 할 게요. 아무튼 이제부터 우리는 우리의 갈 길을 줄여갈 수밖에 없지 싶소. 할 말이 많지만 서로 말이 안 통하는데 길게 늘어놔봐야 소귀에 경 읽기와 뭐가 다르겠소.”

말을 힘들이지 않고 술술 풀어가는데도 조리가 반듯하고, 청자로 하여금 ‘과연’이라는 감복을 즉석에서 끌어내는 말재주를 능변이라고 한다면 김옥균의 말솜씨에는 분명히 그것이 꿈틀거린다. 그 달변에는 묘하게도 사람의 심금을 건드리는 데가 있다. 탁 트인 칼칼한 음색, 아주 작지만 노리끼한 동공을 내두르지 않는 눈씨에서 번득이는 착상, 각진 얼굴과 살점 없는 어깨와 강골의 몸피에서 우러나오는 기상 등이 그 능변에 부조가 되고 있는 게 바로 보인다. 물론 그런 부대 조건보다 나는 김옥균이다라는 배짱과 자부심이 ‘그대는 겨우 그뿐이잖은가’라는 단정에 힘을 보태주고 있기도 하다. 요컨대 그는 누구와라도 토론을 벌이면서 상대방과 우의를 맺을 수 있는 탁월한 사교가다.

그날의 능변도 좌중의 우리 개화파 동지들을 우쭐하게 만들기에는 족했는데, 내가 그것을 여기서 반쯤도 옮겨내지 못해서 안타까울 뿐이다. 그럼에도 불구하고 봉조는 해배解配의 기꺼움이 워낙 커서인지 그 꼬장꼬장한 청렴성과 우월감을 한 치도 허물지 않고, 김옥균의 능변에 설복은커녕 시큰둥하다는 낌새를 늦추지 않았다.

군이 술 핑계를 대지 않더라도 나는 평소의 과묵을 어느 순간 허물어버리고 묵은 소회를 불쑥 털어놓는 버릇이 있다. 흔히 내 진의와는 전혀 다른 곡해를 불러오고, 심지어는 욕을 듣게까지 하는 나의 즉흥적인 단언벽은 나라는 인간의 한 단면을, 아니 천부적인 속성을 대변한다. 요컨대 과묵과 단언으로 내 신변을 포장하고 사는 내 천성만으로도 나는 김옥균과 대척점에 서 있는 비사교가일 수밖에 없다.

"영재공, 들으셨소? 고균장의 대세관이 맞지 않소. 고치처럼 당신의 속좁은 생각에만 푹 파묻혀서 남의 말을 새겨듣지 않고 어떻게 세상을 바로 보려 하오. 그 기고만장이 기껏 경전에서 나왔다면 이 자리에 그만한 경륜이 없는 사람이 어디 있소. 참으로 몹쓸 아심이오. 개화는 필지 아니오. 어쩌겠소, 우리 국력의 부진이 훤히 보이는데. 다만 그것을 어떻게 구현하느냐 하는 방법에서 여러 생각이 있을 만하오. 이를테면 우리 민도가 워낙 영락해 있으니 조금씩 개선시키자는 사람과, 그러니 오히려 더 대대적으로 바꾸자는 급진론자로 나뉠 수 있을 듯하오. 어느 쪽이 옳은지 그것을 여럿이서 숙의해보자는 말조차 꺼내지 말라니, 명색 식자라는 사람이 밥만 축내고 살아가자는 발상이요 뭐요. 참으로 한심한 수작이 아니고 무엇이오."

"허어 참, 숙질 간에 짜고서 병도 주고 약도 주는 격이오. 이제는 아주 망신살까지 끼었고 있소."

"참, 또 남의 말을 엉뚱한 데로 몰아가고 있소. 허이구, 답답해라, 차라리 말 못 하는 가축과 눈씨름이나 하며 소일하는 게 낫겠소."

나는 도포 자락을 홀렁 젖히고 자리에서 일어났다. 금석이 장죽을 내려놓으며, 운미, 어디 가시오, 우리를 축객逐客할 셈이요라고 붙잡았으나 나는 바람이나 쐴 참이요라며 툇마루를 벗어났다.

제18장
은문恩門과 함께

내가 자리를 박차고 일어나기 전에 네댓 문객이 더 합석했던 그날 그 자리, 곧 이건창의 해배 축하 모임은 그 후 내 뇌리에서 자주 재생되었다. 공무에 쫓겨 심신이 고루 파근해질 때, 붓을 놓고 마당가의 초목을 멍하니 바라볼 때, 좌중의 시국담이 점점 더 공소해질 때 내 눈앞에는 어김없이 그 장면이 떠올랐다. 회상도 버릇임은 더 말할 나위가 없지만 떠올릴 때마다 그 '내용'도 조금씩 달라지고, 내 느낌도 다채로운 변종을 늘려갔다. 그런데 유독 그 장면만 반복해서 떠올리는 것은, 일차적으로 그때의 참석자 면면과 그들의 담화가 중요해서이기도 하고, 나의 조급증으로 망신을 당한 당사자에 대한 부끄러움이 자꾸 떠들고 일어나서일 테지만, 그 밑바닥에서는 '그게 무엇이었을까?'라는 물음이 자꾸 여러 생각을 불러왔기 때문일 것이다. 물론 모든 물음은 풀리지 않을 때까지 되풀이함으로써 몸에 배어버린다. 그 특정 버릇이 이어지는 한 그의 성격은 종전과는 조금씩 달라진다고 할 수 있을지 모른다.

한때의 그 내 버릇을 요약하면 이렇다. 지금 현재의 내 생각도 반쯤 껴묻어 있을 그 물음은 내 처신, 곧 누가 강요하지는 않았으나 개화파든 보수파든 내 스스로 선택해야 할 기로에 서 있다는 절박감을 똑똑히 의식했다는 것이다. 민문을 수구보수파 내지 사대친청파로 싸잡아 매도하는 거야 무지몰각한 부류들이 손쉽게 이것 아니면 저것이다라는 이분법에 짜맞춘 아둔한 생각이라서 더 이상 언급할 가치도 없으나, 내가 우리 집안의 신예 권세가이기는 했으므로 '개화' 그 자체의 가부와 그 '거창한' 것을 어떤 모양새로, 언제쯤 '시행'하느냐에 대해서는 누구보다 더 심사숙고했을 것은 타당한 추단이 아닌가. 하물며 적극적인 개화론자로서 대원군 쪽과도 선뜻 갈라선, 결코 경거망동일 리가 만무한 황사공의 그 과단성 좋은 영향 아래서 성장한 나로서는 그럴 수밖에 없지 않은가.

이건창과 그 너머의 친이대감을 위시한 숱한 촌유들이 한결같이 성마르게 외치는 '위정척사'가 구호로서는 분명해서 제격이고, 그 열기도 괄괄해서 좋지만 과연 옳을까. 우선 모든 인간의 심성과 행위를 주자학이 누누이 지적하는 그 소위 정도正道에다 뜯어 맞추기가 가능하기나 할까. 아니, 정도가 무엇이며, 그것이 과연 책에 쓰인 대로일까. 하기야 그것은 이상이고, 어떤 이상이라도 어차피 실현하기는 지난할 테니 숱한 시행착오는 각오하고 있어야 하겠지만. 그것을 머릿속에 상정하는 것만으로도 일단 미개나 야만의 상태를 벗어난 셈이며, 그것에 자족한다면 인간의 삶은 얼마나 초라한가.

그것은 그렇다 치고 외세와 서학西學 여기서는 천주교와 당시의 서양 문명 일체 전반을 하치로 업신여기는 근거는 무엇인가. 우리 것보다 남의 것이 못하다니, 엉터리 수작이 아닌가. 살아보니 내 집사람이 워낙 만만하고 편해서 좋다는 것은 남의 안방마님의 미덕을 겪어보지도 않고 아는 체하는 시건방진 작태가 아니고 무엇인가. 통설이 시대에 따라, 지역에 따라, 인종에 따라 다르다는 것만은 이건창도 인정해야 할 텐데, 그의 머리는 경전으로만 채워져 있으니 이설異說에 물들 여지가 아예 없다는 말이지. 그렇다면 더 이상 말할 상대가 아니라는 뜻인데, 그다음 양쪽의 불화는? 불편한 동거의 종국은 한쪽의 득세와 제거로 결말이 난다고? 글쎄, 그 살벌한 국면이 역사라고?

김옥균의 개화 열정이 진정한 우국충정의 발로임은 분명한데, 막상 그 실현이 떡 먹듯이 한자리에서 해치워질 수 있는 일일까. 그는 자신의 능변처럼 무슨 일이든 그때그때 척척 해치울 수 있다고 자신하는 모양이지만, 막상 친이대감의 눈짓 한 번에도 한날한시에 철시해버리는 종거리와 동대문의 시전 및 난전을, 언제라도 난민亂民으로 뭉쳐질 수 있는 무지한 백성을 무슨 힘으로 감당하려는가. 바위에다 머리로 금을 내겠다니, 머리빡이 먼저 터질 것은 뻔한 이치 아닌가. 그래서 일본의 힘을 잠시 빌려 쓰겠다는 모양인데, 너무 자기 위주로, 제 편리한 대로 머리로만 그리는 구상일 뿐이잖은가. 그렇게 그린 이상적인 '그림'은 이건창이 붙들고 있는 그 '작은' 낙원보다는 훨씬 더 크고 끌밋한 다른 세상일 게 틀림없지만, 두 쪽 다 한사코 부정하는 우리 현실은 지나치게 투박하고 거창한 바위나 마찬가지라서 '바꾸자'와 '지키자' 같은 고집스러운 투정은 한낱 이끼나 갉작거리는 상소와 다를 게 뭔가.

나를 위시한 다른 벗님들이야 오로지 '수구 부당, 개화 정당'에 찬동하고 있지만, 그 개선 방안은 어디까지나 운현궁의 좌장 친이대감을 힐끔힐끔 의식하면서 주상의 내락 아래에 치르는 일련의 개선 조치로서 선진 문물의 선별적 수용이다. 그것도 간단치는 않다. 주상 주위에는 중전의 쓸데없는 간섭이 막심할뿐더러 김문과 민문 척족을 비롯한 숱한 노신은 기왕의 소찬素饌으로 자족하겠다는 것 아닌가. 물론 그 조촐한 밥그릇마저 가로챈다면 가만있지 않겠다는 거다.

그런저런 '세력'들의 눈치놀음이 거미줄처럼 정연하게, 그러나 삐끗 하면 걸리게끔 얽혀 있다 하더라도 조정의 나라 경영은 그 결과야 어찌 됐든 매일 꼬박꼬박 치러지게 되어 있다. 결국 그런 운영 일체는 현 시국이 말하는 대로 지극히 단조로운, 아무런 소득도 없는 무사 분주의 점철에 불과하다. 이제 나의 본격적인 신변 변화도 그런 맥락 가운데서 펼쳐질 수밖에 없다. 그러니까 바로 그런 드센 세파 속에서 공무에 얼마나 혹독하게 시달렸는지를 술회할 시점에 닿아 있는 셈이다.

이미 사실史實이 일러주는 대로 흥선대원군이 힘겹게 물리친 병인년1866년, 고종 3의 양요洋擾를 통해 우리의 군사력, 그중에서도 신식 무기의 열세는 일목요연했으므로 삼군부三軍府를 설치하고, 대대적인 군무의 정비에 나섰음은 자주 국방책이기도 했으며, 국력이 미미해서 욕심만 앞세우는 허세이기도 했다. 아무튼 그 후 미국, 일본이 속속 통상을 요구하는데도 외세의 내침 운운하며 지레 겁쟁이 꼴로 떨어대기만 했던 것도 세계정세의 오판과 군국기무의 약세를 우리 스스로 깨달았기 때문인데, 그렇게 되고 만 것은 주상의 친정이라는 일대 '정변'이 외치에 미처 손쓸 짬을 주지 않아서였다. 줄여서 말하면 사람을 갈아치우는 내치이자 대정大政이 군국기무 일체의 대혁신 같은 외치이며 소정小政을 뒤로 무작정 밀쳐내버린 것이다. 그나마 일본의 대리공사 화방의질花房義質이 정축년1877년, 고종 14 11월에 외치를 전담할 대신의 칙임, 외국 사신의 국내 상주, 외국 기술의 수입, 유학생 파견 등을 건의했는데도 불구하고 그 선의의 간섭조차 즉각 수용하지 못했던 것도 예의 그 '세력'끼리의 갈등과 '인사'의 치열한 각축이 제동을 걸어서였다.

뒤늦게나마 무비자강책을 세우느라고 청국에 제기製器, 구기購器, 연병練兵을 요청한 때는 기묘년1879년 8월이었다. 무슨 일에든 늑장꾸러기인 청국은 차일피일하다 이듬해 11월에야 무기 제조술을 배우러 와도 좋고, 무기를 팔기도 하겠으며, 그 무기를 다루는 법을 병사들에게 가르쳐주겠다는 통보를 내놓았다. 주상은 즉각 사대·교린·군무·변정邊情 국경 지역의 동태에 대한 감시을 관장하는 아문을 신설하라고 하명했다. 그때가 경진년1880년 12월 초였다. 의정부는 곧 절목節目을 만들었는데, 그 골자는 흥선대원군이 육성한 삼군부의 혁파였고, 그 대신 통리기무아문을 설치한다는 것이었다. 그 신설 기구에는 사대·교린·군무·변정 외에도 통상, 군물軍物, 기계, 선함船艦, 기연譏沿 각 해안과 항구에 내왕하는 배를 검사, 관리하는 업무, 어학, 전선典選 각 방면에 재능 있는 인재를 등용하여 각 관사에 필요한 물자를 공급. 롱세이는 업무, 이용理用을 담당하는 도합 12개의 사司를 둔다고 못 박았다. 내가 그 수많은 직무 부서를 왜 지금까지 손가락을 꼽아가며 정확히 외울 수 있는지는 잠시 후에 저절로 밝혀질 것이다.

말이 한참 에두르고 만 셈인데, 모든 '제도'는 바뀐다. 아니다, 바뀌게 되어 있기 때문에 없어질 때까지만 그 위상이 쩌렁쩌렁해진다. 바꾸는 주무자는 말할 나위도 없이 국정을 책임지고 있는 국왕과 그 수하의 신료들이다. 요컨대 사람은 '제도'를 바꾸는 변덕쟁이일 뿐이고, 그처럼 바뀐 제도에 치이면서 한편으로 그 '밥알'만 한 혜택이라도 얻어먹으려고 걸근거리는 가련한 미물에 지나지 않는다. 그처럼 변덕을 일삼는 명분은 단 하나다. 세상이 바뀌었으니까 제도가 그에 발을 맞춰야 한다는 게 그것이다. 그러나 잠시만 따져보더라도 참으로 허술한 수작이고, 낭비만을 조장하는 허튼짓거리임이 대번에 밝혀진다. 모든 경전이, 구체적으로는 사서오경 속의 43만여 자가 구구절절이 근검절약, 절도, 분별을 강조하고 있는데도 말이다. 게다가 기왕의 모든 업무를 그처럼 떠벌여놓았으므로 그 거창한 위상에 걸맞도록 거죽만 달라진 새 제도를 통괄하는 의결 기구도 붙여서 고위직 10명이 겸임토록 했다. 모든 '제도'는 그 출발이 요란한 것도 특징이니 직제의 인원수는 더 이상 가타부타할 것도 없다.

누구라도 대번에 알겠듯이 통리기무아문의 설치는 삼군부로 맞선 흥선대원군의 쇄국책에 재갈을 물린 것이고, 그쪽과의 단호한 결별을 선언한 조치일 뿐이다. 기구의 구색과 직제가 그처럼 거창했던 것도 실은 그때까지 재집권의 기회가 무르익기를 호시탐탐 기다리던 친이대감 쪽의 가없는 '세력' 일동에게 더 이상 걸근거리지 말라고 엿을 먹인 것이나 다름없었다. 주상도 바로 그것을 바랐으므로 흔쾌히 정탈定奪 임금의 재결裁決을 내렸을 것이다. 아마도 뒤이어 '인선을 서둘러라'라고 신칙했을 때는 회심의 미소를 감추느라고 짐짓 용안에 정색기를 드리웠을지도 모른다.

주상의 그런 득의가 곧장 인선에 드러났다. 의결 기구의 당상급 10명으로는 총리대신에 영의정 이최응을, 그 밑으로는 내 처조부인 경기감사 김보현, 돌아가신 내 양부의 친동생인 지충추부사 민겸호, 상호군上護軍 김병덕, 예조참판 김홍집 등등이었다. 여기서 주목할 인선은 당연히 김병덕 대감이다. 그이는 나의 은문과거의 급제자가 시관을 일컫던 말

458

로 평생 문하의 예를 바쳤음일뿐더러 당시에는 병조판서를 그만두고 명목상 오위도총부를 총괄하는 상호군에 재임 중이었으므로 삼군부의 혁파에는 적임이라고 할 수 있겠으나, 그 이면에는 대원군 쪽에 응보 내지는 분풀이를 하라는 내락도 깔려 있었다. 알려진 대로 성일김병덕의 자공의 선친은 상신 김흥근으로, 한때 장동 김문의 세도를 방자하니 휘두르는 통에 지탄을 받기도 했으나 바로 그 이유로 흥선대원군에게 세검정께의 대저택을 강제로 빼앗긴 바 있었다. 이제는 문패까지 '석파정'석파는 대원군의 호으로 바뀐 그 별저를 되찾을 수는 없겠으나, 그 아들로 하여금 삼군부를 허물어버리라고 어명을 내린 셈이었다. 말하자면 복수의 기회가 제 발로 굴러온 것이고, 권세를 누리고자 하는 모든 신료가 자나 깨나 잊지 못하는 소원 하나는 생전에 한때 당한 그 모진 수모를 철저히 응징, 속 시원히 앙갚음하는 것이다. 아조의 유서 깊은 사색당쟁도 실은 바로 그 복수극에 떼 지어 이합집산을 거듭한, 치열하나 그만큼 치졸하기 짝이 없었던 관위官位 쟁탈전이었다. 관위가 이마 위에 붙어 있어야 하고, 그것이 높을수록 복수가 이루어진 것이니 말이다.

내게 통리기무아문의 경리사에 군무사까지 겸임시키면서 은문 김공을 보필하라는 어명을 내린 데서, 그 배후에 중전의 입김이 훗훗하게 작동했다 하더라도, 나름대로 고심한 주상의 용인술을 읽을 수 있다. 내 눈치가 가히 틀리지 않은 만큼 나는 그 칙임을 뿌리칠 수 없었다. 나야 물론 연치도 까맣게 멀어서 운현궁 쪽과 데면데면하게 지내는 처지였으나, 내 가친과 숙부 황사공이 대원군과 함께 추사 문하였고 먼 친족이라는 사실만으로도 내 칙임이 성일공에게는 여러 모로 해가 되지 않는다는 것까지 감안하면 '인사'야말로 아끼는 전각

하나를 화선지 위 어디에도 맞춤하게 찍어 눌러야 하는지를 겨누는 섬세한 심미안에 버금간다. 아무튼 몸이 시원찮아서 누워 지낸다, 음위증이 여전해서 후손 걱정으로 머리가 아프다, 붓질을 놓치기 싫다 와 같은 엄살기 많은 나의 연주임금의 면전에서 아룀는 은문의 그늘 때문에라도 더 이상 씨가 먹히지 않게 된 것이다.

마침 좋은 기회가 내 벼슬자리처럼 저절로 굴러왔으므로 여기서 잠시 첨언해둬야 할 이 회상록의 집필 방침 하나가 있다. 다름 아니라 그것은 대성 장동 김문과 '우리' 여흥 민문의 여러 권신에 대한 언급을 되도록이면 피하고 있다는 것이다. 애초에는 미처 생각지도 못했는데, 써가다보니 역시 '자제'로 넘어갈 게 아니라 아예 피해가는 게 내 '운신'과 나름의 '사유'도 살리면서 그들을 먼발치에서 보호할 수 있겠다는 판단이 섰기 때문이다. 그러고 보니 그들이 내 삶에 미친 영향이 적지 않았겠지만, 그들 개개인의 인간성 전반에 대한 내 분별이 자칫 잘못하면 두 가문 전체에 대한 엉뚱한 칭송이나 망측한 지탄으로 비화하여 망외의 곡해를 불러오기 십상일 테니 말이다. 그래서 민문에서는 나의 가친과 황사공만 이 자리로 모시고, 따지고 보면 그이들은 민문이기 전에 육친이었으므로 논의외인데, 나머지 민씨 권신들은 철저히 배제하게 된 것이다. 나의 첫 입시入侍를 주선한 당시의 좌승지 민겸호는 족보상 숙항叔行이 되지만 그이의 여러 비행과 추문에 대해서 내가 알고 겪은 대로 일일이 다 털어놓는다는 것이 무슨 의미가 있겠는가. 또한 내 성격을 반 이상 만든 황사공께서는 사후에야 민영소閔泳韶를 양자로 들였는데 그는 나보다 여덟 살이나 연상이고, 관료로서 그의 처신과 행실과 학덕에 반반씩 드리운 잘잘못을 공개해봐야 백해무익하지 싶다.

물론 김문이나 민문의 여러 권신 중에는, 윗대인 뿌리 근根자 돌림과 그 후손인 밝을 병炳자 돌림의 김문 및 우리 민문의 빛날 호鎬자 돌림과 내 항렬인 헤엄 영泳자를 쓰는 인사들 중에는 온갖 전횡, 하리질윗사람에게 남을 헐뜯는 고자질, 토색질로 탐관의 표본 같은 개차반이 수두룩하다. 한편으로 그처럼 방약무인하면서 붓도 제대로 못 잡는 권신조차 그이 앞에서는 옷깃을 여미고 할 말을 고르느라고 진중을 떨어야 하는 순신純臣도 있다. 뿐인가, 잃어버린 나라를 되찾기 위해 지금 이 시간에도 헐벗은 채로 굶주리며 산야를 헤매는 의병 중에도 장동 김문과 여흥 민문의 겨레붙이가 열 손가락으로는 모자라며, 그이들의 충군우국의 단심을 잠시라도 떠올려보면 윗대에서 물려받은 만석꾼의 지체로도 부족해 파렴치한 친일 행각으로 영일 없는 인사들이야 보리쌀 한 줌의 가치라도 있겠는가. 물론 나는 그 두 부류의 중신들을 숱하게 봤고, 그들과 어쩔 수 없이 허허거리는 교제를 나누기도 했다. 그렇긴 해도 그들의 언행을 보자마자 이해하기가 너무나 쉬운 활신猾臣이나 용신庸臣 따위는 내 기질상 거슬려서 허교는커녕 더 이상 말을 나누기조차 내키지 않았다. 내 식으로 말하면 웬만큼 난해한 인물이라야 가까이하고 싶은 용심이 나는데, 일본 징부기 내리는 훈작을 한마디로 거절하며 의병에게 뒷돈을 대는 한때의 병신柄臣이 나의 호기심을 동하게 만들긴 해도 내 처지가 지금 국내의 사정도, 그이들의 형편도 알 수 없으니 역시 삼갈 수밖에 없는 것이다.

나의 은문 약산約山 김병덕의 호공은, 산을 묶거나 고생만 하는 산이거나 천하고 인색한 산으로 풀이할 수 있는 그 호도 기발하듯이 참으로 별난 성정의, 가히 난해하기 짝이 없는 어른이었다. 내가 그이를 보필할 때는 이미 이조판서를 세 차례나 역임했고, 연치도 쉰 줄을 반이나 넘긴 상노인이었다. 이목구비도 반듯하고 거동도 단정해서 그이 앞에서는 누구라도 나이와 상관없이 저절로 조신스러워지곤 했다. 좀 짓궂다 싶게 상대방을 직시하는데도, 그 엄정한 기색에 학덕이 도저히 넘실거리는데도, 그 서늘하고 착한 눈매 때문에 임금조차 감히, 그 좀 이상하오라며 나무랄 수 없는 특별한 버릇이 있었다. 의관속대도 늘 허술한 구석이 없었고 가솔이 잘 챙겨주는지 끼끗했는데, 그이의 처신 앞에 반드시 따르는 청검정회淸儉貞晦라는 문자를 몸소 보여준다고 그러는지 버선이 새카매지도록 갈아 신지 않는 기벽이 있었다. 버선이야 몇 푼 하지도 않고 사대부 집에서는 버선장이나 버선농을 안방이나 대청에 꼭 놓아두는 데서도 알 수 있듯이 수십 켤레씩 갈무리했다가 당사자가 자주, 최소한 사흘에 한 번씩은 갈아 신기로 되어 있다. 하루 종일 대궐과 관아를 들락여야 하는 당상관이라면 더 말할 나위도 없다. 그런데 그이는 한 달 이상씩 신고 다니는지 해진 대님과 버선목이 언제라도 새카맸다. 당사자는 께끄름하지도 않은지 그 냄새 나고 더러운 버선을 태연하니 신고 다녔고, 봄가을이면 의자나 방석 위에 앉아서도 태사신을 번갈아 벗어가며 한쪽 다리를 다른쪽 무릎 위에 올려놓고 공첩公牒을 뚫어져라 훑어보면서 그 새카만 대님과 버선목을 쉴 새 없이 어루만지고 주물럭거렸다. 그런 버릇을 가진 양반이 드물지 않았음은 본인들이 적잖이 초조한 성정이었다는 실정과 당시의 비위생적인 사정을 넘겨짚게 하는 풍경이기도 하다. 그이가 유독 그 불결한 버릇에 길들여졌던 정상이 내 눈에는 웬만큼 읽힌다. 아무튼 먹물도 묻은 그 버선목을 쉴 새 없이 쓰다듬다가 이윽고 붓을 들어 공첩에 수결手決 옛날에 도장 대신 자기 직함 아래 자필로 쓰던 일정한 자형字形하기 직전에는 그때까지 만지작거리느라고 땟국이

한참 옮았을 그 손바닥을 관복 옆구리에다 몇 번 훔치고 나서 아주
정성 들여 초서체에서의 실 사絲 변 같은 약호를 그려넣곤 했다.

그이의 청렴결백, 예컨대 인사권을 쥐고 흔든 이조판서에 세 번씩
이나 재임하면서 뇌물 따위는 얼씬도 못 하게 했다는, 소위 맑은 물
에 고기가 안 논다는 그 상투적인 성품은 공개할수록 그이의 선성에
누가 될 것이다. 또 그이의 선친이 평안감사를 살 때 그이는 한동안
책방冊房으로 있으면서 하루도 거르지 않고 당신 아버님의 잠자리를
보살폈으며, 아침저녁으로 꼭 문안 인사를 드렸다는 효행도 흔하지
는 않지만 굳이 특기할 만한 일은 아니다. 또한 그이가 외관직을 살
때 당신 자신은 물론이고 아랫것들의 품계에 따라 몇 전까지 차등을
두어 식대를 책정하고, 그대로 시행하지 않으면 공금 유용으로 논죄,
파직도 불사했다는 쩌렁쩌렁한 염결벽도 그이만의 특장일 수는 없
다. 대체로 그런 효심, 엄정, 청렴, 검소는 수문守文 선대의 실정법을 계승하여 나
라를 잘 다스리고 백성을 편안히 함과 봉법奉法에 전념하는 아조의 모든 권신이
일상적으로 몸에 익히면서 자기완성을 도모하는 근본적인 행실이었
다. 온갖 지저분한 패덕과 불의와 부정을 불러일으켜 패가망신을 자
초하는 불신不臣들의 해악이 나라의 위상과 재정을 야금야금 기멸낸
정도로 엄청났는데도 불구하고 그들의 숫자가 그렇게 많지는 않았다
는 사실은 강조해둘 만하다. 그 점은 그들의 만행을 조장한 장본이
매관매직 같은 '제도' 내지는 관행이었음을 상기시키고, 그것을 공공
연하게 조장, 묵인한 대궐의 치세술을 돌아보게 한다. 다시 한번 부언
컨대 사람이 제도를 만들지만, 그것의 폭거에 치이는 당사자도 결국
사람이고, 그 제도로 운영되는 나라가 첫 번째 피해자다. 그래서 또
제도를 바꾸지만, 아무리 좋게 바꿔도 운영하는 주체는 종전까지 그

것을 잘못 꾸려온 바로 그 동일인이다.

약산공은 그 '제도'의 공과를 누구보다 잘 아는 어른이었다. 통리기무아문도 한낱 제도로서 의정부와 맞먹는 위상을 갖추느라고 예전의 삼군부 관아를 그대로 사용하기로 되어 있었다. 그러니까 나중에 이름이 몇 번 바뀌어 통리군국사무아문統理軍國事務衙門이었을 때는 재동齋洞의 내 집을 관아로 쓴 사실을 논외로 친다면, 외무와 내무를 아우르면서 군국기무를 맡은 통리기무아문의 관아는 광화문 앞의 의정부 맞은편에 차릴 수밖에 없었던 셈이다. 당시의 사진仕進은 대체로 손시巽時 오전 9시에서 시작해 경시庚時 오후 5시쯤 파하기로 되어 있었지만, 웬만한 사대부 집안에는 큼지막한 괘종시계를 대청의 한쪽 바람벽에다 붙여두고 살아서 오전 아홉 점이나 오후 다섯 점이라는 말을 꽤 공공연하게 써버릇하던 참이었다.

약산공은 늘 여덟 점 전에 벌써 관아로 나와 장죽을 물고 개좌開座 관원들이 모여 현안을 논의, 처리함에 임하려고 단정히 앉아 있곤 했다. 앞서 말한 관장 업무별 12사司는 반 이상이 겸관이었으므로 주로 사대사·교린사·전선사·어학사에 독판과 회판이 각 1인씩, 협판과 참의가 각 4인씩, 각 사별로 잔심부름을 하는 주사를 8인씩 배치하기로 되어 있었으나, 설립 초기라서 미처 머릿수를 다 채우지는 못하던 터라 기껏 대여섯 명의 주무사가 김병덕 대감을 모시고 현안을 논의해야 했다. 그런데 언제라도 품계가 낮은 관원이 문짝을 밀고 헐레벌떡 들어가면 김 대감은 담배 연기를 뽀끔뽀끔 피워올리면서, 어째 일찍 나오셨소라든지, 천천히 나와도 되네, 나야 할 일이 없는 늙은이라서 이러니 신경 쓸 거 없다니 그러네라든지, 추울 때일수록 콩을 낮게 먹인 말이 힘을 쓰지 같은 말을 먼저 건넴으로써 지각자의 무안을 덜어주었다. 관등이야 어찌 됐든 나이에 따라 말씨가 조금씩 달라지긴 했으나, 거의 손자뻘인 나한테까지도 약산공은 '해라'체를 쓰는 법이 없었다. 그 찬찬한 자세에는 엄숙기가 다분해서 자리를 찾아가 앉기 전까지 조심스러워지고 쑥스러워지게 마련이었다.

그즈음의 현안은 뭐니 뭐니 해도 청국에 무기제조 기술을 배우러 관비 유학생을 선발, 파견하는 일과 일본 시찰단의 인원을 얼마쯤으로 조정하고, 격식을 어떻게 갖춰야 하느냐 하는 것이었다. 그즈음 예조참판을 겸직하고 있는 데다 관아도 예조와 붙어 있었으므로 김홍집이 꼬박꼬박 개좌에 참석해 김 대감과 숙의를 거듭하고, 나를 위시한 각 사 주무관은 의견 개진보다는 받아쓰기를 하다가 미흡한 점이나 미심쩍은 사안이면 간신히 눈짓으로 물어대는 형편이었다.

무슨 일이든 이름 짓기가 관건이고, 그것이 그다음 일을 물 흐르듯 나아가게 해서 전체적인 구색을 맞춰가는 것임은 우리가 일상생활 중에 늘 보고 겪는 바 그대로다. 통리기무아문도 청국행 관비 유학생을 인솔하는 책임자의 공식 명칭을 영선사領選使로 정하는 데만 꼬박 한 달쯤 걸렸을 것이다. 김 대감은 어떤 게 나을까 하고 중얼거리더니 좌중을 휘둘러보고는 각자의 소견을 경정하고 있었시만, 몇 번 겪고 보니 그동안 다른 생각을 하고 있었다는 것을 나는 쉽게 알아챘다. 우리 예법상 감히 맞담배질은 할 수 없으므로 내 끽연 욕구를 한사코 물리치면서 문득 떠올린 생각이 역지사지易地思之란 말이었다. 나도 흡연 중에 남의 말을 안 듣고 엉뚱한 생각만 어르듯이 김 대감도 마찬가지로 대궐에서, 청국의 관원들은, 심지어는 우리 조야의 뭇 식자가 영선사라는 그 호칭을 어떻게 받아들일까를 곰곰이 따지고 있는 것이었다.

제18장 은문恩問과 함께

그것만이 아니었다. 김 대감이 명칭 하나에도 그처럼 신중을 기하는 데는 나름의 또 다른 이유도 있었다. 알다시피 아조의 전통적인 외교책은 그때까지 먹물 같은 단일색으로 중국에게는 사대로, 곧 대국이므로 섬기고, 이웃 나라 일본과는 교린을, 곧 화목하고 평화롭게 내왕하며 지낸다는 것이다. 그런데 이제는 신식 무기를 수입한다, 선진 문물을 시찰한다 등으로 대규모의 선발 요원을 뽑아야 하며, 장차 그 인재들이 불러올 돌풍 같은 변화를 어떻게 수습해야 할지를 김 대감은 미리 그리고 있는 것이었다. 그 변화의 바람은 그때까지 김 대감이 몸소 치러낸 국내의 여러 대사와는 전혀 다른 성질의 것이고, 그것을 어떻게 감당할 것인지 난감할 수밖에 없는 노릇이었다.

김 대감은 착 가라앉은 음성으로, 장차 그 객기를 어떻게 수습하려고 그러십니까, 다시 한번 전후 사정을 통촉해주옵소서라고 임금에게까지 바른 소리를 디밀고, 부드러우면서도 결기 좋은 정문呈文 아랫사람이 윗사람에게 올리는 공문의 문체을 때맞춰 올리는 문장가이지만, 그런 후천적 기질보다 세신대족世臣大族의 한 사람으로서 남의 입길에 오를 행태는 벼슬을 버리는 한이 있더라도 안 하겠다는 자만심으로 무장한 양반이었다.

이런 하찮은 국사를 왜 하필 내가 맡아야 하는가라는 귀찮은 모색을 감추지 않고 김 대감은 천연히 말했다.

"골라서 뽑은 학도와 공장工匠들을 거느릴 사람이라니 영선사라면 말이야 틀리지 않네. 아무튼 좀더 숙고하도록 하고, 운양雲養 김윤식의 호은 글도 되고 필체도 그만하다니 대국 관원들에게 꿀릴 것은 없겠네. 용모나 풍채도 훤하고 수염도 썩 괜찮으니. 원행을 장기간 견딜 지체는 된다는가?"

듣기에 따라서는 전라도 땅 순천順天 부사인 외관 김윤식을 꿩 대신 닭으로 영선사에 추천하려는데 그가 소임을 제대로 추슬러낼까 하고 의심스러워하는 말투다. 그러나 한편으로 생각하면 틀린 말은 단 한마디도 없는데도, 당신보다 10년쯤 연하인 운양을 은근히 챙겨주는 조롱이 넘실거린다. 그런데도 혹시나 당신 말투에 이번 발탁을 마땅찮아 하고 망외의 그런 오해가 번질까봐 염려하느라고, 좌중을 잽싸게 훑어본다. 그 몸 사리기조차 임금보다 나라의 현상 유지에 '우리' 가문과 '내'가 어떻게 이바지하고 있느냐를 늘 챙긴다는 증거다. 나만이 이 귀찮은 국사를 대과 없이 감당할 수 있다는 자부심은 누구나 가질 수 있는 게 아니다. 그렇긴 해도 이제는 정말 벼슬살이가 싫다, 맡기니 내 식대로 최선을 다할 뿐이라는 보신주의는 김 대감만의 공무 자세라고 해도 빈말은 아니며, 수하의 관원들에게 나를 배우라고 이르는 신칙이 실려 있다.

국사에 전심전력으로 매달린다는 점에서, 앞서 세 가닥으로 분류한 대로 일을 이끌어가는 유형인 김홍집이 김 대감과는 한본이고, 실제로 두 그가 통리기무아문의 실권자다. 김홍집은 이제 이쯤에서 주청사奏請使 중국에 보고할 일로 보내는 관례적인 사절 따위의 사대주의는 지겨우니 거둬들이자고 한다. 더불어 통신사일본에 보내던 사신를 '수신사'로 고치고 난 후, 그 명함으로 일본을 다녀오고 나서부터 자타가 인정하는 친일파의 선두 주자가 되었다. 일본을 앞세워 독립국을, 그것도 문명한 나라를 일으켜보자고 한다. 주상이 김홍집을 겸임시키고, 절목을 만들게 하고, 통리기무아문에서 쓸 인신印信 일체도 예조에서 주조하게 한 것은 사대파를 일정하게 대변하는 김병국 대감과 모종의 '절충'을 통해 개화를 밀어붙이라는 격려나 마찬가지다.

제18장 은문恩門과 함께

김홍집이 꼿꼿하게 아뢴다.

"김 부사 근력이야 어지간할 것입니다."

김 대감은 어째 대답이 썩 시원치는 않다는 눈빛으로 바로 옆자리의 김 참판을 바라본다.

"엄살이 심해서 그렇지 김 부사만큼 건강을 잘 챙기는 양반도 드물 겝니다. 별일이야 있겠습니까."

앞서 신무기 학습을 위한 유학생들의 인솔자 겸 청국의 북양대신 이홍장李鴻章과의 연미聯美 교섭을 위해 조공국 외교관으로서 조 아무개를 내정했더니 그가 직첩도 받기 전에 무단히 비명횡사했으므로 이번 인선은 더욱이나 이것저것 많이 따져야 한다.

김 대감이 또 낮게 웅얼거린다. 그 어조에 비해 의사는 분명하다.

"경비도 현지에서 나라 이름을 걸고 차용해야 할 판이니 이게 무슨 망신인가."

"청국은 관에서 허가를 내준 돈놀이 전장錢莊이 곳곳에 많다고 하니 차금借金하기는 어렵지 않을 것입니다. 일본도 은행업과 전당포가 공공연히 성업 중이었습니다. 차제에 우리도 돈을 활용하는 법을 배워야 할 것입니다."

"돈 단위가 미미한데도? 신식 무기를 빚내서 사자는 판에 돈놀이부터 배우자면 말이 될까, 곰 굴 보고 웅담 값 빚내 쓴다더니. 김 부사가 정말로 구름 잡는 재주로 돈도 차용하고 북양대신 이모와 연미 개국통산 건을 제대로 이뤄낼지. 두 마리 토끼를 한꺼번에 잡는 꼴인데."

구름을 자식처럼 기른다는, 흰소리치고는 그럴듯한 운양이라는 김윤식의 호를 빗댄 기우임을 못 알아듣는 신료도 없었지만 김 대감의 심기가 비편하다는 것도 다들 모르지 않았다.

"어째 일본 쪽보다 일이 더 껄끄럽네. 놀면서 둘러보나 보면서 살피나 그게 그것인데도 단체 수신사 명패 붙이기가 그렇게나 어렵더니 청국 쪽은 인선부터 말썽이네."

'영선사' 이름 붙이기처럼 일본의 개화 문물 시찰단에도 명패 달기가 한동안 초미의 급무였다. 시찰단의 직위를 동래부東萊府 소속의 암행어사로 하자는 묘안을 내놓은 사람도 예의 그 개화승 이동인이었고, 그가 명색 통리기무아문의 참모관이었으니 그만한 주선이야 의당 내놓아야 했다. 그러니 시찰단은 조신朝臣으로 짜여야 하고, 역시 같은 말인 조사朝士로 하자고 낙점을 찍었는데, 일본의 실정을 모를 수밖에 없는 지방의 유림들이 뭐 볼 게 있다고 '시찰'하느냐며 상소를 들이밀었다. 그래서 부랴부랴 '유람단'을 끌어왔고, 조정을 지켜야 할 조사가 몇 달씩 남의 나라를 돌아다녀서야 말이 되느냐 해서 '신사紳士'를 빌려왔다. 신사는 진신搢紳, 곧 홀을 허리띠에 꽂고 지내는 지위로서 언행이 점잖은 사람과 동격어인데 좀더 쉬운 말이다. 요컨대 신사는 현재 벼슬을 누리는 양반이고, 그들이 일본의 여기저기를 둘러보고 오겠다는 것이다. 이처럼 이름 짓기, 명분 세우기는 우리 유생사회의 병폐이고, 그 밑바닥에는 유학의 내용을 축자적逐字的으로만 이해하려는 데 평생을 허비한 우유迂儒들이 있다.

자기가 맡은 일을 허점 없이 이끌어가고, 종내에는 자신의 뜻대로 성사를 보는 사람과 함께 국사를 집행하려면 늘 긴장해 있어야 한다. 그 상관의 고집이 일의 진척을 도와주지만, 문제는 일의 성격이나 목표나 차후에 예상되는 성과 따위를 미리 그려보느라고 본인은 물론이며 수하자 전원을 지치게 하는, 임기응변식 숨은 능력의 발휘를 원천적으로 봉쇄하고 있는 점이다.

김 대감의 조사朝事 집행은 그처럼 차근차근 온종일 손수 챙기는 식이었다. 오전의 개좌를 파하고 나서도 뒷짐을 지고 어슬렁거리면서 뭔가를 곰곰이 따지고, 문득 할 말이 떠오르면 내 자리로 다가와서 다짐을 받곤 했다.

"신사든 조사든 그들 밑에 쓸 경비는 민 협판 자네가 어떻게든 책임지고 마련해야 하네."

"소신에게 그만한 능력이 어디 있습니까. 대감 어른께서 누구보다 더 잘 아시면서 어찌 그런 중임을 찍어 누르십니까. 참으로 야속하십니다."

"허어, 이 사람이 나를 박정한 사람으로 만들려 하네. 자네의 직임이 이 관아의 경리사니 말일세. 위에서 차하差下 벼슬을 시킴한 뜻을 새겨야지. 유람단이든 시찰단이든, 또 이번 행사의 발설자야 누구든 후원자가 경비 걱정도 않고 무비강구武備講究, 개국 통상, 문물 시찰, 제도 수용 같은 득책을 바랐다면 말이 되는가. 일컬어 종작없이 덤비는 짓거리 아닌가."

발설자가 김홍집을 위시한 개화 세력이고, 후원자를 주상이라고 한다면 망발임에 분명하지만, 막상 틀린 말도 아니다.

"허면 내탕고라도 헐어서……"

"그야 자네가 알아서 어디다 선처를 당부해야 할 일일 걸세. 주무자가 자네고, 내탕고 임자는 달리 있으며, 그 내락이야 받기 나름일 테니 말일세."

은근한 압력이고, 일을 풀어가는 득책을 일러주고 있다. 일의 갈피를 잡아나가는 김 대감 특유의 요령 중에도 완벽주의자의 짜증이 속속 드러나서 한편으로는 재미있기도 하고, 다른 한편으로는 이상스럽기도 하다.

나는 슬쩍 화두를 돌려서 김 대감의 속내를 떠본다. 일본의 물정을 상탐詳探하러 보낼 명단은 열두 명쯤으로 하고, 그 인선도 대강 정해져 있어서다. 물론 내 사랑방의 압객들인 김옥균, 홍영식, 어윤중 등도 그 인선에는 올라 있다.

"다들 필담으로 의사를 주고받을 텐데 통사는 한 명씩도 많다 하고, 수원은 최소한 두 명은 되어야지, 거지도 아닌데 어떻게 한 명씩만 데리고 가느냐며 원성입니다."

"귀한 경비를 잔뜩 처들여서 남의 문물·제도를 보고 배우러 가는 학습생들이 체면치레부터 챙기니 가히 그럴듯하네. 어차피 벌인 일인데 한 사람이라도 더 가서 많이 배워오자면 말이 될 것 같기도 하네. 몇 달이나 여기저기를 둘러볼 거라면서 종자 한 명씩도 부족할 텐데 그 말은 없던가?"

"종자까지 많이 딸리면 우리도 비편하고 저쪽에서도 번거로울 거라고들 말을 모았습니다."

김 대감은 당신 생전에 어떤 '변화'도 보기 싫다는 그 고집 때문에라도 말 그대로 수구파의 본색이다. 그 연배의 노신들에게는 대개 그런 기질이 다분하지만 김 대감의 그 특별한 염결성 앞에서는 청국도 허세가 심하고 오지랖만 넓은 상국上國일 뿐이다. 어떻게든 나라의 앞날을 열어가려는 주상도 부족한 것투성이고, 개화파의 불비와 미련스러움은 더 말할 것도 없다. 자신만이 온당하므로 나머지는 모조리 부당하다. 그러므로 하루라도 빨리 그 자신만의 '고치' 속에 파묻혀서 남은 생애를 마치고 싶어한다. 일찌감치 영평永平 포천의 옛 지명 지

제18장 은문恩門과 함께

경에다 장만해두었다는 농막에서 막걸리나 마시면서 여생을 마치려는 것이다. 그 농막생활이 바로 '고치'다.

맑은 물에 고기가 놀지 않는다는 말대로 김 대감의 사랑채에는 적어도 청촉질을 앞세운 문객만큼은 얼씬도 못 하고, 그 연조도 깊어서 예의 그 평안감사의 책방 시절에도 기생 출입을 밀막았다니까 알 만하다. 더 수상쩍게도 김 대감은 자식을 못 봐서 양자를 두 사람이나 들였다는 말도 들렸다. 공사公私가 분명해서 털어놓거나 숨길 일에 대한 분별이 뚜렷했고, 물어보고 싶은 말을 내 쪽에서 먼저 가리게 했다. 그래도 안방에서의 금슬은 좋다고, 저녁에는 반주를 거르지 않는다고, 술맛이 괜찮으면 사랑으로 술상을 내오게 해서 문을 활짝 열어놓은 채로 독작을 즐긴다는 소문도 들렸다.

그런데도 그 너른 장동 김문의 여러 세신이나 그 자제들과 그이는 거의 내왕을 않고 지낸다고 했다. 누구에게도 곁을 주지 않는 이런 '친압親狎 불허형' 인물에게도 예외는 있었으니 괴짜 시인 정수동鄭壽銅이 그이의 유일한 친구였다. 정 시인은 수개월씩 두문불출하며 책을 읽다가 문득 술이 고프다며 출타해서는 한동안씩 행방이 묘연했고, 하룻밤에 오언시五言詩를 100운韻이나 짓기도 하는 역관이었다. 추사공도 청국 사행 때 그의 재질을 알아보았으므로 사랑채 한 칸을 내주며 희귀 서적을 읽게 했으나, 끝내 그의 기인 기질을 돌려세우지 못했다는 것이었다. 그런데 희한하게도 정 역관은 김 대감 앞에서는 고분고분하기 이를 데 없었으며, 두 양반이 술상 앞에 앉았다 하면 아무런 말도 없이 싱글벙글거려서 아무래도 둘 다 미친 게 아닌가 싶다는 소문도 있었다. 옷차림이나 앉음새도 너무 달라서 김 대감과 정 시인의 관계는 네모진 궤짝에 둥근 뚜껑과 같다며 이상하게들 여겼다고도 했다. 세상을 한껏 풍자한 『하원시초夏園詩抄』하원은 정수동의 호를 남긴 그가 느닷없이 폭질暴疾로 죽자 김 대감이 장례를 치러주며 오래도록 눈시울을 붉혔다는 말도 회자했다. 김 대감의 선친과도 교분이 두터웠다는 한 위항시인委巷詩人의 진가를 일찌감치 알아본 은문의 안목을 내 따위야 어느 세월에 깨칠 수 있을까.

언젠가는 오후 네 점쯤, 나 먼저 들어가려네, 오늘 하필 우리 집으로 문중의 노장들이 들르려나봐라고 해서 나는 관아 밖까지 배웅하느라고 김 대감의 뒤를 바짝 쫓았다. 나올 것 없네라면서도 은문에 대한 내 예절을 즐기는 낌새가 뚜렷했다.

"문중 어르신들이라면 이번 시찰단 파견과 무기 수입 및 문물 수용에 대한 고담방언이 분분하겠습니다."

"그럴 테지. 만만하다면서 나를 성토하려고 무리 지어 덤빌 게야. 당장 내 관직부터 내놓으라고 성화를 부리려나봐."

그런 즉답에 어울리게 김 대감의 조용한 보폭에는 달관한 덕인德人의 체념 같은 기운이 한 아름이나 어려 있었다. 지금의 조정과 조신들은 과연 맑은 정신으로 '개화 바람'을 맞겠다는 건가, 그 외풍을 맞받아내려면 온갖 분란을 다 겪어야 할 텐데 그 혼란을 무슨 힘과 방책으로 감당하려는가, 내 생전에 그 변화를 목격하라니, 그 비편을 겪고 살으라니, 그것은 불상놈들이 저지르는 무례가 아니고 무엇인가와 같은 상념을 김 대감은 온몸으로 체현하고 있는 것이었다.

그이의 수하에서 국사를 보필하기 전에도 어쩌다가 조회 석상이나 빈청에서 뵙게 되면 나는 당장에라도, 혹시 지금도 제 과문체를 기억하시냐고, 소문대로 제 등과에 양전의 '입김'이 미쳤냐고, 병과 평점을 믿어도 되냐고, 시관으로서의 솔직한 평가를 이제는 들려줘도 되

　　　　제18장 은문恩問과 함께

지 않느냐고 묻고 싶었고, 그런 물음에 따르는 여러 말과 그이의 즉답이 어떻게 나올까를 머릿속으로 되새기느라고 나는 한동안씩 멍청해지곤 했다. 나의 좀 과민한 집착 탓일 텐데, 그 내막과 평점을 꼭 알아봐야겠다고, 이 의문은 김 대감만이 풀어줄 수 있지 않느냐고 안달했던 셈이었다. 그런데 막상 매일같이 뵙고, 국사를 함께 의논하고, 시키는 대로 집행하고, 치른 대로 아뢰다보니 그 안달이 쑥 사라져버렸다.

이튿날 등청하면 김 대감은 곧바로 담배쌈지부터 풀어서 곰방대를 채우고는 그 전날 탁자 위에 올려놓은 고목告目 상관에게 올리는 간단한 보고서과 사목事目 공사公事에 관한 규칙을 눈이 뚫어져라 점검했다. 곰방대로 놋재떨이를 탕탕탕 울리는 소리가 몇 번이나 들리고 나서도 담배 연기는 쉴 새 없이 피어올랐다. 내 필체를 알아보는 김 대감의 시선이, 또는 부름이 언제쯤 이쪽으로 떨어질까를 기다리는 내 가슴은 늘 조마조마해지곤 했다. 아조의 급박한 명운을, 금상의 인사와 정사가 자발없어서 영이 안 서고 있음을, 중전의 중뿔난 국사 개입을, 대원군의 섣부른 집권욕과 성마른 간섭을, 조야의 유식자들이 내지르는 시세 개탄을 훤히 꿰뚫고 있는 저 노익장의 자중자애벽으로는 내 서식의 허물을 면전에서 결코 지적하지 않으리라는 짐작과 나는 드잡이를 하며 기다렸다. 지내놓고 보니 그 시간만큼 내 가슴을 뿌듯하게 만드는 때도 달리 없었다.

이윽고 김 대감의 시선이 나를 찾았다. 조복 앞자락을 여미며 다가가서 우뚝 서면 김 대감은 서식철을 덮으며 나직이 말했다.

"명단이 죄다 민 협판 사랑의 빈객들이네."

"어떻게 아셨습니까. 국량이 그만하면 괜찮은 조관들입니다."

474

"나도 귀야 열어놓고 지내지. 수원들은 조사들이 개별적으로 천거한 것을 그대로 수습한 것인가."

"타천도 있기는 합니다만 대개 문하생들입니다. 어윤중이 수원으로 데려가겠다는 윤치호도 그 문하입니다."

"그 아비 윤웅렬이 별기군에 있으면서 연전에 수신사 김 참판<small>김홍집을 지칭</small>을 배행했다지. 부자간에 도국島國을 엔간히도 섬기려드는구먼."

"치호는 붙임성도 좋고 무엇이든 배우려는 열의가 출중합니다. 장차 쓸모가 있을 것입니다."

"두고 봐야지. 그건 그렇고 관원의 사행이라고 해도 일단은 그쪽 문물의 운영과 제도의 실행을 파악, 기록해오는 임무는 공무라고 봐야지."

"열두 명이 단체로 움직이지 않고 개별적으로 흩어져서, 각 조사가 네 명의 수하를 데리고 둘러본다는 뜻입니다. 이를테면 홍영식은 군사 제도만 정탐하고, 어윤중은 대장성을 비롯해 관민 간의 금전 유통, 관물의 수급, 보관만 중점적으로 탐색한다는 것입니다. 역시 김 참판이 극구 권장하는 방책이라 실익이 클 듯합니다."

"두어 달씩이나 볼 게 있을라나. 명색 나잇살도 먹은 조관이 관비 유학생을 자청하는 꼴이라서 민망하잖나. 노파심일 테지. 아무튼 각 조가 따로따로 민가에 투숙한다니까 풍기문란이 없도록 사목의 명세를 좀더 자세히 세워야겠네. 이러나저러나 예전의 통신사와는 격이 달라진 듯하니 그야말로 격세지감이야. 모쪼록 귀한 돈 허비하면서 망신살이나 입지 않도록 경계해야지. 상감께서 신칙할 자리를 따로 만들도록 주선해야겠네."

"아, 그야 여부가 있겠습니까. 듣기로는 주상 전하께서 청국·일본은 물론이거니와 미국을 비롯한 구라파 각국의 정세와 문물에도 관심이 자별하시고 그 실상을 탐문하시려는 의욕이 아주 집요하시답니다."

"김 참판도 그러더구먼. 수신사 복명서를 한 손으로 쥐고 흔들면서 의심쩍은 대목을 이것저것 하문하셨다고."

지금도 내 눈앞에는 종자를 앞세우고 절따마 위에 앉아서 멀어져가던 은문 김 대감의 자태가 선히 떠오른다. 수청방에 딸린 겸종이기도 하다던 그 앙바틈한 종자는 나귀처럼 제 주인의 얼굴만 멀뚱히 쳐다볼까 아무런 말도 없었다. 원래 주종은 과묵 같은 언행 일체부터 닮아간다. 뚜벅뚜벅 떼놓던 말 걸음에도 불구하고 김 대감의 굽은 등은 좀체 흔들리지 않았다.

그때 김 대감 댁은 여느 김문의 원임대신들과 달리 종거리 북쪽에 나와 있지 않고 여전히 그 윗대의 세가인 인왕산 밑자락인 자하동에 있지 않았나 싶은데, 그런 사적인 생활도 굳이 털어놓지 않아서 나로서는 긴가민가하고 지냈을 뿐이었다.

이제 내 나이도 그때 은문의 연치에 이르렀다. 비로소 내 추고推考가 검붉은 질흙으로 빚은 은문의 소상塑像을 적어도 그 윤곽만큼은 어루만질 수 있을 듯하다. 국사에는 온전히 성실로, 자신의 신조에는 정화수 앞에서처럼 경건으로, 일상생활에는 오로지 근검으로, 대인관계에서는 상대가 수하든 문하생이든 신료든, 심지어 문중의 어른이든 손자뻘의 어린애든 절도로 대처해가던 그 흔들리지 않는 전신상을 말이다. 그런 노신의 기우를 그 당시 나는 개화파에 한쪽 다리를 걸쳐놓았답시고 거의 이해하지도, 또 이해하려고 덤비지도 않았을 것이다. 세 칸짜리 초가에서 밤새 경전을 읽고 글을 쓴다는 명

미당明美堂 이건창의 택호을, 그 단출한 생활을 찾아보지도 않고 영재공의 그 드센 수구 의지를, 그 깐깐한 기세를, 그 딱딱하게 굳어빠진 눈씨를 치지도외했듯이.

그 후 내가 그토록 열렬히 주창함으로써 조야의 모든 시원임 대신들로 하여금 즉각 연명차자여러 사람이 서명하는 간단한 서식의 상소문를 불러온 '복제개혁안'까지도 내 은문계서는 미리 짐작하고 있었던 듯하다. 문하와 그런 일대 개혁안으로 낯을 붉힐 경우를 미리 막으려고 그이는 진작에 통리기무아문에서 발을 빼버렸으니 말이다. 역시 내 짐작이 맞다면 개혁, 개화를 주도하는 신설 기구에는 당신의 소신이 맞지 않다고 상감께 아뢰었을 테고, 위에서는 척신인 나와의 조만한 알력을 떠올리면서 그이의 사직을 수굿이 받아들였을 것이다. 그 후 김 대감은 곧장 평안감사로 나아가 당신의 선친에 이어 2대째 예의 그 꼬장꼬장한 관기 숙정으로 관내를 숙연하게 만들었음은 널리 알려진 바 그대로이다.

어쨌든 공복·사복·융복戎服 주로 무신이 입었던 장식이 많은 군복을 가릴 것 없이 전부 다 너들거리는 그 소맷자락부터 줄이자고 한 나의 개정령을 주상의 윤허하에 반포하자마자 나의 은문 김 대감이 제일 먼저 단호히, 서양 옷을 미친 듯이 좋아하는 작태와 한결같이 간편한 것만 좇는 것이 부강의 대강령이냐고 논박하고 나섰으니 말이다. 문하에게 그처럼 천연스럽던 노익장에게도 그런 욱기가 있었던 게 나로서는 두고두고 이상했으나, 묵언으로 대처할 사안이 아니라는 판단이 일단 섰다 하면 말 그대로 '내 목부터 치고 넘어가라'라는 벌떡증도 그 당시의 특별한 외곬의, 따라서 대다수의 가난한 '머리'가 내놓는 절규였다. 하기야 '우리 몸과 털과 피부는 부모에게서 물려받은 것이므로 손대지 않는 것이 효도의 근본이다'라는 그 문구 하나에 집착하는 통에 단발령을 반포, 실시하는 데 그토록 귀한 국력과 인명을 탕진했으니, 글이란 얼마나 무책임하고, 그 글줄을 곧이곧대로 믿는 인간이란 얼마나 아둔한 족속인가.

세상이란 어차피 그렇게 굴러가는 것이다. 어른과 애가 티격태격 싸우면서, 수구와 개화가, 돌에 새겨진 옛글과 공기처럼 마냥 떠도는 새 세상이 서로 옳세라고 고함치면서 말이다. 누가 이기든 지든 어쩔 수 없다는 듯이, 그래서 어떤 지향점도 없이. 지내놓고 보면 이토록 달라지고 말 것인데 그렇게나 고집스럽게 물고 늘어진 양쪽의 주의주장이 다 어이없지만, 옛것을 붙들고 있겠다는 그 사조가 진정으로 '머리'에서, 또는 '경전'에서 나온 것이라니 적잖이 아리송하고 또 허망하지 않은가. 그 머리가 나쁘고, 책이 틀려서 그랬을까. 그럴 리는 없을 것이다. 일일이 옳은 말만 쓰여 있다는 경서를 부지런히 읽고 제 편리한 대로 해석하고 나서 그 작은 '세상'에 파묻혀 안분지족하는 한평생은 얼마나 부질없는가. 고집불통이 패가망신을 자초한다는 말도 있으나, 고집이 없는 인간은 애초에 있을 수 없으니 이런 모순이 어디 있는가. (2권에 계속)

김원우

1947년생, 소설가. 소설집 「무기질 청년」 「장애물 경주」 「세 자매 이야기」 「아득한 나날」
「벌거벗은 마음」 「안팎에서 길들이기」 「객수산록」 등과, 장편소설 「짐승의 시간」
「가슴 없는 세상」 「일인극 가족」 「모노가미의 새 얼굴」(전2권) 「모서리에서의 인생독법」
「돌풍전후」 「부부의 초상」 등이 있다. 그 외에 문학담론집과 산문으로 「산책자의 눈길」
「일본 탐독」 「작가를 위하여」 등을 펴냈다. 한국창작문학상, 동인문학상, 동서문학상,
대산문학상을 수상했다.

운미 회상록 1

ⓒ 김원우

초판인쇄 2017년 5월 22일
초판발행 2017년 6월 2일

지은이 김원우
펴낸이 강성민
편집장 이은혜
편집 박은아 곽우정 한정현 김지수
편집보조 임채원
마케팅 이연실 이숙재 정현민
홍보 김희숙 김상만 이천희

펴낸곳 (주)글항아리
출판등록 2009년 1월 19일 제406-2009-000002호

주소 10881 경기도 파주시 회동길 210
전자우편 bookpot@hanmail.net
전화번호 031-955-8891(마케팅) 031-955-1936(편집부)
팩스 031-955-2557

ISBN 978-89-6735-428-2 04810
978-89-6735-427-5 (세트)

이 도서의 국립중앙도서관 출판예정도서목록(CIP)은 서지정보유통지원시스템 홈페이지
(http://seoji.nl.go.kr)와 국가자료공동목록시스템(http://www.nl.go.kr/kolisnet)에서
이용하실 수 있습니다. (CIP제어번호 : CIP2017011229)